rowohlt
POLARIS

Ulrike Schweikert

Berlin Friedrichstraße: Novembersturm

Roman

Rowohlt Polaris

Originalausgabe
Veröffentlicht im Rowohlt Taschenbuch Verlag, Hamburg, Oktober 2021

Redaktion Heike Brillmann-Ede
Covergestaltung FAVORITBUERO, München
Coverabbildung Rekha Garton/Trevillion; Bildindex/Foto Marburg, Wikipedia; Shutterstock
Satz aus der Quadraat
bei Pinkuin Satz und Datentechnik, Berlin
Druck und Bindung CPI books GmbH, Leck, Germany
ISBN 978-3-499-00008-9

Die Rowohlt Verlage haben sich zu einer nachhaltigen Buchproduktion verpflichtet. Gemeinsam mit unseren Partnern und Lieferanten setzen wir uns für eine klimaneutrale Buchproduktion ein, die den Erwerb von Klimazertifikaten zur Kompensation des CO_2-Ausstoßes einschließt.
www.klimaneutralerverlag.de

MIX
Papier aus verantwortungsvollen Quellen
FSC® C083411
FSC
www.fsc.org

Danke für die Rettung aus dem Coronatrübsinn:

Katja, Alessandra, Olivia und mein geliebter Mann Peter

Prolog

1882

Heute, am 6. Februar 1882, war es endlich so weit. Auguste kam es so vor, als habe ihr Verlobter seit Monaten über nichts anderes mehr gesprochen: Samuel Rosensteins erstes großes Projekt als Bauingenieur sollte gleich ein Jahrhundertbauwerk werden. Achtundzwanzig Jahre und damit noch ein blutiger Anfänger war er gewesen, als der Architekt Johannes Vollmer vor vier Jahren mit dem ersten, symbolischen Spatenstich den Beginn dieses Mammutbaus eingeläutet hatte. Und er war es auch gewesen, der sich den jungen Rosenstein an seine Seite geholt hatte, um ihm die Berechnungen und Detailplanungen des ehrgeizigen Objekts anzuvertrauen. Der Bahnhof Friedrichstraße sollte nicht nur irgendein Bahnhof in Berlin werden, an dem Züge hielten und Reisende ein- und ausstiegen. Er würde *das Herz* des modernen, mobilen Berlins werden!

Wie die Viaduktstrecke selbst, auf der die Schienen durch die Stadt verliefen, wurde der gesamte Bahnhof Friedrichstraße auf gemauerten Bögen errichtet, zwischen und unter denen hindurch man bequem von einem Bahnsteig zum anderen gelangte.

«Die weitläufigen, niedrigen Räume mit ihren Gewölben und mittelalterlichen Architekturformen erinnern an die Kreuzgänge in alten Klöstern. So ist die Wirkung umso stärker, steigt man die breite Granittreppe hoch zur Bahnsteighalle. Denn ohne Stützen in schwindelnder Höhe schwingt sich der Glasbogen überm lichten Raum, in dem der Mensch so klitzeklein sich ausnimmt», beschrieb der dänische Schriftsteller Georg Brandes das Wunderwerk moderner deutscher Baukunst. «Seine Perronhalle überspannt volle vierzig Meter! Ihre Höhe wird auf der Welt von keiner einzigen übertroffen.»

Und was noch außergewöhnlich war: Die Bahnsteighalle wölbte sich, der Biegung der vier Geleise mit ihren beiden Bahnsteigen folgend, was ihr zusätzlich einen optischen Reiz verlieh.

Während Auguste – am Arm ihres Verlobten untergehakt – ihm durch den Haupteingang an der Nordseite folgte, sprach Samuel von *Fachwerkbindern unterschiedlicher Spannweite*, die zur Errichtung der bogenförmigen Halle benutzt worden waren. Zwischen der tragenden Stahlkonstruktion sorgten die unzähligen Glasscheiben der Halle für ein Gefühl von Luft- und Leichtigkeit.

Auguste bemühte sich, Samuel aufmerksam zuzuhören, obgleich sie vieles nicht verstand, dabei war sie eine durchaus gebildete junge Frau, die eine der vornehmen höheren Töchterschulen besucht hatte, in denen Mathematik oder Physik allerdings nur sehr eingeschränkt als wichtig für die Bildung einer Tochter aus dem gehobenen Bürgertum erachtet wurden.

Augustes Gedanken schweiften für einen Moment ab. Ein wenig verstimmt stellte sie fest, dass Samuel ihr neues Kleid vermutlich gar nicht bemerkt hatte. Zumindest hatte er ihr kein Kompliment darüber gemacht. *Seine* Gedanken gehörten heute allein dem Gebäude, an dessen Errichtung er die Ehre gehabt hatte mitzuwirken, wie er das so schön formulierte.

Während er sich über weitere architektonische Details ausließ, betrachtete Auguste die Garderobe der anwesenden Damen und Herren, die der festlich mit Fahnen und viel Grün geschmückten Bahnsteighalle zustrebten, zu deren Eröffnungsfeier sich der Kaiser höchstpersönlich angekündigt hatte. Eine Musikkapelle spielte, doch die Menge wartete auf den Höhepunkt der feierlichen

Eröffnung: die Ankunft ihres Monarchen, der die gesamte Stadtbahnstrecke mit einer Festfahrt einweihen wollte.

«Ich höre den Zug!»

«Der Kaiser kommt!»

Die Rufe breiteten sich wie eine Welle unter den Wartenden aus, und dann konnte man auch schon das Schnaufen der Lokomotive hören, die die Festwagen hinter sich herzog und mit einem Begrüßungspfiff einfuhr, um dann unter ohrenbetäubendem Quietschen zu bremsen. HALT! Lokomotive und Wagen kamen zum Stehen.

«Auf dem Bahnhof in der Friedrichstraße, der mit Fahnen, Emblemen und grünen Guirlanden ganz besonders reich ausgeschmückt und dessen Perron mit Teppichen belegt war, verließen sämmtliche Theilnehmer der Festfahrt das Kupee. Der Kaiser äußerte wiederholt seine außerordentliche Befriedigung über den imposanten Bau», beschrieb das *Berliner Tageblatt* das Ereignis. Und die *Vossische* vermeldete: «Ganze vier Minuten blieben der Kaiser und seine Entourage – gerade so lange, um die Hochrufe der Eisenbahnbeamten entgegenzunehmen.»

Dennoch versicherte jeder, der dabei gewesen war, der Bahnhof Friedrichstraße sei unbestritten der Höhepunkt der Festfahrt gewesen, mit der die gesamte Stadtbahn eingeweiht wurde, die zur Ergänzung der bereits länger bestehenden Ringbahn nun auf ihren Backsteinbögen einmal quer durch Berlin führte, vom Schlesischen Bahnhof im Osten bis nach Charlottenburg im Westen.

Dorthin wanderten Augustes Gedanken, wo sich das junge Paar vor wenigen Tagen in einem der repräsentativen Vorderhäuser zum Stuttgarter Platz hin eine äußerst großzügig geschnittene Wohnung angesehen hatte.

«Könntest du dir vorstellen, nach unserer Hochzeit hier zu wohnen?», hatte Samuel sie höflich gefragt, während Auguste begeistert von einem Zimmer zum anderen geeilt war.

«Auguste?»

An seinem Stirnrunzeln bemerkte sie, dass er sie nicht zum ersten Mal ansprach. «Wo bist du nur wieder mit deinen Gedanken?»

Auguste drückte seinen Arm. «Beim Tag deines Triumphes natürlich», behauptete sie und setzte ihr bestes Lächeln auf.

«Ich habe dich gefragt, ob wir noch in ein Kaffeehaus fahren sollen?», wiederholte Samuel und musterte seine Verlobte mit diesem strengen Blick, der sie noch immer verunsicherte. Sie beeilte sich, ihm zu versichern, dass ihr nichts lieber wäre, um diesen Festtag ausklingen zu lassen, was durchaus der Wahrheit entsprach, denn in ihrem dünnen, dafür farblich passenden Mantel fror sie schrecklich.

Samuel führte sie zum Südausgang, auf dessen dreieckigem Vorplatz zahlreiche Droschken standen, und half ihr beim Einsteigen. Als die Droschke anfuhr, drehte er sich noch einmal um und sah mit verklärter Miene hinaus, bis der Bahnhof seinem Blick entschwand. Endlich wandte er sich seiner Verlobten zu. «Auguste, weißt du, dieser Bahnhof wird Berlin endgültig zur Weltstadt machen, und wir waren dabei.»

Die Jahre verstrichen. Seit 1883 lebten Samuel und Auguste Rosenstein als Ehepaar am Stuttgarter Platz, gegenüber dem Bahnhof Charlottenburg. Und nach einer Fehl- und einer Totgeburt kam 1890 endlich Tochter Ilse zur Welt und zwei Jahre später der ersehnte Sohn, den sie Johannes tauften. Zwar hatten Samuels Eltern – zumindest der Form nach – noch dem jüdischen Glauben angehangen, doch Samuel selbst ließ sich taufen, was für seine Karriere ganz sicher kein Nachteil war, die ihn ins Bauministerium führte, wo er als Ministerialbeamter eine Stufe nach der anderen erklomm, während Auguste sich in Charlottenburg um Hausmädchen, Köchin und ihre beiden Kinder kümmerte. Sie fühlte sich wohl in der weitläufigen Wohnung mit ihrem geschmackvoll eingerichteten Salon, dem Speisezimmer mit einem ovalen Tisch, an dem bequem zwölf Personen Platz fanden, und dem Kaminzimmer, das auch die Bibliothek des Hausherrn beherbergte, wo er abends in Ruhe seine Zigarre rauchte und einen Cognac trank, wenn seine beiden Sprösslinge in ihren Nachtgewändern noch einmal hereinkamen, dem Vater pflichtschuldig die Wange zum Kuss hinhielten und ihm höflich eine gute Nacht wünschten, ehe Auguste sie zu Bett brachte.

In der ähnlich geschnittenen Wohnung auf der anderen Seite des Treppenabsatzes lebte seit einiger Zeit eine nette Familie mit einem Knaben in Johannes' Alter. Johannes und Robert kamen in die gleiche Klasse und freundeten sich rasch an. Mutter Margarete Wagenbach war ein paar Jahre jünger als Auguste. Eine freundliche Frau, mit der sie sich über allerlei Fragen des Haushalts oder der Erziehung der Kinder austauschen konnte. Ihr Ehegatte Jakob Wagenbach war jüngst zum Professor an der Technischen Hochschule hier in Charlottenburg ernannt worden, wo Samuel Architektur und Ingenieurwesen studiert hatte.

Als die beiden Jungen mit zehn Jahren in die vierte Klasse kamen, zog eine neue Familie in die etwas kleinere Wohnung über den Wagenbachs: Gertrud und Walter Richter mit ihrer Tochter Luise.

Luise zählte ein Lebensjahr weniger, war eher zierlich, hatte ein schönes Gesicht, ein strahlendes Lächeln, blaue Augen und trug lange blonde Zöpfe. Als sie ein paar Tage nach dem Einzug die Jungen auf dem Stuttgarter Platz vor dem Bahnhof sah, ging sie geradewegs auf die beiden zu. Sie reckte das Kinn, sah sie abwechselnd an und streckte dann dem Dunkelhaarigen zuerst die Hand hin. «Guten Tag, ich bin Luise Richter aus dem zweiten Stock», stellte sie sich höflich vor.

Die Buben giggelten. «Fräulein Richter aus dem zweiten Stock. Guten Tag! Wie wohlerzogen mit sauberen Strümpfen und lieblichen Zöpfen», spottete der Blonde.

Luises Blick verfinsterte sich. «Ja, wohlerzogen im Gegensatz zu euch!», schimpfte sie und trat dem Blonden gegen das Schienbein. Der jaulte auf und hüpfte auf einem Bein herum, während der Dunkle nach einem ihrer Zöpfe griff und kräftig daran zog.

Nun schrie Luise vor Schmerz, hob die Hand und klebte dem Dunklen eine, dass sich der Abdruck rot auf seiner Wange abzeichnete. Er hob überrascht die Hand an seine Wange. «Du hast aber einen Schlag», sagte er bewundernd.

«Und sie tritt auch ordentlich zu», bestätigte der Blonde und richtete sich drohend auf, um ihr deutlich zu machen, dass er größer und stärker war als sie, doch Luise senkte nicht einmal den Blick und wich auch nicht zurück. Stattdessen nickte sie nur und sah die Jungen kühl an. «Ja, und das werde ich auch weiterhin tun, wenn ihr so unhöflich zu mir seid.»

Sie starrten einander feindselig an, bis der Dunkle nachgab, den Blick senkte und leicht den Kopf neigte. «Ich bin Johannes, und das ist mein Freund Robert, der direkt unter euch wohnt. Wir haben die Wohnung gegenüber. Ich habe noch eine Schwester, Ilse, aber die ist schon zwölf und hat keine Zeit, mit uns zu spielen. Entweder ist sie im Ballett, oder sie hat Klavierstunde, oder sie muss Hausaufgaben machen.»

Luise schenkte Johannes ein bezauberndes Lächeln, das ihre ganze Gestalt zum Leuchten zu bringen schien. «Grüß dich, Johannes!», sagte sie freundlich.

Da streckte ihr Robert die Hand hin und schüttelte sie feierlich. «Hallo, Luise. Schön, dass du jetzt hier wohnst», sagte er mit Nachdruck.

Luise ließ ihn an ihrem warmen Lächeln teilhaben, dann wandte sie den Blick auf eine andere Gestalt, die ihr schon zuvor aufgefallen war. «Und wer ist *die* da drüben?», wollte sie wissen und deutete auf ein mageres Mädchen in einem verwaschenen Kittelkleid, das in einiger Entfernung herumlungerte und die drei nicht aus den Augen ließ.

Robert machte eine wegwerfende Handbewegung. «Ach, das ist nur Ella aus dem Hinterhaus. Die rennt uns immer hinterher. Die geht erst in die Zweite, ist aber ganz schön stark für ihr Alter. Für ein halbes Pausenbrot trägt die jeden Tag alle Bücher bis zu unserer Schule! Ella geht natürlich auf die Volksschule, aber die ist gleich gegenüber. Du kommst doch sicher auch hier in Charlottenburg zu uns in die Grundschule, oder?»

Luise nickte. «In die dritte Klasse.»

Die Jungen wirkten enttäuscht, doch dann lächelte Johannes das Mädchen an. «Wir treffen uns jeden Morgen um sieben hier unten und gehen dann zusammen zur Schule. Willst du auch mitkommen? Wir können Ella sicher auch noch deine Bücher zum Tragen geben.»

Dies war der Beginn einer Freundschaft, die die Kinder zu einem verschworenen Dreigestirn werden ließ – meist beschattet von einem kleinen, trüben Licht aus dem Hinterhaus, das für jedes freundliche Wort dankbar schien.

Johannes, Robert und Luise sah man in Charlottenburg nur selten ohneeinander. Und wo die drei waren, war auch Ella meist nicht weit.

Kapitel 1

1920

«Wie sehe ich aus?» Luise drehte sich langsam um ihre Achse und linste dabei in den goldgerahmten Spiegel, der an der Wand in ihrem Zimmer hing.

Ilse lag quer über Luises Bett auf dem Bauch und stützte den Kopf in beide Hände. Der Saum ihres Rockes umspielte die Knie. Kokett bewegte sie ihre Beine, dass ihre bestrumpften Waden und die roten Lackschuhe zur Geltung kamen. «Für meinen Geschmack ist es zu lang und zeigt zu wenig Bein», kommentierte sie das neue Kleid der Freundin.

Luise wandte sich mit einem Ruck um. «Es hat genau die richtige Länge. *Dein* Kleid ist unzüchtig kurz!»

Ilse lachte. «Das mag sein, doch solange man noch schöne Beine hat, sollte man sie auch zeigen. Und du hast sehr schöne Beine!»

Luise zog den Saum ein wenig höher, dass nicht nur ihre Knöchel, sondern auch die wohlgeformten Waden enthüllt wurden.

«Ja, gut so! Wen willst du eigentlich beeindrucken?», erkundigte sich Ilse.

«Robert kommt um acht und will mich zum Essen ausführen», gab Luise Auskunft.

«Aaa-ha!», feixte Ilse. «Und was macht ihr danach? Wollt ihr tanzen gehen? Wir könnten uns treffen, und ich würde euch einen neuen Club zeigen, der ist umwerfend!»

«Du bekommst vom Tanzen nie genug, nicht wahr?», sagte Luise mit einem Lächeln.

«Na klar, wir haben ja auch viel nachzuholen. Was waren das für endlos trübe Abende während des Krieges, als öffentliches Tanzen überall verboten war.»

«Die Tanzlokale sind schon seit Silvester vor einem Jahr wieder geöffnet», wandte Luise ein, «und du hattest bereits jede Menge Gelegenheiten, das Tanzbein zu schwingen.»

«Ja, ich *liebe* das Tanzen, wenn es nicht gerade Ballett ist», gab Ilse mit einer Grimasse zurück. «Das habe ich früher schon immer gehasst!»

«Stimmt, deine Mutter hat dich damals ins Ballett gezwungen», erinnerte sich Luise. «Aber später, als du studiert hast, bist du doch freiwillig zu dieser Tanzgruppe gegangen, oder nicht?»

«Ja, aber das kann man nicht vergleichen. Das war Ausdruckstanz im Stil von Isadora Duncan. Die hielt übrigens auch nichts von Ballett.»

«Also gut, halten wir fest, deine Tanzlust ist noch lange nicht gestillt.»

«Ja klar! Das ist nicht wie beim Essen, dass man irgendwann satt wird.»

Luise kicherte. «Nein, du jedenfalls nicht. Nicht einmal nachts um drei hast du genug oder wann auch immer die Dielen schließen.»

Ilse versuchte es noch einmal. «Überlege es dir: Foxtrott, Jimmy, One Step! Die Jazzband im *Kakadu* spielt die neuesten Stücke aus Amerika. Sie haben sogar einen waschechten Neger von drüben, der himmlisch Saxophon spielt.»

Luise zögerte. «Ich glaube, das ist keine so gute Idee», sagte sie gedehnt.

«Ach, denkst du, der Club wäre nichts für Robert? Und wenn

schon. Ich finde, so was würde ihm guttun. Er ist jetzt immer so steif. Wenn er den Spielverderber geben will, gehen wir beide eben alleine hin.»

«Vielleicht nächste Woche», vertröstete Luise die Freundin. «Heute nicht. Er hat einen Tisch im *Adlon* reserviert!»

Ilse drehte sich um und riss ihre schönen grünen Augen auf. «Wird irgendwas gefeiert, von dem ich wissen müsste? Geburtstag hat er nicht und du auch nicht.»

«Richtig.» Luise warf der Freundin einen ernsten Blick zu.

«Oh!», stieß diese aus. «Meinst du, er wird dich fragen?»

Luise hob die Schultern. «Ich weiß es nicht. Er hat sich verändert, seit er zurück ist. Du hast recht, er ist oft steif. Richtig ernst, und manchmal wirkt er ganz traurig. Dann kommt es mir so vor, als würde ich ihn nicht mehr kennen.»

Ilse nickte. «Stimmt, früher war er lustiger. Ein richtiger Kindskopf, wenn auch nicht so albern wie Johannes!» Sie brach ab und schluckte, ehe sie etwas bemüht locker weitersprach: «Aber auch wir haben uns verändert, sind erwachsen geworden – und die besten Freundinnen. Der Krieg hat uns alle verändert. Die Männer vielleicht noch mehr als uns. Was wissen wir schon davon, was sie dort draußen erlebt haben?»

«Er spricht nicht darüber», gab Luise zu.

«Eben! Vielleicht ist es für ihn zu schrecklich gewesen, um es in Worte zu fassen.»

Sie schwiegen eine Weile und sahen einander stumm an: Ilse mit ihrem schmalen Gesicht, den rot geschminkten Lippen und dem dichten dunkelbraunen Haar, das sie neuerdings kurz geschnitten trug. Luise mit dem herzförmigen Gesicht, den großen blauen Augen und dem langen blonden Haar, das sie an der Seite mit einem Onduliereisen in Wellen gelegt und zu einem falschen Bob aufgesteckt hatte, der kaum die Schultern berührte.

«Was wirst du sagen, wenn er dich fragt?», durchbrach Ilse die Stille.

Luise starrte sie stumm an, während sich ihre Augen mit Tränen füllten.

Ilse sprang vom Bett und schlang ihre Arme um sie. «Nicht weinen! Du musst Johannes vergessen. Er kommt nicht wieder.»

«Willst *du* ihn denn vergessen? Deinen eigenen Bruder?» Luise schluchzte.

Ilse schüttelte den Kopf. «Nein, aber das ist etwas anderes. Luise, du darfst dein Leben nicht seinetwegen wegwerfen. Du bist jung und schön und lebendig, und du musst dein Leben genießen. Sag ja! Schließlich hast du mir früher selbst einmal gesagt, dass du nicht sicher weißt, ob du mehr in Johannes oder in Robert verliebt bist.»

Luise legte sich die Hand auf die Brust und fühlte unter ihrer Wäsche den altmodisch anmutenden Ring mit dem Rubin, der für ihre zarten Finger viel zu weit war. «Ja, du hast recht. Ich war so jung und ging noch zur Schule, während Robert und Johannes ihren Wehrdienst absolvierten.»

«Und du hast den beiden abwechselnd den Kopf verdreht», erinnerte sich Ilse, die zwei Jahre älter war als die beiden Jungen und zu dieser Zeit bereits Kunst und Gestaltung studierte.

«Es tut so weh, wenn ich an ihn denke, und ich träume noch immer von ihm», gestand Luise. Tränen rollten jetzt über ihre Wangen.

Ilse, die fast einen Kopf größer war, küsste die Freundin zärtlich auf die Stirn. «Es ist richtig, der Toten zu gedenken, und es ist auch gut, um sie zu trauern, aber alles zu seiner Zeit. Die nächsten Stunden sollst du dich freuen und mit Robert essen und tanzen gehen!»

Der Klang der Türglocke ließ sie beide zusammenfahren.

«Mein Gott, da ist er schon, und ich stehe hier mit verheultem Gesicht herum. Was soll er nur denken?» Energisch wischte Luise sich mit beiden Händen übers Gesicht. Draußen waren die Schritte der Mutter zu hören, die die Wohnungstür öffnete.

«Guten Abend, Frau Richter. Ich komme, das Fräulein Luise abzuholen.»

Luise hörte ihre Mutter lachen. «Guten Abend, Robert. So förmlich heute? Du hast dich aber fein rausgeputzt!» Laut rief sie: «Luise, Robert ist da. Bist du fertig?»

Luise wollte schon die Zimmertür öffnen, da zog Ilse sie zurück. «So kannst du dich nicht sehen lassen. Hinsetzen!» Sie drückte die Freundin aufs Bett und zog ein Taschentuch hervor. Mit dem angefeuchteten Tuch wischte sie die Tränenspuren ab. Dann griff sie in ihre Tasche, holte ihren Lippenstift heraus und verwandelte Luises blasse Lippen in einen roten Puppenmund. Vergeblich versuchte diese zu protestieren.

«Sitz still, wenn ich nicht alles verschmieren soll.»

«Aber was soll Robert von mir denken?», klagte Luise, als sie ihren knallig roten Mund im Spiegel betrachtete.

«Dass du eine wunderschöne moderne Frau bist!», antwortete Ilse ungerührt. «Und nun lauf, dein Verehrer wird sonst unruhig.»

Luise drückte die Freundin noch einmal an sich, dann verließ sie das Zimmer und ging den Flur entlang ins Wohnzimmer, wo ihre Mutter mit Robert auf sie wartete.

♦

Statt mit der Elektrischen zu fahren, hatte Robert beschlossen, die Dame seines Herzens mit dem inzwischen etwas antiquiert wirkenden Ford seines Vaters zu kutschieren, den Jakob Wagenbach noch kurz vor Ausbruch des Großen Krieges gekauft hatte. Das

Auto hatte den Krieg in einer Garage sicher überdauert und war gar der Requirierung durch das Kriegsministerium entgangen. Sein Vater dagegen war als Offizier an die Ostfront geschickt worden und im April 1917 gefallen.

Natürlich besaß Margarete Wagenbach keinen Führerschein, doch sie hatte es bis jetzt nicht übers Herz gebracht, den von ihrem Mann so bewunderten Wagen zu verkaufen. Immerhin erlaubte sie, dass Robert ihn sich ab und zu für wichtige Anlässe auslieh. Und das *war* heute ein wichtiger Anlass! Ein Anlass, der sein ganzes Leben verändern würde, wie er seiner Mutter versichert hatte.

«Entweder macht mich dieser Abend zum glücklichsten Mann von ganz Berlin oder zu einem verzweifelten.»

«Robert, nicht so melodramatisch», hatte ihn seine Mutter gerügt. «Du weißt, dass Vater so etwas nicht mochte.»

Oh ja, Gefühle waren für den Herrn Professor ein Fremdwort gewesen. Und wenn man schon welche hatte, dann war man nicht so unschicklich, sie nach außen zu zeigen. Robert hatte sich des Öfteren gefragt, in welcher Weise sein Vater wohl um die Hand der Mutter angehalten hatte. Vermutlich hatten die Großeltern damals alles in die Wege geleitet und die Brautleute dann über ihren Entschluss informiert.

«Das Fräulein Richter kann sich glücklich schätzen, wenn ein Wagenbach um ihre Hand anhält.»

Robert hatte die Augen verdreht. «Früher hast du sie einfach Luise genannt.»

«Als sie noch ein Kind war, ja, doch nun ist sie immerhin schon siebenundzwanzig! Zu meiner Zeit galt man da als alte Jungfer und konnte froh sein, überhaupt noch einen Mann abzubekommen.»

«*Ich* bin derjenige, der froh ist, wenn sie ja sagt», hatte Robert die Diskussion beendet. «Gibst du mir jetzt den Autoschlüssel? Ich muss los, sonst komme ich zu spät.»

Er hatte seiner Mutter angesehen, dass sie noch viel zu dem Thema zu sagen gehabt hätte, doch hatte sie die dünnen Lippen aufeinandergepresst, ihrem Sohn den Schlüssel gereicht und hinter ihm die Wohnungstür geschlossen.

♦

Lässig steuerte Robert den Wagen seines Vaters über die Charlottenburger Chaussee durch den Tiergarten zum Brandenburger Tor, hinter dem die Berliner Prachtstraße Unter den Linden begann und wo sich gleich rechts, hinter dem Tor, das erste Luxushotel Berlins erhob.

Das Adlon war durch die Unterstützung Kaiser Wilhelms II., der sich als dessen Pate gesehen hatte, zum ersten Hotel in Berlin gereift, das es mit den Luxusherbergen in Paris, London oder New York aufnehmen konnte. Lorenz Adlon hatte zwanzig Millionen Goldmark Schulden aufgenommen, um dem Kaiser das Beste vom Besten zu bieten: die Halle wie ein venezianischer Palast mit wertvollen Kunstgegenständen, kostbaren Stoffen, Marmor aus Carrara. Im grünen Empiresaal hingen riesige Spiegel mit goldverschlungenen Rahmen. Es gab den Raffael-Saal, den Goethe-Garten, und der Damensalon war im Stil Louis XVI. eingerichtet. Schon 1907 hatte es von den Fürstenappartements bis zu den einfachen Zimmern im vierten Stock in allen Badezimmern heißes Wasser gegeben, überall elektrisches Licht, und die Bediensteten wurden mittels Lichtsignalen gerufen, damit kein Klingeln die Ruhe der anspruchsvollen Reisenden störte.

Nur am Eingang zeigte man sich sehr bescheiden: Zwar gab es ein schönes Portal, eingerahmt von zwei Laternen, die auf monumentalen, von Figuren getragenen Wandarmen ruhten, doch das Bronzeschild mit der zierlichen Aufschrift *Hotel Adlon* nahm sich äußerst bescheiden aus. Jeder kannte das Adlon. Was musste man da mit einer riesigen Leuchtschrift auf das Hotel aufmerksam machen?

Im Adlon angekommen, verbeugte sich der befrackte Kellner vor dem jungen Paar und führte es im weitläufigen Speisesaal zu seinem Tisch, der etwas abseits des Trubels am Fenster stand. Um den silbernen Platzteller waren unterschiedlich große Messer, Löffel und Gabeln angeordnet, die Servietten steif gestärkt. In der Mitte stand eine Vase mit drei roten Rosen, die beiden Kerzen in einem polierten Silberleuchter brannten schon. Mit einer weiteren Verbeugung brachte der Kellner Robert die Speisekarte und Luise die Damenkarte, in der nur die kulinarischen Köstlichkeiten, nicht aber die Preise vermerkt waren. Von manchen Speisen hatte Luise keine so rechte Vorstellung, daher folgte sie gerne Roberts Empfehlungen. Er bestellte auch den Champagner zur Vorspeise, Weißwein zum Fisch und einen roten zum Fleischgang.

«Wie war dein Tag?», erkundigte sich Robert.

«Ach, ganz gut. Ich habe meine Mutter heute Morgen zum Einkaufen begleitet, und danach kam Ilse zu Besuch.»

«Ihr beide seid ja inzwischen wie zwei Kletten», kommentierte Robert mit einem Lächeln. «Ich kann mich gar nicht erinnern, dass ihr früher so dicke Freundinnen wart.»

Luise überlegte. «Ilse ist drei Jahre älter. Das war viel, als wir noch Kinder waren, doch später, als sie studierte, und dann während des Krieges ist unsere Freundschaft immer enger geworden. Wir haben beide versucht, das Beste aus der langen Kriegszeit zu machen.»

Nach der Vorspeise erzählte Luise von ihrer Arbeitswoche. Sie war Sekretärin bei der Sittenpolizei und arbeitete im Polizeipräsidium am Alexanderplatz, das jeder nur die *Rote Burg* nannte. Natürlich sprach man in der Burg gerade viel über den Schumann-

Prozess, der vor dem III. Landgericht in Moabit verhandelt worden war. Schumann wurden zahlreiche Morde, versuchte Morde sowie Notzucht und schwerer Diebstahl zur Last gelegt. Den «Massenmörder vom Falkenhagener See» nannte ihn die Presse. Nach acht Tagen Prozess wurde er sechsmal zum Tode verurteilt.

Luise merkte, dass Robert das Gesprächsthema unangenehm war, daher erkundigte sie sich nach seinem Tag. Doch kaum hatte er mit der Erläuterung der komplizierten Statikberechnungen begonnen, mit denen er sich gerade herumschlug, wurde der nächste Gang serviert.

Aus dem großen Wintergarten klang Musik herüber, obgleich die Zeit des Tanztees längst vorbei war. *Salome* war ein Foxtrott, dessen Harmonien ein wenig orientalisch klangen. Dann setzte die Stimme des Sängers ein: «Salome, schönste Blume des Morgenlands ...»

Inzwischen waren sie bei einer luftigen Süßspeise aus Früchten und Eischnee angelangt. Ihr Gespräch plätscherte so dahin. Eine ungewöhnliche Stimmung lag in der Luft. Robert war zwar ernster geworden, seit er aus dem Krieg zurückgekommen war, doch heute schien er ungewöhnlich angespannt.

Draußen sang der Mann am Klavier gerade: «Hallo, du süße Klingelfee.»

Luise lächelte und sang leise mit: «Hallo, wenn ich so lang hier steh, dann frisst mich schier der Kummer: Ich komm zu keiner Nummer, wie gern wär ich verbunden auf Stunden mit dir! Hallo! Du machst mich desperat! Hal-lo! Bei mir, da streikst du grad! Lass mich hinein, du Schlanke, Schmale, mal in die Zentrale! Du, du, du, hast mich am Draht!» Dann prustete sie los, und Robert fiel in ihr Gelächter ein, bis sich einige der vornehm gekleideten Gäste fortgeschrittener Jahrgänge mit pikierten Mienen zu ihnen umdrehten.

«Vielleicht hätten wir woanders essen gehen sollen», überlegte Robert.

Luise streckte die Hand aus und legte sie auf die seine. «Nein, es ist alles ganz wunderbar. Aber vielleicht können wir danach noch tanzen gehen. Ilse hat von einer neuen Diele erzählt, die ihr gut gefällt.»

Robert verzog kurz das Gesicht. Begeisterung sah anders aus. «Ja, gern, aber vorher möchte ich dir etwas sagen.» Er holte tief Luft, reckte sich ein wenig und machte ein wichtiges Gesicht.

Luise spürte, wie ihre Atmung schneller wurde. «Ja?»

«Du weißt doch, dass Johannes' Vater damals, noch zu Zeiten des Kaisers, die große Halle am Bahnhof Friedrichstraße mitgebaut hat.»

Luise schluckte trocken. *Das* hatte sie jetzt nicht erwartet. Allein beim Klang von Johannes' Namen durchfuhr es sie heiß. Sie sah sein Gesicht vor sich, sein dunkles Haar, sein charmantes Lächeln. Luise konnte nur stumm nicken, doch Robert schien ihre Verwirrung nicht zu bemerken.

Mit Begeisterung fuhr er fort: «Seit vergangenem Jahr ist Ministerialdirektor Rosenstein auch für den Ausbau der Stadtbahn verantwortlich und hat durchgesetzt, dass der geplante Umbau des Bahnhofs Friedrichstraße endlich angegangen wird. Schon vor dem Krieg war der Bahnhof für die vielen Menschen, die dort täglich durchmüssen, zu klein.» Er hielt inne, holte noch einmal tief Luft und verkündete dann: «Ich werde die Statik berechnen und den Umbau als leitender Ingenieur überwachen!»

«Das ist eine große Aufgabe», stieß Luise hervor. «Aber ... aber du hast noch gar keine Erfahrung mit solch großen Bauvorhaben. Du warst doch gerade erst mit deinem Studium fertig, als du an die Front musstest ... Ich meine, ihr, du und Johannes», fügte sie leise hinzu.

«Wenn Johannes zurückgekommen wäre, hätte sein Vater sicher dafür gesorgt, dass er als Architekt verpflichtet worden wäre und nicht dieser Carl Brodführer», behauptete Robert.

«Und nun sorgt er dafür, dass wenigstens du eine große Aufgabe bekommst», schloss Luise.

Robert nickte ernst. «Du hast schon recht. Wenn Ministerialrat Rosenstein mir die Chance gibt, dann wäre ich dumm, sie nicht zu ergreifen. Ich werde sehr viel mehr verdienen und bequem einen eigenen Hausstand gründen können, obwohl jetzt alles immer teurer wird.»

Luise begann zu verstehen, warum es ihm so wichtig war, ihr von dem neuen Projekt zu berichten.

«Ich möchte dich nämlich etwas Wichtiges fragen», fügte er rasch hinzu. Seine grauen Augen waren starr auf ihr Gesicht gerichtet.

Luise spürte, wie sich in ihr etwas zusammenballte, das ihr wie ein Fels im Magen drückte.

Sein Blick huschte kurz durch den Raum, ehe er ihn wieder auf die Frau richtete, die ihm gegenübersaß. «Du bist wunderschön», sagte er, doch sie wusste, dass es nicht das war, was er sagen wollte.

Höflich bedankte sie sich für das Kompliment und wartete geduldig, dass er weitersprach. Er lachte trocken, es klang fast wie ein Husten.

«Ich weiß noch, wie wir zum ersten Mal gemeinsam zur Schule gegangen sind. Du warst gerade erst mit deinen Eltern in die Wohnung über uns eingezogen. Schon in diesem Moment habe ich mich in dich verliebt.»

Luise kicherte undamenhaft. «Schwindel mich nicht an. Ich war neun und ein mageres Ding mit langen Zöpfen.»

«Es ist die Wahrheit!», beteuerte Robert mit einem Ernst, der sie rührte.

«Ihr habt mich gehänselt und mich mehr als einmal an den Zöpfen gezogen!»

«Und du hast mich getreten, aber in diesem Alter zeigt man seine Zuneigung eben anders. Später habe ich dich im dunklen Treppenhaus geküsst!»

Erinnerungen brachen über sie herein, doch es waren nicht Roberts schüchterne Küsse, die sie auf ihren Lippen zu spüren glaubte. Es war ein anderer Mund, heiß und fordernd, seine Arme pressten ihren Körper an sich. Luise erwiderte den Kuss und spürte eine ungewohnte Hitze in ihrem Leib aufsteigen. Dunkle Wünsche und Gedanken überschlugen sich. Romantisches vermischte sich mit Unbekanntem, Verschwiegenem, das in Filmen, Büchern und Liedern nur angedeutet wurde. Sie erwiderte seine Küsse, bis oben die Tür aufging und das Flurlicht angeschaltet wurde.

«Luise? Bist du das? Warum kommst du nicht herauf?»

Ein letzter Kuss, dann löste sie sich und rief atemlos: «Ja, ich bin da!» – und rannte die Treppe nach oben.

Luise spürte, wie ihr Tränen in die Augen stiegen. Hastig blinzelte sie, während Robert eine kleine Schachtel aus seinem Jackett zog und aufklappte. Natürlich war ein Ring darin. Ein geschmackvoller goldener Ring mit einem kleinen Diamanten, der bestimmt perfekt auf ihren Finger passen würde. Robert war kein Mann, der etwas dem Zufall überließ. Sie ahnte seine Frage eher, als dass sie die Worte hörte.

«Luise, willst du meine Frau werden?»

Luise kämpfte noch immer mit den Tränen, die zwar durchaus zu dieser Situation passten, jedoch nicht der Frage aller Fragen geschuldet waren. «Willst du gar nicht vor mir niederknien?», sagte sie bemüht scherzhaft, während sie sich die Tränen von der Wange wischte.

Mit ernster Miene schob Robert den Stuhl zurück und sank

auf sein Knie. «Bitte, heirate mich», bat er, während er nach ihrer Hand griff.

Wieder drehten sich die Leute nach ihnen um, doch dieses Mal lag ein verklärtes Lächeln zumindest auf den Gesichtern der Damen. Der Kellner, der sich gerade ihrem Tisch näherte, blieb abrupt stehen.

Luise spürte, wie Robert sie erwartungsvoll anstarrte. Jetzt war es so weit. Jetzt musste sie sich entscheiden ... Nein, die Zeit der Entscheidung war längst vorüber. Jetzt musste sie das tun, was die vielen Augenpaare um sie herum von ihr erwarteten. Also hauchte sie ein «Ja» und ließ sich den Ring über den Finger streifen, der wirklich perfekt passte.

♦

Während Robert im Adlon um Luises Hand anhielt, langweilte sich Ilse an der Bar des Kakadu in der Joachimsthaler Straße. Es war ein exklusiver Laden, keine Frage, vielleicht sogar ein wenig protzig. Wer wie sie entsprechend gekleidet und auf hohen Hacken kam, wurde ohne Eintrittsgeld hereingebeten. Kleine Tische unter Palmen in künstlich rotem Sonnenuntergangsschein wie auf Tahiti oder so. Der blau-goldene Tresen der Bar wurde als einer der längsten von ganz Berlin beworben. Neben einer Jazzband und einem Kabarettprogramm – garantiert nicht politisch – warb die Bar mit einer einzigartigen Attraktion: Über einigen Tischen im Restaurant hingen Käfige mit je einem echten Kakadu, von denen manche gar die Worte «Die Rechnung!» krächzen konnten, wenn man mit dem Messer gegen ein Wasserglas klopfte. Allerdings kam es auch zu ungewollten Zwischenfällen, denn die Tiere erdreisteten sich zuweilen, ihre Hinterlassenschaft in die Gläser und auf die Teller zu verteilen. Während manche Gäste empört reagierten, fand Ilse das eher lustig – zumindest, solange es nicht ihr Cocktailglas betraf.

Ilse zündete sich eine *Juno* an und ließ ihren Blick über die jungen, hübschen Bardamen schweifen, die als die brillantesten von Berlin beworben wurden. Ansonsten gab es auch zahlreiche Frauen, die einem anderen Gewerbe nachgingen. Sie trugen meist etwas kürzere Kleider, hatten die Augen schwarz umrandet, den Mund zu einem knallroten Herzen geschminkt und auch mit Rouge nicht gespart.

«Trinken Sie einen Martini mit mir?», riss eine unbekannte männliche Stimme sie aus ihren Gedanken. «Schöne Frau, so alleine hier? Das kann ich gar nicht mit ansehen!»

Das war nun schon Nummer drei an diesem Abend, die Ilse einen Cocktail aufnötigte und sie dann nicht nur auf die Tanzfläche schleppen wollte. Ilse trank ihr Glas leer und drückte die halbgerauchte Zigarette aus.

«Entschuldigen Sie, ich muss leider gehen», log sie.

«Was? Es ist gerade einmal Mitternacht», protestierte der Mann. «Wir können hier bis um drei zusammen Spaß haben!»

«Nein danke», sagte sie fest, griff nach ihrer kleinen Perlentasche und rauschte in die Nacht hinaus. Draußen blieb sie unentschlossen stehen. In ihr Bett heimzukehren hatte sie noch keine Lust. Aber wohin dann? Eine Motordroschke hielt neben ihr.

«Na, Frollein, die Nacht is noch jung. Wo kann ich Se hinbringen?»

Ilse stieg ein und überlegte. «Hohenzollern-Café, Bülowstraße», entschied sie sich spontan.

«So? Sind Se sich da janz sicher?», hakte der Taxifahrer nach und betrachtete sie, als sei sie irgendein exotisches Tier.

«Ja, das bin ich!», behauptete Ilse, obgleich das ganz und gar nicht stimmte.

«Na gut, mir is et egal, von wem ick mein Geld krieg», brummte der Fahrer, fuhr in Richtung Nollendorfplatz und hielt dann bald darauf vor der *Hohenzollern-Diele*, die sich jetzt Café nannte.

«Ick hätt Se nich für so eine gehalten», brummte der Fahrer, als sie ihm das Geld in die Hand drückte.

Die Fenster waren alle geschwärzt, sodass man nicht hineinsehen konnte. Ilse fühlte sich ein wenig befangen, als sie die Tür öffnete und das sogenannte Café betrat. Sie blieb stehen und ließ die Atmosphäre auf sich wirken. Ilse konnte nicht sagen, was sie von einem Lesbenclub erwartet hatte, so jedenfalls hatte sie sich das nicht vorgestellt. Es gab verschiedene Räume mit Polsterstühlen, dabei fehlte der Glamour. Alles wirkte eher gediegen und ein wenig altmodisch, bis auf die Tatsache, dass ein offensichtlich schwules Duo an Klavier und Geige einen Box-Step spielte. Einige Paare tanzten. Die *Bubis* trugen Kragen und Krawatten zu konservativen Herrenjacketts. Wenn sie nicht tanzten, standen oder saßen sie in Gruppen beisammen und unterhielten sich ungeniert mit lauter Stimme.

Die *Mädis* trugen schicke kurze Kleider, Schmuck und hohe Absätze, waren geschminkt und nach der neuesten Mode frisiert. Die älteren der Frauen saßen still bei ihrer Tasse Kaffee zwischen den «Männern» oder unterhielten sich leise. Sie kamen Ilse wie alte Ehepaare vor. Die jungen Mädis dagegen tanzten oder standen in kleinen Gruppen kichernd beisammen. Ilse entdeckte auch zwei echte Männer, die hier offensichtlich geduldet wurden. Sie beobachtete, wie einer der Kavaliere sich vor einer der Mädis in einem silbrig glitzernden Kleid verbeugte, um sie zum Tanzen aufzufordern. Die Kleine schien nicht abgeneigt, doch ehe er sie auf die Tanzfläche entführte, bat er noch brav ihren Bubi um Erlaubnis.

Hinter Ilse ging die Tür auf, und eine Frau trat neben sie.

«Na, wat nu, rin oder raus?», fragte sie in burschikosem Ton.

Die Stimme ließ Ilse herumfahren. War sie das wirklich? «Claire Waldoff», hauchte sie beeindruckt.

Die Kabarettistin und Sängerin lachte. «Soso, Sie kennen mich, aber wer sind Sie?»

«Ilse, Ilse Rosenstein.»

Sie schüttelten einander die Hände.

«Wie schön. Sind Sie mit jemandem verabredet, meine Liebe? Sie haben sich so suchend umgesehen.»

Ilse schüttelte den Kopf. «Nein, ich, nun ja, ich bin zum ersten Mal hier.»

Claire nickte wissend. «Dann kommen Sie doch an unseren Tisch. Wie ich sehe, sind die anderen schon da.» Sie wandte sich noch einmal an Ilse und fragte neugierig: «Was ich treibe, muss ich Ihnen offensichtlich nicht sagen, doch verraten Sie mir, was Sie so machen!»

«Ich beschäftige mich mit Mode», sagte Ilse vage, fügte dann aber hinzu: «Ich entwerfe Modelle oder ändere Kleider von der Stange nach den Wünschen der Kundinnen. Ich habe mich nach meinem Studium selbständig gemacht und arbeite für verschiedene Modehäuser.»

Claire Waldoff pfiff durch die Zähne. «Sie sind also auch Künstlerin!» Sie schmunzelte. «Sie scheinen viel Geschick darin zu haben, wenn ich mir ihr Kleid so ansehe.» Bewundernd glitt ihr Blick über Ilses Kleid, das aus dunkelblauer Seide gefertigt war mit einer etwas tiefer angesetzte Taille und einer lässig geschnittene Jacke aus durchscheinendem Chiffon, die die nackten Schulten bedeckte.

Claire Waldoff war gut einen Kopf kleiner als Ilse, hatte ein rundes Gesicht und war mollig. Ihr rötliches, gewelltes Haar trug sie mit einem Seitenscheitel bis knapp über die Ohren. Sie war auch eher unscheinbar gekleidet, und man hätte sie bei einem flüchtigen Blick übersehen können, wären da nicht ihre Ausstrahlung und ihre Stimme, die den Raum mühelos durchdrang. Einige Gesichter wandten sich zu ihr um und grüßten fröhlich.

Claire stellte Ilse die Gruppe vor. Als Letzte kam Olga von Roeder an die Reihe.

«Meine Lebensgefährtin», fügte Claire ganz selbstverständlich hinzu, und auch dafür bewunderte sie Ilse. Wenn jemand seine für so viele Mitmenschen ungewöhnliche Neigung in Berlin offen und ohne jede Scham auslebte, dann war es das Paar Waldoff-von Roeder. Natürlich wurden die beiden Frauen dafür nicht von allen bewundert. Die rechte Presse wurde nicht müde, nach Claires Kabarettauftritten immer wieder über die «widernatürliche Lesbe» herzuziehen.

«Und das, meine Lieben, ist die Modeschöpferin Ilse Rosenstein, die ich gerade kennenlernen durfte und die, denke ich, wunderbar in unsere Runde passt.»

Nachdem alle Ilse willkommen geheißen hatten und auch vor ihr ein Glas Martini stand, stellte Ilse schnell fest, dass diese Frauen nicht gekommen waren, um nur ein paar Klatschgeschichten auszutauschen oder über ihre Garderobe zu reden. Vielmehr sprachen sie über die neuen Strömungen in der Kunst, von Kubismus und Picasso bis hin zur Neuen Sachlichkeit, wie sie auch das Staatliche Bauhaus in Weimar propagierte, das von Walter Gropius gegründet worden war. Dann widmete sich die Runde der Musik, sprach über den Jazz und die neuen Tänze, die von Amerika herüberschwappten. Nahtlos wechselten sie die Themen – und Ilse saß gespannt und innerlich strahlend dabei.

«Ich habe aus Neugier in Oswald Spenglers Buch über den *Untergang des Abendlandes* reingelesen», sagte eine junge Frau mit schmalem Gesicht, die Tatjana hieß und mit russischem Akzent sprach. «Seiner Meinung nach zeugen Kino, Expressionismus, Boxkämpfe und Niggertänze von der Unfruchtbarkeit des zivilisierten Menschen!»

Die zierliche Blonde, die links neben Ilse saß und Anna hieß, winkte ab und zitierte aus einem Artikel, der offensichtlich ihren Zorn erweckt hatte: «‹Die Übernahme der barbarischem Blut entsprungenen Negertänze Shimmy und Foxtrott zeigen, dass man in diesem Land nicht mehr von kulturellem Hochstand sprechen darf!› Das ist doch die Höhe, nicht wahr?», empörte sie sich.

«Wer schmeißt denn da mit Lehm, der sollte sich was schäm», zitierte Olga die Textzeile aus Claires bekanntem gleichnamigem Schlager.

Claire selbst lenkte das Thema noch einmal in Richtung Modedesign. Anna erkundigte sich nach Ilses Studium, und auch Tatjana war interessiert zu hören, in welchen Häusern Ilse ihre Entwürfe anbot.

Ilse erfuhr dagegen, dass sich die Frauen normalerweise zu einem kulturpolitischen Salon einmal in der Woche bei Claire daheim trafen, nach dem Bruch eines Wasserrohrs wäre es dort im Moment allerdings sehr ungemütlich, erzählte Claire und rollte in einer Mischung aus Verzweiflung und Komik mit den Augen.

Ilse war von der Frauenrunde fasziniert. Als sie zu später Stunde Claire Waldoff die Hand zum Abschied reichte, lächelte diese sie warm an. «Kommen Sie doch auch vorbei, wenn man bei mir daheim keine Gummistiefel mehr benötigt. Oder Sie gehen ins *Romanische Café*. Ich bin meist dienstags dort, am späten Nachmittag. Ich könnte Sie mit einigen interessanten Leuten bekannt machen – Frauen und Männern! Wir Lesben sind nämlich nicht halb so männerfeindlich, wie man uns nachsagt.»

Ilse sagte begeistert zu und versprach, sich so bald wie möglich

daheim in Berlin, aber was hieß das schon? Hungrig waren sie hier fast immer. Und erschöpft! Zudem zerrte das ständige Granatfeuer an den Nerven. Seit sieben Tagen dröhnte und schrie die Artillerie mal wieder ohne Unterlass, der Boden grollte und bebte ... Robert begann sich stöhnend im Bett hin und her zu werfen. Er war am ganzen Körper schweißnass. Kriegte keine Luft. Musste die Gasmaske loswerden, jetzt SOFORT, sonst würde er ersticken.

In der Ferne hörte er den Feldwebel brüllen. Die Männer griffen nach ihren Gewehren und eilten den gewundenen Graben entlang. Leitern, Granatfeuer, Blitze am Himmel, dazwischen die Rufe des Offiziers, der sie vorwärtsdrängte. Robert kletterte hinter Johannes die Leiter hinauf und taumelte den anderen hinterher. Was vor wenigen Tagen noch Felder und Wiesen gewesen war, zog sich nun als schlammige Kraterlandschaft bis zum Horizont. Wie Sternschnuppen zogen die Geschosse flammende Bahnen über den Nachthimmel. Und dann die Explosion! Robert wurde in die Luft geschleudert und schlug irgendwo in einem Erdtrichter auf. Er sah Blitze vor seinen Augen, sein Kopf war erfüllt von einem Rauschen und Dröhnen. Er wusste nicht mehr, wo er war und was er hier zu suchen hatte.

Kurz darauf kam der Schmerz. Er tastete nach seinem Oberschenkel, nach seinen Lenden. Warmes, klebriges Blut durchnässte seine Uniform. Er versuchte, sich aufzurichten, doch er konnte sich nicht bewegen. So lag er zusammengekauert da, atmete gegen den Schmerz an und lauschte dem Artilleriefeuer und den Schreien der Männer, die getroffen wurden.

Irgendwann musste er das Bewusstsein verloren haben, denn als sein Kopf wieder klar wurde, konnte er im Osten die erste Helligkeit des Morgens erahnen. Um ihn herum war es verdächtig still. Nur ein anderer Verletzter stöhnte irgendwo in der Nähe. Dann schwieg auch er.

Noch nie in seinem Leben hatte sich Robert so verlassen gefühlt. Vielleicht hätte ein anderer in seiner Lage Trost im Gebet gefunden, aber er stammte aus keiner religiösen Familie. Trotz der Schmerzen versuchte er, sein Bein zu bewegen, doch es ging nicht. Sein Fuß hing irgendwo fest, hatte sich in etwas verkeilt, das ihn nicht losließ. Robert fluchte leise vor sich hin, auch um sich von seinem Schmerz und der zunehmenden Schwäche abzulenken, die nach ihm griff, doch es gelang ihm nicht, sich zu befreien.

Plötzlich spürte er, dass er nicht mehr allein war. Er hörte, wie sich jemand leise heranschlich. Hektisch drehte Robert den Kopf, konnte aber niemanden erkennen. Und doch war da eine Bewegung am Rand des Kraters.

Franzosen? Tommys? Kamen sie, um ihm den Rest zu geben? Er zog noch einmal mit aller Kraft an seinem Fuß, vergebens. Fluchend übertönte Robert jeden Schmerz und jede Vorsicht.

«Du weißt aber schlimme Worte», flüsterte ihm eine Stimme ins Ohr. Eine Hand legte sich auf seine Schulter.

«Johannes!» Die Todesangst fiel so plötzlich in sich zusammen, dass er in Tränen ausbrach.

«Natürlich bin ich es», erwiderte der Freund unangemessen heiter. «Ich hab deinen Eltern versprochen, dich in einem Stück wieder heimzubringen. Lass mal sehen, wie schlimm es dich erwischt hat.»

Seine Hände tasteten an Roberts Leib entlang. «Ich hab dem Krassmann die Hölle heißgemacht, als ich merkte, dass du fehlst. Der wollte niemanden mehr rauslassen, um Verletzte zu suchen, aber ich hab ihm keine Ruhe gelassen, er musste zustimmen. Jetzt lieg still, hier hast du einen Splitter drin.»

«Und mein Fuß steckt fest», stöhnte Robert.

Johannes tätschelte ihm die Wange. «Wir holen dich gleich da raus, und dann nimmst du dir einen schönen Krankenausstand in der Heimat.»

Er kroch zum Kraterrand hinauf, raunte einen Namen und kam kurz darauf mit einem Kameraden zurück. Rudi hieß er, ein Schweißer von einer Kieler Werft, der vermutlich auch einen Bullen aus der Grube herausgetragen hätte. Zusammen mit Johannes gelang es ihm, Roberts Fuß zu befreien und den Verletzten zum Unterstand zurück in Deckung zu schaffen.

Robert verlor das Bewusstsein und erwachte erst wieder, als er in das müde Gesicht einer Krankenschwester blickte.

Kapitel 2

Sie saßen im Kino. Luises Hand umklammerte Roberts Rechte, während ihr Blick geradezu an der Leinwand klebte, wo der unheimliche Doktor durch das Bild schlich und sich dann mit einer grausigen Grimasse dem Publikum zuwandte. Die fast schmerzhaft schrille Musik des Klavierspielers jagte Luise Schauder über den Rücken: Der Doktor scheint sie durch seine runde Brille mit dem dicken Rand direkt anzustarren. Sein dünnes weißes Haar quillt unter dem schwarzen Zylinder hervor. Franzis und Alan verfolgen ihn und erleben, wie der Somnambule erwacht. Sein weiß geschminktes Gesicht mit den schwarz umrandeten Augen lässt ihn wie einen Toten erscheinen. Er prophezeit Alan, dass er nur noch bis zum Morgengrauen zu leben hat.

Luise zuckte zusammen und drückte Roberts Hand noch fester. *Das Cabinet des Dr. Caligari* hatte am 26. Februar im Berliner Filmtheater Marmorhaus am Ku'damm Eck seine Premiere gefeiert. Seit Wochen war der Saal bei jeder Aufführung bis zum letzten Platz gefüllt. Auch heute, am 12. März.

Als die beiden gut eine Stunde später aus dem Kino auf die Straße traten, fiel ihnen die veränderte Atmosphäre auf. Menschen standen in Grüppchen dicht gedrängt, doch die Stimmung war nicht die eines gewöhnlichen Freitagabends. Roberts Blick fiel auf die Schlagzeilen der Abendzeitungen, die ein Zeitungsjunge in die Luft hielt. Er blieb stehen und drückte dem Burschen eine Münze in die Hand. Zusammen mit Luise beugte er sich unter einer Straßenlaterne über den Artikel. Von einem bevorstehenden Putsch war die Rede, die Brigade Ehrhardt wurde erwähnt. Es hieß, Reichswehrminister Noske ließe Regimenter der Sicherheitspolizei und der Reichswehr ins Regierungsviertel marschieren, um es zu schützen, doch die Reichswehr weigerte sich, gegen ihre Kameraden vorzugehen.

Luise sah Robert fragend an. Doch ehe er antworten konnte, drang Motorengeräusch an ihre Ohren. Schwarze Wagen rollten über den Kurfürstendamm in Richtung Westen.

«Da, seht, die Abgeordneten sind alle auf dem Weg in den Reichstag», rief ein Mann, der in ihrer Nähe stand. Auch er hielt eine Zeitung in den Händen.

Als Luise am nächsten Morgen mit der Stadtbahn von Charlottenburg Richtung Alex fuhr, herrschte große Aufregung in der Bahn. Jemand verkündete, die Regierung sei nach Dresden geflohen, andere behaupteten, nach Stuttgart. Militärische Einheiten mit weißen Hakenkreuzen auf den Helmen seien vor kaum einer Stunde durch das Brandenburger Tor marschiert. Das konnte doch nicht wahr sein, oder?

Am Bahnhof Friedrichstraße stieg Luise in die Straßenbahn um. Da fielen ihr mehrere offene Militärfahrzeuge auf, von denen aus Uniformierte Flugblätter verteilten. Am Alex angekommen, eilte sie zu einem der Zeitungsstände, zückte fünf Pfennige und nahm sich einen *Berliner Lokal-Anzeiger*, dessen Druckerschwärze noch nicht einmal getrocknet schien. Fett gedruckte Schlagzeilen stachen ihr ins Auge.

Umsturz in Berlin!
Aufrührer stellen ein Ultimatum an die Regierung.
Die Regierung aus Berlin geflüchtet.

Mit der Zeitung in der Hand erreichte Luise das Vorzimmer, in dem ihr Schreibtisch stand. Sie griff zum Telefon und rief Robert im Büro an.

«Hast du es schon gelesen? Dieser Kapp soll zum neuen Reichskanzler ernannt werden.»

Auch Robert hatte sich bereits informiert. «Ja, das Regierungsviertel ist umstellt. Aber Reichspräsident Ebert und Reichskanzler Bauer lassen sich nicht so einfach aus dem Amt jagen. Der Vizekanzler soll in Berlin geblieben sein und Flugblätter verteilen lassen. Mit einem Aufruf zum Generalstreik. Und die ersten Eisenbahner legen schon die Arbeit nieder. Sie stellen sich gegen die Putschisten.»

«Und was sollen wir jetzt machen?»

«Bleib in deinem Büro, Luise. Und bevor du Feierabend machst, fragst du am besten einen deiner Vorgesetzten, ob es sicher genug ist, nach Hause zu fahren. Sag mir auf alle Fälle Bescheid, ehe du die Burg verlässt.»

Luise versprach, vorsichtig zu sein und sich wieder zu melden.

Ella sah aus dem Fenster, obgleich es in dem düsteren Hinterhof nichts zu sehen gab. Kinderstimmen schallten zu ihr herauf. Wie jeden Tag spielten die Kinder, die nicht gerade in der Schule waren, im Hof oder draußen auf der Straße. Wie hätten sie es auch in den engen, überfüllten Wohnungen aushalten können, wo sie nur im Weg waren, wenn die Mutter bei ihrer Heimarbeit an der Nähmaschine saß. Oder sie war den ganzen Tag außer Haus, um Geld zu verdienen, und die Kinder blieben allein. Viele Frauen hatten ihre Ehemänner im Krieg verloren, oder die einst stolzen Soldaten waren als körperliche oder seelische Krüppel heimgekehrt und konnten höchstens noch bettelnd auf das Mitleid der Menschen hoffen. Die gesunden Männer hatten Arbeit in einer der Fabriken, aber häufig saßen sie abends lieber mit ihren Kollegen in der Kneipe, spielten Karten und gaben ihr Geld für Molle und Korn aus, statt zu ihrer Familie heimzukehren und die Haushaltskasse zu füllen.

Einen Vater, der das sauer verdiente Geld versaufen konnte, gab es in Ellas Familie nicht mehr. Er war an der Front geblieben und hatte die inzwischen sechsundzwanzig Jahre alte Ella mit der Mutter Rosa, ihrem Bruder Paul und der kleinen Minna zurückgelassen; die Schwester war allerdings noch vor Kriegsende am Fieber gestorben. Also gab es jetzt nur noch Rosa, die so gut wie keine Witwenrente bekam und darum in Heimarbeit Wäsche ausbesserte. Den achtundzwanzigjährigen Paul, der sich nachts auf der Straße herumtrieb und mal Geld hatte oder auch nicht. Und Ella, die nichts mehr hasste als die nach Schimmel und ranziger Suppe riechende Zweizimmerwohnung, in der sie aufgewachsen war.

Als Kind hatte sich Ella in der Schule angestrengt und die Volksschule mit einem guten Zeugnis verlassen. Das Gymnasium oder gar ein Studium waren jenseits ihrer Hoffnungen. Daher hatte sie eine Lehre in einem Lebensmittelladen begonnen und sich nach ihrem Abschluss in allen Kaufhäusern der Stadt beworben. Nun war sie seit zwei Jahren das stolze Fräulein Verkäuferin modischer Damenhüte im Kaufhaus von Hermann Tietz am Alex, der neben diesem und dem Haupthaus in der Leipziger Straße noch weitere Filialen in Berlin betrieb, die die Leute kurz *Hertie* nannten.

Mit ihrem ersten Geld hatte sich Ella eines der kleinen Zimmer unterm Dach im Seitenflügel des um verschiedene Höfe verschachtelten Hauses gemietet und sich ihr eigenes kleines Reich eingerichtet. Natürlich musste sie der Mutter ab und zu helfen oder Paul unterstützen, wenn der wieder einmal pleite war, aber ansonsten konnte sie sich nach der Arbeit in ihre eigene Kammer zurückziehen, die sie, wie ihre Kleidung, penibel sauber hielt.

Heute war Ella bei ihrer Mutter, die in dem abgewetzten Sessel neben dem kalten Herd saß und eine Schürze säumte. «Warum biste nich bei der Arbeit? Hab'n se dir rausgeschmissen?»

«Nee», wehrte Ella ab. «Alle streiken. Auch Hertie hat dichtgemacht. Die von der Reichswehr wollen unsern Kanzler absetzen und schießen auf die Roten.»

«Is der Krieg nich vorbei?», versicherte sich Rosa und legte grübelnd die Stirn in Falten.

«Schon», bekräftigte Ella. «Aber die Anhänger vom Kaiser wollen keine Republik mit den Sozialdemokraten. Und sie wollen einen von ihren Generälen als Präsident oder Kaiser oder so.»

«Und deswegen gehste nich auf Arbeit?»

«Mama, alle streiken! Niemand arbeitet. Wir müssen abwarten, wer gewinnt und wie's dann weitergeht.»

Rosa Weber versuchte, diese Information zu verarbeiten. «Aber wo is dann der Paul? Wenn alle streiken, warum is er heut Nacht nich heimgekommen?»

«Weil bei dem, wat der macht, keiner streikt», wandte Ella ein.

«Wat macht er denn?», wollte die Mutter wissen. Sie schüttelte den Kopf. «Ick hab's mal gewusst, aber jetzt fällt's mir wieder nich ein.»

Ella rollte mit den Augen. «Is ganz gut, dass du det vergessen hast. Det willste gar nich so genau wissen!»

«Doch! Ick bin doch seine Mutter.»

Ella schwieg. Sie stellte ihrer Mutter einen Teller mit warmer Suppe auf den Tisch, legte einen Kanten Brot von vorgestern dazu.

«Willste nich mit mir essen?», rief Rosa ihrer Tochter nach, als diese hastig die Tür hinter sich schloss.

In ihrem kleinen Zimmer setzte Ella sich an ihren eigenen Tisch und öffnete eine Flasche Bier. Genüsslich trank sie Schluck für Schluck, während ihre Gedanken in die Zeit des Krieges zurückwanderten. Der Hunger, der tägliche Kampf um jedes Stückchen Brot, die anstrengende Arbeit in der Munitionsfabrik, in der sie die letzten beiden Kriegsjahre zusammen mit der Mutter hatte arbeiten müssen.

Wann eigentlich hatte das mit Rosas Vergesslichkeit angefangen? Mit Minnas Tod oder schon früher, als der Vater gefallen war? Nein, um ihn hatte die Mutter weit weniger gebangt als um ihren Paul, der dann aber glücklicherweise unversehrt zurückgekommen war, anders als so viele andere Freunde und Nachbarn ...

♦

April 1917. «Hast du schon gehört?», fragte Gertrud Richter ihre Tochter, als sie von ihrem täglichen Schlangestehen nach Lebensmitteln mit karger Beute nach Hause gekommen war. «Robert ist da.»

«Was redest du da?» Luise kam mit einem Handtuch um ihre nassen Haare aus dem Badezimmer. «Das kann nicht sein. Johannes hat mir geschrieben, dass sie vor Juli nicht auf Heimaturlaub hoffen dürfen.»

«Ich habe ihn aber gesehen», widersprach Gertrud. «Er sieht verdammt fesch aus in seiner Uniform. Was glaubst du, wie er erst in einer Offiziersuniform aussehen wird!»

Luise sah ihre Mutter strafend an. «Unsere jungen Männer tragen Uniform, um Franzosen, Engländer, Russen und wen sonst noch alles totzuschießen.»

«Die unsere Feinde sind und Deutschland die Luft zum Atmen genommen haben», ergänzte Gertrud erregt. «Wir wollten diesen Krieg nicht. *Sie* haben ihn uns aufgezwungen, und nun müssen wir uns verteidigen, wenn unser deutsches Volk nicht untergehen soll.»

«Ach, und das glaubst du noch immer?», kommentierte Luise in sarkastischem Tonfall. «Wobei ... in einem hast du vermutlich recht. Momentan können wir nicht einfach aufhören und sagen: Wir behalten die eroberten Gebiete, und dabei belassen wir es. Wobei ich mich frage, ob die Alliierten einem Friedensvertrag zustimmen würden, wenn Deutschland bereit wäre, in seine alten Grenzen zurückzukehren.»

«Luise! Das wäre *die* Katastrophe und eine Blamage vor der ganzen Welt. Dann wären all die Soldaten und auch Roberts Vater umsonst gefallen. Dann wären alle unsere Entbehrungen sinnlos.» Ihre letzten Worte waren beinahe ein Schluchzen.

«Sind sie das nicht in jedem Fall?»

«Das darfst du nicht sagen! Was ist mit dem neuen Lebensraum, den das deutsche Volk braucht, um seinen Geist und seine Kultur auszubreiten?»

Luises Miene verdüsterte sich noch mehr. «Mama, du solltest nicht immer diese völkischen Blätter lesen. Sonst willst du womöglich irgendwann mit Johannes' Familie nichts mehr zu tun haben.»

«Du meinst, weil die Großeltern Juden waren?» Gertrud wiegte den Kopf hin und her. «Ich weiß nicht recht. Ich habe nichts gegen die Rosensteins, aber ich habe immer das Gefühl, die scheinen sich als was Besseres zu fühlen und halten andere auf Abstand. Und wer ist nicht an der Front und stattdessen im Ministerium befördert worden? Samuel Rosenstein, der Vater von Johannes! Nein, getauft oder nicht, so richtige Deutsche sind sie einfach nicht und lassen lieber *unsere* Männer und Söhne ihre Haut zu Markte tragen.»

«Johannes ist mit Robert gemeinsam an der Front, und sein Vater ist deutlich älter als Roberts Vater!», verteidigte Luise die Familie von Johannes.

Gertrud zuckte mit den Schultern. «Mir jedenfalls sind die Wagenbachs lieber. Willst du nicht runtergehen, Robert begrüßen? Unser Beileid zum Verlust des Gatten habe ich Frau Wagenbach bereits versichert.»

Genau das tat Luise und stiefelte ein Stockwerk tiefer in die Beletage hinunter.

Obgleich das Telegramm schon einige Tage alt war, fand sie Margarete Wagenbach in Tränen aufgelöst, während Robert den Tod des Vaters tapfer hinnahm.

«Lass uns ein wenig rausgehen», schlug er vor, vermutlich, um der bedrückenden Atmosphäre und der leidenden Miene seiner Mutter zu entkommen.

«Es tut mir so leid», bekräftigte Luise. «Ich habe deinen Vater sehr gerne gemocht. Es ist schrecklich, wenn ein Elternteil so plötzlich stirbt. Du weißt, wie es mich damals getroffen hat, als mein Vater mit seinem Wagen verunglückt ist.» Sie drückte Roberts Hand und ließ es zu, dass er sie festhielt.

«Für dich war es vermutlich noch schlimmer», vermutete Robert. «Du warst ein paar Tage vorher gerade einmal siebzehn geworden.»

Hand in Hand gingen sie durch die Straßen bis zum Bahnhof Zoo und dann weiter an der Mauer des Tierparks entlang zum Landwehrkanal. Unter den tiefhängenden Zweigen einer Trauerweide, die gerade das erste Grün ansetzte, ließen sie sich auf einer Bank nieder. Der Boden war jetzt im April noch zu feucht und kalt, um sich ins Gras zu setzen, außerdem hatte er Luises Kleid ruiniert.

Eine Weile saßen sie nur schweigend da, hielten sich weiter an der Hand und sahen einigen Enten zu, die über den Kanal paddelten.

«Wie geht es euch an der Front?», erkundigte sich Luise.

Robert zuckte zusammen. «Sei mir nicht böse, aber darüber will ich jetzt nicht reden. Ich werde früh genug zurückmüssen. Lass mich bitte diese wenigen Tage in Berlin den Krieg vergessen – auch wenn er der traurige Grund dafür ist, dass ich gerade hier bin.»

Luise spielte mit seinen Fingern, dann sah sie ihm ins Gesicht, das unvermittelt von einem weichen Lächeln erhellt wurde. Er beugte sich vor und küsste sie zärtlich auf den Mund. Luise hielt ganz still, bis er sich wieder von ihr löste.

«Ach, Luise, wenn es ganz schlimm wird, dann zwinge ich mich, nur an dich zu denken und daran, dass du hier in Berlin sein wirst, wenn ich zurückkomme.»

Luise lachte verlegen. «Natürlich bin ich hier, wenn ihr zurückkommt, du und Johannes. Wo sollte ich denn sonst sein?»

Er legte seine Hände um ihre Taille und beugte sich wieder vor, doch ehe ihre Lippen sich berührten, hielt er inne. «Nein, das ist nicht gut», stöhnte er und ließ sie los. «Du weißt, dass ich dich schon immer liebe, aber bevor ich dir alles sage, was mich bewegt, muss dieser verdammte Krieg zu Ende sein. Dann erst sind wir frei, unser Leben wirklich zu beginnen.»

Luise faltete die Hände in ihrem Schoß, wandte ihren Blick wieder den Enten im Wasser zu und dachte an Johannes.

♦

Der Kalender zeigte den März 1920. Weit im Westen hinter der Grenze Frankreichs, nur ein paar Dutzend Kilometer vor Amiens auf der Südseite der Somme, trat ein Mann aus einem schäbigen Gebäude, das einst ein Kuhstall gewesen und nun notdürftig in eine Behausung für Mensch und Tier verwandelt worden war. Auf der anderen Seite des Hofs war noch die Ruine des Bauernhauses zu sehen, zumindest die letzten Ruinenreste, deren Holz und Steine nicht für den Umbau verwendet worden waren. Die Sonne hatte sich noch nicht erhoben. Es war kühl, dennoch ging er in seinem fadenscheinigen Hemd ohne Jacke bis zum Zaun, an dem im Sommer Wicken rankten und Sonnenblumen blühten. Jetzt spross erst ein Hauch von jungem Grün im Garten und auf den Feldern. Noch hatte der Frühling erst einige Vorboten geschickt.

Bewegungslos stand er da, bis sich die Sonne über dem Horizont erhob und die Tautropfen im Gras wie Diamanten funkelten.

So friedlich und ruhig es hier war, wieder hatte ihn das Trommelfeuer in seinem Kopf erst in Albträume hinabgestürzt und dann mit schweißnasser Stirn aus dem Schlaf gerissen. Wie so oft um diese frühe Morgenstunde traute er sich nicht, noch einmal einzuschlafen. Lieber stand er hier am Zaun, ließ den Blick schweifen und atmete langsam ein und aus, bis er merkte, dass die Anspannung in seinem Körper nachließ.

Er ahnte ihre Schritte hinter sich, wandte sich aber nicht um.

«Konntest du wieder nicht schlafen?», fragte die weiche Stimme, die so heilsam über seine verwundete Seele strich.

«Nur ein wenig Schmerzen in der Hand», log er und umfasste mit der Rechten den Stoff des Ärmels, der unterhalb des Ellenbogens schlaff herabhing. «Dass Dinge, die es gar nicht mehr gibt, uns derart peinigen können.» Sein Französisch war inzwischen recht flüssig.

Langsam wandte er sich der kleinen Gestalt zu, die er um mehr als eine Haupteslänge überragte. Ihr sicher einst schönes Gesicht war schmal geworden und wirkte verhärmt. Ihr kurz geschnittenes schwarzes Haar war von ersten grauen Strähnen durchzogen.

Obgleich er aufrecht stand, war seine Hüfte seltsam schräg gestellt, das Gewicht ruhte fast vollständig auf dem rechten Bein.

Das linke Bein wirkte unnatürlich versteift. Dennoch war er ein imposanter Mann mit einem markanten und noch immer schönen Gesicht. Der gepflegte dunkle Bart verbarg die Narben auf der linken Wange.

«Du bist seit Tagen wieder so unruhig», sagte sie sanft. «Ist der Moment gekommen? Willst du mich verlassen und in deine Heimat zurückkehren?»

Er legte den Kopf schief und sah sie aus seinen braunen Augen an, die mal warm und herzlich strahlten und sich dann wieder in Verzweiflung verdunkelten.

«Ich habe darüber nachgedacht, ja, das stimmt», gab er zu und griff gleichzeitig nach ihrer Schulter, um die Wirkung der Worte abzumildern. Er zog sie in seine Arme und wiegte sie, als wäre die Frau, die ihm in den letzten Monaten zur Mutter geworden war, ein Kind, dessen Furcht man besänftigen wollte.

«Jérôme», flüsterte sie an seiner Brust. «Du weißt, dass ich dich gehen lasse, wann immer du willst. Ich werde weinen, dich aber nicht zurückhalten. Das habe ich dir immer versprochen. Nur *jetzt*, denke ich, ist es nicht der richtige Augenblick.» Ihre dunklen Augen weiteten sich. «Es wird schon wieder geschossen. In der Zeitung schreibt man von einem Putsch der Völkischen. Militäreinheiten mit weißen Hakenkreuzen auf ihren Helmen seien in Berlin einmarschiert. Es heißt, die Regierung sei aus Berlin geflohen und dieser Putschist, Kapp heißt er, hätte sich zum Reichskanzler ernannt.»

Er löste sich von ihr, legte den gesunden Arm um ihre Schulter und hinkte neben ihr her ins Haus zurück. In dem großen Raum, der als Küche und Stube diente, setzte er sich an den Tisch. Aveline schlug die französische Zeitung auf, die von den Vorgängen in Deutschland drüben berichtete, und begann laut zu lesen:

«Bereits am 1. März hat der deutsche Wehrminister Noske die Auflösung der Freicorps verlangt, um die im – am 10. Januar 1920 in Kraft getretenen – Versailler Vertrag geforderte Truppenreduzierung einzuleiten. Dieser Anordnung widersetzte sich der preußische General Freiherr von Lüttwitz. Er forderte Reichspräsident Ebert auf, die Anordnung zurückzunehmen und Neuwahlen anzusetzen. Daraufhin forderte der Reichswehrminister von Lüttwitz auf, seinen Rücktritt einzureichen, doch dieser reiste stattdessen nach Döberitz und befahl der Truppe Eberhardt den Marsch auf Berlin. Während noch in Berlin das Reichskabinett tagte, schlossen sich die antirepublikanische Nationale Vereinigung um den Gründer der Deutschen Vaterlandspartei (DVLP) Wolfgang Kapp und General Ludendorff, der – wie wir alle wissen – im Großen Krieg an Hindenburgs Seite in der Obersten Heeresleitung agierte, dem Putsch an. Die Sozialdemokraten aber haben zum Generalstreik aufgerufen. Alle Räder stehen im Deutschen Reich still. Das Volk scheint nicht bereit, die Putschisten gewähren zu lassen.»

Aveline ließ die Zeitung sinken. «Ist das ein guter Zeitpunkt, nach Berlin zurückzukehren? Ich bitte dich, denk noch einmal darüber nach, ehe du etwas tust, das du nachher bereust.»

Er stieß einen tiefen Seufzer aus, erhob sich, strich ihr über das Haar und küsste sie auf den Scheitel. «Du hast vermutlich recht. Wozu die Eile? Jetzt bin ich schon so lange hier. Und auf mich wartet in Berlin sowieso niemand mehr.» Für einen Moment wurde seine Stimme hart. «Schauen wir, wie sich die Lage weiterentwickelt.»

♦

Der Generalstreik begann am Sonntag, dem 14. März, dennoch fuhr Luise pflichtbewusst am nächsten Tag zur Burg, nur um festzustellen, dass sich die Behörden dem Streik ebenfalls anschlossen und der Polizeipräsident die wenigen Angestellten, die überhaupt gekommen waren, gleich wieder heimschickte. Was allerdings nicht so einfach umzusetzen war, denn inzwischen waren das Zug- und Straßenbahnpersonal ebenfalls in Streik getreten. Wie sollte sie nun nach Charlottenburg kommen?

Luise beschloss, zu Ilse zu gehen, deren kleine Wohnung in der Kommandantenstraße wesentlich schneller und sogar zu Fuß zu erreichen war. Auf ihrem Weg sah sie, wie Kaufhäuser ihre Türen verbarrikadierten und ihre wertvollen Schaufenster zu schützen suchten.

Erleichtert stellte sie fest, dass Ilse daheim war. Auch die Modehäuser, für die Ilse Entwürfe anfertigte, hatten Verkäuferinnen und Näherinnen nach Hause geschickt, so hatte sich auch Ilse auf den Heimweg gemacht. Entwürfe zeichnen konnte sie auch am Küchentisch.

Zum Glück hatte Herr Stöckler, der Besitzer des kleinen Gemischtwarenladens im Erdgeschoss, eine Schwäche für «die hübsche Dame aus dem zweiten Stock» und ließ Ilse sein Ladentelefon benutzen. So konnte Luise ihrer Mutter kurz Bescheid geben, dass sie in Sicherheit war, aber leider nicht wusste, wann sie wieder nach Hause kommen könnte.

Wenige Stunden später ging gar nichts mehr. Wie eine Welle weitete sich der Generalstreik an diesem Montag über die gesamte Republik aus. Auch die Fräulein von der Telefonvermittlung schlossen sich dem Streik an. Es gab keine Post, keine Busse und Bahnen, kein Gas, kein Wasser, kein elektrisches Licht!

Ilse und Luise versteckten sich wie die meisten Berliner in ihrer Wohnung. Alle Geschäfte waren geschlossen, man musste sich untereinander aushelfen. Offiziell war Herr Stöcklers Laden natürlich auch zu, doch der alte Herr, der gleich neben seinem Geschäft wohnte, sorgte dafür, dass die beiden Frauen nicht hungern mussten.

Die Lage änderte sich ständig, doch da auch die Zeitungsverlage streikten, konnte man Neuigkeiten höchstens von den Plakaten, die überall angeschlagen wurden, oder aus Flugblättern erfahren.

Dem Streikaufruf der Regierung folgten auch der Gewerkschaftsbund und die KPD, doch dann flammte plötzlich der Gedanke an eine Räterepublik auf wie in den stürmischen Novembertagen 1918. Arbeitergruppen bewaffneten sich und gingen gegen die Putschisten vor. Wo immer die Gegner aufeinandertrafen, kam es zu Schießereien mit Toten und Verletzten. Nach vier Tagen gab Wolfgang Kapp auf und floh am 17. März in Richtung Schweden, worauf sich von Lüttwitz zum Militärdiktator ausrief und Truppen auf die Streikenden hetzte. Neben der Marinebrigade Ehrhardt hatte er auch die Sicherheitspolizei auf seiner Seite, die mit Maschinengewehrsalven gegen die Menschen auf der Straße vorging und sogar Bomben aus Flugzeugen abwerfen ließ, die über der Stadt kreisten. So etwas hatten die Berliner nicht einmal während des Krieges erlebt. Doch die Ereignisse weckten nicht nur in Luise Erinnerungen an die Tage im November 1918. Sie und ihre Mutter waren über die Kriegsjahre zu verschworenen Verbündeten geworden, die sich zusammen durch die harten Jahre geschlagen hatten, denn ihren Vater hatte Luise bereits vor dem Krieg bei einem Unfall verloren.

Es waren Jahre voller Hunger und Not gewesen, vor allem die Winter. Immer wieder hatte es geheißen, der Krieg könne nun nicht mehr lange dauern, doch erst im November 1918 fand das Töten endlich ein Ende. Roberts Vater war bereits im April 1917 gefallen,

Johannes' Mutter lag gerade einmal zwei Monate auf dem Friedhof Grunewald. Gestorben ohne jede Hoffnung, ihren Sohn wiederzusehen, der seit Wochen als vermisst galt. Vermutlich gefallen im Dienste eines Kaiserreichs, das wenige Monate später hinweggefegt werden würde von dem Sturm, der im November 1918 seinen Anfang nahm, als ein paar Matrosen in Kiel gegen einen sinnlosen Befehl meuterten. Nun, da jeder wusste, dass alles verloren war, nicht mehr bereit, sich für den Kaiser zu opfern. Schnell erfasste der Sturm das ganze Land, das nach dem vier Jahre währenden Krieg und der schmerzlichen Niederlage am Ende seiner Kraft war. Seitdem waren sie eine Republik. Die nun erneut in Gefahr geriet. Würde das Land denn nie zur Ruhe kommen?

«Robert macht sich bestimmt schreckliche Sorgen um mich», sagte Luise bei einem ihrer kärglichen Abendessen.

«Robert ist nicht dumm», erwiderte Ilse. «Er hat sich sicher als Erstes bei deiner Mutter erkundigt, und die weiß ja, dass du bei mir in Sicherheit bist.»

Luise überlegte, dann nickte sie. «Vermutlich hast du recht.» Sie nahm sich noch ein Stück trockenes Brot, das sie kaum mehr beißen konnte, und tunkte es in ihren Kaffee, für den keine Milch mehr da war.

«Bin ich froh, dass sich um mich, seit Mutter gestorben ist, niemand mehr Sorgen macht», behauptete Ilse nach einer Weile.

Luise dachte an Ilses Vater, Samuel Rosenstein, der sich seiner Tochter gegenüber wenig gluckenhaft verhielt. So war sie geneigt, der Freundin zuzustimmen.

Jahrelang hatten sie im selben Haus am Stuttgarter Platz gelebt: die Familien Wagenbach und Rosenstein in den beiden größten Wohnungen mit hohen, stuckverzierten Decken und breiten Fenstern in der Beletage, die Familie Richter in der etwas kleineren Wohnung über den Wagenbachs. Wobei diese Wohnung mit ihren fünf Zimmern, der Küche und einem eigenen Bad ebenfalls zu den guten Adressen gehörte.

Ihre Schulzeit hatten die Freunde, nur durch zwei Türen oder ein paar Treppenstufen voneinander getrennt, zusammen im repräsentativen Vorderhaus gewohnt, bis die Karriere von Ilses Vater im Bauministerium begann. 1914, kurz vor Kriegsbeginn, hatte Samuel Rosenstein beschlossen, mit seiner Familie wegzuziehen und die großzügige Wohnung gegen ein noch repräsentativeres Haus in Grunewald einzutauschen. Auguste Rosenstein, Ilses Mutter, war im letzten Kriegsjahr an einer schwärenden Wunde verstorben, die man zu spät hatte behandeln lassen, weshalb Ilses Vater nun alleine dort wohnte, nur von seiner Haushälterin umsorgt. Johannes, der einzige Sohn, war nicht aus dem Krieg zurückgekommen, und Ilse – eigenwillig und unkonventionell – lebte lieber im Zentrum von Berlin, kaum fünfzehn Minuten zu Fuß von ihren Auftraggebern rund um den Hausvogteiplatz entfernt.

Die Nacht verlief recht ruhig. Nur von fern glaubten die beiden Freundinnen, ab und zu Schüsse zu hören, und einmal vernahmen sie das Brummen eines Flugzeugs. Am nächsten Morgen prangten an der Wand gegenüber Plakate mit dicker roter Schrift, die die Forderungen der KPD an die Regierung verteidigten: *Enteignung der Großgrundbesitzer. Sozialisierung der Betriebe.* Und einiges mehr. So weit konnte die Regierung den Linken natürlich nicht entgegenkommen. Allerdings berichtete Herr Stöckler süffisant, dass dem frisch ernannten rechten Diktator nun der Streik der Beamten auf die Füße falle. Das Innenministerium verweigere den putschenden Soldaten ihren Sold, den von Lüttwitz selbst nicht übernehmen konnte. Woher auch?

Und so untergruben der Generalstreik und der fehlende Sold den Zusammenhalt der Putschisten. Als es der Regierung dann auch noch gelang, mit der KPD einen Kompromiss auszuhandeln, war der Spuk am 23. März vorbei. Neuwahlen wurden zugesagt, Reichskanzler Bauer musste gehen und wurde von dem Sozialdemokraten Hermann Müller abgelöst, zudem landeten zahlreiche Putschisten hinter Gittern. In der Stadt kehrte Ruhe ein, die Regierung kam zurück, und das öffentliche Leben erwachte wieder.

Nach dem Frühstück verließen die Freundinnen gemeinsam das Haus. Luise war froh, ihre Arbeit im Polizeipräsidium wieder aufnehmen zu können, und Ilse machte sich auf zu den Ateliers der Modehäuser, um ihre neuen Entwürfe vorzustellen.

In der Elektrischen traf Luise zufällig auf Ella, die ebenfalls auf dem Weg zum Alexanderplatz war. Schon lange waren sie einander nicht mehr begegnet, denn obgleich sie im selben Mietshauskomplex wohnten, lagen Welten zwischen dem Vorderhaus und den Hinterhäusern rund um die Innenhöfe, in die nur selten Sonnenlicht drang. Mit jedem Hof und jedem Stock wurden die Behausungen ärmlicher, bis man im hintersten Haus nicht mehr von menschenwürdigem Wohnen sprechen konnte.

«Grüß dich, Ella. Lange nicht gesehen. Gut siehst du aus», sagte Luise und meinte es ehrlich. Wenn sie Ella einmal sah, musste sie ein wenig verlegen an ihre Schulzeit denken, als Ella für sie, Johannes und Robert täglich die Schulbücher zum Unterricht trug. Und so manche Fopperei zu ertragen hatte.

Ella strich über den Rand ihres kleinen Topfhutes und lächelte verlegen. «Ick krieg Prozente, wenn die Sachen vorher auf der Schaufensterpuppe ausgestellt waren oder 'nen kleinen Schaden haben, den ick dann einfach ausbessern kann.»

Luise wunderte sich nicht über die Offenheit. Ella schien noch immer so direkt zu sein wie zu ihrer gemeinsamen Schulzeit. Luise dachte daran, wie Ella nur zu gern die angebissenen Stullen übernommen hatte, wenn sie und die beiden Jungs sich lieber für ein paar Pfennige beim Bäcker süße Hefeteilchen kauften.

«Du arbeitest doch noch bei Tietz, nicht wahr?», fragte sie jetzt. «Ich habe dich dort vergangenes Jahr einmal getroffen, erinnerst du dich?»

Ella nickte. «Ick verkaufe da noch immer Hüte.»

«Deiner gefällt mir *sehr* gut», lobte Luise. «Meinst du, mir steht so was auch? Ich könnte ja mal nach Feierabend vorbeischauen, dann kannst du mich beraten.»

Ella lächelte. «Gern. Auch wenn ick denk, mit deinem hübschen Gesicht steht dir alles.»

♦

An einem späten Nachmittag im Mai machte sich Ilse zum Romanischen Café gegenüber der Gedächtniskirche am Ku'damm auf. Das Café im pseudoromanischen Eckhaus mit breiter Terrasse und hohen Fenstern hatte das *Café des Westens* als Treffpunkt der Boheme abgelöst – nachdem man dort Stammgäste wie die berühmte, aber stets unter Geldnot leidende Else Lasker-Schüler nötigen wollte, doch mehr zu verzehren.

Aber nicht nur die Schöngeister alter Künste trafen sich im Romanischen Café unter wuchtigen Kronleuchtern. Gerade junge Frauen, die sich danach sehnten, von wichtigen Herren für den Laufsteg, den Film oder die Bühne entdeckt zu werden, tummelten sich hier.

Aufmerksam sah sich Ilse um. Schon zwei Mal war sie da gewesen und hatte vergeblich nach Claire Waldoff gefragt. Die Kellner hätten Ilse zwar hereingelassen, jedoch nur in den «Nichtschwimmerbereich», wie der allgemein zugängliche Hauptraum genannt wurde. Menschen mit illustren Namen wie Käthe Kollwitz, Else

Lasker-Schüler oder Heinrich Zille saßen dagegen im sogenannten «Schwimmer-Bassin». Wer sich dort aufhielt, der nutzte seinen Tisch als Arbeitszimmer, Esszimmer und Salon in einem. Literaten und Journalisten schrieben hier Artikel und Bücher, Verträge wurden ausgehandelt, Drehbücher entworfen, Musikstücke komponiert oder Skizzen berühmter Besucher angefertigt.

Heute hatte Ilse Glück. Sie entdeckte Claire Waldoff und winkte ihr zu. Diese schien kurz zu überlegen, dann fiel ihr vermutlich ein, woher sie Ilse kannte. Sie ließ Ilse von einem der befrackten Kellner zu sich an den Tisch bringen und begrüßte sie mit einem Lächeln. «Ah, Fräulein Ilse, unsere Modedesignerin mit dem schicken Kleid aus dem Hohenzollern-Café.»

Ilse bedankte sich, denn ihr war sehr wohl bewusst, dass es eine Ehre war, in diesen Bereich vordringen zu dürfen. Staunend sah sie sich um. Claire folgte ihren Blicken und machte sie auf einige Berühmtheiten aufmerksam.

«Sehen Sie die Männer, die dort drüben so erregt diskutieren? Das ist der Malertisch. Ganz hinten sitzt Max Liebermann, rechts daneben Emil Orlik, dann Otto Dix, den ich sehr schätze, und Max Slevogt. Außerdem sehe ich Max Beckmann, der eigentlich in Frankfurt am Main lebt.»

Ein Mann, den Ilse aus der Zeitung kannte, blieb kurz zögernd an einem Tisch stehen, an dem drei wunderschöne Frauen saßen, und eilte dann zum Tisch der Maler. Nachdenklich runzelte Ilse die Stirn, doch ehe ihr der Name des Mannes einfiel, sagte Claire: «Das ist Max Reinhardt, der Theaterdirektor.»

«Ja, richtig, vom Großen Schauspielhaus», fiel es Ilse ein. «Die alte Markthalle, in der vor dem Krieg der Zirkus Renz residierte, ehe sie zum Theater umgebaut wurde.»

Claire nickte. «Normalerweise würde Reinhardt da drüben am Direktorentisch sitzen, doch wie Sie sehen, wird er von hoffnungsvollen Schauspielerinnen erwartet, die ihm ihre Vorzüge anpreisen möchten. Da flieht er lieber zu den Malern, noch dazu, wo Orlik und Slevogt seine Bühnenbilder anfertigen.»

Eine kleine Frau, nicht gerade hübsch, aber mit einem erstaunlich kraftvoll-federndem Schritt trat an Claires Tisch.

«Valeska!» Claire stand auf und umarmte die Unbekannte. Dann wandte sie sich an Ilse. «Das ist Valeska Gert. Tänzerin. Vielleicht haben Sie Valeska schon mal auf der Bühne gesehen?»

Da musste Ilse nicht lange überlegen. Vermutlich kannte fast jeder in Berlin ihre expressionistische Tanzpantomime oder hatte zumindest in einem der Klatschblätter darüber gelesen.

«Und das ist Ilse Rosenstein», fuhr Claire Waldoff fort, «eine neue Bekannte aus der Modebranche, die eigene Modelle entwirft.»

Valeska Gert reichte Ilse die Hand und sah sie interessiert an. «Wenn das, was Sie da anhaben, von Ihnen entworfen ist, dann haben Sie Talent!»

Ilse freute sich über das Lob und erzählte ein wenig von ihrer Arbeit und ihren Ideen. Die anderen hörten aufmerksam zu und steuerten manch kluge Bemerkung bei. Claire bestellte noch eine Flasche Wein. Die Frauen prosteten einander zu, dann erzählte Valeska einige lustige Begebenheiten von ihren Tanzauftritten und so manchem Missgeschick hinter der Bühne.

«Ich habe früher auch ein wenig getanzt», gestand Ilse, «aber zum Glück bin ich fürs Ballett schnell zu groß geworden.»

«Woraus ich schließe, dass es Ihnen kein sonderliches Vergnügen bereitet hat», kommentierte Claire.

Ilse lächelte schief. «Nein, das Ballett war nichts für mich, obgleich ich sehr gerne tanze. Ich fühle mich in diesen strikten Bewegungsformen zu eingeschränkt. Geliebt habe ich dagegen den freien Ausdruckstanz. In meiner Studienzeit habe ich in einer Gruppe mitgetanzt, die Isadora Duncan nacheiferte.»

«Ah, Isadora!», rief Valeska aus. «Sie bedeutete vor einigen Jahren noch Revolution und Skandal, heutzutage würde sich keiner mehr drüber aufregen. Jetzt muss man schon solche Sachen wie ich auf der Bühne zelebrieren, um von der Kritik ordentlich verrissen und von den Tugendwächtern geschmäht zu werden. Bei meinem letzten Arrangement ging es um die tänzerische Darstellung einer Prostituierten bei der Arbeit.» Sie hob ihr Glas und grinste schelmisch.

Kapitel 3

1921

Der versuchte Putsch war beinahe schon vergessen, als das Jahr 1921 begann. Die Menschen feierten auf den Straßen, denn nicht alle konnten es sich leisten, einen der zahlreichen Bälle zu besuchen oder das neue Jahr gar in einem der teuren Restaurants mit Champagner und Kaviar zu begrüßen. Die Preise waren in den vergangenen Monaten spürbar angestiegen, und es gab kein Anzeichen dafür, dass dieser Trend bald ein Ende finden könnte. Doch wie zum Trotz schossen in Berlin neben den Tanzdielen auch immer mehr legale oder weniger legale Spielclubs aus der Erde. Hier konnte man beim Roulette, beim Würfel- oder Kartenspiel ein Vermögen verlieren oder auch nur preiswert für vier bis sechs Mark ein exquisites Abendessen einnehmen und lieber den anderen beim Nervenkitzel zusehen.

In solch ein Etablissement wäre Robert mit Luise natürlich nicht gegangen, Ilse hatte da weniger Hemmungen. Wenn die Freundinnen zusammen ausgingen, schleppte sie Luise ein paarmal in ein Casino, allerdings nicht, um zu spielen, sondern lediglich, um das preiswerte Abendessen zu genießen, ehe die beiden irgendwo anders das Tanzbein schwangen. Die teuren Restaurants konnte sich auch Ilse nicht leisten, sie musste das Geld, das sie verdiente, sorgfältig einteilen. Ihren Vater am Ende des Monats anzupumpen, wenn die Kasse zu früh leer war, wollte sie auf jeden Fall vermeiden.

Außerdem führte Ilse Luise ins *Nelson-Theater* am Ku'damm. Sie hatte den Tipp von Claire Waldoff, die von der Attraktion des Nelson-Theaters geschwärmt hatte: Anita Berber, die mit dem Celly-de-Rheidt-Nacktballett auftrat. Es war bekannt, dass Celly de Rheidt mit Tangas aus ein paar Glitzerbändern und fast durchsichtigen Schleiern das Nackttanzverbot der Zensur umging. Kichernd berichtete Luise von ihren Kollegen der Sitte, die darauf bestanden, den Aufführungen beizuwohnen, um sichergehen zu können, dass auf der Bühne nichts Anrüchiges geschah – und so gleichzeitig in den kostenlosen Genuss eines äußerst anregenden Abends kamen.

Alle waren schöne, gut gewachsene junge Frauen, die ihre Körper anmutig zu bewegen verstanden, Anita Berber jedoch war wie aus einer anderen Welt. Ilse stieß Luise an und geriet ins Schwärmen: «Hast du schon einmal so etwas gesehen? Es ist, als müsse ihr Körper all ihre Gefühle und Gedanken im Tanz ausdrücken.»

Auch Luise war beeindruckt. Im ersten Augenblick hatte sie so viel Nacktheit auf einer von Scheinwerfern ausgeleuchteten Bühne verwirrt. Es war ihr, als müsse sie sich für die Frauen und ihre Nacktheit schämen, doch als der Tanz begann, wich dieses Gefühl. Das war kein Zurschaustellen von Frauenhaut, um Männerphantasien anzuheizen. Das war eine Symbiose aus Natürlichkeit und Kunst, die sie tief beeindruckte.

«Wir haben Anita Berber ja schon im Kino gesehen», sagte Ilse, als der Tanz beendet war und das Licht für die Pause anging. «Aber so nah auf der Bühne ist sie noch viel beeindruckender!»

«Ja, du hast recht. Ich erinnere mich gut an den Film *Die Prostituierte*. Aber sind Filme jetzt nicht verboten? Ich meine, Filme, die uns laut der Moralapostel der neuen Zensurbehörde durch ihren schlüpfrigen Inhalt verderben könnten.»

Ilsa nickte. «Richtig, seit Mai. Ich denke, schuld war der Film *Anders als die Andern*, in den du nicht mitkommen konntest. Keine

Ahnung mehr, warum. Jedenfalls geht's um zwei homosexuelle Männer. Ein Violinvirtuose wird von einem Strichjungen erpresst und nimmt sich das Leben, nachdem beide vor Gericht gelandet sind.»

«Ist das nicht der Film, den dieser Dr. Hirschfeld unterstützt hat?» Bei der Sittenpolizei war Luise der Name Hirschfeld schon öfter in Briefen begegnet, die sie tippen musste. Der Arzt galt als *der* Spezialist, wenn es um ungewöhnliche Verhaltensweisen in Verbindung mit Sexualität ging, und wurde immer häufiger zu Rate gezogen, vor allem seit er im vorigen Jahr in Berlin ein eigenes Institut gegründet hatte, das Institut für Sexualwissenschaft.

«Ja, hat er. Und Magnus Hirschfeld hat sogar mitgespielt. Er war der Arzt, der am Ende des Films eine flammende Rede für die Rechte der Homosexuellen hielt.» Ilse seufzte. «Übrigens war auch Anita Berber mit von der Partie. Dann schrie man überall SKANDAL! SKANDAL!, und plötzlich war die Zensur wieder da.»

«Aber es ging nicht nur um Homosexualität, oder?», hakte Luise nach. «Es ging auch um die Herkunft. Dr. Hirschfeld und der Filmproduzent sind Juden.»

Ilse zog eine Grimasse des Abscheus. «Na klar, die Juden sind sowieso an allem schuld.»

Sie kehrten an ihre Plätze zurück und freuten sich an den schönen Tänzerinnen. Ilse schwärmte unverhohlen von Anita Berber. «Sie ist wunderschön, so makellos.»

Luise warf der Freundin einen aufmerksamen Blick zu. Schon lange ahnte sie, dass ihre Vorlieben nicht der Norm folgten, dennoch war sie sich nicht sicher, ob dies nur eine Phase war, in der Ilse für andere Frauen schwärmte, oder ob sie wirklich zu *denen* gehörte. Wie die von Ilse verehrte Claire Waldoff und ihre Lebenspartnerin. Ilse sprach nicht darüber, und Luise traute sich nicht, das heikle Thema von sich aus anzusprechen.

Als sie sich nach der Vorstellung auf die Suche nach einer Motordroschke machten, hörten sie, wie sich zwei der Fahrer über eine Entscheidung des Parlaments stritten, die in den vergangenen Tagen immer mal wieder in den Zeitungen thematisiert worden war.

Von nun an bekamen ehemalige Kriegsgefangene, die noch immer im Reich arbeiteten und von denen die meisten jüdische Zwangsarbeiter aus dem Osten waren, Lohn für ihre Arbeit bezahlt – was offensichtlich nicht jeder in Berlin gut fand.

«Schmarotzer! Sollen se doch in ihre Löcher zurück, wo se rausgekrochen sind!», schimpfte der eine.

«Det sind auch Menschen! Gerechter Lohn für gerechte Arbeit!», schrie ein anderer.

Luise und Ilse entschieden sich, die Droschke des zweiten Fahrers zu nehmen. Sie fuhren zusammen bis nach Charlottenburg, da Ilse heute Nacht bei Luise übernachten würde.

«Meine Mutter findet das gar nicht gut», griff Luise das Thema auf, als sich der Wagen in Bewegung setzte. «Es ist ja unbestritten, dass immer mehr Juden aus dem Osten nach Berlin strömen und sich zu Tausenden hier niederlassen. Hauptsächlich in Mitte, im Scheunenviertel. Hat nicht der Innenminister von den Sozialdemokraten schon nach Kriegsende eine Sperrung der Grenzen für Ostjuden gefordert, da sie uns Deutschen Arbeitsplätze und Lebensmittel streitig machen?»

«Oh ja, das hat er behauptet. Einhunderttausend Juden nehmen sechzig Millionen Deutschen die Butter vom Brot», sagte Ilse sarkastisch. «Dabei weiß ich genau, dass die meisten Ostjuden von ihren eigenen Gemeinden versorgt werden und gar keinem auf der Tasche liegen! Das war auch vor dem Krieg schon so.»

«Du hast recht», pflichtete ihr Luise bei. «Ich bin ja immer wieder mit den Kollegen von der Sitte im Scheunenviertel unterwegs.

Die Juden dort kommen nicht zu unseren Wohlfahrtseinrichtungen. Sie machen das unter sich aus. Aber es stimmt auch, dass man viele von ihnen sieht. Nicht nur im Scheunenviertel, auch in Friedrichshain und im Prenzlauer Berg.»

«Sogar im reichen Charlottenburg», ergänzte Ilse. «Vor allem Russen, wenn sie Geld haben.»

Luise machte eine wegwerfende Handbewegung. «Hör mir auf. Meine Mutter jammert schon, dass wir wegziehen sollten, weil es in Charlottenburg bald nur noch Russen geben würde, die vor der Revolution geflohen seien.»

Als Luise am nächsten Morgen die Zeitung aufschlug, fiel ihr wieder das Gespräch vom vergangenen Abend ein. Sie wartete, bis Ilse ihre Kaffeetasse absetzte, dann hielt sie ihrer Freundin das Zeitungsblatt hin und deutete auf einen Artikel. «Hör mal! Haben wir da nicht gestern erst drüber geredet? Schönebergs Oberbürgermeister Alexander Dominicus (DDP) hat seinen Vorschlag, die aufgelösten Kriegsgefangenenlager in Cottbus und Stargard in Zukunft als Konzentrationslager zu nutzen, noch einmal im preußischen Parlament eingebracht. Juden, die zurück nach Osten abgeschoben werden, sollen dort vorläufig interniert werden. Die Idee wurde mit Beifall aufgenommen, auch vor Ort, denn für die arbeitslosen Wachmannschaften bedeutet dies, dass es wieder Lohn und Brot gibt.» Luise runzelte die Stirn.

Ilse zog eine Grimasse. «Klar, statt Kriegsgefangene zu bewachen, bewachen sie nun eben Juden. Das macht gar keinen Unterschied.»

Luise bezweifelte, dass die Menschen in diesen ehemaligen Gefangenenlagern mit ordentlicher Verpflegung oder respektvoller Behandlung rechnen durften. In München war die bayrische Landesregierung mit der Errichtung eines solchen Lagers längst vorangegangen. Und selbst Berliner Zeitungen berichteten, dass Misshandlungen dort an der Tagesordnung seien. Vergeblich forderten Liberale die Schließung.

Bisher hatten die Ostjuden recht unbehelligt in Berlin leben können. Dass sich der Wind drehte, fiel Luise auch auf ihrem Weg zur Arbeit auf. An Litfaßsäulen hingen große Plakate, auf denen gegen die Ostjuden gehetzt wurde. «Bazillen, Verbrecher, Ungeziefer» wurden sie genannt, und das ganze Scheunenviertel sei «eine gefährliche Eiterbeule».

♦

Er küsste sie zum Abschied auf beide Wangen. «Adieu, mein geliebter Jérôme», flüsterte sie. «Bon vent!»

«Jetzt bin ich wieder Johannes», entgegnete er und drückte sie noch einmal fest an sich. «Aveline, Jérôme ist tot, das weißt du. Du kannst dich nicht ewig selbst belügen. Es tut mir so leid, aber ich fürchte, die Zeit ist gekommen, dass du dich deiner Trauer stellen musst.» Seine Stimme klang liebevoll, um seiner Aussage die Härte zu nehmen. «Ich habe die Entwicklung in meiner Heimat seit Kriegsende aufmerksam verfolgt, und ich denke, jetzt ist die Zeit gekommen, nach Deutschland zurückzukehren.»

Aveline nickte. «Ich weiß. Aber ich danke Gott, dass er dich geschickt und mir noch eine Weile die Illusion gelassen hat, mein Sohn sei noch am Leben.»

Johannes drückte sie ein letztes Mal an sich. «Du hast mir das Leben gerettet, obgleich ich in diesem Zustand nur noch sterben wollte. Damals war ich voller Zorn, jetzt danke ich dir für deine Güte und deine Liebe.»

«Wir haben uns gegenseitig gerettet.»

Ein Pfeifen in der Ferne kündigte die Ankunft des Zuges an, der nur zweimal am Tag auf dieser abgelegenen Strecke vorbeikam. Der Bahnhof war nur eine Baracke, doch wenn das Signal gesetzt wurde, hielt der Zug an dieser Station.

Die Bremsen begannen zu quietschen. Widerwillig löste sich Aveline von Johannes. Kaum dass der Zug hielt, riss er schon die Tür auf und kletterte die beiden Stufen hinauf ins Abteil. Aveline reichte ihm die Tasche mit seinen wenigen Habseligkeiten. Da stand er in der ausgebesserten Hose ihres Sohnes und mit einem alten Hemd, das sie ihm gegeben hatte. Seine eigenen Uniformhosen waren von Granatsplittern und Blut unrettbar verdorben gewesen. Außerdem war es damals nicht ratsam gewesen, sich in einer deutschen Uniform sehen zu lassen. Jetzt aber trug Johannes seine Armeestiefel, der Krieg war seit zwei Jahren vorbei. Über das Hemd hatte er seinen so gut wie möglich gereinigten Soldatenrock gezogen, dessen zerfetzten Ärmel Aveline ein Stück hatte abschneiden müssen. Sorgfältig hatte sie den Saum umgenäht, der gekürzte Ärmel war nun nur wenige Zentimeter länger als sein Armstumpf.

Aveline stieg auf das untere Trittbrett und ergriff Johannes' gesunde Finger. Sie drückte ihm ein zusammengerolltes Bündel Francscheine in die rechte Hand.

«Bitte, nimm es an. Du wirst auf deiner Fahrt Geld brauchen. Und schreib mir, wenn du gesund in Berlin angekommen bist.»

Die Lokomotive pfiff, der Schaffner wedelte mit den Armen. Aveline ließ sich auf den mit Unkraut bewachsenen Bahnsteig hinab und trat widerstrebend ein Stück zurück. Beide hoben die Hände zum Abschied.

«Werde ich dich wiedersehen?», rief Aveline.

Seine Antwort wurde vom Lärm des anfahrenden Zuges verschluckt.

♦

Es klopfte sacht an der Tür zu ihrem Zimmer. Noch ehe Luise etwas sagen konnte, senkte sich die Klinke, und Ilse schlüpfte hinein. Sie sah geradezu königlich aus in einem langen weinroten Kleid, dessen Stoff am Oberkörper raffiniert in Falten gelegt war. Um den freizügigen Ausschnitt rankten sich Perlen und silberne Pailletten, die sich bis über den langen Rock fortsetzten. In ihrem kurzen dunklen Haar trug sie ein Band, das ebenfalls mit Perlen besetzt war.

«Hast du schon aus dem Fenster gesehen?», jubelte sie und lachte Luise an. «Echtes Kaiserwetter, könnte man sagen.»

«Wie spät ist es?», stöhnte Luise.

«Genau die rechte Zeit, um aus dem Bett zu steigen und sich in die schönste Braut der Welt verwandeln zu lassen.»

Luise schlug die Bettdecke zurück und schwang die Beine über die Kante. Dann schlüpfte sie aus ihrem Nachthemd. Sie spürte Ilses Blick und merkte, wie ihr die Röte ins Gesicht stieg. Die Augen zu Boden gerichtet, öffnete sie die goldene Kette um ihren Hals und legte sie mitsamt dem Rubinring, der für ihre Finger zu groß war und denn sie deshalb als Anhänger getragen hatte, in ihre Nachttischschublade. Noch ehe sie diese schließen konnte, stand Ilse neben ihr und drehte den Ring zwischen den Fingern. Sie hob die zu einer schmalen Linie gezupften Augenbrauen und sah Luise an.

«Nur ein alter Ring ... von ... von meiner Großmutter», stotterte Luise und wurde noch verlegener.

«Alt stimmt und das mit der Großmutter auch fast, nur dass es nicht die *deine* war, oder?»

Luise stöhnte.

«Ich weiß, wem der Ring gehört hat.» Ilse seufzte und fügte

vorwurfsvoll hinzu: «Ihr wart verlobt! Wie konntest du mir das die ganze Zeit verschweigen?»

Luise hob die Schultern und ließ sie dann wieder fallen. «Ich war so abergläubisch zu denken, es würde Unglück bringen, wenn ich es vor der offiziellen Bekanntgabe weitererzähle. Aber wie du siehst, es hat Johannes nicht geschützt.»

«Oh nein, nicht wieder weinen», rief Ilse und tupfte mit ihrem Taschentuch über Luises Wangen. «Ja, du hast Johannes verloren, wie wir alle, aber du hast Robert gewonnen, und heute ist euer schönster Tag. Du liebst ihn doch, nicht wahr?»

«Ja», sagte Luise, ohne zu zögern. «Ja, ich liebe Robert sehr, aber ich liebe auch Johannes. Immer noch.»

Ilse zog die Freundin an sich und umarmte sie. «Das ist auch gut so. Wir dürfen die Toten lieben und uns zärtlich an sie erinnern, aber leben müssen wir mit denen, die zurückgekommen sind!» Sie gab Luise den Rubinring zurück, den sie in der Schublade verstaute, ehe sie diese mit einer energischen Bewegung zuschob. Dann sah sie zu der fast einen Kopf größeren Freundin auf. «Ich bin bereit. Mach die schönste Braut aus mir!»

Das ließ sich Ilse nicht zweimal sagen. Sie packte den nagelneuen elektrischen Ondulierapparat aus und machte sich schwungvoll ans Werk.

Nach drei Stunden war sie endlich zufrieden – und Luise lächelte mit verklärtem Blick ihr Spiegelbild an. Das elfenbeinfarbene Kleid schmiegte sich um ihren zierlichen Körper und fiel in Falten vorn bis zu ihren Füßen herab, während es hinten in eine kleine Schleppe auslief. Der gesamte Stoff war mit winzigen Glasperlen bestickt, die verschlungene Muster bildeten. Ihr blondes Haar hatte Ilse im Nacken aufgesteckt, der zarte Schleier schmiegte sich glatt über ihren Kopf. Eine Perlenkette umkränzte das Haupt. Seitlich war über dem linken Ohr ein kleines Blumenbukett aus

Orangenblüten festgesteckt. Eine große, tropfenförmige Perle, die zwischen ihren Brauen ruhte, betonte die hohe Stirn.

«Du bist eine echte Schönheit», bekannte Ilse neidlos. Sie selbst war zu groß und burschikos gebaut, um als wirklich schön zu gelten. «So können wir zur Kirche gehen! Und jetzt hole ich deine Mutter, damit sie dich bewundern kann.»

♦

Es war ein strahlender Sommertag 1921, als Johannes Berlin erreichte, seine Vaterstadt, die er als Soldat an Roberts Seite im September 1914 verlassen hatte. Robert war ganz wild darauf gewesen, sich freiwillig zu melden, und hatte es gar gegen den Wunsch seines Vaters getan. Johannes hätte sich lieber seine Sporen als Architekt verdient, statt französische Feinde totzuschießen, die ihm nichts getan hatten. Aber sein Vater wollte unbedingt einen Kriegshelden, der ordengeschmückt zurückkehren sollte, um der Familie Ehre zu machen. Etwas anderes war Samuel Rosenstein vermutlich nicht einmal in den Sinn gekommen. Doch der Plan war nicht aufgegangen. Der Große Krieg hatte seine eigenen Regeln und das Schicksal nicht nur Johannes' Zukunftspläne über den Haufen geworfen. Er hatte überlebt. Er hatte in Aveline eine Art Familie gefunden und war dankbar für ihre Liebe, die sie dem Fremden, dem Erzfeind, dem jungen, schwer verletzten Soldaten entgegengebracht hatte. Und doch konnte er nicht bei ihr bleiben, nicht auf ewig in Frankreich leben. Berlin war seine Heimat, die er in den vergangenen Monaten immer schmerzlicher vermisst hatte.

Am Bahnhof Friedrichstraße stieg er aus und hinkte den Bahnsteig entlang, über dem sich die kühne Konstruktion aus Glas und Stahl wölbte, auf die sein Vater so stolz gewesen war. Schönheit und Stärke, verbunden in perfekter Harmonie, so wie alles um ihn herum stets perfekt und makellos hatte sein müssen, ganz gleich, ob es sich um eine Klassenarbeit seines Sohnes oder dessen Studienabschluss handelte. Sein einziger Sohn musste stets über all den anderen glänzen.

Johannes vertrieb die düsteren Kindheitserinnerungen und sah sich stattdessen neugierig um. Einige Baugerüste verrieten ihm, dass man inzwischen tatsächlich mit dem Umbau begonnen hatte, der bereits vor dem Krieg gefordert worden war. Schon damals galt der Bahnhof Friedrichstraße als das Drehkreuz der ganzen Stadt.

Schnaufend fuhr die Stadtbahn Richtung Charlottenburg ein. Eine schwarze Rauchwolke stieg zur gläsernen Decke empor, die Räder quietschten ohrenbetäubend, bis sie endgültig zum Stillstand kamen. Johannes kletterte in den ersten Wagen und ließ sich auf eine Bank fallen. Ein seltsames Gefühl ballte sich in seinem Innern zusammen, je mehr sich der Zug der alten Heimat näherte. War es wirklich das Gefühl *heimzukommen*? Natürlich wusste er, dass sein Vater nicht mehr im Haus am Stuttgarter Platz wohnte, doch mit dem neuen Haus in Grunewald, in dem er selbst nur wenige Monate verbracht hatte, verband ihn nichts. Er hatte schon vor Monaten herausgefunden, dass seine Mutter in den letzten Kriegsmonaten gestorben war und der Vater nun alleine in Grunewald lebte.

Seine Gedanken schweiften kurz zu Ilse. Ihr traute er zu, dass Beste aus den Kriegsjahren gemacht zu haben. Ilse war immer stark gewesen, zupackend, selbstbewusst. Würde er sie wiedersehen? Wollte er das?

Seine Heimat war das Haus am Stuttgarter Platz. Dort hatte er seine ersten Schritte gemacht, war herangewachsen, hatte sich jeden Tag mit Luise und Robert auf den Schulweg gemacht. Und von dort aus war er später zusammen mit Robert zur Technischen Hochschule gegangen.

Sie waren die Unzertrennlichen gewesen. Er spürte, wie sich ein Lächeln in seinem Gesicht ausbreitete. Die verschworenen drei, so wurden sie genannt, hatten seine Kindheit geprägt – und dann vielleicht noch Ella, das kleine, etwas pummelige Mädchen, das sich schon in Kindertagen wie eine Klette an ihn und seine Freunde gehängt hatte.

Er verließ die Bahnhofshalle in Charlottenburg und überquerte den Vorplatz. Zur einen Seite erhob sich der so vertraute Bahnhof im Schweizerstil aus ockerfarbenen Ziegeln mit einem niederen Empfangsgebäude und den sich zu beiden Seiten zweistöckig erhebenden Fachwerkgebäuden. Als Provisorium gedacht, damals bei der Einweihung der Stadtbahn 1882. Man hatte es nicht geschafft, gleich jeden der Bahnhöfe an der Stadtbahnstrecke so imposant auszubauen wie den Bahnhof Friedrichstraße. Die Zeit verstrich, und obgleich die Bebauung und die Zahl der Bewohner in Charlottenburg sich schon vor dem Krieg vervielfältigt hatten, waren der alte Fachwerkbau und der Wasserturm unverändert erhalten geblieben.

Dem Personenbahnhof schloss sich der Rangierbahnhof an, in dem die Züge mit Kohle und Wasser versorgt wurden, ehe sie sich – umgekoppelt – wieder auf den Weg Richtung Zentrum und darüber hinaus aufmachten.

Johannes wandte sich der anderen Seite zu. Er stand am Straßenrand und ließ seinen Blick an der fast vollständig geschlossenen Häuserreihe bis zur Einmündung der Kaiser-Friedrich-Straße und wieder zurück gleiten. Dort drüben war die vertraute Haustür und dort das geschlossene Tor zu den Hinterhöfen. Manche der Häuserfronten hatten einen neuen Anstrich bekommen und erstrahlten in zartem Gelb, Grün oder Rosa, doch die meisten waren wie eh und je grau vom Ruß der Eisenbahnen und dem Rauch, der aus den unzähligen Schornsteinen quoll. Hinzu kam der Autoverkehr, der Johannes dichter erschien als zuvor. Er hob die Nase und nahm die Abgase wahr, gegen die sich die Baumreihe am Rand des Stuttgarter Platzes zu behaupten suchte.

Für einen Moment war es ihm, als habe es den Großen Krieg nicht gegeben. Johannes fühlte sich unvermittelt wieder wie der Pennäler von einst aus der Prima oder Sekunda. Gleich würde sich die Haustür drüben öffnen und sein Freund Robert herausstürmen, mit dem Ranzen auf dem Rücken und einem frechen Grinsen im Gesicht. Sie würden sich wie echte Männer begrüßen und noch ein wenig warten, während sie sich etwa über die komplizierten Aufgaben in Mathematik oder Physik austauschten.

Die beiden Freunde mussten immer auf *sie* warten, doch das war es wert. Luise. In ihren ersten Schuljahren, in denen sie dieselbe Schule besucht hatten, war es ihnen nicht aufgefallen, wie schön sie war, doch je älter sie wurden, desto empfänglicher wurden Robert und er auch für die weiblichen Reize, über die Luise verfügte. Sie war keine, die kokett mit den Jungen flirtete. Ja, es schien, als sei sie sich ihrer Wirkung gar nicht bewusst, doch vielleicht machte gerade das sie unwiderstehlich. Nach der Grundschule besuchte Luise ein privates Mädchengymnasium, das zum Glück in der gleichen Richtung lag, sodass sie den größten Teil ihres Schulwegs noch immer gemeinsam gehen konnten.

Als sich die Jungen dem Abitur näherten, wurde es zum festen Ritual, dass Johannes und Robert sich in ihren Liebesschwüren zu übertrumpfen versuchten – allerdings nur, wenn das Mädchen nicht dabei war. Sie waren Freunde, doch in diesem Punkt auch erbitterte Konkurrenten. Wem von ihnen würde es gelingen, die schöne Luise für sich zu gewinnen, sie zu heiraten und für den Rest seines Lebens sein Eigen zu nennen? Es war nicht einfach, sich heimlich einen Vorteil zu verschaffen, da sie die meiste Zeit alles gemeinsam unternahmen. Und Luise schien keinem von ihnen den Vorzug zu geben. Es war zum Verrücktwerden!

In den ersten Schuljahren, als sie noch nicht an Liebe gedacht hatten, war Ella morgens mit ihnen gegangen. Natürlich besuchte sie nicht dieselbe Lehranstalt wie die Kinder aus dem Vorderhaus, doch die staatliche Volksschule lag ihrer Schule schräg gegenüber, sodass sie sich ihre Trägerdienste zunutze machen konnten.

Ella aus dem Hinterhaus. Unscheinbar neben der strahlenden Prinzessin, aber irgendwie auch eine nette Göre, der man Streiche spielen konnte, ohne dass sie gleich in Tränen ausbrach, und die für jede Ungezogenheit zu haben war, die Luise zu derb erschien.

Warum er gerade Ella vor Augen hatte, als sich die Tür auf der anderen Straßenseite öffnete und eine Frau heraustrat? Johannes blinzelte. Vier Jahre waren seit seinem letzten Fronturlaub vergangen, doch er erkannte sie auf den ersten Blick: die unscheinbare Ella.

Die Kriegsjahre hatten ihr offensichtlich nicht geschadet. Sie wirkte etwas größer, schlanker und reifer. Ihre früher zu verfilzten Zöpfen geflochtenen rotbraunen Haare trug sie nun kurz geschnitten, eine Seite frech hinters Ohr geklemmt. Ihr wadenlanges Kleid wirkte frisch gewaschen und gestärkt. Es stand ihr gut. Nun blieb Ella stehen und stülpte sich einen einfachen, aber kleidsamen grünen Hut über den Kopf, unter dessen Rand nur die Spitzen ihres Haares hervorlugten. Sie ließ den Blick auf die Straßenseite gegenüber schweifen – und erstarrte. Er ahnte, wie sich ihre Augen weiteten. Ohne nach rechts oder links zu schauen, überquerte sie die Straße und kam direkt auf ihn zu. Johannes stieß einen warnenden Schrei aus, ein Fahrer in einem offenen Wagen hupte empört, bremste und gab dann hinter Ella wieder Gas.

«Hannes!», stieß sie hervor. Sie war die Einzige, die ihn immer so genannt hatte. «Hannes, det glaub ick jetzt nich.» Sie hob die Hand und ließ sie an seinem rechten Arm entlanggleiten, als wolle sie sich versichern, dass sie nicht an Halluzinationen litt.

«Grüß dich, Ella», sagte er leise und räusperte sich dann.

«Ja, wo kommst *du* denn her? Haste nich gemerkt, det der Krieg schon seit mehr als zwei Jahre rum is?»

Er zog eine Grimasse. «Doch, das ist mir irgendwann aufgefallen, als es plötzlich ruhig wurde und man keine Granateneinschläge mehr hörte.»

«Mensch, die denken alle, dich hätt's erwischt. Die halten dich für mausetot!»

«Ein bisschen angeschossen haben sie mich.» Johannes hob den linken Arm, wo der abgeschnittene Ärmel der alten Uniformjacke kaum ein Stück über seinen Stumpf ragte. «Mein Knie und die Hüfte hat's auch ganz ordentlich erwischt. Wie du siehst, bin ich nur noch ein Kriegskrüppel.» Er machte einige Schritte, so konnte sie sein Hinken sehen.

Ella betrachtete ihn. «Biste deswegen nich heimgekommen? Wegen Luise? Meinste, die hätt dich so nich mehr genommen?»

«Sie hat etwas Besseres verdient!», sagte Johannes steif.

«Ach ja?», rief Ella zornig. «Wenn se auch nur einen Augenblick überlegt hätt, hätt ich ihr eins aufs Auge geschlagen.» Ella wirkte fast verstört. «Meinste echt, det hätt se gestört? Ich hätt se nich für so oberflächlich gehalten. Na, du musst es wissen. Aber jetzt hat sich det ja eh erledigt», fügte sie mit einem tiefen Seufzer hinzu.

«Wie meinst du das?», wollte Johannes wissen und legte besorgt die Stirn in Falten. «Geht es ihr nicht gut? Was weißt du über Luise? Wohnt sie nicht mehr hier?»

Ella schlug sich die Hand vor den Mund. «Warum biste gerade heut hierhergekommen?»

Johannes zuckte mit den Schultern. «Das hat keinen bestimmten Grund. Eigentlich wollte ich nie mehr zurückkommen, aber dann hat es mich irgendwann doch in die Heimat gezogen.»

«Mein Gott, du weißt es nich», stieß Ella hervor und stöhnte. «Halt dich fest: Luise heiratet heut den Robert. Ick hab gesehen, wie se in ihrem Hochzeitskleid mit Schleier und Blumen und all dem Gedöns vor 'ner Stunde mit Ilse und ihrer Mutter, auch völlig aufgedonnert, in 'nem schicken Wagen weggefahren is.»

Johannes dachte, die Welt würde sich plötzlich wie ein Kreisel um ihn drehen, die Bilder verwischten, verwirbelten sich in bunten Schlieren.

Luise heiratet heute.

Robert, den Freund.

Er trug den Sieg davon, und Johannes hatte, wie in Frankreich, noch einmal verloren. Aber wie konnte das sein? Luise trug doch *seinen* Ring um ihren Hals.

Sie denkt, du bist tot. Sie denkt, sie ist frei. Hast du das nicht so gewollt?

Ja, schon. Er hatte sich eingeredet, wie edelmütig es wäre, sie von ihrem Schwur zu entbinden und auf sie zu verzichten. Die wunderschöne Luise nicht zu einem Leben mit einem Kriegskrüppel zu verdammen. Warum tat es dann so furchtbar weh? Schlimmer noch als die Granatsplitter, die ihm die Hand weggerissen hatten?

Was bin ich nur für ein Narr!, dachte er und spürte plötzlich, dass er sich an Ella klammerte. Das Bild um ihn herum klärte sich. Die Welt hörte auf, sich zu drehen.

«Wo ... wo heiraten sie?», presste er hervor und löste dann vorsichtig seinen Griff um ihre Schulter.

«In der Trinita.»

«Und warum bist du nicht dort?»

Ella lachte abfällig. «Glaubst du wirklich, dass se so eine wie mich aus'm Hinterhaus einlädt? Soll ick etwa neben dem Herrn Ministerialdirektor sitzen?»

Johannes fühlte Zorn in sich aufsteigen. «Wir waren als Kinder immer zusammen unterwegs und haben so viel angestellt. Wir waren doch Freunde!»

Ella hob die Schultern. «Det Leben geht weiter. Wir sind keine Kinder mehr. Robert is jetzt der große Ingenieur bei der Baustelle vom Friedrichsbahnhof und Luise Tippse bei die Sitte am Alex.»

«Und du? Was ist aus dir geworden?», erkundigte sich Johannes.

Ella reckte sich und straffte die Schultern. «Ick bin det Frollein Verkäuferin für die neueste Hutmode bei Tietz am Alex.»

«Da kann ich dir ja nur gratulieren», sagte Johannes mit einem anerkennenden Lächeln, denn das war ein echter Aufstieg.

«Und, wat haste jetzt vor?» Ella trat unruhig von einem Bein auf das andere. «Ick wollt eigentlich zur Kirche und mir det Spektakel ansehen. Da darf ja schließlich jeder hin, oder nich?»

«Ich komme mit», entschied Johannes spontan.

«Ick denk nich, dass wir das noch rechtzeitig schaffen.» Ella deutete auf sein steifes Bein, doch da winkte Johannes bereits eine der Motordroschken heran, die vor dem Bahnhof auf Kundschaft warteten.

♦

Die Orgel brauste, die Flügeltüren zur Charlottenburger Trinitatis-Kirche wurden geöffnet. Luise umklammerte den Arm ihrer Mutter, die es übernahm, die Braut zum Altar zu führen. Luises Vater war 1910, kurz nach ihrem siebzehnten Geburtstag, mit seinem nagelneuen Wagen tödlich verunglückt. Seitdem waren die beiden Frauen, auch wenn mitunter verschiedener Meinung, einander innig zugetan.

So leichtsinnig der Vater bei seinen ersten Ausfahrten mit dem so lange ersehnten Wagen gewesen war, so sorgfältig hatte er seine

Ersparnisse gehütet und vermehrt. Mutter und Tochter konnten in der lieb gewonnenen Wohnung bleiben, zudem verdiente Luise bald darauf ihr eigenes Geld und beteiligte sich an den Haushaltskosten. Überhaupt war es Luise so vorgekommen, als habe sie – trotz ihrer jungen Jahre – die Stelle ihres Vaters als Stütze der Mutter übernommen, die von nun an häufig ihre Tochter um Rat fragte und sich Luises Entscheidungen beugte.

Zusammen hatten sie die kargen Jahre ganz gut gemeistert, auch wenn die beiden Frauen, wie fast alle Berliner, in den Kriegswintern an Gewicht verloren hatten. So war Gertrud Richter fast so gertenschlank wie ihre Tochter, der sie nun den Arm bot, um sie ihrem Bräutigam zuzuführen.

Scheu hob Luise den Blick und ließ ihn an den festlich gekleideten Menschen, die sich zum Einzug der Braut von den Kirchenbänken erhoben hatten, entlanggleiten und nach vorne zum Altar wandern, wo der Pfarrer sie erwartete. Und Robert, ihr Bräutigam und bald ihr Ehemann.

Wie gut er aussah! Groß, sportlich, das dunkelblonde Haar in einem modernen Schnitt zur Seite gekämmt. Über der Oberlippe trug er einen gepflegten, schmalen Schnurrbart wie die Herzensbrecher auf der Leinwand.

Luise spürte, wie ihr Herz schneller schlug. Im Takt der Musik schritt sie auf ihn zu, ohne den Blick von ihm abzuwenden. Er trug einen klassischen Cutaway mit dunkelgrau gestreiften Hosen, hellgrauer Weste und schwarzem Jackett. Der gestärkte Kragen des Hemdes wurde von einem Plastron umschlungen, am Revers steckte eine Boutonnière, die Luises Blumenschmuck im Haar aufnahm. Er war einfach perfekt!

Nun reichte sie ihm ihre Hand. Die Worte des Pfarrers drangen nur von fern an ihr Ohr, doch sie antwortete mit klarer Stimme: «Ja, mit Gottes Hilfe!»

Robert streifte ihr den Ring über den Finger, dann beugte er sich vor, schob den Schleier zur Seite und berührte ihre Lippen mit seinen.

«Ich liebe dich von ganzem Herzen», flüsterte er. «Du machst mich zum glücklichsten Mann der ganzen Welt.»

Luise erwiderte seinen zarten Kuss. «Ich liebe dich auch», gab sie zurück. Dann lösten sie sich voneinander und wandten sich ihren Gästen im Kirchenschiff zu.

Luise sah ihre Mutter, die sich ein Spitzentaschentuch an die Augen drückte, sie sah Ilse, die sie offen anstrahlte, neben ihrem Vater, der seit dem Tod seiner Frau noch ernster dreinblickte und kaum mehr eine Miene verzog. Auf der anderen Seite saß Roberts Mutter neben einigen Verwandten verschiedenen Alters. Der Platz ihres Ehemannes war leer, so viele Männer waren aus diesem Krieg nicht zurückgekehrt.

Für einen Moment verflog ihre Freude. Ihre Lider flatterten, ihr Blick schweifte in die Ferne.

Was war das? Es musste ein Trugbild sein, das ihr Geist ihr vorgaukelte. Da stand Johannes in der Uniformjacke, in der er einst in den Krieg gezogen war. In der er sie im Juli 1917 zum letzten Mal in seine Arme genommen und geküsst hatte. Tränen schossen ihr in die Augen und verschleierten das Bild. Hastig blinzelte Luise den Tränenfilm weg, doch als sie wieder zum Portal starrte, war dort niemand. Es war nur ihr Gewissen, das ihr einen bösen Streich gespielt hatte.

Kapitel 4

Vor der Kirche verließen Johannes und Ella das Taxi, wie man heutzutage zu den Motordroschken sagte. So schnell es Johannes' steifes Bein zuließ, strebten sie dem Portal zu. Ella verzichtete darauf, ihm ihren Arm zur Stütze anzubieten, und Johannes war ihr dafür dankbar. Er wollte sich nicht noch verkrüppelter fühlen, als er es war.

Einige Menschen, die unter den Bäumen der kleinen grünen Oase flanierten, hielten inne und sahen zu ihm hinüber. Johannes presste die Zähne aufeinander und humpelte weiter auf das Tor zu, durch dessen geschlossene Flügel ihnen Orgelmusik entgegenflutete. Natürlich hatte der Traugottesdienst längst begonnen. Johannes legte die Finger um den blank geriebenen Türknauf und hielt inne. Wollte er das wirklich sehen?

Ella knuffte ihn in die Seite. «Mach schon auf. Ick bin nich hergekommen, um dann doch nix zu sehn.»

Sie schob Johannes zur Seite und öffnete die Tür so weit, dass sie sich hindurchquetschen konnte. Zögernd folgte er ihr, blieb jedoch neben der Tür stehen, während Ella hinter die letzte Bankreihe trat und mit verzückter Miene die Trauungszeremonie beobachtete. Johannes dagegen stand wie versteinert da.

Wie gut und gesund Robert wirkte, neben ihm seine Luise in einem perlenbestickten Brautkleid mit langem Schleier. Ein Engel, direkt aus dem Himmel herabgestiegen, doch nicht zu ihm, um ihn aus seiner Finsternis zu befreien. Der Engel hatte sich für Robert entschieden, seinen Freund, und würde von nun an zu ihm gehören.

«Ja, mit Gottes Hilfe!», hörte er ihre klare Stimme durch das Kirchenschiff hallen.

Bis dass der Tod euch scheidet.

Er sah, wie sie den Kopf drehte und Robert anstrahlte. Ja, sie liebte ihn, und niemand hatte das Recht, diese Liebe zu zerstören. Nicht sein Freund hatte ihm die Liebste geraubt. Es war der Krieg gewesen, eine Granate der Alliierten, vielleicht hatte ihn aber auch ein Geschoss der eigenen Leute zum Krüppel gemacht.

Auf einmal bemerkte er, wie sich Luise umwandte. Er spürte, wie ihr Blick ihn erfasste, und sah, wie sie zusammenzuckte. Hastig trat er den Rückzug an und schlüpfte durch das Portal nach draußen.

♦

Es war längst schon dunkel. Obgleich es eine laue Sommernacht war, begann Ella langsam zu frieren. Sie saßen am Ufer des Lietzensees, den Nonnen in früheren Zeiten als Fischteich genutzt hatten und um den Gartendirektor Erwin Barth nach dem Krieg einen mehr als zehn Hektar großen Park hatte anlegen lassen. Manche der jungen Bäume wirkten noch ein wenig kärglich, dagegen blühten die Rosen zu beiden Seiten der Bank üppig und verströmten einen lieblichen Duft, der nicht zu Johannes' düsterer Stimmung passte. Es war ruhig hier. Nur das Plätschern der großen Kaskade am südlichen Ende des Sees und ab und zu das Fiepen eines Sumpfhuhns durchbrachen die Stille.

«Mir is kalt», beschwerte sich Ella und rückte näher an Johannes heran, sodass sich ihre Arme berührten. «Können wir nich wohin gehen, wo's wärmer is und lustiger zugeht? Wir könnten wat trinken – und Hunger hätt ich auch.»

Johannes legte den Arm um ihre Schulter. «Nein, ich möchte jetzt nicht unter Menschen, aber wenn du frierst, begleite ich dich nach Hause.»

Obgleich sie langsam gingen, standen sie schon zwanzig Minuten später vor dem Hoftor.

Johannes beugte sich vor und küsste Ella auf die Wange. «Ich danke dir und wünsche dir eine gute Nacht.»

Sie löste sich von ihm und trat einen Schritt zurück. «Gute Nacht. Wat wirste jetzt tun? Gehste heim zu deinem Vater?»

Johannes schüttelte den Kopf. «Nein, vielleicht ist es ganz gut, wenn sie alle weiterhin glauben, ich sei gefallen. Ich will keine Unruhe stiften.»

«Überleg dir det noch mal», drängte Ella. «Deine Mutter ist tot. Da würd er sich bestimmt freuen, wenn du heimkommst. Und Ilse auch.»

Johannes schüttelte hartnäckig den Kopf. «Nein, ich setz mich im Tiergarten auf eine Bank, und vielleicht fahre ich morgen nach Frankreich zurück.»

«Haste denn kein Geld für 'ne anständige Bleibe?»

«Nicht viel», gab Johannes zu. «Und wenn es noch zurück nach Frankreich reichen muss ...»

«Du kannst bei mir bleiben», schlug Ella vor. «Also, nur wenn du willst. Ick hab mir ein eigenes Zimmer unterm Dach gemietet, seit ich genug Geld verdien. Mit meiner Mutter und Paul in der kleinen Wohnung, det ging nich mehr. Obwohl die kleine Minna nich mehr da is. Sie is auch gestorben, während dem Krieg, wie so viele. Am Fieber.» Ella seufzte tief.

Johannes drückte sie tröstend an sich. «Das tut mir sehr leid.»

«Überleg's dir, ick kann mich im Bett ganz dünn machen.»

Scheu berührte sie seine Hand. Seine Finger schlossen sich um ihre, dann folgte er ihr durch den finsteren Hof ins Hinterhaus und stieg mit ihr fünf Stockwerke hinauf, bis Ella vor einem der Dachzimmer stehen blieb und die Tür öffnete.

Neben den Kellerwohnungen im Untergeschoss waren die Dachwohnungen die schlechtesten. Im Winter zog es, und im Sommer herrschte eine Bruthitze, die man durch die kleinen Dachfenster nicht loswurde. Dennoch wirkte die Kammer überraschend gepflegt. Ella hatte einige Filmplakate über die Stellen geklebt, an denen die alte Tapete stockfleckig herabhing. Auf dem Boden lag ein bunter Teppich, den sie mit Hilfe ihrer Mutter aus Stoffresten gewebt hatte. Die Bettwäsche war verschlissen, aber sauber, darauf achtete sie stets. Und auch sonst war überall gekehrt und gewischt worden. Noch heute schauderte es sie, wenn sie bei ihrer Mutter war und über den klebrigen Boden lief oder sich an den nur unregelmäßig gesäuberten Tisch setzte. Meist war es dann Ella, die zum Putzlumpen griff. Ihre Mutter hatte dafür keine Zeit, sagte sie, und Paul? Ach Gott, Paul war ein Mann und bemerkte Schmutz und Unordnung vermutlich nicht einmal.

Eine Kochgelegenheit hatte sie nicht, zum Essen ging sie zu ihrer Mutter. Wer von der Familie daheim war, frühstückte bei Rosa. Mittags in ihrer Pause holte sich Ella entweder ein paar Schrippen und eine Bockwurst, oder sie ging, wenn sie sehr hungrig war, bei Aschinger am Alex essen. Eine der zahlreichen Filialen in ganz Berlin, in der es deftiges Essen für gute Preise gab.

Johannes war in der Tür stehen geblieben und sah sich aufmerksam um. Ella versuchte zu erraten, was in seinem Kopf vor sich ging. Wusste er überhaupt, in welchen Verhältnissen die Mehrzahl der Berliner lebte?

Ella erinnerte sich noch gut, wie sie das erste Mal staunend und mit offenem Mund die Wohnung der Rosensteins betreten hatte.

So viele Zimmer! So viele Teppiche und Möbel! Frau Rosenstein hatte in einer hohen Pfanne mit viel Öl dicke, süße Pfannkuchen ausgebacken und dann noch mit Puderzucker bestreut. Ella hatte erst zugegriffen, als ihr Johannes' Mutter versichert hatte, sie dürfe so viele essen, wie sie möchte. Johannes und Robert hatten sich über sie amüsiert, weil sie gleich einen Pfannkuchen in jede Hand nahm und abwechselnd davon abbiss. Die süße Marmelade in ihrem Innern rann ihr warm über das Kinn.

«Das hast du dir schön gerichtet», durchbrach Johannes die Stille und setzte sich auf einen der beiden Stühle, die am Tisch unter dem Fenster standen.

«Haste Hunger? Ick hab noch Schrippen von gestern.»

«Gern», gab Johannes zu, der seit dem frühen Morgen am Bahnhof nichts gegessen hatte.

Ella stellte noch ein Glas Pflaumenmus und einen fettigen Aufstrich auf den Tisch, bei dem nicht zu erkennen war, aus was er bestand, und legte einen Kanten Käse dazu.

«'ne Molle hab ick leider nich, aber wenn du 'ne Brause willst?»

Sie aßen Schrippen mit Mus und tranken Bilz-Brause, auf deren Flaschen *Sinalco* stand. Ein wenig verlegen saßen sie noch eine ganze Weile da, bis Johannes vorschlug, ein wenig zu schlafen. Er drehte sich höflich weg, als Ella sich auszog und in ihr Nachtgewand schlüpfte. Er selbst ließ Hemd und Unterhose an, als er zu ihr unter die Decke schlüpfte. Bett und Decke waren so schmal, dass sie gar keinen Abstand hätten halten können. Mit einem wohligen Seufzer schmiegte sich Ella an Johannes. Gedankenverloren spielte er mit ihrem Haar und streichelte ihre Schulter, bis seine Hand zur Seite rutschte und auf ihrer Hüfte zur Ruhe kam. Ella dachte schon, er wäre eingeschlafen. Sie richtete sich noch einmal halb auf und sah in das von Schatten verhüllte Gesicht, das ihr so vertraut und doch so fremd erschien. Selbst jetzt, da er seine

Augen geschlossen hatte und gleichmäßig atmete, konnte sie den Schmerz in seinen Zügen erkennen. Ein warmes Gefühl überkam sie. Sie beugte sich über ihn und küsste ihn ganz sanft auf die Lippen. Johannes schlug die Augen auf.

♦

Das frisch vermählte Paar speiste fürstlich mit seinen Gästen, anschließend wurde in dem mit Blumen geschmackvoll gerichteten Saal getanzt. Vor allem zu Ilses Entzücken hatte Robert eine Gruppe junger Musiker engagiert, die mit Leidenschaft die neuesten Stücke aus Amerika spielten. Für die älteren Gäste boten sie zwar auch den einen oder anderen Walzer, doch dann durften sich die Bläser wieder zu Jimmy und Foxtrott ins Zeug legen.

Oder zu einem Tango, den Ilse bestellte, um ihn zu Ehren des Hochzeitspaares zusammen mit einer Freundin darzubieten. Eine hübsche, zierliche Person mit lackschwarzem Haar, deren Kleid fast bis zur Hüfte geschlitzt war, sodass der Herr Ministerialdirektor trocken hustete, als sie bei einer Pose zum ersten Mal ihr ganzes Bein zeigte. Noch weniger gefiel ihm offensichtlich, dass seine Tochter ihr Kleid gegen einen Frack getauscht hatte und in virtuoser Weise den Tangotänzer gab, der in prickelnder Erotik um die Dame warb. Bis auf ihren Vater applaudierten alle begeistert, und Luise kam gleich noch zu dem Vergnügen, eine Runde mit der Freundin im Frack aufs Parkett zu legen. Ilse tanzte wundervoll und deutlich besser als Robert, wie dieser selbst zerknirscht zugeben musste.

Als weiteren Höhepunkt hatte es Ilse geschafft, Claire Waldoff zu überreden, für Luise und Robert ein Lied zum Besten zu geben. Doch wer die Chansonnière von Kabarett und Operette kannte, der war nicht überrascht, dass sie kein romantisches Liebeslied anlässlich der Vermählung darbot. Nein, sie blieb ihrem Ruf treu und schmetterte das Lied: Ach Jott, *wat sind die Männer dumm.*

Ist mal ein Mädchen sauber, treu und fleißig
Un kocht un wäscht un plättet und was weiß ich
Und plaacht sich früh und spät, bis in 'n Schlaf
Wat saacht der Mann dazu? «Recht brav, recht brav!»
Doch liecht so 'n Reff bis zwölfe in de Betten
Tut nix, trinkt Kaffee un rocht Zijaretten
Un wirft det Jeld hinaus zum Zeitvertreib
Dann heißt et jleich: «Det is en Rasseweib!»

Ach Jott, wat sind die Männer dumm
Wenn 'n Mädel lieb is, kiekt sich keener um
Doch wenn se frech is, sin se jleich valiebt
Wat's doch vor Dussels mang de Männer jibt!

Doch natürlich kamen die Frauen in ihrem Lied auch nicht ungeschoren davon. In der dritten Strophe hieß es:

Kurzum, ihr Männer seid janz faule Köpfe
Ihr kuckt ejal uns bloß in alle Töpfe
Und weiter könnt ihr nix als Schabernack
Drum saach ick: «Fort mit euch, euch Lumpenpack!»
Wir wollen uns vom Mann emanzipieren
Wir woll'n kein Wort an keinen mehr valieren
Wir woll'n euch hassen, wenn det Herz ooch bricht
Jawoll, det woll'n wer – doch wir könn's nicht

Ach Jott, wat sin wir Weiber dumm
Am liebsten brächten wir euch Männer um

Doch kommt son Affe, sind wir gleich valiebt
Wat's for Kamele bei uns Weibern jibt.

Luise kam es vor, als würden die anwesenden Damen mit mehr Begeisterung applaudieren als die Herren, wobei sie mit Erleichterung feststellte, dass Robert herzlich über den frechen Text lachte.

Kurz darauf verabschiedete sich Ministerialdirektor Rosenstein, und bald brach auch unter den anderen Gästen Aufbruchsstimmung aus. Nur Ilse wirkte noch so frisch und munter wie zu Beginn des Tages.

«Wir werden uns jetzt zurückziehen», sagte Robert und küsste Ilse auf beide Wangen.

«Ja, tut das, ehe von der Nacht gar nichts mehr übrig ist», pflichtete sie ihm bei und zwinkerte Luise so auffällig zu, dass diese rot wurde. «Ich halte hier die Stellung bis zum Schluss und schmeiß die letzten Betrunkenen raus.» Ilse nickte in Richtung eines entfernten Cousins der Wagenbachs, der seine glänzend rote Nase unerhört weit über das Dekolleté seiner Sitznachbarin reckte.

Luise umarmte die Freundin und küsste sie. «Vielen, vielen Dank. Ich weiß, dass du viel Arbeit in dieses Fest gesteckt hast.»

Dann saßen sie im Wagen des verstorbenen Jakob Wagenbach, den Robert sicher durch die dunklen, leeren Straßen lenkte.

Luise war erschöpft, dennoch fühlte sie sich leicht und ein wenig schwindelig, wie beschwipst, obgleich sie nicht viel Alkohol getrunken hatte. Es war spät geworden, genauer gesagt bereits früh am Morgen, der Himmel im Osten verlor schon seine Schwärze.

Luise sah durchs Fenster und stutzte. «Wo fährst du denn hin? Übernachten wir etwa in einem Hotel?»

Robert lachte. «Nein, das nicht, aber du wolltest doch nicht ernsthaft deine Hochzeitsnacht bei einer unserer Mütter verbringen, oder?»

«Du hast an alles gedacht», lobte sie und grinste verschmitzt.

«Ja, ich habe mir große Mühe gegeben, eine passende Wohnung für uns zu finden.»

Der Wagen bog in die Kronenstraße ein und hielt vor einer ansprechenden Häuserfassade. Robert eilte um den Wagen herum, öffnete den Schlag und führte Luise zur Haustür, neben deren Klingel bereits ein Schild mit dem Namen «Wagenbach» angebracht war.

Luise versuchte, die Enttäuschung, die sie auf einmal überfiel, zu vertreiben. Warum hatte er es so eilig gehabt? Warum hatte er sie nicht an der Entscheidung teilhaben lassen? Was, wenn ihr die Wohnung nicht gefiel oder sie in diesem Teil der Stadt gar nicht leben wollte? Sie schluckte ein bisschen, nahm dann seinen dargebotenen Arm und folgte Robert in den ersten Stock hinauf. An der Türschwelle ließ er sie los und schloss die Wohnungstür auf.

«Halt, warte! Ich muss dich doch über die Schwelle tragen.»

Als er das ordnungsgemäß erledigt hatte, nahm er sie an der Hand und führte sie von Zimmer zu Zimmer.

«Du darfst nicht erschrecken, es ist noch nicht alles eingerichtet. Das Schlafzimmer habe ich besorgt, um die Küche hat sich deine Mutter gekümmert, in den anderen Räumen aber steht noch einiges, was dem Vermieter gehört oder von unseren Vorgängern zurückgelassen wurde. Ich dachte, ich lass das erst einmal so, dann kannst du entscheiden, was du behalten willst und was nicht. Vielleicht macht es dir Spaß, unsere Wohnung selbst noch ein wenig wohnlicher zu gestalten.»

Luise versuchte sich angesichts des wilden Durcheinanders von Farben und Stilen an einem Lächeln. «Das kriegen wir schon hin», sagte sie leichthin.

Wenigstens in der Küche hatte ihre Mutter ganze Arbeit geleistet und diese mit allem ausgestattet, was sie selbst wohl gerne gehabt hätte. Stolz führte Robert ihr den neuen Herd und den elektrischen Kühlschrank vor, in dem er eine Flasche Champagner kühl gestellt hatte.

Auch das Schlafzimmer wirkte sehr modern. Luise war es ein wenig zu glatt und schnörkellos, denn es strahlte eher distanzierte Kühle als Gemütlichkeit aus. Auf dem Bett erkannte sie ihren kleinen Lederkoffer, in den die Mutter wohl all das eingepackt hatte, von dem sie dachte, ihre Tochter würde es in ihrer ersten Nacht im neuen Heim und am Morgen danach benötigen. Sie stellte den Koffer auf den Boden und drehte sich zu Robert um. Der hielt ihr schon ein gefülltes Glas hin, und sie stießen mit dem prickelnden Inhalt an. Robert trank das Glas leer, Luise nippte nur an ihrem und stellte es dann beiseite. Nun gab es wirklich nichts mehr, was sie ablenken konnte. Ein wenig verlegen standen sie sich im Schein der Nachttischlampen gegenüber.

Robert rührte sich nicht von der Stelle. Seine Hände zitterten, sein Atem ging hektisch. Luise wusste nicht, was sie tun sollte. Was erwartete er von ihr? Sollte sie die Initiative ergreifen, oder würde ihn das abstoßen? Würde er sie für schamlos halten? Aber dies war doch ihre Hochzeitsnacht. Da musste doch etwas passieren!

Sie gab sich einen Ruck, legte ihre Arme um ihn und küsste ihn zärtlich auf den Mund. Noch immer reagierte er nicht. Er schien sie nicht einmal wahrzunehmen.

«Willst du heute gar nicht zu Bett gehen?», fragte sie ihn, bekam aber keine Antwort. Da ließ sie ihn los und begann Plaston und Kragen zu lösen. Als sie anfing, seine Hemdknöpfe zu öffnen, jagte ein Beben durch seinen Körper, und plötzlich lächelte er sie an.

«Ich liebe dich, meine schöne Ehefrau!», flüsterte er ihr ins Ohr, drehte sie um und begann nun die Haken ihres Kleides am Rücken zu öffnen. Abwechselnd halfen sie dem anderen aus einem Kleidungsstück nach dem anderen, bis endlich auch der Hüftgürtel, die Nylonstrümpfe und ihr Höschen zu Boden glitten.

Scheu ließ Luise den Blick über ihren nackten Ehemann streichen, der nun offensichtlich bereit für ihre Hochzeitsnacht war. Sie umarmten einander und küssten sich lange, ehe Robert die Bettdecke zurückschlug und mit ihr in die nach Lavendel duftenden Laken rutschte.

Sie liebkosten einander und flüsterten sich alberne Dinge ins Ohr. Alles schien seinen natürlichen Gang zu nehmen, bis Robert unvermittelt wieder zu zittern anfing. Er stöhnte, seine Finger verkrampften sich in ihrem Rücken, dass es ihr weh tat, während sein Glied erschlaffte.

♦

«Na, und wie war es nach der Feier und so?», erkundigte sich Ilse, als sich die Freundinnen ein paar Tage später in einem der feinen Caféhäuser am Ku'damm trafen.

Luise hob kurz die Augenbraue und konzentrierte sich ganz auf die Kaffeetasse in ihren Händen. «Was meinst du?», gab sie sich arglos, obgleich ihr klar sein musste, worauf Ilse anspielte.

Ilse senkte ihre Stimme. «Eure Hochzeitsnacht, was denn sonst!»

Luise ließ den Blick auf dem dunklen, aromatischen Gebräu ruhen. «Normal, wie es sich gehört», sagte sie mit wenig Überzeugung in der Stimme.

«Normal?», nahm Ilse das Wort auf. «Und das weißt du, weil du darin so viel Erfahrung hast?»

Nun wurde Luise puterrot und stellte ihre Tasse ab. «Nein, natürlich nicht, aber es wird schon alles seine Richtigkeit haben.»

«Oje, das bedeutet, er hat sich blöd angestellt», interpretierte

Ilse die Aussage der frisch verheirateten Freundin. Dann straffte sie sich plötzlich, und ihre Miene wurde ernst. «Er war doch nicht etwa grob und hat dir Schmerzen zugefügt?»

Energisch schüttelte Luise den Kopf. «Nein, gar nicht, er war lieb und sanft und, na ja, vielleicht hatte er genau davor Angst, ich meine, mir weh zu tun.»

«Und das bedeutet?»

«Ich denke, dass es nicht recht funktioniert hat», gab Luise widerstrebend zu. «Ich weiß nicht, ob ich etwas falsch gemacht habe, ich wollte eigentlich schon, und ich denke, Robert auch, und dennoch ...»

Ilse winkte ab. «Ach, das kann nach einer langen Nacht mit viel Alkohol schon mal passieren, aber ihr habt das inzwischen doch sicher nachgeholt, oder?»

Luise schüttelte kaum merklich den Kopf.

Ilse riss die Augen auf. «Heißt das etwa, du bist noch immer Jungfrau?»

«Nein, ja, vielleicht, so genau kann ich das nicht sagen», gab Luise verwirrt zurück.

Die Freundinnen starrten einander an, dann lachte Ilse ein wenig gezwungen. «Er liebt dich, und du liebst ihn doch auch. Oder?»

«Ja!», bestätigte Luise.

«Ach, dann wird das schon bald in Ordnung kommen. Ihr seid jung und gesund, und es ist die natürlichste Sache der Welt zwischen Mann und Frau.»

Luise nickte artig. «Das denke ich auch.»

♦

Juli 1917. Fast ein Jahr hatte Johannes keinen Heimaturlaub bekommen, aber nun war er da – seit einer Woche, und sie hatten sich jeden Tag gesehen. Sie waren im Tiergarten umherspaziert, mit Ilse zum Wannsee rausgefahren, hatten Kino und Kabarett besucht. Das Glück wäre perfekt gewesen, hätte auch Robert Urlaub bekommen, doch da er erst vor drei Monaten für ein paar Tage nach Berlin reisen durfte, um seiner Mutter bei der Gedenkfeier nach der Todesnachricht seines Vaters eine Stütze zu sein, hatte er jetzt nicht noch einmal Heimaturlaub bekommen. Oberstleutnant Jakob Wagenbach war in Ausübung seiner vaterländischen Pflicht an der Ostfront gefallen, Details erfuhren die Hinterbliebenen nicht. Es gab auch keinen Körper, den man in einen Sarg hätte legen können. Das echte Grab von Roberts Vater war eine Grube irgendwo in Russland, vielleicht von einem einfachen Kreuz geziert, wenn überhaupt. Dennoch war es Margarete Wagenbach wichtig gewesen, eine Gedenkfeier in kleinem Kreis abzuhalten und den Namen ihres Mannes unter die Namen seiner Eltern auf den Familiengrabstein setzen zu lassen.

Luise versuchte, die Erinnerung an diesen Tag und die Verzweiflung seiner Mutter zu verdrängen. Für Luise war es eine bodenlose Gemeinheit, diese Trauertage als Urlaub zu bezeichnen, viel lieber hätte sie es gehabt, wenn Robert jetzt im Juli zusammen mit Johannes in Berlin gewesen wäre. Wie schön wäre es gewesen, wenn sie dieses kurze Sommerglück alle gemeinsam hätten genießen können!

Nach den ersten heiteren Tagen war Luise gestern Abend von Johannes' Eltern zum Abendessen eingeladen worden. Emma, die Haushälterin, konnte zwar gut kochen, dennoch war der Abend in seltsamer Anspannung verlaufen. Der Herr Ministerialdirektor hatte Luise über ihre Arbeit ausgefragt und seiner Verwunderung darüber Ausdruck gegeben, dass Luise sich lieber mit den schmutzigen Fällen der Sittenpolizei beschäftigte und gar Umgang mit Huren und Zuhältern hatte, anstatt in einem sauberen Büro in einer anderen Behörde an einer Schreibmaschine zu sitzen und Diktate ins Reine zu tippen.

Und Johannes wirkte stiller als sonst und seltsam verlegen, obgleich sie sich gewünscht hätte, er würde die drängenden Fragen seines Vaters beenden, die ihr fast wie ein Verhör vorkamen. Doch Johannes blieb einsilbig. Luise hatte das Gefühl, dass seine zu Beginn des Urlaubs überschwängliche Stimmung mit jedem Tag ein wenig düsterer wurde. Was Luise verstand. Auch wenn er nicht viel von der Front berichtet hatte, so war ihr klar, dass er sich auf die Rückkehr nach Frankreich nicht gerade freute.

Wenigstens nahm seine Mutter Auguste den Gast nach einer Weile vor den bohrenden Fragen ihres Mannes in Schutz und lenkte die Unterhaltung bis zum Dessert auf weniger schwerwiegende Themen. So konnte Luise das Essen genießen, dass seit langem die erste köstliche Unterbrechung des Einerleis an karger Kriegskost darstellte, von der man kaum satt wurde, geschweige denn, dass Lebensmittel wie Brot, Kaffee oder Margarine noch nach dem schmeckten, woraus sie ursprünglich einmal hergestellt worden waren.

Hier im Hause Rosenstein gab es echte Butter, feines Weißbrot, ein ordentliches Stück Fleisch und später Kaffee, der so köstlich roch, dass Luise gleich noch eine zweite Tasse trank.

Nach dem Dessert, als Ilse spät von ihrer Arbeit zurückkam, wurde die Stimmung leichter. Es war ihre Gabe, wo immer sie auch auftauchte, gute Laune zu verbreiten und schwermütigen Gedanken keinen Raum zu geben. Sie berichtete von den kapriziösen Wünschen ihrer feinen Kundschaft und ahmte deren stolzen Gang und übertriebene Gesten nach. Die Frauen lachten, die Männer schwiegen.

Am nächsten Abend war Luise wieder in der Villa in Grunewald. Das Wohnzimmer war mit seinen wuchtigen Möbeln in dunklem

Braun eher erdrückend als gemütlich eingerichtet. Luise fühlte sich in dieser Atmosphäre ungewohnt verzagt, dabei hatte sie sich auf diesen Abend ganz besonders gefreut. Denn heute Abend waren nicht nur der Herr Ministerialdirektor und seine Frau außer Haus, auch Ilse würde heute nicht heimkommen. Und Emma, die Haushälterin, hatte sich längst zurückgezogen, als die beiden jungen Leute ihre geleerten Gläser auf das Tablett zurückstellten und einander mit verschwörerischem Lächeln die Hände reichten. Johannes führte Luise die Treppe hinauf und den düsteren Gang entlang zu seinem Zimmer.

Es war das erste Mal, dass sie dieses Zimmer betrat. Früher, als Rosensteins noch am Stuttgarter Platz nur ein Stockwerk tiefer gewohnt hatten, waren die Freunde in allen drei Wohnungen ein und aus gegangen. Damals, als sie noch Kinder waren und zur Schule gingen, doch nun musste Luise bis hinaus nach Grunewald, wenn sie Johannes besuchen wollte.

Je näher die Häuser mit ihren Gärten am Grunewald lagen, desto luxuriöser wurden die Villen. Samuel Rosenstein war wohl der Auffassung gewesen, die großzügige Sieben-Zimmer-Wohnung gegenüber des Charlottenburger Bahnhofs sei seinem Rang nicht mehr angemessen und er müsse mit seiner neuen Adresse zeigen, dass er Karriere gemacht hatte und nun ein wichtiger Mann im Bauministerium war. So waren die Rosensteins kurz vor Ausbruch des Krieges hierhergezogen.

Johannes schien Luises Zögern zu spüren. Die Türklinke in der Hand, blieb er stehen und wandte sich zu ihr um. «Also nur wenn du möchtest! Mir ist schon klar, dass weder deine noch meine Eltern das gutheißen würden. Wir können auch ins Kino gehen oder in irgendeine Bar. Ich wüsste sogar einen Keller, in dem – trotz Verbot – getanzt wird.»

Luise schüttelte energisch den Kopf. «Es ist unser letzter Abend, bevor du wieder wegmusst.» Sie vermied es, *an die Front* zu sagen. Zu viel Schrecken war allein schon mit dem Gedanken an dieses Wort verbunden.

Johannes schien erleichtert und stieß die Tür auf. «Nun, dann hereinspaziert, verehrte Dame!»

Luise sah sich ein wenig zaghaft um. Kaum etwas in dem Zimmer erinnerte an Johannes' Jungenreich. Sie erkannte lediglich das Modell des Zeppelins und einige Jugendbücher wieder, die sie während der Schulzeit gemeinsam gelesen hatten. Sonst war es ein schlicht eingerichtetes Herrenzimmer mit einem breiten Bett an der dem Fenster gegenüberliegenden Wand. Scheu betrachtete sie die einladend drapierten Kissen, während Johannes auf das Grammophon zuging, das auf einem kleinen Tisch beim Fenster stand.

«Oh, wie schön! Können wir Musik hören?»

Johannes lächelte. «Ja, sicher. Ich denke, das wirst du mögen.» Er legte die schwarze Schellackscheibe auf und brachte den Plattenteller in Schwung. «Die hat sich Ilse gekauft, nachdem wir Claire Waldoff in *Immer feste druff* am Nollendorfplatz gesehen haben.»

Etwas verzerrt drang die Stimme der Komödiantin aus dem gekrümmten grünen Trichter des Grammophons:

Nach meine Beene is ja janz Berlin verrückt.
Mit meine Beene hab ick manches Herz jeknickt.
Und zeig ick meine Beene voller Intellijenz
Da schlag ick aus 'em Felde jede Konkurrenz!

Luise lachte. Die Befangenheit verflog, und sie spürte, wie ihr Herz leicht wurde. Sie trällerte die zweite Strophe mit:

Studenten, Richter und auch Assessoren
Die kieken stets nach meine Beene hin.
Selbst mein Kapellmeister sagt unverfroren:
«In Ihre Beene liegt Musike drin!»

Luise zog ihren Rock ein ganzes Stück höher und ließ Johannes ihre bestrumpften Beine sehen. Der umfing ihre Mitte und küsste sie auf den Mund, noch ehe die letzte Strophe verklungen war. Selbst als das Grammophon wieder schwieg, konnten sie nicht mehr voneinander lassen. Sie pressten ihre Körper aneinander, umarmten und streichelten sich, küssten jedes Fleckchen Haut, und als da nichts mehr übrig war, mussten Knöpfe, Bänder und Haken die Geheimnisse, die sie verhüllten, freigeben. Ganz selbstverständlich sanken sie auf den Tagesüberwurf, schoben die Kissen auf dem Bett beiseite, während sie nicht müde wurden, ihre Körper gegenseitig zu erkunden. Es war für Luise das erste Mal, dass sie nackt in den Armen eines Mannes lag, und doch fühlte es sich richtig an. Sie spürte, wie eine ungekannte Hitze in ihrem Innern aufloderte. Wie wunderbar und wie quälend diese Lust sie drängte, noch einen Schritt weiterzugehen. Dass Johannes längst dazu bereit war, konnte sie an dem festen Druck gegen ihren Schenkel spüren.

Plötzlich hielt er inne, löste sich ein wenig von ihr und betrachtete sie forschend. «Willst du das heute wirklich?», flüsterte er in ihr Ohr.

Luise befreite ihren Arm und hielt ihm die Hand vors Gesicht, um deren Mittelfinger ein etwas altmodisch wirkender Ring mit einem feurigen Rubin steckte. «Wir haben alles Recht der Welt dazu. Sind wir jetzt nicht verlobt?»

«Ja, das sind wir», bestätigte Johannes, «auch wenn wir noch niemandem davon erzählt haben. Dennoch ist das noch nicht unsere Hochzeitsnacht. Also, wenn du möchtest, können wir auch warten», sagte er ohne viel Überzeugung.

Überraschend energisch zog Luise seinen Körper über sich. «Untersteh dich, jetzt aufzuhören», keuchte sie.

♦

Fünf Wochen waren seit der Hochzeitsfeier vergangen. Luise hatte sich extra fein gemacht, denn Robert hatte Karten für das Eröffnungsrennen auf der AVUS besorgt.

Diese Automobil-, Verkehrs- und Übungsstraße war eine breite Autostraße von etwas über acht Kilometer, die vom Messegelände geradeaus durch den Grunewald bis zum Nikolassee führte – die erste ihrer Art weltweit. Sie sollte als Renn- und Teststrecke dienen, würde jenseits der Rennen aber auch für eine recht happige Gebühr dem normalen Autofahrer zur Verfügung gestellt werden, der einmal ausprobieren wollte, wie viel Leistung sein Wagen unter der Motorhaube verbarg.

Robert, der sich jedem technischen Fortschritt gegenüber begeistert zeigte, chauffierte Luise und Ilse zu den Messehallen hinaus, an denen die Strecke vorbeiführte.

Schon während sie die Friedrichstraße entlangfuhren, wurde Luise mal wieder bewusst, wie sehr sich die Stadt seit ihrer Kindheit verändert hatte. Der neue Admiralspalast hatte beispielsweise als Admiralsgartenbad angefangen, in dem man von einer Solequelle gespeiste Wannenbäder nehmen konnte, was unter den Berlinern sehr beliebt gewesen war, bis sich viele dann ein eigenes Badezimmer leisten konnten. Aus dem Bürgerbad wurde ein Komplex mit Kino, einem kleineren Luxusbad und einer Eisbahn, die aber nicht den erhofften Erfolg bescherte. Also wurde jetzt wieder umgebaut. Nun sollte sich der Admiralspalast in das modernste

Theater der Stadt verwandeln, ein Haus für aufwendige Revuen und Operettenaufführungen. Die glanzvolle Eröffnung war nächstes Jahr geplant.

Da der Kurfürstendamm mit seinen neuen Kinos, Cafés und Theatern die Friedrichstadt zu überstrahlen begann, musste sich auch das traditionsreiche Zentrum wandeln. Bald schon würde nicht nur der neue Admiralspalast erstrahlen. Der modernisierte Friedrichsbahnhof als Drehscheibe und Herz der ganzen Stadt war das Erste, was Reisende und Touristen zu Gesicht bekamen. Er war das Aushängeschild der Stadt – und ihr Robert war mit seinen Berechnungen zur neuen Bahnhofshalle ein wichtiger Teil des Fortschritts, dachte Luise stolz, während er den Wagen westwärts durch die Stadt Richtung AVUS steuerte.

Schon vor dem Krieg war die Rennstrecke geplant und weitgehend gebaut worden, doch dann war sie in einen Dornröschenschlaf verfallen. Die Menschen hungerten, alles war knapp, eine Rennbahn gehörte da nicht zu den Projekten, die dringend umgesetzt werden mussten. Daher dauerte es bis 1921, bis sich der im Krieg reich gewordene Industrielle Hugo Stinnes der AVUS annahm und sie mit einer Nord- und einer Südkurve zu einem Rennkurs vollendete.

Mit den beiden Damen, jede an einem Arm, schlenderte Robert zufrieden lächelnd über das Gelände, das sich zunehmend füllte. Dabei berichtete er seinen Begleiterinnen, was er alles über die am Start stehenden Rennwagen wusste. Luise lächelte angesichts der Leidenschaft ihres Mannes für alles, was mit Technik zu tun hatte, während Ilse, die sich schon immer für Autos oder gar Fluggeräte interessiert hatte, nun einige Details beisteuern konnte, was Robert mit anerkennendem Nicken quittierte.

Luise ließ die Daten und Fakten an ihrem Ohr vorbeirauschen. Sie freute sich an dem schönen Tag, an den vielen bunt gekleideten

Menschen und der Sonne, die vom Himmel schien. Auf den Motorenlärm und den Gestank nach Abgasen und verbranntem Gummi auf dem Asphalt hätte sie verzichten können. Andererseits war sie erleichtert darüber, dass sich Robert und Ilse heute so gut vertrugen, denn das war nicht immer der Fall. Ilse war eine streitbare Persönlichkeit und Robert mindestens so dickköpfig wie sie, wenn es darum ging, seine Prinzipien zu verteidigen. Ilse hielt ihn für zu ernst und spießig und Robert diese für albern und flatterhaft.

«Da, sieh, das ist der NAG C4, den Oberingenieur Riecken selbst konstruiert hat», schwärmte Robert. «Das erste Auto der Firma NAG, das nach dem Krieg gebaut wurde.»

«Das hier ist die neue, verbesserte Version b, mit der er heute starten wird.» Ilse drängte sich so nahe an den silbrig glänzenden Rennwagen heran, wie es die Crew des Fahrers zuließ.

Als dann der Lokalmatador Christian Riecken in seinem NAG C4 b auch noch das Hauptrennen gewann, kannte der Jubel keine Grenzen – und Roberts und Ilses überschwänglich gute Laune hielt bis nach dem feudalen Essen an, als sie zu dritt die Nacht in einer Tanzdiele bei Champagner und Slings ausklingen ließen.

Kapitel 5

1922

Sie deckte den schmalen Tisch, dessen wackelige Beine Johannes repariert hatte. Aveline hatte ein buntes Tuch über die zerschrammte Platte gelegt und noch am Abend einen Strauß Sommerblumen auf der Wiese hinterm Haus gepflückt, das an seiner Westseite an einen dichten Laubwald grenzte, sich zu den anderen Seiten aber in eine von einem Bach durchflossene Wiesenlandschaft öffnete. Direkte Nachbarn hatte das einsame Gehöft nicht. Das eigentliche Dorf war gut eine halbe Stunde zu Fuß entfernt, was in ihrem speziellen Fall ein Segen gewesen war. Gab es so doch nur selten neugierige Besucher, die unangenehme Fragen hätten stellen können.

Die Frühlingsoffensive der Deutschen war lang schon vorüber gewesen, man hatte endlich über einen Waffenstillstand verhandelt, als Aveline mit Jérômes Geburtsurkunde beim Bürgermeister vorsprach und sich für ihren verletzt zurückgekehrten Sohn einen neuen Ausweis ausstellen ließ. Derweil lag Jérôme in seinem Grab unter den Sommerblumen, die sie vor dem Haus ausgesät hatte.

In den Rücken geschossen hatten sie ihm, weil sie ihn für einen Plünderer oder Fahnenflüchtigen oder gar für einen deutschen Späher gehalten hatten. Dabei war er nur ein unschuldiger Junge gewesen, ganz in der Nähe stationiert, der an einem ruhigen Abend die Mutter hatte besuchen wollen. Mit zwei Geschossen im Rücken hatte er sich schwer verletzt noch bis zum Hof geschleppt und war dann in der Nacht in ihren Armen gestorben.

Was hätte sie tun sollen? Eine Meldung bei den Behörden abgeben, die ihn dann vielleicht noch nach seinem Tod als fahnenflüchtig geschmäht hätten? Nein, das wollte sie auf keinen Fall. So grub sie ihm ein Grab und schwieg. Irgendwann bekam sie eine Nachricht aus dem Kriegsministerium, dass ihr Sohn Jérôme als vermisst gelte. Dem Kommandierenden war anscheinend nicht aufgefallen, dass Jérôme gar nicht mehr da gewesen war, als seine Einheit im Morgengrauen unter Artilleriebeschuss geriet und sich hastig in den nächsten Graben zurückziehen musste.

Und dann war dieser verletzte Soldat in deutscher Uniform zu ihr gekommen. Ein Feind, gegen den Frankreich Krieg führte! Natürlich hätte sie ihn ausliefern müssen. Vielleicht hätte er das Gefangenenlager überlebt, doch Aveline war noch immer zu geschockt und zornig, dass die eigenen Landsmänner ihrem Buben in den Rücken geschossen und ihn dann verletzt hatten liegen lassen.

Wer war überhaupt Freund, wer Feind? Ihre Großmutter war eine Deutsche gewesen, der Großvater Franzose, der Vater kam aus Belgien. Und doch hätte sie in dem armen jungen Mann in seiner zerfetzten Uniform mit den schauderhaften Wunden den Feind sehen müssen. Eine Granate hatte ihm die Hand weggerissen, und er hatte viel Blut verloren.

Vermutlich wäre er in der Nacht dort draußen gestorben, wenn die Mischlingshündin Camille mit ihrem Gejaule Aveline nicht aus dem Haus getrieben hätte und dann zu den Weißdornbüschen am Waldrand drüben gerannt wäre.

Vom Herd her pfiff es durchdringend. Aveline schob die Erinnerungen beiseite. Sie nahm den Kessel vom Herd und goss Kaffee auf. Dann gab sie fette Milch hinzu, bis der Kaffee die richtige hellbraune Färbung annahm. Aus der Milch ihrer einzigen Kuh, die sie mit mancherlei List über den Krieg gerettet hatte, machte Aveline

Butter, Quark und weichen Käse. Zusammen mit der Marmelade, die sie aus den Beeren im Wald kochte, und dem Baguette, dass der Bäckerjunge jeden Morgen frisch lieferte, konnte man fast meinen, die Zeit von Hunger und Not sei vorüber. Aveline legte noch Messer und Löffel neben die Teller und wollte gerade nach ihm rufen, als ihr wieder bewusst wurde, dass der zweite Stuhl leer bleiben würde, heute, morgen und alle weiteren Tage, die noch folgten. Aveline ließ sich auf ihren Stuhl sinken und bestrich das frische Brot mit Butter und Marmelade. Dann brach sie es in Stücke und reichte es unter den Tisch, wo Camille die unerwartete Leckerei gierig hinunterschlang und dankbar mit dem Schwanz wedelte.

«Mon ami», sagte sie leise. «Ich hoffe, dir geht es gut, wo auch immer du gerade sein magst.» Sie strich mit dem Finger über die Postkarte, deren Ränder sich bereits zu wellen begannen. Er hatte Wort gehalten und aus Berlin geschrieben. Einmal, im vergangenen Jahr. Seitdem hatte sie nichts mehr von ihm gehört.

♦

Die Versorgungslage in Berlin hatte sich in den vergangenen Monaten drastisch verschlechtert. Durch die horrenden Reparationszahlungen, die dem Reich im Versailler Vertrag auferlegt worden waren, wurde Geld im Reich ein knappes Gut. Die Preise stiegen unaufhörlich, wogegen das Angebot gleichzeitig zurückging. Die Gewerkschaften erstritten regelmäßig höhere Löhne für die Arbeiterschaft. Erreichten gar, dass die Löhne – wenn auch immer mit einiger Verzögerung – in dem Maß erhöht wurden, in dem die Entwertung der Reichsmark fortschritt, doch alle anderen, die ein regelmäßiges Einkommen bezogen wie Angestellte, Beamte, Pensionäre oder Kriegsrentenempfänger, konnten sich Monat für Monat weniger leisten.

Selbst Robert und Luise, die beide arbeiteten, begannen das zu spüren, obgleich Robert für seine Arbeit beim Umbau des Bahnhofs gut bezahlt wurde. Luises Lohn war noch nie berauschend gewesen, doch bisher hatte sie von ihrem Verdienst leben können. Nun schrumpfte der Wert des Geldes immer mehr, und sie überlegte täglich, wo sie in ihrer Haushaltsführung sparen könnte. Wenigstens die Kosten für die Bahn und die Mietpreise hinkten hinter der ständigen Verteuerung hinterher. Das wiederum war für Luises Mutter ein Problem, die zwei Zimmer ihrer Wohnung nun untervermietete, um über die Runden zu kommen, obwohl Luise ihr immer wieder etwas zusteckte. Von ihrer monatlichen Witwenrente konnte sich Gertrud nicht einmal mehr zwei Wochen lang satt essen. So wanderten der ein oder andere Ziergegenstand, ein Teppich oder ein Möbelstück zum Pfandleiher oder wurden gleich gegen Lebensmittel eingetauscht.

In solch prekärer Lage befanden sich Luise und Robert glücklicherweise nicht, auch wenn ihre Gehälter Monat für Monat weniger wert waren. Allerdings war auch ihr Tisch nicht mehr ganz so üppig gedeckt, und das geliebte gemeinsame Sonntagmorgenfrühstück fiel weniger sonntäglich aus. Häufig war Ilse mit von der Partie und brachte Schrippen mit. Die gab es wenigstens noch.

Robert hatte einen Artikel in der *Vossischen* gelesen und erzählte Luise und Ilse davon. «Walther Rathenau hat einen Aufschub der fälligen Reparationszahlungen erreicht. Die Briten haben sich auf seine Seite gestellt, was den Franzosen natürlich nicht gefallen hat. Aufschub heißt, wir sollen jetzt 31 Millionen Goldmark bezahlen. Alle zehn Tage ...» Robert blickte auf. «Aber wie soll das gehen, wo's uns jetzt schon an allen Ecken und Enden fehlt? Also wird die Notenpresse nicht mehr still stehen, und die Preise werden weiter steigen.»

«Du hast recht, selbst wir mit unseren zwei Gehältern müssen sparen», pflichtete ihm Luise bei. Sie sah kurz zu Ilse, dann fügte sie hinzu: «Ist der Rathenau nicht Jude? Wahrscheinlich mögen ihn auch deshalb die Völkischen nicht und behaupten, er stünde auf der Seite der Alliierten.»

«*Nicht mögen?*», nahm Ilse die Aussage auf. «Sie *hassen* ihn vermutlich kaum weniger als den Erzberger, der nur gezwungenermaßen seine Unterschrift unter den Versailler Vertrag gesetzt hatte. Kein anderer wollte das damals übernehmen.»

«Meint ihr denn, Rathenau schwebt auch in Todesgefahr?», fragte Luise. Am 26. August im vergangenen Jahr war der Zentrumspolitiker Matthias Erzberger bei einem Spaziergang im Schwarzwald von rechten Attentätern erschossen worden.

Robert und Ilse nickten einmütig, und Robert bekräftigte: «Ich denke nicht, dass Erzberger das letzte politische Opfer der Deutschnationalen war.»

Die drei wandten sich wieder ihrer unterschiedlichen Lektüre zu. Während Ilse in der *Dame* blätterte und die erotischen Modefotos von Anita Berber betrachtete, las Luise in der *BZ am Mittag*. In einem Bericht der Kripo wurde auf weitere Einbrüche verwiesen, bei denen Geldschränke geknackt worden waren, die die Handschrift des gerade entlassenen Franz Kirsch trugen. Dann schrie sie einige Seiten weiter die Verkündung des neuesten Skandals an.

«Habt ihr davon schon gehört?» Sie schaute kurz auf. «Bei einer Untersuchung haben Fleischkontrolleure jede Menge Hundefleisch in Würsten gefunden. Und das bei den Preisen, die die Metzger verlangen!», schimpfte sie erbost. «Außerdem wurden Hammel, Pferd und Kaninchen in sogenannten Schweinswürsten gefunden!»

Robert wollte gerade von seinem belegten Brot abbeißen, das er nun mit einer Grimasse zurück auf den Teller legte.

«Und das Brot, das wir mit diesen Karten bekommen, besteht vermutlich nur noch aus Sägemehl. Zumindest schmeckt es so», kommentierte Ilse. «Dabei bezahlen wir für ein 50-Pfennig-Brot inzwischen 13,50 Mark! Von den Preisen für echtes Brot wollen wir gar nicht reden.»

«Man kann den Bäckern keinen Vorwurf machen», mischte sich Robert ein. «Wie sollen sie gutes Brot für das Dreißigfache des Preises von 1919 verkaufen, wenn allein das Getreide schon das Sechzigfache kostet? Dazu die Kosten für Geräte und Maschinen, deren Rohstoffe aus dem Ausland kommen. Die kosten inzwischen vermutlich das Hundert- oder Zweihundertfache.»

«Das passt alles nicht zusammen, und so viele Menschen müssen hungern», sagte Ilse und angelte trotzdem mit Genuss nach einer zweiten Schrippe. Dann sah sie sich suchend um.

«Wir haben nicht einmal mehr Butter», entschuldigte sich Luise und stellte dafür ein Glas Marmelade vom Vorjahr auf den Tisch. «Tut mir leid. Ich würde ja gerne gutes Brot kaufen, aber wenn ich von der Arbeit komme, ist nichts mehr da. Und würde ich mich morgens ganz früh anstellen, würde das auch nicht helfen. Schlangen gibt's trotzdem. Ich komme eh schon regelmäßig zu spät zur Arbeit.» Sie zog die Stirn kraus. «Der Hauptkommissar hat mich bereits mehrmals gerügt. Ich kann mir nicht leisten, ihn noch mehr zu verärgern, wenn ich nicht riskieren will, meine Arbeit zu verlieren. Überall werden Leute entlassen.»

«Ich kann mich am Montag anstellen und sehen, was sich auftreiben lässt», schlug Ilse vor, während sich Robert als Hauptverdiener der Familie für solche Dinge wie Einkäufe nicht zuständig fühlte.

«Aber du hast doch selbst keine Zeit und musst arbeiten», wehrte Luise ab.

Ilse stieß einen tiefen Seufzer aus. «Ich werde bald jede Menge Zeit haben. Meine Entwürfe sind zwar schön, doch jetzt, wo die Berliner sparen müssen und lieber ein altes Kleidungsstück noch einmal anpassen oder flicken, statt was Neues zu kaufen, kann man sich meine Arbeit nicht mehr leisten! Meine Aufträge werden mit jedem Tag weniger.»

«Aber es leben doch noch genug reiche Leute in der Hauptstadt!», versuchte Luise zu trösten.

«Na ja, reich sind vor allem Ausländer. Für ein paar Dollar oder Pfund bist du bei uns eine ganze Nacht lang der König vom Ku'damm!»

«Davon habe ich auch gehört. Stimmt es, dass Amerikanerinnen und Französinnen nach Deutschland kommen, um bei uns die Aussteuer für ihre Töchter zu kaufen?», fragte Luise.

«Wenn das stimmt, dann habe ich jedenfalls noch nicht von ihnen profitiert», meinte Ilse und zuckte mit den Schultern.

♦

Johannes fuhr aus einem Traum auf und wischte sich den Schweiß von der Stirn, obgleich es in dem zugigen Schlafraum unter dem Dach nachts recht kalt wurde. Dicht an dicht standen die schmalen Betten nebeneinander, doch immerhin gab es hier oben Bettzeug, und es stank nicht ganz so sehr wie im Aufenthaltsraum, wo die Schläfer auf den Bänken lagen oder sich auf dem Boden einen Platz suchen mussten. Dem Gemisch aus Zigarettenrauch, Bierdunst und Schnapsatem konnte man eh nicht entrinnen. Dennoch fand Johannes die Kellergelasse mit ihren schimmlig feuchten Wänden, die niemals gelüftet wurden, noch schlimmer als die Dachkammer. Doch was blieb ihm für eine Wahl? Immerhin hatte er es bislang geschafft, sich die Läuse vom Hals zu halten, was vielleicht auch daher kam, dass er sich nicht scheute, sich selbst im Winter mit eisig kaltem Wasser regelmäßig zu waschen und seine geringe Barschaft auch für eine Seife einzusetzen.

Wer hier oben in einem der Betten schlafen wollte, musste eh erst den «Spannemann» machen und sich vom Wirt auf «Bienen» untersuchen lassen, wie das die Walzbrüder nannten. Hier oben schliefen häufig wandernde Handwerksburschen, während die Bettler, die «fechten» gingen, wie sie ihre Arbeit nannten, sich meist nicht einmal solch eine Schlafstatt leisten konnten.

Solange es so kalt war, trieb sich Johannes tagsüber häufig in einer der billigen Kneipen wie der Alexanderquelle in der Münzstraße oder dem Rehkeller in der Nähe des Alex rum. Und wenn er gar nichts verzehren wollte, ging er in eine Wärmehalle wie die in der Spandauer Vorstadt, wo an der Ecke Ackerstraße zur Elsasserstraße eine Wärmehalle in einem ausrangierten Straßenbahnschuppen eingerichtet worden war. Etwas Trostloseres ließ sich kaum mehr vorstellen, vielleicht gerade weil er hier auf so viele Gleichgesinnte stieß, jeder mit seinem eigenen schweren Schicksal. Doch Johannes hatte schon lange aufgegeben, über ein «besseres» Schicksal nachzudenken. Er war nicht mehr der Klassenprimus, der Einserstudent, der hoffnungsvolle junge Architekt, den sein Vater stolz präsentieren konnte. Und er war auch nicht der Held für das Vaterland geworden, der ordengeschmückt aus dem Krieg zurückkehrt. Der Große Krieg hatte alle Dinge verrückt. Johannes hatte nur durch Zufall überlebt und durch die selbstlose Liebe einer fremden Französin, der Ruhm und Ehre gleichgültig waren. Nichts an ihm und seinem Leben war mehr perfekt. Materielles hatte alle Wichtigkeit verloren. Zwar hatte Aveline ihn von seinem Drang, lieber gleich zu sterben, befreit, aber ein wirkliches Ja zum Leben war noch nicht in ihm gewachsen. Er überlebte lediglich, Tag für Tag.

Wenn Johannes etwas Geld übrig hatte, besuchte er das Tageskino Pritzkow in der Münzstraße, in dem vor allem Wildwest- oder Kriminalfilme gezeigt wurden. Für ein paar Pfennige konnte man hier den ganzen Tag sitzen bleiben und sich den gleichen Film, sooft man wollte, anschauen – oder einfach nur im dunklen, warmen Vorführraum schlafen, wie das viele taten.

Stempelgeld konnte er sich nicht auszahlen lassen, dazu hätte er richtige Papiere gebraucht. Noch trug er Jérômes falschen Ausweis in der Tasche. Das Bündel Francscheine, das Aveline ihm zum Abschied gegeben hatte, war beinahe aufgebraucht.

Am liebsten hielt sich Johannes in der Stadtbibliothek im Alter-Marstall-Gebäude auf. Dort gab es einen Zeitungslesesaal, den er tagsüber bis abends Punkt acht Uhr fünfundvierzig kostenlos nutzen konnte. Wie hell und sauber hier alles war! Er studierte die im Saal ausgelegten Zeitungen und verfolgte sowohl politische als auch sonstige Skandale bis hin zu Gesellschaftsklatsch und Kriminalreportagen.

Draußen war es noch dunkel. Johannes wälzte sich auf die andere Seite und versuchte, wieder einzuschlafen, doch der Traum, der ihn geweckt hatte, stand ihm noch zu eindringlich vor Augen.

Sein Körper bestand nur aus einem alles überwältigenden Schmerz. Die Sinne drohten ihm zu schwinden, dennoch robbte er weiter. Um Sprengtrichter herum, durch Morast und Blut, an Leichen vorbei, egal, zu welcher Seite in diesem Krieg sie gehörten. Er schob blutige Schuhe beiseite, Munitionsreste, Waffenteile und M1916-Stahlhelme, die von seinen eigenen Kameraden stammten. Doch er stieß auch auf englische Brodies und französische Stahlkappen.

Johannes wunderte sich, dass er die Bilder der schlamm- und blutverschmierten Helme noch so deutlich vor Augen sah, während er keine Ahnung hatte, wie lange und in welche Richtung er gekrochen war. Offensichtlich nach Westen, sonst hätte er den Fluss nicht erreichen und Aveline ihn nicht finden können.

Es war ihm ein Rätsel, wie er hatte überleben können. Er musste sehr viel Blut verloren haben, während er auf einem Stück Holz im Wasser trieb und irgendwann am anderen Ufer im Schilf hängen blieb.

An seine Rettung durch Aveline konnte er sich nicht mehr erinnern. Schmerz und Blutverlust hatten ihn in eine tiefe Bewusstlosigkeit gezogen.

Erst Tage später setzte seine Erinnerung wieder ein. In milchigem Schein sah er den rettenden Engel an seinem Lager. Sie sprach französisch, während sie ihn wusch, seine Wunden versorgte und ihn fütterte. Ein wenig verstand er, da er im Gymnasium jahrelang Latein hatte pauken müssen, ihr Verhalten begreifen konnte er nicht, bis Aveline ihm von Jérôme erzählte, von ihrem Sohn, der doch nichts Böses getan habe und dennoch von der eigenen Militärpolizei erschossen worden war.

«Ein Freund» hatte die Reste von Johannes' Hand entfernt und den Stumpf vernäht. Außerdem hatte er einige Splitter aus seinem Bein gezogen, ehe er auch diese Wunden verschloss. Vielleicht wären Hüfte und Knie nicht steif geblieben, wäre er in einem richtigen Krankenhaus operiert worden, doch die Frage hatte sich damals nicht gestellt – und jetzt war es zu spät. Seine zerfetzte Hand hätten sicher nicht einmal die Chirurgen der Charité wiederherstellen können.

Sein Bettnachbar hustete ihm seinen Schnapsatem ins Gesicht. Rasch drehte sich Johannes wieder auf die andere Seite, obgleich ihn so seine Hüfte stärker peinigte.

Er schalt sich einen Narren, dass er Aveline und ihr friedliches Paradies verlassen hatte. Warum nur war er nach Berlin zurückgekommen? Was hatte er erhofft, hier zu finden? Die Rückkehr als verlorener Sohn und schmerzlich vermisster Verlobter, den alle erleichtert in die Arme schließen würden? Nach so vielen Jahren? Es war allein seine Schuld, dass er am Ende des Krieges nicht versucht hatte, Kontakt mit daheim aufzunehmen und von Luise zu erbitten, ihr Verlobungsversprechen einzulösen.

Er hatte sich entschieden, ihr das nicht zuzumuten. Warum schmerzte es ihn dann so sehr, dass sie den Freund zum Mann genommen hatte?

Johannes versuchte, Luises Gesicht aus seinen Gedanken zu vertreiben, stattdessen glaubte er, ihren Atem an seiner Wange zu spüren, ihre Küsse, ihre Hände auf seiner Haut an jenem letzten Abend in Berlin, ehe er an die Front zurückkehren musste. Die Urlaubstage davor hatte er an ihrer Seite schwankend zwischen Glück, unerfüllter Lust und Verzweiflung verbracht. Er wollte sie immer an sich drücken, sie keine Sekunde mehr loslassen, doch Luise hatte gezögert, bis zu diesem Abend. Er dachte an das Geschenk, das sie ihm gemacht hatte, das Mädchen aus gutem Haus, das sich mit ihm in ein Abenteuer gestürzt hatte, von dem sie nicht wissen konnte, wie es enden würde. Sie wäre nicht die erste und ganz sicher auch nicht die letzte Frau gewesen, die mit einer einzigen unbedachten Nacht ihr ganzes Leben hätte ruinieren können. So großzügig man den Männern ihre Eskapaden verzieh, bei den Frauen sah man genauer hin. Und ein uneheliches Kind war noch immer eine Schande. Doch es war nichts passiert, sonst hätte Ella davon gewusst.

♦

Ella stieg die Treppe des Hinterhauses hoch. Es roch unangenehm nach der kalten Feuchte des schmuddeligen Märztages und nach altem Essen. Es war der Geruch von Armut, der ihr wie Übelkeit aufstieß, obgleich die Zeit, als sie sich wochenlang fast täglich hatte übergeben müssen, bereits mit dem Herbst zu Ende gegangen war.

Heute spürte Ella ihre Beine und ihren Rücken. Sie stützte die Hände gegen die schmerzenden Muskeln und ließ sich mit einem Stöhnen auf die Treppenstufe sinken. Dann barg sie das Gesicht in den Händen, als könne sie die verhasste Umgebung nur so zum Verschwinden bringen. Wie anders doch die Welt bei Tietz war. Alles sauber, wohlriechend, bunt und fröhlich. Ella hatte sogar ein paar Brocken Englisch und Französisch gelernt, um die immer zahlreicher werdenden Ausländerinnen, die in ihre Abteilung strömten, zuvorkommend bedienen zu können. Wie fröhlich diese Frauen waren, wie unbeschwert – und wie viel Geld sie, ohne mit der Wimper zu zucken, ausgaben. Klar, sie brachten Franc, Dollar und Pfund mit, deren Wert gegenüber der Mark in schwindelnde Höhen schoss. Und trotz gestiegener Preise, in Mark gerechnet, blieb das Einkaufen in Deutschland für sie ein günstiges Vergnügen, das sie reichlich ausnützten.

Die Stadt war voll von Reisenden aus dem Ausland. Während viele Frauen Aussteuer für sich oder ihre Töchter kauften oder einfach ihre Garderobe aufstockten, stürzten sich die Männer – nach ihren Einkäufen – ins Nachtleben. Mit ein paar Dollar konnte man sich nächtelang amüsieren! Champagner, Mädchen, Koks, alles war gegen Valuta erhältlich. So fuhren sie mit ihren chromglänzenden Wagen durch Berlin, residierten in den teuersten Hotels, speisten wie Fürsten und feierten bis zum Morgengrauen, während sich die meisten Berliner Gedanken darüber machen mussten, wie sie genügend Lebensmittel organisieren konnten, um wenigstens die Familie satt zu kriegen.

Vorbei! Ihr Ausflug in die schöne, saubere Welt, den Ella jeden Tag genossen hatte, ganz egal, wie viel Arbeit anfiel, war vorbei. Ihr traten Tränen in die Augen und rannen ihr über die Finger. Obwohl sie ein besonders weites Kleid trug und noch eine lose fallende Jacke darüber, war dem Personalchef ihre Veränderung nicht verborgen geblieben. Vermutlich war es einer der anderen Verkäuferinnen aufgefallen, die sie dann oben angeschwärzt hatte, vermutete Ella. Doch ganz gleich, wie es gelaufen war, an dem Ergebnis war nicht zu rütteln. Die Firmen entließen eh reihenweise Arbeiter und Angestellte, und nun musste auch sie sich in das Heer der Arbeitslosen einreihen. Und das, wo sie bald noch einen Esser mehr versorgen musste!

Es half nichts, sie musste hochgehen und nach ihrer Mutter sehen. Dafür sorgen, dass sie nicht wieder das Essen vergaß oder sonst was anstellte. Und sie würde ihr sagen müssen, dass sie ab morgen sehr viel mehr Zeit haben würde, sich um sie zu kümmern.

Aber wovon sollten sie leben?

Das Herz wog ihr schwer in der Brust, als sie sich hochstemmte und die letzten Stufen hinaufschleppte.

♦

Ilse und Luise trafen sich an einem schönen Maitag im eleganten *Café Josty* am Potsdamer Platz. Es gehörte zu den feinen und teuren Adressen, doch das war Luise egal, ab und an brauchte sie den Ausflug in diese andere Welt. Sie war es auch, die das berühmte Schokoladengetränk orderte und wieder einmal die Rechnung übernehmen würde, seit Ilses Auftragsbestand immer magerer wurde und der gezahlte Preis sowieso nicht mehr dem Wert entsprach, den die Ware noch Wochen zuvor bei der Bestellung gehabt hatte.

Die Freundin war wie immer zu spät. Als sie endlich eintraf, drückte sie Luise einen schwungvollen Kuss auf die Wange, nahm Platz und griff gleich nach dem bereits servierten Gebräu. Mit einem wohligen Seufzer genoss sie ihre Schokolade und musterte dabei Luise, die sie seit längerem nicht mehr gesehen hatte.

Luises Augen wurden schmal. «Was ist? Bin ich dir mal wieder nicht modisch genug gekleidet? Das wäre bei meiner Arbeit in der Burg wirklich übertrieben. Da stenographiere ich die Aussagen armer Frauen beim Verhör!»

«Nein, ich habe mich nur vergewissert, ob du mir etwas Besonderes berichten willst, aber zumindest vom Augenschein her kann ich nichts feststellen.»

«Es gibt keine Neuigkeiten», sagte Luise ungewöhnlich barsch. Natürlich war ihr klar, worauf Ilse anspielte.

Diese lehnte sich ob der unerwarteten Zurückweisung in ihrem Stuhl vor. «Entschuldige, habe ich was Falsches gesagt? Zwischen euch ist doch alles in Ordnung, oder sollte ich mir Sorgen machen?»

Luise sah durchs Fenster über den sternförmigen Verkehrsknotenpunkt hinaus, auf dem sich Autos, Lastkraftwagen und Pferdefuhrwerke ständig mit Bussen und Straßenbahnen zu verknäulen schienen. Dazwischen wuselten Fußgänger und Radfahrer. Ein paar Polizisten versuchten, das Chaos zu entwirren, schienen aber machtlos und eher in Gefahr, selbst Leib und Leben zu riskieren.

«Luise?»

Sichtlich widerstrebend wandte sie ihren Blick vom Verkehrschaos draußen wieder auf die Freundin. «Alles in Ordnung. Manchmal dauert es halt ein wenig.»

Fast hätte Ilse die Worte geglaubt, wenn Luise nicht ein verräterischer Schluchzer entwichen wäre. Sie griff nach ihrer Hand. «Was stimmt nicht? Lüg mich bitte nicht weiter an. Ich möchte nur helfen. Ich sehe doch, dass dich was bedrückt.»

«Wir wünschen uns eben ein Kind, und das lässt auf sich warten. Dabei sind wir schon neun Monate verheiratet.» Luise endete in einem Seufzer.

«Warst du denn beim Arzt? Hast du dich untersuchen lassen?», wollte Ilse wissen.

«Mit *mir* ist alles in Ordnung», wehrte Luise ab.

«Aber mit Robert nicht?»

Luise wurde rot und starrte in ihre Tasse. «Ich kann über solche Dinge nicht mit dir reden und schon gar nicht hier. Ich käme mir ja vor wie eine Denunziantin.»

Darüber musste Ilse erst einmal nachdenken. Sie leerte ihre Tasse und bestellte einen Kaffee. Dann fragte sie: «Kennst du Dr. Hirschfeld?»

«Ja, natürlich, aber nicht persönlich. Ich meine, ich höre bei der Arbeit öfter von ihm. Und wir beide haben mal über diesen Film gesprochen, der dann verboten wurde.»

Ilse nickte. «Ich denke, du solltest dich einmal mit Dr. Hirschfeld unterhalten.»

«Ist er nicht homosexuell?», fragte Luise leise.

«Na und? Er ist jedenfalls *der* Experte, wenn es um Sexualität geht. In seinem Institut kann sich jeder kostenfrei beraten oder auch behandeln lassen.»

«Das könnte ich nicht», stieß Luise hervor. «Ich würde ja vor Scham im Boden versinken.»

Ilse funkelte sie an. «Dann verzichtest du lieber auf Kinder, als dich einem Experten anzuvertrauen?»

«Nein, natürlich nicht, aber was soll ich ihm denn sagen?»

«Die Wahrheit?»

«Ich kenne die Wahrheit nicht. Ich kann nur Vermutungen anstellen. Das Einzige, was ich sicher weiß, ist, dass es so, wie es zwischen uns läuft, nicht normal sein kann.»

«Ach, und woher weißt du das so genau?», feixte Ilse, doch Luise wandte mit feuerroten Wangen den Kopf zur Seite und schwieg.

♦

Johannes saß im Zeitungslesesaal und blätterte ein Nachrichtenblatt nach dem anderen durch. Mit der Zeit hatte er ein Gespür dafür bekommen, in welchem Blatt er mit welcher politischen Berichterstattung zu rechnen hatte. Die *Tägliche Rundschau* und der *Berliner Lokal-Anzeiger* aus dem Scherl Verlag, der dem Medienmogul Alfred Hugenberg gehörte, schrieben für eine nationalkonservative Leserschaft und äußerten sich regelmäßig republikfeindlich. Beinahe täglich wurde gegen linke Politiker gehetzt und an der Arbeit von Parlament und Regierung kein gutes Haar gelassen. Hier fanden Leute eine Plattform, deren Hetze im Falle von Matthias Erzberger erst geendet hatte, als er von rechten Radikalen ermordet worden war. Darüber hatte Johannes sogar in Frankreich gelesen!

Jetzt sprühten sie ihr Gift gegen Politiker wie Philipp Scheidemann von der SPD und Reichsaußenminister Walther Rathenau, beide Grundpfeiler der Weimarer Republik.

«… knallt ab den Walther Rathenau, die gottverdammte Judensau», las Johannes in einem der rechten Blätter und warf die Zeitung angewidert zur Seite.

Im *Berliner Tageblatt* wurde berichtet, dass die Teilung Oberschlesiens mit dem deutsch-polnischen Abkommen nun staatsrechtlich vollzogen sei. Aus Protest verließ die DDP die Regierungskoalition, dennoch blieb Wirth als Kanzler einer Minderheitenregierung – zumindest vorläufig – im Amt.

Johannes gähnte angesichts der politischen Fehden und griff nach dem Magazin *Der Film*, in dem der zweite Teil des *Dr.-Mabuse-Epos* thematisiert wurde. Er hatte bereits im April eine begeisterte Kritik gelesen. Überhaupt gab es dieses Jahr interessante neue Filme. Im März hatte *Nosferatu – Eine Symphonie des Grauens* im prächtigen Marmorsaal des Zoologischen Gartens Premiere gefeiert. Johannes hätte auch diesen Film gerne gesehen, doch die Kinos rund um den Ku'damm waren zu teuer.

Daneben waren Historienfilme nach wie vor beliebt, und die Filmschaffenden wurden nicht müde, die glorreiche Zeit Preußens unter Friedrich dem Großen zu beschwören. Und doch traten vermehrt Gestalten wie der unheimliche Dr. Mabuse oder der Vampir Nosferatu ins Scheinwerferlicht. *Was zog das Publikum an einem Wesen an, das anderen das Blut aussaugte?*, dachte Johannes und schüttelte innerlich den Kopf. *Wollte man sich unbedingt gruseln und ängstigen? War das echte Leben nicht beschwerlich genug? Musste man nicht froh sein, dass der Krieg mit seinen Grausamkeiten und dem Blutvergießen vorüber war?*

♦

Ilse hatte heute besonders gute Laune. Ja, sie fühlte sich geehrt, denn Claire Waldoff hatte sie zu ihrem Salon bei sich daheim eingeladen. Ilse wechselte mindestens vier Mal ihre Garderobe, ehe sie mit ihrem Aussehen zufrieden war und sich auf den Weg in die Regensburger Straße machte.

Vielleicht hatte einer ihrer Freunde abgesagt?, überlegte Ilse auf der Fahrt. Doch ganz gleich, wie es zu dieser Einladung gekommen war, sie freute sich riesig und hoffte, weitere interessante Menschen kennenzulernen.

Die Runde, die sich um Claires und Ollys ovalen Esstisch bei Sekt, Wein, Bier und reichlich Kalbsnierenbraten versammelte, war nicht groß, aber illuster. Links neben Ilse saß der «Diplomat und Kunstmäzen», wie er sich selber bezeichnete, Harry Graf Kessler. Ansonsten dominierten die Frauen: Da war Margo Lion, mit der Claire ab und zu im Duett sang, sowie die Schriftstellerin Vicky Baum, die Psychoanalytikerin und Schriftstellerin Charlotte Wolff sowie Helen Hessel, die Malerei studiert hatte und ebenfalls zur intellektuellen Elite Berlins zählte. Charlotte und Helen berichteten völlig ungezwungen von einem gemeinsamen Ferienaufenthalt in der Normandie, bei dem sowohl Helens Liebhaber, ein Schriftsteller aus Paris, als auch ihr Ehemann Franz Hessel dabei gewesen waren – falls Ilse das alles richtig mitbekommen hatte. Obwohl sie die Neugier plagte, fragte sie nicht genauer nach. Das wäre dann doch zu unschicklich gewesen.

Da wandte sie sich lieber an die Letzte in der Runde. Clara Roth, eine zierliche blonde Frau, saß zu ihrer Rechten und schenkte ihr ein bezauberndes Lächeln. Auch sie war Sängerin und trat in verschiedenen Nachtclubs und Kabaretts auf.

«Morgen singe ich gegen Mitternacht in der *Weißen Maus*», verriet sie, und Ilse nahm sich sofort vor, den Auftritt nicht zu versäumen. Clara erkundigte sich nach Ilses Beruf, und so sprachen sie bald intensiv über Mode, bis Claire die *Mozartbombe* aus Erdbeer- und Vanilleeis mit Hippenröllchen servierte. Ein Hoch auf die Lebensfreude angesichts all der schrecklichen Nachrichten, die man tagtäglich zu verdauen hatte.

Kapitel 6

«Ich habe mich ein wenig schlaugemacht. Während des Krieges hat Dr. Hirschfeld für das Rote Kreuz als Arzt in Kriegsgefangenenlagern gearbeitet», erzählte Luise. «Und als er zurückkam, gründete er dieses Institut, von dem du erzählt hast.»

Luise hatte sich endlich bereit erklärt, ihre Sorgen dem bekannten Sexualforscher anzuvertrauen, und für Samstag, den 24. Juni, einen Termin vereinbart. Dafür musste sie bei ihrem Vorgesetzten einen Tag Urlaub einreichen, wovon Robert natürlich nichts wusste. Aber Ilse wusste Bescheid, die die Freundin als moralische Unterstützung zumindest bis zum Institut, das in der ehemaligen Villa Joachim in der Beethovenstraße am Tiergarten untergebracht war, begleitete.

«Was wirst du in der Zeit tun, während ich mit dem Doktor spreche?», wollte Luise wissen und machte damit noch einmal klar, dass sie nicht vorhatte, Ilse ins Sprechzimmer mitzunehmen, doch das hatte diese vermutlich auch nicht erwartet.

«Ich werde mich schon nicht langweilen», sagte Ilse fröhlich. «Das ganze Institut ist spannend! Ich war noch nie dort, aber ich weiß, dass man in der Bibliothek Bücher lesen kann, die man sonst nirgends bekommt. Außerdem gibt es eine Ausstellung, die auf die Kriminalisierung von Homosexuellen aufmerksam macht. Also gegen den Paragraphen 175.»

«Das ist verständlich, der Doktor ist doch selbst betroffen», meinte Luise.

«*Lesben* wären auch davon betroffen, wenn die Männer nicht aus purer Ignoranz vergessen hätten, gleichgeschlechtliche Liebe unter Frauen explizit zu erwähnen!», antwortete Ilse ungewöhnlich scharf.

Luise überlegte, ob Ilse nicht auch über sich selbst sprach, selbst wenn sie es nie ausdrücklich sagte. Luise erinnerte sich, dass Ilse auch früher nie Bemerkungen über attraktive Männer gemacht hatte, aber schon immer einen Blick für schöne Frauen hatte. Waren das nur Schwärmereien für erfolgreiche Frauen, die vorübergehen würden, sollte Ilse einmal der richtige Mann über den Weg laufen? Oder war Ilse tatsächlich lesbisch? Luise schob den Gedanken beiseite, an ihrer Freundschaft würde das eh nichts ändern.

Dr. Magnus Hirschfeld war ein eindrucksvoller Mann mit einem Blick durch seine runden Brillengläser, der einen tief zu durchdringen schien. Er hatte ein breites Gesicht, eine hohe Stirn und einen Kaiser-Wilhelm-Bart, dessen linke Spitze sich nicht so recht nach oben zwirbeln wollte. Über Hemd und Weste trug er einen langen weißen Kittel, den er nicht zugeknöpft hatte. Freundlich lächelnd, neigte er den Kopf, reichte Luise die Hand, bat sie in sein Sprechzimmer und schloss die schwere Tür.

Luise atmete stoßweise. Es war ihr, als müsse sie die Tür aufreißen und davonlaufen, doch die ruhige Stimme des Doktors hielt sie zurück.

«Setzen Sie sich doch, Frau Wagenbach. Ich weiß bislang nur, dass es um Ihren Kinderwunsch geht, der sich offensichtlich nicht so einfach erfüllt.»

Luise nahm auf der Kante des Besuchersessels Platz. «Ja, so ist es. Ich war schon bei meinem Arzt, doch der sagt, bei mir sei alles in Ordnung.»

«Sie meinen also, es würde an Ihrem Mann liegen», folgerte der Arzt.

«Ich denke, es ist der Krieg.»

«Das heißt, Ihr Mann wurde verletzt, und Sie glauben, dass das seine Zeugungsfähigkeit beeinflusst?»

Luise zögerte. «Ich weiß nicht, ja, er wurde verletzt und war eine Zeitlang in einem Feldlazarett, doch ich glaube nicht, dass eine Verletzung verantwortlich ist. Es ist nur so, es funktioniert nicht, wie es sollte – denke ich», fügte sie schnell hinzu und spürte, dass sie rot wurde.

«Sie meinen, Ihr Mann sei nicht in der Lage, einen natürlichen Geschlechtsakt durchzuführen?»

Die offene Redeweise des Arztes machte Luise noch verlegener, andererseits fühlte sie Erleichterung, dass sie endlich jemandem ihre Zweifel und Nöte anvertrauen konnte. «Vielleicht bin ich daran schuld», brach es aus ihr heraus.

Die Augenbrauen des Arztes wanderten ein Stück höher. «Warum sollten Sie? Möchten Sie nicht mit Ihrem Mann schlafen? Haben Sie Angst, oder empfinden Sie Abscheu vor dem Geschlechtsverkehr?»

«Nein!», rief Luise, ohne nachzudenken. «Es kann aufregend und schön sein, wenn man sich doch liebt.»

«Aha», sagte der Arzt und betrachtete sie eine Weile. «Und Sie lieben Ihren Mann?»

«Ja!», bekräftigte sie, überlegte und fuhr dann fort: «Vor unserer Ehe habe ich seinen besten Freund geliebt und mich ihm versprochen, aber das weiß Robert nicht. Ich habe nach dem Krieg auf Johannes gewartet. Er galt als verschollen und kam nicht zurück. Nun ja, und mit der Zeit liebte ich Robert und nahm seinen Antrag an.»

Dr. Hirschfeld beugte sich vor. «Ich danke für Ihre Offenheit, Frau Wagenbach. Ich weiß, es ist nicht leicht, auf intime Fragen zu antworten.»

Luise nickte.

«Nun, was mich besonders interessiert, ist Folgendes: Wenn Ihr Mann Sie küsst oder Sie im Bett liegen und einander umarmen, ist er dann erregt? Spüren Sie, dass sein Penis sich versteift? Und wenn er dann zum Akt kommen soll, wird er wieder weich?»

Luise sah zu Boden. *Himmel, auf was hatte sie sich da bloß eingelassen?* Aber sie riss sich zusammen und nickte abermals.

Der Arzt überlegte. «Leidet Ihr Mann vielleicht unter Albträumen? Oder wirkt er geistig abwesend, traurig, gar verzweifelt?»

Luises Blick kehrte zum Gesicht des Arztes zurück. «Woher wissen Sie das? Es stimmt, er schreit nachts oft auf, stöhnt oder weint gar. Und häufig, wenn ich ins Wohnzimmer komme und er dort alleine sitzt, starrt er in die Ferne und zittert am ganzen Leib. Manchmal habe ich gar, wenn wir zusammen im Bett sind und Zärtlichkeiten austauschen, plötzlich das Gefühl, jetzt ist er nicht mehr da. Es ist, als würden seine Seele oder sein Geist unvermittelt in eine andere Welt wechseln.»

«Das empfinden Sie vermutlich ganz richtig», stimmte ihr Dr. Hirschfeld zu. «Etwas quält Ihren Mann und lässt ihn nicht los. Es hat ganz sicher mit dem Krieg zu tun, doch ich kann aus der Entfernung natürlich nicht feststellen, ob es die Grausamkeit und die Zeit in den Schützengräben allgemein waren, die seiner Seele so zugesetzt haben, oder ob ihn ein ganz bestimmtes Erlebnis quält. Dazu müsste ich mit ihm sprechen. Es wäre sicher eine gute Idee, wenn Ihr Mann vorbeikommen würde und wir ein paar Sitzungen zusammen mit meinem geschätzten Kollegen abhalten würden. Herr Dr. Kronfeld ist Psychiater.»

«Mein Mann ist doch nicht geisteskrank!», wehrte Luise erschrocken ab.

«Natürlich nicht», sagte Dr. Hirschfeld sanft. «Aber vermutlich ist seine Seele von irgendetwas so sehr belastet, dass es ihm nicht möglich ist, mit seiner liebreizenden Frau zu schlafen und ein Kind zu zeugen.»

Luise schwieg.

«Denken Sie darüber nach, Frau Wagenbach, und sprechen Sie mit Ihrem Mann darüber. Ich nehme an, auch ihn belastet diese Situation. Und dass *Sie* leiden, wird ihm sicher nicht gleichgültig sein, oder?»

Luise schüttelte den Kopf und fügte leise hinzu: «Ich versuche, mit ihm zu sprechen, Herr Doktor.»

«Ja, tun Sie das. Vielleicht erzählt er Ihnen dann auch, was ihn bedrückt, und er kann sich dadurch selbst befreien.»

«Ich hoffe es so sehr», stieß Luise hervor, erhob sich und streckte Dr. Hirschfeld die Hand zum Abschied hin.

Dieser Samstag war ein sonniger Tag, und eigentlich wollten die Freundinnen auf einer Café-Terrasse etwas trinken und darüber sprechen, wie Luise den Termin bei Dr. Hirschfeld empfunden hatte. Als sie allerdings in Richtung Brandenburger Tor schlenderten, konnten sie die Rufe der Zeitungsjungen nicht ignorieren.

«EXTRABLATT! EXTRABLATT!», schrillte es ihnen entgegen.

«Jaja», brummte Ilse, «jedem Tag seine Sensation, damit der Zeitungsabsatz floriert.»

Als die beiden Freundinnen näher kamen, schreckten sie die fetten Schlagzeilen auf wie «Heimtückisches Attentat!» und «Brutaler Mord!». Ilse winkte einen der Jungen heran und drückte ihm eine Münze in die Hand. Luise drängte sich neben sie, um gemeinsam mit Ilse zu lesen.

REICHSAUSSENMINISTER WALTHER RATHENAU AUF OFFENER STRASSE ERMORDET!

Die Reporter hatten schnell gearbeitet. Es war an diesem Morgen kurz vor elf Uhr gewesen, als der Rathenau im Fond seines Cabriolets Platz genommen hatte, um zum Auswärtigen Amt zu fahren. Trotz der zahlreichen Drohungen, die der Minister wegen seiner Zusammenarbeit mit den Siegermächten immer wieder bekommen hatte, lehnte er bis zum Schluss eine Polizeieskorte ab. So hatten die Attentäter ein leichtes Spiel gehabt.

Kurz vor der Kreuzung Erdener-Wallotstraße wurde der Wagen des Ministers von einem offenen Mercedes Tourenwagen überholt. Zwei Männer saßen im Fond. Einer schoss mit einer Maschinenpistole, der andere warf eine Handgranate. Während Walther Rathenau von fünf Schüssen getroffen starb, gelang den Attentätern die Flucht.
Die Kriminalpolizei sieht einen Zusammenhang mit den beiden Anschlägen auf Matthias Erzberger vergangenes Jahr und dem Attentat mit Blausäure auf Philipp Scheidemann Anfang dieses Monats, das dieser schwer verletzt überlebt hat. Die Täter werden wieder im Umfeld der rechtsextremen Organisation *Consul* vermutet. Die ersten Festnahmen sind bereits angeordnet.
Noch im Juni gab es zahlreiche Verhaftungen, die Täter, die tatsächlich der Organisation *Consul* angehörten, wurden überführt. Das Parlament reagierte dieses Mal schnell. Ein neues Gesetz wurde zum Schutz der Republik erlassen, in dem das Strafmaß für Angriffe gegen den Rechtsstaat und seine Vertreter deutlich verschärft wurde. Auf Grundlage des neuen Republikschutzgesetzes wurde die Organisation *Consul* am 21. Juli 1922 verboten. Anfang Oktober dann begann der Prozess gegen dreizehn Personen – die Attentäter selbst, aber auch gegen diejenigen, die an der Planung und Umsetzung beteiligt gewesen waren.

♦

Es war an einem Dienstagmorgen. Robert hatte sich gerade seinen Kragen umgelegt und die Krawatte gebunden, als es stürmisch an der Tür klingelte. Luise, die am kargen Frühstückstisch bereits den Kaffee verteilte, stand auf, um zu öffnen. Die Haare zerzaust, ohne Hut und mit offenem Mantel, stürmte Ilse herein.

«Was ist passiert?» Luise packte die sichtlich aufgelöste Freundin am Arm und zog sie in die Küche. «Komm, trink erst einmal einen Kaffee.»

Ilse schüttelte den Kopf und fragte nach Robert. «Wo ist er? Er muss sofort mitkommen.»

Luise legte die Stirn in Falten. «Wohin? Willst du mir nicht sagen, was los ist?»

In Hemd und Weste, das Jackett über dem Arm, kam Robert in die Küche und sah erstaunt von Ilse zu Luise.

«Robert, du musst sofort mitkommen!», drängte Ilse. «Mein Vater hatte gestern Abend einen schweren Schlaganfall. Er ist in der Charité und will dich so schnell wie möglich sehen.»

«Mich?», fragte Robert verwundert.

«Ja, nun komm!», drängte Ilse noch einmal und griff nach seiner Hand.

«Aber das geht nicht, ich muss auf die Baustelle.»

«Dieser verfluchte Bahnhof», rief Ilse. «Könnt ihr Männer denn an nichts anderes denken? Erst Vater, dann Johannes, nun du? Alle reden immer nur davon, als gäbe es kein wichtigeres Vorhaben auf der Welt, als den Bahnhof Friedrichstraße noch toller und noch größer zu machen!»

«Es ist immerhin meine Arbeit, mit der ich meine Familie ernähre.» Robert griff im Stehen nach seiner Kaffeetasse. Er nahm einen Schluck und verzog das Gesicht. «So eine Brühe», brummte er.

«Ich konnte nichts anderes bekommen», verteidigte sich Luise.

Robert winkte ab. «Ich weiß, mein Liebling. Aber haben wir vielleicht noch ein wenig Zucker oder Milch?»

Luise schob ihm das Kännchen mit Milch hin. Ilse stieß einen frustrierten Schrei aus. «Habt ihr's nicht kapiert? Er kann jeden Moment sterben!»

Luise trat zu ihr und legte tröstend den Arm um ihre Schulter. «Es tut mir so leid», murmelte sie und dachte gleichzeitig daran, wie abwertend der Ministerialdirektor oft mit seiner Tochter gesprochen hatte, wie wenig er von ihrem Talent als Modeschöpferin hielt. Mit seinem Sohn Johannes, dem erfolgreichen Architekturstudenten, hatte er sich dagegen gern geschmückt und ihm eine glänzende Zukunft versprochen. Samuel Rosenstein war ein Mann alter Schule, die Emanzipation der Frauen lehnte er ab. Wahrscheinlich hätte er es lieber gesehen, wenn Ilse in eine ihm wichtige Familie eingeheiratet hätte ... Dennoch verstand Luise, dass sich Ilse um ihren Vater sorgte.

«Du isst jetzt eine Schrippe und trinkst einen Kaffee, denn wahrscheinlich hast du heute noch nichts zu dir genommen», schlug Luise vernünftig vor. «Und dann begleiten wir dich ins Krankenhaus.»

«Er hat nur nach Robert verlangt.»

Da Ilse ihm keine Ruhe ließ, rief Robert seinen Vorgesetzten an, damit dieser die Bauaufsicht für heute jemand anderem übertrug. Dann machte er sich mit Ilse auf den Weg zur Bushaltestelle. Den Wagen seines Vaters hatten sie schweren Herzens verkauft, damit die Mutter ihre Witwenrente aufstocken konnte.

♦

Ilse hielt die erste Krankenschwester auf, die sie in der Medizinischen Klinik entdeckte, und nötigte sie, sie sofort zu Ministerialdirektor Rosenstein zu bringen.

Samuel Rosenstein lag alleine in einem Zimmer, in dem drei weiß bezogene Krankenbetten standen. Der Rest des Raumes war leer. Etwas verloren wirkte der sonst so präsente große Mann, dem stets jeder zuhörte, wenn er das Wort ergriff. Sein Gesicht auf dem weißen Kissen schien ungewöhnlich grau und eingefallen. Das Haar stand ihm nach allen Seiten ab, und Ilse konnte sich nicht erinnern, wann sie ihren Vater das letzte Mal unrasiert gesehen hatte.

Als die Krankenschwester, die sie hergebracht hatte, die Tür schloss, öffnete der Patient die Augen. Sein Blick hatte die Schärfe verloren, vor der sich Ilse immer ein wenig gefürchtet hatte. Er sah kurz zu seiner Tochter hin, dann richteten sich die Augen auf Robert.

«Endlich!», stieß er hervor. «Ich warte schon eine Ewigkeit. Man hat mich gestern Abend hierhergebracht.»

«Ich weiß, Vater. Aber jetzt ist Robert ja da. Du wolltest ihn sprechen, aber hat das nicht Zeit, bis du wieder genesen ...?»

«Es steht nicht gut um mein Herz», unterbrach sie der Vater ungeduldig. «Ich weiß nicht, wie lange mir noch bleibt. Ich muss vorher meine Angelegenheiten regeln.»

Ilse schaute schnell zu Robert, dann richtete sie ihre Aufmerksamkeit erneut auf den Kranken. «Aber du hast doch schon vor vielen Jahren dein Testament aufgesetzt.»

Ihr Vater wischte ihre Bemerkung ungeduldig zur Seite. «Ich habe ein Testament, das stimmt. Aber ich hätte es schon lange ändern müssen. Darin habe ich natürlich dich, Ilse, aber auch Johannes bedacht. Es hieß ja immer, er sei lediglich verschollen ... Und ich wollte die Hoffnung nie aufgeben ... Aber nun ... Setz dich, Robert, und höre mir zu!»

Robert gehorchte, und auch Ilse zog sich einen Stuhl ans Bett, doch die Augen des Vaters blieben fest auf Robert gerichtet.

«Du weißt, ich sehe schon lange einen zweiten Sohn in dir. Du hast mein Herzensprojekt weitergeführt. Dafür danke ich dir.»

«Ich danke Ihnen», widersprach Robert. «Ohne Ihren Einfluss hätte ich diesen wichtigen Posten nicht bekommen.»

«Ich möchte, dass *du* Johannes' Anteil bekommst!»

Robert starrte den alten Mann aus weit aufgerissenen Augen an. «Aber ...»

Doch noch bevor Robert seinen Satz beenden konnte, öffnete sich die Tür zum Krankenzimmer, und Dr. Ortwald, der Notar von Samuel Rosenstein, trat ein, unter dem Arm eine schwarzlederne Aktenmappe.

«Geht jetzt», drängte der Kranke Ilse und Robert und wedelte mit der Hand, als wolle er eine Fliege verscheuchen. «Es ist alles gesagt!»

Ilse stand auf und warf noch einen Blick auf ihren Vater, doch der schien nur noch den Notar wahrzunehmen und ignorierte seine Tochter. Zusammen mit Robert verabschiedete sie sich und verließ mit ernster Miene das Krankenzimmer.

«Ich finde es in Ordnung, dass du Johannes' Anteil bekommst», sagte Ilse schnell. «Was sollte ich auch mit so viel Geld anfangen?» Sie lachte. «Außerdem kann ich mir nicht vorstellen, dass so ein Sturkopf wie mein Vater jetzt stirbt, nachdem sich die besten Ärzte der Stadt um ihn kümmern.»

Vermutlich sollten ihre Worte die drückende Spannung brechen, die sie beide erfasst hatte, doch Robert spürte auch, dass es ein vergeblicher Versuch Ilses war, sich selbst Zuversicht einzureden.

Er legte ihr wie zum Trost den Arm um die Schulter, eine Geste, die sich Robert bei Ilse normalerweise versagte. Dann riet er ihr nach einigem Nachdenken: «Du solltest möglichst bald noch einmal alleine zu deinem Vater gehen. Ich vermute, es gibt da einiges, das zwischen euch ausgesprochen werden sollte. Ich hatte bei meinem Vater keine Gelegenheit, bewusst Abschied zu nehmen oder Wichtiges mit ihm zu klären.»

Ilse seufzte tief. «Du glaubst also nicht, dass es wieder besser wird?»

Robert schwieg.

«Eigentlich weiß ich ja, was er von mir erwartet hat. Ich sollte jemand Wichtiges heiraten, Kinder bekommen und die Tradition fortführen. Stattdessen habe ich studiert und arbeite als Modedesignerin. Und kann dazu beim besten Willen weder heiraten noch an der Seite eines Mannes Hausfrau und Mutter spielen. So fühle ich einfach nicht.»

Robert blieb stehen, sah Ilse an, bevor er etwas sagte, das ihn selbst ein wenig überraschte: «Es ist *dein* Leben, Ilse. Und du hast das Recht, es so zu führen, dass du damit glücklich wirst. Natürlich soll man seine Eltern lieben und ehren, keine Frage, aber man muss sich nicht für sie verleugnen!»

Sie waren beide fast gleich groß, sodass Ilse ihm direkt in die Augen sehen konnte. «Danke, Robert. Ich hätte nicht gedacht, dass *du* so fortschrittlich denkst!»

«Danke dir auch», sagte Robert ein wenig sarkastisch.

«Du weißt, warum ich nie heiraten und eine Familie gründen werde?»

Verlegen hob Robert die Schultern. «Ich habe es mir irgendwann gedacht. Du neigst Frauen zu, nicht Männern. Weiß dein Vater davon?»

«Keine Ahnung.» Ilse stieß einen Seufzer aus. «Wir waren nie gut darin, über persönliche Dinge zu sprechen. Ich denke, er vermutet es. Aber meine Mutter wusste Bescheid, und sie verurteilte mich nicht.»

♦

Der Herbst brachte jeden Tag kühleres und windigeres Wetter, sodass der Aufenthalt in den Parks immer ungemütlicher wurde. Die Nächte verbrachte Johannes nun in den billigsten Herbergen. Er musste sich dringend nach einer Einnahmequelle umsehen, seine Barschaft war endgültig erschöpft. Um Stempelgeld zu bekommen, würde er einen neuen Pass brauchen, aber dann würde seine Familie von seiner Rückkehr erfahren, und er wollte jetzt noch weniger als zuvor, dass sie ihn sahen. Nicht in diesem Zustand.

Johannes dachte an Ella. Wie schön wäre es, am Abend in ihrer Kammer mit ihr zusammenzusitzen, doch er schob den Wunsch energisch von sich. Das ging nicht. Sie wohnte noch immer am Stuttgarter Platz. Zwar hatte er gehört, das Roberts Mutter die große Wohnung nach der Hochzeit ihres Sohnes aufgegeben hatte und in eine kleine Wohnung in Wilmersdorf gezogen war, doch Luises Mutter lebte dort noch immer, und sicher kamen Tochter und Schwiegersohn ab und zu zu Besuch. Nein, er würde nichts riskieren. Niemand sollte ihn sehen.

Vielleicht sollte er überhaupt damit aufhören, sich mit den Menschen aus seinem früheren Leben zu beschäftigen? Ach, wenn das nur so einfach wäre! Johannes spürte einen Stich im Herzen, eine tiefe Sehnsucht, aber wie immer in solchen Momenten zwang er sich, an etwas anderes zu denken. Nein, er würde sich auch weiterhin abseitshalten und sein eigenes Dasein fristen.

Am Nachmittag, als der Regen einsetzte, flüchtete sich Johannes wieder einmal in die Bibliothek und blätterte bei wohliger Wärme gerade ein paar Zeitungen durch, als ihn jemand ansprach.

«Hier, das sind die neuesten Ausgaben.»

Johannes sah auf und blickte in die grauen Augen der Bibliothekarin, eine verblühte, alte Jungfer hätte man früher gesagt, doch er sah hinter den Brillengläsern ein schmales, hübsches Gesicht und war sich sicher, dass sie nur wenig älter sein konnte als er selbst.

«Danke, Fräulein Ludwig, das ist sehr aufmerksam von Ihnen.» Er erhob sich höflich von seinem Stuhl, während sie die aktuellen Blätter auf seinem Lesetisch ausbreitete.

Eigentlich könnte sie jetzt wieder gehen, aber sie rührte sich nicht vom Fleck und knetete unentschlossen ihre Hände, während sie aufmerksam sein Gesicht betrachtete. «Ich weiß, es geht mich nichts an, aber ich sehe Sie hier so häufig stundenlang konzentriert über Ihre Lektüre gebeugt. Ich will Ihnen nicht zu nahe treten. Viele Menschen kommen vorbei, um sich aufzuwärmen, aber keiner ist so wissbegierig wie Sie ... Ach, bitte, setzen Sie sich doch wieder.»

Johannes nahm erneut Platz. «Ich möchte Sie nicht aufhalten», wich er aus. «Sie haben sicher viel zu tun.»

Fräulein Ludwig hob die Hände, die den leeren Lesesaal erfassten. «Nein, heute nicht, wie Sie sehen. Darf ich mich einen Moment zu Ihnen setzen? Ich gebe zu, mir tun die Füße weh. Meine Schuhe drücken ganz schrecklich.»

Lächelnd rückte ihr Johannes einen Stuhl zurecht. «Drückende Schuhe können einem den ganzen Tag verleiden», sagte er wissend und streckte ihr die Hand hin. «Sagen Sie Johannes zu mir.»

Fräulein Ludwig ergriff seine Hand. «Sie haben gewiss studiert, nicht wahr?», erkundigte sie sich. «Sonst wären Sie kein so leidenschaftlicher Leser», fügte sie etwas leiser hinzu.

«Stimmt, Architektur und Bauwesen», antwortete Johannes so knapp wie möglich. Er wollte nicht über die Vergangenheit reden.

Fräulein Ludwig schien zu verstehen und drang nicht weiter in ihn. Stattdessen schlug sie eine der Zeitungen auf und deutete auf den ersten Artikel. «Hier, lesen Sie selbst. Das Jugendwohlfahrtsgesetz wurde endlich verabschiedet», erklärte sie und schien sichtlich stolz zu sein.

«Was wohl vor allem den weiblichen Abgeordneten und ihrem Drängen geschuldet ist», sagte Johannes und zauberte ein Lächeln in ihr schmales Gesicht.

«Nicht wahr? Da haben Frauen wirklich etwas Wichtiges bewegen können! Jugendämter sollen nun eingerichtet werden. Das wird vor allem den Kindern der Armenviertel helfen.»

«Da stimme ich Ihnen zu. Ich sehe ja selbst Tag für Tag das Elend der Kinder auf der Straße. Allerdings bezweifle ich, dass die Umsetzung des Gesetzes schnell erfolgen wird.» Sein Blick streifte den Zeitungstext. «Hier steht es ja auch. Das Gesetz soll erst im April 1924 in Kraft treten. Das sind noch eineinhalb Jahre!»

Fräulein Ludwig seufzte. «Sie haben recht, das dauert noch. Und das Elend bekomme ich auch selbst mit. Ich arbeite sonntags ehrenamtlich bei der Suppenküche in der Münzstraße.»

Die Türglocke zur Bibliothek klingelte. Pflichtschuldig sprang Fräulein Ludwig auf, um nach den Wünschen der Besucher zu fragen, während Johannes nach der neuesten Ausgabe der *Vossischen* griff. Die Zeitung mit sozialdemokratischer Ausrichtung las er am liebsten. Doch bevor er in die Politik abtauchen konnte, stolperte er über einen Namen: *Ministerialdirektor Doktor Samuel Rosenstein.*

Für einen Moment hielt er den Atem an, dann huschten seine Augen über die Zeilen. Es handelte sich um einen Nachruf des Ministeriums auf seinen langjährigen, verdienten Mitarbeiter. Johannes brauchte noch einen Augenblick, bis ihm klarwurde, was das zu bedeuten hatte: Sein Vater war tot!

Er fand in zwei anderen Berliner Zeitungen zudem zwei Todesanzeigen, aufgegeben von seiner Schwester Ilse Rosenstein und von den engsten Freunden und Verwandten. Und er fand die Ankündigung der Trauerfeier, die in zwei Tagen stattfinden sollte.

Übertrieben sorgsam faltete Johannes die Papierbögen wieder

zusammen und legte sie an ihren Platz zurück. Dann saß er noch eine Weile still auf seinem Stuhl und starrte ins Nichts, bis ihn Fräulein Ludwig mit dem Hinweis, es habe gerade drei viertel neun geschlagen, bat, den Leseraum für heute zu verlassen.

♦

Als Johannes zwei Tage später den Friedhof Grunewald betrat und sich der neugotischen Friedhofskapelle aus rotem Ziegel näherte, hatte die Trauerfeier längst begonnen. Er vernahm die Stimme des Pfarrers und die gemurmelte Antwort der Trauergäste. Sicher war die Kapelle voll besetzt, und natürlich war auch Prominenz gekommen, er hatte die großen schwarzen Limousinen draußen vor dem Tor gesehen, doch all das interessierte ihn nicht. Stattdessen machte er sich auf die Suche nach dem ausgehobenen Grab, in dem man den Sarg mit seinem toten Vater beisetzen würde.

Eine Flut von pompösen Kränzen wies ihm den Weg, dann stand er vor einem imposanten Grabstein aus schwarzem Marmor. In goldenen Lettern eingraviert, las er den Namen seiner Mutter: Auguste Wagenbach, geborene Beck. Sein Herz brannte, als der Blick auf ihr Todesdatum fiel. 2. September 1918. Instinktiv berührte Johannes mit seiner gesunden Hand den glatten Stein. In dieser Zeit hatte er, schwer verwundet, im Bett von Avelines verstorbenem Sohn Jérôme gelegen und gegen den Tod angekämpft. Wie war seine Mutter gestorben? Hatte sie auch kämpfen müssen, oder war es schnell gegangen? Er konnte sich nicht daran erinnern, dass sie je krank gewesen wäre. An was er sich erinnerte, waren ihre Wärme und ihr Stolz, wenn sie ihre Kinder betrachtete, voller Liebe und Hingabe. Sie war immer der Gegenpol gewesen zum strengen Vater, hatte dafür gesorgt, dass er und Ilse unbeschwert aufwachsen konnten. Wieder schmerzte sein Herz. Er hatte sich nicht verabschieden können von ihr. Und sie hatte nie erfahren, dass er den Krieg überlebt hatte.

Bevor Johannes ein stummes Gebet sprechen konnte, nahm er wahr, dass sich die Trauergesellschaft näherte. Johannes zog sich hinter einen wuchtigen Steinengel zurück, der von zwei dichten Eibenbüschen gerahmt wurde. Durch die Zweige beobachtete er, wie der Pfarrer und die Sargträger vorneweg schritten, langsam und würdevoll. Als die Männer den Sarg hinabließen, hörte er die Stimme des Pfarrers, doch die Worte rauschten an ihm vorbei. Seine Augen suchten Ilse. Da ... da stand sie, reglos, das Gesicht verborgen hinter einem schwarzen Schleier. Sie hielt sich gerade und wirkte beherrscht, als sie nun vortrat und ein wenig Erde auf den Sargdeckel rieseln ließ. Verwandte folgten ihrem Beispiel, Menschen, die er ewig nicht gesehen hatte – und viele andere, die seinem Vater die letzte Ehre erwiesen.

Stumm, fast regungslos stand er da. Niemand sollte ihn sehen. Wieder ließ er die Blicke schweifen, und dann sah er *sie*. Roberts Hand fest umfasst, trat Luise vor und griff nach der Schaufel. Wie zart und schön sie aussah in ihrem schwarzen Kleid, ein für eine Beerdigung fast ein wenig freches Hütchen auf dem blonden Haar, dessen Schleier kaum die Stirn bedeckte. Da stand sie neben Robert und sah mit ernster Miene auf den Sarg herab, während Robert die Schaufel ergriff.

Auf einmal zuckte Luise zusammen, als sei sie gestochen worden. Johannes sah, wie ihr Kopf hochschnellte, sie sich mit einem Ruck zur Seite drehte. Ihre blauen Augen schienen Eibe und Engelfigur zu durchdringen, hinter denen er in Deckung gegangen war. Als er es endlich wagte, wieder hervorzusehen, hatte sich die Trauergesellschaft aufgelöst. Und auch Luise und Robert waren nirgends mehr zu sehen.

Johannes sog die würzige Herbstluft ein, dann verließ er sein

Versteck und ging langsam Richtung Friedhofskapelle. Plötzlich spürte er einen Blick in seinem Rücken. Ihren Blick. Er wagte nicht, sich umzuwenden, und doch – was konnte sie schon sehen? Einen Kriegsversehrten mit einem halben Arm in einer abgewetzten Uniformjacke, der noch dazu auffällig hinkte. Nichts konnte sie an den lebensdurstigen jungen Mann erinnern, der ihr einen Rubinring zur Verlobung geschenkt hatte.

«Johannes?»

Ihre Stimme hätte er überall herausgehört.

«JOHANNES!» In ihrer Stimme war kein Zweifel zu hören, nur ein tiefer Schmerz.

Der Kies knirschte, dann spürte er ihre Hand auf seinem rechten Arm.

«Johannes! Wie ist das möglich?», hauchte sie. «Ich habe so lange gewartet, obgleich mir alle sagten, du könntest nicht mehr am Leben sein. Nirgends sei dein Name je wieder aufgetaucht.»

Langsam drehte er sich um. Erst als er den verschwommenen Blick auf ihr Gesicht richtete, merkte er, dass er weinte.

Ihre Hand löste sich von seinem Arm und berührte sanft seine nasse Wange. «Was ist geschehen? Warum bist du nicht zu mir zurückgekommen?»

«Ich ...», sagte er rau und schüttelte den Kopf, ihren Namen auszusprechen schaffte er nicht. «Sieh mich an. Ich bin nicht mehr der Mann, den du gekannt hast. Der Mann, der dir einst einen Ring gegeben hat. Schau, was der Krieg mit mir gemacht hat!» Er reckte den linken Arm, der Ärmel rutschte zurück, und der Armstumpf einige Zentimeter unterhalb des Ellenbogengelenks war zu sehen. «Das konnte ich dir nicht zumuten! Außerdem fällt mir das Gehen schwer.»

«Aber so viele sind zurückgekommen, viele von ihnen verwundet. Äußerlich. Andere tragen ihre Wunden verborgen in sich. Und doch sind sie zu ihren Liebsten zurückgekehrt, die sie aufgenommen haben, glücklich, weil sie überlebt hatten.»

Es forderte fast eine unmenschliche Stärke, ihr hier gegenüberzustehen und sie nicht berühren, nicht trösten zu können. Ein bohrender Schmerz stieg in ihm empor.

Einige Augenblicke sahen sie einander an. Still. Keiner rührte sich. Schließlich ergriff Luise erneut das Wort, Unverständnis in der Stimme.

«Warum bist du *jetzt* zurückgekommen? Weil dein Vater gestorben ist? Meinst du nicht, er hätte dich lieber noch einmal gesehen, solange er lebte?»

Johannes hob hilflos die Schultern. «Ich weiß es nicht. Vielleicht war es besser, ihn in dem Glauben zu lassen, ich sei heldenhaft für den Kaiser gefallen.»

Luises Wangen röteten sich vor Zorn. «Wie kannst du so etwas auch nur denken? Hast du ihn denn gar nicht geliebt?»

«Ich hatte großen Respekt vor ihm und als Kind vielleicht auch ein wenig Angst. Aber Liebe? Nicht mehr, als man es von einem Sohn erwarten darf.» Es wäre besser, er würde jetzt einfach gehen, doch er fand nicht die Kraft. Stattdessen brach die Wahrheit aus ihm heraus. «Ich bin nicht seinetwegen zurückgekommen. Ich kam an dem Tag, als ihr geheiratet habt, du und Robert. Ich habe euch in der Kirche gesehen, vor dem Altar habt ihr euch die Treue geschworen.»

«Oh Gott! Ausgerechnet an jenem Tag? Johannes ...» Luises Stimme brach, unwillkürlich presste sie die Hand an ihr Herz.

«Alles ist gut, Luise. Du hast dich richtig entschieden. Das Leben liegt vor dir. Vor euch. Ich wünsche dir und Robert alles Glück auf Erden, euch und euren Kindern.»

Wieder stiegen Luise Tränen in die Augen. Sollte sie Johannes von ihrer Ehe erzählen? Von den Problemen, die sie miteinander hatten? Ihm all die Fragen stellen, die sie so viele Jahre bewegt hatten? Sie schaute Johannes an, nahm erst jetzt seine abgerissene Kleidung wahr. Seine Verlorenheit. Wo mochte er wohnen? Wovon lebte er?

Doch bevor sie auch nur eine ihrer Fragen stellen konnte, sagte er leise und eindringlich: «Bitte, erzähle Robert nicht, dass du mich gesehen hast. Und kein Wort zu Ilse!»

«Aber das hier lässt sich nicht ungeschehen machen.» Luise machte einen Schritt auf ihn zu, zögerte jedoch, ihn noch einmal zu berühren. «Johannes, *ich* weiß, dass du lebst. Hier in Berlin. Ohne dich zu melden. Bei mir zu melden.» Plötzlich durchzuckte sie ein Gedanke. «Oder gibt es eine andere Frau? Hast du dich die ganze Zeit bei ihr versteckt?»

«Nein ... Ja ... Es ist nicht so, wie du denkst», fing Johannes an zu stottern. «Im Krieg. Es war eine Französin, die mich gerettet und gesund gepflegt hat. Sie hat ihren Sohn verloren, war wie eine Mutter zu mir.»

«Umso weniger begreife ich, dass ich ... dass wir alle glauben sollten, dass du tot bist.» Zorn flammte in Luise auf. «Du hast eine Entscheidung getroffen. Für dich, Johannes. Aber auch für mich. Hast du daran je gedacht? Auch *ich* muss damit leben!» Trauer, Enttäuschung, Wut ballten sich in ihr zusammen. Am liebsten würde sie schreien, ihn schlagen, ja, ihm ins Gesicht schlagen. Stattdessen schluckte sie und ließ ihn stehen, ohne einen weiteres Wort.

♦

Ein paar Tage nach der Beerdigung lud der Anwalt die Erben zur Testamentseröffnung. Robert wollte, dass Luise ihn begleitete, daher kamen sie zu dritt in das gediegen eingerichtete Büro von Dr. Ortwald.

Wie Samuel Rosenstein im Krankenhaus bereits angekündigt hatte, ging sein Vermögen je zur Hälfte an seine Tochter Ilse und an Robert. Außerdem bat er darum, seine treue Haushälterin Emma entweder weiterzubeschäftigen oder ihr eine angemessene Abfindung zu zahlen. So weit barg die Testamentseröffnung keine Überraschung.

«Ich möchte Ihnen nun noch einen Brief des Verstorbenen vorlesen», sagte der Anwalt, der sich auf einmal unwohl zu fühlen schien. Nach ein paar einleitenden Worten las er aus dem Schreiben des Verstorbenen vor:

Ich habe an diesen Krieg geglaubt. An unseren Kaiser und auch an Hindenburg. Es war meine patriotische Pflicht, das Deutsche Reich mit allem zu unterstützen, was ich habe. Auch wenn es noch immer viele gibt, die das in Frage stellen: Deutschland ist unsere Heimat! Wir sind getauft, wir gehören dazu – aber noch immer sehen viele in uns nur die Juden.
Ich bin ein patriotischer Deutscher, daher habe ich alle Kriegsanleihen gezeichnet, zu denen der Kaiser aufgerufen hat. Alle meine Aktien und anderen Wertpapiere habe ich dafür verkauft. Fünf Prozent bringen die Kriegsanleihen jährlich, und die neue Regierung hat bestätigt, sie ab 1924 zurückzuzahlen.
Außerdem sind noch das Haus in Grunewald da und der Wagen. Ich möchte, dass ihr beide, Ilse und Robert, alles zu gleichen Teilen erhaltet. Einigt euch, was mit dem Haus geschehen soll. Es ist schuldenfrei. Vielleicht möchtest du, Robert, mit deiner Familie dort einziehen und Ilse ihren Anteil auszahlen, denn so, wie ich das verstanden habe, kann ich nicht darauf hoffen, dass meine Tochter jemals eine Familie gründet.

Ilse stieß einen Seufzer aus. Luise drückte ihre Hand und sagte leise: «Immerhin hast du vor seinem Tod noch mit ihm sprechen können, und ihr seid im Guten auseinandergegangen.»

«Luise hat recht», stimmte Robert seiner Frau zu. «Die letzten Worte, die *ich* mit meinem Vater gewechselt habe, waren im Streit, und ich kann meinen Starrsinn nicht wiedergutmachen.»

«Dein Vater wollte nicht, dass du dich zu Beginn des Krieges freiwillig meldest», erinnerte sich Ilse.

«Ja, er warnte mich davor und bat mich, mir in meinem Beruf die ersten Sporen zu verdienen, statt mich zum Kanonenfutter machen zu lassen, aber ich habe ihn ausgelacht und wollte mit Johannes ein Abenteuer erleben. Wie dumm ich war!»

Der Notar räusperte sich.

Robert warf Dr. Ortwald einen entschuldigenden Blick zu, dann fragte er: «Habe ich das richtig verstanden? Herr Rosenstein hat das ganze Geld der Familie in Kriegsanleihen gesteckt?» Der Anwalt nickte, und Robert stöhnte unwillkürlich.

«Ist das denn so schlimm?», wollte Ilse wissen.

«Weißt du, wie viel solche Papiere bei der derzeitigen Inflation jeden Monat an Wert verlieren?», gab Robert zurück.

«Nein.»

«Nun, es ist so. Kriegsanleihen haben durch die ständige Entwertung der Mark seit dem Krieg erhebliche Verluste eingefahren und besitzen nur einen Bruchteil ihres ursprünglichen Werts. Und da diese Anleihen frühestens in zwei Jahren von der Staatskasse getilgt werden, sind sie dann – eingedenk der Inflation – kaum mehr das Papier wert, auf dem sie gedruckt sind.»

Ilse starrte Robert entgeistert an. «Das kann doch nicht sein! Dann hätte Papa ja das gesamte Familienvermögen verloren. Bis auf das Haus und das Auto.»

Robert nickte. «Genauso ist es.»

Dr. Ortwald räusperte sich ein zweites Mal, dann bestätigte er Roberts Analyse.

Ilse schaute Luise und Robert an, legte die Stirn in Falten und fragte, so ruhig es ihr nach diesem Schock möglich war: «Wollt ihr denn in das Haus rausziehen, wie es Papa vorschwebte? Ich für meinen Teil habe daran kein Interesse und bleibe lieber in meiner Wohnung in der Stadt!»

Noch bevor Robert antworten konnte, schüttelte Luise heftig den Kopf. «Nein, Ilse, das wollen wir nicht.» Und Robert pflichtete ihr stumm bei.

«Ich schlage vor, Sie besprechen das in aller Ruhe und geben mir Bescheid», ergriff Dr. Ortwald noch einmal das Wort. Er erhob sich, trat hinter seinem Schreibtisch hervor und verabschiedete die drei mit einem festen Handschlag.

Kapitel 7

1923

Die letzten Wochen hatte Robert wieder unglaublich viele Überstunden gemacht, sodass Luise häufig schon zu Bett gegangen war, wenn er spät am Abend nach Hause kam, doch für heute hatte er versprochen, sie endlich mit an seinen Arbeitsplatz zu nehmen. Sie war gespannt auf ihren Ausflug zum Bahnhof Friedrichstraße, denn sie wollten sich gemeinsam den Fortschritt der Umbaumaßnahmen ansehen.

Der Bahnhof als der Verkehrsknotenpunkt Berlins musste angesichts steigender Fahrgastzahlen nicht nur größer werden, es musste auch garantiert sein, dass pro Stunde noch mehr Züge fahren konnten. Hier trafen sich oberirdisch Fernbahnen und die Stadtbahn, für die zwei neue Gleise gebaut werden mussten – und die natürlich unter der alten Glaskuppel keinen Platz fanden. Daher sollte nicht nur die erste Glaskuppel durch eine moderne Halle ersetzt werden. Auf der Nordseite wurden zudem zwei neue Gleise für die Stadtbahn verlegt und darüber eine schmalere Bahnhofshalle gebaut. Jetzt waren die Hallen nicht mehr wie ein romanischer Rundbogen gleichmäßig abgerundet. Durch die Umbaumaßnahmen bekamen sie einen Schwung, der im First in eine Spitze überging – das Ganze sah dadurch eher aus wie ein in die Breite gezogener gotischer Bogen.

Robert führte Luise durch die Eingangshalle. Eingehakt bei Robert, wanderte Luises Blick zwischen unzähligen Menschen hin und her, die ankamen, umsteigen oder wegfahren wollten – Geschäftsleute, Arbeiter, junge Frauen in schicken Kostümen, Familien mit ihren Kindern ... Gewaltig war der Bau, dennoch war er ihr als Berlinerin vertraut und selbstverständlich geworden. Umso größer war ihre Freude darüber, dass Robert ihr Einzelheiten erklären wollte – es war ja nicht nur sein Beruf, es ging auch ein Stück weit um *sein* Prestigeprojekt, mit dem er sie heute ein wenig vertrauter machen wollte.

Robert wies Luise auf die wichtigen Konstruktionen hin, deren Stabilität auf seinen Statikberechnungen beruhte. «Hier und hier werden die Stahlträger verbunden, um die Kraft, die von oben durch das Gewicht des Daches wirkt, sicher über das Fundament in den Untergrund abzuleiten. Das ist wichtig, da die Halle – im Vergleich zu ihrer Höhe – sehr breit ist.»

«Sie wirkt ein bisschen wie ein Kirchenschiff, oder?», sagte Luise.

«Stimmt, du hast recht. Und wir müssen uns auch mit statischen Problemen auseinandersetzen wie diejenigen, die zum Beispiel Kathedralen bauten. Wurde der Innenraum nämlich sehr breit angelegt und das Gewölbe konnte das Gewicht von oben nicht tragen, halfen sich frühere Baumeister, indem sie an den Außenwänden sogenannte Strebebögen anfügten. Diese leiten die massiv wirkenden Kräfte ab. Vielleicht hast du schon mal ein Foto vom Kölner Dom gesehen oder von der Kathedrale Notre-Dame in Paris?»

Luise erinnerte sich an einen Prachtband mit großformatigen Schwarzweißbildern, der, warum auch immer, bei ihr daheim am Stuttgarter Platz in einem Regal im Wohnzimmer gestanden hatte. Neugierig hatte sie vor Jahren darin geblättert und die Architektur riesiger Gotteshäuser bestaunt. Sie schaute Robert an und nickte.

«Gut. Dann sind dir mit Sicherheit die seitlichen Strebebögen aufgefallen. Dank unserer Konstruktion mit den Stahlträgern brauchen wir so ein Hilfsmittel nicht mehr, ihre Funktion ist aber dieselbe.»

Staunend verfolgte Luise Roberts Ausführungen. Sie freute sich, dass er ihr seine Welt ein wenig erklärte, und sie hoffte, dass sie sich beide in Zukunft etwas mehr über die Arbeit des jeweils anderen austauschten.

«Und nun kommt der noch schwierigere Teil des Baus», fuhr Robert fort und zeigte Luise eine Treppe, die in die Tiefe führte. «Wichtig ist nämlich nicht nur die Verbindung von Fern- und Stadtbahn. Der Bahnhof muss auch einen Anschluss an die *unterirdische* Bahn haben. Der Bau dieser U-Bahn bedeutet eine weitere riesige Herausforderung für die Konstrukteure. Mit den langen Tunnelstücken habe ich zwar nichts zu tun, doch ich bewundere die Technik und Ambition, die dahinterstehen und das alles möglich machen.»

Robert ignorierte die Absperrung und das Verbotsschild und hob für Luise das Absperrband hoch, damit sie sich darunter hindurchducken konnte. Staunend ließ sie sich durch den unterirdischen Bahnsteig führen.

Als sie über eine andere Treppe wieder in die Bahnhofshalle hinaufstiegen, strahlte Luise über das ganze Gesicht. «Ich danke dir, Robert!»

«Wofür?»

«Dass ich einen Blick in deine Welt werfen durfte. So kann ich doch deine Leidenschaft für deine Arbeit viel besser verstehen. Und das nächste Mal kommst du mit in die Burg», sagte sie und schenkte ihm ein verschmitztes Augenzwinkern.

Robert beugte sich zu ihr herunter und küsste sie zärtlich. «Mein Herz, ich liebe dich!»

♦

In wirtschaftspolitischer Hinsicht war nichts besser geworden. Das Deutsche Reich hatte eine Rate der Reparationen nicht rechtzeitig bezahlt, was die Franzosen und Belgier zum Anlass genommen hatten, im Januar das Ruhrgebiet zu besetzen. Das Herzstück der deutschen Industrie. Worauf die Regierung unter Reichskanzler Wilhelm Cuno zum passiven Widerstand aufrief, also zum Streik der Arbeiter. Aber der tägliche Kampf um Lebensmittel ließ die große Politik fast unwichtig erscheinen. Statt wöchentlich stiegen die Preise täglich, ein Kilo Brot kostete inzwischen 250 Mark! Während die Arbeiterfamilien durch die ständigen Lohnerhöhungen, die die Gewerkschaften erstritten, noch halbwegs über die Runden kamen, wurde die Lage für kleine Beamte und Rentner unerträglich, vom stetig wachsenden Heer der Arbeitslosen gar nicht erst zu reden.

Ella saß in der Wohnküche ihrer Mutter, den kleinen Michael auf dem Schoß, während Rosa irgendwas erzählte, von dem die Tochter kein Wort mitbekam. Acht Monate war der Kleine jetzt, und noch immer hatte Ella keine regelmäßige Arbeit gefunden. Ab und zu verdiente sie in einem Geschäft in ihrer Straße ein paar Mark, doch davon konnte die Familie nicht satt werden.

Die Tür wurde aufgerissen, und Paul trat ein. Er schwenkte ein paar Scheine und legte mit feierlicher Miene ein Päckchen auf den Tisch, das sehr appetitlich roch.

Rosa sprang auf und umarmte ihn. «Ach, mein Bester, wat würd ick nur ohne dir machen?»

«Kiek mal, Ella, is det nich klasse?», sagte Paul mit unverhohlenem Stolz.

Ella untersuchte das Paket und verschloss die Ohren vor der Lobeshymne, die bestimmt wieder damit enden würde, dass seine

Schwester im Gegensatz zu ihm ihre Arbeit verloren und noch dazu ein uneheliches Kind angeschleppt hätte, dabei war Rosa in ihren Enkel ganz vernarrt. Trotzdem war Paul schon immer ihr Liebling gewesen, der nichts falsch machen konnte – ganz gleich, ob er sich geprügelt und gestohlen hatte, die Schule abbrach oder sich mit einer Bande Gleichaltriger herumtrieb und wer weiß was noch anstellte. Schon zwei Mal war er mit Drogen erwischt und verhaftet worden. Ella dagegen hatte in der Schule nur Lob geerntet, einen guten Abschluss gemacht und die Arbeitsstelle bei Tietz ergattert. Sie hatte die Mutter zuverlässig mit Geld und Lebensmitteln versorgt und die Wohnung sauber gehalten. Doch das zählte nicht mehr. Jetzt war sie eine arbeitslose Mutter mit Kind.

«Ick könnt heut Abend deine Hilfe gebrauchen», sagte Paul. «Springt auch wat für dich raus.»

«Dein Bruder hat Arbeit für dich, nu sei mal nich so miesepetrig», forderte die Mutter, die ja keine Ahnung hatte, wie diese «Arbeit» aussah. Genaues wusste auch Ella nicht, aber sie ahnte, dass es sich um Dinge handelte, aus denen sie sich lieber heraushalten würde.

Paul quittierte die Bemerkung der Mutter mit einem breiten Grinsen und forderte Ella auf: «Heut Abend kannste dich mal so richtig auftakeln, Ellabienchen.»

Ella besaß keine Kleider, die Gnade vor den Augen ihres Bruders fanden. Nachdem sie sich dreimal umgezogen hatte, gab er es auf und schleppte sie zu einer «Freundin», die ihr mit einem passenden Fummel aushelfen sollte. Das Kleid war eng und kurz und ließ enorm viel Bein sehen. Ella fürchtete, in den hochhackigen Schuhen gleich über die erste Schwelle zu stolpern, doch sie schaffte es ohne Unfall zu Pauls erstem «Geschäftstermin».

Vom Bahnhof Zoo aus machten sie sich auf den Weg. Zuerst statteten sie dem Kakadu einen Besuch ab.

«Geh an die Bar und trink was», wies Paul sie an. «Und lass dich einladen. Wir wollen schließlich Geld kriegen und nicht ausgeben. Am besten, du machst einem schöne Augen, der nich aus'm Reich kommt. Die sind spendabel.»

Ella tat wie geheißen, obwohl sie alles andere als einverstanden war. Aber das Geld fehlte, sie hatte keine Wahl. Also nahm sie auf einem Barhocker neben zwei Männern Platz, die sich auf Englisch unterhielten, auch wenn sie nur einzelne Worte verstand. Sie holte umständlich eine Zigarette aus ihrer Tasche und sah sich suchend um. Dann starrte sie ihren Sitznachbarn direkt an, der die Botschaft verstand, ihr Feuer anbot und ein Kompliment über ihr Kleid machte. Es bedurfte auch keiner weiteren Mühe, ihm die Frage, was sie denn gerne trinken würde, zu entlocken.

«Das Gleiche wie Sie», sagte Ella mutig und um Hochdeutsch bemüht, dabei deutete sie auf sein Glas.

«Two more *Berliner Luft*», rief der Tommy dem Barkeeper zu und begann Ella mit starkem Akzent und immer wieder eingemischten englischen Brocken von seinem «splendid trip durch Germany» zu berichten.

Ella lächelte und nickte und verstand kaum ein Wort. Aus den Augenwinkeln beobachtete sie ihren Bruder. Paul, der recht elegant gekleidet war und sich in dieser Umgebung wohlzufühlen schien, ließ seinen Blick schweifen, dann steuerte er zielstrebig den ersten Kunden an. Ob es ein Stammkunde war oder Paul ihm einfach so ansehen konnte, dass er Drogen nahm, vermochte Ella nicht zu sagen. Vielleicht waren es der stiere Blick und die rote Nase, die den Kokainschnupfer verrieten. Jedenfalls wechselte blitzschnell ein kleines Tütchen gegen einige Geldscheine den Besitzer.

Der Engländer bemühte sich intensiv um Ellas Aufmerksamkeit, doch mehr als ein knappes Lächeln war nicht drin für ihn. Zu sehr beschäftigte sie, was Paul tat. Sie hatte stets versucht, sich fernzuhalten, wenn es um seine Geschäfte ging, doch heute Abend war sie mit von der Partie, weil er das so wollte. Auch wenn sie noch nicht genau verstanden hatte, welche Rolle sie eigentlich spielte ... Da, Paul näherte sich jetzt einer Dame, die reichlich betrunken schien. Zwei Tütchen wurden gezückt, die sie fix einsteckte, dann wanderten einige Scheinchen in seine ausgestreckte Rechte, und schon kam er zurück an die Bar.

«Los, wir ziehen weiter», sagte Paul, als Ella ihren Drink geleert hatte.

Der Tommy zog sie in seine Arme und küsste sie zum Abschied auf den Mund, was Ella nicht hatte kommen sehen. Sie machte sich von ihm los, zog eine Grimasse und stöckelte hinter Paul nach draußen.

«Und wozu haste mich jetzt gebraucht?»

«Erst mal sollste mitkriegen, wie's so läuft und an welchen Orten», antwortete Paul. «Alles andere findet sich noch.»

Ein wenig irritiert, aber ohne weiter in ihn zu dringen, folgte Ella ihrem Bruder an der Gedächtniskirche vorbei und die Tauentzienstraße runter. Ihr fielen die modisch gekleideten Frauen mit Bubikopf auf, die allein oder zu zweit anscheinend ziellos herumschlenderten oder -standen und trotz der Kälte scheinbar gelassen die Passanten musterten. Hier und da blieben Männer stehen und begannen ein kurzes Gespräch, das entweder damit endete, dass man sich wieder trennte, oder die Frauen hakten sich bei ihrem Kavalier unter und folgten ihm. Ella hatte den Eindruck, dass die Frauen meist jung waren und nicht aus schlechtem Haus stammten.

«Sag mal, sind det alles Nutten?», fragte sie staunend.

Paul nickte. «Jawoll. Berlin is die Stadt mit den meisten von denen, sagt man. Hier gibt's nich nur eine Straße, wo's erlaubt is, det se auf Kunden warten und so tun, als wären se zum Rendezvous verabredet. Et soll nämlich niemand wissen, det se Geld dafür nehmen. Die da drüben stehen und so piekfein sind, nennt man übrigens Tauentzien-Girls. Und da hinten schaffen sie als Familienunternehmen an, da bringen die Mütter ihre Töchter gleich mit auf die Straße.»

Ella hatte Mitleid mit den Frauen, egal, wie alt sie waren. Allein der Gedanke, für Geld mit einem Mann loszuziehen, ließ sie schaudern. Nein, das war nicht ihre Welt. Und doch lief sie neben ihrem Bruder her, der etwas südlich der Gedächtniskirche in der Marburger Straße zielstrebig das nächste Etablissement anvisierte.

Schon fasste Paul Ella am Ellbogen und schob sie über die Schwelle des *Domino*.

«Det is 'ne Aufreißerkneipe für warme Schwestern», erklärte Paul.

Heiße Jazzrhythmen empfingen sie, die Bar war ganz in rotes Licht getaucht. Auf den Tischen standen Champagnerflaschen und halbvolle Gläser, und auf der schmalen Tanzfläche tummelten sich vor allem Frauen. Einige trugen Hemd und Smokingjacke zum kurzen Rock, andere farbige Seidenhosen oder waren mit viel Schmuck ausstaffiert. Schwere Parfumwolken waberten durch den Raum.

Eine Frau im tiefschwarzen Smoking wandte sich ihnen zu und musterte sie abschätzend, doch Paul lächelte breit und winkte ihr zu.

«Grüß dich, Gertie, wie läuft's?»

«Ah, Paul, du bist's. Haste dir meinen Rat endlich zu Herzen genommen? Oder wer is det nette Ding?»

«Meine Schwester Ella. Und det is Gertie, ihr gehört der Laden», stellte Paul die beiden Frauen einander vor.

Noch ehe Ella etwas zur schicken Gertie sagen konnte, wurde sie von einer jungen Frau im Anzug auf die Tanzfläche gezogen.

Den Arm um Ellas Taille gelegt, dirigierte die Unbekannte Ella zum Foxtrott zwischen den anderen Paaren hindurch. Anfangs etwas widerwillig, passte sich Ella schneller als gedacht den Tanzschritten an und vergaß für einen Moment alles Schwere. Sie mochte die Musik, das rhythmische Wiegen, die Harmonie der Körper. Und es war ihr erstaunlicherweise angenehmer, dass es kein Mann war, der seine Brust an die ihre drückte und ihr in den Ausschnitt starrte.

Paul beobachtete seiner Schwester amüsiert, dann konzentrierte er sich erneut aufs Geschäft. Die Kohle wollte schließlich verdient sein. Nachdem er auch hier drei, vier Päckchen losgeworden war, holte er Ella von der Tanzfläche und zog sie hinaus in die Nacht. Sie passierten den Wittenbergplatz, über dem sich das prächtige *Kaufhaus des Westens* erhob, das berühmte KaDeWe, das wie die Konsumtempel von Tietz und Wertheim fest in jüdischer Hand war. Doch auch hier, wo tagsüber das gut betuchte Publikum dem Luxus frönte, lockte zur nächtlichen Stunde eine ganz andere Art von «Konsum».

Ella fiel auf, dass die Damen kniehohe schwarze oder farbige Stiefel trugen. «Sind die besonders reich? Die Stiefel kosten doch 'n Vermögen, oder?», fragte sie verwundert.

«Hm, die werden nicht schlecht verdienen», meinte Paul. «Det sind übrigens Dominas. Die sind für alle da, die's gern härter mögen. Wenn du verstehst, wat ick meine.»

Ella schüttelte den Kopf.

«Na, mit Peitschen und so.»

«Det is ja krank!»

«Is gut, beruhig dich, Ellabienchen», meinte Paul achselzuckend. «Für heute sind wir eh fast durch. Ick will nur noch in die Kneipe um die Ecke, den Rest verticken. Du hast ja jetzt gesehen, wat nachts so los is.»

Ella verstand immer noch nicht, was ihr Bruder von ihr wollte.

«Ick denk, et wär gut, wenn wir unser Familienunternehmen ’n bisschen ausweiten, jetzt wo du eh nix zu tun hast und auch kein Geld verdienst. Da kannste mir doch helfen, oder? Muss ick ja nich die Kohle alleine ranschaffen.»

Ella schluckte. Sie spürte einen festen Knoten in ihrem Magen. Alles in ihr lehnte sich gegen diesen Gedanken auf, doch sie blieb stumm und versuchte, mit Paul Schritt zu halten.

♦

Es war an einem kalten Sonntag, als sich Johannes auf den Weg zur Suppenküche in der Münzstraße aufmachte. Er verspürte zwar Hunger, doch die Suppe war nicht der wichtigste Grund für ihn, dort hinzugehen. Daher stellte er sich auch nicht gleich in die Schlange, die sich bereits vor Öffnung der Ausgabestelle gebildet hatte, sondern ging bis zu den Klapptischen, auf denen sich Blechschalen und Löffel stapelten und zwei große Körbe mit Brotstücken standen. Neben den Tischen erkannte er ein seltsames Gefährt, bestückt mit einem dampfenden Kessel, das ihn an die Gulaschkanone hinter der Front erinnerte. Zwei Frauen schöpften im Wechsel mit großen Kellen Suppe in die Schüsseln, die ihnen die Wartenden nacheinander entgegenstreckten. Der Geruch erinnerte Johannes ebenfalls an die Versorgung im Krieg: eine Mischung aus Suppe und Eintopf, mal dünner, mal dicker, aus einem Allerlei an Gemüse und was man sonst Verwertbares fand, mit sehr wenig Fleisch verkocht. Wenn Knochen zum Auskochen da waren, konnte man sogar ein paar Fettaugen auf der Brühe finden.

Johannes sah sie sofort. Zwar trug sie heute keine Brille, dafür eine lange weiße Schürze, doch die Frau, die das Brot verteilte, war unzweifelhaft die Bibliothekarin aus dem Marstall.

«Ich wünsche einen guten Tag, Fräulein Ludwig», begrüßte er sie höflich.

«Oh, Johannes, Sie sind es. Das ist aber schön, dass Sie vorbeischauen. Ich kann Sie leider nicht vorlassen, so etwas gibt immer Ärger. Es ist eh schwierig, Drängeleien zu unterbinden, vor allem wenn der Verdacht aufkommt, es könnte nicht genug für alle da sein.»

Abwehrend hob Johannes die Hand. «Ich wollte mir keinen Vorteil verschaffen. Ich wollte lediglich ein paar Worte mit Ihnen plaudern.»

Sie lächelte ihn an. Ohne die Brille, die ihre Augen verzerrte, sah sie deutlich jünger aus und war auch recht hübsch.

«Haben Sie auch beim Kochen geholfen?», erkundigte sich Johannes.

«Oh ja! Ich kann nicht sagen, wie vielen Rüben, Kartoffeln, Zwiebeln und anderen Dingen ich mit dem Messer heute schon zu Leibe gerückt bin.» Während sie sprach, reichten ihre Hände automatisch jedem Bittsteller zwei Stücke Brot aus einer großen Schüssel, die vor ihr stand.

«Und das alles tun Sie für Ihr Seelenheil?», scherzte Johannes.

«Für die armen Menschen, die kein festes Dach über dem Kopf haben!», widersprach sie und erkundigte sich dann: «Und wie war Ihr Tag bisher?»

«Oh, ganz prächtig», behauptete Johannes. «Ich hatte eine wundervolle Nacht in einem von *Fröbels Festsälen*.»

Fräulein Ludwig runzelte fragend die Stirn.

«So nennen wir das Städtische Obdach in Prenzlauer Berg», erläuterte Johannes. «Vierzig Baracken, vollgestopft mit Pritschen und dennoch immer überfüllt. Das Asyl öffnet täglich um vier, doch viele stellen sich schon gleich nach ihrer Mittagssuppe an, um für die Nacht ein Lager zu bekommen.»

«Das hört sich nicht sehr gemütlich an.»

«Man darf nicht ungerecht sein», gab Johannes zu bedenken. «Immerhin finden die Armen und Obdachlosen dort ein Dach über dem Kopf, und es gibt Toiletten und Bäder und sogar einige Badewannen! Andererseits kann man bei dem Gedränge auch leicht seine Habseligkeiten und seine Gesundheit verlieren. Ich denke, Diebe und ansteckende Krankheiten halten sich die Waage. In manchen Baracken werden auch syphiliskranke Prostituierte untergebracht, in anderen obdachlose Familien.»

«Ach, Johannes», stieß Fräulein Ludwig mitleidig aus, doch er wehrte ab.

«Bemitleiden Sie mich nicht. Ich gebe zu, das Getriebe dort ist mir meist zu viel, doch es gibt ja auch kleinere Wärmehallen. Und noch besser ist das Asyl der Heilsarmee, die nehmen allerdings nur Männer auf.»

«Haben Sie überhaupt schon was gegessen?», wollte Fräulein Ludwig wissen und erntete ein Kopfschütteln. «Dann möchten Sie bestimmt einen Teller Suppe. Heute ist sie ganz gut. Es wird zwar ein wenig dauern, bis Sie dran sind, doch ich denke, es ist genug da.»

«Ich danke Ihnen, Fräulein Ludwig. Wie schön, dass es Menschen wie Sie gibt.» Johannes deutete eine Verbeugung an, dann hinkte er die Schlange entlang und reihte sich hinten ein.

♦

Wie im Krieg florierte der Schwarzmarkt wieder, und auch Ilse fuhr ab und zu mit der Bahn aufs Land, um direkt von den Bauern Butter und Käse oder wenigstens ein paar Kartoffeln zu kaufen. Zeit dafür hatte sie ja jetzt.

Es gab genügend Schieber, die auf diese Weise einen florierenden Handel führten und die begehrten Lebensmittel noch teurer und mit viel Provision in Berlin weiterverkauften – vorausgesetzt, sie schafften es, ihr wertvolles Gut unbeschadet in die Stadt zu schaffen. Diese Fahrten waren nämlich riskant, das Hamstern behördlich verboten. Die Kontrollen wurden immer schärfer, doch was sollte man tun, wenn man die Schmiergelder nicht bezahlen konnte, mit denen sich die Reichen aus der Not der Versorgung befreiten?

Die Kontrolleure wurden von den einfachen Leuten verachtet, dennoch waren ihre Posten heiß begehrt, denn erwischten sie einen Hamsterer mit Ware, wurde diese beschlagnahmt. Da konnte man leicht ein paar Kleinigkeiten für sich und die eigene Familie abzweigen, während der Hamsterer leer ausging. Meist wurden die Erwischten sogar verhaftet und riskierten empfindliche Strafen.

Einmal saß Ilse gerade im Zugabteil, als zwei Uniformierte auf sie zutraten. Die beiden musterten sie kritisch und ließen sich den Grund ihrer Fahrt nennen. Außerdem musste sie ihre Tasche öffnen, doch da waren, wie sie behauptete, nur Stoffe drin, die sie für ihre private Nähstube benötigte. Dabei lächelte sie die Beamten an, ohne zu übertreiben, um sie nicht misstrauisch zu machen. Der eine betrachtete ihre Beine und grinste anzüglich, während der andere sich bedankte und sich schon seinem nächsten Opfer zuwandte, bei dem er prompt fündig wurde. Da half kein Betteln und Weinen. Die Beamten nahmen den beiden Burschen das Fleischpaket und einen halben Sack Kartoffeln ab und schleppten sie mit in den nächsten Waggon.

Die dicke Frau, die Ilse gegenübersaß, beugte sich vor. «Schwein gehabt», raunte sie und nickte zu Ilses Hut, der auf dem Sitz neben ihr lag und unter den sie zuvor rasch eines der verbotenen Päckchen geschoben hatte. Die anderen waren gut eingehüllt in der Tasche mit den Stoffresten verborgen. Zum Glück hatten die Kontrolleure die Tasche nicht angehoben und sich gefragt, wie schwer ein paar Stoffe sein konnten.

Ilse ließ langsam die Luft entweichen. «Ja, das ging noch mal gut», seufzte sie erleichtert.

Die Alte ließ ein zahnloses Grinsen sehen und öffnete ihren verschlissenen Mantel, an dessen Innenseite zwei frisch gerupfte Hühner baumelten. Außerdem besaß der Mantel geräumige Innentaschen, die gut gefüllt schienen. Darunter wirkte die Frau in ihrem verwaschenen Wollkleid deutlich dünner. Sie nickten sich wie zwei Verschwörerinnen zu, als sie am Anhalter Bahnhof ausstiegen und sich ihre Wege trennten.

♦

Luises Festtag war zwar erst morgen, aber sie hatte sich an diesem Samstag von Robert gewünscht, sie in den neuen Anita-Berber-Film zu begleiten. Anschließend wollte er seine Frau ins Adlon ausführen, sozusagen als Einstimmung auf ihren dreißigsten Geburtstag, denn für morgen hatte er sich noch etwas anderes für sie ausgedacht.

Irrlichter der Tiefe hieß der Streifen, der bereits im April in Wien uraufgeführt worden war und in dem erneut die Berber eine Hauptrolle spielte – als verführerische Göttin Astarte und natürlich nur spärlich bekleidet. Eigentlich handelte die Geschichte von einem Bergwerkunglück, doch sobald Anita auf der Leinwand zu sehen war, schien es außer ihr nichts anderes mehr zu geben.

Als Astarte ihr glitzerndes Cape abwarf und zu tanzen begann, sah Luise verstohlen zu Robert hinüber. Sein Blick klebte förmlich an der Leinwand, auf der sich die Berber fast nackt zu sphärischen Klängen bewegte. Luise lächelte. Offensichtlich gelang es der Göttin, selbst Robert in ihren Bann zu ziehen. Luise schob ihre Hand in seine und drückte sie, während eine leise Sehnsucht ihren Körper erfasste.

«Einfach großartig!», schwärmte Luise, als sie das Kino verließen.

«Dass Göttinnen immer nahezu nackt auftreten müssen», murmelte Robert.

Luise schmunzelte. «Wage nicht zu behaupten, das hätte dir nicht gefallen. Ich habe gesehen, wie du selig gelächelt hast!»

Robert zog einen Mundwinkel hoch. «Dann bin ich wohl überführt und werde auf weitere Aussagen, die gegen mich verwendet werden könnten, verzichten.»

«Apropos verzichten. Ich finde, wir müssen jetzt nicht noch so vornehm essen gehen», sagte Luise und strich Robert zärtlich über die Wange. «So ein Ausflug ins Adlon ist kostspielig, und die Zeiten sind schwierig genug.»

«Ich finde aber schon», widersprach Robert. «Schließlich ist morgen dein Geburtstag, und du musst viel zu oft auf mich verzichten.»

Das war richtig, denn kaum waren die Umbauarbeiten am Bahnhof Friedrichstraße beendet, stürzte er sich mit Eifer in die nächste Aufgabe. Luise hatte dagegen ihre Vorbehalte geäußert, doch wie stets hatte Robert abgewehrt. Schließlich bedeute der Auftrag auch eine Anerkennung seiner Arbeit.

«Hast du denn Angst, dein Vorgesetzter könnte es dir übelnehmen, wenn du wenigstens für ein paar Wochen etwas kürzertrittst?», hatte Luise ihn verwundert gefragt.

Und Robert hatte auf die unsicheren Zeiten verwiesen und dass sie gerade sein Gehalt brauchten, um ihren Lebensstil einigermaßen erhalten zu können.

Nachdenklich starrte Luise jetzt in ihr Champagnerglas. Sie hatte keinen Überblick über Roberts Finanzen. Er brachte ihr das

Haushaltsgeld mit, und ihre eigenen Wünsche beglich sie mit ihrem schmalen Gehalt bei der Kripo …

«Ich brauche das nicht», sagte sie und schaute Robert über den Tisch hinweg an.

«Was?»

«Hier im Adlon zu essen, Champagner und Wein zu trinken. Ich liebe dich, und wir haben geheiratet, um zusammen zu sein, nicht damit du immer mehr arbeitest, um mir solchen Luxus zu ermöglichen.»

«Aber ich möchte dir das Leben bieten, das du verdienst», gab Robert zurück.

Luise widmete sich erneut ihrem Essen, während ein Gedanke in ihr aufstieg, der ihr Unbehagen bereitete. Sie wartete stets auf Robert, selbst wenn es spät wurde. Meist tranken sie noch ein Glas Wein zusammen, hörten eine Platte mit romantischen Schlagern und schmiegten sich auf dem Sofa eng aneinander. Sie küssten und liebkosten sich, doch irgendwann brach Robert die traute Zweisamkeit stets mit dem Argument ab, sie würden ihren Schlaf brauchen und müssten zu Bett gehen. Wie viele Wochen waren vergangen, seit er es wenigstens *versucht* hatte, mit ihr ein normales Eheleben zu führen? Arbeitete er so viel, um ihr auszuweichen und Intimität zu vermeiden?

Seit ihrem Besuch bei Dr. Hirschfeld war es zwischen ihnen eher schlechter als besser geworden. Dabei wusste sie, wie sehr Robert sich ein Kind wünschte und dass er genauso litt wie sie. Warum nur gelang es ihm nicht, mit ihr umzugehen wie jeder normale Mann mit einer normalen Frau? Sie liebten einander doch! Vielleicht verhinderte ja ein körperlicher Schaden, dass er den Akt richtig durchführen konnte. Oder konnte einem etwas so sehr auf der Seele lasten, dass es einfach nicht funktionierte?

Es hatte sie viel Überwindung gekostet, mit Robert über ihren

Termin im Institut zu sprechen – und wie erwartet weigerte er sich strikt, mit einem Arzt über seine Probleme zu sprechen.

Werden wir jemals eine richtige Familie sein und Kinder haben?, fragte sich Luise und spürte, wie Tränen hinter ihren Lidern aufstiegen.

Plötzlich hörte sie aufgeregte Stimmen hinter sich und sah, wie sich Roberts Augen weiteten. Von ihrem Schmerz abgelenkt, wandte sich Luise um.

«Die Berber», entfuhr es ihr verblüfft, als sie die Frau erkannte, die sie vor zwei Stunden noch auf der Kinoleinwand gesehen hatte. In einen Zobel gehüllt, an dessen Kragen sich ein kleines, lebendiges Äffchen klammerte, stolzierte sie in ihren hochhackigen Goldschuhen ins Restaurant und blieb an einem großen Tisch ganz in der Nähe von Luise und Robert stehen. Hier hatte sich eine augenscheinlich illustre Gesellschaft versammelt und auf die Künstlerin gewartet, denn Anita Berber ließ sich auf dem einzigen leeren Stuhl nieder.

«Drei Flaschen Veuve Clicquot», rief sie laut.

«Darf ich Ihnen zuvor den Mantel abnehmen?», erkundigte sich der Kellner und verbeugte sich höflich vor der Diva.

Im Restaurant war es warm, daher verwunderte Luise die Frage nicht, was dann aber folgte, war unerhört.

Völlig unbefangen ließ Anita den Blick durch den vollbesetzten Raum gleiten, während der Pelz über ihre Schultern glitt. Der Kellner hätte ihn vor Schreck beinahe auf den Boden fallen lassen, was nicht an dem winzigen Affen lag, der sich jetzt an seinen Arm klammerte. Luise sog scharf die Luft ein, Roberts Kehle entrann ein krächzender Laut.

Bis auf eine lange Perlenkette um ihren Hals und die Goldschuhe an ihren Füßen war Anita Berber vollständig nackt, was man von ihr zwar auf der Bühne gewohnt war, im Adlon aber sicher sonst nicht vorkam. Es tuschelte und raunte in allen Ecken. Spätestens jetzt drehten sich auch die anderen Gäste zu der berühmten Tänzerin um, die ungeniert wieder Platz nahm.

Es ist, als habe sie einfach vergessen, sich etwas anzuziehen, und als habe sie es selbst noch gar nicht bemerkt, dachte Luise verwundert.

Das Gesicht der Künstlerin war heute nicht ganz so gespenstisch weiß geschminkt wie auf der Bühne, ihr Haar und die herzförmig geschminkten Lippen aber leuchteten im Licht der Lampen feuerrot. Während der Kellner ihr ein Glas Champagner einschenkte, kramte sie aus ihrem Paillettentäschchen ein Döschen und eine kleine Spritze heraus und legte beides offen vor sich auf den Tisch.

Robert schien sichtlich erleichtert, als ein anderer Kellner an ihren Tisch trat und die Rechnung überbrachte. Rasch beglich er die Summe, gab Trinkgeld und sprang geradezu von seinem Stuhl auf.

«Gehen wir?»

Er hielt Luise den Arm hin. Diese schielte noch einmal neugierig zum Nachbartisch. Und bedauerte fast, dass sie das Adlon schon verließen.

♦

Robert weckte Luise für einen Sonntag und noch dazu an ihrem Geburtstag ungewöhnlich früh. Er hatte bereits das Frühstück gerichtet und bat sie, ein bequemes Kleid und nicht allzu hohe Schuhe anzuziehen.

Luise hob fragend die Brauen. «Darf ich fragen, warum?»

Robert lächelte nur geheimnisvoll und schüttelte den Kopf. «Geburtstagsüberraschung. Du musst dich noch ein wenig gedulden.»

Er verriet ihr nichts, bis sie am Bahnhof Friedrichstraße in einen Zug stiegen und es sich in einem Abteil der ersten Klasse bequem machten.

«Also, nun sag schon», drängte Luise. «Wohin fahren wir?»

«Nach Potsdam», verriet Robert. «Wir werden dort den ganzen Tag verbringen. Zum Glück ist das Wetter uns heute hold. Wir schauen uns das Stadtschloss an, das Nauener Stadttor, essen irgendwo in einem schönen Lokal an der Havel zu Mittag und fahren dann, wenn wir Lust haben, noch raus zum Schloss Babelsberg. Wir machen den ganzen Tag nur das, worauf du Lust hast!»

Luise umarmte ihn und küsste ihn zärtlich. «Danke! Was für ein wunderschöner Einfall.»

Robert erwiderte ihren Kuss. «Alles Gute zu deinem dreißigsten Geburtstag, mein Herz.»

♦

Es war bereits dunkel draußen, und sie hatte Hunger, doch noch hoffte sie, Robert würde bald heimkommen und mit ihr gemeinsam essen. Das Essen war vorbereitet, die Flasche Rotwein geöffnet. Tatenlos lief Luise zwischen Küche und Wohnzimmer hin und her. Plötzlich fiel ihr das kleine ledergebundene Buch ein. Ihr Tagebuch. Sie hatte es schon so lange nicht mehr benutzt, obwohl ihr die Einträge mitunter geholfen hatten, die Gedanken zu ordnen. Luise ging ins Schlafzimmer und zog das rote Buch aus ihrer Nachttischschublade. Dann setzte sie sich im Wohnzimmer aufs Sofa, zog die Beine an und schlug eine leere Seite auf.

Ich bekomme ihn nicht mehr aus meinem Kopf!
Natürlich habe ich all die Jahre an ihn gedacht, aber das war anders.
Ich konnte um ihn trauern, doch diese vergangene Liebe war nichts,
was mein jetziges Leben mit Robert berührte.
Nun aber, da ich weiß, dass er hier irgendwo durch Berlin streift,
wirbelt er alles durcheinander. Ich will nicht an meiner Liebe zu

meinem Mann zweifeln. Ich will meine Entscheidung nicht in Frage stellen.
Warum nur tut Johannes mir das an? Warum hat er sich nie gemeldet? Weil er meiner überdrüssig geworden war? Weil er mich nicht mehr liebte und sich auf diese Weise aus seinem Versprechen stehlen wollte?
Nein, das kann ich mir nicht vorstellen. Aber wenn er mich noch liebt, warum hat er dann geschwiegen? Sich tot gestellt? Wegen seiner Verwundungen?
Ich kann es nicht begreifen.
Und doch. Da war stets das Streben nach Perfektion, das sein Vater ihm schon zu unserer Schulzeit eingebläut hat. Ich selbst hatte immer wieder schlechte oder mittelmäßige Noten, und das war bei uns nie ein Drama gewesen. Klar bekam ich mal Stubenarrest und musste dann extra üben, aber bei Johannes war das anders. Für seinen Vater waren Fehler unentschuldbar. Da hat mir Johannes manchmal schon leidgetan. Auch Roberts Eltern waren nicht sehr streng. Ich weiß noch, dass er und ich an den Tagen vor Klassenarbeiten draußen spielten, während Johannes an seinem Schreibtisch festgenagelt war. Vielleicht ist es gut, wenn man danach strebt, der Beste zu sein, aber das bedeutet doch nicht, dass der Körper perfekt sein muss. Hier geht es um unser Leben! Wie wäre es verlaufen, wenn er am Ende des Krieges heimgekommen wäre? Zu mir?
Ich bin so wütend! Und das würde ich ihm auch sagen, sollte ich ihm jemals auf der Straße begegnen. Er hat unsere Liebe verraten! Ließ mich an seinen Tod glauben, und dann spaziert er hier plötzlich herum, als hätte ich mir nicht die Augen nach ihm ausgeweint.

Das Geräusch eines Schlüssels im Schloss der Wohnungstür ließ Luise auffahren. Rasch klappte sie ihr Tagebuch zu und verstaute es samt Füllfederhalter wieder in der Nachttischschublade, ehe sie in den Flur eilte, Robert aus seinem Mantel half und ihren Mann dann an sich drückte.

♦

Ella begleitete ihren Bruder an diesem Abend noch einmal auf seiner Tour. Wohl war ihr dabei nicht, zumal Paul in den vergangenen Wochen erneut Pech gehabt hatte. Bei Razzien musste er seinen wertvollen Stoff in einer Toilette runterspülen, sonst hätte ihn die Polizei erwischt. Außerdem wurde der Kampf um die Reviere unter den Drogendealern immer härter. Die *Ringvereine* teilten die Gebiete unter sich auf, in denen sich dann Leute wie Paul, die auf eigene Rechnung arbeiteten, nicht mehr blickenlassen durften. Einmal hatte Paul es noch im Kakadu versucht, doch er war in derselben Nacht derart zusammengeschlagen worden, dass er eine Woche das Bett nicht hatte verlassen können und der Rest der Familie hungerte. Ella sorgte sich um ihren Michael, der dringend Milch brauchte, Obst und nicht nur das gestreckte Getreidezeug für seinen Brei.

Heute wollte es Paul im Kabarett *Storchennest* in der Oranienburger Straße versuchen. Draußen sorgten in einem Glaskasten die Ankündigung der Attraktionen und die freizügigen Fotografien dafür, dass Ella schnell bewusst wurde, was sie im Storchennest erwartete.

Tische, Stühle und der Wandschmuck hatten bestimmt schon die Zeiten vor dem Krieg erlebt, so alt und verblichen sah alles aus. Was sofort auffiel, war die Bühne im hinteren Bereich, auf der ein paar Stühle im Halbkreis aufgestellt waren. Als das Programm anfing, nahmen einige Herren auf diesen Stühlen Platz. Auch Tänzerinnen und Sängerinnen, die sich offensichtlich unter die Gäste gemischt hatten, betraten nun wie zufällig die Bühne und gaben ihre Nummern zum Besten. Ella beobachtete die jungen Frauen, die freizügig ihre Strapse darboten und direkt vor den Nasen der Männer ihre kurzen Röcke schwangen, die kaum die Bezeichnung «Rock» verdienten.

Eine Sängerin trat auf, und Paul raunte Ella zu: «Das ist Lola Niedlich.» Mit dunkler Stimme sang sie vom Leben einer Prostituierten und ihren Freiern, der Härte der Straße und der Einsamkeit, die dieses Leben mit sich brachte. Ella rührte die Geschichte zu Tränen, die Männer dagegen johlten und klatschten sich auf die Schenkel. Entweder ließ sie die Geschichte kalt, oder sie hatten gar nicht zugehört.

Nach jeder Nummer wurden Fotos gemacht, die gleich ans Publikum verkauft wurden. Und wem das nicht genügte, so erklärte Paul, der konnte sich im Nebenzimmer mit einem der Bühnensternchen auf ein Glas Port oder Cognac treffen.

Ella zog fragend die Augenbrauen hoch, ihr Bruder grinste breit.

«Na ja, für einen Cognac wär der Preis schon happig, aber da is noch 'n bisschen mehr dabei. Ganz spezieller Handbetrieb, wenn du weißt, wat ick mein.»

Seine Geste war unmissverständlich, und Ellas Wangen färbten sich rot.

«Komm, lass uns anfangen», forderte Paul sie auf. Er hatte Ella heute Abend mitgenommen, weil er sie in die Praxis seiner Drogengeschäfte einweisen wollte.

«Haste keinen Bammel, det dich die Brüder wieder zusammenschlagen?», flüsterte Ella, als sie drei Beutelchen entgegennahm, die er ihr unauffällig zuschob.

Paul schüttelte den Kopf. «Nee, ick hab mit dem Boss hier gesprochen. Die würden mich als Bruder aufnehmen. Ick muss halt jede Woche zur Versammlung kommen und meinen Beitrag zahlen.»

«Du willst Ringbruder werden?»

«Psst, nich so laut, Ellabienchen», meinte Paul. «Aber ja, et gibt in Berlin ja keine freien Jagdgründe mehr. Zum Glück war ick mal im Jugendknast. Einer, den ick noch kenn, will für mich bürgen.»

Ob das wirklich so ein Glück war, wagte Ella zu bezweifeln, aber sie sagte nichts dazu. Sie tat, was Paul von ihr wollte, und machte sich auf den Weg zur Bar, um die dort trinkenden Herren abzuchecken.

Das Publikum wirkte recht unauffällig, wahrscheinlich waren es Arbeiter, Soldaten und Studenten aus der Nachbarschaft. Aber auch hier gab es amerikanische Touristen. Ella nahm sich einen der gut gekleideten Amis vor. Er wollte zwar kein Kokain, lud sie aber zu einem Drink ein und machte ihr Avancen.

«Nee, so eine bin ick nicht», wehrte Ella ab.

Das entmutigte den Herrn ganz und gar nicht. Er legte ihr den Arm um die Taille und küsste sie aufs Dekolleté. Ella sah sich nach Paul um, doch dessen Handbewegung machte deutlich, dass sie den Kerl gewähren lassen sollte. Dennoch rutschte sie von ihrem Hocker und kassierte prompt einen Anschiss von Paul. «Mensch, nu lass ihn doch, und schau zu, wat du aus ihm rausholen kannst.»

«Ick bin nich blöd. Ick weiß, wo det rausläuft», sträubte sich Ella.

«Um wat zu verdienen, muss jeder tun, wat er kann», widersprach Paul und verlangte die drei Tütchen zurück. «Ick verkauf jetzt den Stoff, und du gehst zurück zu dem Kerl. Untersteh dich, ihm noch 'nen Korb zu geben!»

Aber Ella wollte das nicht. Auf keinen Fall! Sie ging aufs Klo, um ein bisschen Zeit zu gewinnen, und dachte an Johannes und wie schön es mit ihm gewesen war. Nein, sie wollte keinen Fremden, der ihr Geld dafür bezahlte. Und Michel? Hatte sie sich nicht geschworen, alles für ihren Sohn zu tun, um ihm ein gutes Leben zu bieten? Ella schluckte, zupfte ihr Kleid zurecht und kehrte dann doch an die Bar zurück.

Sichtlich erfreut strahlte sie der Amerikaner an. Er zog eine Dollarnote aus seiner Brieftasche, schob sie unter Ellas Glas und beugte sich vor. «You are so beautiful», sagte er. «I heard, German girls are crazy about butter. I have half a pound in my car. You could get it, if you join me for the night.»

Ellas Englisch reichte aus, um ihr klarzumachen, was er wollte. Für einen Dollar und ein halbes Pfund Butter? Wieder dachte sie an ihren Michel, seine schmalen Wangen und die großen braunen Augen. An seine Tränen, wenn er hungrig ins Bett musste. Butter hatte er schon lange nicht mehr auf seiner Stulle gehabt. War es das nicht wert? Da fasste Ella einen Entschluss. Für ihren Sohn, der keinen Hunger leiden sollte.

«One dollar and the butter», wiederholte sie.

Der Amerikaner nickte. «It's a deal!»

Kapitel 8

Ilse saß bei Claire und einigen Kollegen am Tisch im Romanischen Café. Sie wagte nicht, mehr als eine Tasse Kaffee zu bestellen, obgleich ihr der Magen knurrte, doch sie hatte kaum mehr Geld und wusste auch nicht, woher sie welches nehmen sollte. Vielleicht sollte sie doch nach Grunewald rausfahren und einen der Teppiche verkaufen? Das musste sie dann allerdings mit Robert besprechen, dem ja die Hälfte von allem gehörte. Sie scheute sich, konnte seinen Blick nicht ertragen, der zu fragen schien, warum sie nicht in der Lage war, ihr eigenes Geld zu verdienen. Dabei hatten sie sich darauf geeinigt, einen Käufer für das Haus zu suchen und danach die Haushälterin, die so lange noch blieb und alles in Ordnung hielt, auszuzahlen.

Claire erhob sich plötzlich. «Ich geh mal rüber zum Tisch der Schreiberlinge. Willst du mitkommen?»

Ilse war ganz froh über die Unterbrechung ihrer düsteren Gedanken und folgte Claire zu einem Tisch, an dem ein Mann alleine saß und eifrig in ein Notizbuch schrieb.

«Grüß dich, Claire», sagte er, ohne aufzusehen. Er schrieb seinen Satz fertig, dann legte er den Stift beiseite und klappte das Buch zu.

Claire stellte Ilse vor und lächelte verschmitzt: «Hier haben wir Kaspar Hauser, Peter Panter, Theobald Tiger und Ignaz Wrobel.»

Ilse blickte irritiert drein, der Mann dagegen protestierte. Er reichte Ilse die Hand und erklärte: «Mein meistgenutzter Name ist Kurt Tucholsky – und es wäre mir recht, liebe Claire, wenn du nicht jeden auf meine Pseudonyme aufmerksam machen würdest. Wie soll ich denn sonst in Zukunft in meinen Leserbriefen weiter mit mir selber diskutieren?»

«Ein Name ist für so einen großen Autor eben zu wenig», scherzte Claire.

«Tja, ich bin eine gespaltene Persönlichkeit», gab Tucholsky zurück und bat die Damen mit einer charmanten Geste, Platz zu nehmen.

«Wir lieben es, uns zu zanken.» Claire zwinkerte Ilse zu.

«Oh ja, und dazu eignet sich ganz ausgezeichnet die Politik, aber auch die Verhältnisse ganz allgemein, die einer dringenden Änderung bedürfen, nicht wahr, Claire?»

«Er ist Kommunist, aber ich mag ihn dennoch!», verriet diese.

Tucholsky schrieb regelmäßig für *Die Weltbühne*, die Ilse so gerne las, und nun, da sie von seinen verschiedenen Namen erfuhr, wurde ihr klar, dass sie schon viel mehr als gedacht von ihm gelesen hatte.

«Kurt hat auch schon einige Liedtexte für mich verfasst», berichtete Claire.

«Und das mit einem besonderen Vergnügen», sagte Kurt Tucholsky galant. Dann erhob er sich, ein Termin in der Redaktion drängte. Freundlich nickend verabschiedete er sich und überließ Claire und Ilse seinen Tisch.

«Nun, da wir jetzt unter uns sind, schieß los. Du machst so ein finsteres Gesicht. Bedrückt dich etwas?» Claire legte eine Hand auf Ilses Arm und deutete damit an, dass Ilse ehrlich sprechen sollte.

«Ich finde keine Arbeit. Es ist zum Verrücktwerden! Ich mach alles, das schwör ich dir, aber ich brauch endlich Geld!»

Claire ließ ihren Blick prüfend an Ilse herabgleiten. «Alles? Sicher? Ich meine, du siehst gut aus und kannst dich bewegen. Du hast mir von deiner Tanzgruppe während des Studiums erzählt, und ich habe gesehen, wie du Tango tanzt. Die Frage ist, würdest du vor Publikum tanzen – äh, und wenig bekleidet.»

«Nicht nackt!», protestierte Ilse sofort. Ihre Eltern würden sich so oder so im Grab umdrehen, sollte sie öffentlich auf einer Bühne tanzen.

«Das habe ich auch nicht gesagt», sagte Claire. «Aber ich habe gehört, dass sie in der Weißen Maus in der Jägerstraße nach neuen Gesichtern und schönen Beinen suchen.»

Ilse erinnerte sich an das Kabarett inmitten der Friedrichstadt, sie war zum ersten Mal dort gewesen, als sie die attraktive Clara singen hören wollte, die sie in Claires Salon kennengelernt hatte. Die Weiße Maus war laut, teuer und ein wenig verrucht, denn jeder, der nicht erkannt werden wollte, erhielt am Eingang eine schwarze oder weiße Halbmaske. Darunter verbargen sich neben seriösen Geschäftsmännern und älteren Herren mit dicker Börse auch Bosse, die in der Berliner Unterwelt weniger seriösen Geschäften nachgingen. Sie brachten meist ihren eigenen Harem an schönen, jungen Frauen mit. Ilse wusste, dass zum Publikum auch Künstler und Intellektuelle gehörten – und Frauen jeden Alters, die insbesondere den aufreizenden Nackttänzerinnen huldigten. Der Star des nackten Ausdruckstanzes war Anita Berber, die verstörend sein konnte, wenn sie ihre Phantasien aus drogenberauschten Nächten auf offener Bühne präsentierte.

«Die Berber tanzt dort, nicht wahr?»

«Ja, aber seit sie so viel kokst, wird sie immer unberechenbarer. Ich kenne Peter Sachse gut, den Direktor, der schon so manche Woge für sie glätten musste. Wenn Anita zugedröhnt ist oder betrunken, provoziert sie jeden.»

«Ich weiß nicht, ob ich da am richtigen Platz wäre», stieß Ilse mit einem Seufzen aus.

Claire sah sie verständnisvoll an. «Ist mir auch nur so in den Kopf gekommen, weil ich gestern mit Sachse gesprochen habe. Vermutlich kann ich dich irgendwann auch in einem seriöseren Haus unterbringen.»

Irgendwann, dachte Ilse. *Ich muss meine Miete aber nächste Woche bezahlen und habe nichts mehr zu essen daheim. Bin ich nicht eine Künstlerin? Warum sollte ich es also nicht mit dem Tanzen versuchen?*

♦

«Ilse war vorhin bei mir im Büro», berichtete Robert, als er am Abend nach Hause kam und sein Jackett sorgsam auf den Bügel an der Garderobe hängte. Er legte erst Krawatte und Kragen ab, dann umarmte er Luise und küsste sie.

«Was? Warum? Ich meine, warum ist sie nicht hierhergekommen?»

«Sie wollte etwas Geschäftliches besprechen.»

Verwundert sah Luise ihn an, wandte sich dann aber ab, um das Abendessen vorzubereiten. «Es wird vermutlich grauenhaft schmecken», prophezeite sie. «Das Mehl ist noch schlechter als sonst, Butter ist nicht zu bekommen, und ich will gar nicht so genau wissen, was alles in den Würsten verarbeitet wurde.»

«Das macht nichts. Ich habe heute Mittag bei Aschinger gegessen», wandte Robert ein.

Luise sagte ihm nicht, dass sie, angesichts der Preise, darauf verzichtet hatte und sich stattdessen für die grauenhafte Suppe in der Kantine der Roten Burg entschieden hatte, die kaum besser sein konnte als das, was zahlreiche kirchliche und soziale Stellen täglich anboten. Der Hunger hatte die Armenviertel fest im Griff. Kinderärzte klagten, dass sie – wie in den Kriegsjahren – jede Menge Kinder mit Rachitis oder gar Hungerödemen in ihrer Sprechstunde behandeln mussten. Und viele ältere Bürger hungerten im Verborgenen – vielleicht sogar noch ein wenig mehr als die anderen, da sie zu stolz waren, auf die Straße zu gehen und sich bei den Suppenküchen anzustellen. Stattdessen wanderte nach und nach alles, was sie im Haushalt entbehren konnten, zu Händlern und Trödlern.

Wie sollte das nur weitergehen?

Bei einer Schüssel Apfelbrei und etwas, das eine Art Berliner Pfannkuchen sein sollte, saßen Luise und Robert kurz darauf am Tisch.

«Und, was wollte Ilse?», nahm Luise das Gespräch wieder auf.

«Sie braucht dringend Geld. Das hat sie ja schon bei der Testamentseröffnung angedeutet, doch nun hat sie es plötzlich sehr eilig, das Haus in Grunewald zu verkaufen.»

«Nein!», rief Luise, ohne darüber nachzudenken. «Ihr könnt das Haus nicht einfach verkaufen.»

Robert runzelte die Stirn. «Warum nicht? Wir haben es zusammen geerbt, und wenn wir uns einig sind ... Ich würde es ja behalten, aber ich will mich nicht gegen Ilses Wunsch stellen, wenn sie Geld braucht.»

«Es ist doch auch das Elternhaus von Johannes», stieß Luise hervor.

Robert schüttelte den Kopf. «Nein, ist es nicht. Er hatte zu dem Kasten keinerlei Beziehung, seine Eltern haben die Villa gekauft, als er schon studierte. Im Gegenteil, er hat das Haus verabscheut. Wenn etwas seine *Heimat* war, dann die Wohnung am Stuttgarter Platz, wo wir alle unsere Kindheit verlebt haben.»

Luise wusste, dass er recht hatte, dennoch erschreckte sie das Vorhaben. Unvermittelt fing sie an zu zittern.

Robert legte seine Finger um ihre Hand. «Mein Liebling, er ist tot, wir können nichts daran ändern. Wie oft habe ich das Schicksal beschimpft und verflucht, doch nichts macht ihn wieder lebendig.»

Luise sah Robert an. Sie dachte an die Begegnung mit Johannes, von der sie ihm nie erzählt hatte. Sollte sie jetzt ihr Schweigen brechen?

«Was ist dir, Luise?», fragte Robert besorgt. «Du bist auf einmal ganz blass. Geht es dir nicht gut? Möchtest du einen Magenbitter?»

«Nein ... Ja ... Ach ... Robert, er lebt», stieß Luise hervor.

«Was? Wie meinst du das?»

«Johannes ... Er ... er hat überlebt und ist wieder in Berlin. Ich habe ihn gesehen, bei der Beerdigung seines Vaters. Und ... und es geht ihm nicht gut.»

Nun war auch Robert blass geworden. «Aber Luise, das ... das kann doch nicht sein. Du musst dich irren. Du hast jemanden gesehen, der ihm ähnelt. Hast dir vielleicht gewünscht, es wäre Johannes.»

«Nein!» Unwillkürlich griff sich Luise ans Herz, das für einen Moment stillzustehen schien. «Ich ... ich habe mit ihm gesprochen. Wirklich. Er ist hier, aber er wollte mir nicht sagen, wo er lebt. Und er hat sich auch nicht angemeldet. Ich habe das überprüft.»

Robert erstarrte und sah Luise aus weit aufgerissenen Augen an. «Aber warum hast du mir nie etwas erzählt? Du weißt doch, dass ich ihn vermisst habe. Er war mein Freund.»

Langsam löste sich Luise aus ihrer Erstarrung. Sie griff nach Roberts Hand, strich sanft mit ihrem Finger über den Handrücken. «Robert, er wollte es so. Ich musste es ihm versprechen. Und ich durfte auch Ilse nichts sagen.»

«Und warum brichst du nun dein Schweigen?»

«Weil es sich nicht richtig anfühlt, wenn das Haus nun verkauft werden soll. Und du davon profitierst. Wir davon profitieren. Das ... das kommt mir falsch vor. Dann hätte ich das Gefühl, wir würden ihn betrügen und im Stich lassen.»

Robert zuckte zusammen und stöhnte. «Ich will keinen Pfennig davon haben. Du weißt sehr gut, dass ich mich nicht um dieses Erbe gerissen habe. Es war der alte Samuel Rosenstein, der vor seinem Tod darauf bestand.»

Jetzt war es vorbei, Luise konnte nicht mehr. Der Druck, den sie die ganze Zeit gespürt hatte, das Versprechen, das sie Johannes geben musste, die Gefühle, die sie unterdrückt hatte – all das brach sich Bahn. Tränen strömten ihr über die Wangen, das Zittern wollte nicht mehr aufhören.

Fassungslos sah Robert, wie erschüttert Luise war. Er stand auf, zog sie von ihrem Stuhl hoch und nahm sie fest in den Arm. «Du hast recht, Liebes, das können wir nicht. Ich würde mich ja wie der leibhaftige Judas fühlen. Wir werden Johannes suchen. Wir werden ihn finden, das verspreche ich dir. Und dann entscheiden wir, was mit dem Erbe passieren soll.» Robert machte eine Pause. «Und wir müssen es Ilse sagen ... Aber erst, wenn wir Johannes gefunden haben.»

♦

Zwei Wochen lang zögerte Ilse. Ob Robert es mit dem Verkauf des Hauses nicht so eilig hatte oder er wirklich keinen Käufer fand, ohne das Anwesen verschleudern zu müssen, wusste sie nicht genau. Was sie allerdings wusste, war, dass sie ihre Wohnung verlieren würde, wenn sie kein Geld auftrieb. Schließlich war sie so mürbe, dass sie sich mit einem Empfehlungsschreiben von Claire Waldoff zum Chef der Weißen Maus aufmachte.

Peter Sachse begrüßte Ilse und war bereit, Claires Schreiben zu lesen. Dann musterte er sie von allen Seiten, legte eine Platte auf und rief: «Los, tanzen Sie!»

Ilse versuchte, alle Aufregung zu unterdrücken. Sie wusste, dass sie tanzen konnte, und begann ein wenig zaghaft mit einigen konventionellen Tanzschritten, aber das war sicher nicht das, was Herr Sachse sehen wollte. Plötzlich erinnerte sie sich an die Übungsstunden in ihrem Studententanzkreis. Sie hielt inne. Damals hatten sie immer barfuß getanzt.

«Darf ich die Schuhe ausziehen?»

«Bitte, aber dann zeigen Sie mir auch was!»

Freier Ausdruckstanz. Fließende Bewegungen durch den ganzen Körper. Mit jedem Taktschlag gewann sie an Sicherheit, bewegte sich immer freier und ungehemmter, bis die Musik verklang und Ilse schwer atmend stehen blieb.

«Danke, das war doch schon ganz ansehnlich», meinte Sachse wohlwollend und versprach, sie bei zwei Tanznummern unterzubringen. Außerdem könnte sie gleich dableiben, um mit den anderen zu proben. Ein Kostüm hätte er auch für sie. «Und Schuhe werden Sie tragen müssen!», fügte er lächelnd hinzu.

In der großen Umkleide wurde Ilse von ihren neuen Kolleginnen gleich mit Hallo begrüßt. Und es dauerte nicht lang, da wusste Ilse bereits, dass in der vergangenen Woche ein Mädchen bei einem Auftritt von der Bühne gefallen war und sich ein Bein und ein paar Rippen gebrochen hatte. Im Moment lag sie in der Chirurgischen Abteilung der Charité, aber keiner konnte sagen, ob sie jemals wieder tanzen würde.

Mit gemischten Gefühlen zog Ilse das Trikot über, das ihr Sachse gegeben hatte und das offensichtlich für eine kleinere Frau angefertigt worden war, denn es kniff schrecklich im Schritt. Wobei ... Viel Stoff gab es eh nicht, nur noch ein paar mit Strass beklebte Bänder, Federn und Tüll. Die Schuhe passten so leidlich.

Anna, eine der neuen Kolleginnen, befestigte Ilses Kopfschmuck, und schon ging es los auf die Bühne. Drei Tänzerinnen führten die Nummern mit der Lücke vor, die das gebrochene Bein gerissen hatte, dann war die Reihe an Ilse, ihr Bestes zu geben.

Anna tanzte nicht nur mit, sie war auch eine gnadenlose Trainerin, die die Neue kräftig ins Schwitzen brachte und an allem etwas auszusetzen hatte.

«Arme höher, Knie strecken, aufrecht, Kopf weiter nach hinten – nein, nicht so, aus der Brust heraus und dehnen mit langem Nacken! Und auf die Eins noch einmal: eins, zwei, drei, vier!»

Ilse versuchte alles, doch Anna ließ nicht locker. «Schon besser, aber du musst die Hüfte mehr ausstellen.»

«Mehr geht aber nicht, das ist anatomisch einfach nicht möglich», maulte Ilse.

«*Ich* sage, wie weit es geht, denn ich weiß, was das Publikum und damit auch der Boss sehen wollen. STRENG DICH AN!»

Als Ilse am Abend daheim ihre Beine aufs Canapé legte, taten ihr jeder Muskel und jeder Knochen weh, und an den Füßen hatte sie dicke Blasen. Im Stillen leistete sie allen Tänzerinnen Abbitte. Das war ein stressiger Job, der Körperbeherrschung, Kraft und Konzentration erforderte. Es sollte ja nicht nur einzeln funktionieren, die ganze Nummer musste ein einheitliches Bild bieten. Wie hatte sie glauben können, man müsse nur nett aussehen und sich ein wenig zur Musik bewegen können?

«Ich sollte es eher mit Singen versuchen», brummelte sie, während sie ihre schmerzenden Füße knetete.

♦

Seit drei Wochen tanzte Ilse an jedem Abend zweimal in der Weißen Maus und mischte sich danach unter die Gäste, um den Herren schöne Augen zu machen und sie dazu zu bewegen, mehr zu trinken. Auch wenn sie lieber mit den *Garçonnes* plauderte, den jungen Damen im Smoking, die häufig das Gesicht à la Berber in strahlendem Weiß bemalten und dazu einen kleinen Herzmund in Kirschrot schminkten. Manche klemmten sich gar ein Monokel ins Auge, als modisches Accessoire.

Ilse fing Peter Sachses auffordernden Blick auf. Zum Glück war es schon spät, der Laden würde bald schließen. Mit einem unterdrückten Seufzer wandte sich Ilse dem Kunden mit der prall gefüllten Brieftasche zu. Und Ryan aus Edinburgh, der für eine englische Bank arbeitete, ergriff ihre Hand und bat in passablem Deutsch: «Bitte, Fräulein Ilse, ich möchte mich noch nicht von Ihnen trennen.»

«Sie dürfen gerne morgen wiederkommen. Ich werde Sie erwarten», flirtete Ilse, die mit den Gedanken bereits in ihrem Bett war.

«Das werde ich gern», versicherte Ryan und hielt Wort. Die ganze Woche kam er jeden Abend und wich nach der Vorstellung nicht von Ilses Seite. Am sechsten Abend wagte er seine Bitte zu wiederholen.

«Fräulein Ilse, ich flehe Sie an, vertreiben Sie mir auch noch die Stunden bis zum Morgen auf so angenehme Weise. Ich wohne nicht weit weg von hier im Hotel Kaiserhof, drüben am Wilhelmplatz. Ich verspreche Ihnen ein ganz wundervolles Frühstück – in Pfund oder Dollar bezahlt!»

«Nein, nein, das geht nicht», wehrte Ilse ab. «Sehen Sie, dort drüben stehen Elli und Olga, die würden gerne all Ihre Wünsche erfüllen.»

Ryan zog eine Grimasse. «Die Damen sehen sehr attraktiv aus, aber wissen Sie, ich möchte mir eine Frau mit in mein Zimmer nehmen, mit der ich mich am Morgen gepflegt über meine englischen Lieblingsautoren unterhalten kann.»

«Und Sie denken, das könnten Sie mit mir?»

«Ja, das denke ich. Sie sind eine gebildete Frau, Sie sehen gut aus, Sie tanzen wunderschön.»

«Und Sie, Ryan, sind Sie auch gebildet?», fragte Ilse kokett.

«Kennen Sie zum Beispiel deutsche Autoren wie Thomas Mann oder Hermann Hesse?»

«Ah, die Buddenbrooks, von denen habe ich natürlich gehört.» Er sah sie fast ein wenig streng an. «Ich werde noch zwei Wochen in Berlin sein, ehe ich nach London zurückkehre, und ich möchte Sie an meiner Seite haben. Ich verspreche Ihnen, Sie werden es nicht bereuen. Ich bin ein umgänglicher Mensch, habe keine abartigen Vorlieben, und ich habe Geld, das ich gerne teile, wenn ich mit jemandem, der sich über Geschenke freut, durch Berlin bummeln kann.»

Ilse ließ ihren Blick an ihm vorbei zu Clara Roth wandern, die auch heute in der Weißen Maus ihren Auftritt hatte. Zierlich, blond, wunderschön, und wie jedes Mal beschleunigte sich Ilses Puls. Wenn Clara sie fragen würde, ob sie das Bett mit ihr teilen wollte, würde sie keinen Moment zögern, doch Clara war in der gleichen Lage wie sie und musste selbst sehen, wie sie über die Runden kam.

Wie würde es sein, mit einem Mann zu schlafen? Ilse war kein Kind von Traurigkeit. Sie hatte sich schon oft – trunken von Tanz und Cocktails – in den Armen eines Mannes wiedergefunden, der sie an sich gedrückt und sie geküsst hatte, doch das löste nichts in ihr aus. Kein Begehren, kein Feuer. Nur wenn sie von Frauenkörpern träumte mit kleinen, festen Brüsten, spürte sie Hitze und Leidenschaft.

Ilse zögerte noch immer. Sie hatte keine Wahl. Sie wandte sich wieder Ryan zu, setzte ihr strahlendstes Lächeln auf und nahm seine Hand. «Gut, dann lassen Sie uns gehen, ehe man uns die Stühle unterm Po wegzieht.»

♦

Noch ehe die Pfundnoten, die Ryan Ilse geschenkt hatte, aufgebraucht waren, füllte Ende September die Hälfte des Erlöses aus dem Hausverkauf ihr Konto. Robert und Luise hatten sie mit der Nachricht überrascht, dass die Villa endlich einen Käufer gefunden hat. Puh, jetzt konnte sie wieder ruhig schlafen! Und die Vormittage mit langem Frühstück und intensiver Zeitungslektüre genießen, statt darüber nachzugrübeln, wie sie heute satt werden würde angesichts der noch immer steigenden Preise.

Ilse kaufte bei Herrn Stöckler unten im Haus noch ein paar Lebensmittel ein, bevor sie sich auf den Weg zur Weißen Maus machte; wenn sie nachts heimkam, war der Laden schon zu. Wie immer freute sich der alte Mann, sie zu sehen, und da gerade kein anderer Kunde da war, versuchte er, Ilse mit einem Gespräch ein wenig länger bei sich zu behalten.

«Haben Sie gelesen, Stresemann hat den Franzosen zugesagt, den Ruhrkampf sofort zu beenden, ohne Vorleistungen von ihrer Seite. Was halten Sie von Stresemann?»

«Ich wünsche uns allen sehr, dass er der richtige Mann ist, der nach dem Rücktritt Cunos zum Kanzler gewählt wurde. Er wirkt ruhig und seriös und versteht was von der Politik», sagte Ilse.

Gustav Stresemann hatte unermüdlich Gespräche mit den Besatzungsmächten und mit England geführt, in der Hoffnung, von dort Unterstützung zu erhalten, doch die Briten wollten in diesen Streit nicht eingreifen. Und der französische Ministerpräsident Raymond Poincaré war nicht bereit, sich auf irgendwelche Bedingungen einzulassen, obgleich der neue Kanzler die deutsche Wirtschaft als Pfand für die geschuldeten Reparationen anbot. Es half nichts, einer musste den ersten Schritt tun, und heute, am 26. September, verkündeten die Zeitungen, dass die Arbeit im Ruhrgebiet wieder aufgenommen wurde. Der Ruhrkampf war offiziell vorbei!

«Hm, das hoffe ich auch. Trotzdem befürchte ich, dass auch er sich nicht lange halten wird», unkte der Alte. «In dieser Lage den Kanzlersitz zu übernehmen grenzt ja fast an politischen Selbstmord. Wichtig ist aber auch, dass Stresemann unsere Mark stabilisieren will.»

«Sie haben recht, lieber Herr Stöckler. Aber so gerne ich auch weiter mit Ihnen reden würde, ich muss los. Die Arbeit ruft.»

Unterwegs dachte Ilse daran, wie dringend notwendig es war, endlich das Geld und die Preise wieder in den Griff zu kriegen. Die Wirtschaft musste in Schwung kommen. Sie hatte gelesen, dass die Regierung auch nicht den Kampf mit den Gewerkschaften scheute, die mit aller Macht errungene Privilegien wie den Achtstundentag zu verteidigen suchten. Also griffen kommunistische Paramilitärs zu den Waffen und hielten demonstrative Manöver ab. Auf der anderen Seite hörten die Angriffe der extrem Rechten nicht auf. Gerade erst war ein Aufstand der Schwarzen Reichswehr niedergeschlagen worden.

Ilse hoffte von Herzen, dass bald das Schlimmste überstanden war und endlich ein wenig Ruhe im Reich einkehren würde.

♦

Wochenlang hatten Robert und Luise nach Johannes gesucht. Vergeblich. Sie waren inzwischen beide erschöpft und desillusioniert, hatten in jeder freien Minute Wärmestuben abgeklappert und Ausschau gehalten in den langen Schlangen der Bedürftigen vor den zahlreichen Suppenküchen. Nichts. Luise wurde immer einsilbiger, es fiel ihr zunehmend schwer, Ilse nichts zu erzählen. Also machte Robert den Vorschlag, einen Tag zu pausieren. Heute, am 8. Oktober, ging es hinaus nach Tempelhof, wo auf dem Flugfeld der zukünftige Berliner Zentralflughafen feierlich eröffnet wurde. Noch gab es nur ein paar hölzerne Baracken und eine riesige Wiese, von der aus in alle Richtungen gestartet und gelandet werden konnte. Pünktlich um halb elf hoben die ersten beiden Junker-Maschinen unter den Blicken mehrerer Hundert Zuschauer ab. Eines der Flugzeuge flog nach München, das andere nach Danzig. Obwohl der Bau des Flughafens sicher noch einige Jahre fortdauern würde, konnten von nun an regelmäßig Flüge von und nach Berlin stattfinden. Geflogen werden sollte allerdings nur bei guter Sicht und nicht im Winter, sodass die erste Flugsaison schon in wenigen Wochen enden würde.

Staunend verfolgten Luise und Robert die beiden silbrig glitzernden Maschinen, wie sie sich höher und höher in das Blau des Himmels schraubten. Jeweils acht Passagiere konnten befördert werden. Robert freute sich, dass die Ablenkung offensichtlich geglückt war, und reichte Luise mit einem Grinsen ein Blatt Papier, auf dem die Sicherheitshinweise für Fluggäste abgedruckt waren.

Bitte keine Gegenstände über Bord werfen. Aus einigen Hundert Metern Höhe erhalten sie die Geschwindigkeit einer Gewehrkugel. Hochflieger sollten vor dem Start Wasser abschlagen und keine Speisen wie Erbsen, Bohnen oder Schwarzbrot zu sich nehmen, die zu übermäßiger Gasbildung führen können.

Luise kicherte. «Na, wenn ich da an unser Abendessen gestern denke, ist es gut, dass wir auf festem Boden bleiben und nur zusehen.»

Hand in Hand schlenderten sie über das Flugfeld. Dann holten sie sich in einer nahen Bude etwas zu essen und tranken eine erfrischende Berliner Weiße. Es war bereits Nachmittag, als sie mit der Bahn zurück in die Friedrichstraße fuhren. Sie sprachen noch über die Erlebnisse des Tages und lachten unbeschwert beim Aussteigen miteinander, als er auf dem Bahnsteig plötzlich vor ihnen stand. Luise glaubte, ihr Herz müsse stehen bleiben. Ein Aufschrei entrann ihren Lippen in dem Moment, als er sich abwandte und den Hut in die Stirn zog. Offensichtlich hatte auch er sie erkannt, war aber an einer Begegnung nicht interessiert.

«Johannes», sagte sie sanft, aber so laut, dass er sie hören musste. Sie merkte, wie er zusammenzuckte. Und wie Robert neben ihr versteinerte.

Vermutlich wurde Johannes in diesem Moment klar, dass er nicht mehr weglaufen konnte. Vorsichtig drehte er sich um, richtete seinen Blick auf sie und Robert. Luise versuchte, in seinen Augen zu lesen, und wusste nicht, war da Traurigkeit oder Resignation? Freude war es nicht. Er hatte sicher nicht damit gerechnet, von ihnen überrascht zu werden. Hier am Bahnhof Friedrichstraße, an einem Montag, an dem sie eigentlich arbeiteten.

Sie konnten sich nur anstarren. Alle drei. Und schweigen. Züge fuhren ein und wieder ab, Bremsen quietschten, Menschen eilten über den Bahnsteig. Luise spürte die Anspannung, die zum Greifen nah zwischen ihnen lag, wenige Schritte voneinander entfernt.

Ich muss was tun, dachte sie, *dieses Schweigen halte ich nicht mehr aus.*

Robert hatte ihren Ellbogen umfasst, sie selbst fixierte Johannes und stieß ihre Worte mit einer Heftigkeit hervor, die sie eigentlich nicht meinte. Und doch ging es nicht anders. «Wir ... wir suchen seit Wochen nach dir. Überall. Wo warst du?»

«Ich habe keine feste Unterkunft.»

Mit einer Miene, als würde er große Schmerzen leiden, löste sich Robert endlich aus seiner Erstarrung. «Johannes, mein Gott. Warum hast du dich nie gemeldet? Wir alle dachten, du wärst tot!»

«Es ging nicht. Ich konnte nicht, konnte mich nicht bei euch melden.» Er hob seinen Arm, dass der Ärmel über dem Stumpf zurückrutschte, und deutete mit seiner unversehrten Hand auf

Hüfte und Bein. «Außerdem hatten ein paar Granatsplitter was dagegen.»

Robert schüttelte ungläubig den Kopf. «Aber du hast überlebt, das allein zählt. Hattest du denn gar keine Sehnsucht nach deiner Familie? Nach uns?»

«Sehnsucht? Noch herrschte Krieg, und ich wollte nichts anderes als sterben ... Aveline fand mich, diese großartige energische Französin flickte mich zusammen. Sie brauchte viele Monate, um auch meine Todessehnsucht zu heilen. Es hat lange gedauert, bis ich Abstand gefunden hatte zu Kaiser und Vaterland und bereit war, das Leben anzunehmen, das ich jetzt noch hatte – jenseits aller goldenen Zukunftspläne.» Er zögerte. «Ich konnte keinen Sinn mehr darin erkennen, nach Berlin zurückzukehren, so weh die Erinnerungen auch taten. Und sie waren da, jeden Tag und jede Nacht.»

Robert trat einen Schritt vor, wollte den Freund umarmen, spürte aber, dass Johannes innerlich auf Distanz ging. *Natürlich, er hatte ihm nicht vergeben*, dachte Robert, so wie er sich selbst nicht. Die Schuld wog schwer in seinem Magen. Auch wenn Johannes überlebt hatte, die Zeit ihrer innigen Freundschaft würde nicht wiederkehren. Wehmut machte sich in ihm breit. «Aber dann bist du doch gekommen. Auf den Friedhof, an dem Tag, als dein Vater beerdigt wurde.»

«Ja.»

Luise hatte bis jetzt geschwiegen. Nun trat auch sie auf ihn zu und legte ihre Hand auf seinen gesunden Arm. «Johannes, hör mir zu. Hör uns zu. Das Haus deines Vaters ist inzwischen verkauft worden. Ilse hat geerbt und Robert. Aber wir wollen das Geld nicht, dir steht es zu. Damit kannst du dir hier etwas aufbauen. In Berlin.»

Roberts Blick wanderte zwischen seiner Frau und dem Freund

hin und her. Er fühlte, dass Luise den Tränen nahe war. Sie bebte am ganzen Leib, versuchte aber krampfhaft, die Fassung zu wahren.

Johannes stieß einen Seufzer aus.

«Bitte, Johannes, überleg es dir. Du kennst dich hier aus, bist hier aufgewachsen, hast Freunde hier. Und was ist mit Ilse? Denkst du auch einmal an deine Schwester?», drängte Luise.

Johannes sah an sich hinunter. Robert spürte, wie es hinter Johannes' Stirn arbeitete. Gedanken und Gefühle stritten miteinander. Er wirkte verunsichert. Mal war seine Miene traurig, dann abweisend. Es dauerte eine ganze Weile, ehe sich die strengen Furchen in seinem Gesicht glätteten. Endlich stahl sich ein leises Lächeln auf seine Lippen. «Ihr findet mich fast jeden Nachmittag in der Bibliothek im Marstall. Ich sitze da im Zeitungslesesaal. Ich ... Es wäre schön, wir würden uns wiedersehen.»

Kapitel 9

Bereits am nächsten Nachmittag suchte Luise nach ihrer Arbeit den Lesesaal auf und fand Johannes tatsächlich.

«Ich hätte es mir denken können, dass du gleich die Gelegenheit ergreifst», sagte er und schmunzelte ein wenig. «Nun lässt du nicht mehr von mir ab, nicht wahr?»

Luise kniff die Augen zusammen. «Willst du mich absichtlich verletzen? Ist das deine Strafe für mich?»

«Nein, nein, bestimmt nicht. Verzeih, das Leben auf der Straße macht hart und zynisch.»

«Das wundert mich nicht, und genau deshalb muss das jetzt ein Ende haben!», forderte sie.

«Wie soll das gehen? Willst du mir etwa eine Arbeit und eine Wohnung dazu anbieten?»

«Nun, ich habe mit Robert gesprochen. Du könntest vorübergehend bei uns wohnen. Wir haben eine große Wohnung. Du könntest ein eigenes Zimmer haben.»

Johannes lachte bitter. «Das wäre nicht klug, Luise. Ich kann nicht mit euch beiden zusammenwohnen. Ihr seid jetzt ein Ehepaar, da sollte kein Dritter stören. Und ich schon gar nicht. Mit meinem Schweigen habe ich dich freigegeben, und du hast richtig entschieden, hast Robert geheiratet. Ich wollte für dich immer das Beste, an seiner Seite wirst du ein schönes Leben haben.»

«Und warum durfte ich das nicht selbst entscheiden?» Mit zusammengepressten Zähnen sah Luise ihn an.

Er hielt ihrem Blick stand. «Luise, du bist ein wunderbarer, durch und durch guter Mensch. Du hättest zu mir gestanden, mit allen Konsequenzen. Und genau das wollte ich nicht.»

«Aber was hätte daran falsch sein sollen? Viele Männer sind kriegsversehrt nach Hause gekommen, zurück zu ihren Liebsten. Außerdem sind wir Frauen weder unmündige Kinder, noch muss man uns vor uns selbst beschützen. Wir gehen arbeiten, gestalten unser Leben, mischen mit in der Politik. Dafür kämpfen wir Frauen seit Jahrzehnten!»

«Oh, du bist eine Suffragette», versuchte Johannes zu scherzen, doch Luise ging nicht auf seinen Ton ein.

«Nein, bin ich nicht, aber ich bin eine moderne, emanzipierte Frau! Ich hätte es verdient, mitentscheiden zu können.»

Nun senkte er beschämt den Blick. «Es tut mir leid. Du hast vielleicht recht, aber geschehen ist geschehen. Kannst du mir irgendwann verzeihen?»

«Das weiß ich nicht. Aber eines steht fest. Ich bin Roberts Ehefrau, ich habe ihm ein Versprechen gegeben, und das werde ich halten.»

«Und nichts anderes will ich.»

Luise sah Johannes forschend an. *Was fühlt er wirklich? Und was fühle ich? Keinerlei Zweifel?* Nein, sie schüttelte innerlich den Kopf. Außerdem müssen jetzt ganz andere Dinge gelöst werden. «Mir ist noch etwas anderes wichtig, neben der Wohnungsfrage. Ich möchte mit Ilse sprechen, ihr endlich erzählen, dass du zurück bist. Sie ist meine beste Freundin. Ich musste schon viel zu lange schweigen. Das belastet mich und meine Freundschaft mit ihr. Bitte! Und danach überlegen wir alle zusammen, wie es weitergehen kann. Also, was sagst du?»

«Das geht mir alles zu schnell. Ich weiß nicht, ob ich dazu schon bereit bin.»

«Schon? Der Krieg ist seit fünf Jahren vorbei!»

Johannes atmete tief durch, bevor er leise antwortete: «Ist in Ordnung, Luise. Erzähl es ihr. Und wenn Ilse einverstanden ist, dann treffen wir uns.»

♦

Der Bahnhof Friedrichstraße mit seiner doppelten, geschwungenen Halle, den vier Bahnsteigen und der im Untergrund verlaufenden Stadtbahnstrecke war ein ästhetisches und funktionales Symbol des modernen Stadtzentrums geworden. Stolz erfüllte Robert jedes Mal, wenn er an der Friedrichstraße zu tun hatte. Doch jetzt schweiften seine Gedanken in eine andere Richtung, denn er war mit Johannes verabredet. Erst wenige Tage waren vergangen, seit sie ihn auf dem Bahnsteig getroffen hatten, da war ihm eine Idee gekommen, wie er sein Erbteil, das jeden Tag weniger wert wurde, für den Freund investieren könnte. Die Idee gefiel auch Luise. Robert hatte Kontakt zu einem Kioskbesitzer aufgenommen, von dem ein Kollege erzählt hatte, dass der in den Ruhestand gehen wollte. Ohne zu zögern, hatte er den Vertrag unterschrieben für einen kleinen Laden mit einem noch kleineren Hinterzimmer an der Nordostecke des Bahnhofsgebäudes. Dank der galoppierenden Inflation reichte das Geld gerade einmal, den Laden ein wenig mit Waren auszustatten und die Pacht für die ersten drei Jahre zu begleichen. Dann war das Geld, das er erst wenige Wochen zuvor für die Hälfte des Grunewalder Anwesens bekommen hatte, schon weg.

Nun stand Robert hier, mit Johannes, der mit glänzenden Augen den Kiosk inspizierte, wie ein Kind seine Geschenke unter dem Weihnachtsbaum. Aufmerksam schritt Johannes an dem gefüllten Regal entlang und betrachtete die Zigarettenpackungen, Süßigkeiten, Flaschen mit Bier und Brause sowie den vorgeschobenen

Tresen mit den Zeitungen und Magazinen. Im Hinterzimmer brummte ein Kühlschrank für Getränke, und Kartons stapelten sich mit weiterer Ware. An der Wand war an einer Stange Platz für ein paar Kleidungsstücke, außerdem gab es ein Feldbett, das man tagsüber zusammenklappen konnte.

Luise hatte gehofft, Johannes würde zu Ilse ziehen, doch das Wiedersehen der beiden Geschwister war eher kühl verlaufen. Zu groß war die Überraschung und wohl auch zu tief der Schmerz, den Ilse empfunden haben musste, als ihr Bruder nach Jahren leibhaftig vor ihr stand. Es würde Zeit brauchen, bis sie sich einander annäherten. Ilse war nicht so schnell bereit, ihrem Bruder zu verzeihen, und er wollte sie um nichts bitten. Trotzdem hatte Johannes ein paar Nächte auf ihrem Sofa geschlafen, ehe er in den Kiosk umsiedelte.

Und Johannes liebte sein kleines Reich, fand sich schneller zurecht, als er es selbst erwartet hatte. Er nutzte die Bahnhofstoilette für seinen täglichen Waschgang und genoss die Abendstunden neben dem kleinen Ofen, der ein wenig Wärme spendete.

♦

Seit Johannes aufgetaucht war, wurde es wieder schlimmer. Nacht für Nacht kamen die Albträume und rissen ihn in die Finsternis. Nicht selten schrie er und wurde erst wach, wenn Luise an seinem Arm rüttelte. Auch ihr fiel auf, dass die Träume häufiger waren, und sie drängte ihn noch einmal, einen Arzt aufzusuchen. Robert wehrte ab. So furchtbar sei das alles auch wieder nicht. Luise verbot sich ein weiteres Nachfragen, obgleich er auch ihren Schlaf störte.

Robert schloss die Augen und wartete darauf, dass das Explosionsgewitter der Artillerie in seinem Kopf begann, doch heute blieb es ruhig, und so glitt er in seine Träume hinab, die ihn wieder an die Somme führten. Dieses Mal in das provisorische Lazarett hinter der Front, in dem man das Zittern der Erde bei jedem Einschlag kaum mehr spürte und der Lärm des Bombardements von Vogelgezwitscher durchsetzt war.

«Wie geht es dir, mein Freund?», hörte er Johannes' vertraute Stimme. Eine Hand strich über seine.

Robert mühte sich, die Augen zu öffnen. Zuerst war das Bild trüb, dann erkannte er den Freund im Dämmerlicht. Er versuchte, nicht auf die Geräusche um ihn herum zu achten, weder auf das Würgen des Soldaten im Bett neben ihm noch auf das Jammern auf der anderen Seite. Schlimmer waren die Geräusche, die aus dem nahen Operationsraum drangen, und die Schreie der Verwundeten, die noch draußen lagen und für die erst Platz geschaffen werden musste. Zwei kräftige Männer trugen einen Toten hinaus, eine erschöpft wirkende Krankenschwester riss das völlig von Blut durchweichte Laken herunter und machte sich auf die Suche nach Ersatz, während die Helfer bereits den nächsten Verwundeten hereinbrachten.

«Wie geht es dir?», wiederholte Johannes seine Frage und drückte Roberts Hand etwas stärker. «Hast du große Schmerzen?»

Robert schüttelte den Kopf, was das Bild vor seinen Augen in eine Nebelwolke auflöste. Als er Johannes wieder erkennen konnte, versuchte er zu antworten, doch seine Zunge war seltsam geschwollen und leblos in seinem Mund. Johannes reichte ihm einen Becher mit kaltem Tee, den er mühsam schluckte. Er räusperte sich und spuckte Schleim in eine Schale.

«Nicht besonders», murmelte er undeutlich.

«Du hattest anscheinend Glück, dass gerade eine Lieferung Morphium angekommen war», berichtete Johannes. «Die beiden Kameraden, die dort drüben liegen, haben sie zuvor ohne Betäubung operiert.»

Langsam kehrten die Bilder zurück. Robert erschrak und fuhr hoch. Ein Schmerz zuckte durch seinen Unterleib, doch der Fuß, den er sich in dem Granattrichter eingeklemmt hatte, schwieg. Er konnte ihn nicht anheben. War er überhaupt noch da?

«Mein Fuß!», krächzte er und spürte die Panik in einer Welle durch seinen Körper rollen. «Ist er noch da?»

Johannes hob die Bettdecke und klopfte mit den Fingerknöcheln auf den Gipsverband. «Ja, alles noch dran, und das wird es auch bleiben. Der Fuß ist gebrochen, entschuldige, das war vermutlich ich, als ich dich da rausgezogen habe, aber das wird. Der Arzt sagt, du bist bald wieder auf den Beinen.»

«Und das viele Blut? Woher kam das?», wollte Robert wissen und starrte auf seinen Unterleib, der von einem Verband verhüllt war.

Johannes schüttelte den Kopf. «Na ja, ein paar Splitter hast du schon abgekriegt. Schnittwunden, die böse geblutet haben, aber scheinbar ist nichts Wichtiges betroffen. Mensch, du hast so einen Dusel gehabt!»

Robert bemühte sich um ein Lächeln, das eher sarkastisch ausfiel. «Na, dann werde ich ja fürs Vaterland bald wieder einsatzfähig sein.»

Johannes schüttelte den Kopf. «Nee, nee, du lässt dich jetzt erst einmal in die Heimat und in ein richtiges Krankenhaus schicken, wo du ein sauberes Bett bekommst und richtiges Essen, nicht so einen Fraß wie hier, bei dem kein Mensch gesund werden kann.» Er verstrubbelte Roberts Haar. «Glaub mir, du bist ein Glückspilz. Bestimmt schicken sie dich nun für Wochen nach Berlin, wo sich appetitlich duftende Krankenschwestern um dich kümmern werden.»

Er warf einer vierschrötigen Person im schmutzigen Kittel einen vielsagenden Blick zu. Die Schwester kniff die Augen zusammen. «Ich könnt mir auch was Schöneres vorstellen, als hier in dem miesen Loch unsre Bengel zusammenzuflicken, die die Franzosen und Tommys zerfetzt haben.»

Robert hob beschwichtigend die Hand. «So war das nicht gemeint. Wir sind alle sehr froh, dass Sie und die anderen Schwestern sich um uns kümmern.»

Mit einem abfälligen Schnauben ging die Schwester mit ihren Nachttöpfen davon.

Robert dachte über die Worte seines Freundes nach. «Berlin. Oh ja, das wäre wunderbar. Ich werde Luise sehen. Sie wird mich besuchen. Ja, ganz sicher kommt sie jeden Tag und setzt sich an mein Bett», fügte er schwärmerisch hinzu, während sich Johannes' Miene verfinsterte.

«Ja, das wird sie sicher», sagte er ein wenig steif.

So ganz ging der Plan nicht auf. Robert wurde zwar in ein Krankenhaus ins Reich verlegt, doch bis nach Berlin brachte man ihn nicht. Da er zu denen gehörte, von denen man hoffte, sie bald wieder einsetzen zu können, kam er nur bis Frankfurt am Main, um ihn in einem der dortigen Spitäler so schnell wie möglich einsatztauglich zu machen.

Acht Wochen später kehrte Robert zu seiner Einheit zurück.

♦

Johannes betrat kurz nach halb neun die Bibliothek und fand Fräulein Ludwig wie gewohnt hinter dem Tresen stehen.

«Oh, guten Abend, Johannes», begrüßte sie ihn und sagte bedauernd: «Ich muss gleich schließen.»

«Ich weiß. Deshalb komme ich ja jetzt vorbei. Haben Sie schon etwas vor?»

Fräulein Ludwig überlegte, dann schüttelte sie den Kopf. «Nein, warum?»

«Weil ich Sie dann höflichst bitten würde, mir eine Stunde Ihrer Zeit zu schenken und mit mir zu kommen. Ich möchte Ihnen etwas zeigen.»

Natürlich erregte diese Andeutung ihre Neugier, doch Johannes verriet nichts weiter, als dass sie zum Bahnhof in der Friedrichstraße gehen würden. Ein Fußmarsch von nicht einmal einer halben Stunde, selbst in seinem Tempo.

Er half Fräulein Ludwig also in ihren Mantel und spazierte mit ihr dorthin, wo er ein neues Zuhause gefunden hatte. Fräulein Ludwig sah ihn für einen Moment irritiert an, dann folgte sie mit ihrem Blick der Richtung, in die ihr Begleiter zeigte, und entdeckte den Schriftzug *Johannes' Kiosk* über einem verschlossenen Zeitungstresen.

«Ich bin wieder sesshaft», fügte er hinzu und sah, wie sich ein warmes Lächeln in ihrem Gesicht ausbreitete.

«Das ist Ihr Kiosk? Johannes, das ist ja wunderbar! Und wo werden Sie wohnen?»

«Es gehört auch eine Kammer dazu, in der ich nicht nur Waren lagern kann. Soll ich Ihnen mein neues Reich zeigen?»

Fräulein Ludwig nickte begeistert. Johannes öffnete das Rollladenschloss und schob die Lamellen nach oben, dann rollte er den Zeitungstresen ein Stück weiter nach vorn.

«Eine warme Suppe kann ich Ihnen nicht anbieten», sagte er bedauernd. «Aber wenn Sie Lust auf ein Bier haben, eine Brause oder einen Kaffee, dann würde ich mich freuen, wenn Sie mir hier noch ein wenig Gesellschaft leisten.»

«Erzählen Sie mir dann, wie es zu diesem Neuanfang kam?»

Johannes nickte. «Wenn Sie das interessiert.»

♦

Die Unruhen begannen am Montag, dem 5. November, bereits am frühen Morgen, als die ersten Bäckereien öffneten. Ella hatte sich so früh wie möglich auf den Weg gemacht, um ein Brot zu ergattern. Außerdem wollte sie versuchen, Milch zu bekommen. Michel war zu dünn. Dass auch Rosa und sie selbst abgenommen hatten, war weniger schlimm, aber der Junge brauchte was zu essen. Der Winter stand ihnen erst bevor, und wenn er jetzt schon so blass war?

Als sich Ella der Bäckerei näherte, bemerkte sie schon von weitem eine aufgebrachte Menge. Einige gaben ihrer Wut lauthals Ausdruck, andere schwangen die Fäuste. Das sah nicht gut aus. Ella schob sich durch die Menschen und versuchte herauszufinden, was los war. Dann entdeckte sie das Schild im Schaufenster.

«140 Milliarden Mark», stand auf dem Preisschild neben einem Brotlaib. Das war doch nicht möglich!

Ein Mann neben ihr zerknüllte eine Morgenzeitung in seiner Hand. «Die behaupten, die Prüfstelle hier in Berlin hätt das genehmigt!» Er drückte Ella das zerknitterte Blatt in die Hand. Sie strich es glatt, um einige dick gedruckte Sätze auf der ersten Seite zu lesen.

Der Reichsernährungsminister, ohne dessen Zustimmung die Preiserhöhung stattgefunden hatte, wollte die Preise nachverhandeln. Sollte dann mit den Bäckern und Mehlhändlern keine Einigung erzielt werden, würde er alle Mehlbestände beschlagnahmen und zum Stand des Dollars von 425 Milliarden verkaufen lassen. Womit die Preußische Staatsregierung einverstanden sei.

Ella umklammerte das Geldbündel in ihrer Tasche. Einhundertvierzig Milliarden! Dann würde sie überhaupt nichts mehr kaufen können. Und Paul hatte sich schon seit Tagen nicht mehr blickenlassen. Sie überlegte, ob sie sich mit Michel an einer der Essensausgabestellen anstellen sollte. Die Suppe war zwar dünn, aber besser als nichts. Und dann hätten sie noch immer das Brot.

Darüber, wie es morgen weitergehen sollte, dachte sie lieber nicht nach. Wo blieb Paul nur? Auch die Mutter wartete darauf, dass er ihnen Geld oder Lebensmittel brachte. Sollte er auch heute nicht auftauchen, müsste sie wieder durch die Bars und Dielen tingeln. In der Hoffnung, jemandem mit ausländischem Geld zu finden, wobei ein Wochenanfang dafür nicht sehr geeignet war.

Ein Stein flog knapp an ihrem Ohr vorbei und krachte in die Schaufensterscheibe. Das Glas splitterte. Nun gab es kein Halten mehr. Noch mehr Steine flogen. Der fluchende Bäcker wurde zur Seite gestoßen, die Menschen zwängten sich in den Laden. Die Bäckerin kreischte, doch sie konnte nichts tun. Innerhalb von Sekunden waren die Körbe leer geräumt.

Ella, die mit dem ersten Schub in den Laden gerissen wurde, griff zu und steckte das Brot rasch unter ihre Jacke. Schon war nichts mehr da, und die Leerausgegangenen begannen ihren Zorn an der Einrichtung auszulassen. Ella duckte sich hinter die Ladentheke. Ein Mann riss die Hintertür auf und lief mit seiner Beute davon. Ella folgte ihm hinaus auf die Straße und nahm die Beine in die Hand, das gestohlene Brot fest an sich gedrückt.

In ganz Berlin spielten sich an diesem Tag ähnliche Szenen ab, doch je weiter der Tag fortschritt, desto mehr richteten sich die Plünderungen gegen die jüdischen Geschäfte aller Art.

♦

Als Luise nach einem erneut enttäuschenden Arzttermin die Bahn am Alex erst kurz vor Mittag verließ, fielen ihr die Gruppen von zornigen Männern auf, die sich rund um den Platz scharten. Eine Kollegin, die sie am Bahnsteig getroffen hatte, zog sie in Richtung Rote Burg.

«Es hat heute Morgen am Arbeitsamt in der Gormannstraße angefangen. Mehrere tausend Menschen müssen da gewesen sein, um ihre tägliche Stütze zu kriegen, als es plötzlich hieß, es sei kein Geld mehr da. Na ja, und dann waren da natürlich genug Völkische dabei, die sofort schrien, die Juden würden dahinterstecken. Seitdem zieht der Mob durch die Straßen und macht Jagd.»

Als sie sich umwandte, entdeckte Luise zwei bärtige Gestalten in schwarzen Röcken, die von einer Gruppe junger Männer umringt wurden. Mit Stößen und Faustschlägen traktierten sie die jüdisch aussehenden Männer – und das in Sichtweite des Polizeipräsidiums, doch keiner der Beamten, die sich zum Schutz des Gebäudes vor dem Eingang versammelt hatten, griff ein.

«Schlagt die Juden tot!», skandierten die Männer, die nun Richtung Scheunenviertel davonstürmten.

«Warum tut ihr denn nichts?», drängte Luise einen der Uniformierten, den sie vom Sehen kannte.

«Dazu brauchen wir einen Befehl von oben, aber noch sollen wir nur abwarten und die Burg schützen.»

Die Bilanz am nächsten Morgen waren ein getöteter jüdischer Fleischermeister und Hunderte Verletzte, zudem war das Scheunenviertel verwüstet geworden.

Polizeipräsident Richter verbot daraufhin Demonstrationen für die nächsten Tage, doch es dauerte noch eine Weile, bis endlich Ruhe einkehrte. Reichspräsident Ebert erhob seine Stimme und drohte, jedes Machtmittel gegen die Aufrührer und Putschisten einzusetzen.

Doch die Ruhe kehrte nur äußerlich ein, unter der Oberfläche brodelte es weiter. Die rechte Presse tobte sich in ihrem Judenhass aus, Flugblätter wurden in ganz Berlin verteilt. Am Alex drückte ein Junge Luise ein Blatt in die Hand. Einzelne Worte schrien sie geradezu an: «Gierige Kriegsgewinnler.» – «Verbrecher.» – «Ungeziefer.» – «Das Scheunenviertel mit seinen Ostjuden ist die Eiterbeule Berlins.»

Zornig knüllte sie das Papier zusammen und warf es in den nächsten Mülleimer.

♦

In vielen Ländern des Reiches gewannen republikfeindliche Kräfte an Macht. Während in Bayern die Rechten mit Gustav Kahr, der 1911 in den Ritterstand erhoben worden war, die Reichsregierung in Berlin provozierten, wurden in Thüringen und Sachsen kommunistische Minister gewählt. Beide Seiten – links und rechts – kämpften offen gegen die Weimarer Verfassung. Dennoch ging Reichskanzler Stresemann vor allem hart gegen die aufsässigen Linken vor. Erst verhängte er Ende Oktober die Reichsacht über Sachsen, dann über Thüringen, wohl auch, um die bayrische Angst vor den Kommunisten zu besänftigen. Die Reichsregierung schickte sogar Truppen, ließ die Landtage umstellen und zwang die Regierungen von Sachsen und Thüringen zum Rücktritt.

Das Agieren der Regierung gegen die Kommunisten nahm auch Ritter von Kahr, der als bayrischer Generalstaatskommissar mit diktatorischer Machtfülle ausgestattet war, den Wind aus den Segeln. Er musste sich wenigstens formal hinter die als kommunistisch geschmähte Reichsregierung stellen – und trug trotz stramm nationaler Haltung dazu bei, dass der versuchte Putsch Adolf Hitlers am Abend des 8. November im Münchner Hofbräuhaus und die rechten Aufmärsche am nächsten Tag relativ schnell niedergeschlagen werden konnten.

Bisher hatte Johannes nicht viel über den schmächtigen dunkelhaarigen Mann mit dem seltsam rechteckigen Schnauzbart gehört. Adolf Hitler hatte als Anführer die NSDAP hinter sich scharen können, die sich vor ein paar Jahren noch Deutsche Arbeiterpartei (DAP) nannte. Zu seinen Getreuen gehörte Hermann Göring, Leiter der Sturmabteilung (SA), der nationalsozialistischen Kampforganisation. An Hitlers Seite hatte sich aber auch der immer noch mächtige General von Ludendorff, ehemals Chef der Obersten Heeresleitung im Großen Krieg, gestellt.

Johannes schüttelte den Kopf, ein Gefühl der Beklommenheit machte sich in ihm breit. Gewaltbereite rechte Kräfte und dazu ein hoher Militär im bewaffneten Widerstand gegen die Republik – das konnte noch nicht alles gewesen sein. Ein fester Knoten in seinem Magen plagte ihn mit jedem Packen neuer Zeitungen, die geliefert wurden.

♦

Nur wenige Tage nach dem Putschversuch saßen Hitler und seine Getreuen – bis auf Göring, dem die Flucht gelungen war – in Untersuchungshaft und warteten auf ihren Prozess. Außerdem erreichte Mitte November die Inflation ihren Höhepunkt, und das gesamte Finanzwesen kollabierte. Die Milliardenbanknoten waren nichts mehr wert. Man fuhr Geldbündel in Schubkarren zum Einkaufen – wenn man überhaupt noch etwas fand. Die Regale in den Läden waren leer. Ella und ihre Familie hatten Glück, dass es Paul bei einer Tour aufs Land gelang, ein paar Lebensmittel an den Kontrolleuren vorbei zum Stuttgarter Platz ins Hinterhaus zu schmuggeln.

Derweil tauschte Ilse die letzten Teile des geerbten Silbergeschirrs ein, während Robert und Luise einige Kunstgegenstände, die ihre Wohnung geschmückt hatten, auf dem Schwarzmarkt anbieten mussten. Fast nirgends mehr wurde Geld angenommen. Die Wirtschaft war zum archaischen Tauschhandel zurückgekehrt.

Zusammen mit Robert saßen Luise und Ilse am Küchentisch und teilten ihr kärgliches Abendessen.

«Sag mal, Robert, hast du das verstanden mit der Rentenbank, die gerade gegründet worden ist?», fragte Ilse. «Was ist denn deren Aufgabe?»

«Nun, diese neue Bank belegt Gebäude und Boden mit Hypotheken und gibt dafür verzinsliche Rentenbankbriefe heraus. Das Besondere ist, dass diese Rentenbankbriefe nicht an unsere Mark gekoppelt sind und auch nicht ans Gold, sondern an Grund und Boden. Während unser Papiergeld wertlos geworden ist und die staatlichen Goldreserven stark geschrumpft sind, haben Immobilien, Industrieunternehmen und landwirtschaftliche Flächen ihren Wert behalten oder sind im Wert sogar gestiegen.»

«Aber wir brauchen Geld, mit dem wir einkaufen können. Unsere Mark!», wandte Ilse ein.

Robert nickte. «Du hast recht. Und ich denke, das weiß auch unser Reichsbankpräsident. Der wird nicht einfach mehr Geld drucken lassen. Was wir brauchen, ist eine Währungsreform, um die Mark wieder auf feste Füße zu stellen.»

«Warum sollte die Inflation stoppen, nur weil auf den Scheinen eine andere Bezeichnung steht?», schaltete sich Luise ein.

«Wichtig ist, dass die Menschen dem Wert ihres Geldes wieder vertrauen und es nicht sofort von sich werfen, als würde es eine ansteckende Krankheit übertragen», erklärte Robert.

Luise dankte ihrem Mann mit einem Lächeln, dann wandte sie sich an Ilse. «Sag mal, hast du Johannes schon einmal am Bahnhof besucht? Dir seinen Kiosk angeschaut?»

Ilse schüttelte mit ablehnender Miene den Kopf.

Luise wurde das Herz schwer. «Kannst du ihm nicht endlich verzeihen? Ich denke, er braucht dich.»

«Endlich?», griff Ilse das Wort auf. «Er hat *fünf* Jahre gebraucht, um hier wieder aufzutauchen, und hätte sich vermutlich noch länger versteckt gehalten, wenn ihr ihn nicht zufällig getroffen hättet.» Sie atmete schwer. «Ich brauche einfach noch eine Weile. Ich habe zu lange an seinen Tod geglaubt, weil *er allein* so entschieden hat!»

Luise nickte. «Ja, so ganz habe ich ihm auch noch nicht vergeben. Auch wenn ich natürlich hier glücklich mit Robert zusammenlebe», fügte sie rasch hinzu, als sie sah, wie sich auf der Stirn ihres Mannes eine Falte eingrub.

«Aber ich finde dennoch, du könntest dir wenigstens seinen Kiosk mal anschauen. Er ist so stolz darauf und scheint bei den Kunden sehr beliebt zu sein. Vielleicht weil er bei seiner neuen Arbeit mit so viel Herz dabei ist. Es ist auch spannend zu sehen, wer da jeden Tag so alles vorbeikommt: Arbeiter im Drillich, Männer in feinen Anzügen und junge, attraktive Damen, die in den Büros arbeiten. Und viele Reisende, die mit ihren Koffern bei Johannes erst mal einen Kaffee trinken oder auf eine Brause verschnaufen, bevor sie sich ein Taxi suchen.»

«Dafür, dass du ihm noch nicht verziehen hast, scheinst du aber recht viel Zeit bei ihm dort draußen zu verbringen», bemerkte Ilse sarkastisch.

Luises Wangen wurden warm, aber sie schüttelte den Kopf. «Nein, nicht bei ihm. Ich habe schon immer gern ein wenig Zeit auf dem Bahnhof verbracht, die ankommenden und abfahrenden Züge beobachtet und mir überlegt, woher die Reisenden wohl kommen und was sie vorhaben. Außerdem bin ich immer wieder darüber erstaunt, was Robert und seine Kollegen Großartiges erbaut haben.» Sie warf ihrem Mann einen raschen Blick zu und sah, wie sich seine Miene wieder entspannte. Er lächelte ihr aufmunternd zu.

Kapitel 10

1924

Frierend tippelte Ella von der Friedrichstraße her kommend auf den Bahnhof zu. Der eisige Winterwind strich ihr um die bestrumpften Beine. Ihr Mantel über dem Nichts von einem Kleid hielt nicht wirklich warm. Ihr Haar war noch feucht von dem hitzigen Trubel in der Bar, in der sie getanzt hatte und ihrer Arbeit nachgegangen war. Jetzt, wo es das neue Geld gab und sich alles ein wenig beruhigte, stellte sie sich bei Tag auf der Suche nach einer festen Anstellung überall in Kleidergeschäften und Warenhäusern vor, doch solange sie dort nur Absagen bekam, musste sie ihr nächtliches Leben fortführen, sollte die Familie nicht hungern müssen. Auf Paul konnte sie nicht zählen. Er war beim Kauf neuer Kokainvorräte verhaftet worden und saß im Zellengefängnis von Moabit in Untersuchungshaft. Noch hatten seine Brüder vom Ringverein nichts unternommen, um ihn da rauszuholen. Seine Verhandlung sollte in ein paar Tagen beginnen.

Die Kneipen und Clubs ringsumher hatten längst geschlossen. Nicht mehr lange, dann würde sie den ersten Frühaufstehern auf dem Weg zur Arbeit begegnen. Da sah sie ein Licht am Kiosk an der Ecke des Bahnhofsgebäudes und tippelte in ihren hohen Hacken hinüber. Der Rollladen war nur halb geschlossen. Ein Mann – vielleicht war er gerade auf der öffentlichen Bahnhofstoilette gewesen – hinkte auf sie zu.

«Verzeihung, Fräulein, um diese Zeit habe ich noch geschlossen», sagte er und wollte sich unter dem Rollladen hindurchducken, als Ella einen Schrei ausstieß.

«HANNES!»

Nun erkannte er sie auch. «Ella? Das gibt's ja nicht, was für eine Überraschung. Was tust du denn hier um diese Zeit?»

Sie hob die Schultern und hörte selbst die tiefe Traurigkeit in ihrer Stimme. «Ick komm von der Arbeit.»

Er ließ seinen Blick an ihr heruntergleiten. Die Erkenntnis blitzte so deutlich in seinem Gesicht auf, als habe er die Worte ausgesprochen. «Was ist aus der erfolgreichen Hutverkäuferin vom Kaufhaus Tietz geworden?», fragte er leise.

«Gefeuert, schon vor zwei Jahren.» Sie überlegte, ob sie etwas hinzufügen sollte, als Johannes den Rollladen noch ein Stück höher zog.

«Komm rein. Ich kann dir einen Kaffee machen. Du siehst aus, als könntest du was Warmes vertragen.»

Dankbar schlüpfte Ella in den kleinen Kiosk, während Johannes den Rollladen hinter ihr herabrauschen ließ. Kurze Zeit später saßen sie eng aneinandergedrückt zusammen, eine wärmende Decke über den Knien und eine über die Schultern gelegt, jeder einen Becher mit heißem, starkem Kaffee in den Händen.

«Wo warste denn?», wollte Ella wissen. «Biste nach der Hochzeit zu den Franzmännern zurück?»

Johannes schüttelte den Kopf. «Nein, ich war hier in Berlin, und ich habe dich zu Anfang noch ein paarmal bei Tietz gesehen, wie du schicke Damen mit noch schickeren Hüten versorgt hast.»

«Warum haste dich so lang versteckt?» Ella versuchte, nicht zu vorwurfsvoll zu klingen. Gedanken an Johannes hatte sie sich verboten. Was brachte es, sich nach Dingen zu sehnen, die unerfüllbar waren, oder von seligen Stunden zu träumen, die nicht wiederkommen würden. Das Überleben war wichtig, ihr kleiner Michel. Und Geld für ihre Arbeit, um mit ihm nicht zu hungern.

Johannes stritt den Vorwurf ab, doch Ella wusste, dass er log. Vermutlich hatte er sich nicht vor *ihr* versteckt, sondern vor der Welt, vor der alten, vertrauten Welt und den Menschen, die ihm nahegestanden hatten. Ella sah ihn wieder vor sich, wie sie zusammen zur Kirche gegangen waren, in der Luise und Robert getraut wurden. Seine gebückte Haltung. Der Schmerz in seinem Gesicht. Auch daran wollte sie nicht rühren.

«Und wie kommste jetzt zu dem Laden hier?»

Johannes erzählte ihr vom Tod des Vaters, der Erbschaft, von Ilse und Robert und wie der Freund ihn gedrängt hatte, das, was die Inflation von seinem Anteil übrig gelassen hatte, anzunehmen.

«Is 'n anständiger Kerl, der Robert», kommentierte Ella.

Johannes nickte, aber seine Miene blieb unbeweglich.

Ella runzelte die Stirn. «Etwa nich?»

«Doch schon», gab Johannes zu. «Ich will ihm keine Schuld geben, an nichts. Er hatte einfach mehr Glück als ich. Es ist allein der Krieg schuld und die, die ihn vom Zaun gebrochen haben. So viele Leben, so viele Seelen wurden zerstört. Von den Feldern, Wäldern und Dörfern, die von blühenden Landschaften in wüste Kraterlandschaften zersprengt wurden, gar nicht zu reden.»

Ella wusste nicht, was sie darauf sagen sollte. Schweigend tranken sie ihre Becher leer. Mühsam erhob sich Johannes, griff nach der Kanne und wollte ihnen nachschenken, als er unvermittelt stöhnend das Rückgrat krümmte. Ella gelang es gerade noch, ihm die Kanne aus der Hand zu nehmen, ehe sie auf dem Boden zerschellte. Sie stellte sie rasch zur Seite und zog den sich windenden Johannes auf das Feldbett.

«Wat is los?», drängte sie, während sie ihm fest die Hand drückte. «Kann ick wat tun?»

«Warte einfach, das geht vorbei», stieß er zwischen zusammengepressten Zähnen hervor.

Ella wühlte in ihrer Handtasche und holte eine kleine Ampulle hervor. «Ick hab noch wat von Paul. Morphium. Det hilft gegen Schmerzen.»

Ohne auf seine Zustimmung zu warten, brach sie das dünne Ende ab und ließ die Tropfen zwischen Johannes' Lippen rinnen. Es dauerte ein paar Minuten, dann hörte er auf zu stöhnen, der Körper entspannte sich.

«Ich denke, da ist irgendwo noch ein Stück Granate drin», sagte er, während er sich die steife Hüfte rieb. «Es scheint zu wandern und ab und zu einen Nerv zu reizen.»

Ella schüttelte sich. «Danke für den Kaffee und gute Besserung. Ick nehm jetzt die nächste Bahn. Ick muss nach Hause zu mein ... also in mein Bett, 'n paar Stunden schlafen.» Sie stand auf und tippelte ein wenig gewärmt, aber mit sich überschlagenden Gedanken im Kopf Richtung Bahnsteig.

♦

Niemand konnte sagen, wie es kam, doch Johannes' Kiosk an der Ecke Bahnhof Friedrichstraße war vom ersten Tag an wie ein Magnet, obwohl er anfangs nur wenig Ware anbieten konnte. Doch seit es das neue Geld gab, war wieder alles zu kaufen.

Robert kümmerte sich weiter um den Freund. Ja, er brachte Johannes sogar mit zwei seriösen Großhändlern zusammen, die ihn mit Zigaretten, Getränken und Süßigkeiten versorgten. Und auch wenn Ilse ihrem Bruder immer noch aus dem Weg ging, stellte sie einen Kontakt zum Hause Ullstein her, das zu den drei großen Verlagskonzernen in Berlin zählte. Elf Zeitungen, acht Magazine und natürlich Bücher kamen aus dem Haus, das Leopold Ullstein 1877 gegründet hatte. Auch die renommierte *Vossische Zeitung* gehörte dazu ebenso wie die *Berliner Morgenpost* und die *BZ am Mittag*. Inzwischen teilten sich die fünf Söhne des Gründers die verschiedenen Aufgaben im Verlagshaus – und da Ilse für zwei der Ullstein-Ehefrauen exklusive Kleider entworfen hatte, gab es keine Probleme mit dem Liefervertrag für den neuen Kiosk.

Neben Ullstein zählte auch die Mosse-Presse, gegründet von Rudolf Mosse, mit dem *Berliner Tageblatt* zu den liberal-demokratischen Verlagen. Ganz im Gegensatz dazu der Großverleger Alfred Hugenberg mit seinen deutschnationalen Druckerzeugnissen, die durchweg republikfeindlich, antidemokratisch und antisemitisch berichteten und kommentierten. Und da seine Nachrichtenagentur *Telegraphen-Union* zudem etwa die Hälfte aller Provinzblätter mit Nachrichten versorgte, konnte man auf dem Land kaum noch von «journalistischer Vielfalt» reden. Das war hier in der Hauptstadt anders, wo es selbstverständlich auch täglich die *Frankfurter Zeitung* und die *Deutsche Allgemeine Zeitung (DAZ)* gab. Außerdem hatte jede politische Richtung ihr eigenes Sprachrohr: den *Vorwärts* (SPD), die *Rote Fahne* (KPD), das katholisch geprägte Zentrum verlegte die *Germania* und die extremen Rechten den *Völkischen Beobachter*.

Johannes liebte Siegfried Jacobsohns *Die Weltbühne*, die pazifistisch ausgerichtete Zeitung erschien wöchentlich. Anders als der Name es vermuten ließ, richtete sich ihr Hauptaugenmerk längst nicht mehr auf Theaterkritiken. Alle gesellschaftlichen und politischen Themen fanden hier Raum, von bekannten Autoren wie Kurt Tucholsky, Lion Feuchtwanger, Carl Zuckmayer oder Else Lasker-Schüler ausgefüllt zu werden.

Und natürlich bot Johannes auch die sogenannten Bildblätter an, Zeitungen mit einem hohen Fotoanteil. Das bekannteste Blatt war die *Berliner Illustrirte Zeitung* (BIZ), die schon im August 1919 die Stoßrichtung ihrer Berichterstattung mit einem skandalösen Foto klargemacht hatte: Das Bild zeigte Reichspräsident Ebert und Reichswehrminister Noske in «Badebüx» bis zu den Knien im Wasser der Ostsee …

Nicht auf dem Tresen lagen die Hefte mit Fotografien und Zeichnungen, nach denen Männer nur fragten, wenn keine Kundin neben ihnen stand. Johannes stapelte die begehrten Blätter unter dem Tresen in einer neutral gehaltenen Kiste.

An diesem Morgen im noch jungen Jahr 1924 blieb sein Blick als Erstes an einem Artikel über Gustav Stresemann hängen. Keine drei Monate hatte er sich als Kanzler gehalten. Es war gekommen, wie ihm Freunde wie Feinde prophezeit hatten: Sein Stuhl erwies sich als Schleudersitz. Am 23. November 1923 war er gestürzt worden, weil die Sozialdemokraten ihm das Vertrauen verweigerten.

Doch diese drei Monate hatten ihm genügt, um das Reich aus dem Strudel der Inflation zu reißen, mit der neuen Währung die Wirtschaft zu stabilisieren und mit dem Abbruch des ruinösen Ruhrkampfs die Voraussetzung für die Truppenräumung an Rhein und Ruhr zu schaffen. Seine Nachfolge trat der Zentrumspolitiker Wilhelm Marx an. Der hatte erkannt, was für ein Ausnahmepolitiker Stresemann war, und machte ihn zu seinem Außenminister.

♦

«Wat is 'n hier los?», wollte Ella wissen, die mit einer Molle in der einen und einer Zigarette in der anderen Hand an einem der Stehtische vor dem Kiosk stand und den Strom an männlichen Kunden in Feldgrau betrachtete, die heute anscheinend von überall her zum Bahnhof Friedrichstraße strömten und von hier aus weiter in die Innenstadt. Manche hatten Musikinstrumente dabei, andere Karabiner aus dem Krieg über die Schulter gelegt, doch allen gleich war der kleine silberne oder bronzene Anstecker am Kragen mit der Aufschrift «Der Stahlhelm».

Auch wenn so mancher wirkte, als hätte er bereits genug für diesen Samstagvormittag intus, war die Nachfrage nach Bier, Schnaps und Zigaretten ungebrochen. Einige der Männer waren sicher noch keine zwanzig, aber auch sie schienen eine Art Uniform zu tragen, und ihre Brust zierte ein schwarzer runder Anstecker, den ebenfalls ein Stahlhelm markierte.

Als alle versorgt waren und sich über den Bahnhofsplatz trollten, nahm sich Johannes auch ein Bier und stellte sich zu Ella.

«Sind wohl zu 'ner Versammlung unterwegs», vermutete sie.

Johannes nickte. «Ich glaube, es geht um die Jungstahlhelme, die sich nach dem Schlachtschiff *Scharnhorst* benennen. Die gehören zur Generation junger Männer, die den Krieg nicht mehr mitmachen *durften*, aber gerne dabei gewesen wären. Die sollen eine militärische Ausbildung bekommen und als sogenannter Landsturm für die Reichswehr zur Verfügung stehen.»

Ella kaute auf ihrer Lippe. «Aber wir dürfen doch gar nich mehr so arg viele Soldaten haben, oder? Das sagt doch dieser Vertrag. Ick versteh nich, warum die so wild aufs Militär sind. Und auf die Rechten.»

«Stimmt, der Vertrag von Versailles hat die deutsche Truppenstärke begrenzt. Und dass die so scharf auf alles Militärische sind, kann ich dir auch nicht erklären.» Johannes zuckte die Schultern. «Ich weiß nur, die Front war die Hölle, und jeder wollte da nur weg. Doch als wir heimkamen, gehörten wir nicht mehr dazu. *Wir* haben uns verändert. Was keiner versteht, der nicht dabei war.»

«Ihr Männer seid ja auch stumm wie Fische, wenn man euch nach dem Krieg fragt. Sogar der Paul, der sonst nie 'n Blatt vor'n Mund nimmt.» Ella schnaubte regelrecht.

«Das, was wir erlebt haben, ist jenseits dessen, was man in

Worte fassen kann. Andererseits haben Angst, Gewalt und Blut ein unsichtbares Band zwischen allen Veteranen geknüpft», versuchte Johannes zu erklären.

«Hm.» Ella schien nicht überzeugt.

«Ich denke, neben den rechten Republikfeinden sammeln sich auch viele ehemalige Soldaten und Offiziere beim Stahlhelm. Weißt du, das Gefühl von Gemeinschaft wird glorifiziert. Ich weiß, dass sie den alten Hindenburg sogar zum Ehrenmitglied gewählt haben. Und an den Reichsfrontsoldatentagen sollen Hunderttausende zusammenkommen.»

«Meinste, die Republik is in Gefahr?»

«Nun», sagte Johannes, «ich glaube an unsere Republik. Aber wir müssen wachsam bleiben. Auch weil so viele vor ‹fremdrassigen Einflüssen› warnen.»

«Und wat heißt det?»

«Sie hetzen gegen Juden!»

«Du bist auch Jude, oder?»

«Rosenstein ist ein jüdischer Name, aber schon mein Vater ist konvertiert, und meine Mutter war Christin. Ilse und ich sind getauft. Ob wir dadurch geschützt sind, werden wir sehen.»

♦

Luise war schon im Nachthemd, als Robert endlich nach Hause kam. Barfuß lief sie ihm entgegen, konnte kaum erwarten, dass er seinen Mantel auf den Bügel hängte, als sie ihn von hinten umschlang.

«Da bist du ja endlich», sagte sie und drückte ihre Wange an seinen Rücken.

«Es tut mir leid, du weißt, das Hochhausprojekt am Alex, ich möchte nicht den Eindruck erwecken ...»

«... dass dir deine Frau wichtiger ist als die Arbeit», ergänzte Luise.

Er protestierte, doch sie wusste, dass sie den springenden Punkt getroffen hatte.

Robert drehte sich in ihren Armen um und sah sie eindringlich an. «Ich mache das doch alles nur für dich, für uns, für die Familie, die wir irgendwann sein werden.»

Werden wir das irgendwann sein? Eine Familie? Mit Kindern?, fragte sich Luise zum hundertsten Mal, während sie ihn auf den Mund küsste und sich noch enger an ihn schmiegte. Sie fühlte die erregende Wärme in ihrem Schoß aufsteigen, spürte durch seine Hose, dass auch Robert erregt war.

«Komm», raunte sie, nahm ihn bei der Hand und zog ihn ins Ehebett. Stürmisch rissen sie sich gegenseitig die Kleidungsstücke vom Körper und ließen sich eng umschlungen auf die Bettdecke fallen.

Alles war gut, solange sie sich küssten und einander liebkosten, doch dann trat auch heute dieser Ausdruck des Entsetzens in Roberts Miene, und seine Erregung brach buchstäblich in sich zusammen.

«Willst du nicht endlich über das reden, was dich so belastet?», fragte Luise sanft und streichelte seine Wange.

Wie immer wehrte er ab. «Es ist nichts. Ich bin nur müde und erschöpft und muss schlafen.»

Sie wusste, dass er log, nur was sollte sie tun? Körperlich unbefriedigt und seelisch enttäuscht, griff Luise nach ihrer Nachtwäsche und zog sich wieder an. Sie legte sich ins Bett und wandte Robert den Rücken zu, damit er ihre Tränen nicht sehen konnte.

Robert schaltete das Licht aus und schlüpfte zu ihr unter die Decke. «Es tut mir leid», murmelte er und legte seine Hand auf ihre Taille.

Wenn es dir leidtut und du etwas ändern willst, dann geh zu Dr. Hirschfeld, dachte Luise mit wachsender Vehemenz, und trotzdem schwieg sie. Zu häufig hatte er ihren Vorschlag bereits abgelehnt.

♦

Robert haderte mit sich, schämte sich für sein ständiges Versagen, wurde zunehmend zorniger auf die Umstände, die ihn in diese Lage brachten. Oder war er ganz alleine schuld? Hatte nicht *er selbst* versagt, sich nicht durchgesetzt und wie ein Feigling ohne Widerspruch nachgegeben?

Aus den Tiefen seines Geistes zog der Lärm von Granatfeuer herauf. Dann stieg ihm der vertraute Gestank in die Nase, der ihn zu Anfang noch regelmäßig hatte würgen lassen, an den man sich aber gewöhnte, ohne dass er an Widerlichkeit einbüßte: Pulverdampf und Schwefel vermischten sich mit dem fauligen Jauchegestank des verseuchten Wassers, das sich überall in den Granattrichtern und Schützengräben sammelte. Darüber waberten der metallische Geruch von Blut und der Gestank von Verwesung, unter den sich ab und zu die zu Brechreiz und brennenden Augen führenden Schwaden eines Gasangriffs mischten.

In den letzten Nachtstunden, in denen keiner wagte, ein Auge zuzumachen, hatten die Alliierten das Granatfeuer noch einmal erhöht. Mehrere Abschnitte des Grabens waren getroffen, zwei Unterstände zerstört, und einige Männer – tot oder verletzt – lagen unter Trümmern und Erdmassen begraben, aber solange das Artilleriefeuer tobte, mussten sie in Deckung bleiben und konnten sich nicht um die Rettung der Kameraden kümmern. Der Funker versuchte, Kontakt zu einem der führenden Offiziere zu bekommen, während ihr Feldwebel irgendwelche Befehle brüllte, die keiner bei dem Krach verstand. Robert versuchte, im Licht der flackernden Geschossblitze irgendeine Bewegung auf dem von Sprengtrichtern vernarbten Feld zu erkennen. Je länger das Bombardement dauerte, umso nervöser wurden alle. Bereiteten die Alliierten einen Vorstoß vor? Wurden sie hier in ihren Gräben sturmreif geschossen?

Endlich hörte Robert, der dem Eingang zum Unterstand am nächsten stand, das Funkgerät knacken. Eine abgehackte, blecherne Stimme ertönte, doch er verstand nicht, was der Funker auf der anderen Seite der Verbindung sagte. Fritz allerdings schien die Nachricht mitbekommen zu haben, denn er schlitterte hastig zu ihrem Feldwebel und schrie ihm etwas ins Ohr. Der folgte dem Funker durch den Schlamm zum Funkgerät und versuchte, sich einen Befehl bestätigen zu lassen. Derweil detonierten zwei schwere Sprengsätze unmittelbar in der Nähe und schütteten einen Schlammregen über ihre Köpfe.

Der Feldwebel winkte hektisch. «ZURÜCK!», schrie er. «Sie kommen. Sammeln! Wir weichen zum nächsten Graben zurück.»

Die Männer umklammerten ihre Karabiner und rückten mit eingezogenem Genick näher zusammen. Sie warteten noch ein paar Explosionen ab, dann schickte der Feldwebel sie in den Versorgungsgraben, der zu den weiter zurückliegenden Stellungen führte. Von links hörten sie das Prasseln von MG-Feuer, dann erhellten die Blitze zwei der gefürchteten britischen *Tanks*, die sich durch Krater und Stacheldraht voranwühlten.

Plötzlich endete der Graben vor ihnen. Ein Volltreffer hatte ihn zerstört. Nun blieb ihnen nichts anderes übrig, als ihren Rückzug ohne Deckung über das Schlachtfeld fortzusetzen. Der Feldwebel eilte geduckt voran. Die Männer folgten. Sie konnten nur hoffen, dass sie weder der Feind noch die eigenen Leute, deren Graben sie sich näherten, ins Visier nahmen. Ein Pfeifen über ihren Köpfen zwang sie, in Deckung zu gehen. Mehrere Granaten explodierten.

Schlamm und Splitter spritzten auf. Erleichtert stellte Robert fest, dass er unverletzt war. Er rappelte sich hoch, hastete weiter, den Blick auf den rettenden Graben vor sich gerichtet. So schnell wie möglich ließen sich die Männer in den Laufgraben gleiten und rannten dann weiter. Als sie die zweite Linie der Schützengräben erreichten, schlossen sich ihnen weitere Gruppen an.

«Weiter, weiter», drängte der Feldwebel.

Durch ein Gewirr von Schützen- und Laufgräben zogen sie sich zurück, bis sie im Schutz ihrer eigenen Artillerie eine Verschnaufpause einlegen konnten. Die Offiziere sammelten ihre Männer um sich und gaben neue Befehle. Robert fand sich von den Kameraden seiner Kompanie umringt und versuchte, durch das Getöse hindurch zu verstehen, was der Feldwebel sagte. Sein Blick wanderte über die schmutzigen Gesichter um sich herum. Es war zu dunkel, um alle zu erkennen. Viele waren von Schlamm bedeckt, der sich bei einigen mit Blut vermischte, doch es schien keiner ernsthaft verletzt zu sein.

Aber wo war Johannes?

Robert drehte sich einmal um die eigene Achse und musterte erneut die Männer, die ihn umringten, doch er konnte Johannes' Gesicht nicht entdecken.

Das war doch nicht möglich! Johannes war nicht von seiner Seite gewichen, seit sie in diesen verdammten Krieg gezogen waren. Er war der Mutigere, hatte die stärkeren Nerven, stützte in der schlimmsten Lage noch die, die unter dem Druck zu zerbrechen schienen. Er hatte sich in jener Nacht, als Robert getroffen worden war, entgegen der Anweisung des Feldwebels auf die Suche nach dem Freund gemacht und ihn zum Graben zurückgeschleppt. Er hatte ihn im Lazarett besucht und ihn aufgeheitert.

Wo zur Hölle war Johannes?

«WAGENBACH!», brüllte der Feldwebel.

Robert fuhr herum.

«Verdammt, ich gebe hier Befehle. Hören Sie gefälligst zu!»

«Wo ist Johannes? Ich kann Rosenstein nicht finden. Vorhin war er noch hinter mir.»

«Rosenstein, vortreten!», brüllte der Feldwebel, doch keiner meldete sich.

Wie Gift sickerte die Erkenntnis durch Roberts Gedanken. Die Granaten. Sie hatten Johannes erwischt. Er war auf dem Feld geblieben, verletzt oder tot.

Robert trat vor und salutierte. «Bitte um die Erlaubnis, umzukehren und den Kameraden Rosenstein suchen zu dürfen.»

«Wagenbach, sind Sie verrückt? Sie würden direkt ins Feuer der Tanks laufen. Erlaubnis verweigert! Sammeln, wir rücken ab, um neue Befehle zu erhalten. ABMARSCH!»

Wie betäubt tappte Robert hinter den Kameraden her. In seinem Kopf rauschte es nur noch. Er war nicht in der Lage, einen klaren Gedanken zu fassen. Er müsste widersprechen. Umkehren. Johannes suchen, so wie dieser es für ihn selbst getan hatte. Er müsste sich gegen den Befehl des Feldwebels auflehnen. Doch er schwieg. Starrte stattdessen auf den Rücken seines Vordermanns und setzte einen Fuß vor den anderen.

♦

Das Jahr 1924 brachte für Ilse wieder mehr Aufträge aus der Modebranche. Sie durfte für die Brüder Hermann und Julius Freudenberg, die seit dem Tod des Vaters kurz nach dem Krieg das traditionsreiche Kaufhaus Gerson übernommen hatten, Kleider und Kostüme entwerfen.

Der Name Gerson stand schon immer für Exklusivität. Und das gleichnamige Warenhaus am Werderschen Markt galt noch immer als *die* führende Adresse. Während andere Kaufhäuser mit günstiger Konfektionsware auch einfache Bürger und Arbeiter als Kunden zu gewinnen suchten, bewahrte sich Gerson als ehemaliger Hoflieferant den Hauch von Luxus. Und so blieb dem von den Freudenbergs noch prächtiger gestalteten Neubau an selber Stelle der Spitzname *Kaiser-Bazar* für das exklusive Kaufhaus. Hier gab es nicht nur für den gehobenen Geschmack dekorierte Verkaufsflächen, hier wurde in den Ateliers mit feinem Gespür individuell geändert oder nach den exquisiten Wünschen der gut betuchten Kundschaft entworfen und geschneidert.

Ilse war über ihre Gerson-Aufträge glücklich. Zwar war die Kundschaft verwöhnt und manches Mal recht schwierig, doch es machte ihr Freude, für jeden Typ Frau die Kleidungsstücke zu entwerfen, die ihre Vorzüge zur Geltung brachten, Schwächen verbargen und dennoch im Auftritt der aktuellen Mode folgten. Manchmal benötigte sie dazu nur einen anderen Stoff oder ein paar handwerkliche Kniffe, um ein Konfektionsmodell in ein ganz individuelles Kleidungsstück zu verwandeln.

«Soll ich Ihnen noch etwas bringen?», erkundigte sich der schmächtige junge Mann, der auf Ilses Wunsch hin schon fünf verschiedene Ballen Stoff aus dem Lager ins Atelier getragen hatte. Harry Frommermann war vielleicht siebzehn, ein wenig klein, aber stets tadellos gekleidet und gekämmt. Im Gegensatz zu vielen anderen kaufmännischen Lehrlingen drückte er sich auffällig gewählt aus. Und er pfiff stets, wenn er sich unbeobachtet glaubte. Er imitierte dabei den Klang unterschiedlicher Instrumente, sodass man meinen könnte, eine Klarinette oder eine Trompete zu hören. Als Ilse ihn einmal darauf ansprach, erzählte er ihr, sein Vater sei Kantor der jüdischen Gemeinde und habe ein Musikstudium absolviert.

«Ach, Fräulein Ilse, Musik ist alles für mich», schwärmte der junge Mann. «Mein Vater ist seit seiner Jugend mit Samuel Nikisch befreundet. Wissen Sie, wer das ist?»

Ilse nickte. Der Name des Dirigenten war ihr ein Begriff. Sie und ihr Bruder hatten die Eltern früher häufig zu Konzerten der Philharmoniker begleitet – begleiten müssen.

«Ich war erst vier, als mich mein Vater zum ersten Mal zu den Proben der Berliner Philharmoniker mitnahm. Ich setzte mich immer zwischen die Musiker, mal zu den Holzbläsern, mal zu den Violinen, mal zu den Blechbläsern. Es war faszinierend! Ich habe bald damit begonnen, selbst kleine Stücke zu arrangieren.»

«Und dennoch machst du hier eine Kaufmannslehre?», fragte Ilse verwundert.

Harry seufzte tief. «Ich habe während meiner Schulzeit das Theaterspiel für mich entdeckt. Das war das Einzige, was mich in jener Zeit begeisterte, doch mein Vater hat mir nicht erlaubt, nach meinem Abschluss in der Mittelschule die Schauspielschule zu besuchen. Stattdessen hat er mich in diese Tretmühle gezwungen, in der ich, statt was zu lernen, mir nur den Rücken mit schweren Stoffballen krumm schleppe!»

Ilse sah den schmächtigen Burschen an und hatte plötzlich ein schlechtes Gewissen. «Äh, ich bräuchte noch den nachtblauen Chiffon», sagte sie entschuldigend.

Harry grinste schief. «Für Sie immer gerne, Fräulein Ilse», behauptete er und eilte davon, eine kleine Melodie wie das Schmettern eines Horns auf den Lippen.

♦

Im Mai wurde mal wieder gewählt. Luise vermutete, dass Robert sein Kreuz beim Zentrum setzte. Sie selbst war hin und her gerissen, wählte dann aber doch die SPD. Unzählige andere Wähler verließen die Sozialdemokraten und gaben ihre Stimme einer der radikaleren Parteien. Der Block der republiktreuen Parteien schrumpfte erheblich, und dass sich die SPD mit der USPD wiedervereinte, brachte den Linken keinen Vorteil.

Luise versuchte zu verstehen, warum die Menschen sich von den Sozialdemokraten abwandten. Da fiel ihr Johannes ein, der inmitten all seiner Zeitungen fast ein wandelndes Lexikon in Sachen Politik war. Kurzerhand verbrachte sie ihre Mittagspause am Kiosk und diskutierte mit ihm die Wahlergebnisse bei einer Tasse Kaffee.

«In der noch immer aufgeheizten Stimmung durch die Inflationsjahre sind die Menschen enttäuscht und frustriert und wählen zunehmend extreme Parteien links oder rechts der Mitte», erklärte Johannes.

Und die Zahlen gaben ihm recht: Die KPD stieg von zwei auf 12,6 Prozent. Die Nationalsozialisten zogen zusammen mit den Deutschvölkischen als NSFP mit 6,6 Prozent in den Reichstag ein. Die SPD blieb, wenn auch knapp, die stärkste Partei, aber sie hatte viele Stimmen verloren. Eines war auf den ersten Blick klar: Die gemäßigte Mitte, die die Republik verteidigte, hatte keine Mehrheit mehr. Eine stabile Koalition zu finden, schien nahezu unmöglich zu sein.

«Das ist nicht das letzte Mal, dass wir dieses Jahr gewählt haben», prophezeite Johannes.

Kapitel 11

Luise wiegte sich vor dem Spiegel hin und her. Dann, als die Musik vom Plattenspieler Fahrt aufnahm, tanzte sie ein paar schnelle Schritte und betrachtete wohlgefällig, wie ihr neues, kurzes Kleid um ihre Beine schwang. Außerdem war sie beim Friseur gewesen und hatte sich die langen Locken, die man für einen falschen Bob mehrmals täglich frisch aufstecken musste, abschneiden lassen. Nun wellte sich ihr Haar nur noch leicht. Der Friseur hatte ihr rechts einen Seitenscheitel gezogen und ihr Blondhaar mit einem Ondulierapparat auf der linken Seite in schön definierte Wellen gelegt. Ein kleiner Kopfschmuck aus glitzernden Perlen und einer Feder vervollständigte ihre Aufmachung. Aus dem Grammophontrichter knackte es, als die Platte zu Ende war.

Gerade im rechten Augenblick, denn es klingelte laut und nachdrücklich. Ilse! Luise eilte zur Tür und riss sie auf.

«Da bist du ja! Komm rein. Willst du noch was trinken, oder wollen wir gleich los?» Luises Stimme überschlug sich fast, so freute sie sich, die Freundin zu sehen. Und sie wollten raus, sich ins Nachtleben stürzen, das Leben genießen.

«Na, du hörst dich ja an, als hätte dich jemand von der Leine gelassen. Ist das Leben so langweilig?»

«Manchmal schon. Arbeit, Haushalt und Robert entweder nicht daheim oder überarbeitet und müde. Die vielen Abende allein», fügte sie noch leise hinzu und schüttelte denn den Kopf, dass ihre

Haare flogen. «Aber nicht heute», sagte sie bestimmt. «Heute ziehen wir beide endlich wieder zusammen los.»

Ilse umarmte Luise, dann hielt sie die Freundin einen Arm weit von sich und betrachtete sie eingehend. «Wundervoll!», stieß sie aus. «Der neue Haarschnitt sieht richtig klasse aus. Endlich wagst du was Neues.»

Luise grinste, zwickte vor lauter Übermut Ilse in die Wange, schnappte sich ihren Mantel und war schneller aus der Tür, als Ilse Luft holen konnte.

Ilse lotste den Fahrer der Droschke zur *Auluka-Diele* in der Augsburger Straße unweit des Nollendorfplatzes. Der drahtige Mann mit einem schmalen Schnurrbärtchen und einem frechen Grübchen im Kinn schenkte den beiden ein anzügliches Grinsen und wünschte den Damen einen schönen Abend.

Auf dem Trottoir hielt Ilse kurz inne. «Ich hoffe, es ist dir recht, wenn ich dich in eines *meiner* Lokale mitnehme. Du und Robert wisst es ja eh, und ich werde mich nicht mehr verstecken.»

«Das musst du auch nicht. Und ich bin so froh, wenn ich etwas mehr von deiner Welt kennenlerne», sagte Luise mit erwartungsvollem Blick.

Schon als sie die Tür öffneten, wurden sie von mitreißender Tanzmusik umhüllt. Die Oberkellnerin mit Bubikopf trug ein blaues Männersakko, unter dem ihre Brüste hervorblitzten, eine Lederkrawatte auf der nackten Haut und einen sehr kurzen Rock. Sie musterte die Neuankömmlinge kritisch und führte sie dann zu einem roten Sofa mit einem niedrigen Tisch davor. Luise ließ neugierig den Blick schweifen. Das Motto der Einrichtung war die japanische Kirschblüte. Über ihnen schwebten Kirschbaumzweige mit künstlichen Schneebällen. Sitzkissen und Sofas waren entlang der Wände im Dämmerlicht japanischer Papierlaternen verteilt. Und an den Wänden hingen erotische Zeichnungen in Grün und Schwarz, die Luise recht derb erschienen, doch die Musik war phantastisch. Luise betrachtete den bärtigen Mann am Klavier.

«Ich habe gehört, er sei ein russischer Fürst im Exil, der hier sein Geld verdient», raunte Ilse der Freundin zu.

Das Publikum bestand meist aus vornehm gekleideten Frauen, viele davon elegante Garçonnes mit hohen Kragen und Krawatten, aber auch «echte» Männer sahen dem Treiben auf der Tanzfläche interessiert zu – und ausländische Touristen aus dem Fernen Osten, manche mit grell geschminkten Nutten im Schlepptau.

Zum schmissigen Klang der Klaviermusik tanzten bereits einige Paare über die Fläche.

«Los, lass uns auch tanzen», rief Ilse ausgelassen und zog Luise aufs Parkett. Es überraschte Luise nicht, dass die Freundin sofort den Part des «Herrn» übernahm; auch Ilse trug heute eine Smokingjacke über ihrem dünnen Kleidchen.

Der Mann am Klavier stimmte den *Bananen-Shimmy* an, den Fritz Löhner mit einem deutschen Text versehen hatte und der zum Repertoire von Claire Waldoff gehörte.

Ausgerechnet Bananen,
Bananen verlangt sie von mir!
Nicht Erbsen, nicht Bohnen,
auch keine Melonen,
das ist ein' Schikan' von ihr!
Ich hab Salat, Pflaumen und Spargel,
auch Olmützer Quargel,
doch ausgerechnet Bananen,
Bananen verlangt sie von mir!

Luise, die nicht häufig mit anderen Männern als Robert tanzte, war überrascht, wie wundervoll leicht es Ilse gelang, sie zu führen.

Überhaupt tanzte sie sehr phantasiereich, immer neue Drehungen fielen ihr ein, und sie dirigierte ihre Partnerin, fast ohne jemals anzustoßen, zwischen den anderen Paaren hindurch.

Dann wurde die Musik ruhiger und schwermütiger. Ilse zog Luise dichter an sich heran, sodass diese jede ihrer Körperbewegungen direkt nachempfinden konnte. Luise gab sich ganz der Musik hin, dem Rhythmus, dem Augenblick. Sie verschränkte die Arme hinter Ilses Rücken, und plötzlich drückte sie, ohne sich bewusst dafür entschieden zu haben, ihre Lippen auf die ebenfalls rot geschminkten der Freundin.

Ilse zeigte sich nicht schockiert, ja nicht einmal überrascht. Sie zog Luise noch enger an sich und erwiderte den Kuss mit Zärtlichkeit und einer aufkeimenden Leidenschaft, die Luise eigentlich unangenehm hätte sein müssen. Sie war keine Lesbe! Außerdem war sie glücklich verheiratet – also zumindest verheiratet –, und sie hatte durchaus vor, ihr Treuegelübde zu halten, doch in diesem Moment fühlte sich der Kuss richtig an, und sie bedauerte es herzlich, als die Musik verklang und sie sich voneinander lösen mussten, um zu ihrem Tisch zurückzukehren. Eine Tänzerin trat auf, aber Ilse und Luise hatten keinen Blick für ihre Darbietung. Eng umschlungen drückten sie sich in einer Ecke des Sofas zusammen, während ihre Finger über die schweißnasse Haut der anderen tasteten und ihre Atmung schneller wurde als während des Shimmys.

♦

Der Frühling hatte Einzug gehalten, jeder Tag fühlte sich wie ein neues Erwachen an, nicht nur für die Natur.

Johannes hatte für seinen Kiosk zwei weitere hohe Stehtische besorgt und noch einen einfachen runden Tisch mit vier Gartenstühlen. Am Abend legten die Heimkehrer von ihrer Arbeit gern eine Pause bei ihm ein und tranken eine gekühlte Molle aus der Flasche. Korn gab es natürlich auf Wunsch dazu, wie sich das hier gehörte. Die frühen Morgenstunden, ehe der Tag erwachte, war bei den Nachteulen beliebt, zumal es bei Johannes, der nach wie vor in der angrenzenden Kammer auf dem Feldbett schlief, keine festen Öffnungszeiten gab. Selbst wenn der Kiosk eigentlich zu war, konnte man an die Scheibe klopfen und wurde kurz darauf bedient.

Heute Nachmittag, während der Ruhe vor dem Ansturm im Feierabendverkehr, saßen Luise und Johannes in der Sonne, genossen die Wärme und den Duft der frisch austreibenden Bäume am Ufer der Spree, den der Frühlingshauch zu ihnen herüberwehte. Luise trank eine Bilz-Brause, Johannes hatte sich eine Flasche Bier geöffnet. Er zündete eine Juno an und reichte sie Luise, dann nahm er sich selbst eine Zigarette aus der Schachtel.

Sie liebte diese Stunde, die sie sich oft nach ihrer Arbeit bei Johannes gönnte. Robert vergrub sich in sein Hochhausprojekt, sodass sie dennoch vor ihm daheim war und das Abendessen vorbereiten konnte.

«Ich überlege mir, eine größere Kaffeemaschine anzuschaffen», sagte Johannes.

«Eine gute Idee.» Luise lächelte ihn an. «Willst du mich damit etwa schon am Morgen zu dir locken?»

Sein Gesichtsausdruck wurde weich. «Nein, niemals würde ich solche Gedanken hegen. Du trinkst deinen Morgenkaffee selbstverständlich mit Robert daheim!»

Verstohlen beobachtete sie Johannes. In den vergangenen Monaten hatte er sich verändert. Es war unwahrscheinlich, dass der junge, furchtlose Draufgänger, der er einst gewesen war, wieder ans Tageslicht kommen würde, dafür war einfach zu viel geschehen. Dennoch schien die Schale der Verbitterung und Ablehnung, die er sich im Krieg zugelegt hatte, Risse zu bekommen und an manchen Stellen bereits aufzuplatzen.

«Ich habe eigentlich erwartet, dich längst mit einem Kinderwagen über den Platz kommen zu sehen», meinte Johannes unvermittelt. «Ihr wollt doch eine Familie gründen, nicht wahr?»

Für einen Moment war Luise wie versteinert. Die Wendung des Gesprächs kam so unerwartet, dass sie nicht wusste, was sie antworten sollte. «Ein Kind ist Roberts größter Wunsch», stieß sie nach einer Weile hervor und versuchte, das Brennen ihrer Wangen zu ignorieren.

«*Roberts* Wunsch?», hakte Johannes nach. «Und was ist mit dir?»

Luise geriet ins Stottern. «Ich? Hm ... Ja ... Natürlich möchte ich ein Kind, doch ... doch eigentlich bin ich ganz froh, dass das noch nicht geklappt hat. Wir haben in den letzten Jahren so viel durchgemacht. All die Entbehrungen ...» Sie brach ab, als sie sah, wie er sie ungläubig anstarrte.

«Ja, ich weiß, aber es leben Tausende, auch hier in Berlin, die es trotzdem geschafft haben, ihre Kinder durchzukriegen, oder?»

«Stimmt, und ich will die Situation von Robert und mir auch nicht vergleichen. Es ist meine Arbeit, das, was ich dort bei der Sitte erlebe, was mir mitunter zu schaffen macht. Du kennst die Armut, Johannes. Ich sehe Kinder, die vor lauter Hunger sich nicht anders zu helfen wissen, als sich für eine Mahlzeit zu verkaufen! Und in der Abteilung Diebstahl haben sie vielfach zu tun mit regelrechten Kinderbanden, die sich immer raffiniertere Tricks ausdenken, um Lebensmittelhändler zu bestehlen. Mittags gehe ich mitunter zum Essen mit zwei anderen Sekretärinnen: Hedwig Wegener von der Abteilung Diebstahl und Trude Steiner aus der Mordkommission. Wir tauschen uns über unsere Fälle aus.»

«Ihr habt also einen Club der Sekretärinnen gegründet», spottete Johannes, allerdings mit einem hörbaren Schmunzeln in der Stimme.

«Ja, das haben wir. So können wir uns gegenseitig stützen, und wir lernen voneinander!», gab Luise ein wenig streng zurück. «Außerdem sind wir uns einig, dass es höchste Zeit wird, dass die Jugendämter endlich mit ihrer Arbeit beginnen und sich extra ausgebildete Sozialarbeiterinnen um die Not der Kinder kümmern. Jetzt ist es schon zwei Jahre her, dass es den Frauen im Reichstag gelungen ist, dieses Gesetz auf den Weg zu bringen, und im April soll die Jugendarbeit nun endlich beginnen.»

«Ich weiß», sagte Johannes. «Aber noch mal zurück zu unserem eigentlichen Thema. Willst du wirklich kein Kind?»

«Das ist eine sehr intime Frage», versuchte Luise zu protestieren.

«Und ich bin ein *sehr* intimer Freund, der dich besser kennt als beinahe alle anderen Menschen auf der Welt», wandte Johannes ein und trieb Luise damit noch einmal die Röte ins Gesicht. Bilder bestürmten sie, vor denen sie sich seit Jahren zu schützen suchte, zu schmerzhaft war die Sehnsucht, die sie in ihr auslösten.

«Ich wünsche mir nichts mehr auf dieser Welt als ein Kind», platzte es schließlich aus ihr heraus. «Aber ich werde mich von diesem Wunsch verabschieden müssen.»

Johannes zog die Brauen hoch. «Warum? Ich meine, gibt es einen medizinischen Grund? Warst du mal beim Arzt?»

«Bei mir scheint alles in Ordnung zu sein.

«Und bei Robert nicht?»

Sie zuckte mit den Achseln. «Ich weiß es nicht. Ich denke, es ist nicht allein ein Problem seines Körpers, aber sicher bin ich mir nicht. Jedenfalls weigert er sich, zu dem Arzt zu gehen, bei dem ich auch war. Dr. Hirschfeld. Der hat angeboten, Robert zu behandeln.»

Johannes sah, wie unangenehm ihr das Gespräch war. Er griff

kurz nach ihrer Hand, drückte sie und sagte: «Du musst mir das nicht erzählen. Es geht mich nichts an. Ich bin kein Arzt und kann euch eh nicht helfen.»

♦

«Hast du das gelesen?» Ilse schob Luise die *BIZ* zu und deutete auf den Artikel, dessen fette Überschrift man gar nicht übersehen konnte: «In Hannover hat man schon wieder abgetrennte Köpfe von jungen Männern gefunden.» Es war eher ein wohliger Schauder, der sie schüttelte. «Kinder haben fünf Köpfe, die vermutlich mit einem Messer abgetrennt wurden, aus der Leine gefischt», las Ilse weiter vor. «Wie gruselig!»

«Ja, und deshalb auch ganz bestimmt nicht das richtige Thema für ein Sonntagsfrühstück.» Der Blick, den Robert ihr zuwarf, verriet seinen Ärger, aber Luise sprang auf das Thema an.

«In der Burg wird viel über diesen Fall gesprochen. Die Kripo geht anscheinend davon aus, dass unzählige der ungeklärten Morde an jungen Burschen auf das Konto *eines* Täters gehen, doch noch immer fehlt die entscheidende Spur.»

«Du meinst wie beim Mörder vom Falkenhager Forst?», erinnerte sich Ilse. «Wie viele Morde hatte der begangen?»

«Nachgewiesen haben sie ihm sieben, außerdem fünfzehn Mordversuche sowie Brandstiftungen, Vergewaltigungen und Raubüberfälle», zählte Luise auf.

Robert brummte unwillig.

«Was? Ich arbeite bei der Polizei, wir reden über solche Täter, vielleicht gerade deshalb, weil es so grauenhaft ist und uns das Miteinandersprechen etwas entlastet. Und das hier war wirklich ein grauenhafter Fall. Schumann, der Täter, wurde übrigens von Rechtsanwalt Frey vertreten», sagte Luise und hob stolz das Kinn.

«Ah, der Professor, Doktor, Doktor mit dem Monokel», kommentierte Ilse, denn Freys Foto erschien häufig in der Zeitung.

«Genau. Der ist immer dort zu finden, wo er dicke Schlagzeilen bekommen kann.»

«Können wir uns jetzt wieder über etwas anderes unterhalten?», forderte Robert.

Luise warf ihm einen schelmischen Blick zu. «Zum Beispiel, wo wir heute Abend hingehen? Ins Kino oder zum Tanzen?»

Robert zeigte sich nicht besonders erfreut, versprach aber, dass er die Damen heute ausnahmsweise begleiten werde.

♦

Luise gelang es endlich, Ilse zu überreden, sie zu Johannes' Kiosk zu begleiten. Seit den Tagen, an denen Johannes in ihrer Wohnung übernachtet hatte, waren sie sich nur selten begegnet und hatten nicht mehr als einen höflichen Gruß ausgetauscht. Nun standen sich die Geschwister gegenüber und musterten einander schweigend.

Luise nahm sich die *Vossische* und eine Bilz-Brause und setzte sich an einen der Tische. Rund um den Kiosk herrschte Hochbetrieb, und Luise hatte das Gefühl, als seien Johannes die Unterbrechungen ganz recht. Vielleicht hoffte er, seine Schwester wäre das Warten bald leid, doch Ilse rührte sich nicht vom Fleck. Sie stand in der prallen Sonne einfach da und folgte jeder Bewegung ihres Bruders mit den Augen, die Lippen zu einem Strich zusammengepresst.

Luise senkte ihren Blick und durchforstete die politischen Artikel. Die Stimmung im Parlament blieb eisig, nach der Wahl im Mai war es der Regierung noch immer nicht gelungen, eine Mehrheit zu finden. Allein der im letzten November gestürzte Kanzler

Stresemann, jetzt Reichsminister des Auswärtigen, ließ sich nicht beirren. Er verhandelte weiter mit den Siegermächten wegen der endgültigen Räumung des Ruhrgebiets. Gleichzeitig ging es immer wieder um die horrenden Reparationszahlungen, die das Reich zu stemmen hatte.

Sie sah noch einmal auf, doch Johannes und Ilse standen sich weiter unversöhnlich und schweigend gegenüber. Also vertiefte sich Luise in die weniger geliebten Wirtschaftsnachrichten, las vom Dawes-Plan und den damit angestrebten großzügigen Anleihen für das Deutsche Reich. Zudem verkündete die Regierung, in wenigen Tagen die *Reichsmark* einzuführen. Sie würde im Verhältnis 1:1 zur *Rentenmark* gültig sein und diese mit der Zeit ersetzen. Vorläufig sollten beide Währungen ohne Unterschied als Zahlungsmittel gelten …

Da, eine Bewegung, aus den Augenwinkeln bemerkte Luise, das sich was tat. Es waren gerade keine Kunden da. Johannes kam um den Tresen herumgehinkt, Ilse trat näher und hob die Hand, dann machte sie sich so laut Luft, dass Luise, verschanzt hinter ihrer Zeitung, nicht umhinkonnte zuzuhören.

«Das ist also dein neues Leben? Ein paar Quadratmeter mit Tratsch und Promille, einem Feldbett und einer Kaffeemaschine? Wenn Papa dich so sehen könnte, würde er sich im Grab umdrehen! *Das* ist aus seiner großen Hoffnung, aus seinem Thronfolger geworden? Ein kleiner Krämer. Vermutlich sollte ich mich noch wundern, dass du nicht ins Scheunenviertel zu den Ostjuden gezogen bist. Dahin würdest du jetzt passen!» Verbitterung oder auch Abscheu schwangen in ihrer Stimme mit.

«Ja, das ist mein neues Leben. Und ehrlich gesagt interessiert es mich nicht die Bohne, was unser Vater darüber denken würde, der mich so begeistert an die Front geschickt hat. Pech auch, dass der Sohn keinen Orden mit nach Haus gebracht hat, stattdessen nur einen halben Arm und eine zerschossene Hüfte. Und leider wurde aus ihm auch kein Stararchitekt.»

Sein Ton war nicht minder bitter und trieb nicht nur Luise Tränen in die Augen. Sie sah, wie Ilses Wangen nass wurden, die jetzt aufschluchzte und sich dann so stürmisch an Johannes' Brust warf, dass er fast ins Straucheln geriet.

«Wie konntest du mir das antun? Wie konntest du mich so lange um dich trauern lassen? Was macht es, dass du hinkst? Was stört es mich, dass du nur noch eine Hand hast? Verflucht, du bist mein Bruder, und du hast mich einfach verlassen. Du bist der einzige Mann, der mir je das Herz gebrochen hat!»

Johannes presste sie an sich, nun weinte auch er. «Es ... es tut mir so leid», stammelte er. «Ich wollte dich nicht verletzen. Es war rücksichtslos von mir. Ich denke aber, Vater hätte mich *so* nicht zurückhaben wollen, und um Mutter noch einmal zu sehen, war es zu spät. Aber du bist meine Schwester. Und du hast in mir nie nur den Erben gesehen, der dem Hause Rosenstein Ehre machen sollte.»

Ilse schluchzte. «Ach, Johannes. Was sind wir für ein grandioses Geschwisterpaar. Für Vater war ich nur die missratene Lesbe, von der er sich mit Schaudern abwandte. Seine Gedanken waren so oft bei dir.»

So standen sie da, einander fest umschlungen, als wollten sie einander nie mehr loslassen.

♦

Es war kurz vor Weihnachten. Luise bestand darauf, dass auch Johannes' Kiosk mit einem kleinen Weihnachtsbaum geschmückt wurde. Robert besorgte den Baum und trug ihn zum Bahnhof, Luise brachte Christbaumschmuck mit und dekorierte ihn liebevoll. Johannes aber protestierte.

«Ich kann mich in meinem Hinterzimmer auch so kaum umdrehen. Ich habe das Sortiment erweitert, und überall stehen nun Kisten, von meinen eigenen Sachen gar nicht zu reden.» Seit einigen Wochen hatte er auch noch einen elektrischen Ofen, der die Kammer erstaunlich warm hielt.

Die Klage kam Luise gerade recht. «Ja, es ist zu eng hier, keine Frage, und ich hoffe, es geht dir endlich dermaßen auf die Nerven, dass du in eine echte Wohnung ziehst. Und sag mir nicht, die könntest du dir nicht leisten, denn wenn das der Fall ist, werden Robert und ich die Miete übernehmen.»

Wie erwartet, wehrte Johannes ab. «Robert hat mir schon genug Geld gegeben.»

«Geld deines Vaters, das dir zusteht», mischte sich Robert ein.

«Mein Vater hat es *dir* vererbt.»

«Nun, dein Vater dachte, *du* wärst tot!» Robert stöhnte.

«Was bist du nur für ein Sturkopf», schimpfte Luise. «Also gut, dann stellen wir den Baum eben hier draußen neben dem Zeitungstresen auf. Ist vielleicht eh besser, wenn die Kunden ihn sehen können.»

Johannes hob die Brauen und sah die beiden an. «So, ist es das?»

Luises Miene wurde ernst, und auch Robert nickte bekräftigend und zeigte auf das Schild: Eigentümer Johannes Rosenstein. «Rosenstein klingt jüdisch, wie du weißt. Luise hat recht, so sehen die Leute, dass du ein getaufter Christ bist.»

«Und das ist wichtig?»

«Ja, das ist es!», entgegnete Robert scharf.

Die Stimmung im Reich blieb diffus. Extrem Rechte veröffentlichten ätzend scharfe Artikel in der *Völkischen Freiheit*.

«Goebbels wettert gegen die jüdischen Verleger, die angeblich mit Hilfe des gedruckten Wortes das Land mit ihrem Gift infiltrieren», ergänzte Robert und schaute den Freund mit ernsten Augen an. «Und er engagiert sich für diesen Putschisten. Diesen Hitler, der in Haft sitzt.»

Luise griff mit spitzen Fingern nach dem Blatt und hielt es mit einem Ausdruck von Abscheu hoch, als würde sie nach einer ekeligen Kröte greifen. «Dass du so einen Dreck überhaupt verkaufst.»

Johannes deutete auf die andere Seite des Tresens, wo die linken Blätter lagen. «Ich biete *alles* an, denn ich bin nicht der Erzieher der Nation. Ich halte auch die Obdachlosen nicht davon ab, billigen Schnaps zu kaufen und sich zu besaufen.»

Luise und Robert gaben es auf. Als der Weihnachtsbaum auf seinem Platz stand, verabschiedeten sie sich und nahmen die Bahn, um zu Luises Mutter nach Charlottenburg rauszufahren.

«Schade, dass deine Mutter vom Stuttgarter Platz weggezogen ist», bemerkte Luise, als sie sich neben ihren Mann setzte. «Sonst hätten wir den Besuch bei ihr gleich anhängen können.»

Nachdem erst Roberts Vater 1917 an der Ostfront gefallen und Robert dann nach seiner Heirat ausgezogen war, hatte die Witwe Wagenbach ihre große Wohnung gegen eine billigere in der Nähe des Nollendorfplatzes eingetauscht. Sie war eine sparsame Frau, die nicht viele Ansprüche stellte, allerdings war sie nicht bereit, auf ihre Zugehfrau zu verzichten, die zweimal in der Woche putzte und die Wäsche übernahm – und für die Robert zahlte, was Luise nur durch Zufall erfahren hatte. Aber sie unterstützte ihre Mutter schließlich auch, oft reichte das Geld nicht aus. Nun hatte ihre praktisch veranlagte Mutter jedoch eines der nicht genutzten Zimmer an eine alleinstehende Dame untervermietet. Vielleicht auch, weil sie nicht immer alleine sein wollte.

Als sie den Zug in Charlottenburg verließen und auf dem Bahnsteig an einem Zeitungsjungen vorbeigingen, fiel Roberts Blick auf die Schlagzeilen. «Das darf doch nicht wahr sein!», stieß er aus und riss Luise damit aus ihren Gedanken.

«Was meinst du?»

Robert suchte nach einer Münze in seiner Hosentasche, reichte sie dem Jungen und nahm sich eine Zeitung.

«Sieh mal, da», sagte er, dann las er vor: «Adolf Hitler aus der Festungshaft entlassen.»

Luise runzelte die Stirn. «Aber das kann doch nicht sein, die Haft hat doch erst im April begonnen. Er sollte doch fünf Jahre einsitzen, nicht wahr? Wehrt sich so unsere Republik gegen Putschisten?» Bitterkeit schwang in ihrer Stimme mit.

«Die Regierung und die Justiz gingen schon immer härter gegen die Linken vor als gegen die alten Eliten und das Militär.» Robert schüttelte den Kopf. «Er soll im Übrigen während der Haft ein Buch geschrieben haben.»

«Wie schön, dass Herr Hitler seine kurze Zeit im Gefängnis so sinnvoll genutzt hat und es ihm nicht langweilig wurde», ätzte Luise.

♦

Lange schon war es dunkel im kalten, winterlichen Berlin. Die Letzten, die noch unterwegs waren, zogen ihre Hüte tiefer ins Gesicht und schlangen ihre Mäntel enger um sich. Sie hasteten nach Hause, so sie eines hatten, um mit der Familie den Heiligen Abend zu verbringen. Hinter den Fenstern der Wohnungen wurden Kerzen angezündet, Weihnachtslieder wehten in die Nacht hinaus, der Duft von Bratäpfeln und Gänsebraten mischte sich mit dem Rauch aus den Kaminen.

Obwohl kaum noch ein Kunde kam, hatte Johannes noch nicht abgeschlossen. Er hatte vielmehr in einem alten Metallfass ein Feuer entzündet und seinen Stuhl neben die Flammen gerückt. Eine Flasche Bier in den Händen, eine Decke um die Schulter und eine um die Beine, saß er da und sah in den nächtlichen Himmel hinauf, wo der Mond und die Sterne immer wieder von Wolken verdeckt wurden. Der leichte Regen vom Nachmittag hatte aufgehört, doch Schnee würde es wohl keinen geben, obgleich die Temperaturen um den Gefrierpunkt lagen. Eine Gestalt in einem langen dunklen Mantel kam auf ihn zu, ein Kind an der Hand.

Johannes stand auf. «Was machst *du* denn um diese Zeit hier?»

«Ick wollt dir meinen Michel vorstellen und dir schöne Weihnachten wünschen.»

Johannes schob zwei weitere Stühle ans Feuer und reichte Ella eine Decke. Sie wickelte Michel gut darin ein und rückte seinen Stuhl noch etwas näher ans Feuer. Der kleine Junge gähnte.

Ella zog ihren Stuhl nah neben Johannes und zog sich die Hälfte seiner Decke über die Schultern. «Wir haben dir auch was mitgebracht.» Sie wickelte ein Päckchen aus und legte es Johannes auf die Knie. «Ick hab uns Bratäpfel gemacht. Sind leider schon kalt.»

«Die wärmen wir wieder auf!» Johannes hinkte in die Kammer, um lange Gabeln zu holen, Handschuhe, dass sie sich die Finger nicht verbrannten, und Kaffee in großen Bechern mit ein wenig Sahne und viel Schnaps! Für Michel rührte er eine heiße Schokolade an. Der Junge schob die Arme unter der Decke hervor und streckte sie nach seiner Mutter aus. Johannes hob den Kleinen hoch und setzte ihn auf Ellas Schoß.

So saßen sie beieinander, hatten die Äpfel bereits gegessen und den Kaffee getrunken, als sich noch drei späte Besucher auf den Bahnhofsplatz verirrten.

Luise, Ilse und Robert brachten Geschenke und wünschten ebenfalls schöne Weihnachten. Auch sie bekamen Stühle nahe der Feuertonne. Robert erhitzte Wein mit ein paar weihnachtlichen Gewürzen, Ilse hatte Eierlikör mitgebracht und Luise Nussmakronen gebacken. Als sie Ella sah, konnte sie sich nicht verkneifen,

Ella und das Kind auf ihrem Schoß mit großen Augen anzustarren. Die zuckenden Flammen ließen Schatten über die beiden Gesichter tanzen.

«Det is mein Michel», betonte Ella.

«Was für ein schöner Junge», sagte Luise. Ihre Stimme hörte sich ein wenig belegt an. «Mein Gott, erinnert ihr euch noch an das erste Weihnachten, das wir alle in Charlottenburg gefeiert haben? Als wir damals kurz vor der Bescherung eine Schneeballschlacht auf der Straße gemacht haben?»

«Und nass und dreckig reinkamen, als unsere Eltern zum Essen riefen», erinnerte sich Ilse, die als Älteste mit ihren zwölf Jahren den größten Ärger einstecken musste, wie sie behauptete.

«Nein, das kann nicht sein», widersprach Johannes. «Mir hat Vater die Hosen straff gezogen!»

«Mich hat meine Mutter heimlich ins Bad geschafft, mich ausgezogen, eiskalt gewaschen und mir mit einem steinharten Handtuch fast die Haut runtergerubbelt», erzählte Robert. «Aber natürlich habe ich keinen Mucks gemacht. Ich wollte ja nicht, dass Papa es mitbekommt.»

Und Ella mit ihren acht Jahren hatte abseitsgestanden und den glücklichen Kindern aus den großen Wohnungen zugesehen, die sie entweder ignorierten oder ihr ein paar Schneebälle nachwarfen. Dazugehört hatte sie nicht. Hatte sie nie, zumindest nicht richtig, und das würde sie auch nie.

Kapitel 12

1925

Im Januar war schon wieder eine Kanzlerschaft zu Ende gegangen. Wilhelm Marx trat ab, Hans Luther übernahm. Das sich noch irgendwer im Land die stets wechselnden Politikernamen merken konnte, war zu bezweifeln. Jedenfalls scharte Luther eine bürgerliche Koalition um sich, der neben den Parteien der Mitte – Zentrum, BVP, DDP und DVP – zum ersten Mal auch die rechtsnationale Deutsch-Nationale Volkspartei (DNVP) angehörte. Und schon in seinen ersten Reden machte der parteilose Reichskanzler klar, dass er die verfassungsmäßige Macht der Regierung stärken wollte. Auf Kosten des Parlaments.

Johannes breitete die Zeitungen des Tages auf dem Tresen aus, als eine Stimme hinter ihm erklang, die er bereits eine Weile nicht gehört hatte.

«Guten Tag, Johannes. Oh, Entschuldigung, ich meine Herr Rosenstein!»

Johannes wandte sich um und lächelte die unerwartete Besucherin an. «Guten Morgen, Fräulein Ludwig. Wie schön, Sie zu sehen! Und Sie dürfen gerne weiterhin Johannes zu mir sagen.» Sein Blick wanderte zu dem vermutlich einige Jahre jüngeren Mann in Anzug, Mantel und Hut, der neben der Bibliothekarin stand.

«Darf ich vorstellen, mein Vetter Hermann Ludwig – Johannes Rosenstein, bis vor einiger Zeit ein leidenschaftlicher Zeitungsleser in der Bibliothek.»

«Dann haben Sie Ihre Leidenschaft sozusagen zu Ihrem Beruf gemacht», sagte Herr Ludwig und reichte Johannes die Hand.

«So kann man das vielleicht sagen, und was machen Sie?»

«Ich arbeitete im Innenministerium, habe aber leider noch keine Wohnung hier gefunden, weswegen ich täglich zwischen Potsdam und Berlin hin- und herfahre.»

«Oh, ein Mann der hohen Politik», sagte Johannes beeindruckt.

Hermann Ludwig winkte ab. «Nur ein kleiner Beamter, der den Großteil seiner Zeit damit verbringt, Dinge aus Akten herauszusuchen oder darin abzulegen.»

Er kaufte zwei Schachteln Da Capo und eine *Tägliche Rundschau*, eines der Hugenberg-Blätter, nationalkonservativ bis republikfeindlich – eine Einstellung, die unter den Beamten im Deutschen Reich vermutlich stärker vertreten war, als es für die junge Demokratie gut war, dachte Johannes im Stillen, während er das Geld in die Kasse legte und Zeitung und Zigaretten über den Tresen schob.

Johannes wusste nicht, was Fräulein Ludwig ihrem Vetter erzählt hatte, jedenfalls kam er seit dieser ersten Begegnung morgens vor und abends nach seiner Arbeit zum Kiosk, kaufte Zeitungen und Zigaretten, trank abends auch mal ein Bier und zog Johannes in ein Gespräch, wenn dieser gerade keine Kundschaft hatte.

«Haben Sie schon gelesen? Die KPD hat eine Wehrgruppe gegründet. *Roter Frontkämpferbund* nennt sie sich», begann Hermann Ludwig das Gespräch an diesem Tag.

Johannes hatte tatsächlich schon davon gehört.

«Sie wollen den Kapitalismus bekämpfen und etwas dem angeblich heuchlerischen, kapitalistischen, faschistischen Frontsoldatenpack entgegensetzen, wie sie sich ausdrücken.»

Ludwig schnaubte verächtlich und tippte auf drei kursiv gesetzte Zeilen:

Im Schlamm der Trichter, Kameraden,
und unter Leichenhaufen
wurden wir rote Soldaten.

«Was für ein Kitsch! Ich selbst war mit einem Freund aus der Schulzeit bei ein paar dieser Militärübungen, die vom Stahlhelm organisiert werden. Es war beeindruckend! Ich kann mir das schon vorstellen, dieses gemeinsame Erlebnis der Frontsoldaten, das sie den Rest ihres Lebens zu einer Art Familie zusammenschweißt!»

Johannes betrachtete den jungen Mann in seinem gut sitzenden Anzug. «Sie waren nicht im Krieg, oder? Da haben Sie wohl noch die Schulbank gedrückt.»

Ludwig nickte, sein Gesichtsausdruck war betrübt. «Das stimmt, und jetzt ist die Truppengröße durch den schändlichen Vertrag von Versailles so sehr eingeschränkt worden, dass einem ja nur die Möglichkeit bleibt, einer der Wehrgruppen beizutreten, wenn man zur Verteidigung der Heimat gegen die Feinde etwas beitragen will.»

«Von welchen Feinden sprechen Sie?», erkundigte sich Johannes.

«Von den roten natürlich, von Russland», unterstrich Ludwig.

Johannes sah den pflichtbewussten Staatsdiener ungerührt an. «Kennen Sie eigentlich das Gerücht, dass rechte Wehrgruppen gerade mit der Roten Armee Rüstungsprojekte betreiben würden?»

«Nun, ja, davon habe ich auch gehört, ich glaube jedoch nicht, dass da was dran ist. Tatsache ist jedoch, dass unsere Wehrmacht insbesondere zu schwach ist, wenn es darum geht, die Ostgebiete zu sichern. Also, wer sollte es tun, wenn nicht die Männer vom Stahlhelm oder den anderen Wehrgruppen?»

«Vielleicht unterscheiden sich die extremen Rechten gar nicht so sehr von den ebenso radikalen Linken», überlegte Johannes laut. «Es eint sie ihr Militarismus und die Ablehnung unserer Republik.»

«Das können Sie doch weiß Gott nicht in einen Topf werfen!», protestierte Ludwig. «Unsere Ziele sind völlig andere.»

Johannes suchte noch nach einer Antwort, da sprach der andere schon weiter. «Haben Sie auch das mitbekommen, Herr Rosenstein? Adolf Hitler hat die NSDAP neu gegründet!»

«Ist mir nicht entgangen», gab Johannes zurück.

«Und dazu hat er eine flammende Rede gehalten.» Ludwigs Augen blitzten. «Er will der unangefochtene Führer der Partei sein. Vielleicht ist er ein wenig theatralisch mit seiner gereckten Faust, dem Bärtchen und der sich überschlagenden Stimme. Trotzdem gelingt ihm die längst fällige Versöhnung der verschiedenen rechten Gruppen.» Hermann Ludwig nickte Johannes zu, griff nach Hut und Zeitung und marschierte mit ausgreifenden Schritten davon.

Ob die sympathische Bibliothekarin eine ähnliche Haltung vertrat wie ihr Vetter?, fragte sich Johannes. Bis jetzt war ihm nie etwas aufgefallen.

♦

Alle Sekretärinnen der Kriminalpolizei waren angehalten worden, in dieser Woche ein wenig früher als gewöhnlich in der Burg zu erscheinen, denn es würde mehr Arbeit geben als sonst. Das betraf auch Luise, die pünktlich zur Stelle war. Trude Steiners Vorgesetzter Kommissar Gennat war dabei, die gesamte Kriminalpolizei umzukrempeln, vor allem im Bereich der Mordermittlung, die in Zukunft Inspektion A heißen würde und zu deren Chef Gennat ernannt werden sollte. Offensichtlich hielt der Polizeipräsident so viel von seinen Fähigkeiten, dass er ihm mit der Umgestaltung freie Hand ließ. Es sollte in Zukunft sogar eine ständige Mordbereitschaft geben, damit die Kripo auch nachts schnell am Tatort sein konnte.

Trude Steiner verehrte den Kommissar, der noch dicker war als sie, im Gegensatz zu seiner Sekretärin aber statt Bockwürsten am liebsten Kuchen aß, den Trude selbstverständlich stets in großen Mengen organisierte.

«Er kann besser denken, wenn er Kuchen isst. Außerdem schafft er so bei seinen Verhören eine gemütliche Stimmung. Du glaubst ja gar nicht, was diese Spitzbuben ihm dann plötzlich alles erzählen», flüsterte Trude Luise amüsiert zu.

Heute verteilte sie die Diktate, die von den anderen Sekretärinnen vor Beginn ihrer eigentlichen Arbeit für ihre Abteilung abgetippt werden sollten. Luise schrieb die neuen *Richtlinien für das Vorgehen an einem Tatort* ins Reine: Darin wurde dringend dazu aufgefordert, zukünftig keine Spuren mehr am Tatort zu zerstören, systematisch alle Beweise in dafür vorgesehenen Behältern und Tüten zu sichern sowie den Tatort genau zu beschreiben und zu fotografieren.

«Und was hast du heute abgetippt?», erkundigte sich Luise in der Mittagspause bei Hedwig Wegener.

«Eine Liste für Kommissar Gennat mit der detaillierten Ausstattung eines sogenannten Mordautos, das er wohl unbedingt bald haben will.»

«Ein *Mordauto?*», wiederholte Luise und hob fragend die Brauen.

«Na ja, ein Auto, mit dem die Kripo zum Tatort fährt, das ganz besonders ausgestattet sein soll. Es wird dann auch immer eine Stenotypistin mitfahren. Ich denke, ich werde mich auf diese Stelle bewerben», schickte Hedwig selbstbewusst hinterher.

♦

Ella kam seit ihrem ersten Besuch immer mal wieder bei Johannes vorbei. Meist spät in der Nacht, aber auch dann bat er sie herein, kochte Kaffee und ließ sie sich unter einer Decke aufwärmen. Sie erzählte von den Menschen, die sie in den Bars und Tanzdielen traf, wie es ihr dabei wirklich ging, verschwieg sie. Johannes und sein Kiosk waren wie ein Anker für sie. Hier fühlte sie sich geborgen. Doch obgleich sich Johannes in seiner Kleidung und seiner Arbeit den Menschen aus Ellas Umgebung angepasst hatte, spürte sie, dass er nie zu ihnen gehören würde. Allein schon seine Herkunft, seine Erziehung und seine Sprache würden ihn immer über Menschen wie sie erheben. Ob es Johannes auch so empfand, wusste sie nicht.

An diesem Abend kam Ella ungewöhnlich früh. Der Strom von Menschen, die dem Feierabend zustrebten, war gerade erst abgeebbt, als sie unvermittelt vor ihm stand. Johannes sah sie überrascht an. Nicht nur, dass die Zeit ungewöhnlich war, auch ihre Aufmachung unterschied sich deutlich von der ihrer nächtlichen Besuche bei ihm. Ella war ungeschminkt, trug ein einfaches Baumwollband um die lockigen Haare und einen schlichten Zweiteiler, der ein wenig zerknittert wirkte.

«Grüß dich, Ella, was kann ich für dich tun? Möchtest du was trinken oder eine Zigarette?»

Ella nahm beides an. Sie schob die brennende Manoli zwischen die Lippen und prostete Johannes mit der Bierflasche zu. Um ihn nicht zu sehr zu schröpfen, bestand sie darauf, ihm ein Päckchen von den grünen Eckstein-Zigaretten abzukaufen.

Johannes kam hinter seinem Tresen hervor. «Was ist los?»

«Ick wollt fragen, ob du mir 'nen Gefallen tun kannst.»

«Worum geht's?»

«Meine Mutter, sie is nich mehr ganz klar im Kopp», berichtete Ella und seufzte. «Sie hat 'n paar gefährliche Sachen gemacht. Ein

Glück, dass uns die Bude nich abgebrannt is. Jedenfalls is sie jetzt in der Charité bei die Bekloppten, und ick hab Bammel, dass sie da nich mehr rauskommt.»

Johannes bekundete sein Mitgefühl, wunderte sich aber, wie er helfen könnte.

«Es geht nich um meine Mutter, sondern um Michel. Der war ja immer bei ihr, wenn ick arbeiten musste, aber jetzt hab ick keinen mehr, der auf ihn aufpasst, wenn ick nich da bin. Meine Mutter is eingesperrt und Paul auch, der sitzt noch im Knast.»

«Und was ist mit Michels Vater?», erkundigte sich Johannes vorsichtig.

Ella senkte den Kopf. «Der is nich da. Tatsache is, ick muss heut in die Bar, sonst verlier ick meinen Platz dort und muss womöglich auf der Straße stehn.»

Johannes brauchte einige Augenblicke, um zu begreifen, was Ella meinte. Natürlich hatte er sich seine Gedanken über ihre nächtlichen Aktivitäten gemacht, doch erst jetzt wurde ihm klar, was sie alles tat, damit ihre Familie nicht hungern musste. Womöglich musste sie auch noch Geld an diese zwielichtigen Ringvereinsbrüder von Paul abgeben, damit die ihren Bruder nicht hängenließen. Was für eine verzwickte Lage.

Wie gern hätte er ihr richtig geholfen. Er wusste ja, dass sie am liebsten wieder als Verkäuferin im Kaufhaus arbeiten würde.

«Würdest du heut Nacht auf den Michel aufpassen, Hannes? Er is ’n lieber Kerl, der macht dir keine Scherereien. Ick kann ihn doch nich allein in der Wohnung lassen!»

Was blieb Johannes da anderes übrig, als ihr zu versichern, dass er nichts lieber täte, als sich um ihren Michel zu kümmern?

♦

Es war kurz vor zehn Uhr und bereits dunkel, als Ella mit dem Kind an der Hand zurückkehrte. Nun war sie für den Abend zurechtgemacht, ihr Gesicht ein wenig zu grell geschminkt, das Kleid aus billigem Stoff sehr kurz, ein Band mit Glasperlen und Federn hatte sie ins Haar geflochten.

Johannes erinnerte sich noch genau an seinen überraschenden kleinen Weihnachtsbesucher. Der Junge war sehr hübsch mit seinem dunklen Haar und den ausdrucksstarken braunen Augen. Er blieb vor Johannes stehen und sah ihn mit ernster Miene an.

«Machen wir wieder Feuer?», wollte er wissen.

«Wenn du möchtest», willigte Johannes ein. «Dann müssen wir zusammen aber noch ein wenig Brennmaterial sammeln.»

Der Junge nickt. «Mach ick! Ick bin stark und hab zwei Hände.» Er deutete mit dem Zeigefinger auf Johannes' Armstumpf. «Warum haste nur eine?»

«So was fragt man nich», rügte Ella, doch Johannes lächelte das Kind an.

«Die habe ich im Krieg drüben in Frankreich verloren.»

Michael riss die Augen auf und starrte Johannes mit Entsetzen in der Miene an. «Verloren? Einfach so?» Er hob seine beiden Hände hoch, spreizte die Finger und schien genau zu prüfen, ob irgendwas davon plötzlich abfallen könnte.

«Du weißt doch, im Krieg wird geschossen. Und wenn man getroffen wird, kann man sterben. Manche Soldaten verlieren auch ein Bein oder einen Arm», erklärte Johannes.

«Oh ja, ick kenn da einen mit nur einem Bein», sagte der Junge mit der morbiden Begeisterung eines Kindes in der Stimme.

«Jetzt gibt es erst mal Milch und Kekse», lenkte Johannes ab.

Michaels Augen wurden ganz rund. «Kekse?»

«Aber sicher!» Johannes drehte sich um und nahm eine kleine Packung aus dem Regal mit Süßigkeiten.

«Dann geh ick mal», sagte Ella. «Es kann spät werden.»

Johannes nickte ihr zu. «Mach dir keine Sorgen. Dein Michel ist hier gut aufgehoben. Und wenn er müde wird, kann er auf meinem Feldbett schlafen.»

«Ick werd nich müde!», protestierte der Junge und streckte seine Hand nach dem Keksschatz aus.

«Danke», stieß Ella hervor.

«Keine Ursache. Wir werden schon gut miteinander klarkommen», behauptete Johannes, obgleich er sich fragte, was er die ganze Zeit mit dem Kleinen anfangen sollte. Vielleicht würde er schon bald müde und dann schlafen, hoffte Johannes, denn er rechnete nicht damit, Ella vor den frühen Morgenstunden wiederzusehen.

Allerdings war der Junge fest entschlossen, möglichst lange wach zu bleiben und das Abenteuer außerhalb der heimischen Wohnung bei dem fremden Mann auszukosten. Interessiert sah er sich alle Waren an, ergatterte noch ein paar Bonbons und ließ dann den Blick über die Zeitungen und Zeitschriften wandern und über einige bunte Magazine. Da er aber kaum über den Tresen sehen konnte, suchte er in dem Regal darunter nach Unterhaltung – und zog ein kleines Heft mit Fotografien hervor, was Johannes einen Laut des Entsetzens entlockte.

«Warum is die nackig?», wollte Michael wissen.

Johannes beeilte sich, ihm das Heft aus der Hand zu nehmen, ehe noch weitere Bilder sein Interesse weckten. «Die Hefte da unten sind nur für erwachsene Männer!», betonte er und legte das Magazin auf seinen Platz zurück.

«Warum?»

Das war ganz sicher kein Thema, das Johannes mit einem Dreijährigen zu besprechen gedachte. Lieber lenkte er ihn mit Kriegsgeschichten ab – die natürlich mit der Realität an der Front wenig zu tun hatten, doch der Junge hörte gespannt zu und fragte ihm Löcher in den Bauch, die manchmal nicht so leicht zu beantworten waren. Nebenher trank er seine Milch, futterte Kekse und beharrte darauf, Johannes bei jedem Kunden hilfreich zur Hand zu gehen.

Sie warteten, bis der Kundenstrom für eine Weile abbrach, und sammelten dann rund um den Bahnhof alles Brennbare ein, das sie finden konnten. Ein paar Holzscheite hatte Johannes auch noch, und so flackerte bald ein wärmendes Feuer in seiner Tonne.

Als nach den Feierabendkunden nach und nach die Nachtschwärmer eintrafen, die vor allem an einer *Molle mit Mampe* interessiert waren, bestand Michael darauf, die Schnapsgläser zu füllen und diese vorsichtig zu den Kunden hinauszubalancieren. So bedienten sie zusammen, auch wenn bei Michael doch einiges auf den Boden schwappte, bis der Kleine sich vor Müdigkeit kaum mehr auf den kurzen Beinen halten konnte. Es war weit nach Mitternacht, als er sich endlich auf das Feldbett legen und sich zudecken ließ.

«Schlaf ein wenig», sagte Johannes.

«Und morgen komm ick wieder, ja?», erkundigte sich Michael schläfrig.

Ein unbekanntes Gefühl stieg beim Anblick des runden Kindergesichts in ihm auf, das ihn flehend ansah. Johannes strich dem Jungen über das dunkle Haar. «Na klar. Wenn die Mama arbeiten muss, kommst du her und hilfst mir mit den Kunden.»

Mit einem seligen Lächeln schlief Michael ein, und Johannes bewachte seinen Schlaf auf dem bequemen Tuchklappstuhl, den er neben das Bett gerückt hatte. Als eine widerspenstige Strähne, die ihm irgendwie vertraut schien, dem Kleinen in die Stirn sprang, schob sie ihm Johannes mit einer zärtlichen Geste sanft lächelnd aus dem Gesicht.

♦

Luise saß mit angezogenen Beinen auf ihrem roten Lieblingssessel im Wohnzimmer, den sie sich selbst ausgesucht hatte. Die weinrote Art-déco-Sitzgruppe in ihrer schlichten Form war zwar modern und passte zu der ebenso schnörkellosen, modernen Schrankwand, aber sie war nicht sonderlich bequem. Lieber saß Luise in ihrem Sessel neben dem Fenster, auf dessen Sims ihre hingebungsvoll gepflegten Topfblumen standen. Die Stehlampe warf ihr warmes Licht auf den aufgeschlagenen Wälzer in ihrer Hand, von dem sie heute schon viele Seiten gelesen hatte. Das Drama der Lübecker Familie fesselte sie. Luise litt mit Hanno, liebte die kesse Tony und lehnte beide Ehemänner aus tiefstem Herzen ab. Thomas Manns *Buddenbrooks* hielt sie im Bann. Luise goss sich ein Glas Wein nach, als sie den Schlüssel in der Tür hörte.

Ehe sie ihr Buch weglegen und die Wolldecke von ihren Beinen ziehen konnte, kam Robert bereits ins Wohnzimmer, gab ihr einen sanften Kuss auf den Mund und begann dann Manschetten und Kragen von seinem Hemd zu lösen.

«Was liest du da?», erkundigte er sich.

«Die *Buddenbrooks* von Thomas Mann.»

«Oje, der schreibt doch so langatmig», kommentierte Robert. «Der braucht, um eine Seite zu füllen, gerade mal zwei Sätze!»

Luise lachte. «Ja, so ähnlich, ich mag seine Geschichten trotzdem. Er hat eine gute Beobachtungsgabe und beschreibt seine Figuren so, dass man bald schon meint, sie persönlich zu kennen.» Sie legte das Buch zur Seite. «Möchtest du etwas essen?»

Robert schüttelte den Kopf und setzte sich in einen der unbequemen Sessel. «Ich war bereits essen.»

«Ach ja? Mit wem denn, wenn ich fragen darf?» Sie drehte ihren Sessel so, dass sie einander ansehen konnten.

Robert grinste angesichts des etwas pikierten Tonfalls seiner Frau. «Natürlich darfst du das wissen. Es war eine ‹Sie›, aber keine Frau!»

«Aha! Jetzt bin ich aber neugierig.»

Sein Grinsen wurde noch breiter. «Sie heißt GEHAG. Das ist eine Baugenossenschaft, zu deren Mitgliedern ich seit heute Abend gehöre.»

«Hat das was mit deiner Arbeit als Bauingenieur zu tun?»

«Nein, das mache ich zusätzlich.»

«Weil du ja auch sonst so wenig zu tun hast», merkte Luise sarkastisch an.

Tatsächlich wurde Robert etwas rot, als hätte Luise ihn erwischt. «Nun ... diese Genossenschaft ist etwas Gutes, Wichtiges. Sie wurde nämlich auch gegründet, um gegen das Wohnungselend in Berlin vorzugehen.»

Luise starrte ihn erstaunt an. «Ach, und das reizt dich? Ich habe immer das Gefühl, wenn ich von ähnlichen Dingen spreche, die ich bei meiner Arbeit mitbekomme, dann hörst du gar nicht zu, oder es interessiert dich nicht sonderlich.»

Robert rutschte bis zur Kante seines Sessels vor und griff nach ihren Händen. «Das ist nicht wahr. Vielleicht finde ich nur diese Wirklichkeit, mit der du täglich konfrontiert wirst, zu schrecklich. Es gefällt mir nicht sonderlich, dass du dich damit befassen musst. Bei der Sitte geht es ja häufig um Prostitution.»

Nun war es an Luise, Roberts Hände zu drücken. Sie freute sich, dass Robert heute Abend so ungewöhnlich ehrlich und zugänglich war. Sie erzählten sich gegenseitig viel zu wenig von ihrer Arbeit.

«Das stimmt, Robert, auch ich komme in der Burg mit viel Elend in Berührung», sagte sie behutsam. «Mit sehr schlimmen Dingen, eben auch die Prostitution. Es ist so traurig, dass sich Frauen verkaufen müssen. Es ist entwürdigend und macht ihre Seele kaputt. Die meisten von ihnen, da kannst du sicher sein, würden einer geregelten Arbeit nachgehen, wenn sie nur die Chance hätten.»

Robert stand auf und zog auch Luise von ihrem Sessel hoch. Er drückte sie an sich, küsste ihr Haar und sagte mit fester Stimme: «Ich danke dir, Luise, und ich bewundere, wie du dich einsetzt. Du bist ein guter Mensch! Auch deshalb liebe ich dich so sehr.»

♦

Am nächsten Tag, es war der 4. Februar, traf sich Robert in seiner Mittagspause mit Luise und lud sie zu einem schnellen Essen bei Aschinger ein, als ein Bursche mit Schieberkappe auf dem Kopf und einer dickbepackten Tasche über der Schulter den Gastraum betrat.

«EXTRABLATT! EXTRABLATT!», schrie er und wedelte mit einer Ausgabe der *BZ am Mittag*.

«Reichspräsident Ebert bei einer Operation gestorben!»

Jeder griff nach einem Blatt und verschlang den Aufmacher. Luise las bei Robert mit, ihr Herz pochte laut, Reichspräsident Ebert war ein Politiker gewesen, dem sie viel Respekt entgegengebracht hatte. Umso mehr ärgerte es sie, dass der Artikel noch einmal das Verfahren aus dem vergangenen Jahr aufrollte, weswegen Friedrich Ebert eine notwendige Operation hatte verschieben lassen. Ein Redakteur hatte ihm vorgeworfen, die katastrophale Lage des Reichs vor und nach Kriegsende mitverschuldet zu haben. Die Anschuldigungen gipfelten in dem Vorwurf «Landesverrat», den Ebert angeblich begangen hätte. Der Reichpräsident hatte daraufhin ein Beleidigungsverfahren angestrebt, und der Journalist war wegen Verunglimpfung des Staatsoberhauptes verurteilt worden. Dennoch ging der Streit in die nächste Instanz, weil nationalistisch eingestellte Richter die Auffassung vertraten, die Aussage des Journalisten sei im strafrechtlichen Sinne korrekt gewesen ... Und nun war Ebert tot, gestorben an einem Blinddarmdurchbruch, eine Notoperation hatte ihn nicht mehr retten können.

Luise schob ihren noch nicht ganz geleerten Teller von sich. «Mir ist der Appetit vergangen.»

Robert steckte seine letzten beiden Stücke Wurst in den Mund und legte dann auch die Gabel weg.

«Lass uns gehen», sagte Robert leise. Er bezahlte und griff dann nach ihrer Hand. So führte er Luise in bedrückter Stimmung zur Burg zurück.

♦

An einem Samstag Mitte April stand Luise an Johannes' Bude und redete eifrig auf ihn ein. «Komm doch mit, bitte! Ilse freut sich auch und Robert ganz besonders. Und sage nun nicht, du hättest nichts anzuziehen. Ich habe einen Anzug von Robert dabei, der dir sicher passen wird.»

Johannes hatte einen kleinen Eimer mit schäumendem Wasser über seinen Armstumpf gehängt und wischte mit einem Lappen in der anderen Hand die Tische sauber. «Ich kann doch meinen Laden nicht einfach zumachen.»

«Doch, das kannst du sehr wohl!», beharrte Luise.

Johannes zögerte. «Ich gehöre nicht mehr in eure Welt», widersprach er. «Was sollte ich in einem vornehmen Hotel? Und nachher verkaufe ich wieder Molle und Mampe an meine Obdachlosen?»

«Du verkriechst dich hier und drückst dich vor dem Leben», schimpfte Luise. «Es geht überhaupt nicht darum, wie vornehm das Excelsior ist. Es geht um die Musik, die dir früher einmal sehr wichtig war. Efim Schachmeister spielt dort schon seit einem Jahr regelmäßig mit seiner Kapelle. Er macht tolle Musik, Ragtime und Jazz. Ilse hat mir zwei Schallplatten von ihm geschenkt! Bitte, komm mit.»

«Ich kann nicht mehr tanzen», widersprach Johannes bitter.

«Dann hören wir uns eben gemeinsam die Musik an.»

«Nein, das geht nicht, und ich möchte das auch nicht.»

Luise gab auf, und so fuhren später nur sie, Ilse und Robert mit der Bahn zum Anhalter Bahnhof und spazierten über den Platz direkt zum Hotel hinüber.

Das Excelsior war ein großes Haus gegenüber dem Kopfbahnhof, das 1908 eröffnet und Anfang der zwanziger Jahre von seinem neuen Eigentümer Curt Elschner auf sechshundert Zimmer erweitert worden war. Es war ein vornehmes Haus, aber keines der ganz luxuriösen wie das Adlon oder das Esplanade. Durch seine Nähe zum Anhalter Bahnhof, der Berlin insbesondere mit der Mitte Deutschlands und dem Süden verband, stiegen hier vor allem wohlhabende Geschäftsreisende ab.

Luise sah sich neugierig um. Der Tanzsaal war durchaus ansprechend gestaltet: Das rechteckige Tanzparkett schien groß genug angelegt, sodass sich die Paare nicht Körper an Körper über die Fläche schieben mussten. Umrahmt wurde das Parkett von zwei Reihen weiß gedeckter, runder Tische mit je vier bis sechs bequem gepolsterten Stühlen. An der einen Schmalseite stand, ein wenig erhöht und umgeben von seinen Musikern, Efim Schachmeister – Geiger und Kapellmeister zugleich. Luise zählte zwölf Männer in schwarzen Anzügen, weißen Hemden und schwarzen Halsbinden: links der Mann am Flügel, dahinter eine große Tuba, daneben der Schlagzeuger, und je nach Stück wechselten die anderen Musiker zwischen verschiedenen Blech- und Holzblasinstrumenten hin und her. Im Moment spielte auch ein Banjo mit, das typische Saiteninstrument aus Amerika mit einem blechernen

Klang, das vermutlich in der Kaiserzeit niemand in Berlin gespielt hatte.

Gegenüber, auf der anderen Schmalseite der Tanzfläche, schloss sich hinter den Tischen die Bar an, deren Getränkeangebot überaus reichhaltig war.

Robert tanzte eine Runde mit Luise und dann mit Ilse, ehe sie sich alle wieder am Tisch versammelten, Cocktails tranken und der schmissigen Musik lauschten. Ilse gab einige Anekdoten von ihren oft sehr launischen Kundinnen zum Besten, und alle lachten herzlich.

«Und wie geht es deinen Sittenstrolchen und sonstigen Verbrechern?», erkundigte sie sich bei Luise.

Diese winkte ab. «Ach, im Moment haben wir keine allzu spannenden Fälle. In der Betrugsabteilung dreht sich noch alles um die Barmat-Brüder, um Verschiebung von Heeresmaterial, Beamtenbestechung und Kreditbetrug.»

Ilse zog einen Flunsch. «Laaangweilig», moserte sie. «Weißt du nichts Aufregenderes?»

Luise grinste frech. «Du meinst mit ein wenig Blut?» Sie senkte die Stimme. «Am Mittwoch wird Haarmann mit dem Fallbeil hingerichtet. Ist das aufregend genug?»

Ilse grinste zurück. «Du meinst *der* Haarmann aus Hannover?»

«Ja, der, der seinen jugendlichen Opfern in die Kehle gebissen und sie gleichzeitig erwürgt hat. Dann hat er sich einen starken Kaffee gebraut und die Leichen anschließend zerlegt, um die Einzelteile zu entsorgen – oder sie zu Wurst zu verarbeiten, was manche vermuten. Haarmanns abgetrennter Kopf soll übrigens dem Hirnforschungsinstitut in München zur Verfügung gestellt werden.»

«Luise, du weißt, ich schätze deine Arbeit», Robert zwinkerte ihr in einem neu gefundenen Einverständnis zu, «aber wollen wir nicht jetzt über etwas anderes sprechen?»

Sie senkte den Blick, konnte sich dann aber doch einen kleinen Seitenhieb nicht verkneifen. «Entschuldige bitte. Ich habe vergessen, dass ihr beide an solche Gespräche nicht gewöhnt seid.» Sie sah zu Ilse hinüber, die sich krampfhaft das Lachen zu verbeißen suchte, während Robert spielerisch den Zeigefinger hob.

«Da, sieh mal. Die Frau dort drüben, die Fotos macht. Hast du so was schon mal gesehen?», ergriff nun Ilse das Wort.

Alle drei schauten nun interessiert zu der jungen Frau mit dem erstaunlich kleinen Apparat in den Händen.

«Unglaublich!», stieß Luise hervor. «Ich wusste gar nicht, dass es so was gibt.»

«Das ist sicher eine Leica, die hat Ernst Leitz auf der Leipziger Messe vorgestellt», vermutete Robert. «Er ist Feinmechaniker und baut auch Mikroskope, ich habe einen Bericht über ihn gelesen. Die Kamera funktioniert mit einem Rollfilm, den man ganz einfach nach jeder Aufnahme weiterspulen kann. Und sie wiegt weniger als ein Pfund!» Sein Begehren war ihm deutlich anzusehen. «Zweihundertsiebzig Mark kostet sie, mit Ledertasche und Entfernungsmesser.»

Auch Luise faszinierte der Apparat. «Jetzt weiß ich, was Ignaz Wrobel vor ein paar Tagen in der *Weltbühne* schrieb. Ich weiß den Satz nicht mehr wörtlich, aber es ging darum, dass er den Kommunisten rät, mit Hilfe von Fotografien zu kämpfen.»

«Ignaz Wrobel? Das ist ein Pseudonym von Kurt Tucholsky», sagte Ilse. «Ich habe ihn mal gesprochen, Claire Waldoff hat mich ihm kurz vorgestellt. Er jongliert mit Pseudonymen und Artikeln zu vielen Themen in verschiedenen Zeitungen.»

Luise nickte. «Stimmt, du hast von ihm erzählt.»

Robert schaute beide Frauen an. «Und was will er uns damit sagen?»

«Hm», machte Luise. «Ich denke, er will uns sagen, dass man

die Wirklichkeit zwar mit vielen Worten anprangern kann, *solch* eine Kamera aber durch ein einziges Foto unseren Blick scharf stellt.»

Ja, du hast recht, ein Bild kann uns viel direkter ansprechen. Unseren Verstand und unser Gefühl, überlegte Ilse. Dann sah sie Robert an und meinte forsch: «Hast du nicht Lust, mich noch einmal über die Tanzfläche zu führen?»

Ein wenig überrascht stand Robert auf, strich seiner Frau über die Wange und führte Ilse zu einem Two Step aufs Parkett. Erstaunt stellte Luise fest, dass sie selbst gerne mit der Freundin getanzt hätte, doch sie fürchtete die Blicke der anderen Gäste. Und auch Robert hätte dafür bestimmt kein Verständnis.

Als das Stück zu Ende war, wechselten die Musiker zu einem langsamen Takt. Luise erkannte den *Memphis Blues*, den sie auf Schallplatte hatte. Robert und Ilse kamen zurück an ihren Tisch, und Robert streckte seiner Frau galant die Hand entgegen.

Auf der Tanzfläche legte Luise ihre Arme um seine Schultern und spürte seine Hände auf ihrer Taille. Zaghaft begann Robert sich im Takt der Musik zu wiegen, ehe er sie mit den ersten Schritten über das Parkett steuerte. Sie ließ ihre Wange an seine Schulter sinken, ihre Finger strichen über das kurze Haar in seinem Nacken. Sie übergab sich ganz der Musik und den Bewegungen seines Körpers und konnte doch nicht verhindern, dass ihre Gedanken sich in Erinnerung an einen anderen Tanzabend verloren. Sie drifteten weit zurück zu einer jungen, schüchternen Luise und einem ebenso jungen, wenn auch forschen Studenten. Bei einem feurigen Tango hatte er seine Finger an ihre Taille gelegt, sie hatte seinen Atem an ihrem Ohr gespürt, und der erste zarte Kuss von Johannes hatte ihr das Blut in die Wangen schießen lassen.

♦

«Ich war gestern mit meiner Freundin Ilse im Kino. Wir haben *Die freudlose Gasse* gesehen», erzählte Luise beim Mittagessen ihren Kolleginnen Wegener und Steiner.

«Und, hat dir der Film gefallen?», erkundigte sich Hedwig. «Die Filmkritik war gut, oder?»

Luise nickte. «Ja, denn Asta Nielsen in der Hauptrolle war eine Wucht. Aber auch Greta Garbo spielt phantastisch, und Valeska Gert tanzt phänomenal.»

«Ich habe gelesen, der Film wird mit jeder Aufführung ein wenig kürzer», meldete sich Trude zu Wort und zog eine Grimasse. «Die Zensur nennt ihn ‹skandalös›.»

«Dabei ist der *eigentliche* Skandal, dass die radikalen Rechten die ‹Ausrottung› des Autors forderten!» Luises Miene wurde ernst.

«Und das haben sie geschafft. Er ist einem Attentat zum Opfer gefallen, noch ehe der Film in die Kinos kam», ergänzte Trude. «Was für eine Schande, ich habe Kommissar Gennat selten so zornig erlebt.»

Die drei Frauen sahen einander an.

«Der Mörder soll Mitglied der NSDAP sein», sagte Trude.

«Und so schnell gelangt man vom Film zur Politik», bemerkte Hedwig frustriert, blieb aber beim Thema. «Na, was haltet ihr von unserem neuen Reichspräsidenten Hindenburg?»

Luise schüttelte den Kopf. «Mein Mann Robert hat von Anfang an vermutet, dass er es wird, aber ich konnte oder wollte es bis zum Schluss nicht glauben.»

Am 26. April war Paul von Hindenburg im zweiten Wahlgang zum Reichspräsidenten gewählt worden, was vor allem den rechten Gruppierungen gefiel. Aber auch für viele einfache Bürger schien er ein Trost zu sein, eine Verbindung zur Vergangenheit.

«Das wird den Republikfeinden Auftrieb geben», war sich Hedwig sicher. «Wusstet ihr, dass ihn die Leute vom Stahlhelm zum Ehrenmitglied ernannt haben?»

«Ehrlich gesagt, mich wundert das nicht», meinte Luise. «Hindenburg steht fürs Militärische. Und all diese Rechten, die Wehrsportgruppen und andere, stellen sich doch schon lange gegen die Forderungen der Alliierten und wollen die Aufrüstung.»

Trude nickte. «Stimmt, die können es gar nicht erwarten, in einen neuen Krieg zu ziehen, um die Schmach von Versailles zu tilgen.»

Kapitel 13

Nervös schritt Luise vor der geschlossenen Tür des Doktors auf und ab. Dieses Mal war sie ohne Ilse ins Institut für Sexualkunde gekommen. Endlich wurde sie aufgerufen. Sie begrüßte den Arzt, nahm Platz und wartete, bis seine Assistentin die Tür hinter sich geschlossen hatte.

«Was kann ich für Sie tun, Frau Wagenbach?», erkundigte sich Dr. Hirschfeld höflich.

«Sie erinnern sich an mich und mein – unser – Problem?»

«Ja, ich habe mir Gedanken darüber gemacht, wie ich Ihnen und Ihrem Gatten helfen könnte, doch ich fürchte, ohne seine Mitarbeit wird das nicht funktionieren. Haben Sie denn mit ihm gesprochen? Ist er bereit, einen Termin bei mir wahrzunehmen?»

Luise winkte ab. «Nein, er möchte das nicht, aber ich habe eine andere Frage. Ist es möglich ... ich meine theoretisch ... dass ich trotzdem ... ich meine, ohne dass wir so ganz richtig – äh – zusammenkommen ... Also wäre es möglich, dass ich dennoch schwanger werde?»

Dr. Hirschfeld sah sie intensiv an. «Ich verstehe Ihren Wunsch, und ja, ausschließen würde ich es nicht. Auch wenn Sie sich auf andere Weise lieben und sich sexuell nahekommen, könnte theoretisch die eine Spermazelle, die nötig ist, ihren Weg finden, aber ich würde mich scheuen, Ihnen Hoffnung zu machen.»

«Dürfte ich Sie dennoch bitten, mich zu untersuchen?», fuhr Luise fort. «Ich denke, dass es vielleicht funktioniert hat.»

«Wie kommen Sie darauf?»

«Nun ja, meine monatliche Blutung ist ausgeblieben, schon zwei Mal. Ich spüre ein ungekanntes Ziehen in der Brust, und am Morgen war es mir die vergangenen Tage so übel, dass ich lediglich eine Tasse Tee trinken konnte.»

Dr. Hirschfeld überlegte, dann rief er seine Assistentin und führte Luise in eines der Untersuchungszimmer. Er schwieg die ganze Zeit, während sich Luise dem peinlichen Abtasten unterziehen musste. Erst als sie wieder angezogen in seinem Sprechzimmer saß, sah sie der Doktor mit einem Lächeln an.

«Ich hätte es nicht für möglich gehalten, aber ja, ich bin mir sicher. Sie erwarten ein Kind! Ich gratuliere Ihnen ganz herzlich, Frau Wagenbach. Möchten Sie die weiteren Untersuchungen während der Schwangerschaft bei Ihrem Arzt oder hier im Institut machen lassen?»

Luise entschied sich, zu ihrem gewohnten Arzt zu gehen, bedankte sich und reichte Dr. Hirschfeld zum Abschied die Hand.

«Was ist mit Ihnen? Freuen Sie sich nicht? Sie sehen so bedrückt aus. Sorgen Sie sich? Das müssen Sie nicht.»

Luise erwiderte sein aufmunterndes Lächeln. «Danke, Herr Doktor. Ich bin sehr glücklich, aber vielleicht auch ein wenig angespannt …»

Er nahm ihre beiden Hände in die seinen. «Tun Sie sich etwas Gutes, und freuen Sie sich einfach. Das Risiko ist gleich hoch oder gleich niedrig wie bei jeder anderen Schwangerschaft auch.»

Luise nickte. «Ich weiß, Herr Doktor. Aber es ist ja für mich das erste Mal.»

Dr. Hirschfeld lächelte aufmunternd und begleitete sie zur Tür. «Alles Gute, Frau Wagenbach. Und sollte je etwas sein, Sie wissen, wo Sie mich finden können.»

Draußen empfing sie eine leuchtende Sonne am blitzblauen

Himmel, wärmte sie, hüllte sie ein. Luise sog die Sommerluft in sich auf und entschloss sich spontan, Ilse aufzusuchen. Die Freundin sollte die Neuigkeit als Erste erfahren.

«Ich wusste es!», rief Ilse überschwänglich und umarmte Luise stürmisch. «Wie gut, dass ich dich zu Dr. Hirschfeld geschickt habe!»

Luise spürte, wie sie rot wurde.

Ilse lachte hell auf und kniff sie in die gerötete Wange. «Was bist du noch immer für ein Fräulein Unschuld. Er ist Arzt, du eine erwachsene, verheiratete Frau. Wie kann dir so ein Besuch peinlich sein?»

«Ach, ich ziehe mich halt nicht gern vor einem fremden Mann aus», antwortete Luise. «Aber ich werde mich dran gewöhnen. Andere Frauen haben all die Untersuchungen vor der Geburt ja auch überstanden.» Sie zuckte leicht mit den Achseln, dann nahm sie feierlich Aufstellung und fragte: «Willst du Patin werden?»

«Natürlich!» Ilse wirbelte Luise begeistert einmal im Kreis herum, dann küsste sie die Freundin zärtlich auf den Mund.

«Nein, nicht», wehrte Luise ab. «Ich weiß nicht, was in jener Nacht mit mir los war. Ich liebe dich sehr, aber nicht so ... Ich bin verheiratet und werde Mutter!»

«Das weiß ich doch.» Ilse schmunzelte. «Ich will dich deinem Mann ja nicht wegnehmen und würde dich nie zu etwas drängen, das du nicht selbst möchtest. Sei kein Schaf!»

Luise berührte Ilses Hände und ließ ihre Fingerspitzen über ihre Haut gleiten. «Vielleicht fürchte ich mich weniger davor, dass du mich drängen könntest. Vielleicht fürchte ich mich manchmal mehr vor meinen eigenen Träumen und Wünschen.»

♦

Wie Luise erwartet hatte, reagierte Robert zuerst ungläubig und dann voller Freude. Er umarmte sie, küsste sie, hob sie hoch in die Luft, bis sie bat, sie wieder runterzulassen.

«Mir ist ein wenig übel.»

«Oh ja, natürlich.» Er schob sie aufs Sofa und legte ihre Beine hoch. «Du musst dich jetzt schonen und ausruhen und darfst dich auf keinen Fall aufregen.»

Luise kicherte. «Ich bin schwanger, nicht krank. Willst du mich die nächsten sieben Monate ans Bett fesseln?»

Robert lächelte noch immer sanft. «Nein, natürlich nicht, aber jede Gefahr und jeden Ärger von dir fernhalten. Und jetzt trinken wir erst einmal auf unser Glück!»

Er holte eine Champagnerflasche aus dem Kühlschrank und ließ den Korken knallen. Schäumend sprudelte eine Wolke über den Flaschenrand. Rasch hielt Robert einen der edlen Kristallkelche darunter, die sie zur Hochzeit bekommen hatten. Er füllte die beiden Gläser fast bis zum Rand und reichte Luise eines davon. Dann kniete er sich vor dem Sofa nieder und ließ sein Glas gegen das ihre klirren.

«Auf uns, meine geliebte Frau, und auf unser Kind. Es wird das schönste, das klügste, das perfekteste Glück der Welt werden.»

«Bis es schreit, weil es Bauchschmerzen hat, oder stinkt, weil die Windeln voll sind», scherzte Luise, doch Robert sah sie nur vorwurfsvoll an. «Wie kannst du so etwas sagen?»

«Ich will ja nur nicht, dass du uns zu sehr unter Druck setzt. Ich werde mich bemühen, ein schönes, kluges, perfektes Kind auf die Welt zu bringen.»

Robert stellte das Glas beiseite und umarmte sie zärtlich. «Es kann gar nicht anders sein, wo du doch bereits mein perfektes Glück auf Erden bist.»

Nach drei Gläsern Champagner schlief Luise zwar wunderbar,

doch am Morgen hatte sie nicht nur stechende Kopfschmerzen. Noch ehe sie richtig wach werden konnte, trieben Wellen der Übelkeit sie zur Toilette, wo sie sich übergab. Kaum hatte sie Robert seinen Kaffee gekocht, ging es schon wieder los.

Robert nahm sie in die Arme und streichelte ihren Rücken. «Ach, mein armer Schatz, bleib doch einfach zu Hause. Wie könntest du sinnvoll arbeiten, wenn du dich dauernd übergeben musst?»

Luise dachte daran, wie weit der Weg von ihrem Schreibtisch bis zur Damentoilette war. Was, wenn sie es nicht rechtzeitig schaffen würde? Die Vorstellung, einem der Kommissare auf dem Flur vor die Füße spucken zu müssen, brachte ihre Vorsätze ins Wanken. Natürlich war Schwangerschaft keine Krankheit, aber jetzt würde sie erst einmal warten müssen, bis diese schreckliche Übelkeit nachließ. Luise wusste von ihren Bekannten, die bereits Kinder hatten, dass diese quälende Zeit nur ein paar Wochen dauerte und die Schwangerschaft danach weniger belastend sein würde – zumindest, solange das Baby noch nicht zu viel Raum in ihrem Bauch einnehmen würde.

Bleich und elend schleppte sie sich zurück ins Bett. «Ich muss in der Burg anrufen», sagte sie schwach.

Robert stellte ihr eine Tasse Tee auf den Nachttisch. «Ach was, ich bin eh auf dem Weg zum Alex. Ich gehe bei deinem Chef vorbei und kläre das.»

Luise fühlte sich zu schlecht, um zu widersprechen, und rollte sich wieder in ihrem Bett zusammen. Als sie mittags aufwachte, ging es ihr besser. Sie verspürte sogar Hunger, also schlüpfte sie aus dem Bett, ging in die Küche und wärmte sich eine der von gestern übrig gebliebenen Schrippen auf. Genussvoll strich sie Butter auf die Hälften und sah zu, wie die goldgelbe Schicht an den Rändern zerfloss. Was für ein Glück, dass die Jahre der Entbehrung vorüber waren.

Sie wollte gerade in ihr Brötchen beißen, als das Telefon klingelte. Es war Hedwig Wegener.

«Ach, Luise, das tut mir aber leid», stieß die Sekretärin hervor, nachdem sie ihr allerdings zuerst zu ihrer Schwangerschaft gratuliert hatte.

«Ja, es ist unangenehm, aber ich höre allerorts, dass das in den ersten Wochen normal ist», wiegelte Luise ab.

«Ja, schon», gab Hedwig zu. «Die meisten fehlen immer mal wieder einen Tag, wenn es ihnen schlecht geht, aber normalerweise muss man nicht schon zu Anfang der Schwangerschaft seine Arbeit kündigen.»

«Kündigen?» Luise lachte verwirrt. «Wer spricht denn von Kündigung? Ich habe mich nur heute Morgen zweimal übergeben und fühlte mich sehr schwach, aber ich bin mir sicher, dass sich das bald legt und ich ganz normal weitermachen kann.»

Auf der anderen Seite herrschte eine Weile Stille, dann antwortete Hedwig mit seltsamem Klang in der Stimme: «Dein Mann war heute Morgen da und hat von deiner Schwangerschaft und deinem schlechten Zustand berichtet. Er war sogar beim Polizeipräsidenten, um dich zu entschuldigen und das Arbeitsverhältnis zu beenden. Du musst gar nicht mehr in die Burg kommen. Ich glaube, er hat deine privaten Dinge aus deinem Schreibtisch gleich mitgenommen.»

Die Übelkeit, die Luise nun überfiel, hatte nichts mit ihrer Schwangerschaft zu tun. «Aber das kann er doch nicht machen!»

«Rechtlich gesehen kann er das schon, er ist dein Mann», stellte Hedwig richtig. «Dass du das nicht willst, musst du selbst mit ihm klären, aber ich fürchte, da lässt sich jetzt eh nichts mehr machen. Vermutlich sitzt bereits morgen eine neue Sekretärin auf deinem Platz. Auf jede offene Stelle warten ja Dutzende!»

«Danke ... danke, dass du mich angerufen hast, Hedwig. Und ...

und grüße alle von mir», presste Luise heraus. Dann legte sie auf, denn sie konnte die Tränen nicht länger zurückhalten. Weinend kauerte sie sich auf dem Boden zusammen. Was für ein Verrat! Wie konnte Robert ihr das antun? Warum ließ er sie nicht selbst entscheiden, was für sie und das Kind am besten war?

Nach Verzweiflung und Trauer kam die Wut. Luise stemmte sich vom Boden hoch, ging ins Bad und beseitigte die schlimmsten Spuren in ihrem Gesicht. Dann zog sie sich an, griff nach ihrer Handtasche und schlug die Wohnungstür hinter sich zu.

♦

Sie wäre gerne zu Ilse gegangen, doch die hatte heute einen Termin mit einem Fotografen, der einige Modeaufnahmen von ihren Modellen machen wollte. Also führte sie ihr Weg zum Bahnhof Friedrichstraße und dort zu Johannes' Kiosk.

«Was ist passiert?», fragte er, noch ehe er sie begrüßte. «Du siehst aus wie ein Kesselwagen kurz vor der Explosion.»

«Na danke für das Kompliment», entgegnete Luise scharf. «So wie ein Kesselwagen? Willst du mir damit sagen, dass ich zu dick bin?»

Johannes hob entwaffnend die Hand. «Erschieß mich nicht, ich bitte um Verzeihung für meine beleidigende Wortwahl. Nein, du bist wie eh und je schlank wie eine Elfe. Aber ein wenig Feuer und Rauch scheinen doch aus deinen Nüstern zu quellen.»

Wider Willen musste Luise lachen. Johannes bot ihr einen Platz an und brachte ihr die obligatorische Flasche Brause und ihre bevorzugten Zigaretten. In ihrer Erregung brach Luise drei Streichhölzer ab, ehe sie sich von Johannes Feuer geben ließ. Hastig nahm sie ein paar Züge. Der Rauch schien ihre Anspannung ein wenig zu lösen.

«Also, wer war so unklug, sich deinen Zorn zuzuziehen? Gibt es immer noch Menschen, die sich leichtfertig in Lebensgefahr begeben?», scherzte er in leichtem Tonfall, aber Luise konnte heute nicht über seine Späße lachen. Stattdessen rann ihr eine Träne des Zorns über die Wange. Johannes sah sie überrascht an.

«Robert!», stieß sie aus und knirschte mit den Zähnen.

Johannes rückte ein Stück von ihr ab. «Ich will mich nicht in Ehestreitigkeiten einmischen. Das wäre nicht gut.»

«Nicht gut ist, dass mein Mann in die Burg gegangen ist und ohne mein Wissen meine Stelle gekündigt hat. Meine persönlichen Sachen hat er gleich mitgenommen!»

«Wieso das denn? So was passt gar nicht zu ihm. Gab es Ärger? Bist du auf der Arbeit von jemandem belästigt worden?»

«Quatsch», stieß Luise hervor und weinte nun richtig. «Ich ... ich habe gerne dort gearbeitet ...»

«Was also ist passiert?»

«Mir ging es in den letzten Tagen nicht so gut», gab Luise zu.

«Bist du etwa krank? Warst du schon beim Arzt?»

«Ja, ich war bei Dr. Hirschfeld, und er sagt, mit mir steht alles zum Besten!»

Johannes starrte sie verständnislos an. Er brauchte einige Augenblicke, bis ihm einfiel, was ihm der Name *Hirschfeld* sagte. «Du meinst den Leiter des Instituts im Tiergarten?»

«Ja, den meine ich. Und der sagt, die Übelkeit während der ersten Monate sei nichts Ungewöhnliches.»

Johannes wurde für einen Moment blass und musste nach Worten suchen. Dann ergriff er ihre Hand. «Heißt das, du bist schwanger?»

Luise wischte sich über das Gesicht. Ihr Ärger verflog, und sie lächelte ihn an. «Ja, mein größter Wunsch ist in Erfüllung gegangen. Ich erwarte ein Kind!»

«Ihr, du und Robert, erwartet ein Kind», verbesserte Johannes. «Ich gratuliere euch von Herzen!» Er beugte sich vor und küsste sie sanft auf die Wange.

Luise machte eine unwillige Handbewegung. «Stimmt, aber im Moment ist es *mein* Kind, das in *meinem* Körper wächst und ihn durcheinanderbringt, aber deshalb bin ich noch lange keine Invalidin, der man, ohne sie überhaupt zu fragen, die Arbeit wegnehmen darf!»

«Robert meint es doch nur gut. Und ihr habt schon so lange darauf gewartet, da will er einfach kein Risiko eingehen. Außerdem müsstest du vor der Geburt eh kündigen. Du willst dich doch um das Kind kümmern, oder nicht? Oder würdest du es einer Amme oder Kinderfrau anvertrauen und lieber arbeiten gehen?»

Luise schob seine Argumente unwirsch beiseite. «Das ist ja alles richtig, aber er hätte das vorher mit mir besprechen müssen! Was er getan hat, ist unverzeihlich! Ich fühle mich so gedemütigt und übergangen.» Ihre Stimme wurde mit jedem Satz lauter. «Wer bin ich denn? Sein Eigentum, über das er entscheiden kann?»

Leute auf dem Bahnhofsvorplatz wandten sich zu ihnen um und starrten sie an.

«Bitte, beruhige dich, Luise», bat Johannes. «Nicht dass noch jemand in der Burg anruft und mir deine Kollegen auf den Hals hetzt, in der Annahme, ich würde dich belästigen.»

Luise konnte über den Scherz nicht lachen. «Gib mir einen Schnaps!», forderte sie. «Einen großen!»

Johannes zögerte, dann holte er eine Flasche Korn hinter dem Tresen hervor und goss ein wenig in ein Glas.

«Mehr!», forderte Luise.

«Willst du dich jetzt betrinken? Ist *das* deine Lösung?»

«Nein, aber vielleicht lässt meine Wut nach, wenn ich *anjeballert* bin», sagte sie, noch immer zornig.

Johannes goss noch einen kleinen Schluck hinzu, schenkte sich ebenfalls etwas ein und brachte die Gläser zum Tisch. Schwerfällig ließ er sich auf dem zweiten Stuhl nieder und hob sein Glas.

«Komm, lass uns auf dein Glück anstoßen. Du bekommst ein Kind! Hast du mir nicht selbst gesagt, dass dies dein größter Wunsch auf Erden sei? Dass du für immer glücklich sein könntest, wenn er sich erfülle? Und nun freust du dich nicht mal richtig, sondern bist nur wütend, weil du deine Arbeit ein wenig früher aufgeben musst.»

Luise griff nach ihrem Glas. «Natürlich bin ich glücklich, dass es geklappt hat, aber das eine hat mit dem anderen nichts zu tun, das wollt ihr Männer einfach nicht verstehen. Ilse würde ganz anders reden.»

«Das kann ich mir vorstellen. Meine Schwester ist gerade die Richtige, wenn es um Männer geht. Vielleicht wirst du, wenn du deinem Groll bei ihr Luft gemacht hast, wieder vernünftig und siehst das Wesentliche: deine Schwangerschaft und dein Glück!»

Luise kippte den Rest Schnaps hinunter, knallte ihr Glas auf den Tisch und sprang auf. «Ja, genau das werde ich tun. Ich frage mich eh, warum ich überhaupt hergekommen bin und mit dir darüber geredet habe.»

Johannes lehnte sich in seinem Stuhl zurück und drehte das billige, trüb gewordene Glas in den Händen. «Weil es dir wichtig war, es mir zu erzählen», sagte er ruhig und lächelte in das zornige Gesicht gegenüber.

♦

Die Aussprache mit Robert verlief nicht ganz zufriedenstellend. Er war zwar schnell bereit einzugestehen, dass er vielleicht ein wenig voreilig gehandelt hatte, doch in der Sache selbst gab er nicht nach. Und da Luise noch weitere Wochen mit Übelkeit zu kämpfen hatte und an manchen Tagen kaum einen Bissen bei sich behielt, fühlte er sich in seiner Entscheidung bestärkt. Den Unterschied, ob *er* die Kündigung ausgesprochen oder *sie* die Entscheidung zuerst gefällt hatte, fand er marginal. Er bat sie zwar um Verzeihung, doch ihr Groll blieb. Sie unterstellte ihm, dass er seine Entschuldigung nicht ernst meinte und ihr Aufbegehren als Laune einer Schwangeren abtat.

Ihre einzige Verbündete war, wie zu erwarten, Ilse, die dann aber so sehr gegen Robert wetterte, dass es selbst Luise zu viel wurde und sie ihren Ehemann in Schutz nahm.

«Du weißt auch nicht, was du willst», grollte Ilse.

Luise stieß einen tiefen Seufzer aus. «Du hast ja recht ... Ich langweile mich jedenfalls zu Tode! Ich werde bis zur Geburt sämtliche Bücher der Bibliothek ausgelesen haben», prophezeite sie. «Ich darf gar nichts mehr machen! Unsere Zugehfrau übernimmt alles, ich darf nicht mal mehr einkaufen. Auch ihr Essen scheint Robert besonders gut zu schmecken. Eigentlich bin ich daheim ziemlich überflüssig.» Unwillkürlich strich ihre Hand über ihren Bauch. Eine Geste, die ihr in letzter Zeit immer wieder Kraft schenkte, auch wenn noch gar nichts zu sehen war.

Und so verabredeten sich die Freundinnen für den nächsten Samstag, um Luise aus ihrem Jammertal zu holen. Zuerst aßen sie in einem der Clubs, die Ilse häufig aufsuchte. Dann zogen sie weiter. Es war fast elf, als die Motordroschke vor dem Haus mit der Nummer 237 auf dem Kurfürstendamm gegenüber der Gedächtniskirche anhielt. *Himmel und Hölle* hieß das überall in der Stadt mit Plakaten beworbene Etablissement. Luise trat an einen der Schaukästen und betrachtete die Werbung für das Mitternachtscabaret *Das nackte Weib im Spiegel der Kunst – 25 Bilder*.

«Oh, là, là, da willst du mit mir rein?»

Ilse schüttelte den Kopf. «Nein, nein, das ist die Anzeige für das nächste Programm. Heute wollen wir in die Hölle. Zu *Marquis de Sade.*» Sie deutete auf eine Zeichnung, auf der ein Mann in barocker Kleidung mit einem Lorgnon in der Hand einem Teufel zusah, der eine nackte Frau auf einer Art Scheiterhaufen geißelte. Darüber stand: 25 *Akt-Bilder aus dem Leben des Marquis de Sade. Die Nacht-Revue am Kurfürstendamm.*

Luise starrte Ilse an. «Das ist nicht dein Ernst!»

Ilse lachte. «Ja klar, ich habe sogar schon einen Tisch für uns reserviert.»

«Also gut», sagte Luise forscher, als ihr zumute war, aber sie wollte vor der Freundin nicht als naiv oder prüde dastehen, «dann lass uns reingehen.»

Ein Türsteher nahm sie in Empfang. Dann fiel Luises Blick auf einen bärtigen Mann in einem langen weißen Gewand. «Soll das der heilige Petrus sein?», fragte sie kichernd.

«Ja. Und willst du auch mal einen Blick in den Himmel werfen?» Ilse deutete auf zahlreiche Holzengel, gerahmte Schriftrollen, Palmblätter und Heiligenbilder, die an den Wänden in ein blaues Licht getaucht waren. Dazu waren Bedienungen als «bleiche Engel» mit Schwingen und Heiligenschein kostümiert, und auf den Tischen standen Votivkerzen und Schalen mit Weihwasser. Einige Orgelakkorde wogten durch den Raum.

Petrus trat zu ihnen und sah sie fragend an.

«Wir haben einen Tisch in der ‹Hölle› reserviert», antwortete Ilse.

Sogleich wurde einer der «Teufel» herangewunken, der sie grinsend aufforderte, ihm zu folgen.

Phosphoreszierendes Rot waberte über die Wände, als befänden sie sich mitten in der Höllenglut. Gehörnte Gestalten nahmen die Bestellungen auf und servierten Getränke. In der Mitte des Raums brodelte ein großer Topf, aus dem Dampf aufstieg, und so mancher Teufel machte sich einen Spaß daraus, die Gäste oder Mitglieder des Orchesters mit seinem Dreizack zu traktieren.

Die Show begann pünktlich um halb zwölf. Auf der Bühne führte die Französin Madeleine Nervi ein strenges Regiment und präsentierte ihre Schützlinge – über fünfzig schöne, langbeinige junge Frauen – mehr oder weniger nackt zu den Klängen der Orchestermusik. Der Clou der Show war, dass sich die Tänzerinnen zu einer Art lebender Bilder formierten.

Luise und Ilse tranken Champagner, Fixes und Cobblers mit Erdbeeren. Mit jedem Bild und jedem Getränk spürte Luise ein immer stärkeres, erregendes Kribbeln und erschauderte beim Anblick so viel verdorbener Nacktheit. Jedes Härchen stellte sich auf, als Ilse ihr mit der Spitze des Zeigefingers zart über den Arm strich. Dann beugte sich Ilse zu ihr und küsste sie auf die nackte Schulter – der Abdruck ihres roten Lippenstifts blieb zurück.

«Und, bist du nun schockiert?»

Luise schüttelte den Kopf und lächelte. «Nein, wie kommst du darauf? Doch ich würde mir auch ein paar attraktive, nackte Männer auf der Bühne wünschen», sagte sie provozierend.

Ilse lachte hell auf. «Du bist mir ja eine! Dann müssen wir mal sonntags ins *Luna-Bad* gehen, dort frönen sie der Freikörperkultur. Und es wurden schon nackte Männer beim Sonnenbaden gesichtet.»

Sie kicherten beide albern und applaudierten am Ende des Programms überschwänglich – auch ohne Männerballett.

Als sie später Arm in Arm auf die Straße hinausschwankten und eine Motordroschke anhielten, meinte Luise: «Ich glaube, Robert sollte lieber nicht erfahren, wo wir heute Abend waren.»

«Stimmt, das bleibt unser Geheimnis. Er ist halt ein wenig spießig, dein Robert», murmelte Ilse, und Luise stimmte ihr in Gedanken zu, hätte das aber nie laut gesagt.

Kapitel 14

Am Freitag, es war schon nach acht, kam Robert zu Johannes' Kiosk.

«Welch unerwarteter Besuch», begrüßte ihn Johannes und bot ihm ein Bier an, das Robert dankend annahm, allerdings darauf bestand, es auch zu bezahlen.

«Wie du willst. Hauptsache, wir trinken zusammen», gab Johannes nach und ließ seine Flasche gegen Roberts klirren. «Wohlsein!»

Sie tranken, Johannes bediente einige Kunden, dann gesellte er sich wieder zu Robert. «Also, was hast du auf dem Herzen?»

Robert schüttelte den Kopf. «Nichts, ich wollte dich nur fragen, ob du am Sonntag mit zum Lunapark kommst. Dort steigt das große Kripofest.»

«Hab ich gelesen. In vielen Zeitungen wird dieses Spiel mit den Steckbriefen angekündigt, bei dem die Besucher ihre Spürnase beweisen und natürlich Geld gewinnen können, wenn sie eine der gesuchten Personen erkennen.»

«Und, wäre das nicht was für dich?», fragte Robert. «Die beiden Damen sind jedenfalls Feuer und Flamme und fest entschlossen, sich die Belohnung zu verdienen.»

«Ah, daher weht der Wind. Luise schickt dich, um mich zu überreden.»

«Nein, wir wollen alle drei, dass du mitkommst», behauptete

Robert, doch Johannes war sich nicht sicher, ob das so stimmte. Er schüttelte den Kopf.

«Das ist nichts für mich. So viele Leute. Das wird sicher ein Gedränge, und ich kann ja nicht den ganzen Sonntag meinen Laden schließen.»

Robert brummte. «Wie du willst. Ich kann dich schließlich nicht zwingen, aber ich hatte gehofft, du würdest mir irgendwann verzeihen.»

Johannes hob die Brauen. «Verzeihen? Weshalb? Ich habe dir doch nichts vorzuwerfen.»

«Nicht einmal, dass ich Luise geheiratet habe?» Robert schien nicht überzeugt.

«Das habe ich mir selber zuzuschreiben», wehrte Johannes ab. «Es war *meine* Entscheidung, nicht zurückzukommen!»

«Aber es war nicht deine Entscheidung, auf dem Schlachtfeld verloren zu gehen», widersprach Robert so leise, dass Johannes sich vorbeugen musste, um ihn zu verstehen.

«Du hast die Granate nicht abgefeuert.»

«Aber ich habe nicht bemerkt, dass du getroffen worden bist», sagte Robert mit einem gequälten Ausdruck in den Augen.

Johannes legte ihm seine Hand auf die Schulter. «Lassen wir die alten Kriegsgeschichten ruhen. Das ist lange vorbei. Aber grüße die Damen von mir und sage ihnen, ich drücke ihnen für ihre Ermittlungsversuche die Daumen!»

So fuhren also nur Robert, Luise und Ilse an diesem Sonntag im September zum großen Kripofest.

Der Lunapark am Berliner Halensee war der größte Vergnügungspark in ganz Europa – das stand zumindest auf den Werbeblättchen, die überall verteilt wurden. Seit 1909 konnten sich hier Familien auf der wackelnden Shimmy-Treppe vergnügen, wo ein

Gebläse am Fuße der Treppe den Frauen die Röcke hochwehte. Außerdem konnte man auf einer riesigen Wasserrutsche in den See gleiten oder sich in einem drehbaren Haus und auf der rasanten Gebirgsbahn vergnügen. Das große Wellenbad wurde unter den jungen Männern spitzbübisch «Nuttenaquarium» genannt, da es hier viel Haut in den neuesten Badekostümen und viele lange Beine zu sehen gab. Fast jede Nacht wurde ein großes Feuerwerk gezündet, es gab Theater, Revuen und Jazzmusik. Gigantisch ausgelegt waren auch die Restaurants mit ihren zehntausend Sitzplätzen. In den ersten Jahren zählte man an den Wochenenden bis zu fünfzigtausend Besucher, doch dann folgten Krieg und Inflation, und es wurde stiller im Lunapark. Weshalb sich die Betreiber neue Attraktionen ausgedacht hatten: Tanzturniere, Boxkämpfe und heute das Fest der Kriminalpolizei.

Die Kripo wollte die Bevölkerung mit ihrem Berufsalltag vertraut machen und lockte mit einem Detektivspiel, bei dem jeder Besucher seine kriminalistischen Fähigkeiten prüfen konnte. Die Personen, die in den Steckbriefen genau beschrieben wurden – allerdings ohne Foto –, würden sich zwischen 18:00 und 21:00 Uhr im Park aufhalten.

«Wer erkennt diese drei? – 1000 Mark Belohnung!», hieß es in der Zeitung und auf den Litfaßsäulen.

«Die werden wir uns verdienen», nahm sich Ilse fest vor, die sich bei Luise untergehakt hatte. «Das wäre doch gelacht, schließlich kennst du den Laden seit Jahren.»

Zusammen mit Robert schlenderten sie umher, sahen sich nach den gesuchten Personen um, und Ilse war fasziniert von einem Stand, an dem neue Methoden der Spurensicherung demonstriert wurden. Als sich Hunger und Durst meldeten, hielten sie Ausschau nach einem Tisch in einem der bereits gut gefüllten Restaurants.

«Frau Wagenbach, wie schön, Sie zu sehen. Wie geht es Ihnen?»

Luise wandte sich um und erblickte den dicken Kommissar Gennat mit der Vorliebe für Kuchen, der mit einigen Kollegen an einem der Tische saß.

«Herr Polizeirat, danke, wie nett, dass Sie fragen. Nun ja, mir geht es gut, nur dass ich jeden Tag mehr zu schleppen habe.» Sie deutete auf ihren Bauch, der sich inzwischen ein wenig unter ihrem Kleid abzeichnete.

Gennat drückte ihr die Hand und lachte dröhnend. «Da geht es Ihnen wie mir, nur dass bei Ihnen noch was Schönes rauskommen wird und Sie Ihren Bauch dann wieder los sind.»

Sie schüttelte auch den anderen Kommissaren die Hand und kehrte dann zurück zu Robert und Ilse, die endlich einen Tisch am Fenster gefunden hatten.

«Von dem Dicken habt ihr schon gehört», sagte Luise mit gedämpfter Stimme. «Das ist Erich Gennat, der demnächst die Mordkommission leiten wird. Der daneben, der Vornehme, ist Kommissar Liebermann von Sonnenberg, ein Nationalist durch und durch. Und der mit dem schicken Anzug ist unser ‹Lügenbaron›, Kommissar Dr. Werneburg, dessen Geschichten zwar eindrucksvoll sind, aber nicht immer wahr. Und dann sitzt da noch Herr Trettin, der wie Johannes seinen Unterarm im Krieg verloren hat. Ein Kommissar, der mit Vorsicht zu genießen ist. Verliert der die Fassung, schreit er so laut rum, dass man sich am liebsten wegducken möchte.» Luise seufzte tief. Wie sehr sie ihre Arbeit und die Leute in der Burg doch vermisste!

Ilse tauschte mit ihr einen verständnisvollen Blick, vertiefte das Thema aber nicht. Robert bemerkte nichts oder wollte nicht darüber reden. Stattdessen schob er die Speisekarten über den Tisch. «Ihr Lieben, lasst uns jetzt was bestellen. Es dauert heute sicher ein wenig, bis das Essen kommt, und wir wollen schließlich das Feuerwerk nicht verpassen.»

♦

«Wolltest du mir nicht mehr über die GEHAG erzählen, bevor wir zusammen zur Grundsteinlegung gehen, Robert?», erkundigte sich Luise, als die beiden sich an diesem Oktoberabend noch ein Glas Wein auf ihrem Sofa gönnten. Draußen blitzte und donnerte es, und dann rauschte der Gewitterregen herab.

Robert schenkte ihnen noch einmal nach und holte dann wie üblich erst einmal weit aus. «Das Wohnungselend gibt es ja schon lange. Zur Zeit des Kaisers gab es bereits Versuche, Wohnraum für die stetig wachsende Anzahl der Berliner zu schaffen. So entstand der Wilhelminische Ring rund um die Kernstadt herum. Du kennst diese riesigen Mietblöcke, die nur vorn zur Hauptstraße raus ansprechende Fassaden haben und großzügige Wohnungen, mit jedem Hinterhaus und Hof aber immer erbärmlicher werden.»

Luise nickte. Sie waren selbst in den lichten Vorderhauswohnungen mit modernen Bädern aufgewachsen. Nach hintenraus aber wurden die Innenhöfe immer kleiner und wirkten wie finstere Schächte. Hier wohnten arme Menschen in winzigen Kammern und engen Wohnungen. Luise wusste, dass sich oft ganze Familien nicht mehr als ein Zimmer leisten konnten, und häufig wurde jeder freie Quadratmeter noch an fremde Schlafgänger untervermietet. Bäder gab es keine, außerdem nur wenige Gemeinschaftstoiletten in den Treppenhäusern oder gar nur im Hof.

«Und die GEHAG will was dagegen unternehmen?», brachte Luise ihn wieder auf den Kern der Sache zurück.

Robert nickte. «Genau! Die GEHAG und auch andere Genossenschaften, die in den vergangenen Jahren gegründet wurden, versuchen nicht, wie andere Baufirmen Gewinne zu machen. Daher können sie billiger bauen und mehr günstige Wohnungen für Familien schaffen und andere Leute, die nicht viel verdienen.»

«Ein sozialreformerisches Projekt also.» Luise klang beeindruckt.

«Ich habe gehofft, dass du das gut findest. Unser Architekt ist Bruno Taut, der eine Siedlung entworfen hat, wie es bislang keine in Berlin gibt. Ich kann dir eine Zeichnung zeigen», verkündete er, ohne ihre Antwort abzuwarten. Er holte ein Blatt Papier aus seiner Aktentasche und reichte es Luise. Gemeinsam beugten sie sich über die Bauzeichnung.

«Sieht aus wie ein riesiges Hufeisen», bemerkte Luise.

«Ja, ‹Hufeisensiedlung› wird sie auch heißen. Sie wird den Mittelpunkt der ganzen Anlage bilden. Drum herum werden in mehreren Abschnitten strahlenförmig weitere dreistöckige Gebäude mit Wohnungen errichtet.»

Luise versuchte, sich das Ensemble anhand der Bleistiftzeichnung vorzustellen. «Wie viele Wohnungen sind denn geplant?»

«In mehreren Bauabschnitten insgesamt zweitausend!», sagte Robert mit Nachdruck.

«Zweitausend?», wiederholte Luise ungläubig.

Roberts Finger fuhr die gesamte Hufeisenlinie entlang. «Geplant ist, dass viele gleich aufgebaute Abschnitte zusammen das Hufeisen bilden. Durch diese bauliche Einheitlichkeit ohne weiteren Schnickschnack kann man günstiger bauen. Für den ersten Abschnitt, mit dem jetzt begonnen wird und der den Kernbereich der Siedlung bilden soll, haben wir die Planung für fast eintausenddreihundert Wohneinheiten bereits fertiggestellt.»

Mit blitzenden Augen sah ihn Luise an. «Das ist ein wunderbares Projekt. Und ich bin fast ein wenig stolz, dass wir beide beim ersten Spatenstich dabei sein werden!»

«Was soll ich anziehen?», wollte Luise am Samstagmorgen wissen.

Es waren einige Reden im Freien geplant, doch nach dem

nächtlichen Gewitterguss war es vielleicht nicht vernünftig, in Seidenstrümpfen und hochhackigen Schuhen auf einer Baustelle herumzustehen.

Da Robert bei dieser Entscheidung wenig hilfreich war, zog Luise ein neues dunkelrotes Ensemble an, zu dem dunkle Strümpfe und Schuhe gehörten. Dazu setzte sie sich einen passenden Topfhut auf, dessen schräg aufgestellte Krempe frech mit Federn dekoriert war. Auch Robert sah in seinem dunklen Anzug gut aus. Er griff nach seinem Hut und reichte Luise mit einer Verbeugung den Arm. «Darf ich bitten, Madame.»

«Gerne, Monsieur», gab sie zurück, und er küsste ihre blutrot geschminkten Lippen. Dann führte er sie zu seinem nagelneuen Wagen, den er erst vor wenigen Tagen geliefert bekommen hatte. Ein MG 14/28 Coupé in Weinrot und Schwarz lackiert.

Während der ersten Hälfte der Fahrt zählte Robert seiner Angetrauten noch einmal alle Besonderheiten und technischen Neuerungen des Wagens auf und punktete schließlich mit der Geschwindigkeit. «Wenn wir die Avus nehmen würden, könnte ich dir zeigen, dass der Wagen eine Höchstgeschwindigkeit von über einhundert Kilometer in der Stunde macht!»

«Um Himmels willen», rief Luise. «Ich weiß nicht, ob ich das jemals erleben will.»

Sie fuhren am Halleschen Tor vorbei und passierten dann das Tempelhofer Feld, wo es seit dem vergangenen Jahr einen Sportplatz für den BFC Preussen gab, dessen Tribünen vierzigtausend Zuschauern Platz boten. Seit dem Krieg griff die Fußballbegeisterung in allen Schichten um sich, sodass die zuvor provisorisch abgesteckten Felder einfach nicht mehr zeitgemäß waren. Das Preussen-Stadion bot den größten Berliner Fußballplatz, auf dem wichtige Spiele der Meisterschaft ausgetragen wurden.

Weiter ging es Richtung Süden zu dem ehemaligen Rittergut

Britz, auf dessen Ländereien die neue Siedlung erbaut werden sollte. Mehr als eintausend Wohnungen in dreigeschossiger Bauweise und mehrere Hundert Reihenhäuser mit kleinen Gärten waren für den ersten Bauabschnitt bereits fertig entworfen.

Erst sprach Architekt Bruno Taut über sein neues, bahnbrechendes Konzept. Er beschrieb die neu entstehenden Wohnungen und Reihenhäuser mit Begeisterung so plastisch, dass Luise fast Lust bekam, in solch ein Reihenhaus zu ziehen, sollte es irgendwann mal fertig sein.

Mit viel Licht und Luft und Grün drum herum sollte bezahlbarer Wohnraum für den einfachen Arbeiter oder die Verkäuferin mit ihrer Familie entstehen. Klare Linien, die Funktionalität im Vordergrund, ein gleichmäßig sich wiederholendes Raster ohne individuelle Spielereien!

Auch Robert als Mitglied der GEHAG sollte ein paar Worte sagen. Er hatte sich dafür entschieden, über die Anfänge der «Bauhausbewegung» zu sprechen und zu erklären, wie diese den Architekten Taut geprägt und seine Entwürfe beeinflusst hatte. Er begann mit Walter Gropius, der nach dem Krieg das Staatliche Bauhaus in Weimar gegründet hatte mit dem Ziel, Architektur, Kunst und Design miteinander in Beziehung zu setzen. Form und Funktion sollten einander bedingen und waren nicht mehr Selbstzweck. Kunst und Handwerk griffen unmittelbar ineinander, der praktische Nutzen für den Menschen stand im Vordergrund, nichts sollte mehr selbstgefällig sein. Robert nannte unter anderem die Funktion und Einrichtung der Küche, zeit- und wegsparend konzipiert, um der modernen Hausfrau jeden Handgriff zu erleichtern, und die trotzdem formschön und organisch anzusehen war.

Es war eine mitreißende Rede. Luise war stolz auf ihren Mann und drückte Robert fest die Hand, als er sich wieder neben sie stellte.

Danach wechselten sich einige Politiker am Rednerpult ab, und man beglückwünschte sich gegenseitig zu dieser sozialen Wohnrevolution. Nachdem auch der letzte Redner die Bühne verlassen hatte, stellte sich Luise auf ihre Fußspitzen und flüsterte Robert zu: «Das ist ein gutes Projekt, gut für die Menschen und für Berlin. Ich bin so stolz darauf, dass du da mitmachst.»

♦

Ilse war an diesem Morgen gerade erst im Atelier bei Gerson am Werderschen Markt erschienen, als Harry Frommermann, der das Ende seiner Lehrzeit fast erreicht hatte, hereingestürmt kam. Sein Vater war im Oktober des vergangenen Jahres gestorben, daher machte er keinen Hehl daraus, dass er nach der Lehre das Kaufhaus sofort verlassen würde. Heute wirkte er ungewöhnlich aufgekratzt, seine Wangen waren gerötet.

«Fräulein Ilse, bitte, würden Sie sich meiner Freundin Jesta annehmen? Sie will für ihre Feier zu ihrem vierundzwanzigsten Geburtstag ein Kleid, in dem sie richtig modern und schön aussieht, und da habe ich ihr gesagt, dass Sie eine Magierin sind und alles können!»

Ilse lächelte geschmeichelt. «Danke für das Vertrauen, Harry.» Sie sah auf ihren Kalender. «Die nächste Kundin kommt erst in einer Stunde, also, worauf warten wir? Kreieren wir für Ihre Freundin etwas Schönes.»

«Sie will wie ein Filmstar aussehen», sagte Harry ein wenig treu herzig. Ilse dachte nur, wie schwierig kann es sein, eine so junge Frau herauszuputzen, doch als Harry zurückkehrte, erkannte sie das Problem: Die Freundin war nicht besonders groß, hatte ein rundes Gesicht, dünnes, glattes Haar und war – selbst wenn man es geschönt ausdrückte – kräftig gebaut. Das Kleid, das sie trug, war ihr an Busen und Bauch zu eng, der Stoff legte sich unschön in drei Ringe. Aus den enganliegenden Ärmeln wuchsen speckige Arme hervor, und auch ihre Beine waren kurz und dick.

Ilse versuchte, keine Miene zu verziehen, als sie Jesta die Hand reichte und ihren Wünschen lauschte.

«Sie können das!», rief Harry begeistert. «Sie machen aus ihr eine Königin.»

«Wir sollten vorher über das Budget sprechen, das Sie für so ein Kleid ausgeben möchten», bremste Ilse ein wenig.

Die junge Frau winkte ab. «Das ist völlig gleichgültig. Ich will nur *ein Mal* richtig schön aussehen.»

«Was soll ich aus dem Lager holen?», drängte Harry.

Ilse überlegte, dann schickte sie ihn los, während sie begann, die Maße der Kundin aufzunehmen.

Harry schleppte Stoffballen, Bänder, Fransen und Behälter mit Federn an und holte dann noch eine Sammlung Abendkleider von der Stange, die in Größe und Schnitt zwar nicht passten, jedoch der Kundin helfen sollten, sich das fertige Werk vorzustellen.

Ilse setzte sich, nahm einen Zeichenblock und fing an zu skizzieren. Zwischendurch kaute sie immer wieder an ihrem Stift, dann nahm sie ein paar Stoffstücke und legte sie neben den Entwurf. Neugierig trat Jesta hinzu und klatschte begeistert in die Hände. «Oh ja, das wird fabelhaft. Ich möchte so schön aussehen wie meine Mutter!»

Diese Bemerkung fand Ilse seltsam, zumindest in diesem Moment.

Es klopfte an der Tür. Mit Erschrecken stellte Ilse fest, dass ihre nächste Kundin in wenigen Minuten erscheinen würde. Und dann stand auch noch der Geschäftsführer vor der Tür und ließ einen ungläubigen Blick an Ilse vorbei zu der pummeligen Frau und seinem Lehrling schweifen.

«Verzeihen Sie, Herr Freudenberg, ich hatte Zeit und daher der jungen Dame spontan einen Termin gegeben. Ich beeile mich, um für Frau Dörste rechtzeitig bereit zu sein. Ich mache mit dem Fräulein nur rasch einen neuen Termin aus.»

Die Augen des Unternehmers weiteten sich. Er starrte die junge Kundin im Atelier ungläubig an, dann griff er nach Ilses Arm und zog sie mit hinaus.

«Vergessen Sie Frau Dörste. Das kann jemand anders übernehmen. Kümmern Sie sich darum, dass diese Kundin zufrieden ist, und wenn es bis heute Nacht dauert.»

Nun war es an Ilse, ihren Chef anzustarren.

«Ja, wissen Sie denn nicht, wer die Kundin ist?»

«Jesta, eine Freundin von ...», sagte Ilse langsam.

«Ja, genau», unterbrach sie Freudenberg. «Jesta Nielsen, die Tochter von ...»

«Asta Nielsen?», ächzte Ilse. «Mein Gott, da wäre ich nicht draufgekommen, dabei habe ich Dutzende Filme ihrer Mutter im Kino gesehen.»

Nun verstand sie die Bemerkung der jungen Frau. Asta Nielsen, die Filmikone aus Dänemark, die für ihre Schönheit und ihr ausdrucksvolles Spiel berühmt war. Sie hatte bestimmt schon in mehr als fünfzig Filmen tragende Rollen gespielt und gehörte zu den bekanntesten Gesichtern auf der Leinwand. Und nun sollte Ilse ihre pummelige Tochter mit ihrer Kunst so schön machen wie die Mutter. Ilse sah in das angespannte Gesicht ihres Arbeitgebers.

«Ich werde mein Bestes geben», versprach sie.

«Tun Sie das!», drängte er. «Schaffen Sie für unser Haus ein Wunder! Ich sage Ihnen, wenn das gutgeht, rennen uns die Kundinnen den Rest des Jahres die Bude ein.»

♦

Vielleicht schaffte Ilse kein Wunder, aber sie war nahe dran. Sie hatte gleich auch noch die richtigen Schuhe besorgt, zwei lange Perlenketten, passende Ohrgehänge sowie einen Kopfschmuck, der wie ein halber Turban aussah und auf der linken Seite über eine Reihe Federn in Jestas onduliertes dunkles Haar überging. Ihre Augen umrandete Ilse schwarz, den Mund schminkte sie zu einem kirschroten Herz und die runden Wangen mit Puder und Rouge optisch schmaler. Doch das Glanzstück war natürlich das Kleid, das um die Brust fast wie eine Korsage gearbeitet war und Jestas Busen vorteilhaft formte. Darunter löste es sich in verschiedene Lagen Chiffon auf, die in duftigen Wellen über ihre Hüfte und die Oberschenkel flossen. Der Saum war unterschiedlich lang und reichte vorn bis an die Knie und an den Seiten bis an die Knöchel – so schwang der Stoff bei jedem Schritt wie eine leichte Wolke um ihre Beine. Statt Träger oder einschneidende Ärmel hatte sich Ilse für eine Ranke aus Seidenblumen entschieden, die das Kleid an ihrem Platz hielten und den Ansatz des Arms umspielten. Seidige Pumps mit schmalem Absatz und ein Fächer aus Straußenfedern, der zum Kopfschmuck passte, vervollständigten das Ensemble.

Jesta stand mit großen runden Augen vor dem Spiegel und starrte ungläubig ihr eigenes Bild an.

«Du siehst großartig aus!», rief Harry und umarmte sie.

Jesta strahlte. Offensichtlich galt ihr Harrys Meinung viel. Ilse überlegte, in welcher Beziehung die beiden wohl zueinander standen. Sie waren sicher kein Paar, dazu war Harry für Jesta vermutlich zu jung. Dennoch schien sie eine tiefe Freundschaft zu verbinden.

«Sie sind eine Zauberin, Fräulein Ilse», hauchte Jesta und fiel Ilse mit Tränen in den Augen um den Hals. «*Jetzt* freue ich mich auf meinen Geburtstag. Mutter hat so viele Gäste vom Film eingeladen, und ich will ihr ja alle Ehre machen.»

Als Jesta Nielsen gegangen war, kam Harry noch einmal ins Atelier. «Ich wollte mich bei Ihnen bedanken. Ich kenne Jesta zwar noch nicht sehr lange, aber sie ist mir zu einer sehr lieben Freundin geworden, und so freue ich mich, dass Sie sie glücklich gemacht haben. Gerade *weil* ihre Mutter so reich und berühmt ist, hat es Jesta nicht leicht, das können Sie mir glauben. Sie ist ihrer Mutter Beraterin, Sekretärin, Köchin und allzu häufig auch Seelenärztin. Ihr eigenes Leben kommt dabei zu kurz.»

«Das habe ich sehr gerne gemacht», versicherte Ilse und wandte sich wieder einer Zeichnung zu, denn Jesta hatte noch zwei Tageskleider bei ihr bestellt.

«Und außerdem bin ich gekommen, um Ihnen Lebewohl zu sagen», sagte Harry.

Ilse schrak auf. «Ist es schon so weit?»

Harry nickte. «Ja! Es war für mich eine harte Lehrzeit, und ich freue mich, dass sie endlich ein Ende hat. Nun kann ich selbst über meinen weiteren Lebensweg bestimmen. Und da Jesta mich einigen wichtigen Leuten vom Theater vorgestellt hat, werde ich hoffentlich bald in meiner ersten Rolle auf der Bühne stehen.»

Ilse erhob sich und reichte Harry feierlich die Hand. «Das freut mich für Sie. Ich erinnere mich, dass Sie davon erzählt haben, wie Sie bereits als Schüler das Theater liebten. Sagen Sie Bescheid, wann und wo ich Sie auf der Bühne bewundern kann! Ich fühle es, Sie sind etwas Besonderes und werden es noch weit bringen.»

«Danke, Fräulein Ilse», sagte Harry bewegt und verbeugte sich vor ihr.

♦

Es war an einem Tag Ende Oktober, als Ilse zufällig in einem Café in der Friedrichstraße Claire Waldoff und ihrer Lebensgefährtin Olly von Roeder begegnete. Ilse erkundigte sich höflich, ob sie sich zu ihnen gesellen dürfe, und wurde herzlich aufgefordert, sich zu setzen.

Erst sprachen sie über Charlie Chaplin und seinen Film *Goldrausch*, der im Sommer in den Kinos angelaufen war, dann wechselten sie zur Politik. Jede von ihnen verfolgte in der *Weltbühne* zunehmend aufgeregt einen Enthüllungsbericht, der seit August als Serie unter dem Titel «Hinter den Kulissen der Vaterländischen Verbände» erschien.

Es war erschreckend. Der anfangs noch anonyme Autor rechnete darin mit der Schwarzen Reichswehr ab. Der Kern der Organisation war ursprünglich ein Arbeitskommando gewesen, das nach dem Krieg alle Waffen hatte einsammeln sollen, die sich noch in Privatbesitz befanden. Daraus entwickelte sich jedoch ein üppig bewaffneter Verband, der von ehemaligen Frontoffizieren angeführt wurde. Tausende Soldaten, die nach dem Krieg keine Arbeit bekamen oder sich einfach nicht mehr in ein normales Leben eingewöhnen konnten, fanden hier ein Zuhause, Kameradschaft, Essen und Unterkunft.

«Für diese Leute hat nicht das Militär den Krieg verloren. Die streikenden Linken und die Juden mit ihrer Hetze haben den Siegeswillen der Armee geschwächt», zitierte Claire einige der Gedanken des Autors und zog eine Grimasse.

«Sie haben den Boden für die Attentäter bereitet, die Politiker wie Erzberger und Rathenau getötet oder Scheidemann angegriffen haben und sie als ‹Verräter› und ‹Erfüllungspolitiker› beschimpften», stimmte Ilse ihr zu.

Der unbekannte Autor war der Offizier und Journalist Carl Mertens. «Ich bin», so schrieb er, «in die vaterländische Bewegung gekommen, ehrlich begeistert vom Ideal des nationalen Gedankens. Was ich dort fand, war ein Sumpf der niedrigsten Gesinnung [...] eine Atmosphäre von Mordlust und Zynismus. Mit Entsetzen wandte ich mich zur Flucht.» Und weiter hieß es, Folterung und Mord seien die Mittel der Radikalen, die eine Atmosphäre des Misstrauens schürten. Jeder könne der Nächste sein, der einem Gerücht zum Opfer falle.

«Sicher steht Mertens inzwischen selbst ganz oben auf der Liste der Verräter, die beseitigt werden sollten», vermutete Claire.

«Meine Freundin Luise hat mir erzählt, dass die Politische Polizei, bei der es ja darum geht, politisch motivierte Straftäter zu überführen, ein Sonderdezernat gegründet hat, um den Fällen, die Carl Mertens konkret anspricht, nachzugehen», erzählte Ilse.

«Und ich habe gehört», schaltete sich Olly ein, «dass die Schwarze Reichswehr drei Ziele verfolge. Es gehe ihr um Attentate auf Regierungsmitglieder, die Ausschaltung des Parlamentarismus und die Errichtung einer Militärdiktatur.»

Ilse schüttelte angewidert den Kopf. «Das klingt ja gruselig.»

Claire tätschelte ihre Hand. «Noch ist nicht alles verloren. Es gibt noch immer Politiker, die für unsere Republik kämpfen. Denke nur an Gustav Stresemann oder Charles Dawes, nachdem dieser Wirtschaftsförderplan benannt wurde. Er soll im Dezember sogar mit dem Friedensnobelpreis geehrt werden», erzählte Claire.

«Und ich habe gelesen, dass Deutschland in die internationale Staatengemeinschaft zurückkehren kann, wenn es im Gegenzug die neue Westgrenze anerkennt», sagte Olly. «Aber die Ostgrenze bleibt noch außen vor. Endgültig auf die Gebiete im Osten zu verzichten, wäre im Reich unter der derzeitigen Regierung auch nicht durchsetzbar.»

«So», meinte Claire und klatschte in die Hände, «genug politisiert. Wir müssen leider gehen, liebe Ilse, wir haben nämlich noch eine Verabredung.» Sie erhob sich und umarmte die Jüngere herzlich.

Auch Olly verabschiedete sich mit sichtlichem Bedauern. Sie

hielt kurz inne, dann überzog ein freudiges Lächeln ihr Gesicht. «Ilse könnte uns doch eigentlich begleiten ...»

«Aber ja, du hast recht.» Claire strahlte. «Martha und Otto haben sicher nichts dagegen. Du *musst* sie kennenlernen, Ilse. Vor allem Martha ist ein Schatz mit einem Herzen aus Gold.»

Sie sprach von dem Maler Otto Dix und seiner Frau Martha, die gelernte Goldschmiedin war und ein beliebtes Modell ihres Mannes, mit dem sie in zweiter Ehe verheiratet war. Mit ihrem geschiedenen Mann, einem Urologen, hatte sie zwei Kinder, die bei dem Vater lebten. Vor einigen Wochen erst war das Ehepaar Dix mit der gemeinsamen Tochter Nelly in die Hauptstadt gezogen.

Derart informiert, betrat Ilse neugierig das Atelier des Malers, wo sie Martha Dix so herzlich begrüßte, als sei sie eine alte Freundin der Familie.

Martha war eine sinnliche Person um die dreißig mit dunklem, zu einem Bubikopf geschnittenem Haar. Sie war kleiner als Ilse, hatte eine sehr weibliche Figur und ein rundes Gesicht, das dominiert wurde von einem Paar tiefschwarzer Augen. Der Maler war größer, wirkte hager mit schmalem Gesicht und dünnem dunkelblondem Haar. Obwohl er nur wenige Jahre älter war als seine Frau, hatte die Zeit bereits tiefe Linien in sein Gesicht gegraben. Und während sie eine angenehme Heiterkeit ausstrahlte, wirkte er still und ernst.

Martha brachte ein Tablett mit Tee und Gebäck, bot aber auch Stärkeres an und verteilte die kristallenen Gläser.

Ein weiterer Gast erhob sich aus seinem Sessel und reichte jedem höflich die Hand. Die Hausherrin übernahm die Vorstellung.

«Fred Hildebrandt, Chef des Feuilletons beim *Berliner Tageblatt* und Experte in Sachen Tanz», fügte sie mit einem schalkhaften Lächeln hinzu.

Bevor sich Ilse setzte, bat sie darum, sich zuerst ein wenig umsehen zu dürfen. Dix hob einladend die Hand. «Nur zu, nehmen Sie sich Zeit. Und wenn Sie Fragen haben, beantworte ich diese gerne.»

In einer Ecke entdeckte sie mehrere Bilder, die hintereinander an der Wand lehnten, Gemälde, in denen der Maler offenbar seine Kriegserlebnisse verarbeitete. Mit schreienden Farben, kraftvoll und verstörend. Auch Kriegskrüppel waren zu sehen. Ilse dachte an ihren Bruder und ging ein Stück weiter. Ihr Blick fiel auf Porträts, die nichts mit den gefälligen Malereien gemein hatten, die man sich früher in den Salon hängte. Diese Bilder waren ehrlich und betonten eher das Unharmonische, gar Hässliche im Menschen. Die Mienen waren traurig, zeigten tiefe Enttäuschung oder waren von Abscheu verzerrt. Niemand lächelte, niemand war auch nur hübsch zu nennen. Dennoch oder gerade deshalb nahmen sie in ihrer schonungslosen Realistik den Betrachter gefangen, berührten sein Gefühl. Auch Ilse fühlte sich angesprochen, ihr war, als würde sie in ein stummes Zwiegespräch mit den Bildern treten, von denen sie eines anzog wie ein Magnet.

Zu sehen war der Kopf einer Frau mit rotem, kinnlang geschnittenem Haar, das Gesicht weiß geschminkt, die grünen Augen schwarz umrandet.

Ilse wandte sich zu dem Künstler um, im Gesicht ein großes Fragezeichen. Dix erhob sich und trat zu ihr.

«Ist das Anita Berber?»

«Ja, Sie haben recht. Anita ist eine faszinierende Persönlichkeit und ein sehr interessantes Modell. Eigentlich wollte sie längst hier sein», sagte Dix und schaute sich um. «Nun, ich kann wohl nicht erwarten, dass eine Frau, deren Unzuverlässigkeit schon fast legendär ist, pünktlich zur Enthullung ihres eigenen Gemäldes kommt.»

Zusammen mit Ilse ging er wieder zu den anderen. Beide setzten sich, und Ilse griff nach einem Stück Gebäck, während ihr Martha eine Tasse Tee reichte.

Sie hatte den Kommentar ihres Mannes offenbar gehört – und warf sich gleich für die Tänzerin in die Bresche. «Sicher hat Anita ihre Fehler, dennoch ist sie eine ganz reizende Person, charmant und lieb. Wir haben sie bei ihrem Gastspiel in Düsseldorf kennengelernt und sind ihr dann bis Wiesbaden nachgereist. Ich bin hingerissen von ihr, wie sie sich bewegt. Sie tanzt wie ein überirdisches Wesen.»

Fred Hildebrandt, der Journalist, lachte. «Ich habe Anita Berber schon mal in ihrer Garderobe erlebt. Sie ist nicht nur überirdisch, sie ist auch ganz ohne Scham. Präsentiert sich vollkommen nackt und wirkt dabei wie ein unschuldiges Kind.»

Ilse wusste, was er meinte. Sie selbst tanzte noch immer ein, zwei Abende pro Woche in der Weißen Maus und war hinter der Bühne schon häufiger «der» Berber begegnet, die sie zutiefst bewunderte.

«Ja, Anita provoziert gerne, leider auch ihr Publikum, was sie einiges an Sympathie kostet. Aber sie leidet eben auch, wenn ihre Darbietung nicht geschätzt wird», erklärte Martha nachdenklich.

«Sie haben recht, verehrte Frau Dix», unterstrich Hildebrandt. «Mir hat sie in einem Interview einmal gesagt: ‹Ich mache mir hier Mühe, übe stundenlang und studiere mit den Mädchen Tanzszenen ein. Wir tanzen die tragischen Momente des Lebens, Tod, Krankheit oder auch Schwangerschaft, aber keinen interessiert das. Die Männer glotzen nur und versuchen, uns unter die Schleier zu gucken, diese Schweine!›»

«Ich befürchte, dass ihr Temperament ihr auf Dauer schaden wird, so verständnisvoll ihre Ausbrüche auch sein mögen», vermutete Claire.

Olly nickte. «Ich fürchte auch, dass der viele Alkohol und das Kokain ihre Karriere ruinieren werden.»

Ilse warf einen Blick in die Runde. Sie war berührt von der offensichtlichen Sorge, die in den Stimmen mitklang. Sie wünschte sich sehr, dass es Anita Berber gelingen möge, das Ruder noch einmal herumzureißen.

In diesem Moment betrat die Künstlerin das Atelier. Sie begrüßte alle mit einem Lächeln, warf Ilse eine Kusshand zu und küsste den Maler und seine Frau auf die Wangen. «Ich bin bereit!», verkündete Anita und sah in die Runde.

Dix nickte ihr zu, stand auf und trat an eine verhüllte Staffelei, die so platziert war, dass alle einen guten Blick darauf hatten. «Et voilà!», rief Otto Dix und enthüllte das Gemälde.

Anita Berber trat näher, stemmte die Hände in die Taille und legte den Kopf schief. «So sehen Sie mich, Herr Dix?», stieß sie nach einer Weile hervor, und Ilse fragte sich, ob sie enttäuscht oder gar entsetzt war.

Nachdem sie selbst sich zuvor die anderen Porträts des Malers angesehen hatte, wunderte sie sich nicht, dass der Maler auch in diesem Bild nicht versuchte, der Tänzerin zu schmeicheln oder ihre Schönheit zu unterstreichen. Er stellte sie so dar, wie er sie sah, ehrlich und unverblümt. Aber er hatte ihre Seele, ihre ganze Persönlichkeit eingefangen. Zu sehen war eine Frau, aus deren Gesicht Krankheit und Verfall sprachen, der biegsame, schlangengleiche Körper eingehüllt in ein eng anliegendes rotes Kleid, das jede Körperlinie betonte. Zu guter Letzt hatte Dix die Berber vor einem flammenden Hintergrund in Szene gesetzt.

Während der Journalist ein kleines schwarzes Büchlein aus seiner Aktentasche zog und eifrig begann, sich Notizen zu machen, trank Anita rasch ein Glas Cognac leer und verkündete dann, sie müsse leider gleich weiter zum nächsten Termin. Hildebrandt steckte sein Notizbuch ein und verkündete, dass er sich anschließen würde. Nur wenig später machten sich auch Claire, Olly und Ilse auf den

Heimweg, nachdem sie sich für die reizende Gastfreundschaft und den anregenden Nachmittag bedankt hatten.

♦

Es war ihr letzter Abend in der Weißen Maus. Noch einmal tanzte Ilse mit den anderen, schwenkte die Fächer aus Straußenfedern, die mehr enthüllten als verdeckten, und schwang ihren Popo so im Takt, dass die Fransen ihres Kostüms in wellenförmige Schwingung gerieten. Ein letztes Mal trug sie den schweren Kopfschmuck, dessen Befestigung in ihre Kopfhaut stach. Als der Applaus verebbte und sie sich ein allerletztes Mal verbeugt hatte, huschte sie mit einem Gefühl der Erleichterung in die Garderobe zurück und warf die Schuhe von sich.

«Geschafft!», rief sie und ließ sich in ihren Stuhl vor dem großen Spiegel fallen.

«Ja, für heute sind wir durch», bestätigte Clara und lächelte Ilse an.

«Nicht nur für heute», sagte Ilse, «ich höre ganz auf zu tanzen. Ich stürze mich wieder in meinen eigentlichen Beruf, die Aufträge kommen neu herein. Und nebenbei nehme ich Gesangsstunden, ich möchte noch etwas Neues ausprobieren.»

«Du hörst auf? Wir werden uns nicht mehr sehen?» Fast ungläubig musterte Clara die Ältere.

Diese sprang gerührt auf. «Clara, wie lieb von dir, du klingst ja fast wehmütig.» Sie umarmte die zierliche Sängerin herzlich und schwang sie einmal rundherum. «Wir sehen uns wieder, ganz bestimmt. Und vielleicht hörst du mich irgendwann auf der Bühne singen. Wünsch mir Glück.»

«Also bleiben wir Kolleginnen der Bühne», sagte Clara und umarmte Ilse mindestens ebenso herzlich. «Dann toi, toi, toi!

Und lass mich unbedingt wissen, wo du das erste Mal auftreten wirst.»

♦

Und wieder stand ein Weihnachtsfest vor der Tür. Robert schenkte Luise eines der neuen elektrischen Bügeleisen, die in den Kaufhäusern mit riesigen Plakaten beworben wurden.

«Das erleichtert die Arbeit mit meinen Hemden und deinen Blusen», sagte er so stolz, dass sich Luise ihre Enttäuschung nicht anmerken ließ.

Natürlich freute sie sich über ein neues Gerät, das die Arbeit im Haushalt erleichterte, aber noch mehr hätte sie sich über etwas Schönes für sie selbst, etwas ganz Persönliches, vielleicht auch vollkommen Unnötiges gefreut. Luise hatte ihrerseits in den Tagen vor Heiligabend ein Dutzend Kaufhäuser und Juweliere abgeklappert, um für Robert eine besondere Krawattennadel und dazu passende Manschettenknöpfe zu erstehen.

Aber gut, dann halt ein elektrisches Bügeleisen. Immerhin lud Robert sie ein paar Tage später für den Silvesterabend ins Nelson-Theater am Ku'damm ein. Luise wusste, was sie erwartete, denn die halbe Stadt war bereits mit den Plakaten zugekleistert: *La Revue Nègre* kam direkt aus dem Théâtre des Champs-Élysées in Paris. Ihr Star war die schwarze Tänzerin Josephine Baker mit ihrem *Danse sauvage*. Die Hüften nur mit ein paar Federn geschmückt, wirbelte sie in einer Ekstase über die Bühne, die die Zuschauer nach und nach mitriss. Zusammen mit dem Senegalesen Joe Alex tanzte sie zudem einen *Pas de deux*. Jung, schlank, der knabenhafte, biegsame Körper fast nackt, schwang sie die Hüften und ließ ihren Körper zum Klang der Trommeln erzittern. Luise war hingerissen und spürte eine seltsame Erregung beim Anblick dieser exotischen

Körper in sich aufsteigen. Sie schielte zu Robert hinüber, der keinen Blick von der Bühne ließ und ein paarmal trocken schluckte.

Luise strich über ihren prallen Babybauch. Es konnte nicht mehr lange dauern. 1926 würde ein glückliches Jahr werden und mit der Geburt ihres Kindes beginnen!

Die Musik verklang, und die Tänzerin sank in einen tiefen Knicks. Luise ergriff Roberts Hand und drückte sie. Er wandte seinen Blick von der Bühne und legte ihrer beiden Hände auf ihren Bauch. Sein Lächeln strahlte solch tiefes Glück aus, dass Luise Tränen in die Augen stiegen. Alles war gut so, und vielleicht würden nun auch seine schon so viele Jahre schwärenden Wunden endlich heilen.

Kapitel 15

1926

Das neue Jahr startete so turbulent, wie das alte geendet hatte. Der seit Oktober andauernde Streit um die Verträge von Locarno und damit auch um die Anerkennung der deutschen Westgrenze zerriss die Regierungskoalition. Noch im Dezember hatte die rechtsnationale DNVP die Koalition verlassen. Reichskanzler Luther gelang es nicht mehr, seinen rechten Koalitionspartner auf seine Politik einzuschwören, dennoch blieb er im Amt und regierte nun mit einer Minderheitskoalition weiter.

Luise hatte in diesen Tagen anderes im Kopf. Sie konnte mit ihrem dicken Bauch und dem schmerzenden Rücken kaum mehr schlafen, musste alle paar Minuten auf die Toilette und hatte Wasser in den Beinen, sodass ihr kein Paar Schuhe mehr passte. Fast den ganzen Tag saß sie in ihrem Lieblingssessel und legte die schmerzenden Beine hoch. Zum Glück war vormittags Anna die Perle für ein paar Stunden da, putzte, wusch die Wäsche und kaufte ein und hatte oft ein aufmunterndes Lächeln für sie. Selbst Robert kam in diesen Tagen öfter früh nach Hause, brachte manchmal ein Stück Schokolade mit, setzte sich zu ihr und versuchte sie mit lustigen Anekdoten, die von Kollegen handelten oder die er irgendwo aufgeschnappt hatte, aufzumuntern.

Dennoch langweilte sich Luise, da konnten auch die zahlreichen dicken Bücher nicht helfen, die sie verschlang. Manchmal half ihr das Tagebuch, lenkte sie ab, indem sie ein paar Zeilen schrieb und ihre Gedanken sortierte. Ja, sie wusste, es ging ihr gut, das neue Leben, das in ihr wuchs, war mit einem tiefen Glücksgefühl verbunden und mit großer Dankbarkeit. An anderen Tagen ließen sich die Gedanken nicht so leicht festhalten. Sie schweiften ab, hinaus in die Welt, in die Friedrichstraße, an die Nordseite des Bahnhofs, wo der kleine grüne Kiosk lag. Ja, sie vermisste Johannes, seine Ruhe, seine Geduld, seine Ehrlichkeit. Seine Verletzlichkeit. Es war dieses Einverständnis, dieses Vertrauen in den anderen, was ihr Wärme gab und Sicherheit und ab und an ein leichtes Ziehen im Herzen.

♦

Ella war nur ganz kurz zum Bäcker gelaufen. Sie hoffte, ihr Michel würde noch immer friedlich schlafen, als sie mit der Brottüte unter dem Arm die Treppen hinaufeilte. Schnaufend erreichte sie den letzten Treppenabsatz und blieb dann wie angewurzelt stehen.

Die Tür stand einen Spaltbreit offen, und von drinnen konnte sie eine Männerstimme hören. «Guten Tag, kleiner Mann, kennste mich noch?»

Ella riss die Tür auf und stürmte in ihre Kammer.

«Biste mein Vater?», erklang Michaels noch etwas verschlafene Stimme.

«Nee, det wär ja 'n Ding», antwortete der ungeladene Besucher und fing an zu lachen.

«Paul! Wat machste hier?», fauchte Ella ihren Bruder an.

Gemächlich wandte sich Paul zu ihr um. Er sah noch immer unverschämt gut aus. So verwegen. Kein Wunder, dass so viele Frauen eine Schwäche für ihn hatten. Ella wollte gar nicht so genau wissen, was seine diversen «Freundinnen» alles bereit waren, für ihn zu tun.

«Du kannst doch nich einfach so in meine Wohnung kommen, ohne mich zu fragen», schimpfte sie.

«Nich? Warum nich? Ick wär ja zu unsrer Mutter runter, aber die is in der Klapse, hab ick gehört, und in der Bude wohnt schon jemand anders!»

Ella nickte. «Ja, det is schon ewig her, dass se nich mehr so richtig im Kopf war und ick se mit dem Michel nich mehr allein lassen konnte – was de wüsstest, wenn de dich hier mal blickenlassen würdest.»

Paul schob beleidigt die Lippe hoch. «Da komm ick frisch aus'm Bau und will dir und dem Michel die Stütze vom Verein vorbeibringen und werd gleich so angepflaumt.»

Michael rutschte vom Bett, lief auf nackten Füßen zu seiner Mutter und zog an ihrer Jacke. «Wer is 'n det, Mama?», drängte er.

Paul zog seine Schiebermütze vom Kopf und verbeugte sich feierlich. «Ick bin dein Onkel Paul! Hat die Ella nich von mir erzählt?»

Der Kleine riss die Augen auf und starrte den Besucher an. «Onkel Paul, der im Gefängnis is?»

Entrüstet wandte sich Paul an seine Schwester. «Det haste dem Kerlchen von mir erzählt? Wat denkt der nun von mir?»

«Wat kümmert's dich?», fauchte Ella. «Wenn du da gewesen wärst, dann hätt ick nich allein für unsre Mutter, die immer mehr spinnt, und meinen Jungen sorgen müssen. Aber du machst es dir im Bau bequem und wartest, bis dich deine Vereinsbrüder raushauen.»

«Wat die auch geschafft haben, deshalb komm ick zu dir!» Er holte ein Bündel Geldscheine aus der Tasche und drückte es Ella in die Hand. «Für dich und den Michel!»

Ella starrte auf das Geld. «Kann ick det echt behalten?»

«Ja, det kannste», verkündete Paul stolz. «Ick hab mich immer um die Familie gekümmert. Wenn's recht ist, würd ick auch 'n paar Tage bleiben, bis ick 'ne Bude gefunden hab.»

Ella steckte das Geldbündel in ihre Einkaufstasche und sah sich in ihrer kleinen Dachkammer um. «Gut, wenn's nich anders geht.»

Paul grinste, umarmte seine Schwester und gab ihr einen schmatzenden Kuss auf die Wange. «Na, geht doch!», rief er und ließ sich auf einen der wackeligen Stühle fallen. «Ick hab soo 'n Kohldampf», verkündete er. «Wat gibt's zu essen?»

♦

Der Januar verstrich, und Luises Schwangerschaft näherte sich dem Ende. Ilse besuchte sie, so oft sie Zeit hatte, umsorgte die Freundin und berichtete ihr von ihren Gesangsstunden bei Claire Waldoff. Natürlich gab es für Luise exklusiv bereits die ersten Kostproben und außerdem brachte Ilse immer wieder neue Schallplatten mit. Luise liebte die schmissigen Schlager und sang bald alle Texte mit. Besonders gut gefiel ihr der Hans, auch wenn es mit ihrem Tanzen momentan nicht weit her war.

Du bist zu dick
Du bist nicht schick
Du bist unmöglich
Das seh ich täglich
Mein lieber Hans
Was ist das für ein neuer Sport des Kniegelenkes
Was für Menkenkes
Machst du beim Tanz?

Was streckst du so den Bauch heraus?
Du schaust wie aufgeblasen aus

Was lachst du immer wie der Mond
Und wackelst mit der Hinterfront?
Man tanzt doch zart und elegant
Und legt galant die rechte Hand
Um seine Dame voll Manier
Doch deine Füße lass bei dir

Was machst du
Mit dem Knie
Lieber Hans
Beim Tanz?

Und dann war es endlich so weit. Es war an einem kalten Abend im Februar, als die Wehen einsetzten.

Luise hatte sich entschieden, das Kind in der Charité zur Welt zu bringen. Die meisten Frauen bekamen – mit Hilfe einer Hebamme – ihre Kinder daheim, doch Luise wollte nicht das kleinste Risiko eingehen, und Robert, dem das ganze Thema Geburt Angstschweiß auf die Stirn trieb, war sofort einverstanden gewesen.

So fuhr er seine Frau bei den ersten Wehen in die Frauenklinik und übergab die werdende Mutter in die erfahrenen Hände von Ärzten und Hebamme.

Es dauerte Stunden, in denen Robert nicht wusste, was er mit sich anfangen sollte. Ruhelos schritt er auf dem Gelände des berühmten Krankenhauses zwischen den roten Backsteingebäuden auf und ab und kehrte immer wieder zur Entbindungsstation zurück, um sich nach dem Stand der Dinge zu erkundigen.

Die ersten fünf Male reagierte die Dame hinter dem Empfangstresen sehr freundlich, lächelte und versicherte geduldig, dass alles seinen natürlichen Lauf nehme. «Ihre Frau ist in den besten Händen. Sie können im Moment nichts für sie tun!»

Als sie ihm schließlich riet, nach Hause zu gehen, man würde sich telefonisch bei ihm melden, schüttelte Robert müde, aber energisch den Kopf. Nein, er brachte es nicht über sich, sich so weit von Luise zu entfernen, die dort drin irgendwo mit den Wehen kämpfte und unter Schmerzen ihr gemeinsames Kind zur Welt brachte.

Einerseits wünschte er, die Frau hinter dem Tresen würde ihn zu Luise lassen, damit er wenigstens bei ihr sein und ihre Hand halten könnte, andererseits war er erleichtert, nicht mitansehen zu müssen, wie sie litt, wo er doch nichts tun konnte, ihre Qual zu lindern oder zu verkürzen.

Natürlich hatte Robert im Krieg ganz andere Leiden erlebt. Männer mit schwersten Verletzungen, Tote, zerrissene Leiber, ein Schreien und Stöhnen, das nicht mehr aus dem Kopf ging und einen Nacht für Nacht begleitete. Er nickte auf einem unbequemen Stuhl im Warteraum ein und wurde vom Donnern des Granatfeuers weggerissen. Das Grauen packte ihn, es zerquetschte sein Herz und seinen Geist. Panik loderte in ihm auf. Er wollte schreien, aber nur ein leises Stöhnen entrann seinen Lippen.

Robert rutschte in einen Trichter, den eine der großen Granaten auf dem Feld aufgerissen hatte. Die Wände waren steil und schmierig. Sosehr er sich auch abmühte, er kam dem Rand nicht näher. Nein, er rutschte immer tiefer. Seine Füße fanden keinen Halt, seine Beine versanken im schlammigen, mit Blut vermischten Wasser. Er fühlte Eiseskälte, die in ihm hochkroch und alles betäubte. Schon konnte er seine Beine nicht mehr spüren. Das Wasser stieg höher und höher. Hüfte, Bauch und Brust versanken. Er würde sterben, gleich würde er keine Luft mehr bekommen, und dann würde er sterben. Er wollte schreien, doch seine Stimme gehorchte ihm nicht mehr.

Da griff eine Hand nach der seinen, hielt sie fest und zog ihn Stück für Stück aus dem Schlammtrichter.

«Wachen Sie auf, Herr Wagenbach. Was ist mit Ihnen? Ist alles in Ordnung?»

Robert fuhr aus seinem Albtraum hoch. Seine Finger krallten sich in die Arme einer Frau in einem hellblauen Schürzenkleid.

«Bitte, lassen Sie mich los. Es ist alles gut!», versuchte ihn die Krankenschwester zu beruhigen.

Robert blinzelte. Wo war er? Er kannte diesen Geruch. Ein Lazarett, nein, ein Spital. War er verletzt worden? Hatte Johannes ihn hierhergebracht? Er starrte die Frau, die er nicht kannte, verständnislos an.

«Es ist alles gut», wiederholte sie und befreite sich behutsam aus seinem Griff. «Der Arzt wird gleich kommen und Ihnen alles berichten. Sie haben eine gesunde Tochter. Ich gratuliere Ihnen.»

Robert brauchte noch einige Sekunden, bis er begriff. Der Krieg war längst vorbei. Er war in der Charité, Luise hatte ihr Kind geboren. Ein Mädchen. Ihre gemeinsame Tochter!

Langsam ließ die Verkrampfung seines Körpers nach. Eine Welle des Glücks durchströmte ihn. Er spürte das Blut durch seine Adern pulsieren und merkte, wie sich ein Lächeln in seiner Miene Bahn brach. «Eine Tochter!», jubelte er. «Ein gesundes Kind. Schwester, danke, danke!», keuchte er, dann rief er: «Lilli! Ich werde sie Lilli nennen.»

♦

Nun war sie also Mutter! Unter dem zartrosa Betthimmel schlummerte ihre süße Tochter Lilli. Wie klein sie war, wie zart ihre Glieder. Luise konnte kaum ihren Blick von dem in ein weißes Tuch eingewickelten Bündel wenden. Das zarte Spitzenhäubchen hatte Ilse mitgebracht, die es sich nicht hatte nehmen lassen, gleich am nächsten Abend vorbeizukommen und ihr Patenkind in Augenschein zu nehmen.

«Wie findest du sie?», drängte Luise, als Ilse ein paar Tage später noch einmal vorbeischaute. Vorsichtig hob Luise das Kind aus der Wiege und legte das kleine Wesen in die Arme seiner Patin.

Ilse sah auf das Gesichtchen herab und wiegte das Kind, das tief und fest schlief. «Na ja, bisher habe ich von diesen kleinen, schrumpelig roten Geschöpfen, die abwechselnd schreien oder schlafen, lieber Abstand gehalten.»

«Sie ist entzückend!», betonte Luise fast ein wenig scharf.

Ilse kicherte. «Oh ja, Lilli ist dein Fleisch und Blut. Es ist ganz natürlich, dass du sie vergötterst, und weil sie mein Patenkind ist, wirst du auch nie etwas anderes aus *meinem* Mund hören.»

Luise nahm ihr den Säugling aus den Armen und sah sie strafend an. «Sie ist das schönste Kind der Welt!»

«Aber sicher, und das mit den Haaren gibt sich bestimmt noch. Für ein Mädchen sind sie im Augenblick noch ein wenig, sagen wir, licht.» Ilse konnte sich ein Grinsen kaum verkneifen.

Luise schwankte zwischen Ärger und Belustigung, dann siegte das Lachen, das in ihr aufstieg. «Du bist unmöglich», sagte sie, während sie Lilli wieder in ihre Wiege bettete.

«Ja, kann schon sein, aber schau, was ich bei Wertheim entdeckt habe.» Ilse holte ein Päckchen aus ihrem Korb und reichte es der Freundin.

Luise öffnete die Schleife und faltete das Papier auseinander. «Ach, der ist ja allerliebst», rief sie aus, als sie den Plüschbären mit sandfarbenem Pelz, braunen Knopfaugen und beweglichen Armen und Beinen auspackte. An seinem Ohr war ein kleiner silberner Knopf mit einer roten Fahne befestigt, auf der das Wort *Steiff* zu lesen war.

«Der süße Bär heißt übrigens Teddy, nach dem amerikanischen Präsidenten Roosevelt. Irgendeine Geschichte mit einem jungen Bären, den er bei der Jagd verschont hat.»

Verzückt wiegte Luise den Bären in ihren Armen. «Er ist kaum kleiner als Lilli. Ich fürchte, sie muss noch ein Stück wachsen, bevor sie mit Teddy spielen kann. Aber er darf schon mal damit anfangen, ihren Schlaf zu bewachen.» Sie setzte ihn in die Ecke neben Lillis umwickelte Beine und strich dem schlafenden Kind sanft mit dem Zeigefinger über die Wange, dann ging sie mit Ilse in die Küche, um Kaffee aufzusetzen.

«Für *dich* habe ich auch eine Überraschung», verkündete Ilse und machte sich gleich im Wohnzimmer am Grammophon zu schaffen, um eine Platte aufzulegen. «Das Stück stammt aus einem Broadway Musical und heißt *The Charleston*. So nennt sich auch ein neuer Tanz, der seit Josephine Bakers Auftritten hier in Berlin schon in allen Bars und Tanzdielen der letzte Schrei ist.»

Die mitreißende Musik schallte durch die ganze Wohnung, und Ilse tanzte die Schritte vom Wohnzimmer durch den Flur bis in die Küche. «Los, komm, mach mit. Ich zeig es dir.»

Es war ein frecher, stürmischer Tanz, bei dem die Füße und Unterschenkel neckisch weit vom Boden abgehoben wurden, um in einer wippenden Drehbewegung wieder aufgesetzt zu werden. Der ganze Körper wippte mit, die lockeren, kurzen Kleider der Damen gerieten in Schwingung. Luise zuckte es in den Beinen, doch ganz so einfach war die Bewegung dann doch nicht. Erst als Ilse die Platte zum fünften Mal auflegte, hatte sie den Bogen raus.

Schwitzend ließen sie sich aufs Canapé sinken und tranken statt des kalt gewordenen Kaffees ein Glas Sekt.

«Das macht Spaß», sagte Luise und wischte sich mit einem Taschentuch über das Gesicht. «Ich würde gerne mal wieder ausgehen, aber solange ich Lilli stille, wird das nicht gehen.»

«Nein», bestätigte Ilse betrübt. «Da müssen wir uns noch ein wenig gedulden. Aber ich kann dir noch ein bisschen Klatsch und Tratsch erzählen. Also, hör zu: Ich war am Sonnabend mit Claire und Olly im Nelson-Theater und stehe nach der Aufführung zufällig neben Max Reinhardt, du weißt schon, das ist der große Theaterregisseur. Dem hat mich Claire vor einiger Zeit vorgestellt. Und wie wir so plaudern, gesellt sich ein anderer Herr zu uns und lädt Reinhardt zu sich nach Hause ein. Reinhardt stellt uns einander vor, und Karl Gustav Vollmoeller, so heißt der andere, sagt, er würde sich freuen, auch mich in seinem Heim begrüßen zu können.»

«Nein!», rief Luise. «Du bist doch nicht etwa mitgefahren?»

«Aber natürlich, solch eine Gelegenheit lässt man doch nicht sausen. Also weiter: Es war fast Mitternacht, als wir am Pariser Platz ankamen. Neben einigen Herren der Gesellschaft, die ich nicht kannte, trieben sich fünf oder sechs fast völlig nackte, blutjunge Frauen herum, die die Herren zum Trinken und Tanzen animierten.»

«Ich weiß nicht, ob ich nicht schockiert sein sollte», sinnierte Luise. «Aber es war sicher aufregend, nicht?»

«Unbedingt! Später stieß noch ein Mann namens Kessler zu uns, ein Graf, soweit ich weiß ... Aber warum ich dir das alles erzähle? Josephine Baker war dort! Nur mit einem rosa Mullschurz bekleidet, tanzte sie mit einem Mädchen, das einen Smoking trug. Die beiden harmonierten sofort miteinander.»

Luise stand auf, um kurz nach Lilli zu gucken, dann setzte sie sich wieder neben die Freundin. «Du hast so ein Glück, weißt du das? Du triffst all diese berühmten Leute, die manchmal auch ganz schön verrückt sind, oder? Neulich habe ich gelesen, dass die Baker eine Schlange namens Kiki besitzt. Und dann ist sie mit einem Sulky, der von einem Vogel Strauß gezogen wurde, am Adlon vorgefahren.»

«Dein Mann bringt dir also die BIZ mit?»

Verschmitzt zwickte Luise Ilse in die Seite. «Ja, erwischt.»

Sie lachten beide, und Ilse berichtete weiter: «Ich weiß, was du meinst. Die Baker wirkte auf mich wie ein glückliches Kind, das die Welt staunend in sich aufnimmt und diese ihrerseits in Staunen versetzt. Dabei ist jede ihrer Tanzfiguren von atemberaubender Perfektion. An dem Abend bei Vollmoeller sprachen er und Reinhardt davon, gemeinsam ein Ballett schreiben zu wollen. Irgendwas Orientalisches. Die Baker soll darin zusammen mit der jungen Frau auftreten, Ruth Landshoff heißt sie übrigens.»

«Und, wann kommt das Stück auf die Bühne?»

«Ich fürchte, dass sich die Gesellschaft schon am nächsten Morgen nicht mehr an das Vorhaben erinnern konnte. Die hatten alle ordentlich gepichelt.»

Sie prusteten beide los, während noch einmal der Charleston erklang. In diesem Moment ging die Wohnungstür auf, und Sekunden später stand Robert in Hut und Mantel im Wohnzimmer.

«Was ist denn das für ein Krach? Seid ihr verrückt geworden? Das Kind wird ja taub!»

Und kaum hatte er die Musik ausgestellt, erklang Babygeschrei aus dem Kinderzimmer.

«Gerade hat sie noch ganz friedlich geschlafen», verteidigte sich Luise und spürte, wie ihr Röte in die Wangen schoss. Sie eilte an Lillis Wiege, hob das Baby heraus und schaukelte es in ihren Armen. Zu ihrer Erleichterung hörte Lilli sofort zu schreien auf. «Alles ist gut, mein Schatz», säuselte Luise und trug die Kleine ins Wohnzimmer, wo Robert zornentbrannt auf Ilse losging.

«Das ist hier keine von deinen Tanzdielen. Wir haben ein Wickelkind, das seine Ruhe braucht.»

«Ich habe Luise lediglich eine neue Platte mitgebracht. Alle Welt tanzt jetzt den Charleston. Das ist natürlich auch etwas für Luise ...»

«Jetzt nicht mehr, sie ist Ehefrau und Mutter und kennt ihre Verantwortung. Im Gegensatz zu dir, die sich als Tänzerin verdingt oder sich die Nächte in Lesbenclubs um die Ohren schlägt.»

Luise verschluckte sich vor Schreck. «Robert!», rief sie aus, doch Ilse war nicht die Frau, die sich so etwas gefallen ließ.

«Wenn du dir nur einmal die Mühe machen würdest, dich auf dem Laufenden zu halten, dann wüsstest du, dass ich nicht mehr tanze, sondern mein Geld längst wieder in der Modebranche verdiene! Du bist und bleibst halt doch ein Spießer!»

«Ilse, bitte», ächzte Luise und sah hilflos von einem zum anderen.

Die Kontrahenten schwiegen jetzt beide und starrten einander zornig an. Da begann Lilli erneut zu weinen.

«Das hast du nun davon», schimpfte Robert und nahm Luise das Baby aus den Armen, das nur umso lauter schrie.

«Nicht mein Problem, Herr Familienvater», zischte Ilse. «Ich wünsche einen gediegenen Abend!» Im Flur riss sie ihren Mantel vom Bügel, öffnete die Tür und schlug sie mit einem lauten Knall hinter sich zu.

♦

Am nächsten Morgen, kurz nachdem Robert das Haus verlassen hatte, stand plötzlich Johannes auf der Türschwelle. Er trug noch immer seinen abgewetzten Militärmantel, und Luise nahm sich fest vor, ihm einen neuen zu kaufen, ganz gleich, wie sehr er sich dagegen wehren sollte.

«Guten Morgen, Johannes. Was verschafft mir die Freude?» Luise hatte den Verdacht, er habe absichtlich draußen gewartet, bis er Robert fortgehen sah. Der Gedanke machte sie verlegen. Sie trat rasch zwei Schritte zurück, sodass er ihr nicht zu nahe kam, als er den Flur betrat.

Johannes hängte seinen verschlissenen Armeemantel an einen Haken und folgte Luise in die Küche. «Ich habe euch etwas mitgebracht», sagte er und zog ein kleines Päckchen und eine Flasche Mampe aus seinem Beutel.

«Willst du mich oder das Kind betrunken machen?», scherzte Luise.

«Vielleicht ein kleiner Trostschluck in durchwachten Nächten – oder eine Einschlafhilfe für den kleinen Schreihals. Ich glaube, meine Mutter hat meinen Lutschbeutel bei Bedarf früher auch mal in Schnaps und Honig getaucht.»

Luise verzog das Gesicht. «Diese Stoffbeutel sind ekelhaft! Ärzte sagen, sie würden gären und zu Mundfäule führen.»

«Na, dann ist es ja gut, dass ich etwas Neumodisches mitgebracht habe.»

Luise wickelte das Päckchen aus, in dem sich ein Beißring aus festem Material befand, an dem ein länglicher, glatter Sauger befestigt war. «Oh, Johannes, vielen Dank! Wenn Lilli zahnt, wird ihr das sicher Erleichterung verschaffen. Möchtest du eine Tasse Kaffee? Ich habe auch Schrippen und Butter da», sagte sie, so lässig es ging, obgleich sie sich befangen fühlte. Gleichzeitig ärgerte sie sich auch über sich selbst. Es war doch nur Johannes, der Junge, den sie seit der Grundschule kannte.

«Ich bin gekommen, um dir zu gratulieren und dir zu sagen, wie sehr ich mich für dich freue, dass alles gutgegangen ist. Ich meine, für euch, für dich, Robert und die Kleine. Lilli heißt sie, nicht wahr? Ilse hat es mir erzählt.»

Luise wandte sich ab und goss Kaffee in zwei Tassen. Dann stellte sie Milch und Zucker auf den Tisch, holte Teller, Messer, Butter, Marmelade und den Korb mit den Schrippen. Sie fühlte die ganze Zeit Johannes' Blick auf sich ruhen, spürte, wie sie das zunehmend nervös machte.

«Setz dich doch», forderte sie ihn auf.

«Darf ich sie vorher mal sehen? Bitte.»

«Ja, sicher.» Sie hörte Johannes' ungleichen Schritt auf den Dielenbrettern hinter sich und spürte seinen Atem, als er im Kinderzimmer an der Wiege neben sie trat. Stumm sahen sie auf das in ein weißes Tuch gewickelte Bündel hinab, zu dessen Füßen der fast gleich große Teddybär saß. Lilli hatte die Augen geschlossen, ihr Mund war leicht geöffnet.

Johannes beugte sich vor. Ganz vorsichtig streckte er die Hand aus und strich dem Kind über das von einem dunklen Flaum bedeckte Köpfchen. «Lilli», flüsterte er. «Willkommen im Leben.» Er blickte eine Weile schweigend auf sie herab, dann wandte er sich Luise zu. «Ist dein Glück nun vollkommen?» Er legte seinen gesunden Arm um ihre Taille, beugte sich vor und hauchte einen Kuss auf ihre Wange.

Luise drehte sich weg, als sie spürte, wie ihr Tränen in die Augen stiegen.

«Was ist denn?»

«Robert und ich haben uns gestern gestritten», stieß sie hervor. Dann brach die ganze Geschichte aus ihr heraus.

Angesichts ihrer Verzweiflung nahm Johannes sie sanft in den Arm, während ihre Tränen auf sein Hemd tropften.

«Ach, Luise, du kennst die beiden doch so gut wie ich. Robert war schon immer ein wenig spießig, und Ilse ist für ihre scharfe Zunge bekannt. Erinnere dich, wie oft sich die beiden früher gezankt haben, und trotzdem verging kaum ein Tag, bis sie wieder Frieden schlossen. Warum sollte das heute anders sein?»

«Weil wir heute alle erwachsen sind», murmelte Luise. Dann stemmte sie die Hände gegen seinen Brustkorb und wischte sich die Tränen ab. «Aber ... aber das ist es nicht allein. Robert behauptet, ich müsste jetzt ein anderes Leben führen und seriös sein. Das sehe ich ein, solange Lilli so klein ist und ich sie stille. Aber später will ich ausgehen. Auch mit Ilse, so wie früher.»

«Du wolltest schon immer *alles* auf der Welt haben, Luise. Jetzt bist du erst einmal Mutter, das hast du dir jahrelang sehnlich gewünscht. Natürlich wirst du mit der Zeit auch die Freiheit haben, abends auszugehen. Und Robert wird sich damit abfinden, dass du nicht *nur* eine Mutter, sondern auch eine Frau bist, die das Leben genießen möchte.»

«Meinst du wirklich?»

«Aber natürlich. Außerdem hast du es schon immer verstanden, deinen Willen durchzusetzen und die Männer, die dich lieben, um den Finger zu wickeln.» Er lockerte seinen Griff, und als sie ihn ansah, küsste er sie auf den Mund.

«Bitte nicht», hauchte sie. Da schlug Lilli die Augen auf und fing an zu greinen. Luise wand sich aus Johannes' Umarmung und beugte sich über die Wiege.

«Ich denke, da ist eine neue Windel fällig», sagte sie und zog die Nase kraus. «Magst du in der Küche warten?»

«Wenn du nichts dagegen hast, bleibe ich hier. Ich bin auch ganz still und stehe euch nicht im Weg rum.»

Luise legte Lilli vorsichtig auf der Wickelkommode ab und löste das Band, mit dem das Tuch um ihren Körper befestigt war. Kaum hatte sie es aufgeschlagen, begann die Kleine mit den Armen zu rudern und mit den Beinchen zu strampeln.

«Hör auf», rief Luise mit einem Lachen. «Wie soll ich dir so die Windel wechseln?»

Doch die Kleine schien höchst erfreut, das einengende Tuch für einige Minuten los zu sein, und so brauchte Luise mehrere Versuche, bis die alte Windel weg, die Haut gesäubert und eine neue Windel angelegt war.

«Warum wickelst du sie so ein, dass ihre Arme und Beine gestreckt liegen?», erkundigte sich Johannes. «Es scheint ihr doch Spaß zu machen, sich frei bewegen zu können.»

«Ja, aber sie ist noch so zart und zerbrechlich», entgegnete Luise.

«Sie ist perfekt!», betonte Johannes.

«Und das soll auch so bleiben. Ich riskiere nicht, dass ihre Glieder deformiert werden, nur weil sie keinen Halt haben. Ich bin mir nicht sicher, wie lange ich sie streng einwickeln werde. Früher war es für die ersten acht Wochen oder noch länger üblich, doch es gibt inzwischen Ärzte, die nur die ersten zwei Wochen empfehlen. Jedenfalls sind die Kinder so ruhiger, geborgener, und sie schlafen besser, hat mir die Hebamme gesagt.»

Luise schlang das Tuch wieder um den kleinen Körper und wollte Lilli in ihre Wiege zurücklegen, doch sie protestierte laut.

«Ich fürchte, die junge Dame hat Hunger», erklärte Luise und startete einen neuen Versuch, ihn in die Küche zu schicken, aber Johannes bat, auch jetzt bleiben zu dürfen.

«Bitte, lass es mich nur ein einziges Mal sehen.»

Luise seufzte. «Das schickt sich nicht, und das weißt du auch.»

Er nickte. «Wir brauchen es ja keinem zu sagen. Ein kleines Geheimnis zwischen dir und mir und Lilli.»

Luise wurde rot. «Na gut. Halte sie kurz. Ich setze mich dort in den Sessel.» Sie knöpfte ihre Bluse auf und öffnete ihren Büstenhalter. «So, und jetzt gib sie mir.»

Schmatzend saugte sich Lilli an der Brustwarze fest. Johannes ließ sich auf den Boden sinken und betrachtete stumm die friedliche Szene. Es lag ein entspanntes Lächeln in seiner Miene, wie Luise es, seit er in den Krieg gezogen war, nicht mehr bei ihm gesehen hatte.

♦

Seit einem halben Jahr nun nahm Ilse ab und zu Gesangsstunden. Claire Waldoff hatte sie unter ihre Fittiche genommen, und beide hatten viel Spaß daran. Claire gelang es auch schon bald, ihr kleinere Auftritte zu vermitteln.

Als Ilse an diesem Tag zu ihrem Unterricht in Claires und Ollys Wohnung in der Regensburger Straße eintraf, beendete gerade eine blonde junge Frau, ungefähr Mitte zwanzig, ihre Übungsstunde. Sie hatte ein schönes, ovales Gesicht, die Brauen zu schmalen, hohen Bogen gezupft, die langen Wimpern geschwärzt. Ihre Augen schimmerten in einem geheimnisvollen Blaugrün. Und Beine hatte sie! Ilse starrte sie ungebührlich an, als die Jüngere ihr die Hand reichte und sie begrüßte.

Claire übernahm die Vorstellung. «Meine Freundin, Ilse Rosenstein, Modeschöpferin und Sängerin – Marlene Dietrich, die ich letzthin bei einer Revue auf der Bühne entdeckt habe. Ist sie nicht ein schönes Kind? Und diese Beine!» Claire strahlte ihre Neuentdeckung an. «Du wirst es weit bringen, auf der Bühne und auf der Leinwand», prophezeite sie.

«Das hoffe ich», stimmte ihr Marlene mit einem Lächeln zu, das Ilse fast in die Knie gehen ließ. Sie überlegte, ob Marlene wohl zu «ihnen» gehörte. Doch ganz gleich, ob sie mit dieser Vermutung richtiglag, ganz sicher wusste sie, dass sie Marlene wiedersehen wollte. So wartete sie eine günstige Gelegenheit nach ihrer Gesangsstunde ab, als Marlene längst gegangen war, um Claire möglichst unauffällig auszufragen.

Das mit dem «unauffällig» klappte nicht so ganz. Claire lächelte verschmitzt. «Sie gefällt dir wohl, die blonde Marlene mit die tollen Beene?»

Das konnte und wollte Ilse nicht abstreiten, und Claire sprudelte über, als sie nun von der jungen Frau erzählte. «Sie ist in Berlin geboren, lebte ein paar Jahre in Dessau und kehrte während des

Krieges zurück nach Berlin. Hier besuchte sie die Victoria-Luisen-Schule, ist aber ohne Abitur abgegangen und zog nach Weimar, um sich als Konzertgeigerin ausbilden zu lassen. Dann wieder Berlin, um die Ausbildung fortzusetzen, doch eine hartnäckige Sehnenentzündung begrub alle Träume von einer Karriere als Violinistin. Also beschloss sie, Schauspielerin zu werden. Sie tingelte, hat gesungen und getanzt, aber das war's nicht, was sie wollte. Sie wollte zum Theater, wo man schöne Texte vortragen könne. Max Reinhardt gab ihr eine Chance mit einer kleinen Rolle, aber sie will mehr. Und ich sage dir, sie hat auch das Potenzial für etwas viel Größeres!»

«Meinst du, sie würde sich mal mit mir treffen?», wagte Ilse einen Versuch.

Claire hob mahnend den Zeigefinger. «Pass auf, dass du dir nicht die Flügel verbrennst, mein Engel. Du solltest dir keine zu große Hoffnung machen.»

«Warum? Willst du die schönen Beene etwa ganz für dich alleene?», dichtete Ilse verschmitzt.

«Wohl kaum. Marlene ist verheiratet und hat eine Tochter von zweieinhalb Jahren.»

«Das kann nicht sein, habe ich mich so geirrt? So wie sie schaut und lächelt, kam mir sofort der Gedanke, sie sei eine von uns.»

«Nun», sagte Claire ein wenig spöttisch, «vielleicht weiß sie es selbst noch nicht so genau. Vielleicht hat sie noch keine Erfahrung damit gemacht, eine Frau zu lieben.»

Kapitel 16

Es war schon April, und das erste zarte Grün schmückte die Bäume, als Robert endlich den längst versprochenen Kinderwagen mitbrachte. Es war ein neues Modell von Naether mit hohen, gefederten Speichenrädern, über denen die elegante schwarze Schale thronte, die mit ihren Nieten und Verzierungen an eine Kutsche erinnerte. Der Korb war gepolstert und mit einem seidig glänzenden, hellen Stoff ausgeschlagen, das Verdeck konnte man zusammenklappen.

Luise jubelte. Bisher war sie mit Lilli immer nur ein kurzes Stück spazieren gegangen oder hatte beim Krämer um die Ecke ihre Bestellung aufgegeben, die er ihr dann später in die Wohnung brachte. Jetzt war ihr, als wären Wochen in Quarantäne oder gar Haft vorüber. Nun war sie frei, mit Lilli im Kinderwagen loszuziehen. Sie würde mit ihr in den Tiergarten gehen, in den Zoo, und sie würden nach Charlottenburg zur Oma rausfahren, Ilse in ihrer Wohnung besuchen und Johannes in seinem Kiosk. Vielleicht schon morgen, denn seit seinem Besuch kurz nach Lillis Geburt hatte er sich nicht wieder blickenlassen.

Gleich am nächsten Morgen, nachdem sie Lilli gestillt und frisch gewickelt hatte, verließ Luise kaum eine Stunde nach Robert die Wohnung. Sie war so froh, endlich wieder an der frischen Luft ausschreiten zu können, dass sie den Kinderwagen die ganze

Friedrichstraße entlang bis zum Bahnhof schob. Der Frühlingswind strich durch ihre Haare, die dringend geschnitten werden mussten. Viele Frauen trugen den Bob jetzt noch kürzer. Luise kam sich in ihrem von der Wäsche etwas ausgebleichten Kostüm altmodisch, ja fast ungepflegt vor. Nun, vielleicht könnte sie später noch beim Friseur vorbei oder sich ein neues Kleid für den Frühling kaufen, soweit ihr Haushaltsgeld das zuließ.

Das war auch etwas, an das sie sich nur schwer gewöhnen konnte. Sicher hatte Robert stets mehr verdient, doch wenn sie Lust auf ein Paar Schuhe, ein Kleid oder auch nur einen Besuch im Café gehabt hatte, hatte sie dies von ihrem eigenen Verdienst bezahlen können und nicht Rechenschaft ablegen oder den Betrag vom Haushaltsgeld abzweigen müssen, das – zugegeben – sehr reichlich bemessen war.

Luise schob den Kinderwagen über den großen Platz auf der Nordseite des Bahnhofs. Wie einladend die verschlungenen Schriftzeichen zu ihr herübergrüßten: *Johannes' Kiosk.*

Sie erkannte seine Gestalt schon von weitem. Er bediente gerade einige Schulkinder, die vermutlich Brause kauften, Bonbons oder andere Süßigkeiten. Dahinter standen Männer in Anzügen, die dann mit einer gefalteten Zeitung unter dem Arm weitergingen. Als Luise näher kam, hörte sie, wie ein alter Mann mit verwildertem Bart und fleckigem Mantel, der jetzt an der Reihe war, Bier und Schnaps bestellte. Johannes schob ihm beides über den Tresen und nahm einen Stapel Pfennige in Empfang.

Mit Bedauern sah Luise, dass ihr Stammplatz an dem einzigen Tisch mit Stühlen besetzt war. Eine Frau mit einem dunkelhaarigen Kind saß, ihr den Rücken zugewandt, da und rauchte. Der Junge war vielleicht vier. Er kniete auf seinem Stuhl und sah Luise aus dunklen Augen aufmerksam an, dann schob er sich eine Haarsträhne aus dem Gesicht und lächelte. Dieses Kinderlächeln drang ihr tief ins Herz. Sie konnte nicht sagen, warum sie den Knaben wie gebannt anstarrte, bis die Frau sich umdrehte und sie sich erkannten.

«Oh, guten Tag, Luise.»

«Guten Tag, Ella», gab Luise zurück. «Das ist dein Michael, nicht wahr? Ich hätte ihn nicht wiedererkannt.»

Ella nickte und deutete auf den Kinderwagen. «Bei dir gibt's wohl auch wat Kleines.» Sie stand auf und beugte sich über den Kinderwagen. «Und, wat is et?»

«Ein Mädchen, Lilli, am 15. Februar geboren.»

«Ach, is det 'ne nette Göre», sagte Ella.

Luise hätte ihre Lilli zwar nicht als «Göre» bezeichnet, aber Ellas Tonfall war zärtlich, und sie lächelte das Kind an.

Johannes kam zu ihnen herüber. «Was kann ich den beiden Damen anbieten?»

«Der Jüngeren von uns noch gar nichts. In ein paar Jahren kannst du sie dann mit Süßigkeiten verziehen. Und die Ältere hätte gerne eine Bilz-Brause.» *Und ein wenig Zeit mit dir*, lag ihr auf der Zunge, aber das würde sie natürlich nicht vor Ella sagen. Und vielleicht war es auch besser, wenn Johannes nicht wusste, wie sehr ihr die gemeinsame Zeit und die Gespräche fehlten.

Luise schob den Kinderwagen zum Tisch und setzte sich Ella gegenüber. *Vielleicht würden sie und Michael ja auch nicht so lange bleiben.* Als sich Johannes zu ihnen setzte und sich eine Zigarette anzündete, rutschte der Junge auf seinen Schoß und lehnte sich vertrauensvoll an seine Brust.

Irritiert sah Luise von Johannes zu Ella.

«Er mag den Hannes so gern. Ick bring ihn her, wenn ick keine Zeit hab und arbeiten muss», erklärte Ella und gähnte verstohlen.

Angesichts ihrer Aufmachung und der verschmierten Schminke im Gesicht machte sich Luise keine Illusionen darüber, zu welchen Zeiten Ella arbeitete. Das bestätigte auch ihr müdes Gesicht.

«Ick muss jetzt los.» Sie leerte ihren Kaffee und dankte Johannes. «Du bist ’n Schatz. Ick hau mich nun in die Koje.» Sie stand auf, umarmte Johannes ganz unbefangen, nahm Michael an die Hand und machte sich auf in Richtung Bahnhofshalle.

«Zieht sie jede Nacht so umher?», erkundigte sich Luise.

«Nein, nicht jede Nacht. Sie hat zwei Bars, in denen sie die Kundschaft regelmäßig zum Trinken animiert, aber das Geld, das sie dort kriegt, reicht nicht aus.»

«Und deshalb verdient sie sich noch was dazu?» Luise konnte nicht verhindern, dass es ein wenig abfällig klang.

«Ja, auch wenn es ihr sicher keine Freude macht. Aber sie will, dass der Kleine richtig isst und später in die Schule gehen kann. Dafür bringt sie Opfer, und ich helfe ihr, so gut es geht.»

«Hat sie denn niemanden, der sich um ihn kümmern kann?»

«Anfangs war da noch ihre Mutter, doch die ist nicht mehr klar im Kopf und seit einiger Zeit in der Psychiatrie. Sie ist zu verwirrt, um auf ein Kind aufzupassen.»

«Und Paul, ihr Bruder?»

Johannes zog eine Grimasse. «Der ist entweder im Knast, oder er vertickt Koks in den Clubs. Momentan ist er, glaube ich, auf freiem Fuß.»

«Was für eine Familie!», stieß Luise aus. «Es ist zu schade. Ella war früher eine so eifrige Schülerin und hatte dann doch diese gute Stelle bei Wertheim.»

«Bis die Arbeitslosigkeit kam.»

«Und sie schwanger wurde», vermutete Luise. «Wer ist der Vater?»

Johannes hob die Schultern. «Ich weiß es nicht. Er lebt jedenfalls nicht mit ihr zusammen.»

Luise nuckelte an ihre Brauseflasche und überlegte. «Ich habe bei der Sitte viele Frauen in Ellas Situation gesehen. Es ist eine Schande, dass sie sich so ihr Geld verdienen müssen. Arme Ella. Und was soll aus Michael werden, wenn er älter ist und versteht, was seine Mutter tut?»

«Diese Frage hat sie sich bestimmt schon selbst gestellt. Und mit Sicherheit würde sie jede Arbeit als Verkäuferin vorziehen.» Johannes lachte freudlos. «Sie hat sich schon so häufig beworben, aber ohne ein Zeugnis für die vergangenen Jahre und einen guten Leumund hat sie keine Chance.»

Nachdenklich ließ Luise ihren Blick über sein Gesicht wandern. «Du magst sie, nicht wahr?»

Johannes hielt ihrem Blick stand. «Ja, ich mag sie. Ich bewundere ihre Stärke und ihren eisernen Willen. Sie ist eine Kämpferin, die sich nicht unterkriegen lässt, und es imponiert mir, wie sie alles durchzieht, was nötig ist, um ihr Kind groß zu kriegen.»

«Sie hatte es nie leicht.»

«Nein, nie, und wir haben es ihr früher auch nicht gerade einfach gemacht.»

Sie hingen beide ein wenig ihren Gedanken nach, bis Luise das Thema wechselte. «Hast du schon mal von Josephine Baker gehört? Die mit dem Bananenröckchen.»

Johannes nickte. «Ich habe ein Foto in der BIZ gesehen. Sehr kleidsam. Würde dir auch stehen.»

«Sei nicht so frech», entgegnete Luise in gespielter Empörung.

«Außerdem ist sie in einem Sulky mit vorgespanntem Vogel Strauß durch Berlin gefahren», berichtete Johannes.

Luise lachte. «Das war sicher ein Spektakel! Ich habe schon mit Ilse darüber gelacht ... Aber sag, hast du auch noch was ganz Neues zu berichten?»

«Was interessiert dich denn? Vielleicht das Fliegen? Am 6. April hat die Deutsche Luft Hansa AG ihren fahrplanmäßigen Luftverkehr in Tempelhof aufgenommen.»

«Na ja ... Versuch's noch mal.»

«Vergangenen Monat hat in der Leipziger Straße ein mondänes Tanzlokal aufgemacht. Das *Moka Efti*. Die angesagtesten Orchester treten da auf.»

Was macht der Maier am Himalaya
Wie kommt der Maier, der kleine Maier
Auf den großen Himalaya

trällerte Luise den neuen Gassenhauer von Berlin.
Johannes lachte und fügte hinzu:

Rauf, ja da kommt er
Ich frag mich aber
Wie kommt er runter
Ich hab so Angst um den Maier
Er macht nen Rutsch und ist futsch.

Beide kicherten, als wären sie noch die Pennäler von früher. Dann wurde Luise wieder ernst. «Was macht denn die große Politik?»

«Ach, darüber willst du sprechen. Nun, Russland wartet immer noch darauf, dass wir die Ostgrenzen anerkennen. Aber die Rechte ist zu stark bei uns. Immerhin hat Stresemann einen Freundschafts- und Neutralitätspakt abschließen können, der räumt die russischen Bedenken aus. Verlierer sind allerdings die Polen.»

«Davon hab ich noch gar nichts gehört. Und was hat Polen zu verlieren?» Luise runzelte die Stirn.

«Deutschland hat Russland Neutralität zugesichert, sollte es mit einem Drittstaat zum Krieg kommen.»

Luise beugte sich ein wenig vor und lächelte Johannes an. «Weißt du was? Das hat mir gefehlt. Unsere Gespräche, deine klugen Analysen.»

«Wie das? Du hast doch einen sehr klugen Mann geheiratet», widersprach Johannes.

«Ja, schon», sagte Luise zögerlich, «natürlich ist er klug und verfolgt die Politik in der Zeitung. Interessiert ist er aber vor allem an der Wirtschaft und an dem, was seine Arbeit berührt. Zum Beispiel der Bau der neuen U-Bahn-Linien oder die Siedlungen, die in den Vororten entstehen.» Sie seufzte.

Johannes schaute sie verständnislos an.

«Seit Lilli da ist, hat sich was geändert. Wir sprechen nicht mehr über Politik, und ich kann nichts mehr von meiner Arbeit in der Burg berichten», gab sie wehmütig zu. «Meine Arbeit fehlt mir. Jetzt stehen bei uns daheim nur noch das Kind und die häuslichen Dinge im Mittelpunkt. Es ist, als würde er all seine anderen Interessen an der Haustür zusammen mit dem Straßenschmutz an seinen Schuhen abstreifen und sich vom Ingenieur und Mann zum Vater wandeln – bis er am Morgen wieder seinen Hut aufsetzt und die Wohnung verlässt.»

Johannes schwieg, es war offensichtlich, dass sich Luise etwas von der Seele reden wollte.

Sie hob die Schultern, als würde sie frösteln. «Ich bin wirklich gern Mutter. Aber ich bin doch trotzdem noch *ich*, Luise, mit all meinen Interessen als Mensch und Frau. Mir fehlen die Abende mit Ilse. Ich würde gerne wieder einmal ausgehen, unter fröhlichen Menschen sein, Musik hören, tanzen, ins Theater gehen. Wenn ich nicht mehr stille, könnte ja mal eine der Omas auf Lilli aufpassen. Doch ich fürchte, dass Robert was dagegen hätte. Wie lange will er, dass ich unser Kind Tag und Nacht behüte? Bis es in die Schule kommt?»

«Mein armes, armes Mädchen», sagte Johannes sanft lächelnd und tätschelte ihre Wange.

«Spotte nicht!», entgegnete Luise grimmig.

«Ich spotte nicht. Ich sehe ein Dilemma. Dir bleiben nur zwei Möglichkeiten: Entweder du nimmst die Rolle, die dein Mann für dich beschlossen hat, klaglos hin ...»

«Oder?», knurrte Luise.

«Oder du sprichst mit ihm und machst ihm deine Bedürfnisse klar, bis er sie akzeptiert. Nicht nur *er* hat das Recht, so zu leben, wie es ihm beliebt.»

«Das wird Streit geben.»

«Ja, und? Seit wann schreckst du davor zurück? Du warst immer die Mutige, die mitten durchs Feuer ging.»

Luise lächelte. «Du hast recht. Danke, dass du mich daran erinnert hast.» Sie erhob sich, küsste ihn sanft auf die Wange und machte sich gestärkt mit Lilli auf den Heimweg.

In dieser Nacht träumte sie von früher. Von Johannes und Robert, von den drei Unzertrennlichen. Und von Ella. Lange hatte Luise nicht mehr so intensiv an ihre Kindheit gedacht.

♦

Juni 1904. Luise schlich bereits seit einigen Monaten immer mal wieder um die beiden Objekte ihrer Begierde herum, die im Durchgang zum ersten Hinterhof an der Wand lehnten: ein schwarzes Herrenrad von Puch mit gefedertem Sattel und ein dunkelgrün lackiertes Diamant-Damenfahrrad mit Klingel und roten Lenkergriffen. Luise hatte bereits in Erfahrung gebracht, dass diese beiden funkelnagelneuen Fahrräder dem jungen Paar gehörten, das seit Neujahr im Vorderhaus über Luise und ihrer Mutter Gertrud wohnte. Ein paarmal hatte Luise sie schon am Sonntag gesehen, wie sie mit den Rädern zu einem Ausflug aufbrachen. Christoph Lüderich, der junge Ehemann, hatte an jedes Rad eine Befestigung für einen Korb gebastelt, sodass sie Badesachen oder ein Picknick auf ihre Ausflüge mitnehmen konnten.

Picknick am See! Dieser Gedanke gefiel Luise so sehr, dass sie jedes Mal, wenn sie an den Rädern vorbeikam, mit der Hand sanft über den Sattel und den Lenker strich. Sie hatte ihrer Mutter schon deutlich zu verstehen gegeben, dass sie zu Weihnachten ein so schönes grünes Rad begehrte, doch ihre Mutter ließ nicht viel Hoffnung aufkommen.

«Du bist nicht groß genug, um solch ein Rad zu fahren», behauptete sie stets.

«Dann muss es eben kleiner sein», beharrte Luise.

«Und nachher wächst du und willst dann noch ein großes? Nee, das kommt nicht in Frage!»

Eigentlich hatte sie zuvor nie über ein Fahrrad nachgedacht, aber seit sie das schicke grüne Damenrad jeden Tag im Durchgang zum Hof stehen sah, wuchs ihre Begierde, und sie fing an, vom Radeln zu träumen.

An einem grautrüben Nachmittag beschloss Luise, sich das Rad für eine kleine Testrunde auszuborgen. Gertrud und Christoph Lüderich waren bei der Arbeit, also konnte nichts schiefgehen – dachte sie.

Leider hatte sie keine Erfahrung damit, wie man auf solch einem Rad die Balance hielt, und außerdem war der Sattel zu hoch, sodass der Abstand zu den Pedalen zu groß für ihre deutlich kürzeren Beine war. Doch der Plan war gefasst, und sie würde sich nicht aufhalten lassen.

Verstohlen sah sich Luise um. Im hinteren Hof spielten ein paar Kinder mit einer Blechdose Fußball, doch hier im ersten Hof und im Durchgang zur Straße war niemand zu sehen.

Schnell schob sie das Rad auf die Straße und hinüber zum Stuttgarter Platz vor dem Bahnhof. Dort würde sie ein wenig üben können und, sobald sie das Rad gut beherrschte, einen kleinen Ausflug zum Lietzensee unternehmen.

Ganz so einfach war es aber dann doch nicht. Luise begann sehr langsam. Vielleicht gerade deshalb schwankte das Rad bedenklich und war auch nicht auf einer geraden Spur zu halten.

«He, Luise!», hörte sie Johannes' Stimme hinter sich.

Sie fuhr eine wackelige Kurve und hielt dann auf die beiden Jungen zu, die auf sie zukamen. Johannes und Robert hatten Ella im Schlepptau. Mal wieder. Sie war wie eine Klette. Immer wollte sie mitkommen und mitspielen oder zumindest zusehen, wenn Luise und die Jungs etwas unternahmen. Beim Ballspielen konnte man sie wenigstens hinterherschicken, wenn der Ball mal zu weit ging oder gar hinter einem Zaun landete. Das war ganz praktisch, aber oft nervte sie mit ihren treuherzigen Kulleraugen, deren Blick meist an Johannes klebte, der natürlich nur Augen für Luise hatte.

Die schöne blonde Luise mit den blauen Augen, den sauberen Kleidern und gestärkten Rüschen im Gegensatz zu den schmuddeligen Kitteln, die Ella trug.

«Juhu!», rief Luise, während sie auf die Jungen zu radelte. Sie fuhr ein wenig schneller, und nun schien das Rad auch stabiler vorwärtszugleiten. Sie genoss die bewundernden Ausrufe der beiden Freunde.

Es waren wohl Stolz und Übermut, die sie dazu verleiteten, eine Hand vom Lenker zu nehmen und den Jungen zuzuwinken.

«Pass auf!», hörte sie Ella rufen, die mit erhobenen Armen herbeisprang, doch da war es schon passiert: Der Lenker drehte sich, das Vorderrad klappte zur Seite, das ganze Fahrrad stoppte unvermittelt. Luise wurde heruntergeschleudert und riss Ella mit zu Boden. Die Jungen schrien auf und liefen zu dem Knäuel aus Mädchenarmen und -beinen.

Als sich die beiden aufgerappelt hatten, konnten alle den Schaden begutachten. Da Luise auf Ella gelandet war, hatte sie nur eine kleine Schürfwunde an der Hand und etwas Schmutz auf ihrem Kleid. Ella dagegen blutete am Ellenbogen und am Knie, hatte das Schienbein aufgeschürft und einen langen Riss in ihrem Kleid. Mit zusammengebissenen Zähnen sah sie an sich herunter und stöhnte, als Johannes anfing, kleine Kiesstückchen aus dem blutigen Knie zu zupfen.

«Ich hab mir auch weh getan», mischte sich Luise ein und streckte den Jungen ihre blutige Hand entgegen. Sofort ließ Johannes von Ella ab und kümmerte sich um Luises Schürfwunde.

Ella humpelte zu dem Fahrrad, das verdreht am Boden lag, und deutete auf das Vorderrad. «Oh weh, det hat ganz schön wat abgekriegt.»

Die vier versammelten sich um das grüne Damenrad, dessen Lack unterhalb des Lenkers abgeschrammt war, einige Speichen waren leicht geknickt und das Vorderrad nicht mehr ganz rund.

«Verdammt, das kriegen wir nie wieder hin», stieß Robert aus.

«Wir stellen es einfach zurück. Vielleicht merken die Lüderichs es nicht gleich. Wenn uns keiner gesehen hat ...», wagte Luise kleinlaut vorzuschlagen.

«Und wenn se doch fragen, wer det war?», hakte Ella ein und betrachtete ihr blutendes Knie.

Robert, Johannes und Luise sahen einander an. Sie würden sich gegenseitig nicht verraten, das war klar. Das war schon so, als Luise vor zwei Jahren mit ihren Eltern nach Charlottenburg gezogen war.

Robert hob das Rad auf und schob es über den Platz und die Straße zum Hofeingang hinüber. Dort lehnte er es hinter dem Herrenfahrrad an die Wand.

«So sieht man gar nüscht», stellte Ella zufrieden fest.

«Du solltest deine Wunden verbinden», schlug Johannes vor.

Ella nickte. «Ick hoff, dass nur Paul daheim is. Mal sehen, ob ick det mit dem Kleid wieder hinkrieg.» Sie stöhnte. Vermutlich weil ihr klarwurde, dass ihre Mutter den Riss im Kleid so oder so irgendwann bemerken würde, und sicher konnte sie Ella nicht einfach ein neues kaufen. Außerdem war es fraglich, ob sie die Blutflecken rausbekommen würde.

Die drei sahen Ella nach, wie sie über den Hof humpelte und dann durch die Haustür verschwand.

«Kannste mir det erklären, Ella?» Ihre Mutter knallte einen Zettel auf den Tisch. Daneben legte sie Ellas ungelenk geflicktes Kleid, an dessen Rock noch blass verfärbt die Reste von Blut zu sehen waren.

«Bin hingefallen», sagte Ella und schielte zu dem Zettel hinüber. *Auweia!* Offensichtlich hatten die Lüderichs den Schaden entdeckt und forderten den Schuldigen auf, sich zu melden.

«Einfach so? Oder war da 'n Fahrrad im Spiel?»

«Ja, schon, aber ick hab's nich weggenommen!»

«Aha!» Ihre Mutter griff nach Ellas Ellenbogen, die vor Schmerz aufschrie. Rosa schob den Ärmel hoch und entblößte die Schürfwunde. Dann hob sie Ellas Rock so weit hoch, dass sie das verletzte Knie sehen konnte. «Du bist also ganz und gar unschuldig?»

«Ja!», rief Ella empört. «Det war 'n Unfall. Und ick bin nich gefahren!»

«Wer is gefahren, und woher kommt det?»

«Det will ick nich sagen. Ick bin kein Verräter. Und die würden eh zusammenhalten und nix zugeben.» Ella schossen Tränen in die Augen.

Rosa Weber seufzte tief und ließ sich auf einen Hocker fallen.

Dann zog sie ihre weinende Tochter in die Arme. «Ach, Ella, ick würd dir gern glauben. Ick versteh ja, dass dich det Rad gereizt hat, aber det darf man nich. Wenn man wat ausborgt, muss man vorher fragen. Du gehst jetzt sofort zu den Lüderichs und sagst, det es dir leidtut. Und ick seh zu, dat ick deinen Onkel dazu krieg, den Schaden zu reparieren. Der kann so wat.»

Ella überlegte eine Weile, dann entschied sie, dass der Bußgang zu den Lüderichs vermutlich das kleinere Übel war. Also machte sie sich ins Vorderhaus auf, wo sie im Flur auf Robert traf, dem sie die ganze Misere erzählte.

«Was willst du jetzt machen?», fragte der alarmiert. «Du kannst doch die Luise nicht verpfeifen. So was macht man nicht unter Freunden! *Un pour tous, tous pour un!*»

«Wat soll det denn heißen?»

«‹Einer für alle, alle für einen.› Das ist aus einem Buch. *Die drei Musketiere* heißt das. Und das bedeutet, dass Freunde füreinander einstehen und sich helfen und beschützen.»

Ella sah ihn unsicher an. «Du meinst, ick soll Luise beschützen?»

«Ja, so in etwa. Du hast den Ärger ja schon, da musst du sie nicht auch noch mit reinziehen. Und Johannes und ich hatten eh nichts damit zu tun.»

Ella seufzte. «Aber in den Ferien müsst ihr mich ab und zu mitnehmen!»

«Klar, versprochen», versicherte Robert und sprang leichtfüßig die Treppe hinunter.

Das junge Paar war wütend und hielt Ella eine Standpauke, aber es hätte schlimmer kommen können. Ella versprach hoch und heilig, keines der Räder jemals wieder auch nur anzugucken, und kündigte an, dass ihr Onkel den Schaden beheben würde. Das beruhigte die beiden, und sie entließen die reuige Sünderin.

Weniger gut kam Ella bei ihrem Onkel weg. Der hörte sich am

nächsten Tag die Geschichte an und verpasste ihr dann eine Tracht Prügel, dass ihr Hören und Sehen verging und sich zu den Schürfwunden noch eine blutende Nase und jede Menge blauer Flecken gesellten. Dann erst zog er los, das Rad zu reparieren, während sich Ella in ihrem Bett unter der Decke verkroch und den pochenden Schmerzen auf Po und Rücken lauschte.

♦

«Robert, du musst etwas für mich tun», überfiel Luise ihren Mann noch vor dem Frühstück. Der drängende Ton ließ ihn die Stirn in Falten legen.

«Was denn? Kann ich vielleicht erst meinen Kaffee haben?»

Luise füllte die Tasse, schob ihm Milch und Zucker hin und setzte sich dann aufrecht mit durchgedrücktem Rücken gegenüber.

«Ich habe nachgedacht. Ich will, dass du für Ella ein Zeugnis schreibst. Eine Bestätigung, dass sie in den vergangenen Jahren bei dir im Büro gearbeitet und hervorragende Arbeit geleistet hat.»

«Ella? Was? Ich verstehe kein Wort.»

Luise blies die Backen auf. «Ella Weber, die bei uns im Hinterhaus gewohnt hat und uns dreien auf Schritt und Tritt gefolgt ist. Nun sag nicht, dass du dich nicht an sie erinnerst.»

«Ach, die kleine Ella. Wie kommst du jetzt auf sie?»

«Ich habe sie gestern bei Johannes am Kiosk getroffen und finde, wir müssen was für sie tun. Wir sind es ihr schuldig, oder nicht? *Ich* bin es ihr schuldig, aber nur *du* kannst ihr helfen, eine anständige Arbeit zu finden.»

Robert trank in aller Ruhe seine Tasse leer. Dann hob er den Blick. «Nun, wenn dir Ella so am Herzen liegt, dann erzähl mir, wie du auf diese Idee kommst. Noch verstehe ich das alles nicht.»

Luise gab ihm einen Kuss und legte los.

Am frühen Abend erreichte Luise Charlottenburg. Erinnerungen stürzten auf sie ein, als sie den so vertrauten Stuttgarter Platz überquerte und auf die stuckverzierte Fassade des Mietshauses zuging, in dem sie aufgewachsen war. Sie schob den Kinderwagen in den Hof, nahm Lilli auf den Arm und stieg zur Wohnung ihrer Mutter in den zweiten Stock hoch. Gertrud Richter war überrascht, Tochter und Enkelin zu sehen, freute sich aber und war gerne bereit, eine Weile auf Lilli aufzupassen, während sich Luise zum Hinterhaus aufmachte.

Die Wohnung, in der Ella mit Paul und ihrer Mutter gelebt hatte, war neu vermietet, doch sie erfuhr, dass Ella einen Eingang weiter eine kleine Kammer unter dem Dach bewohnte. Also stieg sie die Treppen wieder hinunter, überquerte den Hof und kletterte fünf Stockwerke hinauf. Hinter einer Tür vernahm sie das Plappern eines Kindes. Ob das Michael war? Sie klopfte. Nur wenige Augenblicke später wurde geöffnet, und sie blickte in Ellas verblüffte Miene.

«Luise? Mein Gott, wat machste hier?»

«Ich möchte eine Schuld begleichen», sagte Luise und reichte Ella einen Umschlag.

«Nee, ick brauch kein Geld von dir», wehrte Ella ab.

«Da ist kein Geld drin», stellte Luise richtig. «Es ist ein Zeugnis und ein Empfehlungsschreiben für dich.»

«Wer schreibt mir denn so wat?» Sie verschränkte die Arme vor der Brust und sah Luise noch immer abweisend an.

«Robert!»

«Robert? Wieso det denn? Ick versteh nur Bahnhof.»

Luise nötigte sie trotzdem, den Umschlag anzunehmen. «Ich habe Robert dazu gebracht, dir für die vergangenen Jahre ein gutes Zeugnis und ein Empfehlungsschreiben auszustellen. Damit müsstest du wieder eine Stelle als Verkäuferin – oder was du sonst gerne machen würdest – bekommen. Du musst dich halt irgendwo bewerben, wo du es bisher noch nicht versucht hast. Also, ich meine, wo keiner weiß, was du während der letzten Zeit gemacht hast.»

«Warum tuste det für mich?»

Luise holte tief Luft und ließ sie langsam entweichen. «Ich habe, nachdem wir uns bei Johannes getroffen haben, von dir geträumt. Von uns vier, als wir noch Kinder waren, und ich weiß, dass es aus dieser Zeit noch Dinge gibt, für die wir nie geradegestanden haben. Für die wir uns – *ich* mich nie entschuldigt habe. Zum Beispiel die Sache mit dem Fahrrad.»

Ella legte die Stirn in Falten. «Hm, ich erinnere mich. Die waren damals ganz schön sauer, diese Lüderichs.» Sie drehte den Umschlag in den Händen. «Hätt jetzt nich mehr sein müssen, aber danke. Ick will meinem Michel 'ne gute Mutter sein, auf die er mal stolz is.»

♦

Es war vor allem Ilse, die seit Wochen drängte, am 11. Juli zum *Großen Preis von Deutschland* zur Avus rauszufahren und sich die angekündigten Rennen anzuschauen. Im nächsten Jahr würde der Nürburgring fertig gebaut sein und das Ereignis nicht mehr in Berlin stattfinden. Also wollte sie diese Gelegenheit auf keinen Fall verpassen, und da Luises Mutter sich bereit erklärt hatte, auf ihre Enkeltochter aufzupassen, stand dem Ausflug nichts im Wege.

Seit neuestem war Ilse nicht nur Inhaberin eines Führerscheins, sondern auch Eigentümerin eines neuen Wagens. Er war zwar sicher nicht der eleganteste und auch nicht der schnellste, doch der nagelneue Tatra 12 in einer wunderschönen dunkelblauen Lackierung war ihr ganzer Stolz.

So chauffierte Ilse Robert und Luise zur Avus, auch wenn Robert sich ein wenig über den Wagen mokierte und laut überlegte, ob es überhaupt gut sei, wenn Frauen ein Kraftfahrzeug steuern würden.

Das traf bei den Damen einen Nerv, und noch ehe Ilse ihren Zorn in Worte fassen konnte, sagte Luise laut, sie überlege sich, ebenfalls den Führerschein zu machen.

«Um mit Lilli in der Gegend herumzukutschieren?», rief Robert entsetzt.

«Warum nicht?», entgegnete Luise mit kriegerischem Funkeln in den Augen.

«Weil das viel zu gefährlich wäre!», wandte er ein. «Was, wenn Lilli und dir etwas zustoßen würde?»

«Du meinst ein Unfall? So etwas kann einem Mann natürlich nicht passieren», entgegnete Luise kühl und beobachtete, wie Robert rot wurde. Sein eigener Wagen war nach einem von ihm verursachten Zusammenstoß eben erst aus der Werkstatt gekommen. Luise wollte gar nicht wissen, was die Reparatur gekostet hatte.

Ilse beendete den Zank der Eheleute, indem sie von den bevorstehenden Rennen schwärmte. «Es wird in drei Klassen mit unterschiedlichem Hubraum gestartet. Ich glaube, die deutschen Hersteller haben die Hosen ein wenig voll, weil sie versäumt haben, einen richtigen Rennwagen zu entwickeln. Jedenfalls ist dieser Große Preis offiziell nur für Sportwagen ausgeschrieben. Vielleicht wollen sie auch die Rennwagen aus dem Ausland fernhalten. Jedenfalls interessiert mich vor allem das Rennen der Privatfahrer. Da wird nämlich auch eine Frau teilnehmen. Clärenore Stinnes. Habt ihr von der schon mal gehört? Sie ist die Tochter von Hugo Stinnes, der am Bau der Avus beteiligt war. Da kannst du dann sehen, ob eine Frau auch mit einem Sportwagen klarkommt», fügte sie zu Robert gewandt süffisant hinzu.

«Clärenore Stinnes?», wiederholte Luise den Namen. «Sag mal, hat die nicht schon mal ein Rennen gewonnen?»

«Ja, letztes Jahr die große Russland-Rallye von Leningrad bis Tiflis und zurück. Gesiegt in ihrer Klasse gegen zweiundfünfzig Männer.»

«Phänomenal, der drücke ich ganz besonders die Daumen.» Verschmitzt schielte Luise zu Robert.

Sie erreichten das Gelände ohne Zwischenfälle, parkten den Wagen und schlenderten zu den Rennställen, um ein paar Rennwagen näher in Augenschein nehmen zu können. Leider war das Wetter alles andere als sommerlich.

Robert und Ilse waren sofort Feuer und Flamme. Robert schwärmte für den französischen Bugatti T 30, Ilse verliebte sich in einen sonnengelben Alfa Romeo RL. Außerdem hatten die miteinander fusionierten Firmen Mercedes und Benz zwei ihrer Grand-Prix-Achtzylinder mitgebracht, die sie mit zwei Notsitzen am Heck verlängert hatten, um den Regeln aus der Avus zu entsprechen. Andere Rennställe erleichterten ihre Autos um so überflüssige Dinge wie Stoßstangen, Kotflügel oder die Windschutzscheibe, um Gewicht zu sparen, oder verzichteten auf Schalldämpfer und Auspuff, um noch ein wenig mehr Leistung für die Fahrer herauszukitzeln. Jedenfalls war es ein Höllenlärm, als die ersten Motoren angeworfen wurden.

Ihre Beinkleider und Schuhe waren schon ziemlich durchnässt, als sich die beiden Autonarren endlich dazu durchringen konnten, ihre trockenen Plätze auf der Tribüne einzunehmen, wo Luise schon ihren Sitz gefunden hatte und die Menge dem Start entgegenfieberte. Unter den Fans waren auch einige besorgte Stimmen zu hören. Immerhin hatte sich beim Training vor zwei Tagen ein tragischer Unfall zugetragen, bei dem es auch Tote gegeben hatte. Heute waren die Streckenverhältnisse noch schlechter, und so mancher schimpfte über den für solch ein Rennen völlig ungeeigneten Straßenbelag.

Und so kam es, wie viele befürchtet hatten, nicht nur zu zahlreichen Ausfällen während des Rennens. In der Nordkurve ereignete sich eine Tragödie: Adolf Rosenberger flog in seinem Fahrzeug in das Zeitnehmerhäuschen mit seinen Rundenzähltafeln. Schwer verletzt wurden Rosenberger und sein Beifahrer ins Krankenhaus gebracht, während für zwei Streckenposten und den Schildermaler jede Hilfe zu spät kam.

Das Rennen wurde zwar fortgesetzt, doch die Freude über das sportliche Ereignis war gedämpft. Sieger wurde Rudolf Caracciola in seinem Mercedes. Und Ilse zeigte sich betrübt, weil das Unglück alles überschattete – auch Clärenore Stinnes' Sieg unter den «Privatfahrern».

Kapitel 17

1927

Ilse saß im Café Josty mit der aufgeschlagenen Zeitung an einem Tisch am Fenster mit Blick auf den Verkehrsturm in der Mitte der sternförmigen Kreuzung des Potsdamer Platzes. Mit Lichtsignalen in Rot, Grün und Weiß wurden vom Turm aus die Verkehrsströme gelenkt und das Chaos ein wenig entwirrt. Als der Turm vor etwas mehr als zwei Jahren in Betrieb genommen worden war, war er eine exotische Attraktion gewesen, die unter den Verkehrsteilnehmern viel Kopfschütteln hervorgerufen hatte, inzwischen hatte man sich an den Ampelturm gewöhnt.

«Entschuldige bitte die Verspätung, ich musste Lilli noch einmal wickeln.» Luise umarmte die Freundin, schob den Kinderwagen neben den Tisch und setzte sich. «Puh, ist das kalt draußen. Ich brauche jetzt erst mal eine große Tasse heißen Kaffee.»

Nachdem Ilse ihr Patenkind, das tief und fest schlummerte, mit einem zärtlichen Blick betrachtet hatte, hielt sie der Freundin ihre Tasse hin, aus der Luise einen großen Schluck nahm. «Himmlisch! Und was essen wir?»

«Ich habe mir Makronen bestellt», gab Ilse Auskunft.

Luise entschied sich für ein Stück Schokoladentorte. «Und, gibt's was Neues?», erkundigte sie sich und deutete auf Ilses Zeitung.

«Ärger!», prophezeite Ilse. «Dieser Goebbels hat dafür gesorgt, dass sich seine Nationalsozialisten dort treffen, wo normalerweise die Kommunisten zusammenkommen.»

«Und warum? Will er sie provozieren?»

«Ja, genau das will er. Du erinnerst dich vielleicht, dass er im Herbst, als Adolf Hitler ihn zum Gauleiter von Berlin ernannte, ausgerechnet im roten Neukölln einen Marsch organisierte? Ich wäre damals fast zwischen die Fronten geraten.» Sie schüttelte sich, als die Erinnerung in ihr aufstieg. «Ich sag dir, das wird heute ebenso blutig.»

«Aber was hat dieser Goebbels davon?»

«Seine Leute sind Schlägertypen, die wollen sich austoben. Und die Roten sind ihre Todfeinde. Aber sie wollen noch mehr, denke ich. Sie wollen unsere Demokratie abschaffen und an die Macht!»

«Warum nur schrecken sie die Menschen mit solch einem Verhalten nicht ab?», wunderte sich Luise.

«Nun», sagte Ilse, «sie wollen alle verunsichern, damit das Volk nach einer starken Hand ruft.»

«Einer starken Hand?»

«Ja! Und ich fürchte, viele werden nach den Nazis rufen. Hitler und Goebbels können reden, die Menge begeistern. Und ich habe schon von einigen gehört, wie hypnotisch Hitlers Wirkung sei. Die Zuhörer kleben fast an seinen Lippen.»

Luise seufzte. «Es ist aber auch schwierig mit unserer Demokratie. Immerzu wechselt der Reichskanzler, dauernd gibt es neue Koalitionen, immer wieder Skandale. Da kann man das Vertrauen in die Politiker schon verlieren.»

♦

Die Zeit der großen jüdischen Salonièren war in Berlin eigentlich vorüber, aber am Donnerstag zu Betty Sterns Salon eingeladen zu werden, war noch immer eine Auszeichnung. Viele jungen Dinger träumten von einer Einladung, denn Bettys Salon galt als das goldene Tor zu Film oder Bühne. Ilse hatte einmal in einem Artikel gelesen: «Alle berühmten Schauspieler oder Regisseure sind einmal durch Bettys spießiges Wohnzimmer gelaufen, in dem der Ehemann neben anderem Nippes herumsteht.»

In ihrem Wohnzimmer in der Barbarossastraße bewirtete die kleine, etwas rundliche Frau ihre Gäste – Verleger, Galeristen, Theaterleute und Künstler jeder Couleur – mit Törtchen und Likör, Charme und Witz.

Claire Waldoff hatte dafür gesorgt, dass Ilse heute Abend mit von der Partie war. Durch ihre eigene Bühnenerfahrung und ihre vielen Kontakte zu reichen und bekannten Kundinnen ihrer Entwürfe bewegte sich Ilse sicher zwischen den illustren Gästen. Sie erkannte den mächtigen Filmproduzenten Erich Pommer, die Autoren Vicky Baum, Gertrud Kolmar, die eigentlich Gertrud Käthe Chodziesner hieß, und Erich Maria Remarque sowie die Geschwister Erika und Klaus Mann. Betty Stern lief eifrig zwischen den kleinen Grüppchen hin und her, stellte Unbekannte einander vor, begrüßte Freunde, hatte für jeden ein liebes Wort. Kurzum, sie half, das Netz weiterzuweben, das so wichtig war, um die nächste Stufe auf der Karriereleiter zu erklimmen. Sie nahm auch Ilse unter ihre Fittiche und machte sie mit Erika und Klaus bekannt, die ein wenig jünger waren als Ilse, aber nicht zuletzt dank ihres berühmten Vaters bereits zur kulturellen Szene der Republik gehörten.

Erika war Schauspielerin und seit einem Jahr mit dem Schauspieler und Regisseur Gustaf Gründgens verheiratet, Klaus wagte als Autor erste Schritte. Ohne Scheu verwickelte Erika Ilse sofort ins Gespräch und berichtete lebhaft und selbstbewusst von einem Auftritt in den Hamburger Kammerspielen, während ihr Bruder loszog, um ein paar Cocktails zu besorgen. Ilse nickte und hörte aufmerksam zu, unterließ jedoch jeden Kommentar. Sie erinnerte sich an eine wenig vorteilhafte Kritik zur süffisant klingenden

Überschrift «Dichterkinder spielen Theater». Es war das erste Bühnenwerk aus der Feder von Klaus Mann – und die Idee des Stücks hatte Ilse durchaus überzeugt. In *Anja und Esther* spielten Erika und Pamela Wedekind, ebenfalls Künstlerkind aus München, ein lesbisches Paar.

Viel Aufmerksamkeit bei den Anwesenden erregte die geheimnisvolle Marlene Dietrich. Auch Ilse warf einen Blick in ihre Richtung. Claire Waldoff und Betty Stern hatten Marlene untergehakt und nahmen zu dritt Kurs auf Erich Pommer. Ob ihr diese Begegnung Glück bringen würde? Sie wusste, dass Pommer einer der ganz großen Namen im Bereich des Stummfilms war. *Ich wünsche es ihr*, dachte Ilse neidlos, *diese Frau hat einfach das gewisse Etwas.* Sie bemerkte, wie Claire ihr zuzwinkerte und auf zwei Stühle in der Ecke deutete. Ilse verabschiedete sich von den Manns, setzte sich, und nur Sekunden später war die Kabarettistin an ihrer Seite, zwei gut gefüllte Sektkelche in der Hand.

«Prost, meine Liebe, auf den zukünftigen Star Marlene!»

Doch noch ehe Ilse darauf antworten konnte, wechselte Claires Gesichtsausdruck. War da eine Spur von Traurigkeit in ihrem Blick?

«Was ist denn los, Claire? Ist etwas passiert? Du hast doch gerade noch so enthusiastisch von Marlene geschwärmt», fragte Ilse leise.

«Ach, weißt du, Ilse, die Kunst ist eine Achterbahn zwischen glitzerndem Höhenrausch und dann wieder tiefsten Abgründen und Einsamkeit. Man muss viel Stärke aufbringen, um nicht unterzugehen. Das wird ein junges Talent wie Marlene, deren Zukunft strahlend vor ihr liegt, mit Sicherheit ebenso merken, wie du es hier in Berlin schon selbst erlebt hast. Sei froh, dass du neben deinen Auftritten einen festen Beruf hast, in dem du erfolgreich bist.»

«Das stimmt, abheben werde ich nicht. Das Tanzen hat mir

Spaß gemacht, das Singen liebe ich. Aber ich bin nicht davon abhängig.»

«Bewahre dir diese Balance, die schützt vor Abstürzen.» Claire strich Ilse über den Arm. «Hast du von Anita gehört?»

«Nein, nicht in letzter Zeit», sagte Ilse. «Ich bin ja nicht mehr in der Weißen Maus.»

«Nun, an sie dachte ich gerade. Ich habe sie vor kurzem gesprochen. Sie tritt gar nicht mehr auf in der Jägerstraße. Es scheint so, als würde sie endgültig jeden Halt verlieren. Sie lebt zu exzessiv, das kann nicht gutgehen. Ich fürchte um diese einzigartige Frau mit ihrem außergewöhnlichen Talent – sie wird nicht alt werden.»

♦

Wie üblich war es noch früh, als Johannes' Arbeitstag begann. Er verteilte die aktuellen Zeitungen auf dem Tresen, holte das bauchige Glas mit den bunten Bonbons und ein zweites mit Karamell, aus dem sich die Kinder gerne bedienten. Dann füllte er die Kanne mit Kaffee und bediente die ersten Stammkunden.

Plötzlich schaute Johannes in ein vertrautes Frauengesicht. «Ilse!», rief er verwundert. «Hast du nicht gut geschlafen, oder warum bist du schon so früh unterwegs?»

Ilse bestellte einen Kaffee und setzte sich.

«Was verschafft mir die Ehre?», fragte Johannes.

«Vielleicht hast du mit deiner Vermutung recht. Ich schlafe nicht besonders gut. Ich träume viel. Meist nichts Schönes.»

«Willkommen im Club», murmelte ihr Bruder. «Ich würde auch nicht gerade behaupten, von rosigen Träumen verwöhnt zu werden.»

Ilse sah ihn aus ihren schönen grünen Augen an. «Das kann ich mir vorstellen – oder nein, vermutlich nicht. Ich denke mir nur, dass es genügend Dinge in deinem Kopf gibt, die zu Albträumen taugen.»

Johannes nickte. «Und da dachtest du, du kommst mal vorbei, um mit mir über schlechte Träume zu sprechen?»

«*Du* spukst durch meine Träume», bekannte sie.

«Wie schrecklich», kommentierte er sarkastisch.

«So meine ich das nicht. Ich ... ich bin dir nicht böse oder so. Klar, ich denke immer noch, dass du mich und unsere Eltern verraten hast, indem du dich nie gemeldet hast und wir deinen Tod betrauert haben. Aber in meinen Träumen bist nicht du der Verräter. Ich bin es, die *dich* verrät!»

«Und, wie kann ich dir da helfen?», erkundigte sich Johannes bemüht spöttisch, doch selbst er hörte den Schmerz in seiner Stimme.

«Indem wir Frieden schließen. Ich weiß, dass ich dich nach deiner Rückkehr erst einmal ignoriert habe und dich auch nicht länger in meiner Wohnung haben wollte. Ich habe dich im Stich gelassen. Ich war so unendlich wütend auf dich ... Aber das ist schon eine ganze Weile vorbei», sagte Ilse sanft. «Ich möchte meinen Bruder zurückhaben. Und ich möchte dir helfen, als deine Schwester.»

Johannes wehrte ab. «Du brauchst mir nicht zu helfen. Ich habe alles, was ich brauche, und fühle mich hier wohl.»

«Ohne Bad, ohne Heizung, auf einem Feldbett?»

«Ja.»

«Aber sehnst du dich gar nicht nach ein wenig Komfort? Nach einer richtigen Wohnung? Du kannst deinen Kiosk ja trotzdem weiterführen.»

«Wozu sollte ich denn eine Wohnung brauchen?»

Ilse stöhnte. «Ein Bad? Frische Wäsche? Du könntest bei mir wohnen, wenn du möchtest.»

«Ich bringe meine Kleider regelmäßig in die Wäscherei», lenkte Johannes ab.

«Aber ab und zu ein heißes Bad, könnte dich das nicht verlocken?», bohrte sie weiter.

Er grinste schief. «Da hast du jetzt eine kleine Schwäche entdeckt. Hast du tatsächlich ein *Badezimmer* für dich allein?»

«Ja, ich habe eine Badewanne, und es gibt einen Ofen für warmes Wasser. Die Wanne steht in einer Nische neben der Küche, ich habe sie mit einem Vorhang abgetrennt. Nur das Klosett ist draußen auf dem Zwischenstock.»

«Wie viele Zimmer hast du denn?»

«Zwei. Eine große Wohnküche mit einem Esstisch und ein Zimmer mit einem Sofa, Sessel, Schrank und meinem Bett.»

«Und diese Wohnung willst du mit mir teilen?»

«Wir könnten uns auch nach einer größeren Wohnung umsehen», schlug Ilse vor.

Johannes trat hinter sie, nahm den topfartigen Hut ab und küsste ihr Haar, das so dicht und dunkel war wie das seine. Dann rückte er den feschen, kleinen Hut wieder zurecht. «Lass mir meine Freiheit, Ilse, ich brauche sie. Aber dein Angebot mit einem warmen Bad, das nehme ich gerne an.»

Sie kramte in ihrer Tasche, zog einen Schlüssel heraus und drückte ihn Johannes in die Hand. «Wenn es nicht gerade der Samstag sein muss, kannst du jeden Tag in Ruhe baden, wenn ich bei der Arbeit bin.»

«Man muss es nicht übertreiben.» Johannes grinste. «Einmal pro Woche ist genug, zumal ich ja nicht ständig meinen Kiosk zuschließen kann.»

Ilse erhob sich, brachte den leeren Becher zum Tresen und wandte sich dann noch einmal ihrem Bruder zu. «Verzeihst du mir?»

Johannes nahm sie in den Arm. «Verzeihst du mir?», gab er die Frage zurück und drückte sie fest an sich.

♦

Es war an einem Sonntag im März, als Ilse im Romanischen Café saß. Ihr Blick fiel auf die Gedächtniskirche. Ein eindrucksvoller Bau. Wann war sie eigentlich das letzte Mal in der Kirche gewesen? Mit der Mutter, wenige Wochen vor ihrem Tod, als die hochoffizielle Nachricht, dass Johannes als verschollen gelte, der Familie einen Schlag versetzt hatte. Sie erinnerte sich an die Innigkeit zu zweit in der großen, stillen Kirche, als sie gemeinsam für Johannes Kerzen angesteckt und für seine Rückkehr gebetet hatten. Obgleich der Vater schon in jungen Jahren zum Christentum konvertiert war, hielt er sich von Kirchen meist fern. Ilse erinnerte sich an die Tage damals und an den Schlag, den die Nachricht ihrem Vater versetzt hatte. Der sonst so strenge Vater, der den Lebensweg seiner Tochter so strikt ablehnte, schien plötzlich weicher und verletzlich, wie sie ihn nie zuvor erlebt hatte. Für einen Moment spürte Ilse einen wehmütigen Stich und schickte ihre Gedanken an Samuel und Auguste, wo immer die Eltern jetzt auch sein mochten.

Heute war sie allein ins Café gekommen, aber das machte nichts. Es war inzwischen ein vertrauter Ort für sie geworden, sie liebte die geschäftige Atmosphäre, die vielen verschiedenen Stimmen, das Tische- und Stühlerücken – und die leckeren Kuchen. Außerdem war sie immer neugierig auf bekannte Gesichter. Ihr Blick glitt zu einem Tisch unweit von ihr, an dem sich Vertreter der schreibenden Zunft trafen. Und etwas weiter entfernt saßen Klaus und Erika Mann. Nach ihrer Begegnung in Betty Sterns Salon war Ilse bei einer Veranstaltung von Klaus gewesen, der aus seinem

Werk *Der fromme Tanz* gelesen hatte, das autobiographische Züge trug. Aus den Fragen der Journalisten im Anschluss an die Lesung hatte sie zudem erfahren, dass es vermutlich der erste deutschsprachige Roman war, der offen über die Homosexualität eines jungen Mannes sprach – und damit ein Bekenntnis des Autors zu seiner eigenen Neigung war. Was natürlich heftige Kritik von Seiten der konservativen Presse provozierte. *Zum Glück hat er einen berühmten Vater,* dachte Ilse, *der kann ihn sicher beschützen.*

Da am Tisch der Mann-Geschwister noch ein Platz frei war, erhob sich Ilse, ging hinüber und sagte guten Tag.

Die beiden unterbrachen ihr Zwiegespräch und luden sie herzlich ein, sich zu ihnen zu setzen. Der Kellner brachte noch eine Runde Kaffee und einen Teller mit bunten Törtchen, als Klaus von ihren neuesten Plänen berichtete. Vor lauter Vorfreude sprühten Funken in seinen Augen.

«Wahrscheinlich fahren wir demnächst nach New York. Mein dortiger Verleger möchte, dass ich ein paar Vorträge halte, und Erika wird mich begleiten.»

«Oh ja, wir beide in New York, das wäre herrlich!», schwärmte Erika.

Bevor Ilse die Geschwister beglückwünschen konnte, ertönte rüdes Geschrei. Alle Gäste fuhren herum und starrten auf die Eingangstür, die von zwei jungen Männern in braunen Hemden mit solch einem Ruck aufgerissen wurde, dass sie zu Bruch zu gehen drohte.

Einer der Kellner lief ihnen todesmutig entgegen und versuchte, die beiden Provokateure des Cafés zu verweisen, doch seine Worte gingen im Gegröle nachdrängender Braunhemden unter, von denen einer den Kellner so hart ins Gesicht schlug, dass ihm das Blut aus der Nase spritzte. Entsetzt sprangen die Cafébesucher von ihren Plätzen auf.

Immer mehr SA-Leute drängten herein, begannen die Einrichtung zu verwüsten und schlugen willkürlich auf Menschen ein. Dazwischen brüllten sie Parolen gegen Linke und Juden. Ilse war wie gelähmt, als sich ein Trupp ihrem Tisch näherte.

Eine Hand umfasste ihren Arm. «Los, schnell», drängte Klaus und griff mit der anderen Hand nach seiner Schwester. «Wir versuchen es durch die Küche.»

Er zog die beiden Frauen hinter sich her. Wurfgeschosse flogen, doch es gelang ihnen, auszuweichen und ins Freie zu entkommen, wo sie zum Glück gleich ein Taxi ergatterten.

«Wir müssen außenrum fahren», sagte der Fahrer. «Auf'm Wittenbergplatz und weiter nach Steglitz runter is die Hölle los.»

«Was ist denn passiert?», wollte Ilse wissen, die langsam wieder zu Atem kam.

«Es heißt, die Braunhemden machen überall Randale. Es gab wohl eine Versammlung, auf der Goebbels geredet hat. Dann trafen seine Leute und die Roten aufeinander, und schon ging die Klopperei los. Die Polente war zwar dort, konnte aber nix machen, die waren zu wenig. Mehr weiß ich nicht.»

Die Zeitungen berichteten am nächsten Tag von der Ohnmacht der Ordnungshüter gegenüber dem braunen Mob:

> «Unter Einsetzung eines heftigen Revolverfeuers und mit lanzenähnlichen, eisernen Fahnenstangen droschen die Nationalsozialisten auf die Kommunisten ein, wobei etwa neun Leichtverletzte und fünf Schwerverletzte vom Kampfplatz fortgeschafft wurden. Drei Männer wurden so schwer verletzt, dass sie vermutlich nicht überleben werden.»

♦

An diesem schönen Morgen Anfang Mai beschloss Luise, mit Lilli einen Besuch in der Burg zu machen. Sie wollte sich mit Hedwig Wegener und Trude Steiner treffen, und natürlich wollte sie Lilli vorstellen, die mit ihren knapp zehn Wochen so hübsch und wohlgenährt aussah, dass sie alle Herzen im Sturm eroberte. Luise war mit Trude Steiner verabredet, vielleicht wusste sie ja die eine oder andere spannende Geschichte zu erzählen. Luise dürstete nach Anregung, selbst wenn es um Verbrechen ging. Sie wusste, dass sie in der Burg oft das Gefühl gehabt hatte, ganz nahe dran zu sein an den Menschen, an ihren Schicksalen, an den Fallstricken des Lebens.

Sie traf Trude im Vorzimmer von Kriminalrat Gennat, die ihr gleich erzählte, wie erfolgreich die Arbeit der Kripo unter Gennat geworden sei. «Die Gründung der Zentralen Mordkommission hat dazu geführt, dass die Beamten sehr viel schneller an jedem Tatort sind, auch nachts, und unser neues Mordauto ist der Hit! Alles dabei, was die Kommissare am Tatort brauchen, vom Klapptisch über die Schreibmaschine, Scheinwerfer, Axt, Brecheisen, Handschuhe, Beweisbeutel und vieles mehr. Auch eine Stenotypistin ist dabei, und wenn nötig fährt ein Hundeführer mit.»

Luise lächelte. «Ich weiß, Hedwig ist doch extra zu euch gewechselt, weil sie als Stenotypistin hoffte, auf diese Weise ab und zu an einen echten Tatort zu gelangen.»

«Stimmt, du warst ja dabei, als Hedwig davon erzählte, wie scharf sie auf den Posten war.» Trude strich unbewusst mit der Hand über einen Berg Akten, der zu ihrer Linken lag. «Für mich wäre das nichts. Mir reicht's, wenn ich später die Protokolle abschreiben muss oder die Fotos in die Akten sortiere.»

«Ich glaube, ich wollte auch nicht vor Ort sein», stimmte ihr Luise mit einem Schaudern zu.

«Jedenfalls kommt es heutzutage nicht mehr vor, dass die Polizisten am Tatort die Leiche züchtig bedecken oder alles aufräumen, ehe die Kripo eintrifft», ergänzte Trude, die zum Ausgleich für schaurige Phantasien Berge an Kuchen servierte und Luise aufforderte, tüchtig zu essen.

«Aber jetzt erzähl du mal, Luise. Wie geht es dir? Was hast du uns da für ein hübschen kleines Mädchen mitgebracht.» Trude lugte in den Kinderwagen, wagte aber nicht, Lilli zu berühren, weil sie ihren Schlaf nicht stören wollte.

«Mir geht es gut, und wir sind glücklich mit unserem Kind. Wenn ich auch selten durchschlafe, weil ich Lilli ja noch stille. Und natürlich sind meine Tage lange nicht so aufregend wie früher die Arbeitstage in der Burg.»

Bevor Trude reagieren konnte, erklang eine sonore Stimme, die Luise nur zu gut kannte.

«Ah, Frau Wagenbach, die geschätzte Freundin meiner Perle! Wie schade, dass Sie uns verlassen haben. Wir haben nicht viele so tüchtige Sekretärinnen bei der Kripo wie meine Trude und Sie früher.» Gennat warf einen Blick in den Kinderwagen und stellte fest, dass sich das Kind gut entwickelte.

Luise wurde ein wenig rot vor Verlegenheit. Gennat legte einige Magazine, die er unter den Arm geklemmt hatte, auf Trudes Schreibtisch, dann nahm er das oberste Heft vom Stapel und drückte es Luise in die Hand.

«Falls Sie bei der Entwicklung der Kriminaltechnik auf dem Laufenden bleiben wollen», meinte er und lächelte, dass sich sein Kinn in mehrere Falten legte. «Ich schreibe jetzt regelmäßig für die *Kriminalistischen Monatshefte.*»

«Oh ja, gerne, Herr Kriminalrat», rief Luise aus. «Ich muss unbedingt mal etwas anderes lesen als Romane. Meine Mutter hat mir übrigens erzählt, dass in Charlottenburg eine Polizeischule aufgemacht hat.»

«Ja, diese Schule war längst überfällig. Dadurch können wir die Unwissenheit von Polizisten beheben und sie intensiv auf eine professionelle Ermittlungsarbeit vorbereiten.»

Draußen auf dem Gang waren laute Männerstimmen zu hören, die sichtlich erzürnt klangen.

«Oha, was hat den Herrn Polizeipräsidenten Zörgiebel denn so in Rage versetzt?», wunderte sich Gennat, der offensichtlich die Stimme seines Vorgesetzten kannte. Er ging gemächlich zur Tür und öffnete sie weit, sodass auch Luise und Trude mitbekamen, was vor sich ging. «Was ist passiert?», unterbrach Gennat die erregte Diskussion.

«Es gab wieder Ärger mit der NSDAP und ihrem Gauleiter, diesem Goebbels. Jemand – ein Pfarrer – hat leichtsinnigerweise während einer Goebbels-Rede so was wie ‹Sie sind der richtige germanische Jüngling› dazwischengerufen. Und gleich haben ihn die Braunhemden aus dem Saal geprügelt. Und zwar so, dass sie ihn in der Charité wieder zusammenflicken müssen.»

Gennat drehte sich zu Trude und Luise um, während der Polizeipräsident immer noch wetterte: «Das ist das letzte Mal. Goebbels wird hier *in meiner* Stadt keine Hetzreden mehr halten, und seine Schlägertrupps werde ich auch nicht mehr dulden. Die gehören verboten.»

«Bravo!», rief Gennat und trat endgültig hinaus in den Flur. Trude und Luise hörten, wie der Dicke seinen Vorgesetzten direkt ansprach: «Lieber Herr Zörgiebel, wenn Sie dann auch noch deren Hetzblatt, den *Angriff*, verbieten, verschaffen Sie Ihrem geschätzten Stellvertreter Bernhard Weiß eine Atempause, um sich von all den Schmähungen und bösartigen Karikaturen wegen seiner jüdischen Herkunft erholen zu können.»

♦

Als Ingenieur begeisterte sich Robert nicht nur für die Statik von Gebäuden oder immer längere Tunnel, durch die die Waggons der Stadtbahn brausten. Die Konstruktion von Flugzeugen hatte es ihm ebenfalls angetan. Daher hatte er mit Luise nicht nur das Flugfeld Tempelhof bei seiner offiziellen Eröffnung besucht und die Gründung der *Deutschen Luft Hansa* in der Zeitung aufmerksam verfolgt. Er erwarb an Johannes' Kiosk auch gerne eine Zeitschrift, in der neue Sportwagen, aber auch Fortschritte im Flugzeugbau in Bild und Text vorgestellt wurden.

An diesem Tag konnte er am Frühstückstisch den Blick kaum von seiner Zeitungslektüre lösen. «Luise, das musst du unbedingt lesen», rief er enthusiastisch, sprang auf und kam mit der Zeitung zu ihr auf die andere Seite des Tisches. Glücklicherweise schlief Lilli selig in ihrem Kinderwagen, den Luise neben den Tisch gestellt hatte, und bekam so die Aufregung ihres Vaters nicht mit.

«Charles Augustus Lindbergh gelingt Nonstopflug über den Atlantik!», lautete die Überschrift. «Von New York ist er bis nach Paris geflogen. Hier, sieh, die einmotorige Maschine. Er nennt sie *Spirit of St. Louis*. Man muss sich das mal vorstellen! Der gesamte riesige Atlantik. Stunde um Stunde nur Wasser unter ihm und keine Möglichkeit, irgendwo zu landen. Dreiunddreißigeinhalb Stunden hat er für diese Heldentat benötigt! Wie lange braucht wohl ein Dampfschiff für diese Strecke? Sieben Tage?»

«Wenn nicht gerade ein Eisberg im Weg ist», wandte Luise ein. Sie las den Artikel über den sensationellen Flug und spürte, wie sich Roberts Begeisterung auf sie übertrug. Was für eine Leistung! «Ach, Robert, wir leben in wirklich aufregenden Zeiten! Das Fräulein Stinnes will mit dem Auto die Welt umfahren, dieser Amerikaner fliegt über den Atlantik. Der technische Fortschritt lässt sich nicht aufhalten. Wenn ich bedenke, dass sich in unserer Jugend auch noch keiner vorstellen konnte, einmal Radioprogramme zu hören ...»

Robert strich Luise zärtlich über den Arm und lachte.

«Was ist? Lachst du mich aus?», beschwerte sie sich.

«Nein, nein, ich freue mich, dass ich diese aufregende Zeit an deiner Seite erleben darf.»

Luise zog ihn zu sich herunter und küsste ihn. «Ich danke dir!»

Kapitel 18

Heute war Lilli-Ilse-Luise-Tag. Ilse nahm die Patenschaft sehr ernst und schaute, sooft es ging, vorbei oder schnappte sich die kleine Lilli und entführte sie nach draußen. Lilli war jetzt anderthalb, wackelte auf ihren strammen Beinchen schon durch die Gegend und brabbelte vor sich hin. Ilse liebte die Kleine und genoss die gemeinsamen Stunden, während Luise dankbar für die kurzen Verschnaufpausen im Alltag war.

Robert war arbeitsam und ehrgeizig wie eh und je. Er war eingespannt in die Bauarbeiten an der neu begonnenen U-Bahn-Linie vom Alex nach Friedrichsfelde. Wenn alles glattlief, konnte man 1930 mit der Fertigstellung rechnen ... Luise wusste, dass er seine Tochter anbetete und im Kollegenkreis von ihr schwärmte, was ihn leider nicht daran hinderte, sich viel zu selten Zeit für Lilli zu nehmen.

Wie immer klingelte es Sturm, wenn Ilse im Anzug war. Mit Lilli auf dem Arm öffnete Luise die Tür.

Kaum hatte Ilse die beiden begrüßt, rauschte sie in die Küche.

«Was bringst du denn da mit?», erkundigte sich Luise und deutete auf die *Deutsche Allgemeine Zeitung*, die bekanntermaßen konservativer war als die Blätter, die Ilse normalerweise las.

«Du meinst die DAZ? Ich mache eine Ausnahme, die haben nämlich einen Exklusivvertrag mit Clärenore Stinnes abgeschlossen und werden regelmäßig über ihre Weltreise berichten!»

«Ich habe gehört, dass sie am 25. Mai gestartet ist, nicht wahr?» Luise nahm Lilli, die friedlich an einer Banane lutschte, auf den Schoß und setzte sich mit ihr an den Küchentisch.

Ilse gab ihrer kleinen Patentochter einen zärtlichen Kuss auf die Wange, dann schwärmte sie weiter: «Ja, ist das nicht großartig? Erinnerst du dich, dass wir sie bei ihrem Sieg auf der Avus gesehen haben? Nun will sie der ganzen Welt beweisen, wie gut deutsche Fahrzeuge sind.»

«Welches Auto fährt sie?»

«Eine ganz normale Adler Limousine.» Ilse zeigte auf ein Foto, das Clärenore mit ihrem Hund Lord vor dem Adler zeigte. «Außerdem wird sie begleitet von einem Fotografen und zwei Mechanikern, die in einem Lastkraftwagen hinterherfahren.»

Luise beugte sich über die Zeitung und las vor: «‹An der Grenzstation Dragoman erwartete sie eine jubelnde Menschenmenge, die Blumen auf sie regnen ließ. In der Bergregion nach Sofia, wo Räuberbanden ihr Unwesen treiben, hielt die mutige Fahrerin vorsorglich eine Schusswaffe bereit, die aber zum Glück nicht zum Einsatz kam.› – Mensch, die ist mutig», rief Luise. «Wie wird sie es eigentlich hinbekommen, all die Landesgrenzen zu passieren?»

«Stell dir vor, Gustav Stresemann hat ihr zu einem Diplomatenpass verholfen. Außerdem ist ihre Fahrt in der internationalen Presse bereits angekündigt worden, da wird man sie schon entsprechend empfangen.» Ilse verdrehte träumerisch die Augen. «Was für ein Abenteuer! Und wie schade, dass Lilli das noch nicht mitkriegt. Clärenore ist wirklich eine Pionierin!»

Luise lachte. «Du beneidest sie, nicht wahr?»

Ilse nickte. «Ja, glühend! Wenn sie mich gefragt hätte, ich wäre, ohne zu zögern, mitgefahren. Moskau, Peking, Japan, Amerika ... Du etwa nicht?»

«Nein, ich denke nicht.» Luise schüttelte den Kopf. «Nicht einmal, wenn ich Lilli nicht hätte. Ich denke, das wird eine Reise voller Strapazen, und Clärenore wird vielleicht sogar krank oder in Lebensgefahr geraten. Nee, das wäre mir zu viel an Aufregung. Und warte bitte auch noch ein wenig, bis du deinem Patenkind Lust auf Abenteuer machst. Ich muss jetzt schon aufpassen, dass ich sie immer im Blick behalte!»

Ilse zog einen Flunsch. «Spielverderberin!» Dann begann sie zu lächeln. «Ja, ich werde mir feine Sachen für Lilli ausdenken, das kannst du mir glauben.» Ilses Augen blitzten vor Übermut. «Ich muss schließlich dem ruhigen Familienleben etwas entgegensetzen.» Sie wischte mit einem feuchten Tuch Lillis Bananenspuren aus ihrem Gesicht, nahm sie auf den Arm und ließ sie auf ihrer Hüfte auf und ab wippen, dass die Kleine vor Vergnügen krähte. «Na, was meinst du, Lilli, magst du die großen, wilden Tiere im Zoo sehen?»

Luise schüttelte den Kopf und zog eine Grimasse. «Lass sie bloß nie aus den Augen, nicht dass sie in eines der Gehege krabbelt!»

«Was denkst du denn von mir», rief Ilse in gespielter Entrüstung. «Ich lass doch nicht zu, dass mein Patenkind als Löwenhäppchen endet!»

♦

«Ilse, bist du das wirklich?»

Die Angesprochene fuhr herum und schaute in ein Gesicht, das sie lange nicht mehr gesehen hatte. «Clara?»

Die beiden Frauen umarmten einander.

«Singst du noch in der Weißen Maus?», wollte Ilse wissen.

Clara nickte. «Und du? Verdienst du mit der Mode genug Geld?»

«Ja. Ich arbeite sehr regelmäßig für Gerson, und ab und zu werde ich privat gefragt, ob ich nicht ein besonders raffiniertes Kleid entwerfen könnte.»

Carla drückte Ilse gleich noch einmal an sich. «Oh, wie freut mich das für dich! Obgleich ich dich an meinen Abenden in der Weißen Maus vermisse», gestand sie. «Sag, bist du öfters hier? Ich hab dich noch nie hier gesehen ...»

Ilse sah sich um und schüttelte den Kopf. Der *Toppkeller* war vor Jahren von einem Damenclub, der sich *Lotterieverein: Die Pyramide* nannte, gegründet worden, und schon bald hatte sich das Kellerlokal den Ruf eines lesbischen Treffpunkts erobert. Hier im dritten Hinterhof in der Schwerinstraße nahe des Nollendorfplatzes gab es jeden Abend Veranstaltungen für Frauen. Es wurde getrunken, geflirtet und getanzt oder auch mal der schönste Unterschenkel gewählt. Doch sie selbst war tatsächlich zum ersten Mal hier.

Clara hatte sich zu Ilse an einen der kleinen runden Tische gesetzt, die rings um die Tanzfläche aufgestellt waren. Die Tischlampen verbreiteten nur gedämpftes Licht, an der Decke über ihnen schwebten lebensgroße Kraniche aus Papier.

«Die vier Jungs von der Blaskapelle sind große Klasse. Wollen wir tanzen?» Ilse stand auf und hielt Clara die Hand hin.

Diese strahlte sie an und ließ sich auf die Tanzfläche führen. Ilse legte ihren Arm um Claras schmale Taille und schob sie in einem flotten Charleston zwischen die anderen Paare.

Schon in ihrer Zeit in der Weißen Maus hatte sich Ilse in die hübsche, zierliche Clara mit ihrem Blondschopf verguckt. Nun schmiegte sie sich ganz selbstverständlich in Ilses Arm und ließ sich übers Parkett dirigieren. Offensichtlich sang Clara nicht nur gut, sie konnte auch tanzen. Als die Musik verklang und sich die blauen Augen zu ihr hoben, konnte Ilse gar nicht anders, als die junge Frau auf den Mund zu küssen.

Ihre Entschuldigung blieb ihr im Hals stecken – Claras Augen strahlten förmlich. Dann schlang sie ihre Arme um Ilses Hals und küsste sie ebenso zärtlich zurück. Innig tanzten sie weiter, mal einen One Step, Foxtrott oder Jimmy und immer wieder Charleston, bis sie außer Atem an die Bar zurückkehrten und sich einen *Old Fashioned* gönnten.

«Wollen wir gehen?», schlug Clara vor.

In Ilse stieg Enttäuschung hoch. «Was, schon?», begehrte sie auf.

Da griff Clara nach ihrer Hand. «Ja, lass uns gehen. Ich wohne nicht weit von hier. Also nur, wenn du möchtest», fügte sie schüchtern hinzu.

Ilse fühlte sich schwindelig, was vermutlich nicht nur am Tanz und den Cocktails lag. Sie spürte Claras Hand in der ihren, als sie durch die nächtliche Straße gingen und dann zu Claras Zimmer hinaufstiegen. Sie bewohnte ein möbliertes Zimmer in einer großzügig geschnittenen Wohnung, die für die verwitwete Vermieterin allein zu groß und zu teuer war, sodass sie sich diese mit vier alleinstehenden Untermieterinnen teilte.

Mit unterdrücktem Kichern, die hochhackigen Schuhe in der Hand, huschten die beiden in Claras Zimmer und schlossen die Tür. Das Bett war breit, die Matratze bequem, die Kissen dufteten nach Lavendel. Es schien geradezu dafür gemacht, sich darin zu lieben. Sie küssten einander, zogen sich gegenseitig aus und liebkosten jedes Fleckchen Haut. Es war ein Rausch, der sie erfasste. Sie schienen nur noch aus Lippen zu bestehen, aus tastenden Fingern und fordernden Zungen. Sie pressten sich aneinander, lösten sich wieder, sogen den aufsteigenden Duft der anderen ein, liebkosten Hals und Brüste und schickten ihre Hände auf die Suche nach noch mehr Lust zwischen ihre feuchtwarmen Schenkel. Heiße Wellen schossen durch ihre erhitzten Körper, und Ilse biss in ein Kissen, um nicht zu laut aufzustöhnen.

Und so liebten sie einander, bis sie trunken von Tanz, Alkohol und ihrer Begierde in einen tiefen Schlaf sanken.

♦

Luise hatte alle Artikel über die Weltreise von Clärenore Stinnes gelesen, die Ilse ihr am Vortag mitgebracht hatte. Es war spät. Sie ging noch einmal ins Kinderzimmer, um nach Lilli zu sehen, die längst friedlich schlief, den Daumen zwischen die Lippen geschoben. Vorsichtig zog Luise den Finger aus ihrem Mund. Während sie auf ihre schlafende Tochter herabsah, überlegte sie, was sie jetzt tun könnte. Zu Bett gehen wollte sie noch nicht, daher holte sie ihr Tagebuch aus der Schublade und nahm es mit ins Wohnzimmer. Sie warf ein Kissen auf den Boden und setzte sich mit verschränkten Beinen an den niedrigen Wohnzimmertisch, der so zum Schreiben die richtige Höhe hatte. Auf einem Schmierpapier malte sie einige Bögen, bis die Tinte in ihrem Füllfederhalter gleichmäßig floss. Dann schlug sie die nächste freie Seite auf.

Unglaublich, was sich diese Frau zutraut und was sie auf ihrer Reise alles erlebt. Clärenore wird in Sofia vom dortigen Zaren zum Pferderennen eingeladen, residiert in Konstantinopel in einem Palasthotel und ist dann wieder in einsamster Wildnis unterwegs. Quält sich über Berge und bei schlechtem Wetter durch den Schlamm oder Stunde über Stunde bei brennender Sonne durch die Wüste. Und immer wieder Autopannen, die sie aufhalten. Meine Güte, sie ist neun Jahre jünger als ich und erkundet die ganze Welt! All diese unterschiedlichen Kulturen und Landschaften, deren Beschreibung mir vorkommt wie in dem Abenteuerbuch von Karl May, dass ich mir vor vielen Jahren einmal von Johannes ausgeliehen habe. Manches, was sie erlebt, erinnert

mich an die Abenteuer von Kara Ben Nemsi, wobei Karl May – wie man weiß – im Gegensatz zu Clärenore diese Länder gar nicht selbst bereist hat.
Auch wenn ich mich nicht gerade nach solch extremen Abwechslungen sehne, spüre ich manchmal so ein Gefühl der Leere in mir. Mir ist nicht langweilig. Ganz im Gegenteil, seit Lilli läuft, hält sie mich den ganzen Tag auf Trab. Sie ist allerliebst mit ihrer Neugier und ihrem Geplapper, aber auch ein kleiner Tyrann, der mit Geschrei seinen Willen zu bekommen sucht. Ich falle häufig todmüde ins Bett, und dennoch ist da eine Unruhe in mir, die mich nicht einschlafen lässt. Warum bin ich immer wieder so unzufrieden?
Ich lese in der Zeitung, dass Frauen nun Rechtsanwältin und Richterin werden dürfen, aber ich bin daheim bei Kind und Haushalt wie die allermeisten Frauen seit Hunderten von Jahren. Dabei geht es mit der Emanzipation doch voran.
Weibliche Abgeordnete haben im Parlament wichtige Gesetze zur sozialen Frage durchgesetzt. Beispielsweise die Sozialversicherung für Heimarbeiterinnen. Außerdem haben sie den Mutterschutz erweitert. Und ganz neu ist, dass Prostituierte straffrei arbeiten können, womit nun sicher ein Großteil der Arbeit bei der Sitte wegfällt. Nein, dort werde ich sicher nicht mehr gebraucht.
Ich bin gern Mutter und liebe Lilli über alles, aber ich vermisse meine Arbeit in der Burg und die Menschen, mit denen ich mich austauschen konnte. Vielleicht sollte ich mich dort umsehen, wo Mithilfe gesucht wird. Endlich wird das Jugendschutzgesetz umgesetzt. Das Jugendamt ist in die Räume des ehemaligen städtischen Waisenhauses eingezogen. Das ist in Kreuzberg in der Alten Jakobstraße, nicht weit von Ilses Wohnung entfernt …

Luise hörte das Klappen der Tür und schlug ihr Tagebuch zu. Robert hatte, wie sie wusste, bereits gegessen und kam daher gleich zu ihr ins Wohnzimmer. «Guten Abend, mein Liebling, wie geht es dir?»

Der Gedanke, der Luise gerade durch den Kopf geschossen war, sprudelte aus ihr heraus. «Ich möchte so gerne wieder arbeiten gehen. Eine Aufgabe haben ...»

Robert unterbrach sie. «Du hast eine Aufgabe: unsere Tochter. Gibt es für dich etwas, das wichtiger ist als ihr Wohlergehen und ihre Entwicklung?»

«Nein, natürlich nicht», lenkte Luise ein. «Ich denke ja auch nicht daran, zur Sitte zurückzugehen und jeden Tag zu arbeiten. Aber irgendwie müsste es doch möglich sein, Lilli eine gute Mutter zu sein und dennoch zwei oder drei Tage in der Woche arbeiten zu gehen.»

Robert ließ sich in einen Sessel fallen. «Du willst immer alles. Bist du denn nie zufrieden? Brauchst du mehr Haushaltsgeld?»

Luise schüttelte den Kopf. «Es geht doch nicht um Geld. Ich will Gutes tun, mit Menschen sprechen, irgendetwas anderes machen als hier Tag für Tag immer dasselbe.»

«Aha, und was wäre das?»

«In Kreuzberg ist das erste Jugendamt eingerichtet worden. Ich stelle mir vor, dass die dort für jede Unterstützung dankbar sind. Ich könnte zumindest mal vorbeigehen und mich bewerben.»

«Und Lilli? Wohin willst du unsere Tochter abschieben? Zu Johannes? Soll sie die Tage mit dem Sohn von Ella auf dem Bahnhofsvorplatz zubringen?», fragte er schroff.

Luise wehrte ab. «An so etwas habe ich nicht einmal gedacht.»

«Mir kommt es so vor, als hättest du überhaupt nicht recht nachgedacht», brauste Robert auf. «Lilli ist noch viel zu klein! Du bist Mutter, wie du es dir gewünscht hast, und Hausfrau, und damit basta. Mein Tag war lang. Ich will mich nicht ärgern, also Schluss mit diesem Unsinn!»

Luise klappte beleidigt den Mund zu, erhob sich und zog sich ohne ein weiteres Wort ins Bett zurück. Natürlich konnte sie mit ihrem Bauch voller Ärger nicht einschlafen. Ihre Gedanken kreisten. Robert! Er hatte ihr gar nichts zu verbieten! Gleich morgen würde sie nach Kreuzberg fahren und mit dem Amtsleiter des Jugendamts sprechen!

♦

«Hast du die neue *Weltbühne* gelesen?», erkundigte sich Luise, die mit einem Glas Wein in ihrem Lieblingssessel saß, eine aufgeschlagene Zeitung auf den Knien, die Beine angezogen. Seit ihrer abendlichen Diskussion waren ein paar Tage vergangen, die sich anfühlten, als stünde zwischen ihnen eine unsichtbare Wand. Weder sie noch Robert hatten Worte der Versöhnung gefunden, Luise war die bedrückende Spannung leid. Wenn Robert so stur war, dann würde eben sie versuchen, eine Brücke zu schlagen.

«Dieser Artikel von Erich Kästner gefällt mir sehr gut. Ironisch, witzig, flüssig zu lesen.» Sie hörte selbst, wie angestrengt ihre Worte klangen.

«Ist es das, worüber du mit mir sprechen möchtest?», erkundigte sich Robert prompt und nahm auf dem modernen, aber etwas unbequemen Sofa Platz.

Luise legte die Zeitung weg. «Nein, das ist es nicht.» Sie sah Robert an. «Wir müssen über das Jugendamt sprechen. Hast du den Brief unterschrieben?»

Robert schob das Schreiben in die Mitte der dunklen Glasplatte des niedrigen Tisches.

Keine Unterschrift des Ehegatten, Luise schluckte.

«Ja, wir müssen darüber reden!» Robert nahm Haltung an.

«Und ich denke, ich habe dir alles erklärt», konterte Luise. Wut baute sich in ihr auf. «Ich habe mich beworben und will die Fürsorge, die sich um Kinder und Jugendliche auf der Straße kümmert, unterstützen. Zwei Tage in der Woche werde ich dort arbeiten. Zu Anfang ehrenamtlich, doch ich denke, das ist kein Problem, da es uns ja an nichts fehlt. Und an diesen beiden Tagen wird meine Mutter sich um Lilli kümmern. Sie freut sich schon sehr darauf, ihre Enkeltochter regelmäßig bei sich zu haben.»

Robert machte eine heftige Handbewegung, dass er fast ihr Weinglas vom Tisch gefegt hätte. «Ich verstehe dich einfach nicht. War es nicht unser größter Wunsch, ein Kind zu bekommen? Nun haben wir Lilli, ein wunderschönes, gesundes, aufgewecktes Mädchen, doch ihre eigene Mutter will sie abschieben, noch ehe sie zwei Jahre alt ist. Warum die Eile? Wenn Lilli erst zur Schule geht und du dann immer noch arbeiten willst, kannst du das ja tun. Aber jetzt? Liebst du deine Tochter denn gar nicht? Ist sie dir lästig?»

«Das ist nicht fair», brauste Luise auf. «Zweifle nicht an meiner Liebe und daran, dass Lilli mein größtes Glück ist! Dennoch habe ich noch andere Bedürfnisse, als den ganzen Tag hinter ihr herzulaufen, sie zu wickeln und ihr Brei zu kochen. Ich will auch was für die Gesellschaft tun, für Menschen, denen es nicht so gut geht wie unserem Kind.»

«Das ist doch nur eine Ausrede», behauptete Robert. «Etwas für die Gesellschaft tun? Nicht die *Gesellschaft* fordert deinen Einsatz, *du* willst etwas gegen deine Langeweile tun, wobei ich mir nicht vorstellen kann, dass solch ein Gefühl in Lillis Nähe überhaupt aufkommt.»

Luise stöhnte. «Du *willst* mich nicht verstehen. Natürlich hält sie mich auf Trab, aber mein *Geist* hat keine Herausforderung mehr. Das war in der Burg anders, wie du weißt. Da war jeder Tag ein kleines Abenteuer.»

Robert schüttelte fassungslos den Kopf. «Ich würde mich glücklich schätzen, wenn ich nicht immer zur Arbeit müsste. Wenn ich bei dir und Lilli bleiben könnte, statt unseren Lebensunterhalt zu verdienen.»

Luise sprang auf und deutete anklagend auf ihn. «Du lügst! Oder du machst dir was vor. Geh einmal in dich und denk darüber nach! Du würdest verkümmern und wärst sehr schnell unzufrieden, wenn du die berufliche Herausforderung aufgeben müsstest.»

Nun erhob sich auch Robert und funkelte sie zornig an. «Jeder hat im Leben seinen Platz.»

«Ach, und meiner soll nur hier zu Hause sein?», erboste sich Luise. «In welchem Jahrhundert lebst du denn? Frauen studieren, gehen in die Politik, forschen, entscheiden, beweisen sich! Und sie machen ihre Sache gut!»

«Diese Frauen sind aber nicht verheiratet, zumindest haben sie keine kleinen Kinder zu versorgen. Warum zum Teufel wird jede Lehrerin entlassen, wenn sie heiratet? Das hat doch einen Grund!»

«Weil die Männer noch immer an ihrer Macht hängen und sich einbilden, eine verheiratete Frau würde nicht gut unterrichten können. Wer fragt denn danach, ob ein Lehrer verheiratet ist oder Kinder hat?»

«Das ist nicht dasselbe!»

«Sollte es aber sein! Unsere Verfassung sagt, dass Frauen und Männer gleichberechtigt sind.»

«Genau genommen sagt die Verfassung, dass Männer und Frauen *grundsätzlich* dieselben staatsbürgerlichen Rechte und Pflichten haben. Was bedeutet, dass es Ausnahmen geben kann», sagte Robert in belehrendem Ton.

«Das ist doch Haarspalterei. Unterschreibst du nun oder nicht?»

«Du hast mir noch kein einziges plausibles Argument dafür geliefert.»

«Ich will es so. *Für mich!*», rief Luise. «Es ist überhaupt eine schreiende Ungerechtigkeit, dass ich deine Unterschrift brauche. Wird die Frau denn gefragt, wenn der *Ehemann* eine Arbeit annimmt? Oder kann sie einfach *seine* Arbeit kündigen, so wie du das bei mir gemacht hast?»

«Das wäre ja völlig absurd», befand Robert.

«Warum? Was ist an dem Wort *Gleichberechtigung* eigentlich so schwer zu verstehen?»

Robert seufzte tief und deutete Richtung Kinderzimmer. «Lilli weint. Sie braucht bestimmt eine frische Windel.»

Luise stemmte die Hände in die Hüften. «Dann geh zu deiner Tochter, und kümmere dich um sie!» Sie stürmte in den Flur, nahm Hut und Jacke von der Garderobe und riss die Tür auf.

«Luise?», rief Robert entsetzt, doch da schlug die Tür schon zu, und Luise lief die Treppe hinunter.

♦

«Willst du mir nicht endlich sagen, was passiert ist?», erkundigte sich Johannes, als Luise am Montagnachmittag mit verkniffener Miene bei ihm auftauchte, doch sie blockte ab.

Zum Glück war Michael da, den Lilli heiß und innig liebte. Sofort spielten die Kinder miteinander. Seit Ella bei Wertheim in der Leipziger Straße arbeitete, war Michael tagsüber bei Johannes am Kiosk.

Lilli trippelte vor Michael her, der sich ein Vergnügen daraus machte, so zu tun, als würde er sie fangen. Dabei jauchzten beide vor Vergnügen.

Luise griff nach der *DAZ*, setzte sich hin und vertiefte sich in einen neuerlichen Artikel über Clärenore Stinnes. Johannes wusste, dass nicht nur seine Schwester verrückt war nach den Abenteuern der Weltreisenden. So ließ er Luise noch ein paar Minuten Zeit und kümmerte sich um seine Kundschaft.

Ein vierschrötiger Arbeiter trat an den Tresen, bestellte ein Bier und verwickelte Johannes in ein Gespräch über die neue Zeitrechnung. Wie verwirrend er es fand, dass nach wie vor die Uhren am Nachmittag wieder von eins zu zählen begannen, man nun aber zu eins dreizehn und zu drei Uhr fünfzehn Uhr sagte.

Eine Viertelstunde später goss sich Johannes eine Tasse Kaffee ein, hinkte zu Luise an den Tisch und ließ sich nieder. Die Kinder kamen angerannt, bekamen jeder einen Keks und ein Brausebonbon, schon ging es zurück auf den Platz. Johannes wollte Luise gerade noch einmal auf den Grund für ihre sichtbar schlechte Laune ansprechen, als ein Schatten auf die Tischplatte fiel.

Luise und Johannes blickten gleichzeitig auf. Robert stand vor ihnen und machte ein ernstes Gesicht.

«Hier seid ihr. Das hätte ich mir denken können.»

Luise sah auf die Uhr. «Was tust *du* hier? Sonst kommst du nie so früh von der Arbeit.»

«Nimm doch Platz, Robert», sagte Johannes. «Möchtest du was trinken?»

Robert nickte.

Johannes besorgte zwei Flaschen Bier, stellte sie auf den Tisch und verharrte im Stehen. «Soll ich euch lieber allein lassen?»

Luise verneinte, Robert hob die Schultern. «Du weißt ja vermutlich, worum es geht.»

«Geht es ums Jugendamt? Um Luises Wunsch, wieder zu arbeiten? Ja, sie hat mir davon erzählt.»

«Und vermutlich auch, dass ich nicht dafür bin», ergänzte Robert.

«Das habe ich mir gedacht.»

«Und wie sieht *deine* Meinung dazu aus?»

Johannes überlegte. «Ich kann Luises Wunsch verstehen, und ich denke nicht, dass es Lilli schadet, an zwei Tagen in der Woche bei ihrer Großmutter zu sein. Die Dinge ändern sich, mein Freund. Wir dürfen uns nicht mehr daran orientieren, wie die Familie bei unseren Vätern oder Großvätern aufgestellt war. In Arbeiterfamilien ist es völlig normal, dass die Frau mitverdient. Mitverdienen muss.»

«Und die Kinder verwahrlosen auf der Straße!», ereiferte sich Robert.

«Ja, aus der Not heraus, aber *ihr* könnt es besser machen und gut für Lilli sorgen lassen, also sehe ich keinen Grund, warum Luise nicht einen Teil ihrer Zeit den armen Kindern, die gar kein Zuhause haben, widmen sollte.»

Robert seufzte tief. «Auch du stellst dich gegen mich. Ich hätte es wissen müssen. Nun, dann werde ich mich wohl mit den *modernen Zeiten* anfreunden müssen.»

Er öffnete seine Aktentasche und zog das Schreiben der Jugendfürsorge heraus. Als er es über den Tisch schob, sah Luise, dass er bereits unterschrieben hatte. Überrascht sah sie ihn an.

«Es tut mir leid. Ich will mich nicht mit dir streiten. Das waren die schlimmsten Stunden meines Lebens – also zumindest unserer Ehe. Bitte, nimm meine Entschuldigung an und schau nicht mehr so finster. Ich kann ohne dein Lächeln nicht leben.»

Luise sprang auf, kam um den Tisch herum und umarmte Robert. Sie beugte sich über ihn und küsste seinen Nacken. «Ich danke dir von Herzen. Ich fand diese Spannung zwischen uns auch ganz furchtbar.» Tränen standen in ihren Augen.

Johannes sah von einem zum anderen und hob seine Bierflasche. «Na dann, Prost!»

♦

«Harry? Harry Frommermann?»

Der schmächtige junge Mann drehte sich zu ihr um. Sein freundliches Gesicht schmückte ein warmes Lächeln. «Fräulein Ilse, lange nicht mehr gesehen. Wie geht es Ihnen?»

Es war kurz vor Heiligabend, und die Menschen hasteten auf der Suche nach den letzten Geschenken durch die weihnachtlich beleuchteten Kaufhäuser.

«Mir sehr gut, aber sagen Sie, was macht Ihre Schauspielkarriere? Ich warte noch immer auf eine Einladung in meinem Briefkasten!»

Harry zog eine Grimasse. «Ich war denen zu aufsässig», bekannte er freimütig. «Nach einem halben Jahr bin ich von der Schauspielschule geflogen. Asta Nielsen hat mir zum Glück ein Vorsprechen an der Volksbühne besorgt, und so bekomme ich dort ab und zu kleine Rollen.» Er seufzte. «Nein, das mit der großen Theaterkarriere wird wohl nichts, aber ich habe eine neue Idee. Ich bin auf dem Weg, eine Anzeige im *Lokal-Anzeiger* aufzugeben.» Er zog ein Blatt Papier aus seiner Tasche und reichte es Ilse.

Achtung! Selten!
Tenor, Baß (Berufsanfänger, nicht über 25),
sehr musikalisch, schön klingende Stimmen,
für einzig dastehendes Ensemble unter Angabe
der tatsächlich verfügbaren Zeit gesucht.

Es folgten Ort und Zeit des geplanten Vorsingens. Ilse hob den Blick und sah ihn fragend an.

«Ich habe mich in den amerikanischen Jazz verliebt. Kennen Sie die Revellers?»

Ilse nickte. Das amerikanische Vokalquartett, das moderne

Rhythmen mehrstimmig zur Klavierbegleitung sang, war in seiner Art einzigartig.

«Ich habe alle ihre Platten und sie Hunderte Male gehört», rief Harry enthusiastisch. «Jetzt möchte ich selbst so etwas aufziehen.» Er klopfte auf seine Tasche. «Ich habe schon einige Arrangements für vier Stimmen und Klavier geschrieben.»

«Wo haben Sie denn das gelernt?», fragte Ilse staunend.

Harry zuckte mit den Schultern. «Mir nach und nach selbst beigebracht. Ich hab Ihnen ja erzählt, dass ich häufig bei den Proben der Philharmoniker war, und Sie erinnern sich vielleicht an meine Vorliebe, Instrumente zu imitieren.»

«Das hört sich spannend an», versicherte Ilse und wünschte ihm viel Glück, ehe sie sich verabschiedeten.

Da Ilse zwischen dem Weihnachtstag und Silvester nicht viel Arbeit hatte, machte sie sich zwei Tage vor Silvester spontan auf den Weg in die Stubenrauchstraße in Berlin-Friedenau. Sie war einfach neugierig, ob und was für Sänger sich auf Harrys Anzeige hin bei ihm melden würden.

Mit der U-Bahn fuhr sie in Richtung Süden bis zur Endhaltestelle zwischen den alten Dörfern Schöneberg und Steglitz. Diese Haltestelle hieß seit ein paar Monaten Innsbrucker Platz. Von dort nahm sie den Bus bis zur Kaiserallee.

Ilse wusste nicht, was sie erwartet hatte, doch *das* war es ganz sicher nicht: Vor dem mehrstöckigen Mietshaus, das in der Anzeige genannt war, standen Männer in einer Schlange an, die von der Straße durch das Treppenhaus bis zum fünften Stock hinaufreichte. Geduldig warteten sie und froren in ihren meist zu dünnen alten Mänteln. Ilse wunderte sich, so viele Tenöre, Baritone und Bässe zu sehen, doch als sie sich dem Ort des Geschehens näherte, wurde ihr klar, dass in Zeiten zunehmender Arbeitslosigkeit einfach alle

Stellenangebote abgeklappert wurden, sei die Stellenbeschreibung auch noch so abwegig und für den Bewerber unpassend.

«He, hinten anstellen», maulte einer, als sie die Treppe an ihm vorbei hinaufstieg.

«Mein Herr, wie Sie sehen, bin ich weder ein Tenor noch ein Bariton und ganz sicher auch kein Bass», erwiderte Ilse, ohne innezuhalten. Kurz darauf klopfte sie an eine Tür und betrat eine kärglich eingerichtete Dachmansarde mit schrägen Wänden, aus der ihr etwas entgegenklang, das eher an Hundejaulen erinnerte.

«Warten Sie, bis wir Sie hereinbitten», schallte ihr Harrys Stimme entgegen, und dann folgte ein überraschtes: «Huch, Fräulein Ilse, Sie? Was suchen Sie hier?»

Ilse reichte ihm die Hand. «Die Befriedigung meiner Neugier an einem langweiligen Tag! Ich hoffe, Sie haben nichts gegen ein stilles Mäuschen.»

Harry lachte vergnügt und stellte sie seinem Schulfreund Theodor Steiner vor, der an einem klapprigen Klavier saß und im Ensemble den Bariton übernehmen sollte.

«Und, wie läuft es?», wollte Ilse wissen und setzte sich auf einem wackeligen Hocker neben dem Klavier.

Die jungen Männer verdrehten die Augen und schickten den mit dem Hundejaulen hinaus. Enttäuscht nahm der seinen Hut und ging. Der nächste Kandidat kam herein und schüttelte auf Harrys Frage nach Musikausbildung und Notenlesen den Kopf.

«Gesangserfahrung?»

«Wir singen immer im Verein, nach dem Kegeln», lautete die Antwort, und wie Ilse bereits ahnte, dauerte das Vorsingen nicht lange.

Und so ging es weiter. Harry und Theodor rauften sich die Haare, doch sie fanden keinen, über dessen mögliche Eignung sie auch nur hätten nachdenken müssen. Nach acht langen Stunden waren sie der Verzweiflung nahe und hatten gerade den letzten Bewerber weggeschickt, als sich ein junger Mann mit massiger Statur in den Raum schob, der plötzlich noch kleiner wirkte.

Er schüttelte Harry die Hand. «Ich bin Robert Biberti, und ich sag gleich, wie's ist. Ich hab kein Geld und kann keine Probe bezahlen, aber ich kann singen, und ich hab Zeit.»

«Na, dann los», forderte ihn Harry ohne Begeisterung auf.

Robert Biberti trat einen Schritt zurück, holte Luft, dass sich sein massiger Oberkörper spannte, legte eine Hand auf seine Brust und schmetterte in einem kräftigen, klaren Bass *O Isis und Osiris* aus der *Zauberflöte*. Mit offenen Mündern starrten Harry und Theodor ihn an. Und auch Ilse merkte, hier bahnte sich eine Sensation an.

Als der junge Mann geendet hatte, brauchte Harry eine Weile, bis er mit Hoffnung in der Stimme fragte: «Können Sie Noten lesen und vom Blatt singen?»

Robert bejahte – und Harry und Theodor brachen fast in Tränen aus. Sie sprachen von den Revellers, Jazz, virtuoser Stimmführung. Die Vokalartistik wurde gestreift, Auftritte im ganzen Land erwähnt, von Gagen und begeisterten Menschen geträumt. Dann spielte Harry einige seiner Arrangements.

Ilse spürte, wie die Begeisterung auf den Basssänger übergriff. Schnell waren sie alle beim Du.

«Hast du Gesang studiert?», erkundigte sich Harry schließlich.

Robert schüttelte den Kopf. «Mein Vater war Bassist an der – damals Königlichen – Staatsoper Berlin und meine Mutter Pianistin. Musik war das ganze Leben um mich herum. Über meinen Vater lernte ich Hermann Haller, den Theaterdirektor, kennen, und schon war ich Mitglied in seinem Chor. Anscheinend ist meine Stimme eine Naturgabe. Die Arie *O Isis und Osiris* hat meine Mutter mit mir einstudiert.» Er grinste verschmitzt und wechselte dann das Thema. «Ich denke übrigens nicht, dass ihr mit so 'ner Anzeige die richtigen Stimmen findet. Ich könnte mich bei den Kollegen umhören», bot Robert an. «Vor allem im Chor des Großen Schauspielhauses könnten wir fündig werden.»

Harry, Theodor und Robert schüttelten einander ernst die Hand. Und *Mäuschen* Ilse war so begeistert, dass sie die drei Männer in der nächsten Eckkneipe noch auf ein Bier einlud.

Kapitel 19

1928

Luise und Robert frühstückten zusammen. Lilli saß auf Luises Schoß und ließ sich mit kleingeschnittenen Brotstückchen füttern, die heute mit Leberwurst bestrichen waren. Sie liebte außerdem Luises selbstgekochte Erdbeermarmelade und hätte gern alles zusammen auf einem Brot gegessen, doch Luise weigerte sich. «Lilli, beides auf einmal geht nicht. Entweder bekommst du Leberwurst oder Marmelade!»

Lilli zog einen Schmollmund, ließ sich dann aber überreden, abwechselnd Wurst- und Marmeladenbrotstückchen zu essen.

«Du lässt ihr viel zu viel durchgehen», ließ Robert vernehmen.

Luise ließ die Bemerkung unkommentiert und wechselte das Thema. «Wir sollten mal wieder ins Kino gehen», schlug sie vor. «Ich glaube, der letzte Film, den wir zusammen angesehen haben, lief im vergangenen Jahr. *Berlin. Die Sinfonie der Großstadt.* Erinnerst du dich?»

Robert brummte. «Stimmt, den haben wir gesehen. Aber dazu muss ich nicht ins Kino gehen, um zu sehen, dass das Leben in Berlin hektisch ist und immer schneller zu werden scheint.»

«Ach, ich würde auch lieber was Romantisches sehen oder eine Komödie.»

Robert goss seiner Tochter noch etwas Milch in den Becher, streichelte zart über ihre Wange, dann bestrich er sich seine zweite Schrippenhälfte mit Butter und Marmelade. Er richtete sich auf und sah seine beiden Frauen beglückt an. «Schön ist es, hier als Familie zusammenzusitzen.» Er griff nach Luises Hand und drückte sie. Dann sagte er unvermittelt: «Hast du schon gehört, dass zu Spenden für den *Stahlhelm* aufgerufen wird? Sie nennen es *Schulzspende!*»

«Schulz? Wieso das denn?»

«Erinnerst du dich an Matthias Erzberger? Einer seiner Mörder hieß Schulz. Und nach dem benennen sie jetzt diese Aktion.»

Sichtlich fassungslos schüttelte Luise den Kopf. «Sie setzen immer noch eins drauf, nicht wahr? Manchmal frage ich mich, wie weit die Braunen ihre Dreistigkeit noch treiben werden. Weißt du denn, für wen das Geld sein soll?»

«Für die Verteidigung von Mördern, die aus rechtsradikalen Gründen töten. Außerdem fordern sie Amnestie für diese Leute, weil sie sich ja nur aus ideellen Gründen strafbar machen!»

«Ich hatte so gehofft, dass der rechte Spuk vorbei wäre, als die NSDAP verboten wurde.»

«Ich auch.» Im stummen Einverständnis schaute Robert Luise an. «Aber das Gegenteil scheint der Fall zu sein. Sie organisieren sich immer mehr und nachhaltiger, bilden Strukturen in alle Gesellschaftsschichten hinein. Das kann brandgefährlich werden.»

♦

Im März organisierte Ilse Karten für James Kleins schillernde Revue, die den schlüpfrigen Titel *Zieh dich aus!* trug. Robert sträubte sich und wollte am Wochenende lieber auf Lilli aufpassen, als sich so viel nackte Haut auf der Bühne anzusehen. Deshalb beschlossen Ilse und Luise, alleine hinzugehen.

«Was machen wir mit der dritten Karte?», wollte Ilse wissen.

«Vielleicht mag uns diesmal dein Bruder begleiten», sagte Luise.

Ilse hob die Schultern. «Ich denke nicht, aber wir können ihn fragen.»

Sie nahmen Lilli an die Hand und machten sich auf den Weg zum Bahnhof Friedrichstraße. Johannes war nicht zu sehen, aber sie entdeckten Ella und setzten sich zu ihr. Michael freute sich wie üblich, die vier Jahre jüngere Lilli zu sehen. Sofort waren sie in ein gemeinsames Spiel vertieft.

Nach einigen Minuten tauchte Johannes auf und brachte drei Flaschen Brause mit an den Tisch, für sich ein Bier und für die Kinder zwei süße bunte Lutschstangen. «Was verschafft mir die Ehre?», erkundigte er sich und zog ein wenig misstrauisch die Brauen hoch angesichts der geballten Weiblichkeit an diesem Nachmittag. Er blieb am Tisch stehen und schob den versehrten Arm hinter den Rücken.

«Wir wollten dich fragen, ob du uns am Samstag ins Revuetheater begleitest», stieß Luise hervor und sah hoffnungsvoll zu ihm hoch.

«Du meinst die *Komische Oper* im Metropol-Theater, hier in der Friedrichstraße?»

«Ja, die Revue heißt *Zieh dich aus!*, und ich hab drei Karten besorgt», erklärte Ilse.

Johannes zog eine Grimasse. «Und was ist mit Robert, hat der keine Lust?»

Luise schüttelte den Kopf. «Robert will auf Lilli aufpassen.»

«Nun, für mich ist das auch nichts», wehrte Johannes ab. «Aber vielleicht hat Ella Lust, euch zu begleiten?» Einladend sah er in die Runde.

Luise und Ilse huben gleichzeitig an, den Vorschlag als Spaß abzuwehren, als Luise das Leuchten in Ellas Augen bemerkte. «Ja, würdest du denn mitkommen?»

Ella bekam hektische Flecken auf den Wangen. «Ick würd so

gern mal eine von den großen Revuen sehen, aber Hannes hat nur Spaß gemacht», ruderte sie gleich zurück.

Ilse sah von ihrem Bruder zu Ella. «Nein, wenn du möchtest, kannst du gerne mitkommen. Aber was machst du so lange mit deinem Michael?»

«Der Junge bleibt bei mir», entschied Johannes. «Ist ja nicht die erste Nacht, die er hier verbringt.»

♦

Ella schwirrte der Kopf. Seit sie im Kaufhaus Wertheim arbeitete, geschah es zum ersten Mal, dass sie mit ihren Gedanken nicht bei der Sache war. Sie träumte vor sich hin und bot der suchend umherblickenden Kundin erst ihre Hilfe an, nachdem ihre bereits beschäftigte Kollegin sie dazu aufforderte. Dann gab sie einer Kundin beim Bezahlen aus Versehen zehn Mark zu wenig heraus, sodass diese sich lauthals beklagte. Ella entschuldigte sich zwar, doch die Frau schien noch immer erzürnt, nahm die Tüte mit der Wäsche und ging ohne Gruß davon.

Die Kollegin warf Ella einen warnenden Blick zu. «Was ist denn mit dir los? Pass auf, dass die Kunden sich beim Chef nicht über dich beschweren!»

Plötzlich rief jemand ihren Namen. Zuerst dachte Ella, ihre eigene Träumerei würde ihr einen Streich spielen, dann entdeckte sie Luise, die an den Ständern mit den Nachthemden vorbeischlenderte und Ella zuwinkte. Wie elegant sie wieder gekleidet war! Kleid, Mantel, Hut und Handtasche farblich aufeinander abgestimmt, die Hände in zarten weißen Spitzenhandschuhen.

Luise kam zu Ella herüber, begrüßte sie und sprach von ihrem bevorstehenden Revueabend. «Ich freue mich auf unsere Verabredung!»

«Ick mich auch», sagte Ella und nahm sich fest vor, während der Arbeitszeit nicht mehr an den Samstag zu denken, doch nur wenig später stand sie in einem der Hinterzimmer, in dem die Schneiderin der benachbarten Abteilung Änderungen an Kleidern vornahm, und ließ den Stoff eines wunderschönen Abendkleids durch ihre Finger gleiten. Was würde sie dafür geben, in so einem Kleid ausgehen zu können! Sie stellte sich Ilse und Luise vor, die ganz sicher noch viel schönere Kleider besaßen, und fragte sich, wie sie nur so dumm hatte sein können, diese Einladung anzunehmen.

Was zum Teufel sollte sie anziehen? In Gedanken ging sie ihre Garderobe durch. Sie hatte ein paar seriös wirkende Kleider, die für ihre Arbeit bei Wertheim angemessen waren, aber sicher nicht für einen Abend im Revuetheater taugten. Von ihrer früheren Arbeit in den Bars hatte sie zwar einige Kleidungsstücke aufgehoben, doch diese waren aus billigen Stoffen mit unanständig kurzen Rocksäumen und kitschigem Flitter verziert. Sie würde sich darin neben den beiden vornehmen Freundinnen in Grund und Boden schämen.

Ihr Blick schweifte über das tiefblaue Kleid, das auf seinem Bügel vor ihr hing. Ein mit einer Nadel befestigter Zettel gab an, was geändert werden sollte und wann die Kundin das wertvolle Stück abholen würde.

Ihr Blick klebte an den Ziffern des Datums. Nächste Woche. Die Kundin würde das Kleid erst in einer Woche abholen. Lange nach dem Samstag und dem Abend im Revuetheater.

So ein schönes Kleid. Ob es ihr wohl passen würde? Verstohlen sah sich Ella um. Die Schneiderin war offenbar gerade in der Mittagspause, und ansonsten war keine der Kolleginnen zu sehen.

Kurz entschlossen schlüpfte Ella in die Umkleidekabine, zog ihr Kleid über den Kopf und das halblange Abendkleid aus seidig glänzendem Stoff an, das sich, wie für sie gemacht, an ihren Körper schmiegte. Ella huschte vor den Spiegel und drehte sich ein paarmal um die eigene Achse. Je nach Lichteinfall wechselte die Farbe des Stoffes zwischen Nachtblau und zartem Flieder. Der zipfelig geschnittene Rocksaum, der in mit Perlen verzierten Fransen auslief, ließ ihre vielleicht ein wenig zu kurzen Beine länger und schlanker wirken. Ella seufzte laut vor Begehrlichkeit. Ja, so würde sie sich vor Ilse und Luise sehen lassen können. Sie schielte auf das Preisschild und bekam fast einen Schluckauf. Für so ein Kleid würde sie *Monate* bei Wertheim arbeiten müssen! Sie betrachtete sich im Spiegel und kaute nachdenklich auf ihrer Unterlippe.

Eigentlich brauchte sie so ein herrliches Stück in ihrem Leben gar nicht. Vermutlich war es nur dieses eine Mal. Es wäre völlig verrückt, so viel Geld dafür auszugeben. Für einen einzigen Abend im Theater.

Ihr Spiegelbild gefiel ihr unglaublich gut!

Was, wenn sie sich das Kleid lediglich ausborgen würde? Sie könnte es am Freitag nach der Abendschicht mitnehmen und gleich am Montag in der Früh, ehe die Schneiderin zur Arbeit kam, zurückhängen – und niemand würde etwas merken. Sie würde den schönsten Abend ihres Lebens mit Luise und Ilse verbringen, ohne sich arm und schäbig zu fühlen.

Und was, wenn man sie erwischte? Wenn jemand das Fehlen bemerken oder sie gar darin erkennen würde? Was würde der Chef dazu sagen, wenn sie ihm versicherte, sie habe es nicht stehlen, sondern nur ausleihen wollen?

Nein, sie würde nicht mit Verständnis rechnen können. Er würde sie des Diebstahls bezichtigen, rauswerfen und vermutlich anzeigen. Ob man dafür ins Gefängnis kam? Sie wusste es nicht, doch mit ihrer anständigen Arbeit würde es dann ganz sicher vorbei sein. Luise hatte ihr eine zweite Chance verschafft. Wollte sie diese für *einen* Abend aufs Spiel setzen?

Ella zog sich wieder um und hängte das Kleid auf seinen Bügel zurück. Sie seufzte und traf eine schwere Entscheidung.

♦

Es war irgendwann an einem Morgen während der Sommerferien 1902.

«Ich hab Hunger», maulte Johannes.

«Hast du nicht gefrühstückt?», wollte Robert wissen.

Johannes zuckte mit den Achseln. «Hat mir nicht geschmeckt, da bin ich so raus.»

Luise saß zwischen den beiden Jungen unter einem Baum am Rand des Bahnhofsvorplatzes in Charlottenburg. «Ich hab Lust auf was Süßes. Etwas vom Bäcker oder vom Krämer.»

«Hm, Karamellbonbons», sagte Robert und schmatzte genüsslich.

«Die kleinen Kuchen mit Schokolade von Bäcker Ebner», sagte Luise seufzend.

«Eine Nussschnecke mit Zuckerguss», fügte Johannes hinzu.

«Hat einer von euch Geld?», erkundigte sich Luise.

Die Jungen kramten in ihren Hosentaschen. Es kam so einiges zutage, allerdings nur eine einzige Münze. Ein Groschen. Dafür bekam man bei Ebner nicht viel. Ganz sicher jedenfalls nicht so viel, um drei süßigkeitshungrige Jugendliche zufriedenzustellen.

Luise ließ den Blick schweifen. Wie so oft trieb sich Ella in der Nähe herum und sah sehnsüchtig zu ihnen rüber. «Ich hab da eine Idee», sagte Luise mit gesenkter Stimme.

Die drei steckten die Köpfe zusammen. Die Jungs waren schnell überzeugt. Sie erhoben sich und schlenderten wie zufällig zu Ella.

«Hast du Lust auf einen der kleinen Schokoladenkuchen vom Ebner?», sprach Johannes das Mädchen an.

Sie starrte ihn erstaunt an. «Ja, schon, warum?» Begierde, aber auch Misstrauen schwangen in ihrer Stimme.

«Wir haben einen Plan, aber da musst du uns helfen. Dann kannst du auch zwei abhaben!»

«Klar. Was muss ich tun?»

Sie überquerten die Straße, setzten sich zu Luise und erläuterten ihren Plan.

Ellas Miene wurde nachdenklich, dann ablehnend. «Nee, det geht nich», wehrte sie ab.

«Was soll denn schon schiefgehen?», drängte Robert. «Wir lenken den Ebner ab und kaufen für den Groschen Karamellbonbons, und du steckst ein paar von den Schokokuchen ein, die vorn im Schaufenster auf den runden Platten liegen. Dann gehst du, wir folgen dir und teilen die Kuchen gerecht auf.»

«Det is klauen, und meine Mutter sagt, dann komm ick ins Gefängnis.»

«Ach was, Kinder kommen nicht ins Gefängnis», widersprach Luise.

Ella war noch nicht überzeugt. «Ick krieg so was von Haue!»

«Aber nur, wenn wir erwischt werden, und das werden wir nicht, wenn du dich ein wenig geschickt anstellst», drängte Robert weiter.

Ellas Blick wanderte zu Johannes. «Klauen is verboten. Ick darf nix nehmen, wat mir nich gehört», wiederholte sie die Anweisung ihrer Mutter.

Johannes wand sich. «Ja, schon, aber der Ebner hat genug davon, und wir nehmen ja nicht alle. Außerdem hab ich grooolßen Hunger.»

«Ick auch», gestand Ella.

Die drei sahen sie stumm an und warteten ab, während Ella den Kampf in sich ausfocht.

«Aber nich so viele!», beharrte sie.

Luise und Robert nickten eifrig. «Zwei oder drei für jeden.»

Ella zählte an ihren Fingern ab und seufzte. In ihrer Miene standen immer noch Zweifel, aber das war gleichgültig. Hauptsache, sie machte es. Bei dem Gedanken an die feinen kleinen Kuchen mit Creme und Schokolade lief Luise das Wasser im Mund zusammen. Sie sah, dass auch Ella schluckte, die Verlockung schien die Oberhand zu gewinnen. Endlich nickte die Jüngere.

«Wir brauchen einen Beutel», meinte Robert, der die Dinge stets von der praktischen Seite her anging. «Du kannst nicht ein Dutzend Küchlein in der Hand raustragen.»

Also besorgten sie einen Stoffbeutel und gingen rüber zu Ebners Bäckerei und Konditorladen. Die Türglocke klingelte, als Luise, Johannes und Robert eintraten. Luise war schon am Tresen und deutete auf das große, bauchige Glas, aus dem ihr verschiedenfarbige Bonbons appetitlich entgegenlachten. Sie und Johannes verwickelten Herrn Ebner in ein Fachgespräch über Geschmacksrichtungen, während Robert die Tür so lange halb geöffnet ließ, bis Ella hereingeschlüpft war. Scheinbar schüchtern blieb sie am Eingang direkt vor der Etagere mit den begehrten Kuchen stehen. Ganz oben, auf dem kleinsten Teller, waren die mit Zuckerguss, auf dem zweiten Teller welche mit Nusskrokant und ganz unten die Schokoladenküchlein. Robert positionierte sich so, dass Herr Ebner Ella nicht sehen konnte, die rasch die begehrte Beute in den Beutel schob und sich dann sogleich durch den noch offenen Türspalt hinausdrückte. In diesem Moment schob Luise dem Bäcker den Groschen hin und griff nach den Bonbons.

Artig verabschiedeten sie sich und gingen Richtung Tür, die Robert weit aufgerissen hatte. Luise beeilte sich, ohne zu rennen, und war auch schon auf der Treppe draußen, als sie Ebners Schrei hinter sich vernahm.

«So ein verdammtes Aas!»

Die drei flitzten davon und liefen, ohne sich noch einmal umzudrehen, einmal um den Block und dann zu ihrem Treffpunkt, an dem Ella bereits auf sie wartete: den Beutel in ihrem Schoß, auf der Handfläche einen der Kuchen, den sie mit gierigem Blick betrachtete.

Luise unterdrückte ein Kichern. Ella kam ihr wie ein hungriger Hund vor, der sabbernd auf seinen vollen Napf starrte. Höflich wartete die Jüngere, bis sich die drei anderen bedient hatten, dann stopfte sie sich das erste Stück mit großen Bissen in den Mund. Sie stöhnte vor Lust, als sie sich die Schokolade von den Fingern leckte, und nahm sich das zweite. Dieses Mal biss sie immer nur ein winziges Stück ab und kaute möglichst lange darauf herum, derweil die anderen schon jeweils drei Küchlein verschlungen hatten.

Robert angelte sich das letzte aus dem Beutel und drehte es in den Fingern. «Die sind sooo lecker! Du hast doch bestimmt keinen Hunger mehr», sagte er, zu Ella gewandt.

Diese starrte ihn erstaunt an.

Luise protestierte. «Wieso du? Ich will auch noch was. Lass uns um den letzten Kuchen würfeln.»

Johannes schüttelte den Kopf. «Das ist *Ellas* dritter!», beharrte er und schnappte sich das Schokostück.

Luise und Robert verdrehten die Augen. «Na gut», gaben sie nach und stopften sich stattdessen zwei Sahnekaramellbonbons in den Mund.

Falls sie gehofft hatten, Bäcker Ebner würde die Sache einfach auf sich beruhen lassen, wurden sie rasch eines Besseren belehrt. Ebner hatte den jungen Rosenstein erkannt und erfuhr von dessen Mutter, wer die Göre war, die ihm seine Schokoladenküchlein gestohlen hatte.

«Das muss passiert sein, während du mit Luise und Robert im Laden warst», überlegte Johannes' Mutter, als sie beim Abendbrot saßen. Dann ließ sie sich über mangelndes Rechtsempfinden und die fehlende Erziehung bestimmter Kinder aus den Hinterhäusern aus.

Johannes starrte verlegen auf seinen Teller. Als seine Mutter ihre Litanei beendet hatte, sagte er leise: «Sie hat die Kuchen mit uns geteilt.»

Er spürte, wie sich die Blicke seiner Eltern und seiner Schwester auf ihn richteten. Seine Mutter war für einen Augenblick sprachlos.

«Das ... das war doch nett von ihr», murmelte Ilse, verstummte aber, als der Vater seine Stimme erhob: «Diebstahl ist Diebstahl! Das lässt sich mit nichts entschuldigen. Ich gehe davon aus, ihr drei wusstet nicht, dass sie die Kuchen gestohlen hat. Da kann man euch keinen Vorwurf machen, oder?»

Johannes begann zu stottern, doch sein Vater war noch nicht fertig. «Ich werde keine andere Erklärung akzeptieren!», fügte er in einem Ton hinzu, dass der Sohn verstummte und den Blick nicht mehr von seinem Teller hob.

Auch Luises Mutter hatte ihre Meinung über Kinder anderer Leute, die nicht zwischen Recht und Unrecht unterscheiden könnten.

«Nun, wir werden sehen, wie ihre Mutter reagiert. Vielleicht findet die das ja gar nicht so schlimm. Ich habe gehört, dass ihr Bruder schon mehrfach beim Stehlen erwischt worden ist.»

Luise nickte eifrig. «Die Polizei war zweimal wegen Paul da. Das hat Ella uns erzählt.»

Dramatisch hob Gertrud Richter die Hände. «Ich wüsste gar nicht, wie ich mit so etwas fertigwerden könnte. Mein eigenes Kind des Diebstahls angeklagt und von der Polizei gesucht! Das würde meinem schwachen Herzen den Todesstoß versetzen. Nein, davon könnte ich mich nicht mehr erholen. Aber sag, habt ihr denn gar nichts mitbekommen? Der Bäcker behauptet, ihr wärt auch im Laden gewesen?»

Luise senkte den Blick und schüttelte den Kopf. «Wir haben uns gerade Bonbons ausgesucht. Ich habe nichts gesehen.»

«Aber kam dir das nicht seltsam vor? Ich meine, Herr Rosenstein hat mir erzählt, Ella hätte euch von den Kuchen angeboten. Habt ihr euch nicht gefragt, woher so ein Kind plötzlich Geld für Kuchen hat?»

Luise schüttelte erneut den Kopf. «Die waren halt so lecker», murmelte sie. Sie spürte weiterhin den Blick ihrer Mutter auf sich gerichtet und wagte nicht, sich zu rühren. Plötzlich wandte sich Gertrud Richter ab.

«Nun gut, lassen wir die Sache auf sich beruhen», sagte die Mutter barsch und schnitt das Thema auch nicht mehr an, doch die nächsten Tage hatte Luise den Eindruck, als würde jeder ihrer Schritte beobachtet.

Nachdem der Bäcker erfahren hatte, wer die kleine Diebin war, dauerte es nicht mehr lange, bis er an die Tür der Wohnung im Hinterhaus klopfte. Rosa Weber öffnete und ließ ihn in die kärgliche Wohnküche. Der Bäcker kam gleich zur Sache, deutete auf die Diebin, die mit Schulheft und Buch am Küchentisch saß, und schilderte den niederträchtigen Kuchenraub.

«Ella? Wat sagste dazu? Haste Kuchen gestohlen?»

Ella erhob sich, trat einen Schritt zurück und richtete sich auf. Sie sah ihrer Mutter fest in die Augen. «Ja», sagte sie. Kein Wort mehr, und sie zuckte auch nur unmerklich zusammen, als die Hand ihrer Mutter hart in ihrem Gesicht landete und einen roten Abdruck zurückließ.

«Nich du auch noch!», rief sie mit zitternder Stimme. «Is dein Bruder nich schon Strafe genug? Sag, haste nich verstanden, wat ick euch immer predige? Erst det mit die Fahrrad und nu das! Willste im Gefängnis enden?»

«Kinder kommen nich ins Gefängnis», widersprach Ella trotzig.

«Ach, det weißte ganz sicher? Was, wenn Herr Ebner nich nur det Geld für die Kuchen will? Wenn er Schadenersatz will und ick nich zahlen kann? Merk dir, einer muss immer geradestehen. Wenn nich du, dann ick, weil ick deine Mutter bin. Vielleicht muss ick für dich ins Gefängnis? Wat passiert dann mit Paul und dir, alleine, ohne Dach überm Kopp?»

Ella begann stumm zu weinen, und auch ihrer Mutter standen Tränen in den Augen.

«Entschuldige dich bei Herrn Ebner, und frag, ob du det irgendwie wiedergutmachen kannst!»

Mit hochrotem Gesicht trat Ella vor den Bäcker. «Es tut mir leid. Ick werd so wat nich mehr machen, versprochen. Kann ick det Geld, det ick schulde, bei Ihnen verdienen? Ick bin stark und kann gut anpacken.»

«Det is ’ne gute Idee», stimmte ihre Mutter zu. «Ella könnt den Rest von die Schulferien inne Backstube arbeiten.»

Der Bäckermeister überlegte. Seine Miene wurde weicher, sein Zorn war offensichtlich verraucht. «Gut, ich nehme das Angebot an. Du kommst pünktlich um drei in der Nacht zur Backstube, und dann wollen wir mal sehen, ob du zu gebrauchen bist.»

Ellas Mutter streckte ihm die Hand hin, die er ergriff und feierlich schüttelte. «Wir danken Ihnen, det is sehr großmütig von Ihnen, Herr Ebner.»

Auch Ella reichte ihm die Hand und versprach, sich anzustrengen und alles wiedergutzumachen.

«Wir ham alle Hunger gehabt, aber kein Geld», sagte sie, als der polternde Schritt des Bäckers auf der Treppe verklang. «Nur einen Groschen hat einer gehabt.»

«Und dann habt ihr gesagt, wenn ihr nix kaufen könnt, dann klaut ihr wat?»

«Ick wollt det nich», sagte Ella und weinte.

«Kann sein, aber du hast es gemacht. Halt dich fern vom Vorderhaus! Du gehörst nich dazu. Heute nich und morgen nich oder sonst wann.»

♦

Als Ilse am Samstag vom Einkaufen kam, stand Ella vor der Tür zu Herrn Stöcklers kleinem Laden. Sie hörte, dass Ilse mit klappernden Absätzen auf sie zueilte, wandte sich um und sah Ilse, die in beiden Händen je einen Beutel mit Einkäufen trug.

«Ella, was tust du denn hier?», wollte sie wissen, stellte die Einkäufe ab und kramte nach ihrem Schlüssel.

«Der Hannes hat mir gesagt, wo du wohnst. Ick muss dir wat sagen, aber soll ick dir nich erst mit die Beutel helfen?»

Ilse hielt die Tür auf, während Ella vor ihr die Treppe hochstieg.

«Halt, hier», rief Ilse, ehe Ella, schwer beladen, die nächste Treppe in Angriff nahm.

Ella trat in Ilses Wohnung und sah sich neugierig um. «Schön haste's hier», sagte sie ehrlich.

«Na, das würde mein Vater anders sehen», wandte Ilse ein. «Aber mir reicht es, und ich wohne gern hier.»

Ella nickte nur und stellte die Tüten auf den Küchentisch.

«Was kann ich dir anbieten? Kaffee? Tee oder Brause? Ein Bier?»

Ella schüttelte den Kopf und knetete verlegen ihre Hände. «Ick wollt dir nur sagen, det ick Samstag nich mit ins Theater kommen kann.»

Ilse öffnete sich eine Flasche Bier und hielt Ella auch eine hin. «Warum?», erkundigte sie sich stirnrunzelnd. «Sag jetzt nicht, dass Johannes doch nicht auf deinen Michael aufpassen will.»

«Nee, det würd der Hannes nich tun», wehrte Ella ab. Sie holte tief Luft und stieß sie dann wieder aus. «Meine Mutter hat mir mal gesagt: Halt dich von denen aus'm Vorderhaus fern! Du gehörst nich dazu. Heute nich und morgen nich oder sonst wann. Ick wollt's ja nich glauben, aber heute weiß ick, det sie recht hat.»

«Also, rück raus, wo drückt der Schuh? Du hast dich doch so darauf gefreut, oder etwa nicht?»

«Ick gehör da nich hin. Mit euch», wiederholte Ella lahm.

Ilse überlegte. «Brauchst du ein Kleid? Du kannst gerne eines von meinen haben. Ich habe so viel Zeug. Ich denke schon, dass wir was finden werden, obwohl du kleiner bist als ich.»

Was wäre einfacher gewesen, als ja zu sagen? Das Angebot einfach anzunehmen und sich von den sicher modischen Kleidungsstücken, die Ilse besaß, etwas auszuborgen? Doch Ella presste nur die Lippen aufeinander. Dabei war sie doch aus diesem Grund gekommen, oder nicht?

«Ihr könnt jemand anders mitnehmen, der besser zu euch passt.»

Ilse schüttelte den Kopf. Sie öffnete ihre Handtasche, zog eine der Eintrittskarten heraus und drückte sie Ella in die Hand. «So, die nimmst du jetzt. Keine Widerrede! Wir gehen wirklich gerne mit dir aus. Also, überleg es dir noch mal. Ich hoffe, wir sehen dich am Samstag.»

♦

«Da ist sie ja», sagte Luise, als sie Ella in der Nähe der Abendkasse entdeckte. Sie trug keinen Mantel und zog ein wenig verfroren die Schultern hoch.

«Ella!», rief Ilse und winkte, als diese sich umdrehte.

Langsam kam Ella auf die beiden Freundinnen zu. Der nachtblau schimmernde Stoff schwang um ihre Beine. Ihre schwarzen Schuhe passten nicht ganz zu dem Kleid, doch sie fielen nicht weiter auf.

«Das ist aber ein schönes Kleid», lobte Ilse und konnte ihr Erstaunen nicht verbergen.

Ella schoss Röte in die Wangen.

«Ja, das ist es», bestätigte Luise. «Ich wusste gar nicht, dass wir den gleichen Geschmack haben. Ich habe mir auch so ein Kleid gekauft, neulich bei Wertheim, aber es muss in der Taille noch enger gemacht werden.»

Ella riss die Augen auf und starrte Luise mit zunehmendem Entsetzen an.

Luise winkte ab. «Das muss dir nicht unangenehm sein. Ich habe es heute ja nicht an.»

Ella gab einen würgenden Laut von sich und schien sichtlich erleichtert, als der Gong ertönte und die Zuschauer damit aufforderte, ihre Plätze einzunehmen.

Die Geschichte, die in mehr als einem Dutzend Bildern erzählt wurde, war einfach: Der Fürst eines Landes, dem es an Nachwuchs fehlt, setzt eine große Belohnung für denjenigen aus, der innerhalb von fünf Jahren den meisten Nachwuchs zeugt. Die größte Hoffnung ruht auf dem Lebemann Baron Felix, eine Rolle wie maßgeschneidert für den jungen Hans Albers. Immer wieder tanzt das wunderschön anzusehende und sehr viel nackte Haut zeigende Ballett durch die Szenerien, derweil Felix jungen Frauen reihenweise den Hof macht – wie Miss Maggie, frivol-kokett gespielt von Vicky Werckmeister, mit der Albers im Duett *Es tut sich was zur Frühlingszeit* singt, ehe sich die Bühne in ein lebendes Blumenbeet verwandelt. Im Abschlussbild des ersten Teils singen die Solisten gemeinsam mit dem Ensemble *Zieh dich aus, mein Schatz* ...

Nicht enden wollender Applaus rauschte durch den Saal. Auch Ella klatschte und jauchzte, wollte gar nicht mehr aufhören und war hingerissen von Prunk und Pracht. Luise beobachtete sie und freute sich an dem kindlichen Vergnügen, das Ella geradezu in einen Rausch zu versetzen schien.

In der Pause tranken sie Sekt aus edlem Kristall und aßen ein paar hübsch dekorierte Häppchen mit Fisch oder Pastete. Das lockere Zusammensein nahm Ella die Befangenheit. Als ihre Begleiterinnen dann auch noch lauthals lachten ob der Anekdoten, die Ella aus dem Kaufhaus zum Besten gab, glühte sie vor Freude.

«Oh, sieh mal, dort werden Programmhefte verkauft», rief Ilse plötzlich und eilte zu der kleinen, rundlichen Dame mit ihrem Bauchladen. Sie drückte ihr eine Mark in die Hand und nahm sich das Heft, in dem alle Szenen mit wunderschönen Fotos bebildert zu sehen waren.

«Für dich», sagte Ilse und reichte Ella das Programmheft. «Zur Erinnerung an diesen Abend.»

Ella brachte keinen Ton heraus. Mit glänzenden Augen blätterte sie das Heft durch und freute sich an den Fotografien der einzelnen Bühnenbilder. Dort waren auch die schillerndsten Kostüme abgebildet, die alle aus Paris stammten ...

Nach heiteren Stunden opulenten Vergnügens bestand Ilse darauf, mit ihrem Wagen erst Michael bei Johannes abzuholen und dann Mutter und Sohn nach Charlottenburg rauszufahren. Ella bedankte sich noch einmal überschwänglich, ehe sie mit ihrem schläfrigen Jungen an der Hand durch die Hofeinfahrt verschwand. Danach brachte Ilse Luise nach Hause.

«Warte!», rief sie, als Luise ausstieg. «Was glitzert denn da zwischen den Polstern? Hast du einen Ohrring verloren?»

Luise schüttelte den Kopf, dass ihre Ohrhänger klimperten. «Nein», sagte sie und nahm die nachtblaue Franse mit länglichen Perlen und Pailletten in die Hand. «Die stammt von Ellas Kleid. Die kann man leicht wieder annähen. Ich nehme sie mit und gebe sie ihr, wenn ich sie die Tage bei Johannes treffe.»

Sie drückte Ilse noch einen Kuss auf die Wange. «Träum was Schönes!»

Tage später, als Luise ihr geändertes Kleid längst bei Wertheim abgeholt hatte, fiel ihr die abgerissene Franse wieder ein. Nachdenklich sah sie auf das auf ihrem Bett ausgebreitete Kleid und dann auf das kleine Schmuckstück in ihrer Hand. Ein Gedanke kam ihr in den Sinn, als ihr Blick über das mit einer Sicherheitsnadel angeheftete Preisschild glitt.

War das möglich?

Sie ließ ihre Finger über die verschieden langen Fransen am Rocksaum gleiten. Die Perlen und Pailletten klimperten, bis sie an eine Stelle auf der Rückseite kam, die kaum auffiel. Und doch, es fehlte eine der Fransen, die oben am Saum abgerissen war.

Luise holte Nadel und Faden und nähte, in Gedanken versunken, das verlorene Stück an seinen Platz. Natürlich würde sie kein Wort darüber verlieren! Dann hängte sie das teure Kleid auf einen Bügel und schloss mit einer energischen Handbewegung die Schranktür.

Kapitel 20

Wieder wurde ein neuer Reichstag gewählt, ausnahmsweise ganz regulär. Gespannt warteten die Menschen auf das Ergebnis. Da das Verbot der NSDAP kurz vor der Wahl aufgehoben worden war, hatte sich auch die Partei Hitlers zur Wahl gestellt, doch erreichte sie nicht mehr zweieinhalb Prozent. Die SPD kam mit fast dreißig Prozent auf ihr zweitbestes Ergebnis überhaupt.

«Wir können nur alle hoffen, dass die Politiker aus den turbulenten letzten Jahren gelernt haben und diese Chance für die Bürger nutzen, statt sich wieder in ihrem Parteiengezänk zu verlieren», sagte Luise zu Johannes, als sie an diesem herrlichen Morgen ihr Gesicht der Maisonne entgegenreckte.

Johannes setzte sich zu ihr. «Wie kommst du zu dieser Hoffnung?»

«Ich möchte einfach, dass die nächsten vier Jahre Ruhe einkehrt, nachdem die radikalen Rechten nun ihre Quittung bekommen haben. Vielleicht verschwinden sie endlich ganz, und wir müssen keine Aufmärsche mehr ertragen. All diese Braunhemden und Stahlhelmveteranen – sie sollen zu Hause bleiben und endlich lernen, die Republik zu respektieren.»

Johannes hob die Augenbrauen. «Das denkst du?»

«Das *wünsche* ich mir!»

«Nun, das ist dein gutes Recht, aber ich würde nicht darauf wetten.»

«Immer optimistisch, nicht wahr?»

«Realistisch», korrigierte Johannes, erhob sich und hinkte davon. Irritiert sah ihm Luise hinterher. War er wütend oder beleidigt? Bei Männern konnte man nie wissen, dachte sie, doch Johannes kehrte gleich darauf zurück und legte ein etwas linkisch eingeschlagenes Päckchen vor ihr auf den Tisch.

«Was ist das?»

«Mach es auf. Es ist so was wie ein Geburtstagsgeschenk.»

Luise legte den Kopf schief. «Ich habe erst im Juli Geburtstag.»

Johannes hob verlegen die Schultern. «Dann ist es eben fürs letzte Jahr, oder suche dir ein anderes Jahr aus, an dem ich deinen Geburtstag vergessen habe. Jedenfalls musste ich an dich denken, als ich das hier sah, und hoffe, es gefällt dir.»

Neugierig wickelte Luise das Päckchen aus. Er war ein Buch, ein kleiner Band mit dem seltsamen Titel *Herz auf Taille*. Als Luise den Autorennamen sah, verstand sie. «Oh, das ist das neue Buch von Erich Kästner. Du weißt, wie gerne ich ihn lese!», rief sie erfreut. Sie blätterte durch den Gedichtband mit den frechen Zeichnungen und erinnerte sich daran, dass ein Kritiker die Illustration «zu obszön» befunden hatte. Sie schlug das Buch auf und las vor:

Kennst Du das Land, wo die Kanonen blühn?
Du kennst es nicht? Du wirst es kennenlernen!
Dort stehn die Prokuristen stolz und kühn
In den Bureaus, als wären es Kasernen.

Die Kinder kommen dort mit kleinen Sporen
Und mit gezognem Scheitel auf die Welt.
Dort wird man nicht als Zivilist geboren.
Dort wird befördert, wer die Schnauze hält.

Luise strahlte. «Danke, Johannes! Wenn ich auf Artikel von Kästner stoße, bin ich immer begeistert. Er ist ein so kluger Beobachter, legt auf seine leise, subtile Art den Finger in die Wunde, intelligent und mit Sprachwitz. Auch solche Leute braucht unsere Republik, nicht nur die, die laut schreien und protestieren!»

Johannes nickte, dann nahm er ihr das Buch aus der Hand, fand eine andere Stelle und las seinerseits etwas vor:

Schlaf ein, mein Kind! Schlaf ein, mein Kind!
Man hält uns für Verwandte.
Doch ob wir es auch wirklich sind?
Ich weiß es nicht. Schlaf ein, mein Kind!
Mama ist bei der Tante …

Nachts liegt man neben einer Frau,
die sagt: Lass mich in Ruhe.
Sie liebt mich nicht. Sie ist so schlau.
Sie hext mir meine Haare grau.
Wer weiß, was ich noch tue.

Der hat es gut, den man nicht weckt.
Wer tot ist, schläft am längsten.
Wer weiß, wo deine Mutter steckt!
Sei ruhig. Hab ich dich erschreckt?
Ich wollte dich nicht ängsten.

«Hm», machte Luise, «das ist nicht einfach. Darüber muss ich erst mal nachdenken … Aber apropos Kästner. Ilse hat mir erzählt, dass er an einem Kinderbuch schreibt. Die Witwe von Jacobsohn, dem verstorbenen Herausgeber der *Weltbühne*, übernimmt nicht nur die Zeitschrift ihres Mannes, sie hat außerdem einen eigenen Kinderbuchverlag gegründet. Hier in Berlin.»

«Das Buch kannst du dann später Lilli vorlesen», sagte Johannes mit einem Lächeln.

«Oder du Ellas Michael», konterte Luise. «Er ist ja fast täglich bei dir.»

Johannes hob die Schultern. «Wo soll sie denn hin mit dem Kleinen? Ihre Mutter wird die Psychiatrie sicher nie mehr verlassen. Und Paul? Der ist weder geeignet noch gewillt, auf seinen Neffen aufzupassen. Wenn er überhaupt auf freiem Fuß ist.»

«Sag mal, hat Ella dir jemals erzählt, wer der Vater des Kleinen ist?», erkundigte sich Luise neugierig.

«Das hast du mich schon einmal gefragt, und die Antwort ist noch dieselbe. Nein, keine Ahnung, ich habe keinen ihrer Freunde oder Liebhaber kennengelernt.»

«Männer», brummelte Luise unzufrieden.

«Tja, wenn es dich derart interessiert, musst du schon mit ihr direkt reden.»

Luise wehrte ab. «So gut kenne ich sie nicht, außerdem will ich sie nicht in Verlegenheit bringen. Und vielleicht weiß sie gar nicht so genau, wer der Vater ist.»

♦

Im August fand Ilse eine handgeschriebene Karte in ihrem Briefkasten.

Liebes Fräulein Ilse,

leider kann ich Sie noch nicht zu einem Konzert der Melody Makers einladen, doch da wir fleißig acht Monate im Salon von Frau Nielsen gearbeitet haben, sind wir jetzt so weit, uns den ersten kritischen Meinungen zu stellen. Der Künstleragent Bruno Levy wird sich morgen einige Stücke anhören, und so bitte ich Sie, uns die Daumen für ein gutes Gelingen zu drücken. Wenn Sie zuhören mögen, dann kommen Sie bitte in die Kaiserallee. Ich würde mich sehr freuen und Sie gerne den Mitgliedern des Ensembles vorstellen.

Hochachtungsvoll,
Harry Frommermann

Er hatte noch Hausnummer und Uhrzeit ergänzt.

Ilse freute sich, wieder etwas von dem jungen Mann zu hören, der ihr damals Asta Nielsens Tochter ins Atelier gebracht hatte. Ein junger Mann, der für Überraschungen gut war ... *Ein Vorsingen vor einem Agenten.* Dann war Harry also der Erfüllung seiner hochfliegenden Pläne näher gekommen.

Da sie am nächsten Tag nichts Besonderes vorhatte, machte sich Ilse zur angegebenen Stunde in die Kaiserallee auf. Es war Jesta, die ihr die Tür öffnete und sie nach einer herzlichen Begrüßung hereinführte. Die große Filmdiva ließ sich zu Ilses Enttäuschung leider nicht blicken. Vielleicht war sie gar nicht in Berlin, sondern auf Tournee. Vor einiger Zeit war Asta Nielsen zu ihren Anfängen zurückgekehrt und spielte auch wieder Theater. Ihre *Kameliendame* hatte ein Kritiker erst vor wenigen Wochen «das größte Ereignis auf der deutschen Bühne» genannt.

Jesta führte Ilse in den Salon, wo sechs junge Männer eifrig probten. Als Harry seinen Gast sah, unterbrach er, kam auf sie zu und stellte sie den anderen vor.

«Das ist Ilse Rosenstein, und hier haben wir unsere Tenöre Ari Leschnikoff und Erich Collin. Roman Cycowski ist unser neuer Bariton für Theodor Steiner, der nicht mehr dabei ist. Sie haben ihn beim Vorsingen gesehen. Am Flügel sitzt Erwin Bootz, und dies ist unser Bass Robert Biberti, den Sie ja schon kennengelernt haben.»

Die sechs verbeugten sich artig und schüttelten ihr die Hand. Ilse bewunderte den prächtigen *Steinway*, an dem Erwin Bootz saß. Der würde ganz anders klingen als Harrys altes Klavier in seiner Mansarde. Und nicht nur das. Der Musiksalon der Filmdiva mit den großen Fenstern war bestimmt ein ideales Atelier für das Ensemble. Allerdings war es an diesem Augusttag unerträglich heiß, sodass die Sänger jetzt schon einen verschwitzten Eindruck machten. Nervös wirkten sie auch.

Endlich trat der Agent in den Salon. Bruno Levy grüßte kurz, setzte sich, schlug die Beine übereinander und steckte sich eine Zigarette an.

Harry und seine Kollegen legten los. Sie gaben alles, und Ilse war vom virtuosen Klang der Stimmen begeistert. Wie rein die unterschiedlichen Tonlagen klangen, die völlig gleichberechtigt zusammenwirkten. Wie klar wurde jedes Wort von allen auf den Punkt artikuliert.

Ilse schielte zu dem Agenten hinüber. Während sie nicht stillsitzen konnte und den Takt mit dem Fuß wippte, regte sich Levy nicht, seine Miene schien geradezu versteinert. Die letzten Takte verklangen, im Salon wurde es ganz still. Fragend sahen die jungen Künstler den Agenten an.

«Was habt ihr noch?», fragte der nur, und so sangen sie weiter.

Nach jedem Stück reagierte Levy gleich. Er rauchte, guckte durch seine dicke Brille und fragte: «Na, und nu? Is det alles?»

Schließlich setzte sich das Ensemble schwer atmend und schwitzend und sah den schweigsamen Agenten fragend an. Der sagte nichts über die Darbietung, die Stimmen, das Klavierspiel, die Anspannung war auch für Ilse schwer erträglich. Da erhob sich Levy und ging zum Telefon. Dort ließ er sich mit einem Mann namens Eric Charell verbinden.

Ilse sah, wie Harry große Augen machte. Auch ihr kam der

Name bekannt vor. Telefonierte Levy etwa mit *dem* Charell? Dem großen Revuekönig? Ilse sah genauso ungläubig drein wie das Vokalensemble.

«Ich habe eben eine Gesangsgruppe gehört», sprach Levy in diesem Moment in den Telefonhörer. «Die sind besser als die Revellers. – Ja, noch nie aufgetreten. – Nee, ganz neu in Deutschland. Nennen sich die *Melody Makers*. – Ja, wir kommen rüber.»

Er legte auf. «Was sehen Sie mich so an, meine Herren? Sputen Sie sich. Wir fahren in die Friedrichstraße zum Großen Schauspielhaus.» Er wählte noch einmal und orderte zwei Taxis.

Ilse verabschiedete sich. Sie drückte Harry die Karte mit ihrer Telefonnummer in die Hand. Seit einiger Zeit hatte sie einen eigenen Anschluss und musste nicht mehr zu Herrn Stöckler in seinen Laden runter. «Bitte, erzählen Sie mir, wie es ausgegangen ist», bat sie. «Ich bin vermutlich so aufgeregt wie Sie und die anderen.»

Zu Hause angekommen, rechnete sie nicht mehr damit, schnell von Harry zu hören, doch kurz vor Mitternacht klingelte das Telefon.

«Wir sind engagiert!», rief der jubelnd durch die Leitung.

«Ach, Harry, das ist ja unglaublich. Ich gratuliere!», rief Ilse. «Und? Erzählen Sie mir alles!»

«Ich danke Ihnen, Ilse, Sie haben ja von Anfang an an mich geglaubt. Also», begann er, der trotz der späten Stunde ganz aufgekratzt wirkte, «wir sind direkt zum Großen Schauspielhaus gefahren, wo uns Charell bereits erwartete. Dann mussten wir noch mal unser ganzes Repertoire singen. Ich hatte nicht das Gefühl, dass es unsere beste Darbietung war, doch Charell bot uns tatsächlich einen Vertrag an, bei dem wir alle deutlich mehr Geld verdienen würden als bisher ... Aber dieser Levy winkte ab! Ihm war das Angebot nicht gut genug. Er schickte uns raus in eine nahe Kneipe, weil er allein weiterverhandeln wollte.»

«Und, was kam dabei raus?»

«Jedenfalls kein Charell-Vertrag», sagte Harry erstaunlich ruhig.

Ilse stöhnte.

«Nun, Levy schlug uns vor, zur *Haller-Revue* rüberzugehen. ‹Die proben gerade und engagieren neue Leute›, meinte er.»

Ilse wusste, dass Hermann Haller vom *Admiralspalast* in der Friedrichstadt Charells größter Konkurrent war. «Ja und?», drängte sie und meinte, Harrys Grinsen durch das Telefon hören zu können.

«Wir saßen eine Weile hinten im Parkett, dann platzte ein Messenger-Boy in seiner roten Uniform herein und drückte Levy einen Brief in die Hand.»

«Von Charell?» Ilses Stimme überschlug sich fast.

«Ja! Er verdoppelte sein Angebot! Was bedeutet, dass jeder von uns mit fünfhundert Mark im Monat rechnen kann!»

«Oh, Harry, das ist wunderbar!»

«Wir werden ab September bei der Revue *Casanova* als Zwischenmusiker in den Umbaupausen auftreten und haben sogar die Erlaubnis, in unserer freien Zeit anderswo zu singen.»

Ilse gratulierte noch einmal herzlich und versprach, eine der Vorstellungen mit all ihren Freunden zu besuchen.

«Übrigens», sagte Harry, «unser Name gefällt Charell nicht. Er meint, der klinge zu zahm. Man müsse die Komik und die Melodik hervorheben. Stattdessen sollen wir uns *Comedian Harmonists* nennen.»

«Und als solche eine riesengroße Karriere machen!», prophezeite Ilse.

♦

Am letzten Freitag im August trafen sich Robert, Ilse und Luise abends vor dem Theater am Schiffbauerdamm.

Die Dreigroschenoper
Ein Stück mit Musik von Kurt Weill in einem Vorspiel
und acht Bildern von Bertolt Brecht

Die Uraufführung war in den einschlägigen Zeitungen angekündigt worden, doch die Stimmung im Publikum schwankte zwischen Vorfreude und Zweifel. Keiner wusste so recht, was er von dem Stück erwarten sollte. Angekündigt war eine Oper ohne Geigen, ohne Sopran oder Heldentenor und ohne romantische Liebe. Dafür mit frechen Liedern aus der zwielichtigen Welt der Bettler, Gangster und Huren. So was hatte man noch nie erlebt!

Luise spürte, wie sich schon im Laufe des ersten Aktes die allgemeine Stimmung von Minute zu Minute abkühlte. Sie hörte Leute hinter sich tuscheln. Man wusste nicht, was man von alldem halten sollte. Diente ein Theaterstück nicht der moralischen Erbauung? Stand es nicht zumindest für einen Ausflug in eine unbekannte, abenteuerliche, aber verlockende Welt?

Dieses Stück war anders, dachte Luise. *Diese Welt war abstoßend, grau und grausam. Ungerecht und hart wie das echte Leben der Großstadt.*

Es erstaunte sie deshalb nicht, dass der Applaus recht dünn blieb. Robert rechts neben ihr rutschte immer tiefer in seinen Theatersessel, während Ilse übertrieben aufrecht dasaß und ungeduldig an ihrem goldenen Armband herumspielte.

Und dann war plötzlich alles anders.

Mackie Messer und der Polizeichef Tiger Brown traten auf die Bühne und sangen im Wechsel den *Kanonensong*, dessen Rhythmus und Text die Zuschauer mitriss.

Soldaten wohnen auf den Kanonen
Von Cap bis Couch Behar
Wenn es mal regnete und es begegnete

Ihnen 'ne neue Rasse, 'ne braune oder blasse
Dann machten sie vielleicht daraus ihr Beefsteak Tatar

Plötzlich knisterte es im Saal. Alles schien zu vibrieren, einige Zuschauer sangen mit ... Und dann gab es den ersten echten Applaus. *Nun ist das Eis gebrochen*, dachte Luise und klatschte in die Hände.

Nach der Vorstellung, auf ihrem Weg nach draußen, sang Ilse mit ihrer schönen dunklen Stimme:

Und der Haifisch, der hat Zähne
Und die trägt er im Gesicht
Und Macheath, der hat ein Messer,
Doch das Messer sieht man nicht.

Luise summte beim Refrain mit:

Und die einen sind im Dunkeln
Und die anderen sind im Licht
Doch man sieht nur die im Lichte,
Die im Dunklen sieht man nicht.

Robert nickte anerkennend. «Deine Gesangsstunden haben sich offensichtlich gelohnt», lobte er Ilse, die er noch nie auf der Bühne erlebt hatte.

Ilse grinste breit und wiegte sich ein wenig im Takt der verklungenen Melodie.

Luise musterte die beiden und freute sich an der guten Stimmung. «Sagt mal, wollen wir noch ins *Haus Vaterland* gehen? Es feiert heute große Eröffnung, und was ich darüber gehört habe, klingt ganz unglaublich.»

Auch Robert war einverstanden, sich «die neue Dimension eines

Vergnügungspalasts» anzusehen, wie Luise zitierte, und so schlenderten sie zu dritt durch die Nacht in Vorfreude auf einen heiteren Ausklang des besonderen Abends.

Das Haus Vaterland war ein sechsstöckiger Erlebnistempel am Potsdamer Platz, der zahlreiche Nachtschwärmer aus aller Herren Länder anzog. Das Angebot der verschiedenen Themenrestaurants, die von einer zentralen Küche aus versorgt wurden, war einzigartig. Neben der *Rheinterrasse*, dem *Löwenbräu* und dem *Grinzing* gab es noch das *Türkische Café*, eine spanische *Bodega*, eine *Wild-West Bar* und das *Tanzlokal* im Palmensaal. Neben landestypischen Speisen und Getränken waren auch die künstlerischen Darbietungen thematisch auf das Ambiente abgestimmt.

«Ich will das Gewitter sehen», drängte Luise, die darüber in der Zeitung gelesen hatte.

Also gingen sie in die Rheinterrasse und ließen sich bei einem Glas Wein an einem der Tische nieder, die durch eine Glasscheibe von der liebevoll aufgebauten Rheintallandschaft abgetrennt waren.

«Oh, seht mal, dort fährt sogar eine Eisenbahn, und die Schiffe auf dem Rhein bewegen sich!», rief Luise entzückt.

Auch Burg Rheinfels und der Loreleyfelsen waren in Szene gesetzt – in künstlichem Sonnenschein. Plötzlich zogen dunkle Wolken über der Kulisse auf, das Licht im Saal wurde gedämpft. Schon erklang ferner Donner. Windböen fuhren durch die Landschaft, ein Blitz zuckte, dann prasselte der Regen herab.

Ilse grinste. «Wie freundlich, dass sie hier eine Scheibe errichtet haben, sonst müssten sie alle Stunde neue, trockene Gäste organisieren.»

♦

Der Sommer neigte sich seinem Ende zu. Wie gewöhnlich kam Ella, nachdem das Kaufhaus seine Türen geschlossen hatte, zum Bahnhof, um Michel abzuholen und ein wenig von ihrem Tag zu erzählen.

Der Junge umarmte Johannes an diesem Abend besonders innig. «Ick kann nächste Woche nich zu dir kommen», sagte er betrübt.

«Warum?», erkundigte sich Johannes und sah von Michel zu Ella.

«Weil ick in die Schule muss», antwortete Michel, während Ella gleichzeitig sagte: «Ick hab mir freigenommen.»

Johannes richtete seinen Blick wieder auf den Jungen. «Du kommst jetzt in die Schule? Das ist ja klasse. Mensch, du bist schon ein richtig großer Junge. Das macht bestimmt Spaß, jeden Morgen mit den anderen Kindern.»

Michel sah nicht überzeugt aus. «Und wenn ick die nich mag?», wollte er wissen.

«Schau sie dir doch erst mal an», schlug Johannes vor.

Michel zog eine Grimasse und sah nicht glücklich aus. «Ick geh da nur hin, wenn ick eine ganz große Schultüte krieg mit ganz viel Süßem!» Um seine Aussage zu betonen, verschrankte er mit Nachdruck seine Arme vor der Brust.

Ella seufzte. «Keine Ahnung, wer ihm det mit der Schultüte erzählt hat, aber seitdem erpresst er mich damit. Aber det geht nich. Ick hab ihm ja schon die Hefte und Stifte und all den Kram für die Schule kaufen müssen.»

Das Gespräch ging Johannes den ganzen Tag nicht aus dem Kopf. Er konnte sich gut vorstellen, dass die meisten Kinder mit bunten, süß gefüllten Tüten von den Eltern zur Einschulung gebracht werden würden, denn seit ein paar Jahren gab es eine gemeinsame Grundschule für alle Kinder, ganz gleich, ob sie aus wohlhabenden Bürgerfamilien stammten oder in einem Hinterhaus aufgewachsen waren. Und er konnte es Michel auch nachfühlen, wie es sein musste, zwischen all den stolzen Kindern mit ihren Schultüten ohne etwas dazustehen. Kein guter Einstieg für vier Jahre Grundschule. Womöglich wurde er dafür gehänselt. Gleich zu Anfang eine Hürde, Freundschaften zu schließen. Johannes mochte den Kleinen sehr gern und wollte ihm diese Enttäuschung ersparen. Er schalt sich, dass er Ella kein Geld angeboten hatte. Was konnte so eine gefüllte Tüte schon kosten?

Aber vermutlich wäre sie zu stolz, von ihm Geld anzunehmen. In Johannes reifte ein Plan. Ein Geschenk jedenfalls würden weder sie noch Michel ablehnen können, und über das Wochenende war Zeit genug, seinen Plan in die Tat umzusetzen.

Und so fuhr Johannes am Tag der Einschulung in aller Frühe mit einer großen bunten, prall gefüllten Schultüte im Arm nach Charlottenburg und machte sich auf den Weg zu seiner ehemaligen Schule, die jetzt zur allgemeinen Grundschule ausgebaut worden war.

Als er ankam, traf er bereits auf die ersten stolzen Mütter und ihre Kinder – alle mit Schultüte! Er musste nicht lange warten, da entdeckte er Michel an der Hand seiner Mutter, den Schulranzen auf dem Rücken, das Gesicht zu einer finsteren Miene verzogen. Johannes postierte sich am Tor und trat den beiden überraschend in den Weg, als sie den Schulhof betraten. Er lächelte Ella an und begrüßte dann den Jungen.

«Guten Morgen, Michel. Was für ein großer Tag. Ich dachte, wir könnten den alle gemeinsam feiern. Was hältst du davon?»

Bockig starrte Michel zu Boden und brummte nur unwillig.

«Ich habe übrigens deine Schultüte dabei, damit die Mama sie nicht den ganzen Weg hertragen musste.»

Als Johannes das begehrte Objekt hinter seinem Rücken hervorzog und Michel hinhielt, blickte dieser endlich auf. Die mürrische Miene verschwand schlagartig, und der Junge jubelte, als er die bunte Tüte an seine Brust drückte. Johannes sah Ella an und zwinkerte ihr zu. Während Michel nun freudig voranging, suchten Ellas Finger Johannes' Hand und drückten sie.

«Du bist der beste Mensch auf der Welt, Hannes. Wir ham so ein Glück, dass es dich gibt.»

♦

Heute war großer Familientag. Zum Glück war es an diesem Sonntag im Oktober mild, und es zeigte sich die Sonne, die das gefärbte Laub in den Bäumen zum Glühen brachte. Luise und Robert fuhren nach dem Frühstück mit Lilli nach Charlottenburg hinaus und holten Mutter Gertrud ab, die sich, seit Luise zweimal pro Woche für das Jugendamt arbeitete, an diesen Tagen liebevoll um ihre Enkelin kümmerte. Lilli war ein Wirbelwind, der in Gertruds Wohngemeinschaft mit ihren Untermietern alles ein wenig durcheinanderbrachte, aber ihr sonniges Gemüt hatte schnell alle Herzen erobert, sodass sie nicht nur von ihrer Großmutter verwöhnt wurde.

Für den heutigen Familientag hatte sich Gertrud einen Besuch im großen Aquarium gewünscht. Den Kinderwagen nahmen sie nicht mit. Sollte Lilli irgendwann müde werden, würde Robert sie halt tragen müssen.

«Was machen wir heute?», wollte Lilli wissen, die an der Hand zwischen Luise und ihrer Großmutter ging. Wobei *gehen* ihre Fortbewegung eher unzureichend beschrieb. Sie tippelte, hüpfte, tänzelte und bestand alle paar Minuten darauf, in die Luft geschwungen zu werden. «Engelchen flieg!» Bis Gertrud protestierte: «Du wirst mir zu schwer. Jetzt muss der Papa ran.»

Zum Glück war es nicht mehr weit, und kurz darauf standen sie vor dem außergewöhnlichen Bau, in dem, wie Luise ihrer Tochter erklärte, die Fische zu Hause waren.

Das erste Aquarium hatte der Tiervater Brehm während der Kaiserzeit eröffnet. Eine Attraktion Unter den Linden, die aber noch vor dem Großen Krieg hatte schließen müssen. Das Aquarium war auf das Gelände des Zoologischen Gartens umgezogen und beherbergte heute in einem interessant gestalteten Bau Tausende verschiedene bunte Fische und andere Wassertiere.

Nun also standen die vier vor dem Eingang, und Lilli ließ mit vor Staunen offenem Mund ihren Blick über die mit seltsamen Wesen bemalte Fassade wandern. «Mama, was sind das für Tiere?», wollte sie wissen, denn diese Arten kamen nicht in ihren Bilderbüchern vor.

«Das sind Tiere, die vor ganz vielen Jahren auf der Erde gelebt haben», erklärte Robert. «Lange bevor es Menschen gab. Die Tiere, die du hier siehst, gibt es alle nicht mehr.»

Lilli zog einen Flunsch und deutete auf einen Dinosaurier. «Och, schade. Ich will so einen sehen!»

Doch die Enttäuschung über fehlende Dinosaurier in der Ausstellung war schnell vergessen. Schon Minuten später lief Lilli jauchzend von einem der geheimnisvoll beleuchteten Aquarien zum nächsten und fand in jedem Raum einen neuen, ganz speziellen Lieblingsfisch.

♦

Es war ein trüber Novembertag, als Ilse in der Nähe des Bahnhofs Friedrichstraße zufällig Martha Dix begegnete. Sie begrüßten einander wie alte Bekannte und beschlossen, im traditionsreichen Café Bauer, das von der Prachtstraße Unter den Linden ins Central-Hotel in die Friedrichstraße umgezogen war, einen Kaffee zu trinken. Als sie auf dem gemütlichen Samtsofa beisammensaßen, fragte Martha plötzlich: «Liebe Ilse, haben Sie von Anita Berber gehört?»

«Nein, schon länger nicht mehr. Ihr geht es nicht gut, nicht wahr?»

«Sie ... sie ist tot. Gestern Abend ist sie gestorben.»

«Tot?», rief Ilse entsetzt. «Aber warum? Warum so plötzlich?» Tränen schossen ihr in die Augen.

Martha blinzelte ihre eigenen Tränen weg und reichte Ilse ein Taschentuch. «Otto und ich haben sie noch vor ein paar Tagen im Bethanien-Krankenhaus besucht. Wir hatten sie kaum wiedererkannt: ein Totenschädel auf einem abgemagerten Körper. Die Ärzte konnten nichts mehr für sie tun. Dabei war sie gerade mal neunundzwanzig.»

Ilse schluckte, suchte sichtlich nach Worten. «Ich ... ich habe sie immer bewundert! Eine großartige Tänzerin. Ich konnte mich an ihren wundervollen Bewegungen nie sattsehen.»

«Begabt und provokant, das war sie. Und sie hing am Leben, trotz allem», sagte Martha. «Selbst als sie vor einer Woche ins Krankenhaus kam, hat sie noch Pläne gemacht und wollte, wenn es ihr wieder besser ginge, nach Italien reisen. Dabei hustete sie sich die Seele aus dem Leib, verlangte ständig nach mehr Morphium. Als wir bei ihr waren, sah sie bereits dem Tod ins Auge. Sie hatte Madonnen und Christusfiguren um ihr Bett aufgestellt. Wussten Sie, dass sie auf ihre Art ein Leben lang fromm war? Während wir bei ihr saßen, tuschte sie sich die Augen und bat mich, ihr mit Puder und Lippenstift zur Hand zu gehen.»

Ilse hatte sofort ein Bild vor Augen. Die ausdrucksstarke, das Leben liebende Künstlerin, stets bereit zum Drahtseilakt.

«‹Der Kerl soll mich schön haben!›, knurrte sie», fuhr Martha fort.

«Wen meinte sie?»

«Den Tod! Anita sprach vom Tod. Sie wusste, dass ihr letztes Rendezvous bevorstand.»

Im stummen Einverständnis verschränkten beide Frauen ihre Hände. Sie schwiegen eine Weile, bis Ilse fragte: «Wann wird Anita beigesetzt?»

«Am Mittwoch, auf dem Friedhof St. Thomas in Neukölln. Wenn Sie mögen, Ilse, schließen Sie sich uns doch an.»

Nach dem Pfarrer hielt einer ihrer Künstlerkollegen eine bewegende Rede. Es war ein ungewöhnlicher Trauerzug, der am 14. November bei einsetzendem Regen dem Sarg zum Grab Nummer 20 in der 6. Reihe folgte. Neben bekannten Filmregisseuren, Tänzerinnen und Schauspielern folgten Huren aus der Friedrichstraße Anita Berbers Sarg. Strichjungen und Hermaphroditen aus dem *Eldorado*, wo sie regelmäßig verkehrt hatte, sowie Barmixer und Transvestiten.

Als der Sarg schon in den dunklen Tiefen des ausgehobenen Grabes verschwand, tauchte plötzlich der Witwer Henri Hofmann auf, an jedem Arm eine grell ausstaffierte Kokette und bereits um elf Uhr morgens sturzbetrunken. Er steckte sich eine Geranie in den Mund, blickte auf den Sarg hinunter und begann hemmungslos zu weinen.

♦

Weihnachten war vorbei, das Jahr neigte sich dem Ende zu, als Ella früh unsanft geweckt wurde. Jemand rüttelte an der Klinke und versuchte, sich Zugang zu ihrem Zimmer zu verschaffen. Reflexartig zog sie den noch verschlafenen Michael zu sich und rief: «Wer is da?»

«Ella, lass mich rein. Ick bin's, Paul!»

Ella sprang aus dem Bett, tappte barfuß zur Tür und entfernte den Stuhl unter der Klinke, den sie nachts immer hinschob. Sie öffnete und stieß einen Schrei aus. «Paul! Wat haste wieder angestellt?»

Ihr Bruder zog eine Grimasse, soweit das bei zugeschwollenem Auge, aufgeplatzter Lippe und blutiger Nase möglich war. «Nur 'ne kleine Schlägerei», behauptete er, während ihm das Blut aus der Nase tropfte.

Ella reichte ihm ein Tuch und verbot ihm, auf ihren Teppich zu treten. «Setz dich dort drüben hin und zieh die Hose aus», befahl sie, denn auch aus seinem rechten Oberschenkel quoll Blut, das Hosenbein zeigte einen langen Schnitt. «Erzähl, wat is passiert?» Vorsichtig wusch sie Pauls Wunden aus und verband ihn, während Michael mit großen Augen danebenstand und beobachtete, wie sein Onkel verarztet wurde.

«Angefangen hat alles am Freitag mit 'ner dämlichen Samtjacke, die einem von die Zimmerleuten aus Hamburg gestohlen wurde. Du weißt, die arbeiten in den U-Bahn-Tunneln. Dann war die Jacke plötzlich wieder da, und die sind nach der Arbeit alle in den Klosterkeller, um det zu begießen.»

Die Gäste aus Hamburg mit ihrem unverständlichen Platt waren in dem Lokal nicht gerade beliebt gewesen. Sie waren laut und führten sich auf, als würde ihnen der Laden gehören.

«Det war für uns gar nich mehr gemütlich dort», klagte Paul.

Auslöser des folgenden Dramas war ein umgestoßener Bierkrug. Daraufhin forderte der Wirt den krakeelenden jungen Hamburger Hubert Schulnies auf, zu gehen, doch der stellte sich taub.

«Wir wollten unserm Wirt helfen und den Kerl rauswerfen, da zieht der Bengel ein Messer und sticht wild um sich!»

Die Stammgäste setzten kurzerhand alle Hamburger an die Luft. Erst als sie ins Lokal zurückkehrten, bemerkten Paul und seine Kumpel, dass einer von ihnen mehrere Stichwunden abbekommen hatte.

«Wir haben den Rettungswagen geholt und den Malchin, den Schwerverletzten, ins Krankenhaus gebracht. Sieht nich gut aus für ihn.»

«Ist dieser Malchin ein Vereinsbruder?» Ella schwante Böses.

«Jawoll.» Paul nickte, dann erzählte er noch den Rest der Geschichte. Am nächsten Abend hatte sich Adolf Leib – den alle Muskel-Adolf nannten – mit seinen Männern vom Ringverein Immertreu und einigen Mitgliedern vom Ringverein Norden in einem anderen Lokal getroffen, um nach der feierlichen Beerdigung eines Vereinsbruders noch ein paar Gläser zu leeren. «Wir sitzen da alle piekfein im schwarzen Anzug, als der Wirt vom Klosterkeller reinschneit und vom Malchin erzählt. Der würd krepieren.»

Das war zu viel. Wo sich die Hamburger trafen, war kein Geheimnis, also orderte Adolf zwei Kraftdroschken und fuhr mit sieben seiner Männer und dem Wirt zum *Naubur*.

«Die Kneipe liegt in der Breslauer Straße. Ick bin natürlich hinterher. Und andere Brüder auch», erklärte Paul.

Als sie dort eintrafen, kam es zum großen Kampf zwischen den Ringbrüdern und den Zimmerleuten.

«Det war 'ne riesige Keilerei. Und dann hab ick gesehen, wie der Adolf einem Hamburger 'ne Axt aus der Hand gerissen hat! Und dann haben welche geschossen ... Und ick hab mich verdünnisiert.»

Schon die Morgenzeitungen berichteten von der großen «Ganovenschlacht» und unkten: Berlin sei dabei, im Unterweltsumpf zu versinken. Und die Polizei sei nicht gewillt – oder nicht in der Lage –, gegen die verbrecherischen Ringvereine vorzugehen.

Kapitel 21

1929

Das Thema Gewalt beschäftigte die Öffentlichkeit weiterhin. Bereits Mitte Dezember hatte Polizeipräsident Zörgiebel alle politischen Veranstaltungen und Demonstrationen unter freiem Himmel in Berlin verboten, um den immer häufiger und blutiger werdenden Straßenschlachten zwischen Rechtsnationalen und Kommunisten Herr zu werden. Jetzt verbot er auch die Ringvereine Norden 1891 und Immertreu 1921, deren Vereinsbrüder an den Massenschlägereien beteiligt gewesen waren.

«Und nun?», wollte Ella wissen, als ihr Bruder mit einer Miene der Verzweiflung bei ihr auftauchte. «Wat machste nu, wo dein Verein verboten is?» Paul war seit einiger Zeit Mitglied des Vereins Norden.

Paul zuckte mit den Schultern. «Weitermachen wie bisher. Ick muss ja von wat leben.»

Ella überlegte. «Werden sich nich die andren Ringvereine im Norden und Osten von Berlin ausbreiten und das Geschäft übernehmen?»

«Kann sein, aber weit kommen die nich. Muskel-Adolf hat schon den Dr. Frey zum Zörgiebel geschickt. Det is 'n guter Anwalt. Der wird die alle raushaun und dafür sorgen, det unser Verein weitermachen darf.»

Und richtig. Anfang Februar begann der Prozess gegen die Ringvereinsbrüder vor dem Kriminalgericht in Moabit – und Dr. Frey brillierte wieder einmal. Seine Plädoyers waren mitreißend, er zerlegte die Zeugen der Gegenseite und zauberte dann eigene Zeugen aus dem Hut. Seiner Redegewalt war so schnell keiner gewachsen. Und er verstand es – zum Leidwesen des Richters –, die Prozesstage so spannend und unterhaltsam zu gestalten, dass ein paarmal der Hammer zum Einsatz kommen musste, um die ausgelassene Fröhlichkeit der Zuschauer zu unterbinden.

«Ruhe! RUHE!», rief der Richter mit Nachdruck. «Wir sind hier doch nicht im Theater!»

Auch als Dr. Frey Muskel-Adolf befragte, warum sein Verein solch großen Wert darauf legte, jedem verstorbenen Vereinsbruder eine anständige Beerdigung auszurichten, war schnell Stimmung im Saal. Muskel-Adolf nutzte die Bühne und bot den Zuhörern mit dem ihm eigenen Temperament ein paar Lebensweisheiten dar: «Als ick auf die schiefe Bahn kam, da sagte meine Mutter: ‹Kein Mensch wird mal hinter deinem Sarg hergehen.› Det hab ick nie vergessen, und deshalb is uns 'n anständiges Begräbnis so wichtig.»

Am Ende wurde die Anklage wegen Totschlag und Körperverletzung mit Todesfolge gegen Muskel-Adolf niedergeschlagen. Er bekam lediglich zehn Monate Gefängnis, und Polizeipräsident Zörgiebel zog das Vereinsverbot zurück, weil der Druck der Öffentlichkeit zu groß wurde.

♦

Zu Lillis drittem Geburtstag hatte sich Patentante Ilse etwas Besonderes ausgedacht. Der Februar war kalt, alle Seen waren mit einer dicken Eisschicht bedeckt. So fand Lilli in ihrem Geburtstagspaket zwei Kufen, die man unter ihre Winterstiefel schnallen konnte, und das Versprechen, am Sonntag alle gemeinsam zum

Eislaufen zu gehen. Lilli hüpfte begeistert auf und ab und umarmte ihre Tante.

«Dann kommt der Michel auch mit!», rief sie begeistert.

Luise und Ilse tauschten Blicke. Sie konnten sich nicht vorstellen, dass Michael Schlittschuhe besaß, aber sie wollten Lilli auch nicht die Freude nehmen.

«Das kriegen wir schon hin», versprach Ilse und nahm sich vor, gleich am nächsten Tag mit Johannes zu sprechen. Vielleicht konnte er ihre alten Schlittschuhe an die kleineren Kinderschuhe anpassen. Außerdem trieb sie bei der Nachbarin von Gegenüber noch ein Paar für Ella auf. So machten sie sich am Sonntag alle gemeinsam in den Tiergarten auf, wo auf der Eisfläche des neuen Sees schon ein lustiges Treiben herrschte. Lilli zappelte herum und konnte es gar nicht abwarten, bis die Kufen endlich an ihren Stiefeln befestigt waren. Sie wäre vermutlich sofort alleine losgestürzt, hätte Robert sie nicht an ihrer Kapuze festgehalten.

«Du wartest, Fräulein! Wir fangen gemeinsam an.»

Endlich hatten alle ihre Schlittschuhe an den Füßen und stakssten vorsichtig die Uferböschung hinunter auf das Eis. Robert nahm Lilli fest an die Hand, während Luise fragend zwischen Ella und Michael hin- und hersah. «Bist du schon mal eisgelaufen?»

Ella schüttelte den Kopf. «Ick hab mir det aber immer gewünscht», gab sie zu.

«Gut, dann nehme ich Michael, und Ilse leiht dir einen Arm.»

«Ja klar», stimmte ihr Ilse zu, und so schoben sich die drei ungleichen Paare zwischen die anderen Läufer auf den See hinaus. Michael hatten den Dreh schnell raus und verlangte, alleine fahren zu dürfen, während Ella einige Runden zwischen Luise und Ilse drehte, ehe sie sich sicher genug fühlte. Vor allem Ilse glitt elegant wie eine Eiskunstläuferin dahin. Bei ihr wirkte es, als würde sie tanzen. Einmal nahm sie Luise gar in Tanzhaltung und versuchte mit ihr einige Figuren aus verschiedenen Tänzen, wobei Luise immer mal wieder ins Stolpern geriet, aber nicht aufhören konnte zu lachen.

Es war ein Riesenspaß. Zwar gab es einmal ein paar Tränen, als Lilli unsanft auf den Po plumpste, doch als ihr Freund Michael angefahren kam, sie zu trösten, wischte sie sich rasch die Tränen ab.

Als Lilli genug hatte, kehrten sie gemeinsam im traditionsreichen Café am Neuen See ein und tranken alle heiße Schokolade – die vier älteren Teilnehmer mit einem ordentlichen Schuss Cognac.

♦

Der 1. Mai fiel dieses Jahr auf einen Mittwoch. Seit Jahrzehnten war dieser Tag im Jahr der Streik- und Kampftag der Roten, wobei die SPD für die Demokratie und damit für die Weimarer Republik eintrat, während die KPD ein totalitäres System nach Vorbild der Sowjetunion anstrebte, deren Führer Stalin die Macht mittels Terror und Unterdrückung seit zwei Jahren fest in Händen hielt.

In den USA war dieser Tag seit Jahrzehnten ein Feiertag, an dem die Arbeiter zu den Kundgebungen gehen konnten. Im Deutschen Reich aber hatten sich die Parteien nur einmalig 1919 auf einen Feiertag einigen können. Seitdem schwelte der Streit ohne Ergebnis weiter, aber egal, ob Feiertag oder nicht, es war *der* traditionelle Kampftag der Arbeiterschaft.

Um Ausschreitungen zu verhindern, waren bereits im Dezember alle Demonstrationen und Kundgebungen im Freien untersagt worden. Dennoch begrüßte Robert seine Frau an diesem Morgen mit den Worten: «Ich denke, es wäre besser, wenn du heute nicht arbeiten gehst.»

«Und du?», entgegnete Luise sofort kampflustig. «Wirst *du* auch daheimbleiben?»

Robert schüttelte irritiert den Kopf. «Nein, warum?»

Luise seufzte tief. Sie würde für ihn als Frau und Ehefrau nie gleichwertig und gleichberechtigt sein. «Weil ich dann auch zur Arbeit gehen kann. Meine Mutter ist sicher schon auf dem Weg hierher, um nach Lilli zu sehen. Warum sollte ich sie gleich wieder heimschicken?»

«Weil das Jugendamt genau dort liegt, wo die Roten heute Krawall machen werden. Das geht von Spandau über Mitte bis Kreuzberg, wo das Jugendamt ist.»

«Demonstrationen sind aber für heute verboten», erinnerte ihn Luise.

Robert schnaubte. «Ach, und du meinst, die Roten halten sich daran?»

Das glaubte sie zwar nicht, doch sie nahm an, dass heute deutlich weniger Arbeiter auf die Straße gehen würden. Immerhin mussten sie fürchten, dass die Polizei jede Versammlung rigoros auflösen würde.

Robert und Luise packten also ihre Taschen und verließen das Haus, nachdem Gertrud angekommen war und sich um Lilli kümmerte. Gemeinsam fuhren sie mit der U-Bahn bis zum Spittelmarkt, wo Luise ausstieg und von dort in die Alte Jakobstraße hinüberging. Robert fuhr weiter Richtung Alex zu seiner Baustelle an der neuen Linie, die bis nach Friedrichsfelde führen würde.

Sie saß noch nicht lange an ihrem Schreibtisch, als das Telefon läutete. Es war Robert, der besorgt berichtete, dass sich am Alex bereits eine Menge Demonstranten eingefunden hätten, die gewaltbereit wirkten. «Bitte sei vorsichtig, Luise», bat er.

«Hier ist alles ruhig», behauptete Luise nicht ganz wahrheitsgemäß und wandte sich, nachdem sie aufgelegt hatte, wieder ihren Akten zu. Es ging nicht an, dass sie klein beigab. Ihre Arbeit war wichtig, auch wenn sie nur ein paar Stunden pro Woche hier war.

Luise las die Akten über streunende Kinder durch, die in den vergangenen Tagen aufgegriffen worden waren und die entweder ihren Eltern – so sie welche hatten – oder einer der Fürsorgeanstalten übergeben worden waren. Da ihr Büro nach hintenraus lag, bekam sie außer dem Klang von Polizeihörnern nicht viel mit. Erst als sie sich um die Mittagszeit in der Nähe etwas zu essen kaufen wollte, bemerkte sie, dass sich die Lage verschärft hatte.

Erschrocken duckte sie sich in einen Hauseingang, als ein mit Polizisten besetztes, gepanzertes Fahrzeug vorbeifuhr – mit aufgepflanztem Maschinengewehr! Kaum war es um die Ecke verschwunden, hörte Luise eine Gewehrsalve einschlagen. Menschen schrien. Andere rannten mit erhobenen Händen die Straße entlang.

Luise entschied sich gegen das Essen und zog sich rasch in das Gebäude des Jugendamts zurück, wo sich inzwischen andere Mitarbeiter in der Empfangshalle drängten. In diesem Moment stürmte einer der Kollegen herein und schrie: «Die Polizei schießt wild um sich, selbst in die Fenster von Häusern, an denen rote Fahnen hängen. Ich habe Tote und Verletzte gesehen!»

Der Amtsleiter beschloss, für heute Schluss zu machen, und riet jedem, so schnell wie möglich die Innenstadt zu verlassen oder sich in seine Wohnung zurückzuziehen.

Mit eingezogenem Kopf lief Luise auf den Heimweg in die Friedrichstadt. Erst als sie die Wohnungstür hinter sich geschlossen hatte, fühlte sie sich wieder sicher. Und sie bestand darauf, dass ihre Mutter in der Wohnung blieb, bis sich die Lage beruhigt habe.

Als Robert am Abend heimkehrte, wusste er zu berichten, dass die Kommunisten wegen der Polizeigewalt für den morgigen Tag zum Massenstreik aufgerufen haben. «Die Arbeiterviertel werden nach Waffen durchsucht. Über Teile vom Wedding und von Neukölln wurde gar eine Ausgangssperre verhängt.»

Es herrschte praktisch der Ausnahmezustand.

«Ihr werdet es nicht glauben», berichtete Robert, spürbar aufgewühlt, weiter. «Es ist, als würden wir uns im Krieg befinden: Die Fenster zur Straße müssen geschlossen bleiben, und es darf in diesen Zimmern kein Licht gemacht werden.»

Nachdenklich sah er seine Schwiegermutter an. «Ich denke, Lilli wäre momentan in Charlottenburg sicherer aufgehoben.»

«Ich kann mit Lilly doch jetzt nicht Bahn fahren», protestierte Gertrud.

Robert unterbrach sie. «Nein, natürlich nicht. Du bleibst heute über Nacht, und morgen hole ich in aller Frühe den Wagen und fahre euch beide zu deiner Wohnung.»

Luise drückte ihrer Mutter die Hand. «Ja, so machen wird das. Es wäre mir eine große Erleichterung, Lilli bei dir zu wissen.»

Erst am 4. Mai kehrte wieder Ruhe ein, sodass sich Luise zum Einkaufen hinaustraute und sogar bei Johannes vorbeischauen konnte. Sie wollte wissen, ob mit ihm alles in Ordnung war. Mit Ilse hatte sie telefoniert und sich ihres Wohlergehens versichert.

Johannes hatte bereits verschiedene Zeitungsberichte gelesen. Wenige Fakten waren klar, sagte er. Es hätte 33 Tote gegeben und 245 Verletzte, darunter 47 Polizisten. Mehr als 1200 Demonstranten wären verhaftet worden, 11 000 Schuss Munition hätte die Polizei verschossen.

«Und die Schuld für die Eskalation sehen Polizei und Behörden klar bei den Kommunisten. Die KPD hätte den Aufstand und die Unruhen provoziert, außerdem würde der *Rote Frontkämpferbund* im ganzen Reich verboten werden.»

Luise seufzte. «Sind denn alle Zeitungen derselben Meinung?»

«Nein, das nicht. Die linken Blätter berichten davon, dass alle Getöteten unbeteiligte, unbewaffnete Zivilisten gewesen seien und die Razzien fast keine Waffen in den durchsuchten Wohnungen zutage gefördert hätten», erklärte Johannes. «Und es wird die Missstimmung noch befeuern, dass kein Polizist angeklagt wird, dafür aber Hunderte festgenommene Arbeiter vor Gericht gestellt werden.»

Ein paar Tage später las Luise in einem Zeitungsartikel:

> «In der Liste über die Verluste befinden sich harmlose Passanten und ein paar Frauen, die zufällig übers Balkongitter geguckt haben. Aber man findet niemanden von der Polizei. Warum, sehr geehrter Herr Polizeipräsident Zörgiebel? Wo ist die Verlustliste Ihrer Beamten? Wenn bei einem angeblich bewaffneten Aufstand nur die Aufständischen Tote zu beklagen haben, dann ist Unrecht passiert! Oder ist vielleicht die ganze Geschichte von dem angeblich bewaffneten Aufstand nur ein ausgemachter Schwindel, um die militärische Übermacht zu rechtfertigen?»

♦

Ella lehnte am Zeitungstresen von Johannes' Kiosk und rauchte. «Gib mir noch 'n Korn», sagte sie schroff und kippte auch diesen, wie seine zwei Vorgänger, mit einer schwungvollen Bewegung hinunter. «Noch einen!»

Johannes überhörte die Bestellung. Sanft nahm er ihr das Glas aus der Hand. «Was ist los mit dir?», fragte er sanft. «Hast du geweint?»

Zornig rieb sich Ella die rot verquollenen Augen. «Nee, alles gut», behauptete sie, doch Johannes blieb hartnäckig.

«Willst du es mir nicht erzählen? Du weißt, ich kann gut zuhören.»

«Ach», wehrte sie mit einer zornigen Handbewegung ab. «Nur

so 'n Kerl. Ick dacht, der wär anständig, 'n Kunde von Wertheim, der mich eingeladen hat. Am Ende sind alle Männer gleich: Holen sich, wat se wollen, und dann sind se weg.»

Johannes legte den Arm um ihre Hüfte. «Es tut mir sehr leid, dass dir jemand weh getan hat. Das hast du nicht verdient.»

Ella schniefte. «Ach, ick bin's ja gewöhnt. Ick lass mich ja meist auf gar nix mehr ein.»

Sie ließ sich von Johannes an seine Brust ziehen und erwiderte seine Umarmung.

«Det eine Mal mit dir is det einzige, von dem ick noch immer träume. So lieb war seitdem keiner mehr zu mir.»

Nun war es an Johannes zu schlucken. Er musste sich eingestehen, dass er im Gegensatz zu ihr jene Nacht schnell und erfolgreich aus seinen Erinnerungen verdrängt hatte.

«Ick muss dann auch», sagte sie ein wenig kurz angebunden, als hätte sie seine Gedanken gelesen. Sie löste sich von ihm und eilte davon.

Johannes sah ihr tief in Gedanken versunken nach, bis eine kleine Hand an seiner Jacke zupfte.

«Was machen wir heute, Hannes? Darf ick wieder wat malen? Die Mama hat sich über mein Bild so gefreut.»

«Aber klar.» Sein Blick richtete sich auf das Kindergesicht mit den dunklen Augen. «Warte, ich hole dir Papier und Stifte.»

Sie setzten sich zusammen an den Tisch, und während sich die Hand des Siebenjährigen um den braunen Stift krampfte, den er mit viel Druck über das Papier schob, fragte Johannes: «Sag mal, Michel, hat die Mama mal gesagt, wie dein Papa heißt?»

Michael malte nun neben den Baum eine Sonne und sah nicht auf. «Nee, sie hat nur gesagt, sie hat ihn sehr lieb, aber der is nich mehr da. Ick hab mal gedacht, Paul is mein Vater, aber det stimmt nich, det is mein Onkel.»

Johannes erhob sich, ging in seine Kammer und kam mit dem Fotoalbum seiner Kindertage zurück, das Ilse ihm vor einiger Zeit vorbeigebracht hatte. Langsam blätterte er das Album durch und betrachtete die Fotos von sich und Ilse aus früheren Zeiten. Ab und zu waren auch Robert und Luise zu sehen. Klar, sie waren ja unzertrennlich gewesen. Forschend wanderte sein Blick zwischen den Schwarzweißbildern und dem Gesicht des kleinen Künstlers, dessen Zungenspitze zwischen den Lippen hervorlugte und der vollkommen vertieft in seine Arbeit schien, hin und her. Johannes atmete schwer.

«Is wat?» Michael sah auf und entdeckte das Album. «Oh, darf ick mal gucken?»

Johannes zeigte ihm die Fotos, deutete auf die Personen und nannte ihre Namen. «Und das da, das bin ich mit ungefähr sieben oder acht Jahren.»

Michael grinste ein wenig ungläubig. «Det bist du?»

«Ja, das bin ich», bestätigte Johannes. «Sag mal, weißt du, wann du Geburtstag hast?»

Michael legte den Kopf schief und dachte nach. «Am 5. Mai.»

Bedächtig klappte Johannes das Fotoalbum zu. Er blinzelte, ehe er seinen Blick wieder auf den eifrig malenden Jungen richtete. In seinem Kopf begannen Erinnerungen zu kreisen.

In dieser Nacht fand er keinen Schlaf, doch es waren nicht nur die Gedanken an Ella und Michael, die ihn wach hielten. Es begann wie so häufig mit einem Dröhnen in seinem Kopf, das sich zu einem rasend stechenden Schmerz hinter seinen Augäpfeln ausweitete. Sein Arm fing an zu pulsieren. Ein Kribbeln rann durch seine Adern bis in den Stumpf hinein und über diesen hinaus bis in die Hand, die es schon so lange nicht mehr gab. Dann kam die Pein. Der Schmerz war fast noch schlimmer als der in seinem

Kopf. Stöhnend richtete sich Johannes auf, schob die Beine über den Rand seines Feldbettes und begann rhythmisch mit dem Oberkörper vor und zurück zu schaukeln, dabei versuchte er, sich zu erinnern, ob er noch Morphium besaß.

Ja, zwei Ampullen waren noch da. Die allerletzten. Johannes biss die Zähne zusammen, stemmte sich hoch und holte die kleinen Glasfläschchen aus ihrem Versteck. Schon als die Tropfen durch seine Kehle rannen, hatte er das Gefühl, der Schmerz würde nachlassen.

Er leerte beide Ampullen bis zum letzten Tropfen. Nach einigen Minuten kehrte er auf sein Lager zurück. Nun hatten auch das Stechen und Dröhnen in seinem Kopf nachgelassen, dennoch vermisste er das Gefühl der Erleichterung, dass ihn sonst durchströmte. Erstens musste er zusehen, dass er Nachschub bekam, bevor der nächste Anfall sich über ihn hermachte, und außerdem musste er vor sich selbst zugeben, dass er die Dosis vermutlich bald wieder würde erhöhen müssen, um die notwendige Wirkung zu erlangen.

Angefangen hatte er mit einer halben Ampulle, dann eine ganze, dann zwei. Wie sollte das auf Dauer weitergehen?

♦

Fast zwei Jahre hatte Ilse die Berichterstattung über Clärenore Stinnes und ihre Weltumrundung in ihrem *Adler* mitverfolgt. Heute, am 24. Juni 1929, wurden Clärenore Stinnes und ihre Begleiter mit großem Tamtam in Berlin zurückerwartet.

Ilse hatte sich diesen Tag extra freigehalten. Da Robert nicht bereit war, für einen Wochentag Urlaub einzureichen, begleitete Luise die Freundin, sie wusste ja, wie wichtig Ilse dieses Ereignis war. Zu gern hätte Ilse ihr Patenkind dabeigehabt, aber es war zu viel Trubel zu erwarten, sodass sie schweren Herzens akzeptiert hatte, dass sich die Oma um die dreijährige Lilli kümmerte.

Pünktlich um zwölf Uhr fuhren die Abenteurer in ihrem mit Lorbeer geschmückten *Adler* über die Ziellinie. Beifallsstürme begrüßten sie! Und auf dem Banner über der Ziellinie stand: «Herzlich willkommen! Nach 46 000 km rund um die Erde.»

Obgleich das Fräulein Stinnes von Dutzenden Vertretern der Presse und so manchem wichtigen Herrn aus Politik oder Wirtschaft belagert wurde, schaffte es Ilse, zu ihr vorzudringen und ihr begeistert zu gratulieren.

«Ich habe JEDE Ihrer Etappen mit Spannung verfolgt», versicherte Ilse mit klopfendem Herzen. Sie hätte nie gedacht, ihrer Heldin je so nahe kommen zu können. Clärenore ihrerseits lächelte freundlich, obgleich sie die Fans, vor allem die weiblichen, die ihr auf ihrer Reise Ähnliches gesagt hatten, sicher längst nicht mehr zählen konnte.

Von ihrem kurzen Zusammentreffen schwärmte Ilse noch, als sie und Luise abends mit Robert bei einem Glas Wein beisammensaßen.

«Wie wird es nun für das Fräulein Stinnes weitergehen?», erkundigte sich Robert.

«Zuerst fährt sie nach Frankfurt, in ihre Heimat, um sich noch einmal ausgiebig feiern zu lassen», gab Ilse Auskunft. «Und dann wird sie ihren treuen Begleiter Carl-Axel Söderström mit dem *Adler* nach Schweden bringen – als Dank für seinen Beistand durch alle Gefahren und Widrigkeiten.»

«Hm, ich denke, damit wird es nicht getan sein», spekulierte Luise. «Sie werden bestimmt heiraten.»

Robert runzelte die Stirn. «Wie kommst du denn darauf? Habt ihr nicht erzählt, Söderström sei verheiratet?»

«Das stimmt, aber ich weiß auch, dass sie durch diese Reise in so tiefer Liebe und Vertrauen verbunden sind, dass er nicht einfach zu seiner schwedischen Frau zurückkehren kann!»

«Woher willst du das wissen? Du kennst doch allerhöchstens die Zeitungsberichte und ein paar Fotos», warf Robert ein.

«Nun, so wie sie sich hier in Berlin angesehen haben, gibt es gar keinen Zweifel. Er wird sich scheiden lassen und Clärenore heiraten.»

«Na denn ... Auf die Liebe!», rief Ilse und prostete den beiden Freunden zu.

Kapitel 22

Seit heute Morgen strahlte die Sonne vom Himmel, gab keine Ruhe, lud nach draußen ein. Kurz entschlossen hatten sie ihre letzte Tasse Kaffee getrunken, den Frühstückstisch abgedeckt und sich sonntagsfein gemacht. Für den Tiergarten, endlich nahm sich Robert mal wieder Zeit für einen Ausflug zu dritt.

Breite Wege führten durch den riesigen Park, hohe Bäume warfen Schatten, grüne Wiesen luden zum Picknick ein. Viele Familien hatte es rausgezogen in das weite Paradies nahe dem Brandenburger Tor. Frauen schoben Kinderwagen, Väter liefen hinter Rad fahrenden Sprösslingen her, ein kleines Mädchen fuhr stolz auf seinem knallgelben Roller vorbei. Luise hatte sich bei Robert untergehakt, und zusammen genossen sie die Stunden als Familie. Lilli war vor ihnen, hatte den Brunnen mit den Goldfischen entdeckt und juchzte. Robert hob sie hoch, damit sie besser sehen konnte, wie die Fische gemächlich ihre Runden zogen und ab und zu mit ihren spitzen Mäulern nach Luft schnappten. Das Wasser glitzerte in der Sonne, der Duft von Rosen wehte von einer nahen Rabatte herüber.

Luise stand etwas abseits und beobachtete Vater und Tochter. Sie war dankbar für diesen Tag, der auch für eine Weile zur Seite schob, was immer noch die Republik bedrängte. Erst gestern hatten sie und Robert über die wechselvollen Jahre in diesem bald zu Ende gehenden Jahrzehnt gesprochen. Und er hatte ihr zugehört, als sie von dem vierzehnjährigen Ernst berichtete, dessen Schicksal sie so sehr beschäftigte. Er war in Brandenburg an der Havel mit zahlreichen Geschwistern aufgewachsen. Dann war die Mutter gestorben, der Vater hatte die Arbeit verloren. Ernst durfte nicht länger zur Schule. Er musste Geld verdienen, doch der Schreinermeister, zu dem sein Vater ihn gab, war ein Trinker und ein jähzorniger Mann. Also war Ernst ausgerückt und heimlich auf einem Güterzug nach Berlin gefahren.

Lilli hatte genug von den Fischen und kam strahlend auf sie zugerannt. «Ich will zu den Elefanten!», verlangte sie.

«Bis zum Zoo ist es aber ein ganz schönes Stück zu gehen. Schaffst du das denn?», erkundigte sich Luise. «Ich werde dich nicht tragen. Du bist mir zu schwer geworden.»

Lilli überlegte. Sie sah zu ihren Füßen hinunter, als müsse sie diese erst befragen, dann reckte sie selbstbewusst den Kopf. «Ich kann noch gaaanz weit gehen. Papa, darf ich auch die Zebras sehen?»

«Einverstanden.»

«Und wir schauen auch die Affen an, den Löwen und den Bären.»

«Großes Indianerehrenwort! Also dann, bitte hier entlang.» Robert deutete auf den Weg und lächelte sie an.

Lilli hüpfte ein paar Schritte voraus und kehrte dann wieder zu den Eltern zurück.

«Und wenn ich müde bin, nimmst du mich auf den Arm.» Sie strahlte ihren Vater mit einem Augenaufschlag unter ihren von dichten Wimpern besetzten Augen an.

Robert zog eine Grimasse und schüttelte resignierend den Kopf. «Das ist nicht fair», protestierte er. «Ich bin dein Papa und nicht dein Packesel. Wir werden die U-Bahn vom Bahnhof Zoo aus zurücknehmen.»

Doch Lilli tänzelte schon wieder voraus und sang: «Mein Papa ist mein Packesel!»

Während Robert empört zu seiner Frau blicke, schüttelte sich Luise vor Lachen.

Am Abend, nach einem erfüllten, glücklichen Augusttag im Park und bei den Zootieren, saßen sie daheim zu dritt um den Esstisch. Als alle satt waren und Lilli zufrieden mit ihrem Puppenhaus spielte, das Robert ihr geschenkt hatte, kam Luise noch einmal auf ihren Problemfall Ernst zu sprechen.

«Als er in Berlin ankam, hat er sich einer der Jugendbanden angeschlossen, die häufig in der Nähe vom Alex rumlungern. Wir nennen sie *Wilde Cliquen*», erklärte Luise, «denn sie kleiden und schminken sich oft phantasievoll und geben sich Namen wie Blutsbrüder oder Apachen. Sie betteln und stehlen und ...» Sie sah Robert traurig an. «... und viele, gerade auch die ganz jungen, prostituieren sich.»

«Du sprichst von Jungen, die sich prostituieren?» Robert schüttelte ungläubig den Kopf.

«Ja, auch die Jungs. Sie brauchen Geld. Zurück zu ihren Familien wollen sie meist nicht, und aus den Erziehungsheimen brechen viele immer wieder aus. Schule oder Arbeit und eine Unterkunft wären das Beste, aber wir können sie ja nicht festbinden. Und Arbeitnehmer scheuen sich häufig, den Jungs eine Chance zu geben», stellte Luise tief betrübt fest.

Robert sagte nichts, doch er sah Luise aufmerksam an und hörte ihr zu. Natürlich konnte er auch keine Lösung anbieten, aber er schien zu spüren, wie gut es ihr tat, einfach von dem zu erzählen, was sie tief bewegte.

«Die Zeiten sind hart», fuhr sie fort. «Die Schlangen vor den Ausgabestellen fürs Stempelgeld scheinen Tag für Tag länger zu werden. Und ist dir auch schon aufgefallen, dass in der Stadt immer mehr Schaufenster mit Zeitungspapier verklebt und mit Brettern vernagelt sind?»

Robert nickte mit ernster Miene. «Ja, viele kleine Läden und Geschäfte machen zu. Mit der Wirtschaft geht's bergab. Und das betrifft uns alle.»

Später, als Lilli bereits friedlich in ihrem Bettchen schlief, den Teddy fest an sich gedrückt, kamen Luise und Robert noch auf die aktuelle Politik zu sprechen.

Der Young-Plan, der eine finanzielle Entlastung des Deutschen Reichs gegenüber den Alliierten bedeuten würde, sollte den Dawes-Plan ablösen. Luise nahm einen Schluck Kaffee, dann sagte sie: «Und dennoch wettern die Rechten dagegen. Sprechen von der ‹Versklavung des deutschen Volkes›.»

«Davon habe ich auch gehört, es war sogar Gesprächsthema auf der Baustelle. Ein Kollege meinte, die radikalen Rechten würden inzwischen einen Volksentscheid gegen den Young-Plan fordern.»

«Denkst du, sie kommen damit durch?»

Robert überlegte lang, bevor er antwortete. «Ich hoffe nicht, aber es ist nicht zu übersehen, dass die Extremen wieder Aufwind bekommen. Du erinnerst dich, Hitler hat es geschafft, mehr als einhunderttausend Anhänger zu seinem Nürnberger Parteitag am Anfang des Monats zu versammeln.»

«Stimmt. Außerdem tut es der Republik sicher nicht gut, dass unser Kanzler seit Monaten krank und nicht in Berlin ist», gab Luise zu bedenken.

Robert stand auf, legte die Arme um ihre Schultern und küsste ihr Haar. «Mach dir nicht so viele Sorgen, mein Herz. Komm, lass uns zu Bett gehen. Wir müssen morgen früh raus.»

♦

Am 25. August stand unvermittelt Harry Frommermann vor Ilses Tür, ein dünnes, quadratisches Päckchen in der Hand, das er ihr mit einer Verbeugung überreichte. Dabei grinste er glücklich von einem Ohr bis zum anderen.

«Was ist das? Eine Platte?» Neugierig riss sie das Papier auf. «Die *Comedian Harmonists*. Ach, Harry, ich bin ja so stolz auf Sie und Ihre Musiker. Haben Sie Zeit? Wollen wir einen Kaffee trinken gehen, und Sie erzählen mir dann, wie es für Sie nach Charell weiterging?»

Harry war einverstanden und bestand als Kavalier darauf, dass er sie auch zu einem Stück Sahnetorte einladen durfte.

«Ich habe mir lange überlegt, ob ich Ihnen eine Platte mitbringe», gestand Harry. «Erwin Bootz hat uns an die *Odeon* vermittelt. Seine Eltern haben ein großes Plattengeschäft, die viele *Odeon-Scheiben* verkaufen. Nun ja, wir fühlten uns schon geschmeichelt und haben seitdem mehr als zwanzig Titel aufgenommen, aber ich finde, es klingt schauderhaft. Wir müssen noch so vieles verbessern.»

«Sie sind ein Perfektionist und werden nicht ruhen, bis alle Aufnahmen perfekt sind. Ich bin überzeugt, vor Ihnen liegt noch eine große Karriere.»

«Ich wünsche es mir so», sagte Harry undeutlich zwischen zwei großen Kuchenstücken.

«Ich habe gehört, dass Sie schon einige Erfolge eingeheimst haben.»

«Ja, in Hamburg und in Köln. Ich hoffe aber, Sie haben nichts von der Kritik nach unserem ersten Auftritt in der *Berliner Scala* gehört. Der war nämlich eine Katastrophe! Man hat uns kurz vor dem Auftritt drei Fräcke gestohlen! Wir waren gezwungen, in geliehenen Kellnerfräcken aufzutreten, und kamen uns wie Schießbudenfiguren vor. Vermutlich haben wir deshalb dann nicht so gut gesungen wie sonst. Und das hat die Presse weidlich ausgeschlachtet.»

Er stöhnte, Ilse lachte.

«Oje, ich hoffe, die *Comedian Harmonists* haben keinen dauerhaften Schaden zurückbehalten.»

Harry schüttelte den Kopf. «Nein, nein, aber wir hatten ein Problem mit unserem zweiten Tenor. Na ja, es gab Streit, und wir haben dann einen neuen zweiten Tenor engagiert. Ich bin nach wie vor der dritte Tenor.»

«Und was haben Sie für die nächste Zeit geplant?», erkundigte sich Ilse.

«Wir feiern am 6. September mit der Revue *Zwei Krawatten* im *Berliner Theater* in Kreuzberg Premiere. Ich besorge Ihnen und Ihren Freunden Karten, wenn Sie mögen. Mischa Spolianski, der Komponist, und Georg Kaiser, der die Texte geschrieben hat, sprühen vor Ideen und Witz. Es wird Ihnen bestimmt gefallen.»

Und schon setzte Harry mitten im Café zu einer kleinen Kostprobe an:

Ein bißchen Seligkeit, ein bißchen Zärtlichkeit braucht man im Leben – du und ich und ich und du.
Ein bißchen Sonnenschein wiegt uns in Träume ein. Dann sind wir glücklich – du und ich und ich und du.

«Ich danke Ihnen, Harry!», sagte Ilse und blickte sich verschmitzt um. Andere Gäste neigten wohlwollend die Köpfe. «Könnten Sie mir denn drei Karten für die Vorstellung besorgen?» Und als Harry nickte, fragte Ilse neugierig: «Und wer ist bei der Revue sonst mit dabei?»

«Hans Albers, Rosa Valetti und Marlene Dietrich», zählte er begeistert auf.

«Ach, auch die Marlene Dietrich?», rief Ilse. «Oh, Harry, dürfte ich vielleicht vorher mal zu einer Probe kommen?»

Der Comedian freute sich sichtlich an ihrem Interesse und versprach nur zu gern, Ilse zu einem Probentermin einzuladen.

♦

«Es ist zum Glück weiter nichts Schlimmes passiert», sagte Luise mit Erleichterung in der Stimme, als Extrablätter am 1. September von einem Bombenanschlag der Rechten auf das Reichstagsgebäude berichteten.

Johannes war anderer Meinung. «Es hat keine Menschenleben gefordert, das ist wahr, und auch der Sachschaden scheint sich in Grenzen zu halten, aber es ist dennoch ein Schaden an der Demokratie entstanden.»

«Ja», überlegte Luise, «die Regierung und die Volksvertreter erscheinen schwach und verletzlich, wenn sie es nicht einmal schaffen, unseren Reichstag vor diesen Attentätern zu schützen. Und gerade in dieser Zeit bleibt Kanzler Müller der Hauptstadt fern, damit er sich einzig um seine Gesundheit kümmern kann.»

Und Johannes ergänzte: «Jetzt war es ein Gebäude, nur was wird es das nächste Mal sein?»

Ende des Monats war Hermann Müller dann endlich wieder so gesund, dass er in die Reichskanzlei in der Wilhelmstraße zurückkehren konnte. Es gab zwar Gerüchte, dass er das gegen den Rat seiner Ärzte tat, aber er war nun einmal neben Gustav Stresemann der wichtigste Politiker der Republik.

Dann, nur wenige Tage später, ein neuer Schock. Am 3. Oktober schrien die Schlagzeilen: «AUSSENMINISTER STRESEMANN TOT!»

Es war das erste Mal, dass sich Johannes, nachdem er den

Zeitungsstapel in Empfang genommen hatte, einen Schnaps genehmigte. Und als der morgendliche Strom der Kunden abflaute, gönnte er sich einen weiteren Kurzen.

Was würde dieser Tod für Folgen haben? Johannes war davon überzeugt, dass jemand wie Gustav Stresemann nicht zu ersetzen war. Er galt als versiert, diplomatisch geschult und entschlusskräftig, war ein Vollblutpolitiker gewesen, dem so schnell keiner das Wasser reichen konnte.

Ein paar Tage später druckten einige Zeitungen ein Statement von Harry Graf Kessler, der sich am Todestag des Außenministers in Paris aufgehalten hatte. Der Kunstmäzen und bekennende Pazifist Kessler hatte Stresemann jahrelang unterstützt, zumal als Berater in internationalen Fragen. «Alle Pariser Morgenzeitungen bringen die Nachricht vom Tode Stresemanns in größter Aufmachung», schrieb Kessler. «Es ist fast so, als ob der größte französische Staatsmann gestorben wäre. Die Trauer ist allgemein und echt. Man empfindet, dass es doch schon ein europäisches Vaterland gibt. Die Franzosen empfinden Stresemann wie eine Art von europäischem Bismarck.»

♦

Luise und Robert kamen gerne mit zur Premiere von *Zwei Krawatten*. Ilse hatte schon so oft von dem jungen Harry geschwärmt, dessen Anfänge sie hautnah miterlebt hatte.

Improvisation war wohl auch an diesem Abend gefragt. Weil es keinen Flügel auf der Bühne gab, mussten Harry und seine vier Mitsänger ihren A-cappella-Gesang sogar ohne Klavierbegleitung darbieten, während ihr Pianist Erwin Bootz unter den Zuschauern saß. Das tat ihrem Auftritt allerdings keinen Abbruch, die fünf jungen Männer rissen alle mit. Ihr vielstimmiger, nuancierter Gesang beeindruckte das Publikum so sehr, dass es frenetisch mehrere Zugaben forderte.

Das Stück selbst drehte sich darum, dass im Leben schon der Tausch einer Krawatte genügen kann, um dem Schicksal eine neue Richtung zu weisen. Kellner Jean verhilft mit seiner Halsbinde einem Ganoven zur Flucht, der ihm dafür eine Belohnung und ein Lotterielos gibt. Dank der edlen Krawatte des Ganoven wird Kellner Jean nun für wohlhabend gehalten und lernt eine reiche Amerikanerin kennen ... Und während es in der Revue heißt *Ich hab für die Liebe die größte Sympathie*, schmetterten die Comedian Harmonists in der Umbaupause:

Ich küsse Ihre Hand, Madame,
Und träum', es war Ihr Mund.
Ich bin ja so galant, Madame,
Und das hat seinen Grund.
Hab ich erst Ihr Vertrau'n, Madame,
Und Ihre Sympathie,
Wenn Sie erst auf mich bau'n, Madame,
Ja dann, Sie werden schau'n, Madame,
Küss' ich statt Ihrer Hand, Madame,
Nur Ihren roten Mund.

Luise strahlte Ilse an. «Sie sind phantastisch!», schwärmte sie, und Ilse sah so stolz drein, als hätte sie die Gruppe selbst entdeckt und auf die Bühne gebracht.

Folgerichtig notierte der bekannte Theaterkritiker Felix Hollaender am nächsten Morgen: «Den größten Beifall des Abends aber heimsten die Comedian Harmonists ein.» Marlene Dietrich dagegen nahm er deutlich kritischer unter die Lupe: «Mit ihren schlanken, kerzengeraden Beinen ist sie für eine Revue wie geboren. Es wäre unbescheiden, von ihr auch noch schauspielerisches Talent zu fordern. Gott ist weise und gerecht. Er verteilt seine Gaben.»

♦

Ilse entdeckte Marlene Dietrich an einem der Tische im Romanischen Café und fragte höflich, ob sie sich zu ihr setzen dürfe.

Marlene lächelte und nickte. «Wir haben uns eine Weile nicht mehr gesehen. Studieren Sie noch Gesang bei Claire Waldoff?»

«Ja, ab und zu, allzu viel Zeit hat sie nicht. Aber das reicht mir, ich habe ja nicht vor, meine eigentliche Arbeit aufzugeben und ganz zur Bühne zu wechseln. Bei Ihnen, denke ich, wird es nicht mehr lange dauern, bis Sie in aller Munde sein werden. Ich habe Sie übrigens im September in einer Revue gesehen. In *Zwei Krawatten* im Berliner Theater.»

«Und vermutlich haben Sie auch die Kritiken gelesen?», wandte Marlene ein.

Ilse legte ihr spontan die Hand auf den Arm. «Oh, ärgern Sie sich nicht. Es ist den Schreiberlingen manches Mal einfach ein Vergnügen, jemanden zu schmähen.»

Marlene zog eine Grimasse. «Ich mache mir auch nichts draus. Ich gehe mehrmals die Woche zum Boxtraining. Da lernt man, Schläge wegzustecken.»

«Zum Boxen?» Ilse verschluckte sich fast. «Ich weiß, das ist gerade groß in Mode, aber ich wusste nicht, dass es Frauen gibt, die diesen Sport ausüben.»

«Nicht viele, das stimmt, aber ich bin auch nicht die einzige Frau, die im Boxstudio von Sabri Mahir trainiert. Zum Beispiel trainiert dort auch Vicki Baum. Kennen Sie die Schriftstellerin? Sie ist verheiratet, hat zwei Söhne, arbeitet für mehrere Zeitschriften und schreibt abends an ihren Romanen. Aber ihre Mittagspause bei Mahir ist ihr heilig!»

Ilse reagierte verblüfft. «Vicki Baum? Ich habe *Menschen im Hotel* gelesen, hat mir sehr gut gefallen. Wie schafft sie das denn alles?»

«Ich denke, dass auch ihr das Boxtraining hilft. Es trainiert einen, konzentriert zu bleiben, macht körperlich und geistig wendig und ausdauernd. Es stählt den Körper, macht flink und schön – wenn man nicht gerade einen Schlag ins Gesicht bekommt und die blauen Flecken unter viel Schminke verstecken muss», fügte Marlene mit einem herzlichen Lachen hinzu. «*Sie* würden sich im Ring bestimmt auch gut machen.»

Ilse fiel in das Lachen ein. «Hm, das Boxen würde mich nicht so reizen, eher bin ich für Autorennen. Ich bewundere Clärenore Stinnes, Martha Beinhorn oder Ernes Merck. Und wussten Sie, dass Erika Mann, die Tochter von Thomas Mann, auch eine rasante Autofahrerin ist?»

«Ich weiß, der Autorennsport ist bei Frauen zusehends beliebt. Ich erinnere mich an das Titelblatt der *Dame*. Das Selbstporträt von Tamara de Lempicka im grünen Bugatti. Aber für mich ist das nichts, ich liebe die Bühne.»

«Und das Boxen», sagte Ilse augenzwinkernd.

«Stimmt! Haben Sie Lust? Begleiten Sie mich doch einmal zum Training. Ich denke, gerade für eine moderne Frau ist es wichtig, sich in allen möglichen Situationen behaupten zu können.»

Ilse fühlte sich geschmeichelt. Sie wollte sich zwar von der attraktiven Marlene nicht gerade die Faust ins Gesicht schlagen lassen, aber eine gemeinsame Unternehmung hatte durchaus ihren Reiz. «Gut, ich komme gerne einmal mit und lasse mich überraschen.»

Beide Frauen lachten.

«Übrigens, mein Auftritt in *Zwei Krawatten* hatte ein positives Nachspiel», verriet Marlene. «Josef von Sternberg kam auf mich zu und bot mir eine Rolle an.»

«Josef von Sternberg? Wer ist das?», fragte Ilse und errötete leicht, weil sie mit dem Namen nichts anfangen konnte.

«Ein Regisseur, der in den USA arbeitet. Ursprünglich kommt er aus Österreich. Nun will er einen ganz großen Sprechfilm drehen, in Hollywood dreht man fast nur noch Tonfilme. Jedenfalls hat er sich das Buch *Professor Unrat* von Heinrich Mann vorgenommen. Haben Sie es zufällig gelesen?»

Als Ilse verneinte, fuhr Marlene fort: «Nun, jedenfalls gibt es inzwischen ein Drehbuch – Emil Jannings spielt den Professor. Und ich die weibliche Hauptrolle!»

«Das klingt ja großartig!», rief Ilse. «Sie werden weder den Regisseur noch Ihr Publikum enttäuschen.»

Marlene schenkte ihr einen charmanten Augenaufschlag. «Danke für Ihre Ermunterung, Ilse. Ich finde mich ja für die Rolle der Lola, so heißt die Heldin, nicht schlank genug, aber Sternberg meinte, meine Beine und mein Po seien perfekt. Und das Singen für die Rolle hat mir Claire beigebracht.» Ihre Wangen glühten. «Die Dreharbeiten sind so aufregend!»

«Und wann kann ich Sie im Kino bewundern?»

«Die Premiere soll nächstes Jahr sein, Anfang April», verriet Marlene und kehrte dann noch einmal zum Sport zurück. «Wenn Sie so eine Begeisterung für Rennfahrerinnen haben, müssen Sie unbedingt die Wettfahrt nach Paris mitverfolgen. Lena Amsel ist dabei. Sie hat den Maler André Derain herausgefordert.»

«Lena Amsel, die Tänzerin?», vergewisserte sich Ilse.

Marlene nickte. «Ja, und sie fährt in einem blauen Bugatti!»

Doch die als unterhaltsames Rennen geplante Wettfahrt geriet zu einer Tragödie. Es hatte geregnet, die Herbstbäume hatten bereits den Großteil ihrer Blätter verloren, als Lena und ihre Beifahrerin auf einer nassen Landstraße im Wald von Fontainebleau ins Rutschen kamen und sie die Kontrolle über den Bugatti verlor. Der Wagen schoss eine Böschung hinauf, überschlug sich und fing Feuer. Die beiden Frauen waren sofort tot.

Selbst die *Vossische Zeitung* ließ den tragischen Unfall nicht unkommentiert und druckte einen Nachruf von Klaus Mann ab: «Sie hat geglaubt, die Erde sei erschaffen, daß sie, Lena Amsel, auf ihr spazieren fahre. Sie hatte etwas Triumphierendes, wenn sie am Steuer saß. Grenzen hat es für sie nicht gegeben.»

♦

Luise trat ein wenig nervös von einem Fuß auf den anderen. Johannes sah sie aufmerksam an. «Was ist los? Ich kenne dich. Du brütest etwas aus!»

«Nein, nein», wehrte sie ab. «Ich wollte dich nur fragen, ob du mit mir ins Kino gehen magst.»

Johannes hob die linke Augenbraue. «Und da fragst du ausgerechnet mich? Ich habe eine Schwester, die gar nicht genug ausgehen kann, und du hast einen Ehemann, der dich ebenfalls begleiten könnte.»

«Er ist für ein paar Tage in Hamburg, Ilse hat keine Zeit, und meine Mutter passt heute auf Lilli auf. Bitte!»

«Und was für einen herzerwärmenden Film hast du dir ausgesucht?»

«Es gibt jetzt auch bei uns den ersten abendfüllenden Tonfilm!», schwärmte Luise. «Er heißt *Atlantic*, die Handlung ist an den Untergang der *Titanic* angelehnt.»

Um Johannes' Mundwinkel zuckte es. «Das wird sicher ein lustiger Film!»

Luise sah ihn strafend an. «Nein, ein tragischer, aber passt das nicht zur momentanen Stimmung?»

Johannes nickte, seine Miene wurde ernst. «Ja, das kann man so sagen. An der Börse herrscht großer Katzenjammer. Jeder, der sein Vermögen in Aktien angelegt hat, bangt nun, ob er sein Geld verliert.»

Es hatte am vergangenen Donnerstag in New York begonnen, wo der Dow Jones unerwartet von 326 auf 305 Punkte fiel. Die Woche drauf, am Montag und Dienstag, rauschte der Aktienindex sogar weiter abwärts – bis auf 230 Punkte. Die Analysten prophezeiten den Zusammenbruch der New Yorker Börse und dass dieser die Wirtschaft weltweit in den Abgrund reißen würde.

Man hoffte im Deutschen Reich, dass es nicht so schlimm kommen würde. Was ging hier die Börse im fernen Amerika an? Doch Johannes war da weniger optimistisch.

Luise hatte geschwiegen und ihn beobachtet. Was immer er auch gerade dachte, etwas Gutes schien es nicht zu sein. Aber sie wollte nicht nachfragen, wollte nichts Negatives hören. Darum knuffte sie ihn in die Seite und fragte: «Also, was ist? Kommst du nun mit mir ins Kino?»

Johannes hob die Arme. «In Ordnung, überredet. Ich kann vielleicht auch mal eine Abwechslung gebrauchen, selbst wenn es meinen Kunden nicht gefallen wird, dass ich den Kiosk so früh schließe.»

Das ließ Luise nicht gelten. «Jeder Ladenbesitzer hat auch mal Feierabend oder Urlaub.»

Also fügte sich Johannes in sein Schicksal, reichte Luise den Arm und fuhr mit ihr zum Kurfürstendamm, der Film war im Gloria-Palast angelaufen.

Johannes sah sich mit einem anerkennenden Nicken in der großen Halle um, wo Luise die beiden Eintrittskarten erstand. «Das hier hat seinen Namen *Palast* redlich verdient. Ja, das ist was anderes als die Kinos im Scheunenviertel, in denen ich mich ab und zu aufgewärmt habe.»

Luise fühlte sich bei dem Gedanken an Johannes' Zeit als Obdachloser unwohl. Schnell zog sie ihn zur Theke und fragte, was er trinken wolle. Dann stiegen sie die mit dickem Teppich belegte Freitreppe hinauf und nahmen in dem einer Oper würdigen Saal in bequemen roten Sesseln Platz.

Der Film faszinierte von der ersten Szene an und zog Luise förmlich in seinen Bann. Fast hoffte sie, der Kapitän würde seine Entscheidung im letzten Moment zurücknehmen, der Lotse den Eisberg rechtzeitig erkennen oder das Schiff trotz seiner Beschädigung nicht untergehen. Wenn wenigstens genügend Rettungsboote da wären oder andere Schiffe kommen und die Menschen retten würden!

Aber natürlich nahm das Unglück unerbittlich seinen Lauf. Luise griff nach Johannes' Hand und umklammerte sie mit schmerzhaftem Druck. Ihr Atem ging schneller, und bei so mancher Szene ächzte sie wie unter Schmerzen, als würde sie selbst im Eiswasser treiben und dem Tod ins Auge sehen.

Johannes beugte sich zu ihr hinüber, küsste sie auf die Wange und wischte behutsam ihre Tränen weg. Luise schmiegte sich an ihn. Seine Anwesenheit war ihr ein großer Trost, obgleich es nur um einen Film ging – oder nicht? Vielleicht weinte sie ja auch um die vielen Opfer, die beim Untergang der *Titanic* tatsächlich ums Leben gekommen waren.

Als der Abspann lief, das Licht aber noch nicht angeschaltet war, drehte sie sich zu Johannes, nahm sein Gesicht in beide Hände und küsste ihn lange und zärtlich auf den Mund. «Danke! Danke, dass du mitgekommen bist. Es bedeutet mir viel, dich in meiner Nähe zu haben.»

Johannes seufzte tief, erwiderte ihren Kuss, sagte dann aber mit belegter Stimme: «Bitte frag mich nicht noch einmal. Warte das nächste Mal, bis Robert Zeit hat, dich zu begleiten.»

♦

«Wie wollt ihr den Ausklang des Jahrzehnts feiern?», erkundigte sich Ilse schon Wochen vor dem Jahreswechsel bei Luise. «Clara und ich werden sicher ausgehen. Wollt ihr mitkommen?»

Luise zögerte. «Ich weiß nicht. Lilli hat die vergangenen beiden Silvester bei meiner Mutter verbracht. Robert meint, wir könnten dieses Jahr mit ihr zusammen daheim feiern. Und wenn du und Clara noch dazukommen, wird es richtig gut. Wir können auch tanzen! Die Wohnung ist groß genug.»

Ilse versprach, mit Clara darüber zu reden.

Ein paar Tage später versuchte es Luise auch bei Johannes.

«Bitte, komm doch zu uns. Das wird lustig!»

Lilli sah fragend zu ihrer Mutter hoch. Luise beugte sich zu ihrer Tochter runter und begann zu schwärmen: «Wir feiern an Silvester ein tolles Fest. Wir spielen und tanzen alle zusammen bis ganz spät, und dann um Mitternacht gibt es eine Überraschung!»

Lillis Augen wurden groß und rund. «Kommst du auch, Onkel Johannes?» Sie zupfte ihn am Ärmel.

«Ja, Lilli, hilf mir dabei, den Onkel Johannes zu überreden.» Luise grinste von einem Ohr bis zum anderen.

Entwaffnet hob Johannes die Hand. «Ja, gut, zwei von euch bin ich nicht gewachsen.»

«Und der Michel, der ist mein Freund, der muss auch kommen!» Darauf bestand Lilli und ließ keine Widerrede gelten.

Luise und Johannes tauschten Blicke. «Von mir aus können Ella und Michel gerne mitfeiern», sagte Luise und hoffte im Stillen, Robert würde nichts dagegen haben. Lilli jubelte.

Und so trafen am Abend des 31. Dezember 1929 die Gäste in der Kronenstraße ein, lobten Luises liebevoll gerichtetes Buffet und machten sich über den Silvesterpunsch her. Natürlich hatte Luise auch eine Schüssel ohne Alkohol für die Kinder vorbereitet.

Alle hatten sich für die Silvesterparty in Schale geworfen. Luise bewunderte Claras ausgefallenes Kleid, das, wie sie verriet, Ilse für sie entworfen hatte. Es war für Luise überhaupt eine schöne Gelegenheit, mit Clara ins Gespräch zu kommen. Sie mochte Ilses Freundin auf Anhieb, und als die beiden dann auch noch einige von Claire Waldoffs frechen Liedern im Duett präsentierten, jubelten alle. Nun wurden im Wohnzimmer Schallplatten aufgelegt, und im Wechsel tanzten die unterschiedlichen Paare ausgelassen vom Wohnzimmer durch den Flur in die Küche und wieder zurück. Auch Michel erwies sich schon als kleiner Kavalier und forderte Lilli zum Tanz auf. Nur Johannes saß mit einem Glas Punsch in Luises Lieblingssessel und sah dem bunten Treiben zu. Als Robert gerade mit Clara tanzte und Ilse mit Ella, holte sich Luise ebenfalls einen Punsch und setzte sich zu ihm auf die Sessellehne. Seine Gesichtszüge waren entspannt. Sein Blick ruhte auf den beiden Kindern, die sich an den Händen hielten und ausgelassen im Kreis herumhüpften.

Und dann war es so weit. Die letzten Minuten des alten Jahres verstrichen. Robert öffnete eine Flasche Champagner und verteilte ihn in die Gläser. Erwartungsvoll starrten alle auf den Zeiger der Uhr, bis er endlich oben anlangte und draußen die Kirchenglocken zu läuten begannen.

«Prosit Neujahr!», riefen sie, hoben ihre Gläser und ließen sie gegeneinanderklirren, ehe sie sich gegenseitig umarmten.

«Ja, lasst das neue Jahrzehnt gelingen», erweiterte Robert den alten lateinischen Silvesterwunsch.

Ilse drückte ihren Bruder an sich. «Gut Rosch», wünschte sie ihm nach alter jiddischer Tradition einen guten Anfang.

Alle zogen ihre Mäntel an und gingen auf die Straße hinunter, um das Feuerwerk anzusehen. Luise verteilte aus einer kleinen Kiste unscheinbare Stangen, die sie an einer brennenden Kerze entzündeten, die Robert mit hinuntergenommen hatte.

«Oh, ihr habt funkensprühende Leuchtstäbe!», rief Ilse entzückt. Auch Lilli und Michel bekamen jeder einen in die Hand und starrten verzaubert auf die knisternden Funken, die wie winzige Sterne in alle Richtungen sprühten.

Kapitel 23

1930

Es war ein harter Winter, noch im Februar saßen Eisblumen am Fenster, und es pfiff ein strenger Wind aus dem Osten. Sehnsüchtig warteten die Berliner auf die ersten Frühlingsboten, die aber ließen auf sich warten. Und nicht nur die Witterung war rauer geworden. Wie befürchtet, schnellten nach dem Börsensturz im vergangenen November die Arbeitslosenzahlen im Reich in die Höhe, und auch der Umgang auf der Straße wurde härter. Noch härter.

Ilse saß im Café Leon am Lehniner Platz und las Zeitung. Doch mit jedem Artikel stieg ihre Frustration. Überall nur Krawall: Die Ringbrüder-Rivalitäten endeten inzwischen oft in Schießereien mit Toten und Verletzten. Und auch die jugendlichen Wilden Cliquen traten rauer auf, denn wo es weniger zu verteilen gab, musste man härter darum ringen. Die Zahl der Einbrüche, bei denen Schwerverletzte oder gar Tote zu beklagen waren, stieg rasant. Und dass sich SA-Leute mit den Anhängern der KPD prügelten, gehörte zum Alltag.

Aber auch an neuen Mythen wurde gestrickt. Mitte Januar drang der Kommunist Albrecht Höhler in die Wohnung des SA-Sturmführers Horst Wessel ein und schoss ihm in den Kopf. Die Roten behaupteten, es wäre lediglich um eine private Streiterei gegangen, doch im Februar starb Wessel, und bereits auf seiner Beerdigung wurde klar, dass die NSDAP ihren Märtyrer gefunden hatte. Das

Wessel-Gedicht *Die Fahne hoch, die Reihen dicht!* stieg mit Wessels Beerdigung zum rechten Kampflied auf.

Als Ilse sich aufrichtete, weil sie noch eine heiße Schokolade ordern wollte, sah sie Erich Kästner, der hereinkam und sich an einen freien Tisch setzte. So wie Luise und Johannes liebte Ilse seine Gedichte, außerdem las sie regelmäßig seine Artikel, deren ironischen Unterton sie mochte. *Sollte sie ihn wirklich ansprechen? Ob er sich an sie erinnern würde?* Nun, sie konnte es nur herausfinden, wenn sie sich an seinen Tisch traute.

«Guten Tag, Herr Kästner. Verzeihen Sie bitte, dass ich Sie anspreche. Aber ich hatte gehofft, Sie hier zu treffen. Darf ich?»

«Aber ja, setzen Sie sich», bat er und runzelte dann die Stirn. «Fräulein ... Entschuldigen Sie, ich kann mich nicht mehr an Ihren Namen erinnern.»

«Ilse, ich heiße Ilse Rosenstein.»

«Ach ja, ich erinnere mich. Claire Waldoff hat uns bekannt gemacht, nicht wahr?»

«Ja, das ist richtig, das war im Romanischen Café. Da sie dort aber nicht mehr so häufig sind, bin ich heute hierhergekommen.»

«Da hat wohl jemand geplaudert?», sagte Kästner ein wenig spöttisch, der gerade in die Nähe des Ku'damms gezogen war, so lag das Café Leon in seiner Nachbarschaft. «Und womit kann ich dienen, Fräulein Rosenstein?»

Mit glühenden Wangen zog Ilse das Kinderbuch *Emil und die Detektive* hervor und schob es zu Kästner hinüber. «Würden Sie es bitte für mein Patenkind Lilli signieren? Lilli ist vier und wahrscheinlich noch etwas zu jung, aber sie wird sich freuen, wenn ich es ihr eines Tages vorlesen kann.» Kästner schmunzelte und griff schon zum Stift, als Ilse hinzufügte: «Ihre Mutter Luise und ich lieben übrigens Ihre Gedichte – und natürlich Ihre Artikel.»

«Haben Sie den *Emil* denn schon gelesen?», erkundigte er sich, als er schwungvoll seinen Namen unter die Widmung für Lilli setzte.

Ilse wurde rot. «Ja, natürlich. Ich war ja so neugierig. Und wahrscheinlich will es auch Lillis Mutter lesen, die genauso großes Vergnügen haben wird wie ich. Und es ist weit mehr. Ich konnte Ihren Helden durch die mir bekannten Orte Berlins begleiten und mit ihm Jagd auf den Dieb machen.»

«Ich danke Ihnen, das ist ein schönes Kompliment! Ja, die Leser, jung und alt, sollen alles ganz genau vor Augen haben, mitfühlen, mitsuchen.»

«Wären Sie denn selbst gerne wie der Emil gewesen, als Sie noch ein Junge waren?», fragte Ilse.

«Vielleicht. Jedenfalls bewundere auch ich Emils Mut», gestand Kästner lachend. «Übrigens, es könnte sein, dass meine jungen Helden schon bald über die Leinwand jagen werden. Die UFA hat Interesse angekündigt.»

Ilses Augen glitzerten. «Oh, wie wunderbar. Da gratuliere ich Ihnen herzlich.»

«Noch einmal Dank.» Kästner verneigte sich leicht. «Ach, übrigens, wenn Sie meine Gedichte so mögen, haben Sie diese schon?» Er öffnete seine Tasche und zog *Ein Mann gibt Auskunft* hervor. Als Ilse den Kopf schüttelte, ließ er es sich nicht nehmen, sein neuestes Werk für sie zu signieren und ihr den Band zu schenken.

«Verehrter Herr Kästner, dafür muss ich Sie jetzt küssen!», rief Ilse begeistert, stand auf und hauchte ihm einen Kuss auf die Wange.

♦

«Ist eine Regierung jemals an einer kleineren Lappalie zerbrochen?», fragte Johannes, der den Freund schon länger nicht gesehen hatte, als Robert an diesem Morgen ausnahmsweise vorbeischaute. «Sie fordern das Schicksal geradezu heraus! Und Hindenburg lacht sich ins Fäustchen», brauste Johannes ungewöhnlich heftig auf.

Robert nahm die angebotene Tasse Kaffee und blieb gleich am Tresen stehen. Auch er wusste um die Streitigkeiten zwischen den Koalitionären DVP und SPD, die sich nicht über die Erhöhung des Beitrags zur Arbeitslosenversicherung einig wurden. Es ging dabei gerade einmal um ein Viertel Prozent, auf das die SPD nicht verzichten wollte. So gab es nicht nur Neuwahlen. Reichspräsident Hindenburg berief sich auf den Artikel 48 der Verfassung, der es ihm zur Abwehr von Notsituationen erlaubte, ohne Mehrheit im Parlament den Kanzler zu berufen. Heinrich Brüning vom Zentrum sollte nun das Ruder übernehmen und mittels Notverordnungen regieren.

«Das hebelt unsere Demokratie aus», sagte Robert. «Ich ahne es schon lange, wir gehen sehr ungewissen Zeiten entgegen.»

Am Nachmittag schaute auch Ilse vorbei. Sie passte heute ein paar Stunden auf Lilli auf, die unbedingt zu Onkel Johannes im grünen Kiosk wollte. Ilse wusste, dass Lilli nicht nur ihren Bruder heiß und innig liebte, ähnliche Begeisterung brachte sie auch für die bunten Süßigkeiten auf, die er stets spendierte.

Nach stürmischer Begrüßung und einem Mal Herumwirbeln – natürlich nur Lilli – bewirtete Johannes die beiden. «Ich freue mich, dass du deinen Patenpflichten mit so viel Freude und Herzblut nachkommst.» Er lächelte seine Schwester warm an.

Schnell trank Ilse ihren Kaffee, dann zog sie ihre neue Leica aus der Tasche und sprang auf. Wo immer sie die Möglichkeit hatte, machte sie jetzt Fotos und besonders gern natürlich von Lilli.

Konzentriert guckte die Kleine auf die Bonbons, die noch vor ihr auf dem Tisch lagen. Johannes beugte sich ein wenig vor und übte mit ihr die verschiedenen Farben. Als Ilse die Leica vor die Augen hielt und das Objektiv scharf stellte, traf sie die Erkenntnis wie ein Schlag. Die Ähnlichkeit war frappierend. Es war nicht nur die Haarfarbe. Da waren auch die hohe Stirn, die gerade Nase, der feine Schwung der Lippen, die ganze Form der Gesichter – alles erinnerte sie plötzlich an Kinderfotos vom Stuttgarter Platz. Fotos von Luise und Johannes.

Ilse unterdrückte einen Aufschrei. War das möglich? Konnte es sein, dass ihre beste Freundin ein Geheimnis von solcher Tragweite vor ihr bewahrt hatte? Immerhin war Lilli schon vier Jahre alt … Dann durchzuckte sie ein Gedanke, der sie zutiefst erschreckte: *Ob Robert davon wusste oder auch nur eine Ahnung hatte?*

Ilse musste sich noch ein paar Tage gedulden, bis sie Luise das nächste Mal traf, aber dann fiel sie gleich mit der Tür ins Haus.

«Wie konntest du mir das verheimlichen!», stieß sie hervor. «Lilli ist Johannes' Tochter, nicht wahr? Streite es nicht ab, es ist deutlich zu sehen.»

Luise verschluckte sich vor Schreck und hustete so sehr, dass sie nicht antworten konnte.

«Wie lange ist mein Bruder schon dein Geliebter? Von Anfang an, seit er wieder in Berlin aufgetaucht ist?»

Luise keuchte. Wie kam Ilse gerade jetzt auf diesen Gedanken? Es war ihr wohl bestgehütetes Geheimnis gewesen. Sie fing an zu zittern, suchte nach Worten und konnte doch nur stammeln: «Nein … nein … So … so ist das nicht.»

«SEIT WANN, Luise?»

«Johannes und ich … Wir … wir liebten uns, bevor er in Frankreich verwundet wurde!»

«Der Rubinring unserer Großmutter. Eine heimliche Verlobung?» Ilse stöhnte.

«Ja. Aber dann habe ich Robert lieben gelernt und ihn geheiratet. Glaub mir, ich wollte ihm treu sein, doch da war unser Wunsch nach einem Kind. Der sich nicht erfüllte. Ich ... ich vermute, Robert litt darunter, als Mann zu versagen, was alles nur noch schlimmer machte. Wir konnten nie richtig miteinander schlafen. Ich habe so oft versucht, ihm nahezukommen ... Vielleicht wäre alles anders gekommen, wenn er bereit gewesen wäre, sich von Dr. Hirschfeld helfen zu lassen. Aber er wollte nicht. Da habe ich angefangen nachzudenken. Nach einer Lösung zu suchen. Wir waren ja nicht glücklich ohne Kind, wollten beide eine Familie!» Mit geröteten Wangen blickte sie Ilse an, deren Zorn fast schon verraucht war, so viel Schmerz lag in Luises Stimme.

«Stimmt, er wollte nicht zu Dr. Hirschfeld, das hast du erzählt.» Sie trat neben die Freundin, berührte ihren Arm. «Luise, warum hast du nie offen mit mir über diese sexuellen Probleme gesprochen? Wir sind doch Freundinnen, die sich alles anvertrauen können.»

Luises Körper zuckte, die Tränen ließen sich nicht mehr zurückhalten. Sie schaute Ilse an, sagen konnte sie nichts mehr.

Da umarmte Ilse die Freundin, streichelte ihren Rücken, versuchte, Luise zu beruhigen und zu trösten. «Ich verspreche dir, dass ich nichts verraten werde. Ich schwöre es!»

♦

«Ich habe lange darüber nachgedacht», sagte Luise an einem sonnigen Frühlingstag im Jahr 1925.

«Worüber?», erkundigte sich Johannes, als er sich so neben sie an den Tisch setzte, dass er den Tresen des Kiosks gut im Blick hatte.

«Du hast gesagt, du könntest mir bei der Erfüllung meines

größten Wunsches nicht helfen, aber das ist nicht wahr. *Du* bist der Einzige, der mir helfen kann – der *uns beiden*, Robert und mir, helfen kann!»

Johannes blinzelte. «Wovon sprichst du?»

Luise senkte die Stimme. «Du weißt genau, von welchem Wunsch ich spreche! Es gibt einen *größten* Wunsch, den Robert und ich teilen.»

«Du meinst, dass ihr ein Kind wollt? Ja, ich weiß. Aber da ich weder Arzt noch Wunderheiler bin, kann ich rein gar nichts bewirken, oder denkst du, es würde helfen, wenn ich Robert Absolution erteile?»

Nun war Luise verwirrt. «Absolution? Wofür denn? Dafür, dass er mich geheiratet hat?» Johannes schüttelte den Kopf. «Dann habe ich keine Ahnung, was du meinst.»

Johannes hob die Augenbrauen. «Hat er dir nie von Frankreich erzählt?»

«Du meinst vom Krieg? Wenig, sehr wenig. Ich weiß nicht mal, wie es passiert ist, dass er verwundet wurde. Er sagte nur, du hättest ihn gefunden.»

«Und über den Tag, an dem ich verschwunden bin, hat er nie gesprochen? Nun, vielleicht ist es auch besser, an diesen Dingen nicht zu rühren.»

In Luises Augen standen auf einmal jede Menge Fragen, die Johannes geflissentlich ignorierte. Stattdessen schlug er vor: «Ich kann Robert gerne sagen, dass ich ihm nichts vorwerfe, wenn euch das hilft.»

«Wenn es nur so einfach wäre.» Luise seufzte. «Auch Dr. Hirschfeld denkt, es würde alles gut, wenn Robert mit ihm sprechen würde …»

Sie schwieg eine Weile, und Johannes wartete einfach ab.

«Ich … ich habe mich Tag und Nacht gefragt, was ich tun darf, um Roberts Herzenswunsch zu erfüllen», fuhr Luise fort. «Muss ich ihm alles sagen, was ich tue oder worüber ich nachdenke? Oder zählt nicht allein das Ergebnis? Ich meine, ist es auch eine Lüge, wenn ich *nichts* sage? Ist nicht das Ziel ausschlaggebend, auch wenn es vielleicht nur mit Betrug erreicht werden kann?»

An seinem Blick sah sie, dass er endlich verstand. War er schockiert? Sie konnte es nicht sagen. Was allerdings klar in seiner Miene zu lesen stand, war, dass er nicht freudig nach der Gelegenheit griff. *Und das war doch beruhigend, oder?*, dachte Luise. Denn sie würden es nicht um der alten Zeiten willen tun. *Sie* wollte es allein für sich und Robert tun, als eine Art Opfer.

An Johannes' wechselnden Gesichtsausdrücken konnte Luise ablesen, dass er genau begriff, was sie wollte. Am Ende glaubte sie gar, Abscheu in seinen Augen zu lesen.

«Du meinst also, wir sollten die Sache rein *medizinisch* angehen? Denn das Einzige, was zählt, ist das Ergebnis?»

«Ja ... schon ... nur deshalb würden wir es tun», stotterte Luise.

«Dann hoffe ich mal, du kennst deinen Zyklus so gut, dass der erste Versuch gleich zum Erfolg führt. Nicht auszudenken, wenn wir uns häufiger dazu hergeben müssten.» Seine Stimme troff vor Sarkasmus.

Unsicher geworden, hob Luise die Schultern. «Nun ja ... sicher kann man natürlich nie sein ...»

«Und was wäre, wenn ich dabei nicht nur an den geplanten Erfolg denken könnte? Oder du? Wenn du dabei gar so etwas wie Lust, Freude – oder Liebe empfinden würdest?»

Luise schluckte. «Nein, nein, das wäre schrecklich. Dann wäre es doch Betrug und Verrat.»

Johannes lehnte sich in seinem Stuhl zurück und zündete sich eine Zigarette an. «Interessante Sichtweise. Nur wenn es dir *gefiele*, wäre es Betrug. Du meinst also, ich solle recht grob und gefühllos sein, dann könntest du dir vielleicht einreden, du seist vergewaltigt worden?»

«Oh Gott, nein, vergiss alles, was ich gesagt habe. Es tut mir so leid. Wie konnte ich dir so etwas antun?» Luise barg das Gesicht in den Händen und schluchzte laut.

Johannes erhob sich, trat neben sie, legte seine Hand auf ihren Arm. «Nicht weinen. Du weißt, das konnte ich noch nie ertragen. Ich verstehe dich ja. Gleichzeitig macht mir deine Bitte Angst. Ich habe so lange gebraucht, dich nicht mehr schmerzlich zu lieben. Dieses Begehren, jedes Mal, wenn ich dich sehe, zu unterdrücken. Ich fürchte, es erwacht wieder, wenn ich dich auch nur in meine Arme nehme. Kannst du das verstehen?»

Luise griff nach seiner Hand und drückte sie zart. «Ich hab auch Angst. Ich hoffe und fürchte zugleich, dass es so wunderbar würde wie bei unserem ersten Mal. Ich träume heute noch davon. Habe Angst, dass mich meine ungestillte Sehnsucht zerreißen wird. Vielleicht werde ich Robert aber auch irgendwann sein Versagen vorwerfen. Dass er mich nie wie eine Frau geliebt hat.»

♦

Für den 1. April 1930 war die Uraufführung von *Der blaue Engel* im Gloria-Palast angekündigt worden. Überall in der Stadt hatte Ilse Filmplakate entdeckt, auf denen das gütige Gesicht des Professors unscheinbar in den Hintergrund rückte, hinter der verruchten Lola, die ihre schönen Beine zeigte. Marlenes Name stand an erster Stelle auf jedem Plakat, noch vor dem berühmten Jannings!

Neben Clara waren Claire Waldoff und Olly von Roeder mit dabei, die Geschwister Mann und Kurt Tucholsky. Sie winkten einander zu, ehe sie ihre Plätze einnahmen.

Ilse war hingerissen. Es war nicht zu fassen, was Sternberg aus

Marlene herausgeholt hatte. In einer Hauptrolle an der Seite von Emil Jannings! Das war ein riesiger Karriereschritt, den sie ihr von Herzen gönnte.

Als Marlene so unglaublich sexy in kurzem Kleid, mit Strapsen und Zylinder auf dem Kopf sang, waren die Zuschauer so still, als würde das gesamte Publikum die Luft anhalten. Ilse war, als könnte sie das erotische Knistern im Saal spüren, das den Professor auf der Leinwand unrettbar in Lolas Bann zog.

Tosender Applaus brandete nach der letzten Szene auf und wollte minutenlang nicht enden.

Dass Jannings, seit Jahren Vollblutschauspieler in Berlin, mit der Wahl seiner Filmpartnerin nicht einverstanden gewesen war, erfuhren Ilse, Claire und andere gute Bekannte und Freunde der Hauptdarstellerin anschließend bei einem Umtrunk in einer Bar nahe dem Kino. Zum Abschied, denn gleichzeitig wurde klar, dass Marlene Dietrich noch am Tag ihres größten Triumphs Berlin verlassen würde.

«Jannings hat mich jede gemeinsame Minute am Filmset spüren lassen, dass er mich für eine schlechte Wahl hielt», bekannte Marlene. «Hans Albers dagegen war vom ersten Augenblick an nett zu mir. Er und ich kannten uns ja auch schon aus der Revue *Zwei Krawatten*.»

Jedenfalls schwärmte Marlene in den höchsten Tönen von Josef von Sternberg. Nicht nur, dass er ihr als einer unbekannten Schauspielerin diese große Rolle anvertraut hatte. Während der Dreharbeiten hatte er sich zudem sehr um sie bemüht, ihr das Gefühl gegeben, wichtig zu sein. Unter anderem hatte er sie in die Geheimnisse des Filmemachens eingeweiht, hatte mit ihr gesprochen über den Standort der Kamera und ihren Blickwinkel sowie über die Wirkung der Beleuchtung, die die wahre Magie einer Szene ausmachte.

«Und jetzt gehe ich nach Hollywood!», platzte Marlene mit der Sensation heraus. «Schon morgen geht es mit dem Schiff nach New York und von dort nach Los Angeles.»

«HOLLYWOOD», wiederholte Ilse und rang förmlich nach Atem. «Das ist … Das ist ja der Wahnsinn! Wie haben Sie denn das geschafft?»

«Josef von Sternberg nimmt mich mit», sagte Marlene stolz. «Und die *Paramount* in Los Angeles, ein Filmverleih, bietet mir einen Siebenjahresvertrag an. Im Sommer beginne ich mit den Dreharbeiten zu einem neuen Film.»

«Ach, Marlene, ich hab gewusst, dass Sie es schaffen werden.» Ilse tupfte sich eine Träne aus dem Augenwinkel. «Und? Dürfen Sie schon verraten, wie der neue Film heißt und um was es gehen wird?»

«*Morocco* ist der Titel. Ich spiele Amy, eine Nachtclubsängerin, die sich in der Liebe zwischen einem reichen Gentleman und einem Fremdenlegionär entscheiden muss. Eigentlich liebt sie den Legionär, aber der verlässt sie und zieht an die Front. Enttäuscht verlobt sich Amy mit dem Gentleman.»

«Ist das das Ende?», drängte Ilse.

«Nein», Marlene lächelte fein, «das Ende erzähle ich nicht, ich will Ihnen ja nicht die Spannung nehmen.»

♦

Es war an einem warmen Abend Ende Mai 1925. Die Sonne stand tief am blauen Himmel und warf lange Schatten über den Platz, als Luise an den Zeitungstresen von Johannes' Kiosk trat.

«Nun, Fräulein Luise, womit kann ich heute dienen?», erkundigte er sich charmant und sah zu seiner Überraschung, dass ihr Röte ins Gesicht schoss. Sie sah schnell nach rechts und nach links, doch es gab keine weiteren Kunden oder sonst jemanden, der in Hörweite gestanden hätte.

«Wir haben darüber gesprochen, dass *nur* du mir meinen größten Wunsch erfüllen kannst.»

Johannes brauchte einige Augenblicke, dann begriff er. Seine Augenbrauen wanderten in die Höhe. Die Überraschung stand ihm ins Gesicht geschrieben.

Luise senkte den Blick auf die sorgfältig aufgereihten Mittags- und Abendzeitungen. «Es wäre heute vermutlich ein geeigneter Zeitpunkt. Also ... wenn du das für mich machen würdest», flüsterte sie verlegen.

«Und du hast das *nicht* mit Robert besprochen?»

«NEIN! Und du musst mir versprechen, dass er NIE etwas davon erfährt. Die Welt würde für ihn zusammenbrechen.»

Johannes schwieg. Sein Herz zog sich zusammen. Sollten sie das wirklich tun? Unruhe erfasste ihn. Würde er stark genug sein, seinen Freund zu belügen und sich selbst? Luise war die einzige Frau, die er je geliebt hatte und lieben würde.

«Nun sag doch was, Johannes.»

«Du willst also ein Kind empfangen und Robert vorgaukeln, es sei seines. Der Akt soll nicht als Bruch eures ehelichen Treuegelöbnisses angesehen werden. Du bringst ein *Opfer* für eure Ehe. Es geht nicht um Liebe, Leidenschaft, vollkommenes Glück. Und im Stillen hoffst du, es möge recht *unangenehm* für dich sein, denn dann könntest du dir das Ganze als notwendiges Übel schönreden.»

Er hielt inne, als er sah, wie ihr die Tränen über die Wangen liefen. Er spürte, wie sie litt, war sich aber nicht sicher, ob ihm das Befriedigung verschaffte oder ob er sie bedauerte.

«Ich ... ich wollte dich nicht verletzen», hauchte sie.

«Ich weiß», gab er zurück. «Es ist nur nicht einfach für mich, verstehst du das? Ich liebe dich. Noch immer.»

Sie nickte, etwas zu sagen war unmöglich.

Johannes humpelte auf sie zu, nahm sie in den Arm und hauchte einen Kuss auf ihre Lippen. «Ich werde deinem Körper ganz sicher keine Schmerzen zufügen, und ich versuche auch, deine Seele zu schonen.»

Luise strich über seine Wange. «Ich danke dir, Johannes. Ich … ich werde dir nie vergessen, was du für mich tust. Für uns tust. *Du* bringst das Opfer, nicht ich.»

Er trat einen Schritt zurück, musterte sie einen Augenblick lang, bevor er fragte: «Wie stellst du dir das eigentlich praktisch vor? Ich kann den Kiosk jetzt nicht einfach zuschließen und mit dir in meiner Kammer verschwinden.»

«Robert ist mit seinem Vorgesetzten für drei Tage nach München gefahren. Du … du könntest zu mir kommen …»

«Nein, nicht in eurem Bett. Wenn du das so sehr willst, muss dir das spartanische Lager in meiner Kammer genügen.»

Luise versuchte sich an einem kläglichen Lächeln. «Wann schließt du den Kiosk? Ich werde da sein.»

Kapitel 24

In einer Koalition mit diversen Parteien und deren genauso diversen Meinungen zu regieren, war sicher nicht einfach, doch dem neuen Zentrumskanzler von Hindenburgs Gnaden ohne Mehrheit gelang es selbst mit Notverordnungen nicht. Das wurde Brüning spätestens klar, als die Linken mit den Konservativen zusammen einen Artikel der Verfassung nutzten, um seinen ursprünglich abgelehnten Haushalt, den er mittels einer Notverordnung durchgedrückt hatte, nun doch noch zu kippen. Der Kanzler rief den Reichspräsidenten zu Hilfe, der den Reichstag kurzerhand auflöste und für den 14. September Neuwahlen ansetzte.

Damit war die Einigkeit der gegensätzlichen Blöcke auch schon wieder vorbei, und alle Parteien schalteten auf Wahlkampf um.

Dass sie dieses Mal mit der NSDAP würden rechnen müssen, wurde den Linken schnell klar. Goebbels organisierte den Wahlkampf zentral und konzentrierte sich mit seinen nationalen, antikommunistischen, antikapitalistischen und antisemitischen Parolen darauf, das angeblich weltweite Komplott gegen das Deutsche Reich anzuprangern. Überall im Land, vor allem aber in der Hauptstadt, waren die Männer der NSDAP zu sehen, die einen ruhelosen Aktivismus verbreiteten. Überall kündeten Plakate immer neue Großkundgebungen Adolf Hitlers an.

Die Massenaufläufe gipfelten am 10. September in einer Großkundgebung im Sportpalast vor sechzehntausend Zuhörern – einer von ihnen war Robert.

Als Ilse am nächsten Tag davon erfuhr, konnte sie ihre Wut nicht zurückhalten. Schließlich war sie mit einem Banner und der Aufschrift *Nie wieder Krieg* beim großen Aufmarsch der SPD mit dreißigtausend Menschen im Lustgarten gegenüber vom Stadtschloss mitmarschiert. Und die KPD hatte auf dem Winterfeldtplatz fünfzehntausend Demonstranten zusammengetrommelt.

«Wie kannst du nur, Robert!», rief Ilse außer sich.

Abwehrend hob er beide Hände. «Ich wollte mir *selbst* ein Bild machen.»

«Aber die SA und ihre Schlägertruppen ...»

Robert unterbrach sie. «Zu meinem Bild gehören auch die Roten, deshalb werde ich mir morgen die Reden der KPD anhören, auch wenn ich dir versichern kann, dass ich weder sie noch die NSDAP wählen werde. Man muss auch seine Feinde kennen, und trotz meines Argwohns gegenüber Hitler weiß ich jetzt, dass wir ihn alle unterschätzt haben! Er reißt die Massen mit, ja, er versetzt sie fast in Trance, verführt sie dazu, ihm blind zu folgen. Auch ich hatte Mühe, mich der Faszination zu entziehen.»

Ilse schnappte hörbar nach Luft.

Luise hatte dem Disput bisher schweigend zugehört. Nun zuckte sie mit den Schultern. *Dramatisierte Robert nicht ein wenig?*

«Hitler hat Verbindungen zu den mächtigsten Kreisen. Zum Militär, zur Hugenberg-Presse, zur Wirtschaft», untermauerte Robert seine Einschätzung. «Ich befürchte, das Parlament wird sich in Zukunft mit einer starken, einer sehr starken NSDAP auseinandersetzen müssen.»

Ilse winkte ab. «Bisher bringen die es nicht einmal auf drei Prozent!»

Doch Robert sollte recht behalten. Manche Journalisten sprachen sogar von einem «erdrutschartigen Sieg» der NSDAP. Mit 18,3 Prozent wurde sie die zweitstärkste Kraft im Reichstag! Die

SPD lag nur noch knappe sechs Prozent vor ihr und konnte keine gemäßigten Koalitionspartner für eine Mehrheit finden. Also blieb ihr nichts anderes übrig, als Brünings Minderheitenkabinett weiter zu dulden.

Was man von den neuen Wahlsiegern zu halten hatte, konnte keinem verborgen bleiben. Schon bei der Eröffnung des neuen Reichstages erschienen die Abgeordneten der NSDAP provokant in ihrer braunen Parteiuniform und verstießen damit gegen das Uniformenverbot im Parlament.

Die Nationalsozialisten auf der Straße feierten den Wahlsieg auf ihre Weise. Ella hatte gerade vor, das Kaufhaus in ihrer Pause zu verlassen, als eine größere Gruppe meist junger Männer – einige mit Stangen oder Holzprügeln in den Händen – grölend und ohne auf den Verkehr Rücksicht zu nehmen, über die Leipziger Straße auf Wertheims Konsumtempel zuströmte. Autoreifen quietschten, der Fahrer der Straßenbahn bimmelte empört, Autofahrer hupten. Die Fußgänger dagegen zogen sich eilig zurück und machten den Braunhemden den Weg frei.

Auch Ella wich zurück – in die Verkaufshalle, den Blick ängstlich auf die näher kommenden Nazis gerichtet. Schon schlugen einige auf die riesigen Schaufensterscheiben von Wertheim ein, von denen die ersten splitternd zu Bruch gingen. Dass es sich um einen gezielten Angriff gegen die «Judenschweine» handelte, daran ließen die Angreifer keinen Zweifel. Ihren aggressiven Antisemitismus wollten sie ganz offensichtlich ausleben.

Zusammen mit einigen Kunden suchte Ella Schutz in weiter entfernt liegenden Abteilungen. Der Direktor kam mit den Hausdetektiven und Sicherheitsleuten, doch angesichts des Mobs hielten sie sich im Hintergrund und seufzten nur erleichtert auf, als die Schläger weiterzogen.

Auch am Ku'damm hinterließen die braunen Horden eine Spur der Verwüstung. So stand es am nächsten Tag in der Zeitung, zusammen mit der düsteren Aussicht, dass dies ganz sicher nicht das letzte Chaos gewesen sei, das die Rechtsradikalen anrichten würden.

In dieser turbulenten Woche war Luise in der Friedrichstraße unterwegs, wo sie sich mit ihrer Mutter verabredet hatte, die ihr Lilli übergeben wollte. Fassungslos sah sie zu, wie die Schläger gezielt die Scheiben der Geschäfte zerstörten, die in jüdischem Besitz waren.

Eine junge Frau drängte sich neben Luise und lächelte sie an. «Das geschieht den dreckigen Juden ganz recht», sagte sie, und ihre blauen Augen funkelten. «Die sind wie Ungeziefer, unter jedem Stein, den man umdreht, kriecht einer hervor. Sie rauben uns aus und bereichern sich an uns ehrlich arbeitenden Deutschen.»

Luise riss die Augen auf und starrte die Fremde sprachlos an. Sie war so entsetzt, dass ihr die Worte fehlten. Als Gertrud Richter mit Lilli endlich zu ihr stieß, war die Lust auf Kuchen im Café gegenüber vergangen. Zu dritt machten sie sich auf den Weg nach Hause.

Später, als sie daheim an dem kleinen Tisch im Kinderzimmer saß und in ihr Tagebuch schrieb, fiel ihr jede Menge dazu ein, was sie der Frau hätte sagen können, und sie schrieb zornige Sätze auf das weiße Blatt.

Lilli hockte derweil auf dem Boden und blätterte in einem Buch, das noch aus Roberts Kinderbeständen stammte.

«Mama, was steht da?», wollte Lilli wissen und deutete auf den Text neben einer der Zeichnungen. «Warum verhaut der die Kinder?»

Luise ließ sich zu Boden gleiten und beugte sich neben ihrer

Tochter über das Buch von Wilhelm Busch. Sie betrachtete die Szene mit dem rohrstockschwingenden Lehrer.

Es saust der Stock, es schwirrt die Rute.
Du darfst nicht zeigen, was du bist.
Wie schad, o Mensch, daß dir das Gute
Im Grunde so zuwider ist.

Lilli sah sie aus großen Augen erwartungsvoll an, doch Luise hatte keine Lust, ihrer Tochter den Sinn oder Unsinn von Prügelstrafen zu erläutern. Rasch blätterte sie weiter, aber auch die Streiche von Max und Moritz mit toten Hühnern, gebackenen und zermahlenen Kindern schienen ihr für eine Viereinhalbjährige wenig passend zu sein.

Geschickt tauschte sie das Buch gegen eine märchenhafte Geschichte mit lieblichen Blumenfeen aus. Zwei Seiten später erzählte Lilli zufrieden von ihren Blumenkindern und versuchte, diese zu malen. Luise setzte sich wieder an den kleinen Tisch und griff nach ihrem Tagebuch.

Den Ärger hatte sie sich von der Seele geschrieben. Nun blätterte sie ein wenig ziellos in ihren unregelmäßig verfassten Aufzeichnungen, in denen sie von den Dingen erzählte, die ihre Gedanken beschäftigten, die sie aber mit keinem Menschen teilen konnte. Spontan griff sie nach einem älteren Band. Sogleich spürte sie, wie die Erinnerung an jenen Tag vor mehr als fünf Jahren ihr Tränen in die Augen trieb.

♦

Mai 1925. Befangen klopfte Luise an die Tür des kleinen Hinterzimmers. Johannes öffnete und ließ sie eintreten. Eine einzelne

Kerze brannte und ließ Schatten über die Wände und die gestapelten Kartons mit Ware für den Kiosk tanzen.

Luise trat ein und schloss die Tür hinter sich. Ihr Herz pochte ihr bis zum Hals. Ihre Knie fühlten sich weich an. Aus Furcht, sie könnten nachgeben, lehnte sie sich mit dem Rücken an die Tür. Johannes betrachtete sie aufmerksam. Er hob seine Hand, ließ seine Fingerspitzen über ihren Arm wandern. Luise zuckte zusammen, als hätte sie einen elektrischen Schlag erhalten. Sie zitterte am ganzen Leib.

«Du musst das nicht tun», sagte er sanft. Seine Fingerspitzen wanderten hinauf zu ihrer Schulter, strichen über ihren Hals und dann ihre Wange entlang.

Luise umfasste seine Oberarme. Sie zog ihn näher und erhob sich auf die Zehenspitzen. «Ich möchte es aber! Selbst wenn ich es nur noch einmal in meinem Leben haben kann und die Erinnerung für den Rest meines Lebens in meinen Träumen verbergen muss.»

Johannes neigte den Kopf und küsste sie. Luise erwiderte den Kuss, das Zittern wurde stärker. Tränen schossen aus ihren weit aufgerissenen Augen und rannen über ihre Wangen, doch Johannes begriff, dass dies keine Anzeichen von Furcht oder Abscheu waren. Ihr Körper presste sich an seinen, ihre Finger klammerten sich an ihn, während sie einander küssten.

Erst zärtlich und ein wenig verhalten, dann mit zunehmender Leidenschaft. Luises Atem wurde schneller, ihre Wangen waren gerötet, ihre Augen glänzten, doch auch Johannes konnte seine Erregung und sein Begehren nicht verbergen. Sie nestelten gegenseitig an ihren Kleidern und zogen sich mit Hast aus. Luise schien zu glühen, als seine Hand über ihre Haut wanderte. Sie wankte zu dem schmalen Feldbett. Johannes kniete sich vor sie und liebkoste sie mit den Lippen und mit seiner Hand. Dass die andere fehlte, war nicht wichtig.

Ihr Körper schien aus tiefem Schlaf zu erwachen und sich an seinen zu erinnern. Sie stöhnte, schwitzte, verlangte nach mehr. Mehr von allem, was sein Körper zu geben hatte.

Als sie später nackt auf ihm lag und er eine Decke über sie zog, weinte Luise leise. Er schmeckte ihre Tränen auf seinen Lippen. Schluchzend barg sie das Gesicht an seinem Hals. Langsam fing ihr Körper an sich zu beruhigen und schien sich stattdessen wie eine Hülle um seinen drahtigen Körper zu schmiegen. Sie schwiegen lange, dann hob Luise den Kopf, blinzelte ins Kerzenlicht. «‹Werd ich zum Augenblicke sagen: Verweile doch, du bist so schön …›»

«‹… dann magst du mich in Fesseln schlagen, dann will ich gern zugrunde gehn!›», fuhr Johannes fort, während er ihren Rücken streichelte. «Ich habe meinen *Faust* auch gelernt, und ich hoffe, dass es nicht das Letzte ist, was wir auf Erden erleben dürfen.»

Luise schwieg.

Als sie später angezogen und mit entwirrtem Haar vor ihm stand und er sie ein letztes Mal an sich zog, um sie zu küssen, murmelte er: «Ich möchte, dass sich dein Wunsch erfüllt, aber ich kann mir nicht wünschen, dass es heute schon funktioniert hat.»

♦

Erst vor wenigen Tagen, an einem Morgen Ende November 1930, hatte der Innenminister im Polizeipräsidium bei einer Rede in der Halle der Burg auf die immense Gefahr hingewiesen, die von den Extremisten ausginge. Er forderte, die Polizeibeamten müssten die Sicherung des Staates übernehmen und dafür hart durchgreifen.

Luise war mit ihrer Freundin Hedwig zum Mittagessen verabredet und hatte die Rede zufällig mitangehört. Jetzt, am Nachmittag, saß sie in der Alten Jakobstraße im Jugendamt an ihrem Schreibtisch. Das Gegröle, das von der Straße hereindrang, war wie eine Antwort auf die Befürchtungen des Ministers: Den Nazis waren der Rechtsstaat und die Polizei egal.

«Deutschland, erwache aus deinem Albtraum. Erhebe dich gegen die Juden!»

Luise tippte noch die letzten Briefe für heute. Einen an eine Mutter, deren beide Kinder wiederholt bei Ladendiebstählen erwischt worden waren, und einen Brief an eines der Heime außerhalb der Stadt, wohin Kinder aus solch schwierigen Verhältnissen geschickt wurden, um ihnen ein wenig Schulbildung und Erziehung angedeihen zu lassen.

Die Erziehungsheime sollten eine *Chance* für diese Kinder sein, doch Luise hatte bereits mehrere Heime besucht, und sie kannte Schilderungen von «notorischen Wiederholungstätern», für die diese Anstalten schlimmer als das Gefängnis waren. Immer wieder versuchten Jugendliche auszubrechen.

Oft war Luise hin und her gerissen, was das Richtige für diese Kinder wäre. Aber irgendwo mussten sie doch leben, brauchten ein Dach über dem Kopf. Zu ihrer Tätigkeit gehörten auch die Gespräche mit den Gefährdeten. Es war schwierig, ihr Vertrauen zu gewinnen, andererseits mussten die Regeln des Amts respektiert werden. Es grenzte so oft an einen Balanceakt, doch sie wusste, dass sie gebraucht wurde, wusste, wie wichtig ihr Engagement für die Kinder und Jugendlichen war. Auch wenn sie nur an zwei Tagen die Woche arbeitete.

Kaum war Luise am frühen Abend zu Hause angekommen, rief Ilse an und schwärmte ihr von einem neuen Film im Kino vor. Robert wollte lieber daheimbleiben und versprach, sich um Lilli zu kümmern. Luise dagegen freute sich darauf, mit Ilse loszuziehen. *Im Westen nichts Neues* hieß der Film, der auf dem Roman von Erich Maria Remarque basierte. Das Buch war erst vor zwei Jahren erschienen, und nun wurde die Hollywood-Verfilmung schon in Deutschland gezeigt.

Im Metropol richteten sich Luise und Ilse – mit Coca-Cola und Popcorn eingedeckt – in ihren dick gepolsterten Sesseln bequem ein. Leider hatten sie keine Karten für die Premiere bekommen, doch ein Tag später sollte kein großer Unterschied sein. Dachten sie zumindest.

«Ich habe gelesen, dass der Film für die deutsche Fassung gekürzt wurde», berichtete Ilse. «Es gab offenbar Szenen, in denen ein sadistischer Unteroffizier Rekruten verprügelte. Weggeschnitten wurde auch ein Gespräch mit dem Kaiser, das nahelegte, Deutschland wäre an dem Großen Krieg schuld.»

«Und das wollen die Nationalisten natürlich nicht hören», erwiderte Luise.

Der Film begann und zog die Freundinnen tief hinein in die unmenschliche Welt des Krieges: die gnadenlose Ausbildung, den Drill, die Schikanen. Und dann an die Front, den Beschuss, die Schützengräben, den Tod.

Natürlich hatte Luise einiges davon gewusst, doch es so lebensnah vorgeführt zu bekommen, war etwas ganz anderes. Sie war froh, dass weder Robert noch Johannes mitgekommen waren. Diesen Albtraum hatten sie am eigenen Leib erfahren.

Plötzlich waren rüde Männerstimmen zu hören, die nicht zum Film gehörten. Die Türen wurden aufgerissen. Ilse und Luise fassten sich instinktiv an den Händen, und schon wurden rechte Parolen gebrüllt: «Wider die Beschmutzung der deutschen Helden! Tod dem Verräter Remarque!» Vergeblich versuchten die Ordner des Kinos, die Störenfriede rauszudrängen.

Ilse und Luise sahen einander an. Sollten sie gehen? Aber der Film lief noch ... Plötzlich stank es bestialisch. Menschen kreischten und riefen, wer denn Stinkbomben geworfen hätte? Da packte

Luise entsetzt Ilses Arm und deutete auf den Boden: Weiße Mäuse wuselten über den Teppich.

«Komm, lass uns verschwinden», raunte ihr Ilse zu, «ehe das Ganze noch hässlicher wird. Ich möchte nicht in eine Massenschlägerei hineingezogen werden.»

Von da an gab es keine Vorstellung mehr, die ungestört über die Bühne ging. Im Gegenteil, Goebbels brüstete sich damit, die Störungen des «Schundstreifens» geplant und organisiert zu haben. Und nur wenige Tage später, am 11. Dezember, wurde der Film endgültig verboten, da er zur «Herabsetzung des deutschen Ansehens» führe.

♦

«Guten Abend, Hannes», grüßte die Stimme, die von irgendwo aus dem Schatten der breiten Hutkrempe zu kommen schien.

Johannes erkannte die Stimme und nickte dem Mann im Dunkeln zu. «Wünsche ich dir auch, Paul. Na, was machen die Geschäfte? Molle und Korn?»

«Aber klaro», antwortete Paul und trat an den Tresen heran. Er legte ein kleines Päckchen auf eine der Zeitungen. «Hier, guter Stoff zum üblichen Preis», sagte er und schob die Morphiumampullen zu Johannes rüber. Der steckte sie in seine Manteltasche, gab Paul sein Geld, das Bier und den Schnaps und schenkte sich auch einen ein.

«Prost», sagte Johannes und hob sein Glas.

«Wohlsein», antwortete Paul und kippte den Korn in einem Zug hinunter. «Guter Stoff, putzt ordentlich durch. Hab ick von meinem Händler weiter oben in der Friedrichstraße!» Er hob die Bierflasche an den Mund und genehmigte sich einen ordentlichen Schluck. «Sag mal, wat ick dich schon immer mal fragen wollt:

Warum soll dir Ella den Stoff nich bringen, wo sie eh dauernd mit ihrem Michel hier ist?»

«Weil ich nicht will, dass sie meinetwegen Schwierigkeiten kriegt. Sie könnte ja in eine Polizeikontrolle geraten.»

Paul pfiff durch die Zähne. «Mann, da hat meine Schwester aber 'nen Beschützer mit höchst edler Gesinnung.»

«Ich will nicht, dass sie eines Tages für mich oder für dich ins Gefängnis muss!»

«Da müsste se schon mehr dabeihaben als 'n paar Morphiumampullen. Wat machste denn, wenn ick im Bau bin?»

Johannes grinste. «Bisher wusste ich mir durchaus zu helfen, danke. Du bist nicht der Einzige in Berlin, der mit dem Zeug handelt.»

«Aber du kommst immer wieder zu mir, sobald ick draußen bin. Sehr anständig von dir. So machen det leider nich alle Kunden.» Paul erwiderte das Grinsen.

«Ja, zu häufig einzufahren, ist nicht gut fürs Geschäft.»

«Det kannste laut sagen.»

Johannes öffnete sich auch ein Bier, und sie tranken in stummer Eintracht. Als sie die Flaschen geleert hatten und Paul seine zweite ansetzte, fragte Johannes: «Du hältst dich doch hoffentlich an dein Versprechen?»

Mit einem Unschuldsblick sah Paul ihn an, so als wüsste er nicht, was Johannes meinte. Dieser packte Pauls Arm so fest, dass er aufstöhnte.

«He, Mann! Du bist ganz schön stark!»

«Für einen Krüppel, meinst du?»

«Nee, nee, nu sei nich gleich beleidigt.»

«Du hast mir versprochen, dass du Ella in Ruhe lässt und sie nicht wieder in deinen Schlamassel reinziehst. Weder in deine nächtlichen Geschäfte noch in deine Ringbruderstreitigkeiten!»

«Jaja, hab ick, und ein Ringbruder hält, wat er verspricht.»

«Das will ich hoffen», sagte Johannes streng. «Sonst ist es hier vorbei mit Gratisschnäpsen und Mollen!»

Paul feixte. «Hast wohl 'nen ordentlichen Narren an meiner Ella gefressen. Hat se det denn verdient, det so 'n feiner Kerl wie du auf se achtgibt?»

Johannes nickte mit ernster Miene. «Ja, das hat sie und noch viel mehr, wobei das mit dem ‹feinen Kerl› lange schon der Vergangenheit angehört. Sieh mich nur an.»

«Ick weiß, wat du meinst, aber 'n feiner Kerl biste immer und ewig, egal, ob se dir nu 'n Arm wegschießen oder so. Du kommst aus 'nem guten Stall, hast 'ne piekfeine Schule besucht. Allein wie du redest! Da weiß jeder, det du 'n Vornehmer bist.»

«Vornehm?» Johannes sah Paul nachdenklich an. «Ich bin nur froh, dass meine Eltern ihren einst so hoffnungsvollen Sohn so nicht sehen müssen.»

Der bittere Klang in seiner Stimme ließ auch Paul nicht unberührt.

Kapitel 25

1931

Die Wirtschaftskrise, die mit dem *Schwarzen Freitag* im November 1929 an der New Yorker Börse begonnen hatte, hielt inzwischen so viele Staaten in ihrem Würgegriff, dass sie mit Recht als «Weltwirtschaftskrise» bezeichnet wurde. Gerade im Deutschen Reich schossen die Arbeitslosenzahlen ungebremst nach oben, bis im Frühjahr 1931 mehr als vier Millionen Deutsche ohne Arbeit dastanden und auf Stütze angewiesen waren. Firmen und Geschäfte gingen pleite, die Steuereinnahmen schrumpften. An eine regelmäßige Begleichung der Reparationszahlungen war nicht einmal zu denken!

Das sah zum Glück auch US-Präsident Hoover ein und erließ dem Reich alle Reparationszahlungen für dieses Jahr, die Zinsen allerdings waren zu entrichten. Vermutlich war es auch Hoover, der die Engländer und die Franzosen überzeugte, dass Deutschland schlichtweg nicht zahlen konnte.

Ella ging an jedem Kündigungsstichtag mit einem Kloß im Hals zu Wertheim, bis sie sicher sein konnte, auch dieses Mal kein Entlassungsschreiben vorzufinden. So hangelte sie sich von Monat zu Monat, arbeitete, so viel sie konnte, und war jeden Abend Johannes dankbar, dass ihr Michel seine Hausaufgaben erledigt und bereits zu Abend gegessen hatte, wenn sie ihn abholte. In ihrer Dachkammer war es inzwischen unangenehm eng, seit Michael ein richtiges Bett bekommen hatte, doch Ella traute sich nicht, etwas Größeres zu suchen, das dann ganz sicher mehr kosten würde. Zwar hatte sie einen Notgroschen zur Seite gelegt, aber wer konnte schon sagen, ob die Zeiten nicht noch härter würden?

Gern hätte sie näher bei der Arbeit oder am Bahnhof Friedrichstraße gewohnt. Näher bei Johannes.

Ein Klopfen an der Tür riss sie aus ihren Gedanken. Ehe sie sich erhoben hatte, stand Paul in der offenen Tür.

«Guten Tag, Onkel Paul», begrüßte ihn Michael höflich.

Paul blinzelte. «He, Michel, dir auch 'n guten Tag. Mensch, wie redest du denn mit mir? Willste etwa 'n feiner Herr werden?»

«Lass ihn», mischte sich Ella ein. «Ick bin froh, det Hannes ihm wat Gescheites beibringt.»

Paul grinste. «Der heilige Hannes!»

Ella hob die Brauen und starrte ihn mit dem Blick an, bei dem er gleich wusste, dass es jetzt gefährlich werden konnte. Beschwichtigend hob er die Hände. «Is 'n feiner Kerl, ick mag ihn ja auch, aber deswegen bin ick nich hier. Ob du det glaubst oder nich, dein Bruder wird 'n Filmstar! Also gib mir 'ne Molle, det hab ick mir verdient.»

«Filmstar!», wiederholte seine Schwester spöttisch, gab ihm aber das geforderte Bier und öffnete auch für sich eine Flasche. Michel bekam eine Brause.

«Echt!», bekräftigte Paul und begann zu erzählen: von der Anzeige, die einem der Ringbrüder in der Zeitung aufgefallen war, in der Statisten für den neuen Kriminalfilm von Fritz Lang gesucht wurden. Es sollte um die Jagd auf einen Kindermörder gehen, der in Berlin sein Unwesen trieb. Der Regisseur hatte, um sich auf den Stoff gut vorzubereiten, nicht nur eine Woche in einer psychiatrischen Anstalt verbracht und mit dem echten Kindermörder Peter Kürten im Gefängnis gesprochen, er war auch beim Chef der Immertreuen aufgetaucht und hatte Adolf Leib persönlich ausgefragt.

Muskel-Adolf hatte dem Filmemacher seine volle Unterstützung zugesagt.

«Und jetzt kommt's: Adolf hat gefordert, det die Ringbrüder im Film, also die jetzt nich 'ne große Rolle ham, von echten Brüdern gespielt werden. Mit Gage.»

«Und da machste mit?»

«Jawoll! Det wird übrigens so 'n neumodischer Sprechfilm!»

Die Dreharbeiten hatten schon in einem Zeppelinhangar vor der Stadt begonnen und sollten sechs Wochen bis in den März hinein dauern.

«Im Mai kannste deinen eigenen Bruder im Kino sehen!», verkündete Paul stolz.

«Wie heißt der Film überhaupt?», wollte Ella wissen.

«*M – eine Stadt sucht einen Mörder.*»

«*M?*»

«Ja, det is 'n Kreidezeichen, det se dem Mörder auf 'n Mantel malen, um ihn später wiederzufinden», erklärte Paul. «Nachdem der Blinde ihn an seinem Pfeifen erkannt hat und ihm 'nen jungen Burschen hinterherschickt.»

So ganz konnte sich Ella darauf keinen Reim machen, aber das war jetzt nicht wichtig. Sie prostete Paul von Herzen zu und versprach: «Ick werd dich mir ganz sicher im Kino anschauen!»

♦

Es war an einem sonnigen Spätnachmittag im Frühling, Michael und Lilli rannten über den Bahnhofsvorplatz und kreischten vor Vergnügen, wenn es ihnen gelang, den anderen einzufangen. Michael hielt sich, schon ganz Kavalier, absichtlich zurück, sodass Lilli auch eine Chance hatte und ihn dafür mit einem strahlenden Lächeln belohnte.

Luise hatte Lilli vorbeigebracht, weil sie heute Nachmittag ausnahmsweise zusätzlich fürs Jugendamt arbeitete. Robert hatte deswegen versprochen, früher Schluss zu machen und auf dem Heimweg Lilli bei Johannes abzuholen. Als Robert aus der Bahnhofshalle trat, blieb er stehen und beobachtete die Kinder bei ihrem Spiel. Eine Szene, die einem das Herz hätte erwärmen mögen. Eigentlich.

In diesem Moment spürte Robert einen Blick an sich haften und wandte sein Augenmerk auf Johannes, der ihn offensichtlich bemerkt hatte. Der Freund legte den Kopf schief und machte eine einladende Handbewegung. Robert folgte der Aufforderung und trat näher.

«Guten Tag, Johannes», sagte er ein wenig steif.

«Ach, Robert, so früh hätte ich dich gar nicht erwartet. Die Kinder mögen sich bestimmt noch nicht trennen. Wollen wir zusammen etwas trinken und lassen sie noch ein wenig spielen?»

Robert warf den Kindern einen Blick zu, die so in ihr Spiel vertieft waren, dass Lilli ihren Papa gar nicht bemerkte. Er wandte sich wieder Johannes zu. «Molle und Mampe wären jetzt nicht schlecht.»

Er wartete, bis Johannes ihm beides rüberschob und sich dann neben ihn stellte. Sie ließen die Flaschen gegeneinanderklirren und genossen den ersten Schluck.

«Wie in alten Zeiten», sagte Johannes.

«Wie in alten Zeiten», wiederholte Robert. Er sah Johannes an, erneut huschte sein Blick dann aber zu den Kindern, ehe er aussprach, was ihn schon lange beschäftigte: «Ich habe den Eindruck, Luise und Lilli sind inzwischen mehr hier als in unserer Wohnung.»

«Du übertreibst, mein Freund. Ich denke, Luise freut sich einfach, dass Lilli und Michel so gut miteinander klarkommen.»

Robert brummte und kippte seinen Schnaps herunter. «Nun, ich hätte es lieber, wenn Lilli mehr im Tiergarten in der frischen Luft rumrennen würde als ausgerechnet auf diesem steinernen Platz.»

Johannes verdrehte die Augen. «Ist das der wahre Grund? Oder stört es dich, dass deine schöne Frau mit einem hässlichen, hinkenden Krüppel ohne Hand noch immer freundschaftlich verbunden ist?»

Robert zuckte zusammen. Ganz so krass hätte er es nicht ausgedrückt, aber ja, wenn er ehrlich war, dann traf es in etwa seine Gefühle. Trotzdem beeilte er sich abzuwehren: «Nein, natürlich nicht! Es geht mir wirklich darum, was gesund ist für Lilli. Außerdem», er zögerte ein wenig, «bin ich mir nicht so sicher, ob Michael der rechte Umgang für unsere Tochter ist.»

«Du meinst wegen Ella?»

«Na ja, wir wissen alle, womit sie in den Jahren der großen Inflation ihr Geld verdient hat, oder?»

«Ja», bestätigte Johannes, «und ich weiß es vermutlich sogar detaillierter als ihr alle. Sie war häufig nachts hier, um sich aufzuwärmen, und hat mir davon erzählt, wie sie erst sich und ihre Mutter und dann noch ihren Sohn durchgebracht hat. Ohne auf sich selbst Rücksicht zu nehmen.»

Robert sah Johannes erstaunt an. «Du klingst so, als würdest du sie geradezu bewundern.»

«Ich habe Hochachtung vor ihr. Sie hat einen besseren Charakter als viele andere Menschen, die ich in meinem Leben getroffen habe. Und sie hat sich nie aufgegeben.» Ein Lächeln glitt über Johannes' Gesicht, als er die beiden Kinder betrachtete, die in trauter Einigkeit ihre braunen Haarschöpfe zusammensteckten. Lillis Haar hatte einen leichten rötlichen Schimmer, während Michaels Haar so dunkel war wie das seiner Mutter. «Es ist gerade Ellas Verdienst, dass ihr Michel so gut gedeiht. Der Junge weiß von all diesen Dingen nichts. Und er wird dir auch deine Tochter nicht verderben», setzte er hinzu.

Robert schüttelte den Kopf. «Nein, nein, natürlich nicht. Trotzdem gibt es Unterschiede. Gerade auch soziale.»

«Ich wusste gar nicht, dass du so ein Snob geworden bist», wunderte sich Johannes. «Ich dachte, du sympathisierst mit den Sozis. Du engagierst dich im sozialen Wohnungsbau und hast Ella ein Empfehlungsschreiben ausgestellt. Wie passt das denn zusammen, Robert?»

«Nun, ich bin Vater, Vater einer Tochter. Seit ihrer Geburt, ja schon vorher, seit ich von ihrer Existenz weiß, verspüre ich diesen Drang, sie zu beschützen.»

«Das ist für einen Vater sicher natürlich, aber übertreibe es nicht! Lass sie auch noch atmen und leben. Und dazu wird auch gehören, dass sie einmal eigene Entscheidungen trifft.»

Robert schnaubte nur. «Na klar, was denkst du von mir? Ich bin ja kein Tyrann, und Lilli ist ein freier Mensch, der später, wenn sie älter und reifer ist, eigene Freundschaften pflegen darf. Aber darum geht es mir eigentlich gar nicht.»

Johannes goss noch mal einen Schnaps ein. «Robert, was ist es dann, was du sagen willst?»

«Ich ... Es geht um *unsere* Freundschaft, die ich verspielt habe», stieß Robert mit unüberhörbarem Schmerz in der Stimme hervor. «Ich habe auf unserem Rückzug klaglos einem Befehl gehorcht ... und nahm hin, dass du zurückbliebst.»

Johannes riss die Augen auf. «So siehst du das? Immer noch?»

«Ja, denn *du* hast mich nicht allein gelassen, als ich verletzt wurde.»

«Stimmt, aber du kannst nicht derart verschiedene Situationen in diesem mörderischen Krieg gegeneinander aufrechnen. Du hast einen *Befehl* befolgt. Das tun Soldaten.»

«Und doch fühle ich mich seit diesem Tag wie ein Verräter und Versager», gab Robert zu, was ihn selbst überraschte. Hatte er sich nicht vorgenommen, über diese schwarze Stunde *niemals* zu sprechen? «Jahr für Jahr.»

Johannes zog eine Grimasse. «Und gleichzeitig hattest du das Glück, zu Luise zurückkehren und sie heiraten zu können. Andernfalls hätte sie sich vielleicht für mich entschieden.»

«Was?»

«Nun, wir standen uns sehr nahe.» Johannes knirschte mit den Zähnen. «Und ich gab ihr den Ring meiner Großmutter.»

«Willst du damit sagen, du warst mit ihr *verlobt*?»

«Oh, sie hat es dir wohl nie erzählt», stellte Johannes fest und machte eine wegwerfende Handbewegung. «Ist jetzt auch nicht mehr wichtig. Das war vor so vielen Jahren, da waren wir beide noch unschuldige Jungs.»

«Aber wann ... Ich meine, wann hast du dich mit ihr verlobt?», fragte Robert, den es heiß und kalt durchfuhr.

«Bei meinem letzten Heimaturlaub, ehe ich an die Front zurückkehren musste.»

Robert schüttelte den Kopf, er konnte es nicht fassen. Oder doch? «Sie hat dich mehr geliebt als mich. Ich habe es immer gespürt.»

«Damals vielleicht, jetzt liebt sie dich. Dich und Lilli!», sagte Johannes mit Nachdruck.

♦

Ein paar Tage später schloss Robert am Abend die Wohnungstür auf. Stille empfing ihn. Unvermittelt blieb er stehen, die Schlüssel noch in der Hand. Es ging auf neun Uhr zu. Küche, Wohn- und Schlafzimmer wirkten verlassen und dunkel.

War Luise etwa schon wieder unterwegs? Mit Lilli, um diese Uhrzeit? Ein Knoten drückte ihm in den Magen, noch ehe er an das Gespräch mit Johannes zurückdachte.

Was sollte er tun?

Er hatte Rechte, Rechte als Mann, als Ehemann. Gemessen an der Tradition, konnte er seiner Frau und seiner Tochter den Umgang, der ihm widerstrebte, untersagen oder zumindest einschränken. Er dachte zurück an Luises Schwangerschaft, als er ohne ihr Einverständnis die Stelle bei der Sitte gekündigt hatte. Damals hatte er riskiert, ihr Vertrauen zu verspielen, das wusste er. Im Laufe ihrer Ehe hatte er das nie wieder gewagt, zu deutlich hatte ihm Luise seine Grenzen aufgezeigt. Sie war eine moderne Frau. Wie oft hatten sie darüber gesprochen, nein, gestritten, welche Rolle sie beide im Leben einnahmen. Er als Mann, sie als Frau. Er liebte sie und wollte das Band zwischen ihnen nicht zerstören.

Aber liebte sie ihn auch, so wie es Johannes behauptet hatte?

Robert seufzte tief.

Plötzlich fiel ihm ein schwacher Lichtstreif unter der Tür zum Kinderzimmer auf. Leise durchquerte er den Flur, drückte die Klinke runter und schob die Tür einen Spaltbreit auf.

Da saß sie am Fenster, Luise, seine Frau, seine einzige Liebe. Sie hatte nur die kleine Tischlampe angeschaltet, in deren trübem Licht sie vorgebeugt saß und etwas schrieb. Lilli lag im Bett, ihren Teddy fest umschlungen, und schlief friedlich. Ein Bild, das ihm Tränen der Rührung in die Augen trieb. Ihr braunes Haar mit dem rötlichen Schimmer lag ausgebreitet wie ein dunkler Kranz um ihren Kopf. Das leuchtende Blondhaar ihrer Mutter hatte sie offensichtlich nicht geerbt.

Sein Blick kehrte zu seiner schreibenden Frau zurück, die ihn noch immer nicht bemerkt hatte. Was schrieb sie da so eifrig? Ein Brief konnte es nicht sein.

Robert trat einen Schritt näher. Ein Buch lag aufgeklappt vor ihr. Luise musste die Bewegung aus den Augenwinkeln erhascht haben, denn sie zuckte zusammen, ließ den Stift fallen und fuhr herum.

«Guten Abend, mein Schatz», begrüßte er sie. «Entschuldige, ich wollte dich nicht erschrecken. Ich dachte schon, du wärst nicht da.»

Er sah sie an, sie erwiderte den Blick aus weit aufgerissenen Augen. Röte flutete ihre Wangen.

«Habe ich dich bei etwas Wichtigem gestört?»

Luise wehrte ab. «Nein, nein, ich habe dich nur nicht gehört. Das Abendessen ist vorbereitet. Wir können gleich rübergehen.»

Während sie sprach, klappte sie die Seiten zu, zog die Schublade unter der Tischplatte auf und legte das Buch hinein.

«Schreibst du Tagebuch?», fragte Robert. «Das wusste ich gar nicht.»

«Ab und zu notiere ich ein paar Gedanken. Nichts Wichtiges.» Die Röte vertiefte sich.

Robert hatte das dumpfe Gefühl, dass es besser war, das Thema fallenzulassen. «Gut, dann können wir ja essen. Ich bin am Verhungern.»

Während Luise in die Küche eilte und den Herd anschaltete, trat Robert an Lillis Bett und sah mit einem zärtlichen Lächeln auf das schlafende Kind. Ganz sacht strich er mit dem Zeigefinger über ihre Wange und schob ihr dann eine der dunklen Strähnen aus dem Gesicht. Lilli rührte sich und steckte ihren Daumen in den Mund. Robert runzelte die Stirn, verzichtete aber darauf, ihn wieder rauszuziehen, und folgte stattdessen dem Klappern in die Küche.

♦

Als Ilse einige Tage später nach Hause kam, reichte ihr Herr Stöckler einen Brief, den eine «hübsche junge Dame» bei ihm abgegeben habe. Ilse drehte den Umschlag um. Von Clara? Verwundert steckte sie den Brief ein, den sie erst in ihrer Wohnung öffnen wollte. Seltsam. Warum schrieb Clara ihr einen Brief? Sie sahen sich zwar nicht sehr häufig, aber wenn, war es immer harmonisch und auch aufregend. Erst am Wochenende hatten sie eine wundervolle Nacht zusammen erlebt und anschließend in einem Café ausgiebig zusammen gefrühstückt.

Nachdem Ilse sich einen Tee gekocht hatte, setzte sie sich und legte den Brief vor sich auf die Tischplatte. Eine ungute Ahnung beschlich sie, und es kostete sie Überwindung, den Umschlag zu öffnen und das Blatt darin zu entfalten.

Meine liebste Ilse,

wenn Du diese Zeilen liest, sitze ich schon im Zug nach Süden. Ich habe ein Angebot bekommen, das ich nicht ablehnen konnte – wollte. Ach, es hat mich zerrissen. Ich will singen und ich will bei Dir sein, aber das Schicksal zwingt mich, eine Entscheidung zu treffen. Ich habe ein großartiges Angebot für die Hauptrolle in einer Revue in Wien bekommen. Wenn ich in meiner Karriere vorankommen will, muss ich jetzt zugreifen. Wie viele Jahre bleibt uns Frauen, um auf der Bühne zu glänzen? Männer dürfen auch mit silbernen Schläfen den Verführer geben. Doch hast Du je eine Frau jenseits der vierzig auf einer Revuebühne gesehen? Nein, die Zeit für mich läuft, und ich muss mir jetzt einen Namen machen, um vielleicht danach noch ein wenig davon zehren zu können.
Dass ich Dich zurücklassen muss, macht mir das Herz schwer. Ich liebe Dich und ich habe jede Minute mit Dir genossen. Ich wollte es Dir längst sagen, fand aber nicht den Mut. Gerade bei unseren letzten

gemeinsamen Stunden wollte ich jede Sekunde auskosten und nicht mit Dir über Trennung sprechen.
Nenn es feige, ja, ich schäme mich dafür, aber ich konnte nicht anders. Ich hoffe nur, dass Du mir verzeihen kannst und wir uns irgendwann wiedersehen. Ich gebe die Hoffnung nicht auf, dass wir vielleicht noch eine zweite Chance bekommen. Bitte grolle mir nicht zu sehr. Du selbst hast Bühnenluft geschnuppert und kannst mich vielleicht ein klein wenig verstehen. Du hast noch Deine Mode, ich habe nur für die Bühne Talent.
Ich umarme Dich und küsse Deinen Mund. Schon während ich dies schreibe, will die Sehnsucht nach Dir mich verzehren, doch ich habe mich entschieden. Dem Angebot zugesagt und meine Fahrkarte gekauft.

In Liebe, Deine Clara

Die letzte Zeile war von Tränen verschmiert, und auch Ilses Augen wurden feucht. Zwei Jahre hatte diese Liebe angedauert, nun war sie vorbei. Zumindest für unbestimmte Zeit. Ilse wusste nicht, ob sie hoffen sollte, dass sich Clara aus Wien melden und sie ihr zurückschreiben könnte. Wäre es möglich, ihre Liebe auch über die Entfernung zu erhalten? Sie seufzte tief und wischte sich mit dem Handrücken die Tränen aus dem Gesicht.

Kapitel 26

Im Mai lief die *Deutschland* in Kiel vom Stapel, persönlich getauft vom Reichspräsidenten Paul von Hindenburg. Der Panzerkreuzer A, den es laut Versailler Vertrag gar nicht geben durfte, hatte im Wahlkampf 1928 noch zu heftigen Auseinandersetzungen unter den Parlamentariern geführt. Doch falls irgendjemand von ihnen gehofft hatte, der Stapellauf des verbotenen Kriegsschiffes würde Folgen haben, so wurde er enttäuscht. Das Leben ging weiter, und bald beherrschte die Presse wieder so wichtige Ereignisse wie das zweite Sechstagerennen in diesem Jahr oder die Boxweltmeisterschaft im Juni, bei der Max Schmeling im Berliner Sportpalast antreten sollte, um seinen Titel zu verteidigen.

Die Freude über den erneuten Sieg Schmelings am 12. Juni fand allerdings bald ein jähes Ende, als die Zeitungen genau einen Monat später den Bankrott der *Danat*, der Darmstädter- und Nationalbank, einer der größten deutschen Banken, vermeldeten.

Das Grundübel war sicher, dass alle Banken nach und nach immer weniger Eigenkapital auszuweisen hatten und somit leicht in Liquiditätsprobleme geraten konnten. Der Danat hatte die Pleite der Nordwolle AG aus Delmenhorst den Garaus gemacht, die einen fälligen Kredit über achtundvierzig Millionen Mark nicht begleichen konnte. Da die Bank über zu wenig Eigenkapital verfügte, um den Verlust aufzufangen, verkündete Reichskanzler Brüning, die Danat würde liquidiert und der Staat die Einlagensicherung der Kunden übernehmen. Dennoch war das Vertrauen der kleinen Sparer erschüttert, und verunsicherte Kunden stürmten bereits am nächsten Tag die Filialen anderer Banken, um ihr Geld abzuheben – und brachten dadurch auch diese in Bedrängnis. Irgendwann war die Liquidität erschöpft, die Geldhäuser konnten nichts mehr auszahlen, gerieten in Schieflage.

«Was sollen wir tun?», fragte Luise unsicher, als sie und Robert am Abend zusammensaßen.

Er hob die Schultern. «Ich weiß es nicht. Eigentlich denke ich, dass unsere Banken sicher sind.»

«Meinst du nicht, wir sollten unser Geld abheben und eine Weile hier verwahren, bis wieder Ruhe eingekehrt ist?»

Die Entscheidung wurde ihnen abgenommen, denn schon am 14. Mai war auch die Dresdner Bank zahlungsunfähig, ihre Hausbank – und Brüning ließ erst einmal alle Banken schließen. Für den Rest des Monats durften nur noch Löhne, Sozialleistungen und Steuergelder ausgezahlt werden.

«Himmel, was wird jetzt passieren?», drängte Luise entsetzt, doch Robert blieb gelassen. «Das ist das einzig Richtige, was der Kanzler tun konnte, sonst wäre eine Bank nach der anderen gefallen. Die Lage muss sich erst einmal beruhigen, auch indem die Regierung dafür sorgt, dass die Menschen den Geldinstituten wieder ihr Vertrauen schenken.»

Das erreichte die Regierung durch Zwangsfusionen und die Übernahme maßgeblicher Bankenanteile, die nun in den Besitz des Staates gelangten.

Anfang August öffneten die Filialen wieder. Damit war der Spuk vorbei – zumindest vorläufig.

♦

Im Oktober begleitete Robert Luise und Ilse endlich wieder ins Kino. Die Verfilmung von Alfred Döblins Roman *Berlin Alexanderplatz – Die Geschichte von Franz Biberkopf* hatte die Freigabe der Filmprüfstelle erhalten, allerdings mit der Einschränkung, dass der Streifen für die Jugend verboten war.

Ilse hatte Karten für die Uraufführung im Capitol am Zoo erstanden, einem der riesigen Berliner Kinos mit über tausend Plätzen. Da sie das Buch bereits gelesen hatte, konnte sie sich leider nicht verkneifen, während der Vorstellung einerseits immer wieder anzukündigen, was gleich als Nächstes geschehen würde, und andererseits enttäuscht darauf hinzuweisen, in welchen Punkten sich der Film vom Buch unterschied.

Luise spürte, wie sich Robert vor Ärger aufblies. Noch ehe sie Ilse einen Tipp geben konnte, beugte sich Robert zu ihr und zischte sie an, sie solle endlich den Mund halten und andere nicht mehr stören.

Luise hörte förmlich, wie Ilse der Mund zuklappte. Sie saß zwischen den beiden und konnte die Verstimmung wie eine dichte Nebelwolke spüren, die sie frösteln ließ. Dabei hatte sie sich so sehr auf ihren gemeinsamen Abend gefreut. Sie unterdrückte einen Seufzer und versuchte, sich erneut auf das Filmdrama zu konzentrieren. Doch irgendwie berührte sie das Schicksal von Franz Biberkopf weniger als der Groll zu ihren Seiten. Zaghaft schickte sie ihre rechte Hand auf Wanderschaft. Ihre Finger wanderten an Roberts Oberschenkel entlang, bis sie seine Hand fand und ihre Finger zwischen die seinen schob. Robert hob ihre Hand an seine Lippen, und sie spürte, wie er sich entspannte.

Was auf der einen Seite funktionierte, könnte auch auf der anderen klappen. Luise schickte auch ihre Linke auf Wanderschaft. Ihre Fingerkuppen berührten den seidigen Stoff des Kleides, wanderten zwischen weiche Federn und berührten die von Seidenstrümpfen umhüllten Knie ihrer Sitznachbarin. Zwar wurden die Rocksäume seit zwei Jahren Stück für Stück wieder länger, und die Taille wanderte erneut nach oben, doch Ilse war nicht bereit, ihre schönen Beine derart zu verhüllen.

Luise spürte, wie ein Schauder durch Ilses Körper fuhr. Ihre Finger umfassten Luises Hand, die manikürten Fingernägel bohrten sich in ihre Haut. Langsam schob Ilse die beiden Hände ein Stück höher und hielt sie dort zwischen ihren warmen Oberschenkeln fest. Aus Furcht, sie könnten noch höher wandern, hätte Luise ihre Hand sofort zurückziehen müssen, doch sie merkte, wie plötzlich eine angenehme Wärme in ihr aufstieg, und sie blieb bewegungslos sitzen, bis der Abspann über die Leinwand glitt.

♦

Ella passierte den sternförmigen Backsteinbau des Untersuchungsgefängnisses in Moabit, das aus der Kaiserzeit stammte und schon einige Jahrzehnte auf dem Buckel hatte. Dann bog sie in die Turmstraße ein, an der sich das Gerichtsgebäude entlangzog, in dem Paul der Prozess gemacht werden sollte.

Wieder einmal!

Ella blieb an der Ecke stehen und starrte das Kriminalgericht an. Es war ein moderner Bau aus den ersten Jahren des 20. Jahrhunderts, der das alte Gericht an dieser Stelle ersetzte. Geradezu einschüchternd überragte sie das riesige Gebäude, dessen Fenster, Treppen und Fassaden samt der sechzig Meter hohen Türme zwar an ein barockes Schloss erinnerte, technisch aber auf dem neuesten Stand war. Paul hatte Ella nach seinem ersten Verfahren geradezu vorgeschwärmt von Aufzügen, einer Zentralheizung und einer modernen Telefonanlage. Selbst die eigene Wasserversorgung und das gebäudeeigene Kraftwerk hatten es ihm angetan – und ihn davon abgelenkt, dass er eigentlich auf seinen Prozess wartete.

Außerdem war das Gericht durch ein unterirdisches Gängesystem mit den dahinter liegenden Gefängnisbauten verbunden, so konnte man Gefangene oder auch Zeugen ungesehen in jeden der einundzwanzig Gerichtssäle bringen.

Ella blieb vor der Tür der Kneipe gegenüber stehen, die den sinnigen Namen *Zur letzten Instanz* trug. Sie öffnete die Tür und ließ den Blick schweifen. Trotz Bierdunst und Zigarettenqualm glaubte sie an einem Ecktisch einige Brüder aus Pauls Ringverein zu entdecken. Für einen Moment erwog sie, die Männer anzusprechen oder vielleicht auch ein Bier zu trinken, doch die Blicke, die sie auf sich zog, waren ihr unangenehm. Und was hätte sie den Ringbrüdern schon sagen können?

Haut bitte meinen Bruder aus dem raus, wat er sich mal wieder selbst eingebrockt hat?

Vermutlich würden sie das eh versuchen, ganz gleich, ob sich seine Schwester einmischte oder nicht. Je weniger sie persönlich mit diesen Männern zu tun hatte, desto besser für sie und Michel.

Also machte sie sich auf den Weg zurück über die Straße und zum Gerichtssaal, in dem heute Zeugen gehört werden sollten und vielleicht auch ihr Bruder zu Wort käme. Was nicht unbedingt sein Vorteil wäre, Ella kannte Pauls Unbeherrschtheit. Das Wenige, was er ihr vor seiner Verhaftung erzählt hatte, war durchaus dazu angetan zu befürchten, dass er diesmal nicht so glimpflich davonkommen würde. Menschen waren an seinem Stoff gestorben, wofür er nichts konnte, wie er behauptete. Weitaus schlimmer wog aber vermutlich, dass er gegen den Bruder einer jungen Frau, die ebenfalls an dem Kokain gestorben war, sein Messer gezogen und den Mann tödlich verletzt hatte. «Reine Notwehr!», hatte Paul gesagt, doch Ella fürchtete das Schlimmste.

Sie folgte den Zuschauern, viele waren Journalisten, in den Schwurgerichtssaal und nahm in der letzten Reihe Platz. Vermutlich war es schon kein gutes Zeichen, dass Pauls Fall in einem so großen Schwurgerichtssaal verhandelt wurde, durchfuhr es Ella.

Und dann sah sie Paul, der aus einer Tür direkt hinter der Anklagebank eintrat und sich setzte. Direkt vor ihm nahm sein Verteidiger Platz. War er nur ein Pflichtverteidiger, oder wurde er eigens von Pauls Ringverein bezahlt?

Ella blickte nach vorne zu den zwölf Geschworenen. Sie wusste, dass diese per Los bestimmt worden waren, Männer aus dem Volk. Würden sie sich für ihren Bruder einsetzen? In diesem Moment horchten alle auf, denn der Richter begann die Anklage zu verlesen.

Zwei Wochen später besuchte Ella Paul im Strafgefängnis Plötzensee, errichtet für eintausendvierhundert Gefangene.

«Fünf Jahre», sagte Ella mit einem Aufstöhnen, als sie sich im Besucherzimmer ihrem Bruder gegenübersetzte.

«Is nich gerecht», beschwerte sich Paul.

Ella zuckte mit den Schultern. «Ick weiß nich, immerhin sechs Menschen sind tot.»

«Aber ick hab die nich umgebracht. Die haben nur den Stoff von mir. Keiner hat se gezwungen, den zu spritzen. Oder?»

«Das stimmt, aber du hättest den Bruder nich abstechen müssen.»

«He, dann wär ick wahrscheinlich tot. Der hätt mich kaltgemacht.»

Wieder hob Ella die Achseln.

Paul schob schmollend die Unterlippe vor. «So wenig Mitgefühl haste? Ick hab euch immer Geld gebracht, und jetzt fällste mir in den Rücken. Mutter würd mich unterstützen.»

«Ja, bei ihr warste der tolle Sohn, der nix falsch machen konnte. Dabei bin ick in die Schule gegangen, hab 'ne Ausbildung gemacht, 'ne anständige Arbeit angenommen. Aber det hat nie gezählt.»

«Und ohne mich wärste in der Zeit mit der Inflation verhungert. Und Michel auch», behauptete Paul.

Ella zog eine verächtliche Grimasse. «Drogen sollt ick für dich verkaufen und auf 'n Strich gehn.»

«Nu sag nich, ick wär 'n Zuhälter! Ick hab dir nich ein Pfennig von deinem Geld abgenommen!»

«Det stimmt. Aber ick will 'n anständiges Leben, für mich und den Michel. Und du? Wie wär's mit 'ner ehrlichen Arbeit?»

Paul überlegte. «Hm, is schwierig.»

Ella fühlte eine tiefe Traurigkeit in sich aufsteigen.

«Ach komm, Kopf hoch, Ellabienchen, alles wird gut», versuchte Paul, sie aufzuheitern. «Und wenn du det nächste Mal kommst, bringste den Michel mit.»

Ella reckte das Kinn hoch und funkelte Paul an. «Nee, ganz bestimmt nich! Soll der Michel etwa erfahren, det du jemanden umgebracht hast? Ick will, det er in die Schule geht und lernt und später wat Anständiges aus ihm wird. Der soll raus aus'm Hinterhaus.»

«Oho, feine Pläne haste!», spottete Paul. «Schämste dich etwa für mich?»

«Nee, Paul, du bist mein Bruder. Aber ick weiß, für dich is et zu spät. Ick werd dich besuchen, aber vom Michel halt ick dich fern. Det schwör ick dir!»

♦

Sie war verabredet, hatte von einer Kollegin im Jugendamt erzählt, mit der sie sich treffen wollte. Deshalb übernachtete Lilli heute bei ihrer Patentante, denn auch die Oma hatte was vor. Doch dann war Roberts letzter Geschäftstermin des Tages geplatzt, und da keiner der Kollegen Lust auf ein Feierabendbier hatte, stieg er am Bahnhof Friedrichstraße aus, um sich bei Johannes eine Molle zu genehmigen.

Es dämmerte bereits, als er sich dem Kiosk näherte. Überrascht blieb Robert stehen und runzelte die Stirn. Wieso war Luise hier?

Johannes kam aus dem Kiosk heraus, eine kleine Kiste mit Zigaretten in den Händen. Er stellte sie auf den Tresen und trat dann zu Luise.

Sie standen voreinander. Sehr dicht voreinander. Robert war es, als könnte er die Spannung spüren, die zwischen ihnen zu flimmern begann. Sein Herz raste. Jetzt müsste Luise doch zurücktreten, die Spannung brechen, ihm die Hand zum Abschied reichen oder seinetwegen auch die Wange zum Kuss anbieten – aber nichts geschah. Sie sahen einander einfach nur in die Augen, ohne dass sich ihre Körper berührten, und doch konnte Robert spüren, wie sich ihre Gedanken und Seelen ineinander verwoben. Dann, als die Spannung unerträglich wurde, berührte Johannes sacht ihre Hand.

Als habe er damit etwas losgetreten, schlangen sich plötzlich ihre Arme um ihn, als müsse sie vor dem Ertrinken gerettet werden. Robert sah, wie sich Johannes zu ihr runterbeugte und sie küsste.

Nein, das war kein Abschiedskuss zwischen Freunden. Dies war Leidenschaft und Verlangen, zum Greifen nah. Robert erbebte. Dann drehte er sich verstört um und rannte davon.

♦

Die Szene am Kiosk ging ihm nicht mehr aus dem Kopf. Wenn er Luise ansah, dachte er daran, wie sie Johannes geküsst hatte. Wenn sie nicht da war, fiel es ihm schwer, an etwas anderes zu denken und sich auf seine Arbeit zu konzentrieren. Sogar seinem Chef fiel auf, dass er irgendwie abwesend wirkte.

«Wagenbach, was ist denn los mit Ihnen?», polterte Dr. Grubert. «So kenne ich Sie ja gar nicht.»

«Nur ein privates Problem», winkte Robert ab.

«Dann lösen Sie es! In Ihrer Berechnung sind zwei Fehler aufgetaucht, die hat Ihr Assistent glücklicherweise korrigiert. Wir machen in dieser Firma keine Fehler!»

Robert nickte und versuchte sich erneut an der Berechnung eines möglichst engen Kurvenradius für die Tunnel der geplanten Nord-Süd-Bahn. Nachdem die U-Bahn-Verbindung nach Osten bis Friedrichsfelde im vergangenen Jahr fertiggestellt worden war, ging es nun um die Linie, die die nördlichen mit den südlichen Vorortbahnhöfen verbinden sollte. Diese musste nicht nur unter der Spree hindurch, sondern auch unter all den kreuzenden U-Bahn-Linien verlegt werden.

Nach der Arbeit machte sich Robert zu Fuß auf den Heimweg. Er atmete tief durch, genoss die Luft, die Schritte lenkten ihn ab, die vielen Menschen in der Friedrichstraße, die noch einige Abendbesorgungen machten. Ihren Alltag lebten. Robert seufzte. Er musste aufpassen, sich zusammenreißen, durfte nicht riskieren, seine Position bei Grubert & Landgraf zu verlieren oder gar entlassen zu werden. Von ihm hingen Menschenleben ab, wenn er als Statiker versagte. Und seine Familie hing von ihm ab. Lilli, Luise. Luise! Immer wieder kehrten seine Gedanken zu ihr zurück. Ob er sie darauf ansprechen sollte? Ihr sagen, was er beobachtet hatte?

Schneller als gedacht stand er vor seiner Wohnungstür. Er schloss auf, hängte den Mantel in die Diele, legte den Hut auf die Ablage.

Die Wohnung war leer.

Er blieb in der Tür zum Kinderzimmer stehen. Sein Blick wanderte zu der Schublade, in die Luise das Buch gelegt hatte. Ein Tagebuch, so viel war klar. Und ein Tagebuch ging niemanden etwas an. Es gehörte zur Privatsphäre eines Menschen, die jeder zu achten hatte.

Auch der Ehemann? Ging ihn nicht alles an, was seine Ehefrau betraf? Hatte er nicht das Recht zu erfahren, was dieser Kuss wirklich für sie bedeutete?

Robert ahnte, dass es weder für ihn selbst noch für Luise gut war, aber er konnte nicht widerstehen. Er betrat das Zimmer, ging an den kleinen Tisch und zog die Schublade auf. Da war es, das Buch. Hastig nahm er es heraus, suchte, blätterte. Das Datum, der Tag des Kusses. Mit klopfendem Herzen begann Robert zu lesen.

Es sind diese Momente, die so unerwartet über mich herfallen und mich aus meiner ruhigen Lebensbahn werfen. Was diese Erdbeben auslöst? So genau kann ich es nicht sagen. Ein Blick, eine Berührung, ein vertrauter Satz, der irgendetwas heraufbeschwört, mich in eine andere Zeit in einer anderen Welt zurückversetzt. Es ist eine Magie, eine Verbindung, die es noch immer zwischen uns gibt. Wie heute, als ich mich verabschieden wollte. Ich hatte nicht vor, Johannes zu küssen. Und schon gar nicht so, als würde sich eine Ertrinkende an einen Rettungsring klammern. Aber dann ist es passiert. Wir haben uns geküsst, als wären wir noch so jung wie damals, voller Hoffnungen, das Leben offen vor uns. Als unsere Küsse noch ein Versprechen waren für eine aufregende, gemeinsame Zukunft.

Kapitel 27

1932

Neben allem, was unleidlich war in diesen Zeiten, irritierte, schockierte, spaltete, bot ein Ereignis eine willkommene Abwechslung: die Feier zum Jubiläum des stolzen Bahnhofs Friedrichstraße.

FÜNFZIG JAHRE STADTBAHNHOF
FRIEDRICHSTRASSE

So verkündeten es die übergroßen Lettern auf den Plakaten in der ganzen Stadt.

Heute jährte sich der Tag der feierlichen Eröffnung durch Kaiser Wilhelm I. zum fünfzigsten Mal. Auch damals hatte es Blumenschmuck, Fahnen und Hurrarufe gegeben, war die riesige Bahnhofshalle voller festlich gekleideter Menschen gewesen, hatte eine Musikkapelle gespielt. In seinem Festwagen war der Kaiser die neu eröffnete Strecke der Stadtbahn abgefahren. Sein ganzer Stolz war der Bahnhof in der Friedrichstraße, schon damals der Dreh- und Angelpunkt des Verkehrs in der Hauptstadt.

Ein Bahnhof, der dank der Erweiterungen in den letzten Jahren, über- und unterirdisch, noch raumgreifender wirkte und gemeinsam mit den sich kreuzenden U-Bahn-Linien auch eine technische Meisterleistung der Moderne darstellte. Jemand schien die Organisatoren des Festaktes gut beraten zu haben, denn die Ansprachen der Redner aus Politik und Kultur wurden zwischendurch nicht durch Blasmusik wie zur Kaiserzeit aufgelockert. Eine

Jazzbigband erfüllte die hohe Halle mit ungewohnten Tönen und Rhythmen, bei denen kaum einer stillstehen konnte. Am Rand der Menge fanden sich gar einige Tanzpaare. An einigen Ständen wurden Getränke ausgeschenkt, und es gab frische, noch warme Berliner Pfannkuchen.

Nach den Reden sorgten die Musiker eine ganze Weile für Stimmung, und nun tanzte auch Robert mit Luise eine Runde, bis das letzte Stück verklang und die Musiker anfingen, ihre Instrumente einzupacken. Nun begann die Menge, sich zu zerstreuen, nur Robert, Johannes, Luise und Ilse blieben noch und schlenderten schwatzend durch den Bahnhof. Lilli war an diesem Tag bei ihrer Großmutter in Charlottenburg.

Robert spürte, wie Luise ihre behandschuhte Hand durch seine Armbeuge schob. Als er ihr sein Gesicht zuwandte, sagte sie: «Du wirst mit all den anderen berühmten Baumeistern in die Geschichte eingehen. Ich gratuliere dir, Robert!»

Sie schien es ernst zu meinen. Er spürte wieder diese tiefe Zärtlichkeit, die er seit jeher für sie hegte: die blonde Luise mit ihren strahlend blauen Augen und ihrem herzerfrischenden Lachen, der er schon zu Schulzeiten mit Haut und Haaren erlegen war.

Ihre bewundernden Worte schmeichelten ihm, dennoch wehrte er ab: «Das ist nicht der Berliner Dom, mein Herz. Dies ist nur ein Bahnhof, und ich habe lediglich die Statik für die Umbaumaßnahmen vor zehn Jahren berechnet und überwacht.»

«Ein Bahnhof, ja, aber was für einer!», widersprach Luise. «Hier gibt es mehr Luft und Licht als in jedem Kirchenschiff. Und sicher sehr viel mehr Menschen, die ihn nutzen.»

Johannes, der sich auf der anderen Seite bei Luise eingehakt hatte, blieb stehen, und seine Hand verlor ihren Arm. «Kann es für einen Mann etwas Schöneres geben als solch tiefe Bewunderung für die Taten des Gatten?», sagte er in leichtem Ton.

Robert meinte, den Schmerz in seiner Stimme zu hören, den er manches Mal nicht zu ertragen glaubte. Er war in den vergangenen Jahren oft hin und her gerissen gewesen zwischen seiner Freundschaft zu Johannes und seiner Liebe zu seiner Frau. Ganz im Gegensatz zu Luise, die Johannes immer die Treue bewahrt hatte. Die Treue? War es nicht mehr? Zorn regte sich in ihm, ausgerechnet heute, an diesem besonderen Tag. Gleichzeitig pochte sein Gewissen. Schon drückte es wie ein Stein in seinem Magen.

Luise, die von seinen Qualen offensichtlich nichts bemerkte, schien heiter und gelassen. Nun ließ sie seinen Arm los und drehte sich zu Johannes. «Sollen wir langsamer gehen?»

«Nein, nein, ich komme zurecht.»

Es schwang so viel Fürsorge und Zärtlichkeit in Luises Stimme, dass Robert den Blick abwandte und sich gleichzeitig seiner unschönen Gefühle wegen schalt. *Es war doch schön, dass der Freund nach diesen Jahren voller Starrsinn heute endlich einmal eingewilligt hatte, einen Abend zu viert zu verbringen*, sagte er sich und beobachtete, wie Luise den Arm nach Johannes ausstreckte, auf ihn zuging und ihre Hand unter seinen unversehrten Ellenbogen schob. Johannes' Miene entspannte sich. Mit was für einem Lächeln sie zu ihm aufsah! Hatte sie ihn selbst je so angesehen?

Sie hatte *ihn* geheiratet, Robert – und nicht Johannes! War das nicht das Wichtigste?

Robert schob den Groll bewusst von sich. Es dachte an seinen verstorbenen Mentor, Arthur Rosenstein.

♦

«Von dort oben muss man eine prächtige Aussicht haben!», meldete sich Ilse zu Wort. Sie blieb stehen und deutete auf das metallisch glänzende Gerüst, an dessen Spitze das Jubiläumsplakat befestigt war und von dessen Seiten noch die Fahnen herabhingen, obgleich die feiernden Menschen die Halle längst verlassen hatten. Nun herrschte wieder der normale Stadtbahnverkehr, wobei so spät nur noch vereinzelte Nachtschwärmer unterwegs waren. Noch ein, zwei Stunden, dann würden die Ersten bereits zur Arbeit eilen und die Waggons der Züge füllen.

Neugierig berührte Ilse die Metallkonstruktion und deutete mit einem triumphierenden Glitzern in den Augen auf die lange Leiter, die bis zu einer Plattform hinaufführte, an der man grüne Girlanden und das Plakat befestigt hatte.

«Das meinst du nicht ernst!», sagte Robert mit Nachdruck, der offensichtlich Ilses Abenteuerlust immer noch unterschätzte. Denn natürlich meinte sie es ernst und würde sich von diesem waghalsigen Vorhaben auch nicht abbringen lassen, obgleich jetzt auch Johannes auf sie einredete.

Während Robert ihr ausrechnete, wie hoch die Plattform über dem Boden schwebte und wie viele Sprossen sie würde erklimmen müssen, prophezeite Johannes, sie werde sich das schöne neue Kleid und ihre Schuhe ruinieren.

Doch auch diese Gefahr schien sie nicht zu beeindrucken, dachte Luise, die die drei anderen beobachtete und in sich hineinlächelte.

Vielleicht hätte Ilse das Vorhaben fallengelassen, wären Robert nicht die fatalen Worte entschlüpft: «Das schickt sich nicht für eine Frau und ist sowieso viel zu gefährlich.»

Das war's. Natürlich würde sie nun unter allen Umständen beweisen, dass ihr völlig egal war, was sich schickte, und dass sie vor nichts Angst hatte.

«Wir steigen alle hinauf», schlug sie vor. «Dann könnt ihr Männer uns auch nicht unter den Rock schauen.»

Johannes lehnte ab. «Nein, das ist nichts für mich. Sei vernünftig, Schwesterherz, die Nacht war lang, und wir sollten heimgehen.»

Übermütig sprang Luise der Freundin zur Seite und rief: «Bleibt ihr Männer nur schön hier unten. Ich begleite Ilse. Passt auf, dass wir euch nicht auf den Kopf spucken!»

Das rief Robert auf den Plan, der seine Frau auf keinen Fall alleine hinaufklettern lassen würde. Er bestand außerdem darauf – Schicklichkeit hin oder her –, *hinter* den Frauen hinaufzusteigen, um notfalls helfend eingreifen zu können.

«Was seid ihr nur für Kindsköpfe», knurrte Johannes, musste dann aber doch grinsen. Früher war er für jede Verrücktheit zu haben gewesen, ja, war selbst häufig der Anstifter so manchen Streichs gewesen. Nun zog er sich einige Schritte zurück, um sich nicht zu sehr den Hals verrenken zu müssen, während sein Blick den drei anderen die Leiter hinauffolgte. Die beiden Frauen hatten für einen besseren Halt sogar ihre Schuhe ausgezogen.

Während sie Sprosse für Sprosse erklomm, dachte Luise weniger an luftige Gefahren. Vielmehr fürchtete sie, dass sie ihre teuren Seidenstrümpfe zerriss, so ganz ohne Schuhe. Dann aber, als ihr Blick immer tiefer hinabfiel, fragte sie sich, wie sie überhaupt so verrückt gewesen sein konnte, sich wieder einmal auf Ilses Spinnereien einzulassen. Gleichzeitig wusste sie nur zu gut, dass Roberts unumstößliche Vernunft sie zu unvernünftigen Handlungen reizte.

♦

«Wir sind oben!», jubelte Ilse und warf die Arme in die Luft. «Sieh mal hinunter», forderte sie die Freundin auf. «Huhu, kleiner Bruder!», schrie sie enthusiastisch und winkte.

Luise wandte sich ebenfalls dem Abgrund zu, während Robert gerade die Plattform betrat.

Er beobachtete, wie Johannes zurückwinkte. Besitzergreifend legte er den Arm um die Taille seiner Frau. «Ihr seid mir zwei Verrückte, aber die Aussicht ist wirklich grandios, das muss ich zugeben. Aus dieser Perspektive haben noch nicht viele Menschen die Halle betrachten können.»

«Dein großes Werk.» Luise drückte ihm die Hand und schenkte ihm erneut ein Lächeln, das ihm durch Mark und Bein ging.

«Ja.» Versonnen ließ er den Blick über die gewölbte Konstruktion gleiten. Er dachte darüber nach, wie es ihr immer wieder gelang, ihn innerhalb weniger Augenblicke zu Tränen zu rühren und das Glück der Liebe wie eine Welle in ihm aufschäumen zu lassen, um ihn dann den scharfen Schmerz bitterer Enttäuschung spüren zu lassen. Das Wort «Eifersucht» mied er. Von solch niederen Gefühlen ließ er sich nicht beherrschen!

«Ah!», schrie Ilse plötzlich auf.

Die beiden anderen drehten sich ihr zu.

«Was ist los?», erkundigte sich Luise.

«Ich glaube, ich habe da an der Zehe ein Loch im Strumpf», klagte Ilse, hob mit einer Hand ihr für die Mode dieser Saison eh etwas kurzes Kleid noch ein Stück höher und reckte Robert frech ihr bestrumpftes Bein entgegen.

Das war wieder typisch Ilse, die sich Männern gegenüber völlig unbefangen oder – je nach Sichtweise – unschicklich benahm. Dennoch griff Robert nach ihrem Fuß und begutachtete den Schaden. «Es ist kein großes Loch. Vielleicht kann man es stopfen.»

Ilse tat so, als sei ihr großes Unglück widerfahren, während es Luise kaum gelang, ein Kichern zu unterdrücken. «Das kommt davon!», spottete sie und lehnte sich gegen die Metallstange in ihrem Rücken.

Robert vernahm ein metallisches Geräusch. Er ließ Ilses Fuß los und fuhr herum. Ungläubig sah er, wie das Geländer, das noch eben Luises Rücken gestützt hatte, in die Tiefe rauschte. Er hörte, wie Ilse entsetzt aufschrie, beobachtete, wie Luise die Arme in die

Luft warf, um ihr Gleichgewicht wiederzufinden. Er hechtete nach vorn, streckte Arme und Hände nach seiner Frau aus. Alle zehn Finger schlossen sich um ihren Arm, ihre Blicke hielten sich aneinander fest.

Robert spürte, wie ihre bestrumpften Füße langsam abrutschten. Für einen Augenblick sah er in Luises tiefblaue Augen. Was stand da geschrieben? Das Wissen um ihre Schuld? Die Bitte um Verzeihung? Liebe?

Das Tagebuch kam ihm in den Sinn.

Der Kuss!

Ohne dass er darüber nachgedacht hätte oder in der Lage gewesen wäre, eine bewusste Entscheidung zu treffen, lockerte sich der Griff seiner Hände. Luises Miene veränderte sich. Ihr Mund öffnete sich zu einem Schrei, dann fühlte er, wie ihre Arme seinen Fingern entglitten und das Gewicht ihres Körpers sie hinab in die Tiefe riss.

Kapitel 28

Robert war noch immer wie betäubt. Er stand mit Lilli an der Hand neben dem offenen Grab. Seine Augen sahen, wie der Sarg, in dem seine wunderschöne, geliebte Luise liegen sollte, sich in die Grube hinabsenkte. Der Bestatter hatte darauf bestanden, den Sarg sofort zu schließen. Also sah Robert nur eine hölzerne Kiste in der Erde verschwinden. Die hatte nichts mit ihm zu tun oder mit Luise, mit ihrem Leben. Das war einfach nicht möglich.

Die Ansprache des Pfarrers rauschte an ihm vorbei, ohne dass er auch nur ein Wort aufgenommen hätte. Ilse drückte ihm und Lilli je eine Rose in die Hand, die sie auf den hölzernen Deckel fallen ließen. Dann trat Luises Mutter ans Grab. Rosen und ein wenig Erde fielen auf den hölzernen Deckel. Auch Johannes stand am offenen Grab, eine Rose so fest umklammert, dass ihm Blutstropfen an den Fingern herabliefen. Ilse berührte seinen Arm. «Komm», sagte sie leise. Wie unter Zwang öffnete Johannes langsam seine Hand, bis die Rose herabfiel.

Dann wandten sich die Geschwister ab, die Trauergemeinde wich zur Seite und machte ihnen Platz. Robert starrte in die Grube und verfolgte, wie nach und nach Blumen und Sand den Sargdeckel bedeckten.

Nachdenklich schaute Johannes zu Robert hinüber, dessen abweisende Miene ihn abgehalten hatte, zu seinem Freund zu gehen. Vielleicht brauchte er diese Minuten am offenen Grab, um im stummen Zwiegespräch von Luise Abschied zu nehmen. Johannes beobachtete auch, wie sich beide Omas liebevoll zu Lilli runterbeugten und dem Kind übers Haar strichen. Die Trauergäste traten einer nach dem anderen vor. So viele Menschen waren gekommen, um Abschied zu nehmen, Kollegen aus der Roten Burg, vom Jugendamt, Nachbarn und Bekannte. Luise war beliebt gewesen.

Da entdeckte er Ella mit Michel an der Hand, die sich im Hintergrund hielt. Er schob Ilses Hand aus seiner Armbeuge und hinkte zu Ella hinüber. Das dunkle Kleid und ihr Mantel waren sicher nicht so modern und edel wie die Kleidung der anderen Trauergäste, doch sie und Michel wirkten sauber und ordentlich, selbst das Haar des Jungen stand heute nicht wild vom Kopf ab.

Ella ergriff Johannes' Hand. «Mensch, Hannes, det tut mir so leid. Ick weiß, du hast die Luise immer geliebt», sagte sie leise und mit Tränen in den Augen.

Johannes umfasste ihre eisigen Finger. «Danke, Ella. Wir werden alle darunter leiden, dass sie nicht mehr da ist. Vor allem Lilli. Wie schrecklich, in diesem Alter die Mutter zu verlieren.»

«Zum Glück hat se noch ihren Vater.»

«Hoffen wir, dass Robert sich bald so weit fängt, dass er in der Lage ist, sich um Lilli zu kümmern und ihr Halt zu geben.»

«Ick weiß, wat du meinst. Der Robert sieht aus, als wär er mitgestorben.»

«Du kommst doch noch mit und wärmst dich beim Essen auf?», drängte Johannes

«Nee, ick bin ja nich eingeladen.»

«Ich lass dich bei der Kälte nicht gehen! Denk auch an Michel. Der sieht ganz schön verfroren aus und wird sich über etwas Warmes freuen.»

Michael nickte so heftig mit dem Kopf, dass sich seine Mutter geschlagen gab. «Danke, dann hoff ick, det wir nich unangenehm auffallen.»

♦

Schließlich war der Zug zu Ende, und die Trauernden folgten Luises Mutter in das Gasthaus, in dem sie den Leichenschmaus hatte vorbereiten lassen. Vermutlich stand sie nun dort mit geradem Rücken und feuchten Augen, begrüßte jeden und hörte sich die Beileidsbekundungen an. Eigentlich wäre das auch seine Aufgabe gewesen, doch Robert wusste nicht, wie er das aushalten sollte. Er konnte jetzt nichts trinken oder essen, er konnte weder die Trauer der anderen ertragen, noch wollte er irgendwelchen Erinnerungen an fröhliche Tage mit Luise lauschen. Robert umklammerte Lillis Hand und wanderte mit ihr ziellos unter den alten Bäumen über verschlungene Pfade zwischen den Gräbern hindurch, bis das Mädchen zu klagen begann: «Mir ist kalt, ich hab Hunger, wann kommt die Mama endlich zurück?»

Robert wusste keine Antwort. Wie sollte er je erklären, dass Luise nie mehr zurückkommen würde?

Also brachte er Lilli zu seiner Mutter und den anderen Trauergästen ins Warme, hielt sich dort aber nicht weiter auf, sondern lief, ein wenig taumelnd, als sei er betrunken, nach Hause.

In der Wohnung angekommen, öffnete Robert eine Flasche Wein und setzte sich mit Luises Tagebuch ins Wohnzimmer. Er übersprang die Eintragung mit dem Kuss, die ihn vor ein paar Wochen so gekränkt hatte, als er ihre Aufzeichnungen das erste Mal in der Hand gehabt hatte. Es waren einige der letzten Sätze, die Luise geschrieben hatte. Er blätterte nach vorn, doch das Buch endete schon 1929, und er wollte mehr lesen, tiefer in die Vergangenheit eintauchen. Luises Spuren folgen. Ihr nahe sein.

Er stand auf, ging zu Luises Kommode im Schlafzimmer und durchsuchte sie, bis er ältere Tagebücher fand. Aufregung erfasste ihn, als er Seite für Seite zurückblätterte, als würde ihr Leben rückwärtslaufen, sie beide immer jünger werden und die Zeit dem Höhepunkt zustreben: dem schönsten Tag in seinem Leben, ihrer Hochzeit.

Robert vergaß alles um sich herum. Es fiel ihm nicht auf, dass es dunkel wurde und niemand daran dachte, Lilli nach Hause zu bringen. Er saugte jedes Wort aus Luises Feder in sich auf, als könne er sie dadurch wie einen Geist heraufbeschwören. Die Nacht verging, er öffnete eine zweite Flasche Wein, las weiter.

War ihre Hochzeit der schönste Tag? Oder Lillis Geburt, das Wunder ihres Lebens, ihr größter Wunsch? Sein Blick blieb hängen, las von der Freude Luises, dem Staunen über die Bewegungen des Kindes, der Beobachtung seines Atmens, dem schieren Glück, nun zu dritt zu sein. Er las vieles, was ihn stärkte, was er empfand wie sie. Und anderes, das ihm nicht guttat, ihn schwanken ließ zwischen Unverständnis, Ärger und Eifersucht! Hatte er seine Frau überhaupt gekannt? Was waren das für Gedanken, die sie zu Papier gebracht hatte? Welche Geheimnisse hatten sie bewegt?

Dann stieß er auf das Jahr 1925 und Luises Besuch bei Dr. Hirschfeld. Sie war endlich schwanger! Robert erinnerte sich an das Gefühl, das diese Nachricht in ihm ausgelöst hatte. Fast beschwingt blätterte er eine Seite zurück – und erstarrte.

Ach, ich fühle mich so zerrissen. Ich hoffe und fürchte gleichermaßen, dass es geklappt hat. Ein Kind! Ich wünsche es mir so sehr, vielleicht noch mehr als Robert, und doch spüre ich bei dem Gedanken auch einen neuen Schmerz. Ich hätte nie gedacht, dass es zwischen uns noch einmal so wundervoll sein könnte. Der Rausch dieser Nacht hat mich unendlich beglückt, und er stürzt mich in tiefste Verzweiflung. Wie sollen wir uns in Zukunft wieder wie alte Freunde an seinem Kiosk begegnen, einen Kaffee zusammen trinken, über alles reden? Und nicht an das Verlangen unserer Körper und Seelen denken?

Nein, das konnte nicht sein.

Er musste sich verlesen haben.

Das Weinglas entglitt seinen Fingern, zerschellte auf dem Boden. Rotwein spritzte über den Teppich, seine Hosenbeine, Strümpfe und Schuhe, doch Robert merkte es nicht. Er fing die Seite noch einmal von vorne an. Las sich fest an den Zeilen aus dem Mai 1925, konnte nicht begreifen, was dort stand. Das war nicht möglich! Das durfte nicht möglich sein!

Sein Blick wanderte zum Fenstersims, auf dem ein silbern gerahmtes Foto von Lilli stand.

Die Ähnlichkeit war frappierend. Warum war ihm das nie aufgefallen? War er blind gewesen? Naiv? Nein, eine solche Ungeheuerlichkeit wäre ihm einfach nie in den Sinn gekommen!

Wer wusste davon? Hatten sie sich hinter seinem Rücken über ihn kaputtgelacht? Luise, Johannes, Ilse? Die drei Verschwörer gegen ihn, den Trottel?

Das Gefühlswirrwarr, das wie Lava in ihm aufkochte, ließ seine Eingeweide sich schmerzhaft zusammenballen. Er wollte schreien, den Kopf gegen die Wand schlagen, doch er rührte sich nicht. Blieb starr, wie gelähmt. Seine Kehle wurde eng, er keuchte bei jedem Atemzug. Vielleicht würde er jetzt einfach ersticken. Dann wäre die Qual vorbei. Er sehnte die tiefe Dunkelheit, die sich über ihn senkte, herbei und ließ sich in die betäubende Erlösung fallen, die über ihm zusammenschlug.

♦

Ein Geräusch drang in seine Finsternis. Es war so penetrant, dass er nachgab und die Augen öffnete. War das die Klingel? Robert leckte sich über die trockenen Lippen, bemerkte den bitteren Geschmack in seinem Mund. Der Schädel dröhnte, der Magen rebellierte. Benommen stemmte er sich hoch, spürte eine Glasscherbe, Blut quoll aus seiner Hand.

Wieder klingelte es.

Er zog ein Taschentuch aus seiner Hose, drückte es auf den Schnitt und wankte in den Flur, öffnete die Tür – und sah in zwei Gesichter: in das seiner Schwiegermutter in einem schwarzen Kostüm und in das von Lilli, die das gleiche schwarze Wollkleid trug wie bei der Beerdigung.

«ROBERT!», entrüstete sich seine Schwiegermutter. «Wie siehst du denn aus?»

Ohne eine Antwort abzuwarten, drängte sie sich mit Lilli in den Flur und schloss die Tür.

Gertrud war eine praktisch veranlagte Frau. Der Tod ihrer einzigen Tochter hatte ihr ganz sicher das Herz gebrochen, dennoch verfügte sie über so viel Vernunft, dass sie das Zepter kurzerhand übernahm. Sie holte Lillis Malsachen und breitete sie auf dem Tisch aus, kochte einen starken Kaffee für Robert und sich selbst und einen Kakao für die Enkelin.

«Wann kommt Mama endlich?», jammerte Lilli und verschmähte das sonst so geliebte Malzeug. Sie umfasste ihren warmen Becher mit beiden Händen und nahm einen großen Schluck. Erst dann griff sie zu ihren Stiften und vertiefte sich in ihr Bild.

Gertrud und Robert tauschten Blicke.

«Ich habe es ihr noch nicht gesagt», flüsterte Gertrud. «Ich dachte, es sei besser, wenn du das tust.»

Robert sah das Mädchen an, das bis vor wenigen Stunden seine Tochter gewesen war. Nein, das stimmte nicht ganz. Sie war schon immer Johannes' Tochter gewesen, nur *er* war so töricht gewesen, die Zeichen nicht zu erkennen und zu glauben, sie wäre *sein* Kind. Am liebsten hätte er Luises Mutter angebrüllt, sie solle Lilli gleich wieder mitnehmen. Ja, sie sollten beide verschwinden, für immer, und ihn seinem Schmerz überlassen.

Er zuckte die Schultern, anders konnte er nicht auf die Worte seiner Schwiegermutter antworten.

Gertrud sah ihn strafend an. «Du lässt dich gehen. Ich verstehe deinen Schmerz, aber wir alle müssen lernen, mit unserer Trauer umzugehen und Schicksalsschläge zu überstehen. Denkst du, es war für mich leicht, als Luises Vater starb und mich mit ihr zurückließ? *Deine* Aufgabe ist es, dich um Lilli zu kümmern. Sie braucht dich jetzt, und du wirst ihr ein liebender Vater sein!»

Robert protestierte, aber Gertrud ließ sich nicht umstimmen. «Vertraue mir. Es wird dir guttun, mit Lilli zusammen zu sein», behauptete sie, ehe sie sich mit einem Kuss von ihrer Enkelin verabschiedete und die Tür hinter sich ins Schloss zog.

Robert blieb vor seiner leeren Kaffeetasse sitzen, bis Lilli ihr Gemälde beendet hatte und verkündete, es der Mama zu schenken, wenn diese endlich heimkäme. Schweigend erhob sich Robert, ging in den Flur, schlüpfte in Schuhe und Mantel. «Lilli, komm. Zieh dich warm an. Ich bringe dich zum Kiosk.»

Lilli stellte sich vor ihren Vater, zögernd, mit großen Augen und legte grübelnd die Stirn in Falten. «Papa, meinst du, ich soll meinen Teddy mitnehmen?»

«Ja, tu das, Lilli.» Er folgte ihr ins Kinderzimmer und stopfte ihr Nachthemd und einige Kleidungsstücke in eine Tasche, dann verließen sie das Haus.

Lilli hüpfte neben Robert her, warf ihm aber hin und wieder einen kritischen Blick zu. «Bist du böse auf mich, Papa?», erkundigte sie sich schließlich, als sie den Bahnhofsvorplatz erreichten.

Robert verneinte, doch Lilli wirkte nicht überzeugt. Sie drückte sich kurz an ihn, dann wandte sie sich ab und lief Johannes entgegen, der sie in seinen eineinhalb Armen auffing.

«Onkel Johannes», stieß sie mit einem Seufzer aus und drückte ihr Gesicht an seinen Bauch.

«Was kann ich für euch tun?», wollte Johannes wissen. Als er Roberts versteinerte Miene sah, schickte er Lilli in seine Kammer. «Dort ist es wärmer, und ich habe dir ein neues Buch besorgt. Das wird dir gefallen.»

Robert ließ die Tasche vor Johannes' Füße fallen. «Hier, ihre Sachen.»

«Wird Lilli denn länger bleiben?»

«Das liegt an dir», entgegnete Robert mit kalter Stimme. «Ich bin gekommen, um sie ihrem echten Vater zu übergeben. Ich erhebe keinerlei Ansprüche auf sie.»

«Was meinst du?» Johannes legte fragend den Kopf zur Seite.

Roberts Körper bebte vor Wut. Am liebsten hätte er sich auf Johannes gestürzt, ihn zu Brei geschlagen, doch so viel Ehre hatte er noch in sich, dass er sich nicht an einem Krüppel vergreifen würde.

Sie starrten einander an. Minutenlang schwiegen sie, taxierten sich. Die Luft war zum Schneiden, die Anspannung wuchs.

Schließlich ergriff Johannes das Wort mit einer Ruhe in der Stimme, die nicht echt klang. «Wie hast du es erfahren?»

«Luise hat es mir erzählt. Mit ihren eigenen Worten. Jede Heimlichkeit, jeden Kuss, jede Liebesnacht!»

«Willst du damit sagen, ihr habt darüber gesprochen?»

«Nein, so viel Mumm hatte sie dann doch nicht. Ich weiß es erst seit heute Nacht. Durch ihre Tagebücher. Sie hat alles aufgeschrieben. Wusstest du das nicht?»

♦

Ein paar Tage nach der Beerdigung kam Gertrud Richter zum Kiosk, um nach Lilli zu sehen.

«Ich will Ihnen das Kind nicht wegnehmen, Sie haben jedes Recht, sie bei sich zu haben, aber Lilli kann natürlich jederzeit auch zu mir kommen», betonte sie.

Offensichtlich hatte Robert ihr die Wahrheit erzählt.

Johannes bedankte sich, wollte aber im Moment nicht weiter mit Luises Mutter darüber reden, zumal Lilli gerade auf seinem Schoß saß und auch Ella mit Michel da war.

Da fielen ihm einige Worte ein, die er zufällig auf der Beerdigung aufgeschnappt hatte.

«Frau Richter, ich habe gehört, Sie hätten zwei Zimmer zu vermieten? Sind die noch frei?»

Sie nickte. «Ich hatte diese Woche keinen Kopf für so was.»

«Verständlich», sagte Johannes und zeigte dann auf Ella. «Ich weiß nicht, ob Sie sich an Ella Weber erinnern, die in unseren Kindertagen häufig mit uns dreien unterwegs war?» Er wies auch auf ihre feste Stelle bei Wertheim hin und zeigte auf Michael.

«Was für ein hübscher Junge», sagte Luises Mutter.

«Großmama, der Michel ist mein Freund!», mischte sich Lilli ein.

«Frau Richter, dürfen wir in ein paar Tagen einmal vorbeikommen?», bat Johannes. «Sie würden mir einen sehr großen Gefallen tun, wenn Sie Ella und Michel für die beiden freien Zimmer in Betracht ziehen könnten.»

Ella klappte der Mund auf, Frau Richter sah aber weiterhin mit einem Lächeln zu Michael hinüber. «Er wäre dann nach der Schule bei mir, solange Sie arbeiten», überlegte sie.

«Nein, nein, er kann am Nachmittag im Kiosk sein, oder, Hannes?», wehrte Ella in ihrem besten Hochdeutsch ab.

«Das ist doch keine Dauerlösung für ein Kind, liebe Frau Weber. Gerade über den Winter. Er könnte bei mir am Küchentisch seine Hausaufgaben erledigen. Wie Luise früher.» Tränen standen in ihren Augen. «Ach, das wäre schön, Kinder in der Wohnung zu haben! Lilli wird nun ja sicher auch häufig bei mir sein, oder?» Hastig wischte sie sich übers Gesicht, dann sagte sie mit gefasster Stimme: «Ich würde mich sehr freuen, wenn Sie bei mir einziehen würden.»

Ella war wie benommen und konnte nur betäubt nicken.

«Dann kommen Sie doch bitte in den nächsten Tagen vorbei. Sie müssen ja erst mal schauen, ob Ihnen die Zimmer überhaupt zusagen. Die Ankleide war mal Luises Säuglingszimmer und ist recht klein. Badezimmer und Toilette sind auch nicht ganz modern, aber es ist alles da, mit heißem Wasser und in der Wohnung gelegen. Das Wohnzimmer und die Küche nutzen wir als Wohngemeinschaft zusammen.»

Johannes warf Luises Mutter ein dankbares Lächeln zu. Was für eine couragierte Frau!

Als Frau Richter gegangen war, griff Johannes nach Ellas Hand. «Entschuldige, dass ich dich so überfahren habe, ich dachte, das ist eine Chance. Ihr beide hättet mehr Platz, und Michel könnte in seiner Schule bleiben.»

Ella starrte ihn an. «Ick würd mit mein Michel ins *Vorderhaus* ziehen!», stieß sie hervor. Ob die Zimmer ihr zusagen würden, daran verschwendete sie keinen Gedanken.

«Ich finde diese Lösung ganz wunderbar», betonte Johannes. «Und ich vermute, dass es Frau Richter trösten und ablenken wird, wenn sie sich ein wenig um Michel kümmern kann. Außerdem kann er mit Lilli spielen, wenn sie bei ihrer Großmutter ist.»

♦

Robert stand jeden Tag zur selben Uhrzeit auf, trank seinen Kaffee, fuhr dann ins Büro, zu Grubert & Landgraf, und erledigte seine Berechnungen, ehe er am frühen Abend den Heimweg antrat. Da sich Dr. Grubert nicht beschwerte, musste seine Arbeit wohl korrekt sein, doch sie hatte mit der Art, wie er es gewohnt war zu arbeiten, nichts mehr zu tun. Er fühlte nichts, erledigte alles nur mechanisch.

Daheim saß er regelmäßig mit einer Flasche Wein im Wohnzimmer und starrte vor sich hin. Er schaltete nicht einmal das Licht ein, wenn es dunkel wurde. Ab und an nickte er ein, doch meist riss ihn ein heftiger Albtraum aus seinem Schlummer. Ins Schlafzimmer hinüberzugehen und sich in das Bett zu legen, das er so viele Jahre mit Luise geteilt hatte, brachte er nicht über sich. Er hatte sogar die Wohnung gekündigt, überlegte, zurück nach Charlottenburg zu ziehen. Für die Wohnung, in der er aufgewachsen war, wurde gerade ein neuer Mieter gesucht. Aber nein, das wäre sicher keine gute Idee. Dort würden ihn seine Erinnerungen sicher noch mehr quälen, wenn er seiner Schwiegermutter begegnete. Oder Lilli.

Es würde sich was anderes finden.

Wenn Robert in einen Traum hinüberglitt, entführte ihn dieser nicht mehr in die Schützengräben an der Westfront. Die Artillerie schwieg, er musste nicht mehr durchleben, wie er Johannes bei ihrem Rückzug verlor und er zu feige war, sich dem Befehl des Unteroffiziers zu widersetzen.

Hatte Luise sterben müssen, um ihn von diesen Albträumen zu befreien?

Fast sehnte er sich nach den vertrauten, schmerzvollen Erinnerungen zurück, denn das, was diese ersetzte, war noch grauenhafter.

Er hatte Luise vor sich, die ihn ansah, anflehte mit ihrem Blick, sie zu retten, doch er öffnete seine Hand und ließ sie fallen. Manchmal ging dieser neue Albtraum sogar darüber hinaus, zeigte, wie er den «Unfall» sorgsam vorbereitete, das Geländer eigenhändig ansägte und beide Frauen überredete, auf die Plattform zu steigen. Am Ende gab er Luise den Todesstoß und schrie unter Tränen: «Du hast mich nie geliebt! Du hast mich betrogen! Du hast mit Johannes ein Kind gezeugt!»

Meist wachte er tränenüberströmt auf und schluchzte haltlos. Vielleicht sollte auch er sterben? Vielleicht würde er Luise dann wiedersehen und könnte sie um Verzeihung bitten? Lilli brauchte ihn nicht. Sie hatte einen Vater.

♦

Johannes hatte sich eingerichtet. Lilli pendelte zwischen seinem Kiosk, Ilses Wohnung und Charlottenburg, wo sie ihre Oma besuchte, hin und her. Johannes war mit Frau Richter übereingekommen, dass sie die Enkelin zumindest vorläufig bei «Onkel Johannes» lassen wollten, um ihre vertraute Welt nicht noch weiter einzureißen. In welche Schule sie ab Herbst gehen würde, hatten sie noch nicht entschieden. Hier in der Friedrichstadt oder lieber in die Grundschule in Charlottenburg, die Michel besuchte? Heutzutage gingen alle Kinder erst einmal gemeinsam in die Grundschule, ehe es die Möglichkeit gab, sich für verschiedene weiterführende Schulen zu entscheiden.

Noch hatte er ein paar Monate Zeit zu überlegen. Wenn es nach Lilli ging, dann würde sie den Schulweg sicher gerne mit ihrem Freund gemeinsam gehen – so wie er, Robert und Luise früher. Spätestens bei diesen Erinnerungen wurden seine Augen feucht, und er zwang sich, sich auf etwas anderes zu konzentrieren.

♦

Die politische Lage im Reich spitzte sich zu. Vermutlich war es ein letzter Lichtblick gewesen, als der Reichspräsident zur Sicherung seiner Autorität und per Notverordnung Mitte April die Auflösung sämtlicher militärähnlicher Organisationen der NSDAP verfügte. SA und SS zählten fast fünfhunderttausend Mann, und der Terror, den sie zunehmend verbreiteten, schien nicht einmal mehr für Hindenburg hinnehmbar zu sein. Doch nur wenige Wochen später fiel Brüning bei Hindenburg in Ungnade. Der Reichskanzler hatte versucht, die Osthilfe auslaufen zu lassen, um die Möglichkeit zu schaffen, profitable landwirtschaftliche Betriebe zu gründen. Damit würde vor allem den maroden Junkergütern im Osten, wie auch Hindenburg eines besaß, der Geldhahn zugedreht werden, weswegen dieser sich kurzerhand einen anderen Kanzler suchte. Die Wahl fiel auf den Zentrumspolitiker Franz von Papen. Statt einer möglichen Unterstützung seines Kandidaten durch die gemäßigten Parteien versuchte es der greise Reichspräsident bei den extremen Rechten – und um diese für sich einzunehmen, musste das SA-Verbot fallen. Auch die SS, die Schutzstaffel, die Adolf Hitler schon 1925 als seine persönliche Leib- und wohl auch Prügelgarde gegründet hatte, wurde wieder zugelassen.

«Onkel Johannes?» Lilli rutschte auf seinen Schoß. «Ich habe Hunger, und mir ist langweilig.» Ella hatte Michel bereits abgeholt, und so allein spielte Lilli nicht gern.

Johannes' Blick fiel auf die Bahnhofsuhr. «Gut, dann mach ich hier kurz zu und bringe dich zu Tante Ilse. Sie müsste inzwischen zu Hause sein und hat bestimmt was Leckeres zum Essen für dich.»

Dass sie dieses Essen vermutlich bei Aschinger gleich ein Stück die Kommandantenstraße runter besorgte, war nicht von Bedeutung. Vielleicht würde Ilse mit der Zeit doch noch kochen lernen.

Lilli nickte und schob ihre kleine warme Hand in seine. Gemeinsam fuhren sie mit der U-Bahn zum Hausvogteiplatz und gingen dann das letzte Stück zu Fuß.

«Wir müssen reden!», begrüßte Ilse ihren Bruder.

Johannes nickte und stieß einen Seufzer aus. «Ja, das müssen wir wohl. Aber erst essen wir.» Ilse hatte die berühmten Aschinger Bierwürste mit Bratkartoffeln und Erbsensuppe gekauft, die bei Lilli allerdings weniger Anklang fand. Das Kind entschied sich für Würstchen mit Kartoffeln, während die Erwachsenen erst einmal einen Teller heiße Suppe löffelten.

Als Lilli zum Spielen ins Nachbarzimmer verschwand, sahen sich die Geschwister mit ernster Miene an. Es war Johannes, der das Schweigen brach.

«Es ist wegen der Wohnung, nicht wahr?»

Ilse nickte. «Für drei Personen ist es hier zu eng. Nein, sag jetzt nicht, dass Ella und der Rest der Arbeiterklasse viel beengter wohnen, das ist mir durchaus bewusst, aber *wir* können uns eine größere Wohnung leisten! Wenn du vorhast, mit Lilli auch weiter bei mir zu schlafen, will ich nicht jede Nacht jemanden auf meinem Küchensofa liegen sehen und auch kein Matratzenlager in meinem Schlafzimmer.»

«Du hast recht, wir brauchen mehr Platz, das bin ich Lilli schuldig. Bisher klappt es ganz gut mit dem Pendeln zwischen ihrer Oma in Charlottenburg und dem Kiosk, aber nach den Sommerferien wird sie eingeschult, und ich kann nicht die Abende und Nächte mit dem Kind in meiner Kioskkammer verbringen.»

«Niemand sollte dort leben müssen! Das versuche ich, dir schon seit Jahren klarzumachen», konnte es sich Ilse nicht verkneifen.

Johannes schwieg dazu, stattdessen betonte er: «Ich beteilige mich natürlich an den Kosten für die Wohnung.»

«Davon gehe ich aus», sagte Ilse. «Denn nachdem sich Robert

verweigert, für seine Tochter zu sorgen, müssen wir beide gemeinsam eine Lösung für uns und das Kind finden.»

«Strenggenommen ist Lilli nicht *seine* Tochter», murmelte Johannes.

Ilse sah ihren Bruder strafend an. «Sie ist in Roberts und Luises ehelicher Gemeinschaft als ein Wunschkind geboren worden und sechs Jahre in diesem Gefühl aufgewachsen. Ganz egal, was Robert Luise vorwirft, er hat nicht das Recht, Lilli das anzutun.»

Johannes sah zu Boden. «Ich war noch einmal bei ihm, wollte versuchen, mit ihm zu sprechen, aber er ließ mich nicht rein. Er sagte nur, er wolle aus der Wohnung in der Kronenstraße ausziehen … Ich habe den Eindruck, dass er nach wie vor leidet, sich gehen lässt und trinkt. Viel zu viel trinkt! Bei ihm wäre Lilli im Augenblick eh nicht gut aufgehoben.»

In diesem Moment kam Lilli mit einem Buch in die Küche und legte es auf den Tisch. «Onkel Johannes, liest du mir das nächste Kapitel von *Heidi* vor?»

Johannes lächelte sie warm an und strich ihr über das Haar. «Das macht heute deine Tante Ilse. Ich muss zurück in den Kiosk, Zeitungen verkaufen.»

«Und Schnaps und Zigaretten», fügte das aufgeweckte Mädchen hinzu.

Johannes grinste schief. «Ja, das auch. Da hast du recht.»

♦

Dass die Aufhebung des SA- und SS-Verbots Auswirkungen haben würde, war Johannes klar gewesen, doch *damit* hatte er nicht gerechnet. Wie befreit schlugen die Braunhemden in Berlin und vielen anderen deutschen Städten zu. Allerorts gab es schwere Zusammenstöße mit den Roten. Bis zum August zählte die Polizeistatistik im gesamten Reichsgebiet dreihundert Tote und eintausendzweihundert Verletzte als Folge des blutigen Straßenterrors. Und neben den Kommunisten waren es vor allem Juden oder Menschen, die sie für Juden hielten, die unter den Nazi-Attacken zu leiden hatten.

Johannes ertappte sich selbst dabei, wie er unwillkürlich den Kopf einzog, wenn eine Gruppe Braunhemden den Bahnhof verließ und an seinem Kiosk vorbeimarschierte.

«Warum machste dir solche Sorgen», wollte Ella wissen, als sie am frühen Abend kam, um Michel abzuholen. «Du bist doch gar kein Roter und auch kein Jude.»

«Rosenstein ist sehr wohl ein jüdischer Name», erklärte Johannes und deutete auf das Eigentümerschild. «Mein Großvater war Jude. Das reicht in den Augen der Nazis!»

Ella verbarg ihren Zweifel nicht. «Aber da oben steht ja nur *Johannes' Kiosk*. Det kleine Schild liest doch keiner.»

Johannes hob die Schultern. «Hoffen wir, dass du recht behältst. Es wäre nicht auszudenken, wenn etwas passieren würde, während die Kinder bei mir sind.»

«Willste denn nich mehr auf den Michel aufpassen? Soll ick ihn bei Frau Richter lassen? Die hat's noch mal angeboten.»

«Doch, natürlich», wehrte Johannes ab. «Lilli ist am Nachmittag ja auch meist bei mir. Was ich sagen will, ist, dass ich mitunter kein gutes Gefühl dabei habe, wenn Hitlers Schläger hier vorbeiziehen.»

♦

Ilse klingelte Sturm. Es dauerte eine ganze Weile, bis sich schlurfende Schritte näherten und die Wohnungstür ein Stück weit aufgezogen wurde. Ohne zu zögern, drängte sich Ilse in den Flur, denn ihr war klar, dass Robert sie nicht hereinbitten würde und auch ganz sicher nicht mit ihr sprechen wollte.

«DU!», stieß er hervor und starrte sie feindselig an.

«Ja, ICH!», gab sie zurück. «Das hat jetzt ein Ende. Du hörst mir jetzt zu.»

Robert drehte sich um und schwankte ins Wohnzimmer. «Ich rede nicht mit dir», sagte er mit schwerer Zunge und ließ sich in einen Sessel fallen.

Ilse folgte ihm und nahm die leere Cognacflasche, die auf dem Tisch stand, in die Hand. «Das ist also deine Lösung? Du hängst hier rum, bemitleidest dich und ertränkst deinen Kummer in Schnaps?»

«Du hast ja keine Ahnung», schnaubte er, erhob sich schwerfällig und holte eine weitere Flasche aus dem Schrank. «Ich trinke, um zu vergessen. Ich wäre Lilli nur eine Last. Außerdem ist sie ja jetzt bei ihrem Vater.»

«Sie nennt Johannes *Onkel*, und so wird es auch bleiben. Er erhebt keinen Anspruch auf seine Vaterschaft, dennoch kümmert er sich mit väterlicher Liebe um sie.»

«Er hat mir Luise weggenommen, jetzt kann er auch für sein Kind sorgen», fuhr Robert sie an.

«*Du selbst* hast Luise in seine Arme getrieben!», widersprach Ilse. «Ich weiß, wie oft sie dich gebeten hat, mit Dr. Hirschfeld zu sprechen. Wer weiß, vielleicht hätte er deine Probleme beheben können? Aber du hast es nicht einmal versucht! Du warst zu feige, um mit einem Arzt über dein Versagen als Ehemann zu sprechen. Du hast dir ein Kind gewünscht, hast aber nichts getan, damit du es selbst zeugen konntest. Und dann wirfst du Luise vor, dich betrogen zu haben? Johannes und sie haben beide darunter gelitten. Und ich weiß, dass sie, nachdem Lilli gezeugt war, nie mehr intim miteinander waren.»

«Sie hat ihn geküsst, noch im letzten Dezember», begehrte Robert auf. «Ich habe es selbst gesehen. Und das war nicht einfach nur ein Kuss. Sie hat ihn *geliebt*!»

«Sie hat euch *beide* geliebt, jeden auf seine Weise, das war schon immer so, und das wusstest du auch. War es nicht geradezu ein Wettstreit zwischen Johannes und dir, wer ihre Hand erringen würde?»

Robert brummte nur und sah zu Boden, aber Ilse war noch nicht fertig.

«Ich hätte es verstanden, wenn sie sich die ganze Zeit einen Liebhaber genommen hätte, solange du ihr jede Freude der körperlichen Liebe verweigert hast. Aber nein, Luise war dir auf ihre Weise immer treu.»

«Es ist nicht nur das», sagte Robert gequält. «Du weißt nicht, was ich getan habe. Ich hätte sie retten können, aber ich habe sie nicht festgehalten.» Er schloss die Augen und wandte das Gesicht ab.

Ilse stemmte die Hände in die Hüften. «Wenn es einen Punkt gibt, an dem du *keine* Schuld trägst, dann ist es ihr tödlicher Sturz. Du hättest sie *nicht* halten können und bist auch nicht schuld! Rede dir das nicht ein. Du hast weder das Gerüst gebaut, noch war es deine Idee, dort hinaufzuklettern. Also konzentrier dich auf die Dinge, an denen du tatsächlich Schuld trägst und die noch zu ändern sind.»

Er rührte sich nicht.

Ilse trat hinter ihn und griff nicht gerade sanft nach seiner Schulter. «Du kommst jetzt mit mir, nimmst Lilli in deine Arme und versicherst ihr, dass du sie liebst und immer für sie da sein wirst, wenn sie dich braucht. Natürlich kannst du sie tagsüber nicht betreuen, das verlangt auch keiner von dir. Es gibt schließlich noch uns beide und ihre Großmutter. Johannes wird jederzeit gerne einspringen, aber *du* musst Lilli Sicherheit und Geborgenheit schenken. Für sie bist *du* ihr Vater, und wenn du nicht willst, dass sie irgendwann in der Psychiatrie der Charité landet, dann stellst du dich verdammt noch mal deiner Pflicht und tröstest deine Tochter über ihr Leid hinweg.» Ilse umrundete den Sessel und fixierte Robert aus ihren schönen grünen Augen. «Du kommst damit nicht klar und verlangst von einem kleinen Mädchen, dass sie den Verlust von Mutter und Vater alleine verkraften soll?»

Langsam hob Robert den Blick und sah Ilse mit rot verquollenen Augen an. «Was bin ich nur für eine erbärmliche Kreatur geworden», stieß er hervor. «Meinst du nicht, Lilli wäre ohne mich besser dran?»

«Nein, das meine ich nicht!», beharrte Ilse.

♦

Es war früher Abend, und noch hatte die Nacht die Dämmerung nicht abgelöst. Ella hatte ihren Michel abgeholt, und nun wartete Johannes auf Ilse, die versprochen hatte, Lilli nach ihrem letzten Termin mitzunehmen, damit er nicht wieder zwischendurch schließen musste, aber seine Schwester ließ auf sich warten. Johannes blickte auf die Uhr. Nicht dass er es eilig damit hatte, Lilli loszuwerden, doch langsam wurde es Zeit für ein Abendbrot und ein Bett.

«Hast du Hunger?», erkundigte sich Johannes.

Lilli nickte mit Nachdruck.

«Ich weiß auch nicht, wo Tante Ilse bleibt, aber vielleicht kaufst du dir schon einmal drüben an der Bude vom Willi eine Bockwurst und eine Schrippe? Ich hole dir derweil eine Brause.»

Die offene Brauseflasche stand schon auf dem Tisch, als Lilli mit ihrer Bockwurst zurückkam und sich setzte. Johannes bediente einige Kunden, da strömte plötzlich eine Horde Männer auf den Bahnhofsvorplatz.

Johannes spürte, wie er sich verspannte, trotzdem versuchte er, sich nichts anmerken zu lassen. Die grölenden Stimmen brandeten über den Platz, offenbar waren die Burschen nicht mehr ganz nüchtern. Die meisten von ihnen waren bereits an seinem Kiosk vorbeigegangen, als die letzten drei SA-Leute Johannes anblafften und Bier orderten.

Johannes sah, wie der Blick des einen zu dem Kind wanderte. «Lilli, sei so lieb und iss drinnen weiter», sagte er zwar mit Nachdruck, aber ohne alarmiert zu klingen. Zum Glück war sie ein wohlerzogenes Mädchen, das, ohne nachzufragen, ihren Teller und die Brauseflasche nahm und im Hinterzimmer verschwand.

«Is det deine Tochter?», fragte ein bulliger SA-Mann, dessen Uniform einige Abzeichen zierte.

«Nein.»

«Det glaub ich dir», mischte sich einer der beiden jüngeren Braunhemden ein. «So wat Süßes könnte so einer wie du gar nicht zustande bringen.»

Der dritte Kumpan, der eine Narbe quer über die Wange trug, setzte seine Bierflasche ab und sah verwundert von einem zum anderen. «Wisst ihr nicht, wie der heißt?»

«Vermutlich Johannes», lautete die Antwort des Bulligen. Er streckte den Arm aus und deutete auf das Schild über dem Kiosk.

«Johannes stimmt», wiederholte der Jüngste des Trios. «Johannes ROSENSTEIN!»

«Det ist 'ne Scheißjudensau?» Der Bullige warf seine halbleere Bierflasche auf den Zeitungstresen, wo der flüssige Rest zwischen den Abendblättern versickerte.

«Ich bin getauft», widersprach Johannes gezwungen ruhig, «und mein Vater ebenfalls.»

Das überzeugte die Hetzer nicht. «Man sieht's an seiner großen Nase und seinem Haar, det er aus 'nem Judenstall stammt!»

Eine leere Flasche ging zu Boden, dass sie in tausend Scherben zersprang.

«Ich habe für das Deutsche Reich gedient und mich an der Westfront für dieses Land zusammenschießen lassen. Ich bin Christ, und ihr geht jetzt besser!», verlangte Johannes, doch da packte der Jüngste bereits seinen gesunden Arm, während der Narbige ihm die Faust ins Gesicht schlug.

«Ick denk nicht, det wir 'nen Juden hier am Bahnhof brauchen, der Zeitungen verkauft», sagte der Dritte eisig, zog ein Feuerzeug heraus und hielt die Flamme an einen Stapel Abendzeitungen, während Johannes den nächsten Fausthieb einsteckte.

In wenigen Augenblicken stand der ganze Tresen in Flammen.

«Lilli, komm raus. SCHNELL!», brüllte Johannes und versuchte, sich aufzurappeln.

Er konnte nur noch an das Kind denken, das in dem kleinen Hinterzimmer in der Falle saß. Er wollte zu ihr, sie aus der Gefahr befreien, doch seine Hüfte und das steife Knie machten ihm einen Strich durch die Rechnung. Da stürzte sich der Narbige erneut auf ihn. Johannes schrie wie ein waidwundes Tier, er hatte keine Chance.

♦

Ilse und Robert schritten schweigend nebeneinander die Friedrichstraße entlang. Jeder hing seinen Gedanken nach und verzichtete darauf, den anderen in seinen eigenen zu stören.

Als sie um die Ecke bogen und den Bahnhofsvorplatz betraten, rissen aufgeregte Rufe Ilse aus ihren Gedanken. Sie blickte auf. «Was ist da los? Himmel, Robert, der Kiosk brennt!»

Sie rannten los. Robert sah drei Braunhemden, die auf jemanden einschlugen, der schon am Boden lag. War das Johannes? Robert ballte die Fäuste und hieb einem der Angreifer mit solch einem Schlag ins Gesicht, dass der rückwärts aufs Pflaster krachte.

«Kümmert euch nicht um mich!», keuchte Johannes, den zwei der Männer noch immer am Boden festhielten. «Lilli ist in der Kammer!»

Ilse sah entsetzt auf den lichterloh brennenden Kiosk. Aus der Ferne näherte sich der Klang von Martinshörnern, doch die Feuerwehr würde zu spät kommen, um das Kind zu retten.

Ohne zu zögern, rannte Robert auf die Flammen zu, während Ilse einem der verdutzten Braunhemden einen so derben Kinnhaken versetzte, dass er seinen Griff um Johannes' Hals lockerte. Ehe der Dritte sich versah, hatte Ilse auch ihm einen solchen Hieb verpasst, dass er losließ.

Derweil trat Robert die dünne Tür zu der kleinen Kammer ein und stürzte in den verrauchten Raum. Lilli war auf dem Feldbett ohnmächtig zusammengesunken. Robert riss sie in seine Arme und hechtete ins Freie. Behutsam legte er das Kind auf den Boden, als einer der Schläger zu einem neuen Angriff ausholte. Blind vor Wut streckte ihn Robert mit wuchtigen Schlägen zu Boden, derweil Ilse gezielte Tritte verteilte. Endlich gab das Trio auf. Ilse blutete aus der Nase, schien aber nicht ernsthaft verletzt zu sein. Sie humpelte zu Johannes und half ihm hoch, während sich Robert um Lilli kümmerte, die nun kläglich zu husten begann.

«Lilli, mein Schatz, bitte, wach auf», drängte Robert. Tränen rannen ihm über das rußgeschwärzte Gesicht.

In diesem Moment erfüllten heulende Martinshörner den Platz, als zwei Löschfahrzeuge und ein Krankentransportwagen vorfuhren. Robert hob Lilli behutsam hoch und schleppte sich mit ihr zu dem Rettungswagen, dessen Fahrer bereits die Tür geöffnet hatte.

Robert stieg ein, während er den Sanitäter aufforderte, so schnell wie möglich zur Charité zu fahren.

«Gibt es noch andere Verletzte?», wollte dieser wissen.

Robert schnaubte verächtlich. «Die drei Schläger von der SA, die das Feuer angezündet haben, sind nicht ernstlich verletzt und eher ein Fall für die Kripo, also fahren Sie. BITTE!»

Während der Krankenwagen mit quietschenden Reifen kehrtmachte, löschten die Feuerwehrleute den Brand. Es galt vor allem, ihn auf den Kiosk zu begrenzen, der eh nicht mehr zu retten war.

Arm in Arm standen Ilse und Johannes mit geschwollenen Gesichtern und blutigen Nasen etwas abseits und beobachteten die Löscharbeiten, bis die Flammen besiegt und der kleine Kiosk nur noch ein schwarzes, rauchendes Loch war.

♦

Ruhelos schritt Robert an Lillis Krankenbett auf und ab. Er hatte darauf bestanden, dass man sie in eines der Zimmer für Privatpatienten brachte und nicht in den großen Kinderkrankensaal. Sie hatte auf der Fahrt zwar das Bewusstsein wiedererlangt, doch zäher Husten und Übelkeit hatten sie durchgeschüttelt. Erst nachdem der Kinderarzt ihr mehrere Spritzen gegeben hatte, wurde sie ruhiger und schlief ein. Nun lag sie in dem großen weiß bezogenen Bett, eine Maske mit einem Schlauch über dem Gesicht, durch den sie reinen Sauerstoff atmete, wie die Pflegerin Robert erklärt hatte. Lillis zartes Gesichtchen hatte die Pflegerin gewaschen, doch ihr Haar war noch immer voller Ruß.

Endlich begann sich das Kind zu rühren und öffnete vorsichtig die Augen. Robert nahm ihr die Maske ab.

«Wie geht es dir, mein Liebling?»

«Pa-pa», stieß Lilli hervor.

Robert zog sie an seine Brust. Tränen rannen über sein Gesicht.

«Ich war krank, mein Schatz, aber jetzt wird alles wieder gut. Wenn du gesund bist, nehme ich dich mit nach Hause. Und wir werden nach Charlottenburg ziehen. Dann wohnen wir ganz nah bei der Oma, und du kannst immer zu ihr gehen, wenn ich nicht da bin.»

«Und Onkel Johannes?»

«Den darfst du natürlich besuchen. Aber zuerst müssen wir seinen Kiosk wieder aufbauen. Der ist nämlich abgebrannt.»

Lilli riss die Augen auf. «Und die Bonbons und die Bilderbücher?»

«Auch die sind verbrannt. Aber wir kaufen dir neue.»

Lilli beugte sich ein wenig vor, und Robert gab ihr einen Schluck zu trinken. Zum Glück hatte der Husten für den Moment aufgehört. Und obwohl sie noch sichtlich schwach war, zeigte sich bereits Luises Pragmatismus in ihrer Tochter. «Dann geh ich jeden zweiten Tag zu Onkel Johannes. Und am Wochenende gehst *du* mit mir in den Zoo, Papa.»

«So oft du willst», versprach Robert und küsste ihr Haar.

Es klopfte an der Tür, dann traten Johannes und Ilse ein. Sie hatten sich gesäubert und umgezogen, doch ihre Gesichter wirkten noch ein wenig ramponiert.

Lilli streckte ihre Arme aus. «Onkel Johannes, Tante Ilse, der Doktor hat gesagt, ich darf gaaanz viel Eis essen!»

Johannes strich ihr über die Wange. «Das ist schön. Wie geht es dir denn?»

«Da tut es noch weh, wenn ich schlucke», sagte Lilli und fasste sich an den Hals. «Aber ich habe kein einziges Mal geweint, wenn mich der Doktor mit der Nadel sticht!», erklärte sie stolz.

Kurz darauf erschien der Arzt und bestand darauf, dass seine kleine Patientin die Atemmaske jetzt aufsetzen und sich ausruhen müsste.

Alle küssten Lilli zum Abschied und versprachen, bald wieder zu Besuch zu kommen.

«Papa, bringst du mir meinen Teddy mit?», bat Lilli mit schläfriger Stimme.

«Ich kann ihn dir gleich morgen früh bringen», bot Ilse an.

«Nein, nein», wehrte Robert ab, «das mache ich. Ich komme jetzt mit zu dir und nehme ihn gleich mit. Ich werde mir ein paar Tage freinehmen und mich um Lilli kümmern, solange sie hierbleiben muss. Und ich will auch daheim erst einmal für sie da sein.»

«Du weißt, du kannst immer auf uns zählen», sagte Ilse, als sie ein paar Minuten später gemeinsam die Treppe zur Eingangshalle hinunterstiegen.

Johannes schwieg, der Überfall steckte ihm doch mehr in den Knochen, als er zugeben wollte.

Roberts Blick streifte den Freund, dann sagte er: «Ich werde gleich morgen mit der Firma telefonieren. Wir müssen deinen Kiosk schnell wieder aufbauen.»

Johannes zog eine Grimasse. «Ich fürchte, meine Ersparnisse sind heute ebenfalls verbrannt.»

«Das macht nichts. Ich habe in den vergangenen Jahren genug verdient. Vielleicht solltest du aber darauf verzichten, deinen Namen auf ein neues Schild zu setzen, solange wir diese braunen Horden am Hals haben. Du könntest als Eigentümer auch *Wagenbach* angeben», schlug Robert vor. «Zu deinem Schutz, meine ich.»

Ilse und Johannes sahen Robert an. Dann trat Ilse auf ihn zu und nahm ihn fest in den Arm. Tränen rannen über ihre Wangen, sagen konnte sie offensichtlich noch nichts, doch Robert spürte auch so ihre Dankbarkeit.

«Natürlich bleibt es *dein* Kiosk», sagte Robert und wandte sich an Johannes, nachdem auch er seine Fassung wiedergewonnen hatte.

«Dann kannst du ihn ja auch weiterhin *Johannes' Kiosk* nennen», schlug Ilse vor und grinste schon wieder.

Doch Johannes schüttelte den Kopf. «Nein, nein, ich habe eine andere Idee. Er wird *Lillis Kiosk* heißen.» Dann lächelte er in die Runde und fügte hinzu: «Eigentümerin – Lilli Wagenbach.»

Epilog

1933

Der Lauf der Geschichte lässt sich im Nachhinein nicht korrigieren. All die Klagen, was anders hätte laufen können, nützen nichts. Es gab keinen, der den eingeschlagenen Weg in den Abgrund aufhielt.

Am 30. Januar wurde Adolf Hitler von Reichspräsident Hindenburg zum Kanzler ernannt. Mit einem publikumswirksamen Fackelumzug durch das Brandenburger Tor feierte die NSDAP gemeinsam mit den Männern der SA und des Stahlhelms den Sieg. Ende Februar brannte der Reichstag, was Hitler auch zum Anlass nahm, sich der unbequem gewordenen Schläger der SA zu entledigen. Er stützte sich lieber auf die disziplinierte, ihm treu ergebene Schutztruppe SS. Anfang März wurde ein neues Parlament gewählt, in den folgenden Monaten wanderten bereits Tausende politische Gegner der Nazis hinter Gitter.

Als Ella am 1. April an ihrem Arbeitsplatz erschien, standen vor dem Kaufhaus Wertheim und zahlreichen anderen jüdischen Geschäften junge Braunhemden mit Schildern in den Händen: «DEUTSCHE, WEHRT EUCH! KAUFT NICHT BEI JUDEN!» Neben jüdischen Geschäften sollten fortan auch alle jüdischen Ärzte und Rechtsanwälte boykottiert werden.

Die nächsten Aktionen folgten schon im Mai: Nachdem die Nazis den 1. Mai in den «Tag der Arbeit» umbenannt hatten, nahmen sie am Tag darauf alle Gewerkschaftsführer fest, beschlagnahmten das Vermögen der Organisationen und vernichteten damit die deutsche Gewerkschaftsbewegung. Zeitungsredaktionen wurden drangsaliert, Redaktionsräume zerstört.

Und am 10. Mai brannten im ganzen Reich die Bücher.

Es war eine von Reichspropagandaminister Goebbels groß angelegte Aktion. Lange Listen von Autoren wurden erstellt, deren Werke als «undeutsches Schrifttum» in die Flammen geworfen wurden. Eine eigene Meinung war tabu, Publizisten, Philosophen, Schriftsteller gerieten ins Visier. Am Opernplatz, direkt vor der Alten Königlichen Bibliothek und gegenüber der ehrwürdigen Berliner Universität mit den Standbildern der Gebrüder Humboldt, errichteten Braunhemden, viele von ihnen Studenten, einen Scheiterhaufen aus zwanzigtausend Büchern.

Vierzigtausend Menschen kamen, um das Spektakel zu verfolgen.

Ilse hatte es nicht glauben wollen, doch nun verfolgte sie das Drama mit eigenen Augen. Stimmen grölten, die Luft vibrierte, Rauch stieg empor.

Plötzlich entdeckte sie jemanden, den sie hier am allerwenigsten erwartet hätte. Eingekeilt stand er da zwischen Studenten in SA-Uniform, die nicht müde wurden, die Flammen mit weiteren Schriften zu füttern.

Ilse trat neben ihn und zog ihn ein wenig zurück. «Was um alles in der Welt tun Sie hier?», wisperte sie. «Auch *Sie* stehen auf den Listen!»

Erich Kästner sah sie an, mit resignierendem Blick, aber aufrecht, und nickte. «Ich weiß. Vielleicht sollte ich es sogar als Ehre auffassen, neben Marx, Freud, Tucholsky, Brecht, Ossietzky, Döblin, Remarque, Hemingway, Jack London, Maxim Gorki und so vielen anderen Großen in einem gemeinsamen Feuer zu schmoren.»

«Viele von denen haben sich in Sicherheit gebracht und das

Land verlassen. Sie aber begeben sich hier in Lebensgefahr! Was ist, wenn Sie jemand erkennt?»

«Gegen Dekadenz und moralischen Verfall!», schrie in diesem Augenblick einer der Feuerteufel und nannte laut ein paar Namen: «Heinrich Mann! Ernst Glaeser! Erich Kästner!»

«Für Zucht und Sitte in Familie und Staat!», kreischte ein anderer mit sich überschlagender Stimme.

Alarmiert sah Ilse den Autor an, als sich eine helle Frauenstimme über das Brausen des Feuers hinweg erhob: «DORT STEHT DER KÄSTNER!»

Ilse spürte, wie sich die Leute nach ihnen umdrehten. Sie umfasste Kästners Ellenbogen und tauchte mit ihm in der Menge unter. Bald ließen sie die dichtgedrängten Menschen hinter sich und eilten im Schutz der nächtlichen Dunkelheit davon.

Auszug aus der verwendeten Literatur

Adlon, Hedda: *Hotel Adlon*, Hamburg 1955 (Autobiographie)

Baum, Vicki: *Menschen im Hotel*, Köln 2007 (Roman von 1929)

Bienert, Michael: *Döblins Berlin. Literarische Schauplätze*, Berlin 2017

Bienert, Michael/Buchholz, Elke Linda: *Die zwanziger Jahre in Berlin. Wegweiser durch die Stadt*, Berlin 2019

Bleitner, Thomas: *Frauen der 1920er Jahre. Glamour, Stil und Avantgarde*, München 2019

Boegel, Nathalie: *Berlin, Hauptstadt des Verbrechens. Die dunkle Seite der Goldenen Zwanziger*, München 2018

Brecht, Bertolt: *Die Dreigroschenoper. Text und Kommentar*, Frankfurt a. M. 2004

Cziffra, Géza von: *Das Romanische Café*. Hg. v. Ingrid Feix, Berlin 2019

Döblin, Alfred: *Berlin Alexanderplatz. Die Geschichte von Franz Biberkopf*, Frankfurt a. M. 2013 (Roman von 1929)

Fechner, Eberhard: *Die Comedian Harmonists. Sechs Lebensläufe*, Berlin 1988

Fergusson, Adam: *Das Ende des Geldes. Hyperinflation und ihre Folgen für die Menschen am Beispiel der Weimarer Republik*. Hg. v. Max Otte, München 2011

Fischer, Lothar: *Anita Berber. Ein getanztes Leben*, Berlin 2014

Fischer, Rolf: *Heinrich Zilles Berlin. Sein Milljöh in Zeichnungen und zeitgenössischen Fotografien*, Berlin 2019

Frey, Erich: *Ich beantrage Freispruch. Die Erinnerungen des berühmten Berliner Strafverteidigers*, Berlin 1959/2019

Gordon, Mel: *Sündiges Berlin. Die zwanziger Jahre: Sex, Rausch, Untergang*. A. d. Engl. v. Andreas Diesel, Wittlich 2006

Gympel, Jan: *Berliner Bahngeheimnisse. Spannendes und Überraschendes von Berlins U-, S- und Straßenbahn*, Berlin 2017

Haffner, Ernst: *Blutsbrüder. Jugend auf der Landstraße*, Berlin 2013 (Roman von 1932)

Haustedt, Birgit: *Die wilden Jahre in Berlin. Eine Klatsch- und Kulturgeschichte der Frauen*, Berlin 2013

Isherwood, Christopher: *Leb wohl, Berlin*. A. d. Engl. v. Kathrin Passig, Hamburg 2014 (Roman von 1939)

Kästner, Erich: *Der Gang vor die Hunde*, Zürich 2013 (Roman von 1931)

Kästner, Erich: *Herz auf Taille. Lärm im Spiegel*, Berlin 2008 (Gedichte von 1928/1929)

Kessler, Harry Graf: *Tagebücher 1918–1937*, Wroclaw 2019

Kiesow, Marion: *Berlin tanzt in Clärchens Ballhaus. 100 Jahre Vergnügen. Eine Kulturgeschichte*, Berlin 2013

Kisch, Egon Erwin: *Aus dem Café Größenwahn. Berliner Reportagen*, Berlin 2013

Kordon, Klaus: *Die Zeit ist kaputt. Die Lebensgeschichte des Erich Kästner*, Weinheim 1998

Mann, Heinrich: *Der Untertan*, Frankfurt a. M. 1996 (Roman von 1918)

Mann, Heinrich: *Professor Unrat*, Frankfurt a. M. 2011 (Roman von 1905)

Mann, Klaus: *Der fromme Tanz*, Reinbek 1986 (Roman von 1925)

Mann, Klaus: *Der Wendepunkt. Ein Lebensbericht mit unbekannten Texten aus dem Nachlass*, Reinbek 1984

Mann, Thomas: *Der Zauberberg*, Frankfurt a. M. 1991 (Roman von 1924)

Moreck, Curt: *Ein Führer durch das lasterhafte Berlin. Das deutsche Babylon 1931*, Berlin 2019
Naumann, Peter: *Berlins Bahnhöfe – gestern, heute, morgen*, Berlin 2004
Naumann, Uwe: *Klaus Mann. Monographie*, Reinbek 1984
Nippoldt, Robert/Pofalla, Boris: *Es wird Nacht im Berlin der wilden Zwanziger*, Köln 2017
Ostwald, Hans: *Sittengeschichte der Inflation*, Berlin 1931
Ostwald, Hans: *Vagabunden. Ein autobiographischer Roman*, Berlin 1928/2018
Roth, Joseph: *Ich zeichne das Gesicht der Zeit. Essays, Reportagen, Feuilletons*, Zürich 2013
Seyde, Renate: *Asta Nielsen. Ein Leben zwischen Kopenhagen, Berlin und Hiddensee*, Ribnitz-Damgarten 2011
Söderström, Alexander/Habinger, Gabriele: *Eine Frau fährt um die Welt. Die spektakuläre Reise der Clärenore Stinnes 1927–1929*, München 2017
Springer, Philipp: *Bahnhof der Tränen. Die Grenzübergangsstelle Berlin-Friedrichstraße*, Berlin 2013
Stürickow, Regina: *Der Kommissar vom Alexanderplatz. Kriminalfälle im historischen Berlin*, Berlin 2000
Stürickow, Regina: *Kommissar Gennat ermittelt. Die Erfindung der Mordinspektion*, Berlin 2016
Stürickow, Regina: *Pistolen-Franz Muskel-Adolf. Ringvereine und organisiertes Verbrechen in Berlin 1920–1960*, Berlin 2019
Weigel, Bjoern: *Die Weimarer Republik. Politik, Kultur und Gesellschaft 1914–1933*, Berlin 2017
Zille, Heinrich/Ostwald, Hans: *Heinrich Zille. Der Mann und sein Werk*, Leipzig 1929/2019
Zille, Heinrich: *Hurengespräche*, Hamburg 1913/2016

Magazine

SPIEGEL Geschichte 1/2020: *Die 20er Jahre. Zwischen Exzess und Krise – wie ähnlich sich damals und heute sind*, Hamburg 2020

ZEIT Geschichte – Epochen. Menschen. Ideen: *Der Rausch der 20er Jahre. Glanz und Tragik der Weimarer Republik*, Hamburg 2020

ZEIT Geschichte – Epochen. Menschen. Ideen: 1919 *Der Vertrag von Versailles und warum er keinen Frieden brachte*, Hamburg 2019

Filme

Chaplin, Charlie: *Goldrausch*, 1925

Dupont, Ewald André: *Atlantik*, 1929

Freisler, Fritz: *Irrlichter der Tiefe*, 1923

Jutzi, Piel: *Berlin Alexanderplatz*, 1931

Lang, Fritz: *Dr. Mabuse – Der große Spieler* sowie *Inferno*, beide Teile 1922

Lang, Fritz: *M – Eine Stadt sucht einen Mörder*, 1931

Lang, Fritz: *Metropolis*, 1927

Milestone, Lewis: *Im Westen nichts Neues*, 1930

Murnau, Friedrich Wilhelm: *Nosferatu, eine Symphonie des Grauens*, 1922

Pabst, Georg Wilhelm: *Die freudlose Gasse*, 1925

Ruttmann, Walther: *Berlin – Die Sinfonie der Großstadt*, 1927

Sternberg, Josef von: *Der Blaue Engel*, 1930

Wiene, Robert: *Das Cabinet des Dr. Caligari*, 1920

Dichtung und Wahrheit

Es ist viel über die wilden zwanziger Jahre geschrieben worden, es gibt Filme und Fotos vom verruchten und glamourösen Nachtleben, doch das ist nur ein Teil der wahren Geschichte dieser Zeit.

Ich habe mich ein halbes Jahr sehr intensiv mit allen politischen und wirtschaftlichen Entwicklungen und den kulturellen Strömungen dieser Zeit befasst, habe mir die Glitzerwelt, aber auch die finsteren Schattenseiten im Berlin der zwanziger Jahre angesehen, um, ausgehend vom zentralen Bahnhof Friedrichstraße, das Berlin dieser Zeit genauer zu rekonstruieren. Neben Aufbruchstimmung und ausgelassenem Nachtleben gab es eben auch viel Elend, die Inflation, Arbeitslosigkeit und den Aufstieg der Nationalsozialisten.

Mit meinen erfundenen Hauptfiguren und ihren Begegnungen mit zahlreichen berühmten Künstlern dieser Zeit möchte ich alle Facetten dieses Jahrzehnts erfassen, deren Menschen und Schicksale von der großen Katastrophe des Ersten Weltkriegs geprägt wurden.

Danksagung

Für die vielen Romane, die ich geschrieben habe, bin ich sehr viel gereist, denn neben der Recherche in Büchern, alten Unterlagen und im Internet war mir der Eindruck vor Ort immer wichtig. Ich ging auf Spurensuche, bin Wege entlanggewandert und habe mir Gebäude und Orte angeschaut, die auch meine Romanfiguren *erleben* sollten.

Nun aber im Coronajahr 2020 musste ich anders vorgehen. Glücklicherweise haben meine beiden *Charité*-Romane bereits in Berlin gespielt, sodass ich auch für *Berlin Friedrichstraße* auf eigene Erkundungen zurückgreifen konnte. Dennoch war meine Recherche nun fast ausschließlich an Bücher und an das Internet gebunden. Eine Literaturliste hänge ich an.

Sehr viel Arbeit hat sich wieder meine Lektorin Heike Brillmann-Ede gemacht. Sie verbeißt sich in jedes Thema und geht allem auf den Grund. Wir sind zu einem sehr guten Team zusammengewachsen, worüber ich mich herzlich freue und ihr danke. Zum Glück lebt sie in Berlin und konnte mir so für viele Fragen Antworten besorgen. Ich danke ihr ganz herzlich für ihren Einsatz und auch den zahlreichen Menschen, die ihr und mir mit Informationen weitergeholfen haben: Iris Schewe vom Landesmuseum für Kultur und Geschichte Berlin, Ruth Reiher vom Institut für Sprache und Linguistik der Humboldt-Universität, Caroline Lamey-Utku vom Institut für Zeitgeschichte Berlin-München, Jens Rieser, Ana

Milardovic und Eric Denis Strohmeier vom Bezirksamt Neukölln, Bianca Welzing-Bräutigam vom Landesarchiv Berlin. Ihnen allen herzlichen Dank, denn jedes Mosaiksteinchen trägt dazu bei, die Geschichte der 1920er Jahre bunt und lebendig zu rekonstruieren.

Ich bedanke mich auch bei meiner Programmleiterin von Rowohlt, Katharina Dornhöfer, und meinem Agenten Thomas Montasser, der mich auf den Bahnhof Friedrichstraße aufmerksam gemacht hat.

Herzlichen Dank auch an meinen Mann, Peter Speemann, der es im Coronajahr richtig gut mit mir und meinem Schaffen daheim ausgehalten hat.

Ulrike Schweikert

Weitere Titel

Die Charité-Reihe

Die Charité: Hoffnung und Schicksal

Die Charité: Aufbruch und Entscheidung